Die Leiche eines Afrikaners dümpelt im Schilf eines brandenburgischen Sees. Ein Opfer der Jagd nach einem verschollenen Meisterwerk des deutschen Filmregisseurs Friedrich Wilhelm Murnau, und es wird nicht das letzte sein. Denn es geht um viel Geld, und das lockt die Beteiligten auf gefährliches Terrain – in verzauberte Tropenwelten und an den Abgrund der eigenen Seele. So auch Victor Voss, der sich als Tourguide in Ghana durchschlägt. Eines Tages nimmt ein angeblicher Schweizer seine Dienste in Anspruch. Doch der Kunde ist weder Tourist noch Geschäftsmann, sondern Handelsreisender in Sachen Tod. Er nennt sich Albin Grau, könnte aber auch anders heißen. Denn er hat viel mit Murnaus Vampir und Horrorgestalt Nosferatu gemein …

D. B. Blettenberg, Jahrgang 1949, arbeitete zwanzig Jahre lang für die deutsche Entwicklungshilfe und bereiste regelmäßig Lateinamerika, Afrika, den Nahen Osten und Asien. Die Erfahrungen, die er dabei sammelte, ließ er in Reportagen und mehrfach preisgekrönte politische Spannungsromane einfließen, u. a. wurde er viermal mit dem deutschen Krimi-Preis ausgezeichnet.

D. B. BLETTENBERG

Murnaus Vermächtnis

Roman

DUMONT

August 2012
DuMont Buchverlag, Köln
Alle Rechte vorbehalten
© 2010 D. B. Blettenberg und DuMont Buchverlag, Köln
Dieses Werk wurde vermittelt durch
die Michael Meller Literary Agency GmbH, München
Umschlag: Zero, München
Umschlagabbildung: © plainpicture/Arcangel; FinePic®, München
Satz: Fagott, Ffm
Gesetzt aus der Aldus und der Univers
Druck und Verarbeitung: CPI – Clausen & Bosse, Leck
Gedruckt auf säurefreiem und chlorfrei gebleichtem Papier
Printed in Germany
ISBN 978-3-8321-6215-3

www.dumont-buchverlag.de

FÜR DIE GEISTER, DIE ICH RIEF ...

Etymologisch bedeutet akyiwadaε *»etwas, dem man den Rücken kehrt«, und wenn Sie nach einer Übersetzung suchten, käme Ihnen wahrscheinlich »Tabu« in den Sinn. Dieses Wort stammt allerdings aus dem Polynesischen und bezeichnet dort eine Klasse von Dingen, die von den Angehörigen bestimmter Gruppen unter allen Umständen gemieden werden müssen. Wie in Polynesien, so gilt auch in Asante, dass jemand, der solcherart verbotene Dinge tut, dadurch »unrein« wird, und es gibt diverse Mittel, sich wieder zu »reinigen«.*

Kwame Anthony Appiah
DER KOSMOPOLIT
Philosophie des Weltbürgertums

INHALT

AUFBLENDE

Die Chinesen haben ein altes Sprichwort:
Ein Bild ist mehr wert als zehntausende Worte.

Friedrich Wilhelm Murnau

Nichts bleibt für immer verborgen.

Wäre mir an jenem unheilvollen Tag in Accra nicht ein Manuskript in die Hände gefallen, das den Arbeitstitel *Bilder sagen mehr als Worte, Versuch einer Biografie* trug und an dem die Autorin unter ihrem Pseudonym Alma Bureau schon Gott weiß wie lange gearbeitet hatte, so hätten sich die Dinge für mich nicht allmählich zu einer Wahrheit zusammengefügt, von der ich am Anfang nicht das Geringste ahnte.

Zwei Morde und die besagten Aufzeichnungen über einen legendären Mann, von dem ich zwar gehört hatte, dessen Leben und Schaffen mir jedoch weitgehend unbekannt waren, trieben mich zur Suche nach den Zusammenhängen.

An jenem Tag im März 2004 holten mich Vorkommnisse ein, die zum Teil achtzig Jahre zurücklagen. In diesen acht Jahrzehnten spielten sich vier Ereignisse ab, die mir, jedes auf seine Art, als Fingerzeig hätten dienen können – wären sie mir vor den tragischen Todesfällen bekannt gewesen.

PAPEETE, 1930

Auf Tahiti will der Mann, den die Einheimischen respektvoll den Preußen nennen, sein privates Domizil im Baustil der Marquesa-Inseln errichten lassen.

Er hat sich dafür ein Grundstück auf Pointe Tainuu bei Punaauia ausgesucht, elf Kilometer von der Hauptstadt Papeete entfernt. Ganz in der Nähe hatte der Maler Paul Gauguin 1895 zunächst eine Hütte und später ein Haus errichtet, in dem er bis zu seinem Umzug nach Hiva Oa auf den Marquesas im Jahr 1901 lebte.

Die Tahitianer raten dem Preußen dringend ab. Sich auf den uralten Resten eines ehemaligen Tempels und Begräbnisplatzes, der Ruhestätte tahitianischer Häuptlinge, anzusiedeln, ist tabu. Der Häuptling von Punaauia warnt ihn. Auf dem vorgelagerten Korallenriff Teiro-Pario seien Menschen geopfert worden. Man habe dort Kriegsgefangene und Tabu-Verletzer erschlagen, ihre Leichen auf den Felsen zum Trocknen ausgebreitet und sie dann verbrannt.

Ein Tabu achtet man aus Angst oder aus Respekt. Doch der Preuße bleibt unbeeindruckt. Er pachtet das Grundstück für achtzehn Jahre und lässt in einer Art Parkanlage sein geschmackvolles und mit allem Komfort eingerichtetes Tropenhaus und andere Gebäude im polynesischen Stil errichten. Ein Modell der Anlage wird später sogar auf einer Kolonialausstellung in Paris gezeigt werden. Die Einheimischen sind vor allem vom riesigen Bett und den gigantischen Moskitonetzen beeindruckt. Im neuen Heim wird der Preuße von seinem Laiendarsteller Mehao und von Teina, einem fügsamen Jungen von Bora Bora, bedient, der allgemein als sein *faamu* gilt, was so viel wie Adoptivsohn heißt. Besucher berichten von einem *mahu*, wie die Polynesier weibliche Männer nennen, der den anderen tänzelnd bei der Hausarbeit zur Hand geht und dabei alles mit den Fingerspitzen erledigt.

Für die Einheimischen wird durch das Domizil des Preußen eine heilige Stätte entweiht. Für den vermeintlich aufgeklärten Europäer sind die Gesetze einer Geisterwelt jedoch nicht gültig. Er toleriert die naturgebundene Religion der Inselbewohner durchaus, ist sogar zutiefst fasziniert von Überlieferungen und Riten. Aber er fürchtet ihre Götter nicht. Für ihn, den Fremden, wäre es nicht mehr als tiefster Aberglauben, ließe er sich trotz seines mitgebrachten Wissens aus einer fernen Zivilisation überzeugen.

Sich ein wenig vom Spuk verzaubern und als Künstler anregen zu lassen, das geht in Ordnung. Er ist durchaus ein bisschen abergläubisch und hat im Laufe seines Lebens auch schon die eine oder andere Wahrsagerin konsultiert. Aber den Einheimischen in Sachen Seelenheil etwas vorzuheucheln oder gar vor ihrer Geisterwelt zu kapitulieren, das kommt für den Preußen nicht in Frage.

KETE KRACHI, 1964

Ende des Jahres 1964 ist das bis dahin Unvorstellbare bittere Gewissheit.

Zweihundertundfünfzig Jahre nach seiner Gründung muss Dente, der große Fetisch von Kete Krachi, seine Felsengrotte am Ufer des Volta verlassen – oder er wird für immer untergehen. Bislang war der Dente nur einmal in seiner langen Geschichte ernsthaft bedroht: als die deutschen Kolonialherren den damaligen Oberpriester des Fetischs hinrichteten und die Grotte sprengten. Dem Dente jedoch konnte dieser rabiate Anfall christlicher Bekehrungswut auf Dauer nichts anhaben, und die Deutschen wagten es nicht noch einmal, ihn anzugreifen. Doch nun droht ein viel gefährlicherer Feind. Es ist das Wasser, das langsam, aber unerbittlich näher rückt und alles ertränkt, was ihm in die Quere kommt.

Kurz bevor es zu spät ist, findet eine spirituelle Sitzung statt, in der Häuptlinge und Priester den Fetisch fragen, was er zu tun gedenke. Will er – wie schon die ganze Stadt Kete Krachi zuvor – zu neuem und sicherem Grund aufbrechen, um der Flut zu entgehen?

Der Dente willigt ein.

Vor dem Exodus muss allerdings noch einiges erledigt werden. Schon vor geraumer Zeit haben Häuptlinge und Priester die sich fortschrittlich gebende Staatsführung darauf hingewiesen, dass *gewisse Rituale* unumgänglich seien, sollten der Schrein und die dreizehn Throne der Vorfahren, die sogenannten *Schwarzen Stühle*, an einen anderen Ort bewegt werden – auch wenn diese traditionellen Handlungen im modernen Ghana eigentlich nicht mehr viel zu suchen haben.

Es ist schon ein großer Fortschritt, dass Menschenopfer inzwischen zu den strikten Tabus des Dente gehören. Und so übernimmt die Regierung in Accra, froh und erleichtert über die positive Entscheidung des Fetischs, die Finanzierung der nötigen Opfergaben. Dazu zählen hundert Hühner, darunter achtundvierzig weiße und zwei rote, neunzig Schafe, zweiunddreißig Rinder, sechsundneunzig Flaschen Schnaps und zwei Kessel einheimisches Bier.

Nachdem die religiösen Rituale mit ihren Gesängen, Tänzen und Trommeln absolviert sind, werden die dreizehn Stühle in Schafshäute gehüllt und mit den anderen Kultgegenständen zum Transport vorbereitet. Da Licht jeder Art ein weiteres Tabu des Dente ist, setzt sich die Prozession in tiefster Nacht in Bewegung. Häuptlinge, Priester, Träger und Gläubige, alle in weißer Trauerkleidung, schreiten durch die Dunkelheit dem drei Kilometer entfernten und höher gelegenen Ort entgegen, an dem der Fetisch sein neues Zuhause finden soll.

Unter den heiligen Gegenständen, die sie mit sich führen, befindet sich auch ein großer Zeremonienbehälter aus Steingut, mit Eidotter und Ruß geschwärzt, dessen Deckelgriff die Form einer weiblichen Figur hat. Den Deckel selbst zieren zahlreiche Symbole für Fruchtbarkeit und Auferstehung: eine Eidechse, eine Schlange mit einem Frosch im Maul, ein Krokodil mit einem Fisch zwischen den Zähnen, eine dreisprossige Leiter, über die die Seele in den Himmel aufsteigen kann, eine männliche Figur mit einem *afena* in der Hand – dem Zeremonienschwert mit gebogener Klinge, das Häuptlinge und Priester benutzen – und ein eigenartiges Kreuz aus zwei Krokodilen mit drei Köpfen, acht Beinen und einem Schwanz.

Gemeine Priester und Gläubige glauben, der Behälter beherberge den heiligen Atem honhom, das spirituelle Wesen aller Dinge.

PRIEROS, ANFANG MÄRZ 2003

Big Ben Akpalu ist Anfang sechzig.

Mit seiner Größe und Leibesfülle strahlt er trotz seines fortgeschrittenen Alters pure Energie und pralle Gesundheit aus. Selbst im Trenchcoat sieht er aus wie ein afrikanischer Häuptling.

Big Ben weiß um die Bedeutung des Wassers. Und so sieht er auch in dem See, der sich vor ihm ausbreitet, einen möglichen Sohn des allmächtigen Gottes Nyame, zumal auch noch ein Fluss durch den See strömt. Flüsse und Seen sind bevorzugte Inkarnationen der zahlreichen Söhne Nyames – auch wenn der River Tano im Norden Ghanas wohl für immer sein Lieblingssohn bleiben wird.

Aber auch der Streganzer See und die Dahme gehören dazu, daran hat Big Ben keinen Zweifel. Dass die Deutschen dem Fluss einen weiblichen Namen gegeben haben, spricht nicht dagegen, denn die sogenannten Söhne Nyames verfügen als Götter und Naturwesen nicht unbedingt über eine menschliche Erscheinungsform, können gelegentlich allerdings männlich, weiblich oder sogar bisexuell sein. Deshalb behandelt man sie vorsichtshalber wie Weise oder Häuptlinge, wenn man sich an sie wendet. Wie dem auch sei, Wasser ist auf jeden Fall ein natürlicher Zugang zur Welt der Götter und Geister, sei es in Ghana oder hier in Brandenburg.

Big Ben setzt den kleinen Feldstecher wieder an und mustert das gegenüberliegende Ufer. Er sieht das Ruderboot am Steg im trockenen Schilf und dahinter das dicht bewachsene Waldgrundstück. Viel mehr ist nicht zu erkennen, obwohl die zahlreichen Laubbäume noch kahl sind. Keine Behausung. Sie muss am anderen Ende des Grundstücks zur Straße hin liegen. Egal, ob es eine der vielen Datschen ist, die Big Ben in dieser Gegend gesehen hat, oder ein richtiges Wohnhaus – der Mann, den er treffen will, muss sich da drüben aufhalten, denn er hat am Telefon gesagt: »Nicht hier bei mir. Meine Tochter muss nicht alles mitkriegen. Treffen wir uns im Hotel Waldhaus.«

Big Ben setzt das Fernglas ab und wirft einen Blick auf die Uhr. Er hat Zeit.

Wie lautet die Eigenwerbung des Hotels so schön?

Feiern und tagen, wo Präsidenten wohnten!

Wie in den guten alten DDR-Zeiten. Deshalb wundert es Big Ben auch nicht weiter, dass er vom Personal seit seiner Ankunft misstrauisch beäugt wird. Ein schwarzer Mann im Regenmantel, der bei kühlem Wetter mit einem Feldstecher auf der Terrasse herumlungert und die Gegend beobachtet, ist im Umland von Prieros vermutlich kein alltäglicher Anblick. Big Ben hat in seinem Leben genug Zeit unter Deutschen verbracht. Er kann sich in sie hineinversetzen, egal, woher sie kommen. Die im Osten erinnern ihn immer ein wenig an seine Landsleute zu Zeiten Kwame Nkrumahs. Egal, wie man es nennt, Sozialismus oder Kommunismus – die unerwünschten Nebeneffekte sind in Europa die gleichen wie in Afrika. Jedenfalls haben damals beide deutsche Staaten den *Osagyefo* und sein unabhängiges Ghana unterstützt. Ob der Präsident auch mal hier übernachtet hat? Wohl eher nicht. Aus Rücksicht auf die Regierung in Bonn.

Entfernter Düsenlärm lässt Big Ben zum blassblauen Himmel aufschauen. Hoch über ihm fliegt ein Verkehrsflugzeug, das nach dem Start in Berlin-Schönefeld stetig an Höhe gewinnt und bereits einen weißen Kondensstreifen hinter sich her zieht. Versonnen betrachtet der Afrikaner die Maschine. Auch er ist einst zum Piloten ausgebildet worden. Er hat Segelflugzeuge geflogen. Damals in Afienya. Ein kleiner Beitrag der Westdeutschen zu Nkrumahs Träumen. Aber das ist sehr lange her. Seinerzeit war Big Ben noch jung und schlank. Sonst hätte er nicht ins Cockpit gepasst.

Big Ben setzt das Fernglas wieder an.

Auf dem Steg tauchen ein älterer Mann und eine jüngere Frau auf. Das muss er sein. Die Frau mit den langen schwarzen Haaren ist sicher seine Tochter. Der Mann steigt in das Ruderboot. Die Tochter macht die Leine los und stößt das Boot mit dem Fuß vom Steg ab. Dann winkt sie ihrem Vater kurz zu und verschwindet zwischen den Bäumen. Der Mann im Boot legt sich in die Riemen und steuert das Hotel an, kommt mit jedem Schlag ein Stück näher. In spätestens zehn Minuten wird er anlegen. Big Ben betrachtet noch ein paar Sekunden lang den Rücken des Ruderers, dann setzt er den Minifeldstecher ab und lächelt.

Er hat eine wichtige Information für den Mann. Und er will sie sich teuer bezahlen lassen.

PRIEROS, MITTE MÄRZ 2003

Der kühle Wind frischt auf, zerrt am Schilf und sorgt für kabbeliges Wasser.

Anna Lore Wolf nimmt die Schirmmütze ab, dreht ihre langen schwarzen Haare zusammen und verstaut sie sorgfältig unter der Kopfbedeckung. Sie blickt zu den orange-weißen und giftgrünen Bojen, die weiter draußen die tiefe Fahrrinne markieren, und schaut dann den beiden Paddlern in ihren Faltbooten hinterher, die mit der Strömung den See durchqueren und die Zufahrt zum Dahme-Umflut-Kanal in Höhe Ziegelei und Pechhütte ansteuern. Sie selbst bevorzugt Kanadier und Stechpaddel. Aber nicht heute. Die Wolken hängen dunkel und schwer am Himmel, und bald wird es wieder regnen. Das Wasser im See steht ungewöhnlich hoch.

Sie mustert das große Schilffeld, das dem Ufer des brachliegenden Nachbargrundstücks vorgelagert ist, und sieht etwa hundert Meter entfernt etwas Dunkles, das zwischen Treibholz, Wasserpflanzen und Schilfrohr im Wasser dümpelt.

Déjà vu!

Sie kann es auf die Entfernung nicht genau erkennen, doch Anna Lore Wolf ahnt, was da im Wasser schaukelt. Vor einem halben Jahr wurde an derselben Stelle der aufgeblähte Kadaver eines Wildschweins angeschwemmt. Jäger hatten das Tier angeschossen und bei der Nachsuche nicht mehr gefunden.

Sie weiß, was zu tun ist. Die Nummer der zuständigen Forstverwaltung steht noch auf dem Notizblock in der Küche. Die Männer vom Forstamt hatten den Kadaver geborgen. Vom Wasser aus, denn anders kommt man an dieses Uferstück nicht heran. Nur gut, dass ihr Vater auf Reisen ist. Er hatte sich schon beim letzten Mal mächtig über diese *Umweltverschmutzung* aufgeregt und in der Gemeinde für allerhand Unruhe gesorgt.

Mit einem Kopfschütteln wendet sie sich ab und geht zurück zur Hütte. Wildschweine sind gute Schwimmer. Manchmal brechen sie im Winter im Eis ein und verletzen sich dabei. Aber gegen die Kugeln dieser Stümper und Tierquäler, die sich Weidmänner nennen, haben die Tiere keine Chance. Solange diese Freizeitkiller in der Natur unterwegs sind, lebt das Schwarzwild rund um den See gefährlich.

ERSTER AKT

Getarnte Teufel

Accra
Ende März – Anfang April 2004

I've been to Africa
Looking for my soul ...

Mick Jagger & Keith Richards
»Laughin' early died«

1

In der Trockenzeit taumeln die Flughunde wie dunkle Schmetterlinge durch die Dämmerung.

Am frühen Abend werden sie aktiv und schwärmen scharenweise am Himmel, lautlos wie Todesengel und scheinbar ohne Ziel. Solange die Vampirwesen ihr Ritual beibehalten, gibt es keine Hoffnung auf ein Ende des Harmattans. Ich hasse den elenden Wüstenwind, die öden Monate mit ewigem Smog und rötlichem Staub, der sich wie Schmirgelpulver überall ablagert, während die Sonne wie ein blasses Spiegelei am gelbgrauen Firmament schwimmt. Staub, Staub und noch mehr Staub. Zu Beginn der Trockenzeit mag man sich noch darüber freuen, dass das feine Pulver aus der Sahara etwas Feuchtigkeit aus der Luft saugt. Doch schon ein paar Wochen später verflucht man die Eintönigkeit, die der Harmattan Jahr für Jahr mit sich bringt.

Es war kurz nach sechs an einem Sonntagabend. Ich stand auf dem Balkon meiner Wohnung im Andoh House, wässerte das halbe Dutzend Pflanzen in den rotbraunen Tonkübeln und genoss die Aussicht. An der Grundstücksgrenze kreuzen sich die schmalen, von Palmen gesäumten Fahrbahnen der Cabral und der Agostinho Neto Road. Einige hundert Meter weiter zieht sich die viel befahrene Liberation Road durch die Airport Residential Area. Hinter dem Highway liegt der internationale Flughafen Kotoka.

Der Wind trug das Röhren der Triebwerke und die mit einem Gongschlag angekündigten Lautsprecheransagen zu mir. Auf dem Nachbargrundstück spielte der Jungunternehmer mit seinen beiden Hunden. Wie jeden Tag nutzte er die Dämmerung mit ihrer relativen Kühle, um mit den Tieren herumzutollen. Ein Mann, der so kindlich und liebevoll mit seinen Vierbeinern umging, war in dieser Stadt ein eher seltener Anblick, und ich genoss ihn jedes Mal.

Ein kurzes Hupen lenkte mich ab.

Es kam von einem Taxi auf der Neto Road. Der Wagen stand vor dem grauen Stahltor, das ihm die Zufahrt zum Andoh House versperrte. Einer der beiden Wachmänner setzte sich gemächlich in Bewegung. Er trug ein hellblaues Uniformhemd, das frisch gewaschen und gebügelt war. Er schob das Tor einen Spaltbreit auf und wechselte ein paar Worte mit dem Fahrer. Dann deutete er mit ausgestrecktem Arm auf mich und gab den Weg frei. Das Taxi fuhr langsam über die Zufahrt zum Haupteingang, der direkt unter mir lag, und ich fragte mich, wer mich am Sonntag und ohne Voranmeldung besuchen wollte. Der zweite Wächter stand mit dem Hausschlüssel bereit, lächelte mir kurz zu und wartete meine Reaktion ab.

Der Mann, der vom Rücksitz stieg, war hager und trug die Jacke seines sandfarbenen Sommeranzugs über dem Arm. Mit einer fahrigen Handbewegung strich er sich die dünnen, schweißverklebten Haare aus der Stirn. Sie waren silbergrau und zu lang für die Tropen.

Unsicher schaute er zu mir hoch und rief: »Herr Voss …?«

Ich nickte erst meinem Besucher und dann dem Wächter zu, damit er den Mann einließ. Der Taxifahrer stellte den Motor ab und wartete.

Durch die weit geöffnete Glasschiebetür betrat ich das Wohnzimmer. Ich öffnete die schwarze Flügeltür zum Treppenhaus und hörte Schritte widerhallen. Der Aufzug war schon lange außer Betrieb. Aber bis zu meiner Wohnung im ersten Stock war der Aufstieg auch unter tropischen Bedingungen gerade noch erträglich. Ich wartete unter der Tür, als der Hagere die letzten Stufen nahm.

»Albin Grau«, stellte er sich vor und streckte mir die Hand entgegen.

Der Nachname passte zu ihm. Den Vornamen hatte ich schon

seit Ewigkeiten nicht mehr gehört. Obwohl Grau sich leicht gebeugt hielt, begegnete er mir auf Augenhöhe. Ich schätzte ihn auf einen Meter neunzig und Mitte fünfzig. Die knochige Klaue, die ich schüttelte, klammerte sich fest um meine Finger.

»Tut mir leid, dass ich Ihnen am heiligen Sonntag auf den Pelz rücke.« Er lächelte kurz und zerrte den Krawattenknoten unter dem offenen Hemdkragen weiter auf.

»Kein Problem.«

»Ich habe erst heute Morgen von Ihnen und Ihren Diensten erfahren, Herr Voss. Und da ich mich leider nicht lange in Ghana aufhalten kann, dachte ich mir, versuch's mal mit einem Überfall.«

Wieder das Lächeln. Diesmal etwas länger. Das Zahnfleisch war von ungesunder Blässe. Die Schneidezähne wirkten seltsam lang und schmal. Wie bei einem Nager. Mit einer Armbewegung bat ich ihn herein und schloss die Tür hinter ihm.

»Was kann ich für Sie tun, Herr Grau?«

Anstatt zu antworten, sah er sich erstaunt um.

Das taten alle, die zum ersten Mal hier waren. Das Wohnzimmer war eher eine Wohnhalle in Art déco. Und da ich mit Möbeln und Bildern sparsam umging, kamen das streng symmetrische Muster des Steinfußbodens und die eleganten Glasleuchten an Decke und Wänden voll zur Geltung.

»So eine Altbauwohnung erwartet man in diesen Breiten gar nicht«, sagte Grau.

»Ist auch eher selten. Das Andoh House hat Tradition und vornehme Eigentümer. Alter Juristenadel.«

Auf dem Balkon bot ich dem Besucher einen der dunkelgrün gepolsterten Rohrsessel an, der noch halbwegs stabil war. Ich selbst setzte mich auf mein geliebtes Rattan-Sofa, das ebenfalls aus heimischer Fertigung stammte, aber schon recht wacklig war. Grau legte seine Jacke betont sorgfältig über die Sessellehne, dann nahm er Platz und zeigte mir sein Nagerlächeln.

»Wie ich höre, arbeiten Sie als individueller Reisebegleiter für Landesunkundige, Herr Voss.«

»Auch für Kundige«, sagte ich. »Aber Sie haben recht. Ich arbeite als Scout, und die meisten meiner Klienten sind nicht gerade Landeskenner.« Ich lehnte mich zurück. »Wer hat mich empfohlen?«

Er seufzte. »Das soll ich für mich behalten.«

Ich ließ die Sache auf sich beruhen, auch wenn mir die Geheimniskrämerei nicht gefiel. Ein Bier bot ich dem unangekündigten Besucher trotzdem nicht an.

2

Bei neuen Klienten ziehe ich eine Empfehlung oder Vorwarnung durch eine Person vor, die mir als Auftraggeber oder Vermittler vertraut ist. Normalerweise kenne ich die Leute, die auf meine Dienste aufmerksam machen.

Ich besitze einen zuverlässigen Geländewagen und gewisse Fähigkeiten, die ab und zu benötigt werden. Das hat sich herumgesprochen – bei Botschaften, Organisationen der Entwicklungshilfe, aber auch bei Hotels und Reiseunternehmen. Es gibt genügend offizielle und private Individualreisende, die auf meine Betreuung angewiesen sind. Zwar haben die Vermittler meistens genügend eigenes Personal und Geld, doch ab und zu schieben sie ganz gern den einen oder anderen an mich ab. In der Regel handelt es sich um Politiker oder andere VIPs, die nicht pflegeleicht sind.

Grau schlug sich mit der Hand ans Genick. Mit zunehmender Dunkelheit griffen die ersten Stechmücken an. Ich reichte ihm die Dose mit dem Schutzmittel. Während er sich einsprühte, zog ich die Gaze-Gardine vor die offene Balkontür. Das vormals weiße Gewebe schimmerte inzwischen rötlich braun und fühlte sich an, als wäre es eingepudert. Waschen war sinnlos, solange der Harmattan nicht vorbei war, und seinen Zweck erfüllte der Vorhang trotzdem. Der leichte Stoff bauschte sich in der Brise und hielt die Moskitos von der unbeleuchteten Wohnung fern.

Grau gab mir das Spray zurück, und ich verpasste mir ebenfalls ein paar Salven *Off*.

»Leben Sie ohne Klimaanlage?«, fragte er.

»Ich versuche, weitestgehend ohne sie auszukommen.« Ich setzte mich wieder und zeigte auf die schräg gestellten Glaslamellen der Fenster. »Das Haus steht frei im Gelände. Dadurch habe ich hier oben immer genug Durchzug. Turbulenzen mögen die Biester nämlich nicht. Gute Fliegengitter reichen nach Einbruch der Dunkelheit völlig aus. Dazu ein bis zwei mobile Ventilatoren, falls der Wind schlapp macht. Und notfalls hilft eine Räucherspirale.«

Er deutete zum wehenden Gardinensaum. »Aber darunter kommen die Mücken doch durch.«

»Nicht viele.«

Zweifelnd legte er die Stirn in Falten.

»Aber ich muss zugeben: Irgendwann verpassen sie einem trotzdem den entscheidenden Stich. Allerdings hält sich die Gefahr hier in der Großstadt in Grenzen.«

»Nehmen Sie etwas zur Vorbeugung ein?«, erkundigte er sich.

»Nein. Malaria-Prophylaxe ist meiner Meinung nach nur sinnvoll, wenn man sich für einen überschaubaren Zeitraum hier aufhält. Auf Dauer sind mir die Nebenwirkungen zu groß. Meine Leber hat schon genug um die Ohren. Wenn es mich erwischt, nehme ich was dagegen.«

»Und wie häufig erwischt es Sie?«

»Hin und wieder.«

»Was nehmen Sie dann – wenn ich fragen darf?«

»Plasmotrim-Tabletten. Ein Schweizer Produkt. Soweit ich weiß, ist es in Deutschland nicht zugelassen. Ist aber im Grunde genommen nichts anderes als ein Artemisinin-Abkömmling. Ein Pflanzenwirkstoff, den uns die Chinesen als Alternative zur chemischen Keule beschert haben.«

Er hörte aufmerksam zu.

»Und Sie, Herr Grau? Ich hoffe doch, Sie nehmen was Vorbeugendes ein.«

Er nickte. »Lariam.«

»Und – wie vertragen Sie es?«

»Bislang gut.«

Da er weder im Treppenhaus noch auf dem Balkon unter Gleichgewichtsstörungen oder Schwindelgefühlen gelitten hatte, hoffte ich für ihn, dass ihm auch die Angstzustände und Albträume erspart blieben. Von der ausgebildeten Psychose ganz zu schweigen. Solange er das Zeug nur zur Vorbeugung nahm, standen seine Chancen gut.

Das Thema Malaria schien Grau zu beschäftigen. Ich hatte es mir angewöhnt, gleich auf die Ängste meiner Kunden einzugehen. Vertrauensbildende Maßnahmen zahlten sich aus. Zudem zeigte der Mann Interesse an einem der Hauptprobleme Ghanas, und das freute mich. Die Goldküste war nach wie vor ein Sumpffieberloch. Vormals das Grab des weißen Mannes. Stechmücken der Gattung *Anopheles* waren in diesen Regionen die wahren Vampire, Blutsauger, die vom milden Fieberwahn bis zum Tod alles bringen konnten. Heutzutage hauptsächlich der schwarzen Bevölkerung, allen voran den Armen und Kindern. Weiße hatten genügend finanzielle und damit auch medizinische Möglichkeiten, um sich gegen das Fieber zu wehren.

Die dezente Außenbeleuchtung des Gebäudes flackerte auf, und der Duft des Moskitosprays auf unserer Haut hing in der Luft.

»Also, wohin soll's gehen, Herr Grau?«

»Ich muss nach Ho und Umgebung.«

In die Voltaregion also.

»Ich möchte dort jemanden aufsuchen. Es kann zwei Tage dauern. Am besten, wir gehen von mindestens einer Übernachtung aus. Sie kennen sicher etwas Passendes.«

»Ich glaube schon.«

Grau wischte sich zum wiederholten Mal den Schweiß von der Stirn und ordnete seine verklebten Haarsträhnen.

Vielleicht hatte er bereits Fieber.

»Natürlich kann sich der Ausflug auch noch einen Tag länger hinziehen, Herr Voss. Aber wenn es nach mir geht …«

»Sie kennen die Konditionen?«

Er betete herunter, was ihm gesagt worden war.

Wer auch immer mich empfohlen hatte, hatte es gut mit mir gemeint. Der Preis lag über dem Üblichen. Ich hatte nicht vor, ein Sonderangebot zu unterbreiten.

»Ich hoffe, das stimmt?«, fragte er.

Ich nickte. »Ich fahre einen Nissan Patrol. Nicht das neuste Modell, aber ganz bequem, hart im Nehmen und sehr zuverlässig. Diesel geht auf mich. Alle Kilometer inklusive. Hotelkosten und alles andere übernehmen Sie zusätzlich zu meinem Pauschalhonorar.«

Er machte eine besorgte Miene.

Ich lächelte. »Keine Angst, ich esse ganz gern allein und auf eigene Rechnung, wenn es der jeweilige Aufenthaltsort hergibt. Aber sollten Sie da draußen plötzlich Ihre Meinung ändern und einen Flieger, ein Fischerboot oder einen Eisbrecher mieten wollen, dann geht das auf Sie.«

Er lachte. »Eisbrecher ist gut … wie wäre es mit einem Elefanten?«

»Wildlife können Sie vergessen. Ein paar Dickhäuter gibt es zwar noch. Weiter oben im Norden. Aber ansonsten haben die Einheimischen ihre Zebras alle aufgegessen.«

Ein Gongschlag und eine unverständliche Lautsprecheransage wehten zu uns herüber. Ich rätselte. Lufthansa, KLM oder British Airways? Für alle noch zu früh. Wahrscheinlich mal wieder ein außerplanmäßiger Start der seit Tagen verspäteten Ghana Airways. Was auch immer. Manchmal hörte ich den Flughafen überhaupt nicht – je nachdem, wie der Wind stand.

Grau schluckte mühsam, als habe er zu viel Staub in die Gurgel bekommen. Ich erbarmte mich und bot ihm doch noch ein Bier an. Er lehnte ab und blickte auf seine Armbanduhr.

»Ich habe noch zwei Tage hier in Accra zu tun. Mittwoch könnten wir aufbrechen«, schlug er vor. »Passt Ihnen das?«

Ich wartete ein paar Sekunden mit der Antwort, als ginge ich gedanklich meinen übervollen Terminkalender durch. Dann nickte ich. »Wo soll ich Sie abholen?«

»Ich wohne in der Abafun Lodge. Die liegt …«

»Ich kenne sie. Wann?«

»Nach dem Frühstück. So gegen halb acht …?«

»Gut.«

Er rappelte sich aus dem Sessel auf und richtete sich kurz zu voller Größe auf. Dann fiel er wieder in seine leicht gebeugte Haltung.

Ich brachte ihn durch die dunkle Wohnung zur Tür. »Nur geschäftliche Aspekte? Oder haben Sie auch noch touristische Wünsche?«

»Für Urlaub habe ich leider keine Zeit.« Er hob die Hand zum Gruß und stieg das hell erleuchtete Treppenhaus hinunter.

3

In dieser Nacht träumte ich von riesigen Fledermäusen.

Ich trug einen aus Knoblauchpflanzen gewundenen Kranz um den Hals und hastete durch finsteres Buschgelände. Die Viecher verfolgten mich lautlos im Tiefflug. Als ich sie endlich abgeschüttelt hatte, hörte ich das Heulen der Wüstenwölfe. Rötliche Augen umzingelten mich, und ich stolperte ziellos weiter, bis ich bemerkte, dass mich die Tiere auf eine dunkle Vampirgestalt zutrieben, die Albin Grau verdächtig ähnlich sah. Noch bevor ich mir über die Größe und Schärfe seiner tödlichen Reißzähne klar werden konnte, wachte ich auf.

Ich lag auf dem Bett in meinem Schlafzimmer und war nass geschwitzt wie nach einem Fieber. Doch nachdem sich der Albtraum langsam verflüchtigt hatte, war ich mir sicher, nicht an einem Malariaanfall zu leiden. Erleichtert schlug ich das feuchte Laken zur Seite. Einen Moment lang war mir kalt. Ich schaute auf den Wecker. Kurz nach Mitternacht. Trotzdem hatte ich schon gut zwei Stunden geschlafen.

In Accra geht man früh zu Bett und kommt mühelos auf acht Stunden Schlaf, vorausgesetzt, man deckt sich vorher mit einem ausreichenden Quantum Bier oder einem ähnlichen Betäubungsmittel ein, um die gröbsten Störfaktoren auszuschalten. Allen voran den ekstatischen Gospelgesang, in dem sich bis tief in die Nacht in zahllosen Kirchen Accras christliche Inbrunst mit afrikanischem Geisterglauben paart. Auch heute Nacht sangen sie wieder.

Doch da war noch etwas anderes.

Durch die Gesänge, die zu mir herüberwehten, hörte ich ein seltsam klatschendes Geräusch. Es war ganz nah, direkt vor meinem Schlafzimmerfenster. Immer wieder schwoll es leicht an, um kurz darauf zu verebben – als bäume sich etwas auf, bevor es kraftlos innehielt. Zwischendurch ein eigenartiges Kratzen.

Ich stand auf und ging ans Fenster. Nichts war zu hören. Vorsichtig schob ich die Gardine zur Seite und spähte durch Fliegengitter und Glaslamellen auf den Balkon. Der Himmel war unwirklich klar, und ein fast voller Mond warf Licht auf die Steinplatten.

Schon wollte ich mir eine Sinnestäuschung eingestehen, als ein Schatten nach mir schlug.

Erschrocken wich ich zurück und riss dabei fast die Gardine von der Stange. Der Schlag traf mich nicht, denn ich war durch Glassegmente und Fliegengitter geschützt. Weitere Schläge gegen das Fenster folgten – bis ich wild flatternde schwarze Hautflügel erkannte und leuchtende Augen, die mich anstarrten.

Ein Flughund.

Er hatte sich mit einer Klaue im Fliegendraht verfangen und versuchte verzweifelt frei zu kommen. Meine Nähe brachte ihn zur Raserei. Er geriet in Panik – bis er erneut vor Erschöpfung innehielt.

Mir blieb nichts übrig, als ihn zu befreien. Obwohl ich wusste, dass es sich bei dieser Fledermausart um einen harmlosen Fruchtfresser handelte, war mir der Gedanke zuwider, das Tier anfassen zu müssen und mich dabei unweigerlich von ihm kratzen und beißen zu lassen.

Ich zögerte noch, als mir der Flughund mit einem letzten Kraftakt die Entscheidung abnahm. Nach einem Stakkato von Flügelschlägen riss er sich endlich los, verschwand in der Nacht und hinterließ nur ein ausgefranstes Loch im Fliegendraht. Ich zog die Gardine zu und legte mich wieder hin.

Obwohl ich schnell wieder einschlief, wurde ich nur zwei Stunden später ein weiteres Mal gestört. Die Wachablösung der Sicherheitskräfte, direkt unter meinem Schlafzimmer. Da half es auch nicht viel, dass am Flughafen zwischen Mitternacht und frühem Morgen Ruhe herrschte. Und da in Kürze mit den Rufen des Muezzins aus dem Muslimviertel zu rechnen war, ging ich kein Risiko mehr ein. Ich griff zu meinen ausgelaugten Ohropax-Kugeln und schlief damit problemlos weiter, bis ich um sechs Uhr aufwachte.

Ich stand jeden Morgen um diese Zeit auf. Kaum hatte ich mir das Wachs aus den Ohren gepult, war es mit der Ruhe vorbei. Ich hörte das fröhliche Geplapper meiner afrikanischen Mitbewohner, das mit dem ersten Morgengrauen ebenso schlagartig wie der Autoverkehr einsetzt.

Gegen fünf Uhr morgens wird Afrika wach. Die vielfältige Vogelwelt legt mit voller Inbrunst los. Selbst kleinere Spielarten schreien mit ungeahnter Kraft den hellen Tag herbei. Gockel krakeelen mit geballter Potenz dazwischen. Ziegen meckern, Hunde bellen. Und auch die Menschen machen wieder lautstark auf sich aufmerksam. Die Temperaturen sind über Nacht auf ein erträgliches Maß gesunken, aber ab sechs Uhr meldet sich die Sonne langsam und unerbittlich zurück.

Auch heute Morgen galt es also, die Kühle zu genießen. Spätestens gegen halb neun würde es damit vorbei sein.

4

Punkt neun machte ich mich auf den Weg, um den Sarg abzuholen.

Ich nahm die Liberation Road stadteinwärts, gab Gas, drehte die Klimaanlage höher und schaltete das Radio ein. Die Eigenwerbung meines Lieblingssenders begrüßte mich. *Atlantis Radio – listening to Accra and beyond: Your adult alternative station.* Danach schmeichelte sich der vertraute Softjazz ein, für den die Station bekannt war. Es ging vorbei am Golden Tulip Hotel, einer der wenigen Luxusherbergen Accras, am Max Mart, den die libanesischen Eigentümer als *A Promise Of Shopping Exellence* anpriesen, und weiter bis zur großen *Thirtyseven*-Kreuzung mit Busbahnhof und Militärhospital.

Im allgemeinen Gewusel ordnete ich mich frühzeitig auf der Spur für Linksabbieger ein, um nicht von einem der unzähligen Kleinbusse abgedrängt zu werden. Die überladenen *Tro-Tros* nahmen auch auf einem mehrspurigen Highway Wege für sich in Anspruch, die quer über alle Fahrbahnen führten, ohne jede Angst vor kleinen Karambolagen oder größeren Unfällen.

Das einzig Erhebende, das diese Minibusse zu bieten haben, sind die Sinnsprüche, mit denen sie verziert sind. Direkt vor mir hieß es *NO TIME TO DIE*. Weiter vorne, auf der Mittelspur, wurde *A DAY WILL COME* angeboten, und rechts daneben versuchte sich ein Gefährt mit dem Slogan *NEW KING – NEW LAW*, von der Abbiegerspur in den Hauptverkehrsstrom zu keilen. Die Vorläufer der jetzigen Transportergeneration – die noch mit Holzaufbauten bestückten und mit kunstvollen Malereien verzierten *Mammy Lorries* – starben langsam aus, aber die Slogans lebten weiter, egal, worauf sie gepinselt waren. Diese Sprüche waren die Poesie des ghanaischen Alltags und drückten gelebte Erfahrungen aus, zu denen die Leute sich bekannten. Ich hatte eine ganze Sammlung davon im Kopf.

PATIENCE MOVES MOUNTAINS hätte im Moment gut gepasst, denn alles, was rollte, kam bei Rot zum Stehen. Geduldig wartete ich auf das Ende einer jener langen Ampelphasen, bei denen die Farbe Grün zur endlos fernen Hoffnung wird.

Die Männer, Frauen und Kinder, die dem Straßenverkauf nachgingen, griffen sofort an. Mit geschlossenem Seitenfenster blieb man meist unbehelligt. Im Angebot waren heute diverses Autozubehör, Spielzeug, Toilettenpapier in der Megapackung, Plastikbeutel mit Trinkwasser, Palmöl-Gebäck und andere Lebensmittel. Der absolute Renner aber waren Äpfel aus Südafrika. In einem Land, in dem Früchte wie Papayas, Melonen, Orangen, Limonen und Bananen wie Unkraut wuchsen, war ein Apfel geradezu exotisch. Purer Luxus. Kult. Auch die vertrauten Tageszeitungen gehörten zum ständigen Angebot – von der *Ghanaian Times* über den *Chronicle* und den *Daily Graphic* bis zum *Mirror*.

Nach Jahren im Land faszinierte mich immer noch die selbstverständliche Grazie, mit der die einheimischen Frauen auch schwerste Lasten auf dem Kopf trugen, ohne dabei erkennbar zu balancieren. Handelt es sich um leichtere Gegenstände, gerät das Ganze oft zur lässigen Varieténummer, wie mir eine junge Ghanaerin mit einem langen Paket Klopapier bewies. Sie hatte ein gutes Dutzend in Plastikfolie eingeschweißte Rollen lediglich mit einer Ecke der schmalen Kante auf ihrem Kopf liegen, sodass die Ladung wie eine federleichte Raute über dem safrangelben Turban schwebte.

Im Geäst der großen Bäume, die den Verkehrsknotenpunkt umstanden, wimmelte es von Fliegenden Hunden, die hektisch herumflatterten oder apathisch an den Zweigen hingen. Offenbar wuchs dort etwas, das ihnen schmeckte. Aber allem Anschein nach hatten die Tiere die magische Baumgruppe auch zu ihrem Tempel erkoren, in dem sie residierten wie Zauberwesen, die Segen und Fluch bringen können.

FLY YE POWERS OF DARKNESS.

Die Flughunde verfolgten mich. Es gab Tage, an denen ich das Gefühl hatte, sie hingen zu Dutzenden an mir und saugten mir das Blut aus den Adern. Dabei waren es nur Klima und Fieber, die mich allmählich auszehrten.

Endlich ging es weiter die Giffard Road entlang, Richtung Labadi Beach. Eine große Werbetafel mit der Aufschrift *The Armed*

Forces – Facilitators of Peace and Order erinnerte mich daran, dass ich Burma Camp, das Areal des Militärhauptquartiers, passierte.

In Höhe des La Palm Royal Hotels nahm ich die Labadi Road stadtauswärts. Am Meer riss die Wolkendecke auf. Blaugrün leuchtete der Atlantik in der Sonne, und die weißen Gischtkämme der Brandung schoben sich in Richtung Strand. Mir war nach einer anderen Musik, und ich suchte, bis ich einen Sender mit Highlife fand.

Jenseits der Brücke, die über die Lagune von Kpeshie mit ihren Mangroven-Hainen führte, umgab mich erstmals mehr Natur als Gemäuer. Allerdings gehörte auch hier draußen eine Menge Gelände der Armee. Auf dem Militärschießplatz hatten die Opfer nicht weniger politischer Säuberungsaktionen ihr Ende gefunden. Ein paar verkümmerte Palmen, deren Kronen einer Krankheit zum Opfer gefallen waren, ragten auf dem zwischen Straße und Meer liegenden Gelände mit dem Erdwall und den Bahnen mit den schwarzen Tafeln auf, auf denen in Weiß die Ziffern 1 bis 8 standen.

Military Range.

Danger.

Keep off when red flags are flying!

Im Moment flatterte nichts Rotes im Seewind. Die letzte größere Erschießungsaktion hatte am 16. Juni 1979 ein junger Fliegerleutnant namens Jerry John Rawlings durchgezogen, als ihm nach Jahren unfähiger Machthaber – zuletzt einem Oberst und einem General – der Geduldsfaden gerissen war. Als Vorsitzender des Revolutionären Rates der Streitkräfte putschte Rawlings sich an die Macht. Nachdem er aufgeräumt und Wahlen organisiert hatte, übergab er das Kommando nur drei Monate später freiwillig an eine verfassungsgemäße Zivilregierung. Ein absolutes Novum. Zwei Jahre später musste Rawlings allerdings noch mal ran. Diesmal dauerte es länger, bis *Jay Jay*, wie er im Volksmund genannt wurde, sich wieder zurückzog – insgesamt neunzehn Jahre. Zum Schluss war J.J. als Staatspräsident ordentlich gewählt und sogar wiedergewählt worden. Aber das war Geschichte. Seit drei Jahren war John Agyekum Kufuor sein Nachfolger, und die Demokratie in Ghana machte weiter Fortschritte. Rawlings lebte noch und sollte sich einer Wahrheitsfindungskommission stellen. Es gab da noch einige offene Fragen. Nicht nur wegen des Schießplatzes.

Jerry John Rawlings hatte mich schon immer fasziniert. Nicht, dass ich ein Fan von ihm war. Aber er hatte etwas. Waren es seine anfänglichen Auftritte als afrikanischer Che Guevara? Auch wenn ich meine Phase als Politromantiker lange überwunden hatte, war das sicher einer der Gründe, weshalb mich Rawlings faszinierte. Hinzu kam, dass J.J. der Sohn eines Schotten und einer Ghanaerin war.

Ein Mischling.

Wie ich.

George Darko riss mich mit *Ako Te Brofo* aus meinen Gedanken. Doch gegen den Dauerstau auf der Straße nach Teshie halfen die flotten Töne des Gitarristen, der angeblich den urbanen Burgher Highlife erfunden hat, auch nicht viel. In Höhe des Restaurants Next Door, das über Klippen im Wind lag, kam der Verkehr fürs Erste zum Erliegen.

MORE HASTE, LESS SPEED.

Ich schaltete mein Handy ein, um Vera anzurufen. Am frühen Abend war ich mit ihr verabredet, und wie üblich sollte ich mich vorher mit meinen Speisewünschen melden.

Drei Ruftöne, dann meldete sie sich wie immer mit einem schlichten »Hallo …?«

»Victor hier. Rufe nur an, damit du das richtige Essen bestellen kannst.«

»Huhn oder Fisch?«

»Da ich gerade beim Next Door im Stau stehe, dachte ich an Fisch.«

»Meinetwegen. Was machst du da draußen?«

»Muss in Teshie was erledigen.«

»Aha …?«

Ich hatte nicht vor, ihr mehr zu verraten.

»Dann sieh zu, dass du vor Einbruch der Dunkelheit zurück bist.«

»Nun übertreib mal nicht.« Ich warf einen Blick auf die Uhr. »Es ist erst halb zehn, und ich kann bereits das Ortsschild erkennen.«

»Das sieht man oft, ohne dass man vom Fleck kommt. Egal, in welche Richtung. Bis später, mein Lieber. Ich muss noch arbeiten.«

»Bis dann.«

Sobald ich das Gespräch beendet hatte, schaltete ich das Handy wieder ab. Ich wollte erreichbar sein, aber nicht verfügbar.

5

Knapp eine halbe Stunde später kämpfte ich mich mit meinem Geländewagen durch den zähen Durchgangsverkehr auf der Hauptstraße von Teshie.

Glücklicherweise gab es genug Ablenkung. Zum Beispiel eine besonders eigenwillige Art des Kunsthandwerks, wie sie der Sargladen vor mir im Freien präsentierte. Fantasievolle Beerdigungskisten für Exzentriker, Kreationen in Form einer Bierflasche, eines Fisches, einer Elektrogitarre oder einer Banane. Der Erfinder des schillernden Gewerbes war längst standesgemäß in einem Mercedes-Sarg beerdigt worden. Sein Sohn hatte die Fertigung zur Kleinindustrie ausgebaut und war zu einigem Wohlstand gekommen. Inzwischen genoss der Laden Kultstatus, und die Preise waren entsprechend. Da ich nicht zu den trendbewussten Käufern gehöre, fuhr ich zur nächsten Ortschaft weiter.

Ich hatte meinen eigenen Sargtischler.

Der Alte wohnte in einem ärmlichen Viertel von Nungua, direkt am Meer. Nungua gehörte neben Jamestown, Osu, Labadi, Teshie und Tema zu den traditionellen Küstensiedlungen der Ga. Ich parkte am Rande der Schlaglochpiste und nahm den schwarzen Plastikbeutel mit dem Geld aus dem Handschuhfach. Es war lediglich die letzte Rate, die ich noch zu zahlen hatte. Aber auch bei geringen Summen brauchte man dieser Tage in Ghana eine Menge Banknoten. Der Cedi wurde für gewöhnlich in stattlichen Bündeln weitergereicht, deren Scheine – vom Schweiß unzähliger Hände durchtränkt – lappig wie Samt oder feuchtes Toilettenpapier waren. Zusammengehalten wurden sie von wild bestempelten Bankbanderolen oder Gummiringen. Für tausend Euro gab es derzeit über neun Millionen Cedi. Aber so viel musste ich im Augenblick nicht mit mir herumtragen.

Kaum hatte ich mich auf den Weg zum Strand gemacht, war ich auch schon von einem halben Dutzend Kinder umzingelt. Für sie war ich nichts anderes als ein Hellhäutiger aus einer fremden Welt, mit dem man ein paar Worte auf Englisch wechseln konnte. Kichernd begleiteten sie mich durch das Gewirr der schmalen Lehmpfade. Die rostigen Wellblechdächer der meist baufälligen Hütten aus Holz und Lehm waren rotbraun wie der Laterit der Mauern und Wege. Nur einige der primitiven Unterkünfte waren weiß gekalkt.

In einem der Innenhöfe befand sich eine der zahlreichen Kenkey-Küchen. Im Hof wimmelte es von Frauen und Kindern. Hühner liefen überall umher. Unter dicht behängten Wäscheleinen standen Tonnen und Töpfe. Neben den beiden Feuerstellen lagerte

Brennholz. Eine ältere Frau, deren Brüste im Rhythmus hin und her schwangen, langte immer wieder in eine der Tonnen und füllte eingeweichte Maiskörner in Körbe um. Eine jüngere Frau wickelte mit flinken Fingern Klöße in Maisblätter. Der große Korb, in dem sie die handlichen Portionen ablegte, mochte an die zweihundert Stück fassen. Bald würden sie an einer der unzähligen Marktbuden, den Tischen der Garküchen oder bei einer der fliegenden Händlerinnen am Straßenrand ihre Abnehmer finden.

Neben den alten Hütten standen auch neuere Häuser, die wie die Grenzmauern aus unverputzten Hohlblocksteinen errichtet waren. Einige dieser Neubauten waren notdürftig fertiggestellt und bewohnt. Die meisten aber erinnerten an heruntergekommene Ruinen auf verlassenen Baustellen. Grabmale gescheiterter Träume. Ich nannte das Phänomen »Transferschäden«. Sohn oder Tochter verdienten in Europa ein bisschen Geld und schickten – manchmal freiwillig, weit öfter aber unter dem Druck der Familie – einen Teil des bescheidenen Einkommens nach Hause. Die Angehörigen deuteten das als großzügiges Versprechen, das der Nachwuchs in der Fremde nicht immer einlösen konnte. Das war meist der Anfang vom Ende.

King Kofi hingegen hauste in einer soliden Fischerhütte, neben der er in einem offenen Verschlag seine Werkstatt betrieb. Neben Booten fertigte und reparierte er so ziemlich alles aus Holz, je nach Auftragslage. Wenn es sein musste, auch exotische Särge.

Als der Alte mich erkannte, legte er Holzhammer und Stemmeisen auf den Kiel des Bootsrumpfes, der aufgebockt vor ihm ruhte. Dann scheuchte er die Kinder weg, die sich lachend zurückzogen, aber in Blickweite blieben, um nichts zu verpassen.

»Hallo, Freitag«, begrüßte ich den alten Mann.

»Victor!«

Er zeigte mir seine gelben Zahnstummel. Was das Gebiss nicht mehr hergab, erledigten die Augen für ihn. Hell und freundlich strahlten sie mich aus einem dunklen Faltenmeer an. Seit ich ihm erklärt hatte, Kofi bedeute auf Deutsch so viel wie Freitag, bestand er auf dieser Anrede. Dadurch war er im Heer der nach Wochentagen benannten Einheimischen etwas Besonderes. Und dafür verzichtete er sogar auf den königlichen Teil seines Namens.

Wie es sich gehörte, kamen wir nicht sofort zur Sache. Er bot mir einen klapprigen Schaukelstuhl im Schatten des Verschlages an und setzte sich auf eine Holzkiste. Von hier aus konnte man über das Meer bis zum Hafen von Tema sehen. Die Silhouetten großer Frachtschiffe zeichneten sich grau am Himmel ab, der in der Mittagssonne nur blassblau schimmerte. Der Wind vom Meer linderte die Hitze und hielt Dunst und Wolken auf Distanz.

Der Alte bemerkte meinen Blick und bestätigte die Wetterlage mit einem gebrummten »*Bisi-basaa*«, was so viel wie trüb oder bewölkt bedeutet.

Ich nickte.

Es roch streng nach Fisch und Algen. Die Wellen brachen sich an schwarz glänzenden Felszacken, die wie Haifischzähne aus dem braunen Sand ragten. Das hier war kein Strand für Touristen. Zerfetzte Netze, vermodertes Treibholz, angefaulte Kokosnüsse und eine Menge Müll lagen herum. Die wenigen Palmen hatten zwar noch ihre Kronen, wirkten aber trotzdem verkümmert.

»Alles okay bei dir, Victor?«, erkundigte sich der alte Mann.

»Ich kann nicht klagen, Freitag.«

Er warf einen Blick auf den Plastikbeutel mit dem Geld, erhob sich und verschwand in der Hütte.

Ich wischte mir den Schweiß von der Stirn und blickte den Kindern hinterher, die sich nun doch trollten. Vermutlich waren wir ihnen zu langweilig. Vielleicht lag es auch an der Mittagshitze, die sie, wie alle Lebewesen hier, in den Schatten trieb.

Als King Kofi wieder unter das Dach seiner Werkstatt kam, trug er den Sarg wie ein Baby im Arm. Das gute Stück war etwa einen halben Meter lang und zwanzig Zentimeter breit.

Der Sarg war ein Geschenk für Vera. Sie hatte bald Geburtstag. Es war die Miniaturausgabe eines großen Sarges, der ihr schon immer gefallen hatte. Auch der hier sah aus wie der fette Drehkugelschreiber, den sie seit vielen Jahren in Ehren hielt. Der Kopfteil war schwarz, das Mittelstück orange-braun, das spitze Fußende wieder schwarz und am Ende goldfarben. Auf dem goldenen Ring, der den kleinen Sarg wie eine Bauchbinde umschlang, stand in dunklen Lettern *MONTBLANC-MEISTERSTÜCK-EDITION*. Selbst das Firmenlogo mit dem Berggipfel und der schräg darunter stehenden Signatur *Hemingway*, das sich längs über das Kopfstück zog, hatte King Kofi perfekt kopiert.

»Unglaublich!«, sagte ich mit einem Kopfschütteln.

Der Alte grinste. »Der war schwieriger als der große.«

Ich nickte.

Er nahm den Deckel ab, und eine etwas kleinere Ausführung des Modells kam zum Vorschein. Stolz öffnete er auch die fünf weiteren Deckel, bis der winzige Hohlraum der kleinsten Ausführung zu sehen war. Genau hier gedachte ich das eigentliche Geburtstagspräsent zu deponieren, umhüllt von sechs kleinen Särgen – einer für jedes Jahrzehnt.

Vera wurde sechzig.

6

»*Much to my satisfaction, Sir*«, lobte mich der Parkplatzwächter, als ich ausstieg.

Mit lässigem Winken und strengem Auge hatte er mich in eine freie Lücke dirigiert und darauf bestanden, dass ich mich zentimetergenau an seine Anweisungen hielt. Nicht, dass er sich ein Trinkgeld verdienen wollte. Auf dem Parkplatz des Golden Tulip Hotel ging es lediglich korrekt zu, und zwar möglichst mit Stil. Deshalb lächelte ich dem Mann in der tadellosen Uniform betont freundlich zu. Er musterte mich kurz, salutierte knapp, als habe er den Rekruten für tauglich befunden und entlasse ihn nun ins feindliche Leben, und wandte sich der nächsten Aufgabe zu.

Zum späten Mittagessen reichte mir ein Sandwich in der Cafeteria des Hotels. Danach suchte ich den Frisiersalon in der Lobby auf und ließ mir von Esi alias *Sonntag* die Haare schneiden. Wie immer turnte sie trotz ihrer Körperfülle graziös um mich herum und machte eine entzückte Bemerkung über mein dünnes und weiches *European hair*.

Die Abstecher ins Golden Tulip gehörten schon wegen der Nähe zu meiner Wohnung zur Routine. Wollte ich es preiswerter, blieben mir immer noch genug andere Restaurants, Shops und Märkte. Aber eine sichere Quelle zur Deckung luxuriöser Bedürfnisse war nie zu verachten. Auch wenn ich sie mir manchmal gar nicht leisten konnte.

Nach Nahrungsaufnahme und Körperpflege trat ich erneut gegen die Hitze an. Kaum war ich in den Wagen gestiegen, irritierte mich etwas.

Das Handschuhfach stand offen.

Ich beugte mich hinüber. Der Manilaumschlag mit dem breiten Gummiband, den ich wegen der Cedi-Mengen oft als zusätzliche Geldbörse benutzte, war noch da. Er war ohnehin leer. Den letzten größeren Packen Scheine hatte ich King Kofi gegeben. Seltsamerweise fehlte das nagelneue gelbe Staubtuch, das ich vor kurzem bei einem Straßenhändler erstanden hatte. Auch die olivgrüne Sporttasche war weg, wie ich mit einem Blick in den Fußraum vor dem Rücksitz feststellte. Und die dreihunderttausend Cedi in Fünftausendernoten, die ich im Fach der Mittelkonsole verstaut hatte, waren ebenfalls verschwunden.

Erst jetzt bemerkte ich, dass der Verriegelungsknopf der Beifahrertür nicht heruntergedrückt war. Da mein alter Nissan keine Zentralverriegelung besaß, achtete ich stets darauf, die Sperren zu betätigen. Aber wer war schon unfehlbar? Ich drückte auf den Knopf, doch er ließ sich nicht bewegen.

Ich stieg aus und ging um den Wagen herum.

Das Schloss der Beifahrertür hing locker und verbogen in der Chromfassung. Darunter waren Kratzer im Lack. Unter den Augen des Sicherheitspersonals hatte jemand mein Auto geknackt. An jedem anderen Ort hätte sich meine Überraschung in Grenzen gehalten. Aber hier? Wie viele Sterne hatte das Hotel? Vier? Oder fünf? Ich war wütend. Aufpassen war wichtiger, als beim Einparken den Karajan zu geben.

Bevor ich einen der Wachleute rief, stieg ich wieder ein, stellte die Klimaanlage an, um mich besser konzentrieren zu können, und ging in Gedanken noch einmal jede Einzelheit durch, um mir über meine Verluste klar zu werden. Das Staubtuch, das Geld, die Tasche mit den Badesachen …

Ich sprang aus dem Wagen, lief zum Heck, öffnete die Flügeltür und starrte in den Laderaum.

Der Sarg war weg.

In eine alte Decke eingeschlagen und mit einer Kordel verschnürt, hatte ich ihn mit King Kofis Hilfe in Nungua eingeladen. Man hatte mir das Geschenk für Vera geklaut. Ein paar Sekunden lang war ich fassungslos, dann wurde ich sauer – vor allem auf mich selbst. Das Staubtuch war mir egal. Auch die Badesachen und das Geld im Gegenwert von rund dreißig Euro waren zu verschmerzen.

Der sechsfache Kugelschreibersarg aber war unersetzlich.

7

Die Herberge, in der Vera den Großteil des Jahres verbrachte, lag in Ufernähe vor Accra und war der Gegenentwurf zum Golden Tulip.

Der Stadtteil Victoriaborg hatte nicht viel mit der Airport Residential Area gemeinsam. Auch die pompösen Anlagen und Denkmäler, die an die Unabhängigkeit Ghanas erinnern sollten, änderten nichts daran, dass das Umfeld etwas heruntergekommen war. Trotzdem zog es mich jeden Montag hierher, um mit Vera den obligatorischen Sundowner zu trinken und anschließend zu Abend zu essen.

Das Riviera Beach Hotel war ein hundert Meter langer, rechtwinkliger Kasten mit einem von der Atlantikluft zersetzten cremefarbigen Anstrich, der an der Oberkante karminrot abgesetzt war. Der Parkplatz war leer. Wächter gab es hier nicht, weil nicht viel zu holen war. Trotzdem achtete ich darauf, dass die Türen verriegelt waren. Zu meiner Überraschung war der Einbau des neuen Schlosses noch am Nachmittag über die Bühne gegangen.

Vorher hatten die Schirmmützenträger des Golden Tulip meinen Blutdruck noch einmal in gefährliche Höhen getrieben. Nach Begutachtung des Schadens hatte man mir mitgeteilt, dass das Hotel nicht für fahrlässigerweise im Wagen zurückgelassene Gegenstände hafte. Als ich daraufhin nach dem Chef des Sicherheitsdienstes verlangte, erklärte man mir, er sei leider nicht im Dienst. Dann aber gewann die Sorge um das Ansehen des Hotels die Oberhand. Man bat mich, eine Liste der gestohlenen Gegenstände und eine Rechnung für den Austausch des Türschlosses vorbeizubringen – man werde dann sehen, was man tun könne. Bis dahin seien auch die Videobänder ausgewertet.

IN GOD WE TRUST.

Ich hatte nicht vor, Vera von dem Raub zu berichten, solange noch Hoffnung bestand, das Geschenk zurückzuerhalten.

Die Empfangshalle des Riviera Beach ging direkt in den zur See hin offenen Restaurantbereich über und erinnerte an einen Wartesaal. Dunkles, fast düster wirkendes Holz wurde durch krude Wandmalereien ergänzt – ein Zebra-Motiv, der Stadtplan von Accra und eine Landkarte von Ghana und seinen Nachbarländern. Drei öffentliche Telefonsäulen rundeten den ersten Eindruck ab: rustikal, funktional, stocksolide. Ein Ambiente, das keine falschen Versprechungen machte.

Vera saß an ihrem Lieblingstisch direkt an der Brüstung, die das Restaurant vom Poolbereich trennte. Momentan war sie der einzige Gast. Als ich auf sie zuging, blickte sie von ihrem Buch auf, legte es zur Seite und erhob sich, um mich zu begrüßen. Typisch Vera. Sie mochte es nicht, wenn Männer sich zu ihr herabbeugten. Lächelnd legte sie mir die Hände auf die Schultern, zog mich heran und hauchte mir einen Kuss auf die Wange. Einer reichte. Begrüßungsformeln waren ebenfalls verzichtbar.

Ich warf einen Blick auf das Buch. »Immer noch *Der Liebhaber*?«

»Immer noch – und immer wieder.«

Vera verehrte Marguerite Duras, und dieser Roman war ihr absoluter Favorit. Wie so oft zitierte sie den Anfang, um unser Ritual zu eröffnen.

»*Eines Tages, ich war schon alt, kam in der Halle eines öffentlichen Gebäudes ein Mann auf mich zu. Er stellte sich vor und sagte …*«

Sie verstummte, musterte mich erwartungsvoll, und ich nahm den Faden auf.

»*Ich kenne Sie seit jeher. Alle sagen, Sie seien schön gewesen, als Sie jung waren, ich bin gekommen, Ihnen zu sagen, dass ich Sie*

heute schöner finde als in Ihrer Jugend, ich mochte Ihr junges Ge-
sicht weniger als das von heute, das verwüstete.«

Vera bedachte mich mit einem wehmütigen Lächeln.

Bald wurde sie sechzig. Aber war sie deshalb alt? Mitnichten! Und *verwüstet* war ihr Gesicht keinesfalls. Das war lediglich eine dramatische Übertreibung, die sie – selbstbewusst und selbstkritisch, wie sie nun einmal war – durchaus schätzte. Ihre graublauen Augen leuchteten klar wie immer. Sie passten gut zu den grauen Strähnen, die sich ins dunkelbraune Haar gestohlen hatten. Die Züge mochten mittlerweile eine Spur herber und faltenreicher sein, ihrer Schönheit tat das keinen Abbruch. Das Gleiche galt für die Figur. Ich war zwanzig Jahre jünger, aber so wie sich diese Frau hielt, groß und anmutig, kam ich mir manchmal etwas verbraucht vor.

»Komm.« Sie ging voraus. »Lass uns ein paar Schritte laufen, solange das gute Licht noch anhält.«

Das gute Licht gab es hier am Meer ab halb sechs. Wir verließen das Restaurant und spazierten am Pool vorbei und weiter zum Steilufer. Der sogenannte *Pool* des Riviera Beach enthielt zwar kein Wasser, hatte dafür aber Olympiaformat. Das leere Becken war fünfzig Meter lang, verfügte über Startblöcke zu den acht Bahnen, auf denen seit Jahren niemand mehr Rekorde schwamm, und erinnerte mich immer an den Schießplatz, auf dem schon lange keine Hinrichtungen mehr stattfanden. Die Stahlleitern am Beckenrand endeten im Nichts. Die maroden Reste des Zehnmeterturms ragten wie ein Skelett in den Himmel. Der Boden aus türkisfarbenen Mosaiksteinchen ähnelte einem zerfledderten Teppich.

»Wie läuft die Arbeit?« Ich musterte die verwitterte Seefront des Hotels.

»Ganz gut.«

Wenn Vera sich so wortkarg gab, hatte sie meist Frust mit einem der Sender. Wir erreichten die Uferkante hoch über dem

Strand, blieben unter den vom Seewind geduckten Bäumen und schiefen Palmen stehen und schauten aufs Wasser hinaus.

Sie atmete tief durch. »Ich habe immer weniger Lust, diese Serie zu schreiben.«

»Welche?« Vera war erfolgreich und hatte einiges fürs deutsche Fernsehen in der Mache.

»*Recht in allen Fällen.*«

Das war ihr Dauerbrenner um eine beinharte Staatsanwältin. Sie hatte das Konzept entwickelt und schrieb die meisten Folgen selbst.

»Es ist das alte Problem: Wenn ich das Niveau halten will, komme ich vielleicht sogar damit durch, aber dann verschieben sie die Ausstrahlung auf nach zweiundzwanzig Uhr.«

»Bleib stur.«

»Du hast gut reden.«

Wie wahr. Wer war ich, dass ich ihr in diesem Geschäft Ratschläge erteilte. Sie würde ihren Weg schon finden. Wie immer. Ich schaute hinüber nach James Town. Fort James und der Leuchtturm ragten wie Scherenschnitte in die aufkommende Dämmerung. Über dem Makola-Markt versank die Sonne, und die Altstadt lag still im letzten Licht.

»Und du … wie läuft's bei dir, Victor?«

Vera betrachtete die jungen Liebespaare, die – wie immer um diese Zeit – auf den Picknickbänken am Abhang saßen.

LOVE IS THE HEALER!

Die klobigen Zementsitze taten der romantischen Stimmung keinen Abbruch. Sie standen um Säulenstümpfe aus verrostetem Stahl und bröckeligem Beton, die in besseren Tagen vermutlich Schutzdächer getragen hatten.

»Sieht aus, als ob ich was für Ho und Umgebung an Land gezogen habe.«

»Gut so.«

Links von uns waren die drei Betonbögen des Unabhängig-keitsdenkmals noch gut zu erkennen und etwas weiter die Küste entlang das Castle mit seinem Wasserturm.

Die Christiansborg, allgemein The Castle genannt, war der offizielle Sitz der Regierung. Nachdem John Kufuor zum Nachfolger von Präsident Jerry John Rawlings gewählt worden war, hatte er darauf verzichtet, dort einzuziehen. Angeblich bedurfte das Gebäude einer Renovierung. Doch das Volk ließ sich nicht so leicht täuschen. In Wahrheit mussten die bösen Geister ausgetrieben werden, die im Castle herumspukten. Davon war eine große Mehrheit überzeugt, und in den Zeitungen und Radiosendern wurde rege darüber diskutiert. Der beste Beweis dafür, dass der Großteil der Ghanaer immer noch glaubte, ihre Politiker stünden in direkter Beziehung zur Geisterwelt.

»Ich brauche ein kühles Bier«, sagte ich.

8

Ich gönnte mir das übliche *Star* – große Flasche.

Vera nahm ihr erstes Mini-*Star* in Angriff. Letztlich aber trank sie immer genauso viel wie ich. Der Roman lag noch auf seinem Platz. Der weiße Glanzumschlag mit den violetten Schriftzügen und dem Jugendfoto der Duras nahm sich auf der Plastiktischdecke mit dem europäischen Herbstlaubmotiv seltsam aus. Dass Veras Stammplatz frei geblieben war, während wir unseren Spaziergang gemacht hatten, war selbstverständlich. Niemand hätte es gewagt, ihn in Beschlag zu nehmen. Dafür sorgte schon Luther, der Kellner, oder Bouncy, die Frau an der Durchreiche zur Küche.

Vera wohnte für gewöhnlich die Hälfte des Jahres in Accra und ansonsten in Berlin. Inzwischen kam sie seit über zehn Jahren zum Drehbuchschreiben nach Ghana, und genau genommen hatte es mich ihretwegen hierher verschlagen. Ich war schon seit Jahren nicht mehr in Deutschland gewesen.

»Was macht dein Buch?«

Die Frage, die ich gefürchtet hatte. Ich musterte die Decke über uns, die notdürftig und lieblos mit Mörtel geflickt worden war. Dann sah ich mir die Riesenwelle an, eine weitere naive Malerei, die eine der Restaurantwände zierte.

Vera wartete geduldig auf meine Antwort.

Das Buch. Was sollte ich sagen?

Ich war nicht mal sicher, ob es ein Roman wurde oder ein Sachbuch. Ging es, wie ich mir einbildete, um Religion und Politik? Oder doch eher um Tropenkrankheiten und die Folgen von Sklavenhandel und Kolonialzeit? Waren die sechzig Seiten Manuskript, die ich bislang hatte, schon eine sichere Beute oder nur ein Köder, der mir bei nächster Gelegenheit wieder vom Angelhaken rutschte? Ich wusste nur eines: Schreiben war für mich kein Hobby. Das Buch war mir wichtig. Meine Tätigkeit als Scout war lediglich eine Freizeitbeschäftigung, auch wenn sie gut bezahlt wurde. Und klar war auch, dass ich nicht vorhatte, ein gottverdammtes Drehbuch zu schreiben. Mit dem Filmemachen wollte ich nichts zu tun haben, denn mein verstorbener Vater war Produzent gewesen.

Ich räusperte mich. »Läuft ganz gut ...«

Vera nickte. Mit einem Wink bedeutete sie Luther, das Essen aufzutragen. Der Kellner reagierte mit einem Lächeln und wandte sich an Bouncy, die ihren Oberkörper in die Durchreiche zwängte und etwas in die Küche schrie.

Mittlerweile war die Hälfte der Tische besetzt. Die meisten Stammgäste, die auf den grünen Plastikstühlen saßen, waren mir vertraut. Ein bunter Haufen, der vor allem mit Büchern, Zeitungen und Kleincomputern beschäftigt war. Individualisten und Einzelgänger. Sie passten zu einem Hotel, über dem der Hauch des Verfalls lag.

»Wenn du dich schon als Autor durchs Leben quälst, solltest du es für ein anständiges Honorar tun.« Vera war wieder bei ihrem alten Thema.

»Wer sagt denn, dass ich mich quäle?«

Draußen war es jetzt dunkel, und die Lichter von James Town leuchteten in der Ferne. Am Strand ertönten Trommeln.

»Einen glücklichen Eindruck machst du nicht gerade, mein Lieber.«

»Das kommt vom Klima.«

»Du solltest Drehbücher schreiben, Victor. Das liegt dir im Blut.«

Ich dachte an meinen Vater. »Im Blut habe ich meistens bloß Parasiten. Und Malaria hat meines Wissens nichts mit Schriftstellertalent zu tun.«

Sie lächelte. »Ist Schreiben nicht auch ein Fieber?«

Luther servierte uns mit aufgekratztem Gerede das Abendessen und ersparte mir dadurch eine Antwort.

9

Am Morgen sah es nach Regen aus.

Sollte die Trockenzeit tatsächlich zu Ende gehen? Ich freute mich bereits auf die Froschkonzerte, die ich in den letzten Monaten so schmerzlich vermisst hatte. Dreißig Grad Hitze sollten sich endlich wieder mit neunzig Prozent Luftfeuchtigkeit paaren, um den Dreck in der Umwelt zu binden.

Die Luft in meiner Wohnung stand bereits wieder. Duschen, abtrocknen – und schon sickerte einem der Schweiß über Brust und Rücken in den Hosenbund, was zu ständigen Hautreizungen führte, die ich als »ghanaische Gürtelrose« bezeichnete.

Wie gewohnt war ich gegen sechs aufgestanden und hatte mir einen Kaffee gemacht. Rechtzeitig, bevor die Büros von Accra online gingen, versuchte ich meine E-Mails abzurufen. Trotz der beiden Provider, die ich bezahlte, blieb es wie so oft beim Versuch. Weder *NEC* noch *Africa Online* vermochten mich mit der angeblich vernetzten Welt in Verbindung zu bringen. In Ghana war es an der Tagesordnung, dass ein Provider mitsamt seiner Technik umziehen musste, weil seine Büros wegen Mietrückständen von der Polizei zwangsgeräumt wurden. Doch über so was regte ich mich längst nicht mehr auf. Geduld war in diesen Breiten gesundheitsfördernd.

Beim Frühstück las ich Zeitung und hörte, wie die Hausmädchen der diversen Mietparteien über die Feuerleiter zum Dienst in ihren Küchen antraten. Die enge Wendeltreppe war aus Stahl und geriet bei jedem Schritt in Schwingungen, wie eine Stimmgabel. Lautes Scheuern und Schrubben verrieten, dass Paul, der Hausmeister, die offenen Abwasserrinnen im Hinterhof säuberte.

Ich brachte das Geschirr in die Küche und stellte es für Billy ins Spülbecken. Er kam von Montag bis Freitag um die Mittagszeit für zwei bis drei Stunden zum Putzen, Waschen und Bügeln. Morgens und am Wochenende wollte ich meine Ruhe haben. Ich brauchte niemand, der mir das Frühstück machte oder für mich kochte. Obwohl Billy ein verdammt guter Koch war. Er war nicht irgendein Houseboy. Billy war mein Majordomus. Selbst wenn er am Bügelbrett stand, tat er es mit gelassener Würde. So, wie er hauptberuflich als Barkeeper und Mädchen für alles in der Abafun Lodge arbeitete. Bei nächster Gelegenheit wollte ich ihn fragen, was er von einem Gast namens Albin Grau hielt.

Der alte Telefonapparat im Wohnzimmer klingelte. Ich ging zum Schreibtisch und nahm ab.

Es war Grau.

»Wir haben gar nicht über die Zahlungsmodalitäten gesprochen, Herr Voss.«

»Dollar oder Euro. Bar oder Travellerschecks. Die Hälfte vor Abfahrt. Der Rest nach Rückkehr.«

»Geht in Ordnung. Dollar. Cash. Sorry für die Störung.«

»Keine Ursache. Bis dann.«

Ich legte auf und blickte sekundenlang auf den schwarzen Ordner mit dem Manuskript, der vor mir lag. Dann schlug ich ihn auf, nahm das letzte Blatt, das ich geschrieben hatte, und las:

Oft genug wird erwähnt, Afrika müsse sich anstrengen, um zu den anderen Kontinenten aufzuschließen. Dabei wird gern übersehen, dass es Vorreiter ist, wenn es um das Verständnis der engen Verzahnung zwischen Religion und Politik geht.

Religion ist der Glaube an die Existenz einer unsichtbaren Welt, bewohnt von Geistern, die angeblich das Leben der Menschen in der materiellen Welt beeinflussen können. Das gilt – bitte, vergessen wir das nicht – sowohl für den Heiligen Geist des christlichen Glaubens als auch für die Wassergöttin Mammy Wata, deren Heimat die Atlantikküste Westafrikas ist.

Und wenn wir schon bei Fragen der Vernunft und afrikanischem Geisterglauben und Opferritualen sind: Die unbefleckte Empfängnis der Gottesmutter, die Verwandlung von Wein und Brot in das Blut und Fleisch Christi (vom Verzehr ganz zu schweigen), und ein Heiland, der über das Wasser laufen kann – das ist alles nicht an den Ufern des Volta erfunden worden.

Der Vatikan hat erst 1999 sein neu überarbeitetes Regelwerk für den »Großen Exorzismus« neu überarbeitet. Demnach wird die kirchliche Lehre über die Existenz dämonischer Mächte weiter als zum Glauben gehörig angesehen. Die Befreiung vom Bösen gehört seit 2000 Jahren zur Praxis der Kirche. Auch Jesus hat Dämonen ausgetrieben. Und ein »Kleiner Exorzismus« ist bereits Bestandteil des Taufrituals, bei dem Paten und Eltern stellvertretend für das Kind »dem Bösen entsagen«.

Reine Lehre?

Oder Aberglaube und Schamanismus?

Ich legte das Blatt zu den anderen Manuskriptseiten zurück und schloss den Ordner. Vor nicht allzu langer Zeit hatte ich mir einen riesigen Schreibtisch aus Odum bauen lassen. Als könne der gigantische Arbeitsplatz aus Eisenholz die Aufgabe, die ich an ihm bewältigen wollte, kleiner machen.

Veras Worte vom Vorabend klangen mir im Ohr.

»Wenn du dich schon als Autor durchs Leben quälst …«

Im Moment war ich froh, eine bezahlte Tour vor mir zu haben und damit auch eine Entschuldigung, der eigentlichen Herausforderung guten Gewissens für ein paar Tage aus dem Weg gehen zu können.

Schrieb ich überhaupt?

Oder tat ich nur so und recherchierte mich dabei langsam, aber unerbittlich in eine Sackgasse?

Ich floh in die Küche.

Durch die Hintertür trat ich auf die Feuerleiter und genoss die Morgenstimmung im Hof. Die propere Frau des Hausmeisters pflückte eine Papaya, ihr Jüngstes auf den Rücken gebunden. Einer der Wachleute schlug mit dem Buschmesser eine Kokosnuss auf. Das Hausmädchen der indischen Familie, die ein Stockwerk über mir wohnte, hängte Wäsche auf die Leine. Das halbe Dutzend Hühner lief frei umher, pickte und gackerte und wurde dabei unermüdlich vom Hahn verfolgt. Und die gelben und rosa Blüten der Oleanderbüsche leuchteten trotz des grauen Himmels hell und aufmunternd.

Ich winkte dem Hausmeister zu. Paul zeigte mir sein strahlendes Lächeln und erwiderte den Gruß. Er stand auf den Schrubber gestützt neben der Abflussrinne und wartete, bis ein Schwall schaumiges Waschmaschinenabwasser, der sich aus dem Fallrohr in den schmalen Zementkanal ergoss, vorbeigeströmt war.

Pauls kleiner Sohn kam aus dem Dienstbotentrakt und lief auf seinen Vater zu. Er war ein lebhafter Junge mit schmächtigem Körper und großen Segelohren. Er sah aus wie ein fröhliches Teufelchen, weshalb Vera ihm wohl den Spitznamen *Little Nosferatu* verpasst hatte. Dass sie den Jungen auch im Beisein der Eltern so nannte, war mir immer etwas peinlich. Aber Paul und seine Frau fanden es witzig. Wahrscheinlich, weil sie selbst bei der Taufe Fantasie bewiesen hatten, denn ihr Sohn hieß Armin. Paul hatte mir mal erzählt, sie hätten den Stammhalter bei einem Besuch im bitterkalten Europa unter der Heizdecke des deutschen Gastgebers gezeugt und dessen Vornamen aus purer Dankbarkeit übernommen.

Armin alias *Little Nosferatu* schien jedenfalls magische Kräfte zu besitzen, denn kaum war er in Erscheinung getreten, riss die Wolkendecke über uns auf, die Sonne setzte sich durch, und die Regenzeit rückte wieder in weite Ferne.

Ich fluchte laut, nahm die Liste, die ich gestern Abend noch getippt hatte, und machte mich zum Golden Tulip auf, um Hauptmann Montag zu treffen. So stand es jedenfalls auf der Visitenkarte, die mir seine untergebenen Schirmmützenträger überreicht hatten.

CAPTAIN KOJO KUMA
Chief Security Officer.

10

»Sie sind Mitglied im *Smash & Splash Health Club* des Labadi Beach Hotel?«, fragte der Captain und bedachte mich mit einem erstaunten Blick.

»So ist es.« Die Mitgliedskarte stand als Verlustsache auf der Liste, die mein Gegenüber studierte, als wäre sie die Bibel und er ein sehr gläubiger Mann.

»Und warum kommen Sie nicht zu uns, um Ihre Freizeit zu genießen?«

Ich hielt den vorwurfsvollen Tonfall aus. Der Captain wusste, was sich für einen Mann in seiner Stellung gehörte: Loyalität zum Arbeitgeber und tadelloser Auftritt. Beides konnte ich nicht in Abrede stellen. Er war einer jener pensionierten Armeeoffiziere, auf die Ghana stolz sein konnte. Ein lebendes Beispiel für die im Lande weit verbreitete Ansicht, die Polizei sei unzuverlässig und korrupt, die Streitkräfte jedoch verlässlich und unbestechlich. Der Captain war ein gut aussehender Senior, frisch gebügelt und frisiert. Zudem hatte er ausgezeichnete Manieren. Trotzdem musste ich ihn ein bisschen ärgern.

»Wenn man mir in Ihrem Hotel schon während des Mittagessens den Wagen ausräumt, was soll dann erst werden, wenn ich hier regelmäßig Sport treibe?«

Der Captain schmunzelte. Einen Return konnte jemand wie er gut verkraften. Er widmete sich erneut der Liste. Wir saßen uns an seinem winzigen Schreibtisch gegenüber. Das ganze Büro stand im krassen Widerspruch zu Stellung, Uniform und Visitenkarte des Mannes. Der Begriff Abstellkammer hätte es ziemlich auf den Punkt gebracht. Tiefkühltruhe wäre jedoch auch treffend gewesen, denn die Klimaanlage arbeitete auf Hochtouren.

»Und der Mitgliedsausweis war in dieser Sporttasche?«, hakte er nach.

»Korrekt.«

»Zusammen mit den Turnschuhen, dem blauen T-Shirt und den Shorts …«

Ich nickte.

»Und *The Economist* war auch dabei.«

Zugegeben, es war mir selbst ein wenig pedantisch vorgekommen, auch die Zeitschrift auf die Liste zu setzen. Aber wenn man mir schon Hausaufgaben aufbrummte …

»Und ein Roman.«

»*Up Country* von Nelson DeMille.«

»Wie ist der?

»Spannend. Bekommen Sie im Presseladen in der Lobby.«

Er kratzte sich am Ohr. »Sie liegen wohl doch mehr herum, als Sport zu treiben.«

»Wie kommen Sie darauf?« Versuchte der Mann es jetzt mit salopper Unhöflichkeit?

»Sie lesen dabei.«

»Tja …«

»Faber-Castell …?«

Ich war sicher, *pencil* dazu geschrieben zu haben. »Das ist ein Druckbleistift.«

»Interessant.«

»Ich unterstreiche manchmal was beim Lesen – die guten Stellen.«

»Toilettenartikel?«

»Ich wasche mir nach dem Schwimmen die Haare.«

»Dreihunderttausend Cedis in Fünftausenderscheinen.«

»Ja.«

Der Captain vertiefte sich weiter in die Liste, schüttelte den Kopf und atmete hörbar aus. »Und dann wäre da noch …«, er musterte mich streng, »… wenn ich richtig lese – ein Sarg.«

Ich überlegte, wie ich das schlüssig erklären konnte.

»Und nur einen halben Meter lang, wie Sie hier angeben, das sind nicht mal zwei Fuß, wer soll da reinpassen?« Ein Kopfschütteln.

»Genaugenommen sind es sechs Särge.«

Der Captain verstand nur noch Bahnhof.

»Sie kennen doch sicher diese russischen Puppen …«

Er war jetzt eindeutig ratlos.

»Ich habe den Sarg nur wegen seines ideellen Wertes angegeben«, sagte ich kleinlaut. »Er ist als Geschenk gedacht.« Nur gut, dass ich nicht auch noch erwähnt hatte, es handele sich dabei um eine Art Luxuskugelschreiber. Ein weiteres Markenschreibgerät – und dann auch noch als Sarg – hätte den Captain unweigerlich in Fassungslosigkeit gestürzt. Beerdigungsfeiern waren in Ghana zwar ungemein populär, aber es gab Grenzen.

»Glauben Sie an Gott oder den Teufel?«, fragte er, ohne mich dabei anzusehen.

GOD IS GREAT!

In Ghana waren Glaubensgemeinschaften aus aller Welt vertreten: hinduistische, buddhistische, christliche und islamische, in allen erdenklichen Variationen – die traditionellen einheimischen Religionen nicht zu vergessen. Die meisten dieser Kirchen waren damit beschäftigt, das Böse zu bekämpfen. Und der Captain war immerhin für Sicherheit zuständig. Vielleicht gehörte er zu jenen Überzeugungstätern, die sich bei nächtlichen Messen um den Verstand sangen. Trotzdem ging ich das Risiko ein.

»Genau genommen überzeugt mich keiner von beiden so richtig.«

Er runzelte die Stirn, ließ das Ganze auf sich beruhen und stand auf. »Sehen wir uns das Video an.« Er schob eine Kassette in den Recorder, schaltete den Bildschirm ein und setzte sich wieder.

Die Überwachungskamera hatte meinen Wagen genau im Visier. Auch der brusthohe Zaun zur Liberation Road war gut zu erkennen. Ein Motorradfahrer schob sein Zweirad von der Fahrbahn durch die Passanten auf dem Gehsteig und lehnte es gegen den Zaun.

Dann ging alles sehr schnell.

Mit einem Satz war der Motorradfahrer über dem Zaun und an meinem Wagen. Um das Schloss der Beifahrertür zu knacken, brauchte er nicht mehr als drei Sekunden. Dann räumte er ab. Er trug Sonnenbrille, Schirmmütze und hatte sich einen dünnen Schal über die Nase gebunden. Er war drahtig und agil. Aber das waren viele Afrikaner. So schnell, wie er aufgetaucht war, verschwand er mit Beute und Motorrad wieder im Verkehr. Das Nummernschild seiner Maschine war nicht zu sehen.

Keiner der Passanten hatte reagiert. Dass auch das Wachpersonal geschlafen hatte, wusste ich bereits. Neu aber war: Der Täter hatte den Minisarg nicht angerührt. Er hatte lediglich den Fahrgastraum geplündert.

»Der Wächter, der für diesen Abschnitt zuständig war, wurde bereits gefeuert«, sagte der Captain.

LIFE IS A LESSON.

»Der Dieb hat den Sarg zurückgelassen«, stellte ich fest.

»Ich weiß. Jemand anderes muss ihn mitgenommen haben.«

»Dann muss es doch auf dem Band zu sehen sein.« Ich wandte mich wieder dem Monitor zu.

»Dieses Band war leider zu Ende, nachdem der Wagen aufgebrochen wurde. Es wurde routinemäßig gegen ein neues ausgewechselt.«

Wie zur Bestätigung blieb das Video mit einem leisen Knacken stehen. Der Bildschirm zeigte nur noch Schneegestöber.

Ich schaute den Chef des Sicherheitsdienstes an. »Dann ist es also auf dem nächsten Band.«

Captain Kojo Kuma machte ein betrübtes Gesicht. »Leider ist auf dem Folgeband nichts zu sehen … nur das …« Mit einer müden Geste deutete er auf den flimmernden Monitor.

Ratlos schaute ich ins Schneegestöber.

»Entweder wurde es später gegen ein leeres ausgetauscht oder gelöscht. Von Unbefugten natürlich. Leider.« Der Captain seufzte.

Also war ich schuld. Ich hatte einfach zu lange beim Friseur gesessen.

»Natürlich könnten wir die Polizei einschalten …«

Sein Lächeln verriet, dass er das für keine gute Idee hielt. Ich hatte keine Lust, ihm entgegenzukommen.

»Aber eigentlich möchten wir der Sache gern selbst nachgehen. Sie bekommen den Wert, den Sie für Ihre Sachen angegeben haben, selbstverständlich ersetzt – in Cedi.«

Der Captain hatte sich bereits mit dem Management abgesprochen. Der Ruf des Hotels stand auf dem Spiel. Ich ließ ihn noch ein bisschen hängen.

Er räusperte sich. »Ich hoffe, Sie sind einverstanden.«

»Was ist mit dem Sarg?«

»Sie sprachen von einem ideellen Wert. Deshalb würde ich in diesem speziellen Fall gern versuchen, ihn wiederzubeschaffen. Geben Sie mir eine Woche.«

»Okay.«

Der Captain grinste zufrieden und erhob sich. »Dann gehen wir zur Kasse.«

MONEY MATTERS.

11

»Es ist merkwürdig, aber ich habe ihn nicht gesehen, Sir«, sagte Billy und polierte dabei ein Whiskyglas auf Hochglanz, als hinge sein Job davon ab.

»Aber du hast mir doch eben noch erzählt, du wüsstest, von wem ich rede.«

Ich hatte mich am späten Nachmittag entschlossen, in der Abafun Lodge vorbeizuschauen. Vielleicht konnte ich noch etwas über Albin Grau in Erfahrung bringen, bevor ich den Ausflug mit ihm unternahm. Dass er gerade in der Stadt unterwegs war, kam mir gelegen. Noch war ich der einzige Gast in der Bar. Zum Essen war es zu früh, daher begnügte ich mich fürs Erste mit dem Bier, das Billy mir gezapft hatte, und blätterte in einer der deutschen Zeitungen.

»Ich meine hier drin.« Billy deutete mit dem Daumen über die Schulter.

Ratlos betrachtete ich die Flaschensammlung hinter ihm.

»Im Spiegel, Sir.«

Ich musterte das, was von meinem Gesicht zwischen den Flaschenhälsen zu erkennen war. »Was meinst du denn damit?«

»Mister Grau hat gestern hier an der Bar gesessen. Als ich ihm einen Drink gemacht habe, ist mir aufgefallen, dass er nicht im Spiegel zu sehen war.«

»Blödsinn!«

Billy nahm meine Bemerkung persönlich. »Wie Sie meinen, Sir.« Mit beleidigter Miene stellte er das blitzblanke Glas ins Regal, nahm seine Brille ab und putzte sie ebenso sorgfältig.

»Du willst also ernsthaft behaupten, der Mann wäre verhext oder so was Ähnliches«, sagte ich.

»Ich behaupte gar nichts, Sir. Ich weiß nur, was ich sehe – und was ich nicht gesehen habe. Und ich hatte meine Brille auf, als es mir auffiel.« Er setzte das Nickelgestell mit den runden Gläsern wieder auf die Nase und widmete sich einem Weißbierglas.

»Billy hat recht. Der Typ ist komisch.« Gerda tauchte in der offenen Tür des kleinen Verwaltungsbüros auf, das direkt neben der Bar lag. Die Chefin war Deutsche. Wie immer war sie salopp gekleidet. Sie war hager und ihr Alter schwer bestimmbar. Gerda hatte einiges hinter sich, ohne dass es sie in die Knie gezwungen hätte. Sie war die gute Seele der Lodge, beliebt und geachtet. Die

Bandbreite ihrer Auftritte reichte von zuverlässiger Freundin bis zum strengen Feldwebel, den sie bei Bedarf herauskehrte. Sie legte einen Aktenordner auf den Tresen, setzte sich zu mir und brummte: »Scheiß Buchhaltung.«

»Wenn Herr Grau so seltsam ist, hast du ihn hoffentlich im Voraus bezahlen lassen.«

»Du wirst lachen – aber er hat es von sich aus getan«, antwortete sie, ohne aufzublicken.

»Seien Sie vorsichtig, wenn Sie mit ihm unterwegs sind, Sir.«

Bill Rawson war ein lieber Kerl. Intelligent und freundlich, und er hatte Manieren. Aber manchmal konnte er einem auf die Nerven gehen.

»Ich habe heute Mittag Ihre Safarihemden gebügelt.« Er lächelte verschmitzt.

So war er. Er dachte mit und sorgte für mich. Aber eigentlich wollte er nur ein, zwei Tage frei haben, während ich unterwegs war. Ich nickte und hielt zwei Finger hoch.

»Danke, Sir.«

Drei wären ihm lieber gewesen. Dann hätte er das Wochenende dranhängen können. Aber ein Mindestmaß an Ordnung schien mir geboten. Vor allem im Beisein seiner Chefin.

»Achten Sie mal darauf, ob er einen Schatten wirft, Sir. Hier in der Bar konnte ich das nicht überprüfen.«

»Schon gut. Ich behalte ihn im Auge, wenn die Sonne scheint.« Ich hatte nicht vor, mich weiter an diesen abergläubischen Spekulationen zu beteiligen.

Gerda schaute mich an. »Wie geht es Vera?«

»Gut.«

»Sie lässt sich überhaupt nicht mehr sehen.«

»Das hat nichts zu bedeuten. Du weißt doch, dass sie ihre Herberge genießt. Sie hat dort alles, was sie braucht.«

»Kann ich ja verstehen …« Gerda seufzte. Das Riviera Beach hatte für sie in etwa den gleichen Stellenwert wie Ricks Bar in *Casablanca*.

Ich besann mich auf den eigentlichen Grund meines Besuchs und fragte: »Hast *du* Herrn Grau zu mir geschickt?«

»Dann hätte ich dir vorher Bescheid gesagt, Victor.« Sie lächelte. »Hier verkehren viele Leute, die deine Dienste gern weiterempfehlen.«

Ich nickte. »Und was kommt *dir* so komisch an dem Mann vor?«

»Er ist irgendwie schräg.« Ein Schulterzucken. »Sieht ja auch ein bisschen kauzig aus. Aber das ist auch alles.«

Nicht sehr aufschlussreich.

Drei bekannte Veteranen der deutschen Kolonie Accras kamen herein und begrüßten uns. Sonnenverbrannte Schädel und stattliche Bierbäuche über ausgebeulten Kakishorts. Bereit für Schnitzel, Sauerbraten und Gerdas berühmten Wurstsalat.

Ich kannte das Ganze, hatte selbst ein halbes Jahr hier gewohnt, bevor ich auf die Wohnung im Andoh House gestoßen war. Vor allem die Sonntage hatte ich geliebt, an denen – bis auf das Frühstück für die Pensionsgäste – Ruhetag im Restaurant war. Gerda pflegte dann im Schatten beim Pool an ihrer Singer-Nähmaschine zu sitzen und riesige weiße Vorhänge oder andere nützliche Sachen zu nähen. Nachmittags kam meist ihre deutschstämmige Freundin zu Kaffee und Kuchen, worauf sich beide in Erinnerungen an ihre verflossenen ghanaischen Ehemänner ergingen.

Noch bevor das Bier richtig strömte und die Küche die ersten Bestellungen entgegennahm, tauchte der Schweizer auf. Er war ebenfalls ein alter Bekannter. Der zierliche Mann aus Genf mochte um die sechzig sein, war militanter Pfeifenraucher und stets gekleidet wie ein britischer Gentleman. Wäre es nicht so heiß gewesen, hätte er sicher Tweed getragen. Doch damit erschöpften sich die angelsächsischen Anklänge, denn sein französischer Akzent übertönte gnadenlos jedes englische Wort, das er herausbrachte. Mehrmals im Jahr kam Monsieur nach Accra, um seinen ghanaischen Zulieferer aufzusuchen, der ihn mit Rohstoff für sein eidgenössisches Geschäft belieferte. Es ging um Fruchtsäfte und Marmeladen.

Der Schweizer baute sechs Flaschen mit goldgelber Flüssigkeit in hellerer und dunklerer Tönung auf dem Tresen auf und bat Billy um Gläser. Eine der legendären Saftproben stand an. Monsieur nahm die Pfeife aus dem Mund, lächelte in die Runde der potenziellen Vorkoster und sagte: »Ananas.«

Die germanischen Veteranen schüttelten sich vor Ekel, winkten ab und wandten sich demonstrativ ihrem Bier zu. Billy, Gerda und ich waren bereit. Gerda rief noch Polly, das ghanaische Küchenmädchen, und Charles, den togoischen Koch, herbei, während der Schweizer Stift und Notizblock zückte, um die Testergebnisse festzuhalten.

In der nächsten Viertelstunde probierten wir reihum in kleinen Schlucken das Angebot und gaben unsere Bewertung ab. Nachdem wir unsere Pflicht getan hatten, zog Monsieur sich zufrieden zurück. Er verbrachte die Abende für gewöhnlich auf seinem Zimmer und sah fern.

Dann servierte die Küche die ersten Speisen, und auch ich bestellte mir ein Wiener Schnitzel.

12

Eine Stunde später war die Bar brechend voll und der Geräuschpegel erheblich gestiegen.

Die Vertreter deutscher Firmen und staatlicher Organisationen, die nur für ein paar Jahre nach Westafrika entsandt waren, sahen trotz Alkoholeinwirkung und unvorteilhaften Lichts noch recht gesund aus. Dagegen zeigten die seit langem gestrandeten Desperados deutliche Anzeichen eines schleichenden Verfalls. Der Anblick von Weißen, die in den Tropen allmählich vor die Hunde gingen, ekelte mich an. Und zwar schon am frühen Morgen, wenn ich in den Spiegel schaute. Daran konnte auch ein Schuss Afroblut nichts ändern. Mit nur einem Viertel schwarzer Gene galt ich hierzulande als *obroni*, als Weißer. Ganz im Gegensatz zum Halbschotten Jerry John Rawlings, der fünfundzwanzig Prozent mehr hatte.

Während ich noch meinen morbiden Gedanken nachhing, hatte Dax einen seiner energiegeladenen Auftritte. Er stürmte die Bar in gewohnter Manier. Ein Torjäger vom Typ Gerd Müller. Ein Wühler, immer auf den nächsten Treffer aus. Dax war nicht groß, aber kompakt. Eigentlich hieß er Maximilian Dachs. Er war stets gut gelaunt und hatte für sein Alter ziemlich wenig Haare. Er trug Zivil, doch an seiner Brust baumelte am blauen Halsband der Spezialausweis, der ihn zum Schrecken aller Flugpassagiere machte, die illegal nach Deutschland einreisen wollten. Dax war vom Grenzschutz, und sein Revier war der Kotoka International Airport.

Dax verfügte über den Instinkt eines Drogenhundes. Schon die Körpersprache eines Passagiers verriet ihm meist, wen er zur Seite bitten konnte. Wenn nicht, war spätestens am Schalter Schluss, wenn die Papiere vorgelegt wurden. Dax erkannte ein gefälschtes Visum mit bloßem Auge. Das war sein Job. Ganz besonders scharf war er auf Nigerianer mit Diplomatenpass, die als Kinderschleuser arbeiteten. Offiziell war Dax der Botschaft zugeteilt. Da sein jeweiliger Auslandseinsatz für gewöhnlich nur ein halbes Jahr dauerte, residierte er in der Abafun Lodge. In Ghana war er bereits zum zweiten Mal.

Da Dax seinen Ausweis noch trug, kam er direkt vom Flughafen. Das wurde auch durch die Handvoll Männer klar, die ihm folgten. Das Rückführungsteam des Lear Jet. Es brachte die Kandidaten zurück, die es trotzdem bis nach Frankfurt geschafft hatten. Wen Dax aufgrund unsicherer Beweislage nicht direkt zur Strecke bringen konnte, den erledigte er durch nachgereichte Informationen. Manchmal spielte ihm mangelnde Kooperation – sprich Korruption – der offiziellen Stellen oder die bloße Nachlässigkeit der betroffenen Fluglinie einen Streich. Doch fünf bis sechs Flugstunden reichten meist aus, um das Empfangskomitee in Deutschland rechtzeitig zu alarmieren.

Dax legte den Packen deutschsprachiger Zeitungen, den er unter den Arm geklemmt hatte, vor mir ab, schlug mir auf die Schulter und sagte: »Such dir was aus, bevor die Meute zuschlägt.« Dann legte er auch den mit Gummiband gesicherten Sechserpack Dienstpässe auf den Tresen, nahm die übliche Flasche Mini-*Star* von Billy entgegen und leerte sie in einem Zug. Dax trank in Afrika prinzipiell kein gezapftes Bier. Er hatte eine nahezu krankhafte Angst vor allem, was mit Fässern, Leitungen und Hähnen zu tun hatte.

»Und … wie geht's dir derzeit in deinem Viertel?« Er unterdrückte einen Rülpser.

»Wieso fragst du?«

»Keine Unruhen? Bei dir um die Ecke ist doch das *White House*.«

Weißes Haus hieß im Volksmund das Hauptquartier der Ghana Airways, auch Ghanair genannt. Die nationale Fluglinie, die selten abhob. Und wenn, dann verspätet. Dafür war sie billig. Vorausgesetzt, man schlug die Kosten der unfreiwilligen Wartetage nicht auf den Ticketpreis.

»Ist mal wieder alles eskaliert«, sagte Dax.

»Welcher Flug?«

»London. Sollte Sonntagmorgen um neun abheben, wurde aber kurzfristig wegen *technischer Probleme* gecancelt. Die ersten fünfzig Passagiere haben schon ab vier Uhr früh Schlange gestanden. Kein Mensch hat ihnen was gesagt. Du kennst das ja. Das Personal hat sich mal wieder komplett verpisst.«

Der Engländer und der Kanadier, die wie Dax ihren Dienst am Flughafen taten, betraten mit ihren Ehefrauen die Bar und wurden von ihren deutschen Kollegen lautstark begrüßt.

Ich unternahm einen erfolglosen Versuch, mit dem deutschen Trainer der ghanaischen Fußballnationalmannschaft ins Gespräch zu kommen. Wie so oft hing er wortkarg und trübsinnig über seinem Bier. Er stand kurz vor dem Rausschmiss. Das füllte seit Wochen die Zeitungen und war weit wichtiger als die Performance der nationalen Fluglinie. Egal, wie gut oder schlecht mein Landsmann in seinem Job auch sein mochte: Der Mann hatte keine Chance. Die *Black Stars* waren Heilige, die Fußballfunktionäre Chaoten, und entsprechend kurz war das berufliche Überleben ausländischer Trainer. Es war wie in der Entwicklungshilfe. Man fragte sich immer, warum die Afrikaner es nicht einfach selber machten.

Dax wandte sich wieder an mich. »Und wie läuft das Geschäft?«

»Ich habe morgen eine Tour mit einem Herrn, der hier wohnt. Albin Grau«, sagte ich in der Hoffnung, er hätte eventuell etwas Erkennungsdienstliches für mich.

»Ach, der Blutarme...«

Ich trank einen Schluck und schaute Dax fragend an.

Er grinste. »Zahnhälse, so lang wie bei einem alten Gaul, und das Zahnfleisch blass wie bei einer Wasserleiche. Nicht gerade der Typ für Mundwasserwerbung.«

So waren sie, die Passbild- und Visakontrolleure. Präzise Feinauflöser.

»Kam übrigens aus Lagos«, fügte er mit düsterem Tonfall hinzu.

Für Dax kam alles Böse aus Lagos. Seit den Zeiten, in denen

er in Nigeria gearbeitet hatte, war seine Meinung wie in Stein ge-
hauen. Grenzschützer gingen ihrem Dienst in Lagos unter lebens-
gefährlichen Bedingungen nach. Sie wurden mit gepanzerten Li-
mousinen zum Flughafen gefahren. Dagegen war Accra ein Hort
des Friedens.

»Und was sagt uns das über Herrn Grau?«

»Nix!« Dax prostete mir zu. »Solange nichts gegen den Mann
vorliegt, kannst du ihn ruhig rumkutschieren.«

13

Wie immer, wenn ich zu einer neuen Tour aufbrach, verspürte ich
ein vages Glücksgefühl.

Ich wollte es mit den beiden Graupapageien der Abafun Lodge
teilen und brachte ihnen die Reste der Papaya, die Grau auf seinem Frühstücksteller zurückgelassen hatte, bevor er auf sein Zimmer verschwunden war, um sich reisefertig zu machen. Die Vögel
vertrugen sich nicht, deshalb hatte jeder seinen eigenen Käfig. Sie
standen im Innenhof, direkt vor Gerdas Wohnung. Die Vorhänge
waren noch zugezogen. Die Chefin schlief meist bis Mittag.

»Quatschkopf«, begrüßte mich Zille, der Sprecher der beiden
Papageien.

Ich klemmte ihm ein Stück Papayaschale mit reichlich Frucht-
fleischresten zwischen die Gitterstäbe.

Graurock tat so, als interessiere ihn das alles wenig. Er spreizte
seine knallroten Schwanzfedern und sagte: »Fick dich ins Knie.«

Auch das in glasklarem Deutsch. Es war umstritten, ob ihm
das eine frustrierte Gerda oder ein betrunkener Gast beigebracht
hatte. Ich versorgte auch seinen redefaulen Artgenossen mit einem
Stück Schale. Der pfiff mir etwas vor, was nach Panflöte klang,
und machte sich an die Mahlzeit.

»Morgen, Victor«, rief mir Dax zu, während er in Gummilatschen zum Frühstückstisch schlurfte.

»Schon so früh auf den Beinen?« Ich setzte mich zu ihm unter das Vordach. Noch war es im Schatten angenehm kühl.

»Du machst mir Spaß. Ich hocke schon seit zwei Stunden am Laptop und lade Personaldateien runter.«

Er musste mir nicht erklären, welchen Frust das mit sich brachte. Sein Notebook und sein Zugang waren zwar besser als mein Amateurspielzeug, aber das hieß noch lange nicht, dass die Lebensläufe seiner Klienten auch immer mit dem dazugehörenden Foto ankamen.

»*Down ... loading ... da ... da ...*«, sang Dax, schlug seinem Frühstücksei den Kopf ab und verscheuchte nebenbei die beiden Katzen, die sich ihm unsittlich genähert hatten.

Ich musterte das Che-Guevara-Motiv auf seinem T-Shirt.

»Ist das mit deinem Beruf vereinbar?«

Dax schaute mich an, blickte dann auf seine Brust und sagte: »Na klar.« Er grinste. »Toten soll man Respekt zollen.«

»Damit kommst du in Ghana sicher gut durch.«

»Apropos ... wir sollten mal wieder zusammen zu einer Beerdigung gehen, Alter. Ist besser als jede Party.«

»Aber nur, wenn du trommelst, Dax.«

Er lachte laut. »Jetzt erzähl ich dir mal was ...«

Ich wartete.

»Es gibt Ghanaer, die heißen tatsächlich: Oppong Kyekyeku Chancellor Kohl.«

»Solange sie es nicht mit *Bundeskanzler* versuchen.«

Dax hatte sich mehr Begeisterung meinerseits versprochen. »Schon gut. Aber das hier wird dir einen Lacher wert sein.« Er trank einen Schluck Kaffee. »Weißt du, warum die Europäer neuerdings Schwimmlehrer als Entwicklungshelfer in Afrika einsetzen?«

Ich schüttelte den Kopf.

»Damit die Afrikaner es in Zukunft besser durchs Mittelmeer schaffen.«

Das Lachen besorgte Dax selbst, und bevor ich irgendeine Reaktion zeigen musste, trat der Schweizer auf, der mit Pfeife und ghanaischem Zulieferer zu Frühstück und Geschäftsverhandlungen schritt.

»*Good morning, gentlemen*«, begrüßte er uns.

Wir erwiderten den Gruß.

Dann kam Grau aus dem Gästetrakt. Er hatte sich in eine Kombination aus Dschungelkampfanzug und Wüstenforscheroutfit geworfen. Unten olivgrün. Oben sandfarben. Jede Menge Taschen und Schlaufen. Alles bestens geschnitten. Wahrscheinlich die Spezialanfertigung eines deutschen Safariausrüsters.

»Netter Strampelanzug«, flüsterte Dax mir zu.

Statt der Krawatte hatte Grau ein locker geknotetes, blutrotes Halstuch umgelegt, sodass es aussah, als hätte ihm jemand die Halsschlagader aufgebissen. Seine Füße steckten in Ledermokassins. Das beruhigte mich. Er hatte also keine Gewaltmärsche im Gelände vor. In der Hand trug er ein altmodisches Vulkanfiberköfferchen.

Ich stand auf, und er überreichte mir ein offenes Kuvert mit Dollarscheinen. Die Hälfte des Honorars. Wie verabredet. Ohne nachzuzählen, leckte ich die Gummierung an und klebte den Umschlag zu, bevor ich ihn Dax aushändigte.

»Kannst du das Gerda geben? Sie soll es für mich im Safe aufbewahren.«

Dax legte den Umschlag neben seine Kaffeetasse, bestätigte den Auftrag mit einem Nicken, und nur wenig später fuhren Grau und ich stadtauswärts in Richtung Tetteh Quarshie Circle. Auf dem Weg dorthin bot ich meinem Kunden das erste Häppchen

Landeskunde, die es gratis zu meiner Dienstleistung gibt. Der Brauch hat sich bewährt. Für gewöhnlich kommt man sich dadurch etwas näher.

»Tetteh Quarshie gehört zu den ghanaischen Volkshelden. Er war der Kakao-Pionier. Das verdankte er seiner Ausbildung bei der Basler Mission. Zunächst hat er in deren Werkstätten in Osu das Schmiedehandwerk gelernt. Dann arbeitete er als Mechaniker auf der Versuchsfarm im hiesigen Akropong und später auf einer Kakaoplantage in der spanischen Inselkolonie Fernando Pó ...«

»Darf ich fragen, wo das ist?«, unterbrach Grau.

»Heißt heutzutage Bioko und gehört zu Äquatorialguinea.«

Er nickte.

»Jedenfalls gelang es dem Mann am Ende seines Arbeitsvertrages, fünf Kakaobohnen außer Landes zu schmuggeln. Darauf stand damals eine hohe Strafe. An der Goldküste hat er dann eine eigene Pflanzung angelegt. Und siehe da: Er brachte die Bäume zur Fruchtreife. Das war den Missionaren bis dahin nicht geglückt. So begann der Kakao-Boom in Ghana.«

Wir ließen den Kreisverkehr hinter uns und hielten kurz darauf an einem der Mauthäuschen des Kwame Nkrumah Motorway. Ich zahlte die Gebühr und gab Gas. Nach dem Stadtverkehr war das moderne Autobahnteilstück nach Tema die reinste Erholung. Wenn alles glattging, lagen zweieinhalb Stunden Fahrt auf guten Straßen vor uns.

Am Ende des Autobahnstücks ordnete ich mich in Richtung Akosombo ein. Grau gab sich wortkarg – bis wir kurz darauf das Ortsschild von Afienya passierten. Er betrachtete die Landschaft, als suche er nach etwas.

»Hier muss es einen Segelflugplatz geben«, sagte er.

»Ich hab mal so was läuten hören. Aber wenn ich ehrlich bin, gehört Afienya nicht zu den Ortschaften, mit denen ich mich bislang weiter beschäftigt habe, und die Segelfliegerei scheint out zu sein. Soll ich anhalten ...?«

»Nein, nicht nötig. Ich kenne die Geschichte um den Flugplatz recht gut ... in Ghana wird sie heutzutage sicher niemanden mehr groß interessieren.« Er schaute wieder auf die Fahrbahn und fügte hinzu: »Altes deutsches Erbe ...«

»Jetzt machen Sie mich aber neugierig.«

»Schon mal von Hanna Reitsch gehört?«

»Da muss ich passen.«

»Aber Ernst Udet ist Ihnen ein Begriff.«

»*Des Teufels General* von Carl Zuckmayer. Verfilmung mit Curd Jürgens in der Hauptrolle.«

»Immerhin. Die Frau, von der ich rede, war auch ein Fliegeras.«

14

Hanna Reitsch ist zur Hitlerzeit das weibliche Pendant zu Ernst Udet, ihr Leben ebenfalls eines der Superlative.

Die erste Testpilotin der Welt. Die erste Frau mit Flugkapitänspatent. Als erste Frau überquert sie im Segelflugzeug die Alpen und stellt als Segelfliegerin mehrere Weltrekorde auf. Während des Zweiten Weltkriegs unternimmt sie Testflüge mit dem ersten Hubschrauber von Focke-Wulf und den neuen Düsenflugzeugen von Messerschmitt. Zudem testet sie die bemannten Versionen der Rakete V1 und fliegt 1945, kurz vor dem Fall Berlins, als letzte mit einer Arado 96 aus der belagerten Hauptstadt aus. Nach nur anderthalb Jahren amerikanischer Kriegsgefangenschaft holt sie in den fünfziger Jahren noch eine Bronzemedaille bei den Segelflug-Weltmeisterschaften, wird deutsche Segelflugmeisterin und stellt mit 7400 Metern einen neuen deutschen Frauen-Höhensegelflugrekord auf.

Die gebürtige Schlesierin Reitsch hatte ab 1931 die koloniale Frauenschule ins Rendsburg besucht und 1932 ein Medizinstudium begonnen. Sie wollte fliegende Ärztin in Afrika werden. 1934 sattelte sie jedoch auf Forschungspilotin um. Ihr ursprünglicher Wunsch sollte sich aber später doch noch erfüllen. Zunächst beeindruckt sie 1959 bei einem Besuch in Indien Pandit Nehru mit ihren Segelflugkünsten. Im Parlament in Neu-Delhi weiß sie mit Ausführungen zu den erzieherischen und ethischen Werten des Segelfliegens zu beeindrucken. Nehru wiederum empfiehlt sie seinem Freund Dr. Kwame Nkrumah. Im Januar 1962 lädt der damalige Staatspräsident von Ghana Hanna Reitsch ein, in seinem Land eine Segelflugschule aufzubauen, die – wie es die deutsche Starpilotin später ausdrücken wird – *der Charakterformung der ghanaischen Jugend helfen sollte*. Folgerichtig bezeichnen sich die Studenten der »Ghana National Gliding School« später als ihre *Söhne*.

Über drei Jahre lang, bis zum Sturz Kwame Nkrumahs im Februar 1966, widmet sich Hanna Reitsch ihrer Aufgabe in Afienya. Der fünfunddreißig Kilometer von Accra entfernte Ort ist damals nicht mehr als eine Ansammlung von Dorfhütten, die mit Naturfaser oder Wellblech gedeckt sind. Doch der bereits seit einigen Jahren existierende »Accra Gliding Club« hat Afienya zu seinem Standort erkoren. Der Engländer, der den Klub leitet, zeigt Reitsch eine große Wiese, die unmittelbar an der Hauptstraße Accra–Akosombo liegt. Es handelt sich um das Flugfeld. Es ist mit vereinzeltem Buschwerk und Bäumen bewachsen. In der Regenzeit wird das Gelände oft überflutet.

Hanna Reitsch lässt sich nicht abschrecken. Mit dem ihr eigenen Pragmatismus erkennt sie das Potenzial des Terrains. Ihr kommt es vor allem darauf an, dass der internationale Flughafen von Accra weit genug entfernt ist. Dadurch kann sie bei der Ausbildung ohne Sondergenehmigung bis auf tausend Meter Höhe gehen. Vorausgesetzt, man treibt vor dem Start Ziegen und Rinder von der Schleppstrecke und der alte Chevrolet, der als Zugmaschine dient, macht nicht schlapp, wenn er die englische *Slingsby* oder den deutschen *Spatz* in die Lüfte ziehen soll, die ansonsten in einem baufälligen Holzhangar stehen.

In den folgenden Monaten rüstet die Reitsch systematisch auf: neue Flugzeuge und andere Geräte, Schulungsräume, zusätzliche Fachkräfte aus Deutschland sowie weitere ghanaische Mitarbeiter und Flugschüler. Sie steht jeden Morgen um vier Uhr auf, um die frühen Stunden für sich zu haben. Yoga. Schwimmen. Erledigung der privaten Korrespondenz. Nkrumah hat sie im palastartigen »Asante House« in Accra unterbringen lassen. Marmor, Spiegel, vergoldete Möbel, und im Garten ein Schwimmbad mit Unterwasserbeleuchtung. Das Haus verfügt über ein halbes Dutzend Dienstboten und eigene Polizeiwachen. Und es hat seine eigene Geschichte. Aus Bestechungsgeldern finanziert, diente es ursprünglich einem korrupten Minister als Privatdomizil. Als dieser in London ein goldenes Bett erwarb, flog er auf. Er wurde zwar von Nkrumah gefeuert und musste seinen Privatpalast räumen, doch der Begriff *goldene Betten* war geboren und ging für immer in die Entwicklungshilfekritik ein. Für all das kann die Segelflugexpertin nichts, aber sie fühlt sich in dem Gästehaus der Regierung so unwohl, dass sie später in einen Bungalow umzieht.

So gut wie jeden Tag fährt Hanna Reitsch mit einem roten Karmann Ghia zum Flugfeld bei Afienya. Der Volkswagen gehört Madame Fathia, der ägyptischen Ehefrau Nkrumahs. Da die Präsidentengattin den Wagen selbst nicht nutzt und der Fahrer, den man der Beraterin zugeteilt hat, nach deren Ansicht zu unpünktlich ist, haben sich die beiden Frauen auf diese Lösung geeinigt.

Die Hin- und Herfahrerei ist das größte Hindernis beim Aufbau der Fliegerschule, bis Reitsch ein altes Buschcamp findet, das etwa vier Kilometer vom Flugfeld entfernt liegt. Wohnbaracken, Kantine und Sanitäranlagen werden von der Armee wieder instand gesetzt und vorübergehend als Unterkunft für Stab und Schüler eingerichtet.

Das Camp liegt am Fuß der Shai Hills.

15

»Das muss dann da drüben gewesen sein.«

Ich deutete auf die felsigen Hügel, die rechts von der Straße aus der Ebene aufragten. Grau schaute hin, nickte und hing eine Weile seinen Gedanken nach, bis ich ihn wieder ansprach.

»Woher wissen Sie so gut über die Frau Bescheid?«

»Sie hat ein Buch über ihre Zeit in Ghana geschrieben. *Ich flog für Kwame Nkrumah.*«

»Sie war wohl eine Art Leni Riefenstahl der Lüfte.«

»Der Vergleich ist gar nicht so falsch.«

»Die Regisseurin hat ja auch späte Erfüllung in Afrika gefunden – im Ostsudan, als Fotografin bei den Nuba.« Ich warf Grau einen kurzen Blick zu.

Er bedachte mich mit einem schmalen Lächeln, das mir den Anblick seiner Zähne weitestgehend ersparte, und sagte. »Die Nuba hatten Frau Riefenstahl aber nicht eingeladen.«

»Vermutlich. Umso erstaunlicher, dass der Osagyefo es im Fall der Segelfliegerin tat.« Ich schüttelte den Kopf und überholte einen Sattelschlepper, der schon zu lange vor mir hergekrochen war.

»Auch mit diesem seltsamen Titel hat sie sich in ihrem Buch ausführlich beschäftigt. Ob er *Erlöser* oder *Messias* oder *Heiland* oder sonst was bedeutet …«

»So viel ich weiß, ist *Osagyefo* ein Häuptlingstitel aus Aschanti, den Nkrumah sich nach der Unabhängigkeit zugelegt hat. Es ist ein Wort aus dem Twi, einem Akan-Dialekt. Man kann es auch einfach mit *Befreier* übersetzen.« Ich sah, wie der Lastzug im Rückspiegel kleiner wurde.

»Ich glaube, mit Politik und Ideologie hatte sie nicht viel am Hut. Sie hat Nkrumah einfach verehrt. Das merkt man jeder ihrer Zeilen an. Manchmal hatte ich beim Lesen den Eindruck, dass sie den Mann regelrecht angehimmelt hat. Vermutlich war das für sie nur eine weitere Variation des Themas *mein Führer*.«

»Das kommt davon, wenn man einmal damit anfängt, naiv *große* Männer zu bewundern.« Ich warf einen Blick auf den Tacho, sah, dass ich zu schnell fuhr, und ging vom Gas.

Präsident Dr. Osagyefo Kwame Nkrumah.

Titel hin oder her. Auf extravagante spirituelle Verbindungen war so gut wie jeder afrikanische Machtpolitiker angewiesen – ob er sich nun offen dazu bekannte oder die entsprechenden Gerüchte nur duldete. Ich fragte mich, weshalb Grau mir von dieser Segelfliegerin erzählte.

»Aber wegen Frau Reitsch sind Sie vermutlich nicht hier, sonst hätten wir sicher in Afienya einen Zwischenstopp eingelegt.«

»Das kann man *so* nicht sagen«, murmelte Grau. »Vielleicht holen wir das auf dem Rückweg nach.«

Die Landschaft wurde hügeliger und grüner, die Straße immer kurvenreicher. Wir gewannen Höhe und näherten uns Atimpoku. Rechts war jetzt der Fluss zu sehen. Dann schob sich der Stahlbogen der Hängebrücke über den Volta ins Blickfeld. In Atimpoku wurde es noch einmal eng und geschäftig wie auf einem Wochenmarkt. Busse, fliegende Händler, Durchgangsverkehr.

»Möchten Sie eine Pause machen und etwas trinken oder essen?«, fragte ich der Höflichkeit halber.

»Kein Bedarf. Fahren wir weiter, wenn es Ihnen recht ist.«

»Sie sind der Boss.«

Geradeaus ging es zum Akosombo-Staudamm. Die Abzweigung über die Brücke hingegen führte tiefer in die Berge der Voltaregion und bis an die Grenze zu Togo. Ich hielt kurz neben dem Mauthäuschen an, zahlte und fuhr langsam weiter. Von der Brücke hatte man eine gute Aussicht auf den Tropenfluss und seine dicht bewachsenen Ufer.

Kaum hatten wir den Volta überquert, rezitierte mein Mitreisender mit feierlicher Ergriffenheit: »*Als erst einmal die Brücke hinter ihm lag, schickten die Geister sich an, ihn in Empfang zu nehmen …*«

Offenbar erwartete er nicht, dass mir das Zitat etwas sagte, denn er nannte mir gleich die Quelle.

»Nosferatu.«

»Wie kommen Sie denn darauf?« Ich lachte, als habe er einen guten Witz gemacht. Aber seltsam war es schon, bei *dem* Gebiss. »Hier gibt's keine Vampire. Nur diverse Fledermausarten.«

»Kam mir gerade in den Sinn. Nichts für ungut.«

Grau schien bester Laune zu sein. Trotzdem hatte er eine sonderbare Art.

Die Fahrbahn wurde schmaler, blieb aber nach wie vor schlaglochfrei. Die Infrastruktur der Voltaregion war für ghanaische Verhältnisse ausgezeichnet. Nicht umsonst war die Gegend Heimat und politische Hochburg von Jerry John Rawlings. Er war lange genug an der Macht gewesen, um seinen Anhängern etwas Gutes zu tun.

»Ich nehme an, wir befinden uns inzwischen im ehemaligen Deutsch-Togo.«

Ich hörte heraus, dass dies eine besondere Bedeutung für Grau haben musste. »So ist es.«

Das schien ihn zu beruhigen.

Ich konnte mich nur wundern. Erst Hitler, jetzt der Kaiser. Kaum hatte ich das gedacht, legte Grau auch schon nach.

»Schon mal was vom Herzog zu Mecklenburg gehört?«

»Nein.«

»Er war der letzte Gouverneur der Kolonie.«

Ich nickte und hoffte, dass mir ein weiterer Exkurs erspart blieb. Mich interessierte nicht sonderlich, ob der Herzog Flugzeuge, Schiffe oder Polopferde bevorzugt hatte, und so wechselte ich schnell das Thema. »Apropos Vampire und Fledermäuse ... wir befinden uns hier in einer Ecke, in der Juju noch immer eine sehr große Rolle im Alltag spielt.«

»Sie meinen Voodoo?«

»Das hat man später in Haiti daraus gemacht. Hier geht es noch um die Urform Vodun. Der Glaube an Geister und ihre Beschwörung. Sakrales Töten von Opfertieren. Hexer und Hexen, die einen verfluchen.«

Mit einer fahrigen Handbewegung, an die ich mich inzwischen gewöhnt hatte, strich Grau sich die langen Silbersträhnen aus der feuchten Stirn. Es musste lästig sein. Ich hätte ihn vor der Abreise noch ins Golden Tulip bringen sollen, damit ihm Esi sein *European hair* stutzte.

»Man hat mir gesagt, traditionelle Religionen seien Ihr Hobby, Herr Voss.«

Ich fragte nicht, wer *man* war, und antwortete schärfer, als gewollt. »Ich habe keine Hobbys.«

»Dann ist es also etwas Ernsthafteres.«

»Ich interessiere mich für Religion und Politik und lese eine Menge darüber, weil es mich fasziniert. Und ich will ein Buch zu dem Thema schreiben.«

»Dann sind Sie also so etwas wie ein Privatforscher.«

»Sind wir das auf die eine oder andere Art nicht alle?«

»Da könnten Sie recht haben. Ist jedenfalls ein weites Feld, das Sie sich da ausgesucht haben. Glaube ... Wissen ... und Macht.«

»Mir geht es eher um Erkenntnis als um Glauben oder Wissen.«

»Vergessen Sie die Macht nicht.«

»Mit der richtigen Erkenntnis kann man sich zur Macht entsprechend verhalten.«

»Ein sehr passiver Ansatz.«

»Wenn Sie so wollen. Egal, ob man die Dinge frontal angeht oder sich durchmogelt. Es geht fast immer um ein Tabu, um ein Verbot und seine Übertretung.«

»Tabu …«, wiederholte er versonnen.

Die Straße war frei und führte ein kurzes Stück schnurgerade durch die Berge, und ich nutzte die Gelegenheit, um meinen Mitreisenden anzusehen. Die bloße Erwähnung des Wortes schien Grau auf seltsame Art und Weise animiert zu haben. Er lächelte zufrieden. Ich konzentrierte mich wieder auf die Fahrbahn.

»Verbote und ihre Übertretung …«, sagte er kaum vernehmbar. »Dazu könnte ich Ihnen eine ganze Menge erzählen. Sogar unser Fliegeras hatte damit seine Probleme.«

Und damit war Albin Grau wieder in Afienya.

16

Auf dem Flugfeld steht ein mächtiger Baum.

Er ist ein Hindernis. Immer wieder verfängt sich das herabfallende Schleppseil in seinen Ästen. Die Deutsche ordnet an, den Baum zu fällen. Keiner hindert sie daran, und der Chief des Dorfes nimmt eine Kiste Coca-Cola als Entschädigung entgegen.

Kurz darauf erkranken fünfzehn Flugschüler an Malaria. Ein anderer wird von einer Schlange gebissen und überlebt nur knapp. Wenig später beschädigt ein Sturm die neue *Piper*. Dann bekommt der deutsche Chief Instructor eine schmerzhafte Furunkulose. Er muss ins Krankenhaus und operiert werden. Kaum ist das überstanden, überschwemmen Wolkenbrüche das Flugfeld und verwandeln es in einen See. Kurz darauf verschätzt sich ein ghanaischer Fluglehrerassistent bei der Landung und geht weitab in der Savanne herunter, wo die Maschine mühsam geborgen werden muss. Danach findet ein nächtlicher Überfall auf das Camp statt. Die Täter betäuben die Schlafenden mit Chloroform und machen reichlich Beute, darunter auch eine Armbanduhr der Deutschen, die sie den ganzen Krieg über begleitet hatte und mit der viele Erinnerungen verbunden sind.

Als Reitsch dem Osagyefo davon berichtet, nimmt er seine goldene Uhr ab und schenkt sie ihr. Außerdem befiehlt er den sofortigen Bau einer Polizeistation am Flugfeld von Afienya. Damit ist die Umgebung vor Dieben sicher. Doch bald darauf verunglückt der neu erworbene VW-Bus der Flugschule bei einer Nachtfahrt. Die Insassen, ein halbes Dutzend ghanaischer Mitarbeiter, werden zum Teil schwer verletzt. Und schließlich stürzt einer der Flugschüler, ein junger Leutnant, ab und erliegt kurz darauf im Hospital seinen Verletzungen.

Die Gegner, mit denen die Deutsche seit Beginn des Projekts einen zermürbenden Kleinkrieg in unzähligen Komitees und Sitzungen führen muss, reiben sich heimlich die Hände. Das Ende der Segelflugschule droht. Die Angst sitzt den ghanaischen Assistenten und Schülern in den Knochen. Keiner von ihnen will jemals wieder fliegen. Der Osagyefo erwägt sogar die Einstellung des Flugbetriebs. Die Deutsche versucht ihn davon zu überzeugen, dass überall auf der Welt Opfer gebracht werden mussten, um die Fliegerei aufzubauen. Wegen eines Unfalls dürfe man nicht aufgeben.

Das Unglück wird geheim gehalten. Nur die politische Führung weiß Bescheid. Doch auch die Einwohner von Afienya wissen spätestens jetzt, was sie zu tun haben. Die Rache der Geister muss ein Ende finden. Der Bann, der über der Flugschule liegt, soll gebrochen werden. Hinter dem Rücken der Deutschen wird alles Notwendige vorbereitet, da keiner der Afrikaner glaubt, dass die weiße Frau überhaupt begreift, worum es geht. Der Koloss, den sie fällen ließ, war ein heiliger Geisterbaum, ein Juju-Baum.

Das Dorf schickt eine Abordnung zum Osagyefo, die ihm von den tragischen Ereignissen berichtet und ihn um die notwendigen Opfergaben bittet, mit denen die Geister versöhnt werden sollen. Ein Stier, ein Widder, ein Ziegenbock, ein weißer Hahn, reichlich importierter Gin und sehr viel *Akpeteshie*, ein einheimischer Schnaps. Der Staatschef mag ein moderner Politiker sein, aber er weiß sehr wohl, was ihm der Respekt vor dem Glauben seiner Mitbürger gebietet. Noch am selben Tag werden die Opfergaben per Lastwagen nach Afienya gebracht.

Und schon in der folgenden Nacht – während die Deutschen schlafen – schwärmen vier Fetischpriester in weißen Gewändern über das Flugfeld aus, beschwören die Geister und bitten um Vergebung. Am nächsten Tag teilt man Reitsch mit, heute könne nicht geflogen werden, da man für den späten Vormittag eine Zeremonie angesetzt habe, zu der man neben dem Osagyefo zahlreiche andere Persönlichkeiten erwarte. Die Europäer haben im Moment nicht viel zu sagen. Man will aber, dass sie ebenfalls teilnehmen. Was bleibt ihnen auch anderes übrig?

Zunächst führen Fetischpriesterinnen rituelle Tänze auf. Sie sind weiß bemalt und gekleidet. Danach werden die Opfertiere neben dem Stumpf des Juju-Baums getötet. Man durchschneidet ihnen die Kehle und lässt sie zuckend über dem Baumstumpf verbluten. Danach wird ein Gemisch aus importiertem und einheimischem Schnaps über Stumpf und umliegenden Boden gespritzt. Opfergebete begleiten das Ritual.

Nachdem die Geister besänftigt wurden, herrscht ausgelassene Stimmung im Dorf. Nachmittag, Abend und Nacht gehören den Trommeln, den Tänzen und Freudengesängen. Vor dem Haus des Chiefs wird das Fleisch der Opfertiere am Spieß gebraten und an die Dorfbewohner verteilt.

Die Deutsche hatte in ihrer Unwissenheit ein Tabu gebrochen. Die Ghanaer haben die Überschreitung des Verbots mit ihren traditionellen Mitteln gesühnt und wieder alles ins Lot gebracht. Start und Landung sind nun kein Problem mehr.

Die Geister haben den Flugplatz wieder freigegeben.

17

Es war Mittag, als wir in Ho aus dem Wagen stiegen.

Achten Sie mal drauf, ob er einen Schatten wirft, Sir – wisperte mir Billy ins Ohr.

Ich konnte es mir nicht verkneifen, der Sache endlich nachzugehen. Doch da die Sonne bereits hoch am Himmel stand, warfen weder Grau noch ich einen Schatten.

Das Freedom Hotel lag zwar direkt in der Stadt, verfügte aber über einen weitläufigen Innenhof, in dem es ruhig und gemächlich zuging. Nicht dass Ho mit seinen etwa fünfzigtausend Einwohnern eine besonders hektische Stadt gewesen wäre. Alles war überschaubar. Schon zu der Zeit, als die Karawanenroute quer durch Ghana zur Elfenbeinküste im Westen führte, war Ho jedoch ein bedeutender Verkehrsknotenpunkt gewesen, den Handelswaren wie Sklaven, Gold und Salz passierten. Auch die deutschen Kolonialherren wussten das angenehme Klima und die schöne Berglandschaft zu schätzen.

Unsere Herberge war kein architektonisches Wunderwerk, aber funktional und noch zu neu, um schon heruntergekommen zu sein. Hier kehrten hauptsächlich Ghanaer ein, Privat- und Geschäftsreisende, die das Preis-Leistungs-Verhältnis zu schätzen wussten. Auch Grau fand das Hotel offenbar akzeptabel. Er gab mir bis zum Abendessen frei und verschwand unverzüglich auf sein Zimmer, um sich seinen wie auch immer gearteten Geschäften zu widmen.

Er hatte rasch das Zimmer mit mir getauscht, als man ihm am Empfang die 33 gab. »Drei plus drei macht sechs. Und die Sechs ist des Teufels«, hatte er mir todernst anvertraut. Was sollte ich dazu sagen? Jeder hat seinen persönlichen Aberglauben. Nun wohnte ich also im Zimmer des Teufels, und Grau musste sich mit der Deutung der Quersumme fünf herumschlagen.

Viel auszupacken hatte ich nicht, daher suchte ich umgehend den zum Hof hin offenen Teil von Bar und Restaurant auf, um das verpasste Mittagessen mit Kaffee und Gebäck nachzuholen und meine Freizeit zu genießen – bis mein Klient den Plan änderte und mich eine halbe Stunde später wieder in die Pflicht nahm. Anlass war eine junge Ghanaerin, mit der Grau auf mich zukam. Die Frau mochte Mitte zwanzig sein, hatte kurzgeschorene Haare und trug dunkelblaue Turnschuhe, eine weiße Bluse und verwaschene Jeans. Beim Näherkommen nahm sie die Sonnenbrille ab. Ich stand auf und deutete auf die freien Stühle an meinem Tisch.

»Ich möchte Ihnen jemand vorstellen«, sagte Grau zu mir. »Das ist …« Er hatte ihren Namen vergessen und sah sie hilfesuchend an.

»Faustina«, sagte sie und gab mir die Hand. »Ich arbeite mit den Deutschen im Forstprojekt.«

Da sie es beim Vornamen beließ, beschränkte ich mich ebenfalls auf »Victor«, und wir setzten uns. Das Projekt, das Faustina erwähnt hatte, war mir bekannt, und ich konnte mich dunkel daran erinnern, sie schon einmal gesehen zu haben. Einerseits, weil sie eine attraktive Erscheinung war, andererseits aber auch, weil sie einige hässliche Narben hatte. Eine zog sich neben dem rechten Auge von der Stirn bis zur Schläfe, die anderen hatte sie an den Unterarmen. Die Narbe im Gesicht sah nach einem schlecht verheilten Schnitt aus, die wulstigen Flecken auf den Armen wirkten, als habe jemand eine Zigarette auf der Haut ausgedrückt.

»Deutschland scheint in dieser Gegend ja nach wie vor am Ball zu sein.« Grau schüttelte den Kopf, als könne er es nicht glauben. »Vom Kolonialherrn zum Entwicklungshelfer.«

Faustina überspielte die Anmerkung mit einem kühlen Lächeln und befingerte das kleine Goldkreuz, das an einer dünnen Halskette im Ausschnitt ihrer Bluse hing.

Grau kratzte sich am Kinn und wandte sich an mich. »Die junge Dame wollte mich eigentlich zu ihrer Großmutter fahren, aber nun hat sie leider keinen Wagen.«

»Kein Problem«, sagte ich zu Grau und fragte Faustina: »Wo soll's denn hingehen?«

»Es ist etwas außerhalb. Eine halbe Stunde von hier. Ein Neubaugebiet, leider mit sehr schlechten Straßen. Ich hatte gehofft, ein Projektfahrzeug zu bekommen, aber ...« Sie zog die Schultern hoch, verzichtete auf Einzelheiten über den alltäglichen Verteilungskampf zwischen Deutschen und Ghanaern und warf einen Blick auf ihre Armbanduhr. »Sie wartet bestimmt schon.«

»Dann wollen wir mal.« Ich nickte Grau zu und stand auf.

Mit Faustina als Führerin und dank des Geländewagens schafften wir es in zwanzig Minuten zu einer Handvoll überdimensionierter Neubauten im Brachland vor der Stadt. Die Hälfte davon in einem Rohbauzustand, der nichts Gutes verhieß. Die Zufahrtswege waren eine Mischung aus frisch gerodeten Buschschneisen und Mondkraterpisten, die einem Panzerübungsplatz alle Ehre gemacht hätten. Drumherum Ackerbau und Viehzucht. Architektonisch war fast jedes Neureichenmotiv zwischen den Arabischen Emiraten und dem südspanischen Marbella abgekupfert worden.

Das Haus, zu dem mich Faustina lotste, war ein zweistöckiges Chalet mit allerlei Türmchen und Erkern. Das Portal war einem griechischen Tempel nachempfunden. Die Säulen sahen nach Gips aus. Das weitläufige Grundstück wurde zum Großteil für den Anbau von Mais, Papaya und Bananen genutzt. Außerdem liefen eine Menge Hühner und ein paar Ziegen frei herum. Vor dem Haus war ein Rasen angelegt worden, der mittlerweile vertrocknet war. Umfriedungsmauer und Tor waren noch in Arbeit. Ich fuhr zügig bis zum Gebäude und parkte. Als wir ausstiegen, erschien ein Mann in der Haustür.

»Das ist mein Bruder William«, sagte Faustina.

Er war höchstens dreißig und sah schon verlebt aus. Ich tippte auf Alkohol und andere Drogen. Wie seine Schwester war er mit einem gut proportionierten Körper gesegnet, den er offenbar mittels Bodybuilding pflegte. Sein schwarzes T-Shirt spannte über Brust und Oberarmen und trug eine rote Aufschrift.

FUCK YOU!

Entsprechend einladend war der Blick, mit dem er uns musterte. Auch Faustina schien nicht zu seinen Favoritinnen zu zählen, denn er machte nur widerwillig Platz, als sie sich an ihm vorbei ins Haus schob und uns hineinwinkte.

18

Die Großmutter thronte zwischen giftgrünen Samtkissen auf einem gelben Kunstledersofa.

Ihr mächtiger Leib war in ein weites Gewand gehüllt, das die gleiche Farbe wie die Kissen hatte und ihre Konturen gnädig kaschierte. Was an Haut zu sehen war, glänzte straff und prall wie die Schwarte eines gut genährten Flusspferds. Hals, Handgelenke und Finger zierten echtes Aschanti-Gold und billiger Modeschmuck. Auf der Nase trug sie eine Sonnenbrille mit strassbesetzten Schmetterlingsflügeln, auf dem Kopf einen honiggelben Turban mit einer Brosche.

Kaum hatten wir den Salon betreten, wandte sich die Matrone an Grau und fuhr ihn lautstark an.

»Was ist mit Big Ben passiert?«

Grau erstarrte und war einen Moment lang sprachlos.

»Sie sind doch *Herr Grau*?«, setzte sie nach. »Das sehe ich doch sofort. Ben hat gesagt, Sie sehen aus wie ein verhungerter Geier.«

Grau räusperte sich und schluckte.

»Ich kann draußen warten«, flüsterte ich ihm zu.

Er nickte erleichtert.

Doch als ich mich umdrehte und den Raum verlassen wollte, traf auch mich der schneidende Ton der Matrone.

»Bleiben Sie ruhig hier, junger Mann. Wir haben in diesem Haus keine Geheimnisse. Und wenn *Herr Grau* welche haben sollte, sind mir Zeugen nur recht.«

William hatte sich mit verschränkten Armen vor der Tür postiert, um den Worten seiner Großmutter zusätzlich Gewicht zu verleihen.

»Ist schon gut.« Grau winkte mich zurück.

Mit einer gebieterischen Armbewegung wies uns die Matrone zwei Holzstühle zu, die in der Nähe des Sofas standen. Faustina nahm auf einem Plastikhocker neben ihrer Großmutter Platz. William blieb an der Tür auf Posten.

Obwohl sich der Deckenventilator unermüdlich drehte, herrschte im Salon eine schwüle und klebrige Wärme. Soweit ich sehen konnte, waren die Lamellen der Fenster leicht geöffnet, aber die schweren Vorhänge waren zugezogen, sodass der Raum wie eine

Gruft wirkte. Ich wischte mir den Schweiß von der Stirn. Auch Grau lief bereits der Schweiß runter, als säße er im Dampfbad. Umso bizarrer nahm sich die Heizdecke aus, die unsere Gastgeberin über Schoß und Beine gebreitet hatte. Wahrscheinlich steckte ihr der Malariafrost in den Knochen. Die Decke war mit wilden Tieren bedruckt, die in Ghana so gut wie ausgestorben waren, vor allem Zebras und Giraffen.

Für den Augenblick herrschte eine verkrampfte Stille im Raum. Also bemühte ich mich um etwas Auflockerung. Ich deutete auf die Decke und sagte zu Grau: »Da können Sie sehen, was es an der Goldküste mal alles gab.«

Grau brachte ein verlegenes Lächeln zustande.

William rief mir ärgerlich zu: »Blödsinn, Mann! Es gibt noch Elefanten, Büffel, Leoparden und sogar Flusspferde. Schon mal was von unseren Nationalparks gehört?«

Was er da mit auffallend heiserer Stimme vorbrachte, war nicht gelogen. Aber seine aggressive Art reizte mich. »Mag ja sein, aber wegen dieser Restbestände kommen die Touristen nicht hierher. Die fliegen nach Ost- oder Südafrika.«

»Meinetwegen können sie zu Hause bleiben! Erst habt ihr Weißen hier alles abgeknallt und jetzt werft ihr uns vor, dass wir nichts mehr haben.«

Der Kerl nervte. Es war besser, nicht weiter auf ihn einzugehen. Schließlich war ich nur der Fahrer. Ich atmete tief durch und widmete mich der Inneneinrichtung. Besonderes Augenmerk verdiente eine Rokokokommode, die als Altar fungierte. Gerahmte Fotos, Fruchtbarkeitspuppen, ein Kruzifix und eine Muttergottes, dazu Plastikblumen. Auch der Kachelfußboden mit dem Mosaikporträt eines bärtigen Mannes hatte etwas. Leider war die Einlegearbeit zu grobschlächtig geraten, als dass man erkennen konnte, um welchen Heiligen es sich handelte.

Ich fragte mich, warum die Matrone die ganze Zeit schwieg. Ob sie die Augen geschlossen hatte, konnte ich nicht sehen, aber sie war etwas tiefer in die Kissen gesunken, ihr Kopf war leicht zur Seite geneigt, und sie atmete tief, als mache sie ein Nickerchen. Faustina erfasste die Situation und gab ihrer Großmutter einen leichten Klaps auf den Unterarm. Die zuckte zusammen, richtete sich wieder auf und schob ihren Turban mit einer graziösen Handbewegung zurecht.

»Also«, wandte sie sich erneut an Grau. »Was ist nun mit Big Ben? Er ruft sonst jede Woche an. Mein kleiner Bruder hat das Haus hier bezahlt, und er hat mir am Telefon erzählt, er gibt mir noch mehr, wenn er mit Ihnen ins Geschäft kommt. Das war, bevor er sich in Deutschland mit Ihnen getroffen hat.«

»Was soll schon mit ihm sein? Wir haben uns unterhalten. Sonst wäre ich nicht hier. Danach ist er sicher nach Hamburg zurückgefahren.«

»Er ist nicht in Hamburg. Seine Frau vermisst ihn, seit er bei Ihnen war.«

»Das kann ich mir nicht erklären«, sagte Grau.

Ein paar Sekunden lang wirkte er ratlos. Dann schien ihm etwas einzufallen. Er griff in die Brusttasche seines Safarianzugs und holte ein schmales Etui heraus. Mit seinem Nagerlächeln beugte er sich vor und überreichte der Gastgeberin das Mitbringsel.

»Für Sie.« Grau lehnte sich zurück und wartete gespannt, ob sein Bestechungsversuch klappte.

Insgeheim zollte ich ihm Respekt. Immerhin hatte er kapiert, dass man in Afrika bei einem solchen Besuch ein Geschenk mitbrachte.

Neugierig öffnete die alte Frau das Etui. Mit einem entzückten Seufzer nahm sie die zierliche Armbanduhr heraus, inspizierte sie, legte sie ins Etui zurück und schien fürs Erste versöhnt zu sein.

»Es ist eine Damen-Rolex«, sagte Grau.

»Ich weiß«, antwortete sie gnädig. »Sie wollen also unbedingt mit meinem ehemaligen Mann sprechen?«

»Big Ben – wie Sie ihn nennen – hat gesagt, Ihr Mann könne mir weiterhelfen.«

»Der Spinner ist nicht mehr mein Mann. Wir haben uns schon lange getrennt«, stellte sie mit schneidender Stimme klar.

Grau räusperte sich. »Wie dem auch sei. Er scheint jedenfalls über Informationen zu verfügen, die für mich wichtig sein könnten.«

»Was ist mit dem Geld?«

»Ich habe eine Anzahlung geleistet. Den Rest bekommt Big Ben, wenn mein Aufenthalt in Ghana das bringt, was er mir versprochen hat.«

»Ich brauche noch viel Geld für das Haus! Sie sehen ja selbst, dass wir nicht mal eine richtige Mauer um das Grundstück haben.«

Grau äußerte seine Anteilnahme durch eifriges Nicken und versuchte sein Gesicht mit dem Taschentuch zu trocknen. Auch unter seinen Achseln zeichneten sich inzwischen dunkle Schweißflecken ab.

»Ben hat mir erzählt, dass er noch einen Interessenten hat, der mehr bietet als Sie«, sagte die Matrone und betrachtete eingehend ihre manikürten Fingernägel.

Grau rutschte nervös auf seinem Stuhl herum. »Davon hat er mir nichts gesagt. Und wenn dem so wäre, hätte er mich sicher nicht zu Ihnen geschickt.« Er fand zu altem Selbstbewusstsein zurück. »Ich habe ihm ein Angebot gemacht, das er nicht ablehnen konnte!«

»Wie viel?« Die Gastgeberin beugte sich erwartungsvoll nach vorne.

»Das kann ich Ihnen leider nicht sagen. Ihr Bruder ist mein Geschäftspartner. Wir haben Stillschweigen vereinbart.«

Wenn der ominöse Big Ben klug war, hatte er Grau klargemacht, dass er jede finanzielle Zuwendung an Angehörige ihm, dem leidgeprüften Ghanaer, überlassen solle. Die offenkundige Habgier seiner älteren Schwester sprach für sich.

Enkel William strapazierte seine verätzten Stimmbänder. »Solange er uns nicht sagt, was mit Big Ben ist, solltest du dem Mann nicht über den Weg trauen, Großmutter.«

»Gib du mir keine Ratschläge«, wies ihn die Alte zurecht. »Ich weiß schon, was ich zu tun habe.«

Ich behielt den Bodybuilder im Auge. Er machte mir Sorgen. Er strahlte etwas Unbeherrschtes aus, und ich war mir nicht sicher, ob Großmutter ihn auf Dauer ruhigstellen konnte.

»Ihr Ex-Mann ist Fetischpriester …?«, fuhr Grau fort.

»*Fetisch* ist so ein Portugiesenwort, das ihr Weißen benutzt.« Sie verzog geringschätzig die Mundwinkel. »Als man ihn noch ernst nehmen konnte, war er ein angesehener Priester. Heute ist er nur noch ein trotteliger Quacksalber.«

»Wo kann ich ihn finden?«

»Er haust in einem jämmerlichen Dorf im Süden. Führt sich da unten als Orakel auf. In dem Kaff kann er sich das leisten. Hier in Ho würden sie ihn zum Teufel jagen. Diese Dummköpfe da unten haben ihm sogar im nächsten Ort, der sich Stadt schimpft, einen Schrein gebaut, in dem er sich wie der Papst persönlich aufführt. Es ist einer von diesen modernen Tempeln aus Beton und Plastik. Jedenfalls nichts Echtes.«

»Großmutter … so kannst du nicht über ihn reden«, warf Faustina ein.

»Und ob ich kann«, fauchte die Alte, widmete sich wieder dem Etui und versuchte, die Uhr anzulegen.

Grau hatte schlechte Karten, denn das Armband passte nicht einmal annähernd um das feiste Handgelenk. Großmutters Stimmung schlug um. Mit spitzen Fingern reichte sie ihrer Enkelin die Armbanduhr, als handle es sich um einen toten Fisch. Faustina wusste, was sich gehörte. Sie bedankte sich und legte die Uhr an. William wiederum nutzte Graus Fauxpas, um den Druck abzulassen, der sich in ihm angestaut hatte.

Ich hörte noch, wie er heiser »Wie kommen Sie dazu, meine Großmutter zu beleidigen?« brüllte.

Dann kam Bewegung ins Spiel.

19

William stürzte sich auf Grau, legte ihm den Arm um den Hals, drückte ihn an die Stuhllehne und holte mit der Rechten aus.

Ich bemerkte das Messer und wartete nicht ab, ob er es Grau nur an den Hals setzen oder damit zustechen wollte.

Williams Angriff endete in meinen Armen.

Ich spürte, wie seine Muskeln nachgaben, und hörte das Scheppern, als die Waffe auf den Kacheln landete. Hilflos hing er mit dem Rücken vor meiner Brust. Nur noch eine kleine Bewegung, und ich hätte ihm das Genick gebrochen.

Trotz des hysterischen Kreischens seiner Großmutter überließ ich William noch ein, zwei Sekunden der Todesangst.

Dann gab ich ihn frei.

Kraftlos sank er in sich zusammen. Er blieb auf dem Fußboden sitzen, schüttelte verwirrt den Kopf, massierte sich das Handgelenk und war vorerst bedient.

Ich nahm das Kampfmesser an mich, klappte es zusammen und steckte es ein.

Grau saß wie versteinert auf seinem Stuhl.

Faustina, die vom Hocker aufgesprungen war, setzte sich wortlos wieder hin. Sobald klar war, dass ihr Enkel überlebt hatte, entspannte sich die Großmutter und musterte ihn mit monotonem Nicken. Durch die dunklen Brillengläser konnte ich nicht erkennen, ob ihr Blick besorgt oder mitleidig war. Dann legte sie kurz den Kopf in den Nacken, rückte den Turban gerade und ging wieder zur Tagesordnung über. Für den Verlierer hatte sie nur noch einen verächtlichen Seufzer und eine abfällige Armbewegung übrig.

»Ich muss mich für den Trottel entschuldigen«, sagte sie.

Grau schien den Schock noch nicht ganz überwunden zu haben. Er raffte sich zu einer beschwichtigenden Geste auf, die etwas kraftlos ausfiel.

William rieb sich den Hals und wollte sich aufrappeln.

»Bleib, wo du bist!«, brüllte die Alte ihn wütend an.

Doppelt gedemütigt tat er, wie ihm befohlen.

Fast konnte er einem leidtun. Was hatte ihn wohl zu der Attacke bewogen? Wahrscheinlich hatte er nur zu viel von den falschen Drogen genommen.

»Ich habe keine Ahnung, wie ich Ihnen erklären soll, wo Sie dieses Kaff finden, in dem sich mein Verflossener niedergelassen hat«, wandte sich die Matrone wieder an Grau, »aber ich will es wenigstens versuchen …«

»Das ist nicht nötig«, meldete sich Faustina zu Wort. »Jetzt, wo du einverstanden bist, dass die beiden ihn treffen, kann ich sie morgen hinbringen.«

Die alte Frau lachte trocken. »Endlich mal jemand in der Familie, dem was Nützliches einfällt.«

Faustina schaute mich an. »Das Dorf gehört noch zu meinem Arbeitsbereich. Wir haben im Süden ein paar sehr erfolgreiche Nutzholzprojekte.« Sie lächelte. »Und weil ich dank Ihres Wagens kein Dienstfahrzeug benötige, kann ich den Arbeitstag da unten gut begründen.«

Ich nickte und schaute Grau fragend an.

»Wunderbar!« Er schlug sich mit den Händen auf die Oberschenkel und erhob sich.

Ich stand ebenfalls auf und sah, wie die Gastgeberin die Heizdecke zur Seite schlug und einen erfolglosen Versuch unternahm aufzustehen. Faustina half ihr, und auch William ergriff die Gelegenheit und machte sich nützlich.

»Das nächste Mal kommen Sie aber gefälligst wegen *mir* her, und nicht, um diesen Spinner zu suchen«, fuhr die Matrone Grau an. »Er ist nicht mehr mein Mann. Und *ich* bin eine seriöse und berühmte Wahrsagerin!«

Grau nickte höflich. Er nahm sein Halstuch ab und wischte sich damit übers Gesicht.

Die Alte kicherte. »Manche behaupten, ich wäre eine Hexe. Aber das ist natürlich Blödsinn.« Sie konzentrierte sich auf mich. »Soll ich Ihnen die Zukunft voraussagen?«

»Danke. Ich glaube, das ist nicht nötig.« Ich gab William sein Messer zurück. Auch ohne Weissagung fühlte ich mich sicher.

Wortlos nahm er die Waffe entgegen und vermied jeden Blickkontakt mit mir.

»Wollen Sie einen Job?«, fragte mich seine Großmutter beiläufig. »Solange die Mauer und das Tor nicht fertig sind, könnte ich einen zuverlässigen Aufpasser gebrauchen. Sie sehen ja selbst, dass William überfordert ist.«

Ich befürchtete, er könne durch ihre Worte erneut gereizt werden. Aber er nahm den Urteilsspruch stoisch hin. Beim Thema Sicherheit kam mir kurz der bedauernswerte Big Ben in den Sinn, der im Falle meiner Zustimmung wohl auch für mein Gehalt hätte sorgen müssen.

»Nun …?«, brachte sich die alte Dame wieder in Erinnerung.

»Sorry, aber ich bin im Moment ausgelastet.«

»Schade.«

Der flüchtige Gedanke an Big Ben verführte mich zu einem kleinen Seitenhieb. »Wenn Sie Hellseherin sind, müssten Sie doch wissen, wo Ihr Bruder abgeblieben ist, Madame.«

Sie nahm es professionell. »So ist es. Deswegen halten sich meine Befürchtungen auch in Grenzen.« Sie walzte zum Hausaltar. »Ich habe so eine Ahnung, wo Ben sein könnte.« Sie zog eine Schublade auf und wühlte darin herum.

Grau warf einen Blick auf seine Uhr und gab mir mit hochgezogenen Augenbrauen zu verstehen, dass er so schnell wie möglich aufbrechen wollte.

»Hier!« Madame hielt einige geheftete Prospekte in Postkartengröße in der Hand, kam schweren Schrittes zu uns zurück und reichte sowohl mir als auch Grau ein Exemplar. »Das hat er mir bei seinem letzten Besuch mitgebracht. Sie müssen es unbedingt lesen. Ist alles auf Deutsch. Aber Ben hat mir erzählt, was drinsteht.«

Auf der farbigen Titelseite war eine Madonnenfigur im weißen Mantel zu sehen. Über ihren gefalteten Händen hing ein Rosenkranz, auf dem Haupt trug sie eine goldene Krone. Die Statue stand in einem verglasten Schrein mit spitzgiebeligem Dach. Am Fuße des Schreins waren rote Rosen arrangiert. Ich schlug das Deckblatt auf und las auf der dritten Seite: *Kurzbericht über die Erscheinungen auf dem hl. Berg in Heroldsbach (9. Oktober 1949 – 31. Oktober 1952).* Auf der Rückseite des Heftchens befand sich das Schwarzweißfoto eines Kruzifixes. Darunter stand: *Bild der hl. Dreifaltigkeit in der Gnadenkapelle, wie sie sich oft zeigte.*

Ich steckte die Broschüre in die Brusttasche und schaute Faustina ratlos an.

Sie lächelte verlegen.

»Dann wollen wir mal«, sagte Grau. Er wollte aufbrechen, hatte die Rechnung jedoch ohne die Gastgeberin gemacht.

»Zu meinen Kunden gehört sogar ein berühmter Politiker«, warb sie unbeeindruckt weiter in eigener Sache. »Ein *sehr* berühmter. Einer von uns.« Sie konzentrierte sich ganz auf mich, wohlwissend, dass ein Fremder wie Grau keine Ahnung hatte, wovon sie sprach.

Ich hingegen konnte mir sehr gut vorstellen, wen sie meinte.

Als die Dame des Hauses auf die gerahmten Fotos auf dem Hausaltar deutete, ging ich hin und schaute sie mir näher an. Nur auf einem war ein Politiker zu sehen. Er trug einen schütteren Bart und ein Barett mit Stern und Luftwaffenemblem.

»Das ist er«, sagte die Alte.

Ich kehrte dem Foto den Rücken zu.

»Und das da auch.« Sie deutete auf den Fußboden.

Ich blieb stehen und sah mir das Mosaikporträt genauer an. Ohne Hilfestellung hätte ich den Bärtigen nicht erkannt. Ich machte einen Schritt aus der Gefahrenzone. Einem Mann wie *ihm* trat man nicht einfach ins Gesicht.

»Nur keine Angst«, flüsterte mir die Matrone mit einem entrückten Lächeln zu. »Jay Jay ist unberührbar.«

20

Als am späten Abend endlich der erste große Wolkenbruch der kleinen Regenzeit niederging, saßen Grau und ich geschützt im Restaurant unseres Hotels und sahen zu, wie die Trockenzeit weggespült wurde.

»Ich muss mich noch mal bei Ihnen bedanken und mich entschuldigen, dass ich Sie da reingezogen habe. Ich hätte ein Taxi nehmen sollen«, sagte Grau.

»Das wäre unterwegs auseinandergebrochen. Und wenn Sie trotzdem angekommen wären, hätte William Sie fertiggemacht.«

»Wahrscheinlich haben Sie recht.« Er nippte an seinem Gin Tonic und wartete den krachenden Donner ab, der unmittelbar auf einen grellen Blitz folgte, bevor er fragte: »Wo haben Sie das gelernt?«

»Wovon reden Sie?«

»Na, diese Nahkampfnummer …«

Es blitzte und krachte erneut. Das Rauschen des Regens wurde noch lauter, und auf dem leicht abschüssigen Hof bildeten sich kleine Bäche, die sich vor der Zufahrt zur Straße stauten.

»Ich hatte mal einen Nullkopf.«

Es dauerte einen Moment, bis Grau meine Auskunft gedanklich verarbeitet hatte. »Sie waren …?« Er zögerte.

Neonazi? Skinhead?

Ich goss mir Bier nach. Das Ratespiel machte mir allmählich Spaß.

»Marseille …«

Grau grübelte weiter.

»Auf dem Nullkopf trug ich eine weiße Kappe.«

Das half ihm auch nicht weiter. Wurde Zeit, dass ich ihn erlöste.

»Das *Képi Blanc*. Ich habe ein paar Jahre Fremdenlegion auf dem Buckel.«

Das hatte *man* ihm offenbar nicht erzählt. Er öffnete den Mund, als wolle er noch etwas fragen, ließ mich dann aber nur die langen Zahnhälse im blassen Zahnfleisch bewundern. Allem Anschein nach fand er meine Auskunft zufriedenstellend, und seine schlimmsten Befürchtungen waren damit zerstreut. Seine Miene hellte sich auf.

»Es ist beruhigend zu wissen, dass Sie mich beschützen können, wenn es darauf ankommt.«

»Das wird hoffentlich nicht häufiger der Fall sein.«

Sein Blick verlor sich im Regen.

Die Abstände zwischen Blitz und Donner waren mittlerweile größer geworden, doch es regnete nach wie vor.

»Oder …?«, hakte ich nach.

Grau schüttelte den Kopf so energisch, dass es eher auf ein *Ja* hindeutete. Ich ließ die Sache auf sich beruhen und sagte: »Ist auch gut so. Sie haben mich als Scout angeheuert. Bodyguard kostet extra. Beim Angebot der alten Dame konnten Sie sich ja selbst davon überzeugen, wie hoch meine Dienste im Kurs stehen.«

Er lachte erleichtert. »Diesem William haben Sie es jedenfalls gezeigt. Vor seiner Großmutter hatte er allerdings auch eine Menge Respekt.«

»Das gehört sich hier. Ghana ist das Land der starken Frauen. Sie bilden den Kern der Familie. Traditionell bestimmt die Blutsverwandtschaft mütterlicherseits alles – auch die Erbschaft. Außerdem besitzen Frauen immer das Sorgerecht für ihre Kinder. Daran ändern auch eine Scheidung oder der Tod des Mannes nichts.«

»Das klingt nach einem richtigen Paradies für Frauen.«

»Ist es natürlich nicht. Aber es gibt ein Sprichwort, das die Sache ganz gut auf den Punkt bringt: *Das Huhn weiß, dass der Tag anbricht, lässt jedoch den Hahn krähen.*«

Grau schmunzelte.

»Sie werden in Ghana selten schlechte Witze über Frauen hören.« Ich trank von meinem Bier, und Faustinas Narben fielen mir ein. »Ausnahmen bestätigen die Regel.«

»Ist trotzdem sehr bemerkenswert.« Grau widmete sich seinem Drink.

»Im Prinzip betrachtet hier jeder Mann eine ältere Frau als Mutter. Das dürfte übrigens auch der Segelfliegerin die Arbeit erleichtert haben. Denken Sie mal darüber nach, warum sich die Schüler als ihre *Söhne* bezeichnet haben.«

Grau nickte nachdenklich und lauschte dem nun weiter entfernten Donner. Dann fragte er: »Wieso haben Sie sich als ehemaliger Legionär ein westafrikanisches Land ausgesucht, in dem Englisch Amtssprache ist? Eines der französischsprachigen Nachbarländer hätte doch näher gelegen.«

»Ich kann auch ganz gut Englisch.« Ich hatte nicht vor, ihm meine persönlichen Beweggründe zu erläutern.

Er bohrte nicht weiter nach, sondern fragte: »Wer war denn der mysteriöse Typ, dessen Antlitz im Fußboden des Salons verewigt war?«

»Das war Jerry John Rawlings.« Ich verscheuchte eine Stechmücke von meinem Unterarm und lächelte Grau an. »Auch ein legendärer Flieger.«

J.J. war ihm kein Begriff. Hinsichtlich ghanaischer Politik hatte Albin Grau sich offenbar nur mit dem Gastspiel der Segelfliegerin beschäftigt.

Während der Tropenregen anhielt, erzählte ich ihm das Nötigste über Jerry John.

21

Im Morgengrauen des 4. Juni 1979, einem Montag, erwacht Fliegerleutnant Jerry John Rawlings in seiner Zelle, nicht weit vom Hauptquartier der Border Guard in Accra.

Er versucht einen klaren Gedanken zu fassen, denn an diesem Tag muss er erneut vor dem Militärgericht erscheinen, um sich für den gescheiterten Putschversuch vom 15. Mai zu verantworten. Es wird sein letzter Auftritt vor dem Tribunal sein und voraussichtlich die letzte Station vor dem Erschießungskommando. Die Anklage lautet auf Verschwörung und Durchführung einer gewalttätigen Meuterei, um die legale Führung der Streitkräfte zu stürzen.

Rawlings geht davon aus, dass er hingerichtet wird. Umso wichtiger wird seine letzte öffentliche Erklärung in eigener Sache sein, denn er hat nicht vor, die Gründe, die ihn zum Aufstand bewegt und in Haft gebracht haben, mit ins Grab zu nehmen. Deshalb macht er sich Notizen für seinen letzten Auftritt. Der Druck, der auf ihm lastet, ist enorm, aber er zwingt ihn auch zu geistiger Klarheit und zur Konzentration auf das Wesentliche.

Um 5.45 Uhr wird Rawlings völlig überraschend durch den Lärm von Gewehrfeuer aus seinen Gedanken gerissen. Was hat das zu bedeuten? Handelt es sich um Verbündete? Hoffnung keimt auf. Die Ungewissheit zerrt an seinen Nerven – bis kurz darauf das Schloss seiner Zelle aufgebrochen wird und Soldaten vom 5. Infanteriebataillon, die schon länger mit seiner Sache sympathisiert haben, ihn auffordern, sich ihnen anzuschließen.

Es ist wie eine Wiederauferstehung.

Statt ins Mündungsfeuer des Hinrichtungskommandos zu blicken, sitzt Rawlings plötzlich in einem Militärlastwagen auf dem Weg zum Rundfunkhaus, um der Nation die Revolution zu verkünden. Unterwegs hört er erneut nervtötenden Lärm. Dieses Geräusch kommt ihm sehr bekannt vor. Es besteht kein Zweifel, dass es aus dem eigenen Lager kommt, auch wenn Rawlings zu diesem Zeitpunkt noch nicht wissen kann, dass der Teufelskerl, der den Aermacchi-Kampfjet im heulenden Tiefflug über die Stadt jagt, sein Kollege Kwashie Dargbey von der 4. Staffel der Ghana Air Force ist. Dargbeys Aktion ist pure Hochstapelei. Seit der gescheiterten Machtübernahme vom 15. Mai, die Rawlings in Haft gebracht hat, ist die 4. Staffel so gut wie entwaffnet und ohne Munition. Doch die Show der aggressiven Hornisse, die lautstark über Accra herumsurrt, verfehlt ihre Wirkung nicht – weder als Aufmunterung für die Aufständischen noch als Einschüchterung des Feindes.

Um 7.30 Uhr hat Jerry John Rawlings das Mikrofon von G.B.C. vor sich und geht auf Sendung. Er muss frei sprechen, denn im Tumult hat er die Notizen seiner im Morgengrauen festgehaltenen Gedanken in der Zelle vergessen.

»Unteroffiziere und Mannschaften haben mich gerade aus der Gefangenschaft befreit«, ruft er seinen Landsleuten zu und appelliert – noch immer etwas atemlos – an diejenigen, die noch nicht hinter ihm stehen, Blutvergießen zu vermeiden und die Entschlossenheit der revolutionären Kräfte nicht zu unterschätzen. Er kündigt an, einen Revolutionsrat wählen zu lassen, der das korrupte Oberkommando des Militärs ersetzen soll. Außerdem verspricht er, die Macht so bald wie möglich an eine neu gewählte Zivilregierung abzugeben, und kündigt drastische Bestrafungsaktionen für die bisherigen Machthaber an. »Die Gerechtigkeit, die dem ghanaischen Arbeiter verweigert wurde, muss wieder zurückkehren. Das verspreche ich euch.«

Es folgt der legendäre River-Kwai-Marsch.

Diese erste hektische Ansprache ist nicht das brillante Statement, das Rawlings im Auge gehabt hat. Trotzdem verfehlt sie ihre Wirkung nicht. Doch auch wenn er von Sympathisanten aus dem Gefängnis befreit wurde, sich an die Bevölkerung wenden kann und es so aussieht, als habe er die Kontrolle über das Land, ist Rawlings klar: Weder die Revolution noch er sind in Sicherheit. Daher begibt er sich unverzüglich vom Haus des Rundfunks zum Burma Camp, der militärischen Schaltzentrale.

Als der Fahrer des Lasters das Gelände des Hauptquartiers erreicht, stoßen Rawlings und seine Männer zunächst auf zwei gepanzerte Fahrzeuge, deren Soldaten ihnen zuwinken und sie zum Weiterfahren auffordern. Doch als sie kurz darauf das Terrain zwischen den Recce Headquarters und dem Quartier des 5. Bataillons überqueren, werden Rawlings' schlimmste Befürchtungen wahr. Er sieht die auf ihn gerichteten Mündungen der dort postierten Einheiten und befiehlt seinem Fahrer, sofort umzudrehen. Während des waghalsigen Manövers wirft sich Rawlings aus dem Fahrzeug und klammert sich auf der sicheren Seite außen an den Laster – Sekunden bevor das Feuer eröffnet wird. Einer seiner Männer wird verletzt. Jerry John Rawlings selbst entgeht den Kugeln nur knapp. Der Fahrer behält die Nerven und steuert sie außer Reichweite der feindlichen Waffen.

Spätestens jetzt ist klar, dass es zum Kampf kommen wird. Die Rawlings ergebenen Soldaten des 5. Bataillons machen mobil, er selbst begibt sich unverzüglich zum Luftwaffenstützpunkt, der sich bereits in Alarmbereitschaft befindet. Er klettert in seine Maschine und startet, um Staffelführer Dargbey bei den Tiefflugaktionen über Accra zu unterstützen und sich einen Überblick über die Lage zu verschaffen. Unmittelbar danach begibt er sich an Bord eines Hubschraubers und fliegt zur nahe gelegenen Hafenstadt Tema, um der entwaffneten Staffel die Munition wiederzubeschaffen, die dort im zentralen Depot lagert.

In Tema trifft Rawlings auf kooperationswillige Soldaten, doch der Kommandeur, der sich im Besitz des Hauptschlüssels zum Depot befindet, ist nicht anwesend, und Einbruchsversuche sind sinnlos. Also fliegt J.J. unverrichteter Dinge zurück nach Accra, wo inzwischen die Kämpfe zwischen beiden Seiten in vollem Gange sind. Um 9.15 Uhr ist Generalmajor Odartey-Wellington für die alten Militärmachthaber auf Sendung und versichert dem Volk, der Aufstand sei niedergeschlagen worden. Angesichts der unklaren Lage weist Rawlings seine Leute vorsorglich an, sich wenn nötig in den Busch zurückzuziehen und den Gegner mit Guerillataktik zu bekämpfen. Er weiß, dass aufgrund des Munitionsmangels und der Unterlegenheit der eigenen Kräfte eine offene Konfrontation auf Dauer unmöglich ist.

Erneut steigt Jerry John Rawlings in seinen Kampfjet. Mangels Raketen, Bomben, Granaten und Projektilen für die Bordwaffen hat er gewöhnliche Maschinengewehre mitgenommen, um seine Truppen zu unterstützen. Er schießt jedoch nicht direkt auf die gegnerischen Unteroffiziere und Mannschaften. Er weiß, sie handeln auf Befehl von oben, und will ihre spätere Unterstützung nicht verspielen. In der Hoffnung, Furcht und Panik zu verbreiten, greift er im Tiefflug an und jagt einige Salven in die Luft.

Später wird er sagen: »Ich weiß nicht, ob meine Aktion große Wirkung hatte, aber sie kostete mich fast das Leben, denn als ich wieder landen wollte, klemmte das Fahrgestell, und so musste ich eine Bauchlandung hinlegen.«

Rawlings' Chancen stehen schlecht. Doch wie schon im frühen Morgengrauen in seiner Zelle ist der Fliegerleutnant, der bis vor kurzem völlig unbekannt war, auch jetzt noch davon besessen, seine Beweggründe kundzutun. So setzt er sich wieder in den Hubschrauber und fliegt zur Universität Legon, um dort mit den Studenten zu diskutieren.

Die Heldenverehrung, die *Jay Jay* durch die Studenten erfährt, ist beachtlich. An der Universität teilt man ihm zudem die neuste Nachricht mit: General Odartey-Wellington habe vorgeschlagen, Rawlings möge sich mit ihm treffen, um über die angeprangerten Missstände und Ungerechtigkeiten zu sprechen.

Um einem Hinterhalt aus dem Weg zu gehen, bittet Rawlings seinen Hubschrauberpiloten, Staffelführer Owoo, ihn zunächst im Busch abzusetzen und danach dem General das Angebot zu unterbreiten, *er* solle unbewaffnet zum Treffpunkt kommen. Durch Blinkzeichen könne Owoo dann signalisieren, ob der General die Bedingungen akzeptiert habe.

Nachdem Rawlings im Busch abgesetzt worden ist, beginnt es zu regnen. Bis auf die Knochen durchnässt, wartet er geduldig ab. Als der Hubschrauber auch nach geraumer Zeit nicht wieder auftaucht, ist klar, dass die Bedingungen nicht angenommen werden. Wenn Owoo unter Zwang seinen Standort preisgibt, ist Rawlings eine leichte Beute für die Männer des Generals. Deshalb entfernt er sich vom vereinbarten Treffpunkt. Viel später hört er doch noch die Rotorengeräusche des Hubschraubers, der vermutlich über seinem ursprünglichen Aufenthaltsort kreist.

Rawlings marschiert zurück nach Legon und hört unterwegs heftige Feuergefechte in der Ferne. In der Universität erfährt er von den Studenten, einer aktuellen Radiomeldung zufolge hätten die Revolutionskräfte erneut die Oberhand gewonnen. Er zieht sich wieder allein in den Busch zurück und verbringt dort die Nacht bei anhaltendem Gefechtslärm aus dem Stadtgebiet.

Am Morgen bemerkt er den Hubschrauber, der erneut den Treffpunkt absucht – diesmal begleitet von einem Kampfflugzeug. Rawlings wertet dies als gutes Omen und marschiert zum Luftwaffenstützpunkt zurück, wo er jubelnd empfangen wird.

Kurz darauf ernennt der Revolutionäre Rat der Streitkräfte Jerry John Rawlings zum Vorsitzenden.

22

»Da hat sich seit dem Einsatz von Hanna Reitsch wohl einiges verändert«, resümierte Grau.

»Inwiefern?«

»In ihren Erinnerungen beschäftigt sie sich ausführlich mit der weit verbreiteten Flugangst der Ghanaer und deren mangelndem Willen, diese zu überwinden. Das war damals anscheinend ein großes Problem, auch beim Aufbau der Ghana Air Force. Kaum jemand hat sich beworben, und die meisten, die es taten, wurden nach kurzer Zeit als untauglich ausgemustert. Auch bei der medizinischen Voruntersuchung sind viele durchgefallen. Sie hatten irgendwelche Sichelzellen im Blut. Das soll bei Schwarzen angeblich häufiger auftreten und zur Fluguntauglichkeit führen, da der Pilot in großer Höhe einen Blackout erleiden kann. Muss etwas mit Druckabfall und Sauerstoffmangel zu tun haben. Verklumptes Blut und so ...«

Ich prostete ihm zu. »Das mit der Flugangst müssen die Einheimischen irgendwann überwunden haben.« Insgeheim hätte ich nur zu gern gewusst, ob der Halbschotte und seine Männer trotz des drohenden Blackouts gestartet waren.

»Wie die Dame des Hauses von diesem Rawlings sprach, das grenzte jedenfalls an Heiligenverehrung«, sagte Grau.

»Hat auch was davon. Aber nicht nur in Afrika werden heutzutage hochmoderne Waffen von Leuten bedient, die gleichzeitig an die schützende Wirkung kugelsicherer Amulette glauben.«

»Sie scheinen tatsächlich ernsthaft an dem Thema zu arbeiten.« Grau zwinkerte mir zu.

»Ich sagte ja schon: Es ist kein Hobby. Aber da wir gerade bei Ernsthaftigkeit sind. Auch Sie scheinen Ihr Buch über die Fliegerin sehr genau gelesen zu haben. Woher kommt das?«

Er blies seine hohlen Wangen auf und ließ langsam Luft ab. »Wegen eines Mannes, dessen Namen Sie heute schon des Öfteren gehört haben. Big Ben Akpalu. Ich interessiere mich für die Lebensläufe der Leute, die für mich wichtig sind.«

»Und warum ist dieser Ben so wichtig?«

»Das behalte ich lieber für mich.« Er lächelte höflich. »Auf jeden Fall ist es nichts Illegales. Und es geht auch nicht um Flugzeuge.«

»Sondern um Religion und Geister ...?«

»Wie kommen Sie darauf?«

»Sie suchen einen Fetischpriester. Und eine alte Hexe über-reicht uns Denkschriften mit Muttergottesbildern.«

»Was das mit dem Heftchen soll, kann ich mir auch nicht er-klären. Wahrscheinlich ist Ben Akpalu mal dorthin gepilgert und wollte seine Schwester damit beeindrucken. Danach zu schließen, was ich von Ihnen über die Religiosität in diesem Land erfahren habe, macht sich so etwas sicher gut.«

Ich schaute auf die Uhr. Höchste Zeit, ins Bett zu gehen. Wir waren schon lange die letzten Gäste im Restaurant.

Grau winkte dem Kellner, der tapfer die Stellung hielt, und sagte zu mir: »Weshalb ich mich mit der Reitsch beschäftigt habe, kann ich Ihnen erklären. Big Ben war einer ihrer ghanaischen *Söhne*. Sie hat ihn damals ausgebildet.«

23

Ich konnte nicht einschlafen.

Zunächst dachte ich, es läge an der klapprigen und laut röcheln-den Klimaanlage. Ich stellte das Ding ab, checkte die Fliegengitter, bevor ich die Glaslamellen schräg stellte, und ließ das stete Rau-schen des Regens auf mich einwirken.

Auch das half nicht.

Dass meine Zimmernummer für Albin Grau des Teufels war, beunruhigte mich nicht sonderlich. Meines Wissens galt die Sechs den alten Griechen als die vollkommene Zahl. Und Vera zufolge, die Tarot legte, war dieser Zahl die Karte mit den Liebenden zu-geordnet. Bei einer Zimmernummer 666 wäre ich allerdings schon etwas vorsichtiger geworden. Aber auch da gingen die Meinungen auseinander. Angeblich Fehler, die aus ungenauer Übersetzung der Bibel resultierten. So wie die junge Frau Maria mal zur Jungfrau geworden war. Wenn Grau an diese Zahlenspiele glaubte, hätte er sich die Quersumme 7 aussuchen müssen. Die vermeintliche Zahl Gottes.

Da ich schon mal beim Thema war und immer noch nicht schlafen konnte, widmete ich mich dem Kurzbericht über die Erscheinungen auf dem heiligen Berg in Heroldsbach, der von einer gewissen Antoinette Biegansky verfasst worden war.

Zunächst ging es um das »Erscheinungsgeschehen«.

Demnach hatten am 9. Oktober 1949 gegen fünf Uhr nachmittags vier Mädchen, die um die zehn und elf Jahre alt waren, über den Baumwipfeln das Zeichen JSH erblickt. Kurz darauf sahen sie an gleicher Stelle die Gestalt der Gottesmutter, ganz in Weiß und mit schwarzem Rosenkranz.

In den nächsten drei Jahren fanden, bis auf wenige Ausnahmen, täglich Erscheinungen statt. Die Kinder sahen jetzt nicht nur die Gottesmutter und das Jesuskind, sondern auch diverse Engel und Heilige. Sie erblickten den Himmel mit der Heiligen Dreifaltigkeit, die Hölle, das Fegefeuer mit den armen Seelen und zahlreiche biblische Szenen aus Altem und Neuem Testament. Darunter König David mit der Harfe, Bethlehem, die Geburt Jesu, den See Genezareth und die Apostel sowie die Kreuzigung und Auferstehung.

Dabei zeigte sich der Heiland in verschiedenen Erscheinungsformen. Als Jesuskind, als zwölfjähriger Jesusknabe, als Heiliges Herz Jesu, als Guter Hirte und als Auferstandener. Am häufigsten war er als Gekreuzigter in all seinen Qualen zu sehen, wobei er den Wunsch äußerte, die Pilger möchten den Wundenrosenkranz beten. Die Kinder sahen, wie Engel das Blut aus den heiligen Wunden auffingen und über die Betenden verteilten, zum Teil aber auch ins Fegefeuer gossen, um die armen Seelen zu erlösen. Auch diese zeigten sich und nannten manchmal ihre Sünden und die

Dauer ihrer Läuterung, und oft durften die Kinder zusehen, wie sie, durch das Gebet der Pilger erlöst, zum Himmel aufstiegen und alle ermahnten, ein tadelloses Leben zu führen.

Die Heilige Dreifaltigkeit erschien nicht nur in der Ferne, sondern auch am Gnadenhügel. Und bei einer Pilgerprozession kam es mehrmals vor, dass sie an der Spitze derselben über ihnen schwebte – ebenso wie die Gottesmutter, die drei Erzengel, viele andere Engel mit allerlei Instrumenten und zahlreiche weitere Heilige. Auf diese Weise formierte sich über den Pilgern eine himmlische Prozession.

Benommen legte ich die Lektüre zur Seite.

Ich hatte es mit bester katholischer Juju-Dramaturgie zu tun. Charismatische Kirchen waren bekannt für ihre Erscheinungen und Wunderheilungen. Die Jungfrau Maria, die einst im französischen Lourdes oder im portugiesischen Fatima erschienen sein soll, wurde später angeblich auch an verschiedenen Orten Afrikas gesichtet.

Wenn offizielle Medien der westlichen Welt über derartige Wunder berichteten, taten sie es mit Skepsis. Für die Gläubigen waren Schriften wie diese eine verbindliche Informationsquelle. In Afrika gingen Journalisten sehr viel wohlwollender mit übernatürlichen Geschehnissen um – als berichteten sie über tatsächliche Vorkommnisse. Sie interviewten Zeugen und dokumentierten deren Aussagen. Auch Politiker konnten sich dem nicht entziehen. Selbst Nelson Mandela hatte mehrmals die Regenkönigin besucht, eine Kultfigur in Südafrikas Limpopo-Provinz.

Das Rauschen des Regens war leiser geworden, und ich hörte die Frösche quaken. Nach all der heiligen Erkenntnis schlief ich ein und träumte schlecht. Frisch rekrutiert geisterte ich in Aubagne bei Marseille herum. Ganz nach dem Motto der Legion: Frei im Geiste wie im Herzen! Als einer unter vielen mageren Schakalen in der multikulturellen Truppe legte ich endlose Kilometer in betont langsamer Marschgeschwindigkeit zurück. Achtundachtzig Schritte pro Minute zu schneidig gesungenem *Oh du schöner Westerwald*. Dann unzählige Nahkämpfe, lautlos, mit Bajonett, Drahtschlinge oder mit bloßer Hand. Sonnendurchflutetes Calvi auf Korsika, Standort der vier Kampfkompanien des 2. Fallschirmjäger-Regiments. Schwierige amphibische Kommandounternehmen. Wenn es gut ausging, gab es zum Festmahl Blutwurst und Weißwein. Wenn nicht, fielen wenigstens keine Franzosen. Das war der Sinn der Sache. Ich irrte durch die Krisengebiete dieser Welt und starrte immer wieder in offene Särge.

Als mir meine eigene Totenmaske entgegengrinste, wachte ich auf.

24

Nachdem es in der Nacht endlich geregnet hatte, schien die Natur nun gierig durchzuatmen. Die Erde war aus der Trockenstarre erwacht und dürstete nach mehr Feuchtigkeit. Der stumpfe Schleier, der über allem gelegen hatte, war weggewaschen, und jedes Blatt, jeder Halm glänzte frisch in der Sonne.

Nachdem wir Ho in südöstlicher Richtung verlassen hatten, erreichten wir nach fünfundzwanzig Kilometern Kpetoe. Von hier aus verlief die Straße entlang der Grenze zu Togo. Es ging immer nach Süden, auf die Atlantikküste zu.

»Was ich schon früher fragen wollte …«, ließ sich Grau vom Rücksitz vernehmen, »warum ist gerade in Ghana Rechtsverkehr? Es war doch eine englische Kolonie.«

»Keine Ahnung«, erwiderte ich. »Entweder eine Trotzreaktion nach der Unabhängigkeit oder aus ökonomischen Gründen. Sie sind nun mal von Nachbarländern mit Rechtsverkehr umgeben.

Womöglich sind sogar mal wieder die Deutschen daran schuld. Wer weiß …«

Faustina trug nichts zur Klärung des Sachverhalts bei. Sie saß neben mir auf dem Beifahrersitz, den ihr Grau in einem Anfall von Großmut überlassen hatte. Immerhin wollte er mit ihrer Hilfe den Fetischpriester aufspüren. Faustina gab sich überhaupt schweigsam. Der Rambo-Auftritt ihres Bruders schien ihr immer noch peinlich zu sein, obwohl Grau und ich kein Wort mehr darüber verloren hatten.

Ohne Schwierigkeiten gelangten wir weiter in südliche Richtung. Bis ich den Polizeiwagen bemerkte. Willkürliche Geschwindigkeitskontrollen gehörten überall im Land zu den Unannehmlichkeiten, gegen die kein Kraut gewachsen war. Die Schikanen stützten sich oft genug auf Radargeräte, die entweder nicht existierten oder aber Geschwindigkeiten anzeigten, die einer Mondrakete zur Ehre gereicht hätten. Ich wusste also, was auf mich zukam, als ich den Streifenwagen und die beiden Männer in schwarzen Uniformen sah, die etwa einen halben Kilometer voraus am Seitenstreifen warteten. Der Tacho bewies meine Unschuld. Aber es war nun mal *mein* Tacho, deshalb ging ich noch etwas vom Gas. Prompt postierte sich einer der Uniformierten am Mittelstreifen und bedeutete mir mit lässigem Winken, am Fahrbahnrand anzuhalten.

»Vielleicht befragen Sie *die* mal zum Rechtsverkehr«, schlug ich Grau vor, öffnete mein Seitenfenster und ließ die Sache auf mich zukommen.

Nur keinen vorauseilenden Gehorsam an den Tag legen. Kopien der Fahrzeugpapiere und meines Führerscheins lagen im Handschuhfach. Wer hatte schon die Originale dabei? Meine hübsche weinrote *Motor Driver's Licence* lag sicher in meiner Wohnung und konnte somit nicht beschlagnahmt werden. Die Polizisten mochten das nicht besonders, aber sie kannten das Spiel.

Der Uniformierte, der an den Schirm seiner Mütze tippte, war jung und zeigte mir eine freundliche Miene. Das war ungewöhnlich. Irgendwas stimmte nicht.

»Sie sind zu langsam gefahren, Sir«, sagte er.

Vermutlich machte ich ein ziemlich dämliches Gesicht, denn er grinste und wechselte einen Blick mit seinem älteren Partner, der gelangweilt am Streifenwagen lehnte. Dann brach er in Lachen aus und kriegte sich kaum wieder ein.

Ich hielt den Mund und wartete ab, was noch kam.

»Wir brauchen Ihre Hilfe, Sir.«

Auch nicht schlecht.

»Wir haben eine Panne.«

Ich nickte und verzichtete auf Mitleidsbekundungen.

»Wir sind auf dem Weg zu einem dringenden Einsatz. Ich muss Sie bitten, mich mitzunehmen.«

Was war das für ein Trick? Um mir Ärger zu ersparen, ging ich darauf ein. »Ich denke, das lässt sich machen. Steigen Sie ein.«

Er ging noch kurz zu seinem Kollegen und besprach sich mit ihm, dann setzte er sich zu Grau auf den Rücksitz und grüßte höflich in die Runde. Ich fuhr weiter nach Süden, während Grau und Faustina mit dem jungen Polizisten plauderten, bis irgendwann alle erschöpft schwiegen. Erst kurz vor dem Ziel meldete sich der Uniformierte wieder zu Wort.

»Wäre mir lieber gewesen, wenn *ich* beim Wagen hätte warten können, bis die Kollegen ihn abschleppen.«

Ich warf einen Blick in den Innenspiegel. War da Furcht in seinen Augen?

»Ist nämlich eine ziemlich unangenehme Sache, wegen der man uns nach Afiadenyigba geschickt hat«, sagte er kaum hörbar. »Und gar nicht so einfach in den Griff zu kriegen.«

25

In der Lagune von Afiadenyigba wird seit jeher Salz gewonnen.

Eines Tages stiehlt eine Diebesbande große Mengen der wertvollen Ware und entkommt damit in einem Fahrzeug, obwohl einige mutige Jugendliche aus dem Ort versuchen, die Täter aufzuhalten. Eine Geschäftsfrau erkennt einen der Täter und will ihn der Polizei melden. Doch da sie mit hunderttausend Cedi bestochen wird, verzichtet sie darauf.

Vier Wochen nach dem Raub melden die bestohlenen Salzproduzenten den Vorfall den Autoritäten des berühmten Zakadza-Schreins in Nogokpo. Daraufhin suchen Abgesandte des Schreins den Tatort auf und verkünden dort, jede Person, die Hinweise über den Diebstahl zurückhalte, solle dies unverzüglich eingestehen – oder sich auf ein drohendes Unglück einstellen.

Trotz dieser Warnung verzichtet die Zeugin auf ein Geständnis. Als sie sich wenig später auf den Weg zur Salzlagune macht, wird sie vom Blitz erschlagen.

Aus Angst traut sich niemand, ohne Einwilligung des Donnergottes die Leiche anzufassen. Eine Woche lang bleiben die sterblichen Überreste der Frau an der Stelle liegen, an der sie der Blitz getroffen hat, bis sich schließlich die Vertreter des Schreins um die verwesende Tote kümmern.

Auch den Hausstand der Verstorbenen lösen die Abgesandten des Schreins auf und bringen die Sachen nach Nogokpo. Schuldner der Verstorbenen und Leute, die Kleidung oder andere Gegenstände von ihr ausgeliehen haben, pilgern zum Schrein, um ihre Schulden zu begleichen oder geborgte Dinge zurückzugeben. Für die Familie der Verstorbenen ist dies ein harter Schlag, denn die Frau hat mit ihrer Arbeit im Salzgeschäft den Unterhalt der Familie allein bestritten.

Doch es kommt noch schlimmer.

Die Fetischpriester bestehen darauf, dass der acht Jahre alte Sohn der Toten ausgeliefert wird. Er soll dem Schrein dienen, um das Vergehen seiner Mutter zu sühnen.

26

»Die wollen den Jungen um keinen Preis hergeben«, sagte der Polizist, als ich ihn in Afiadenyigba vor dem Haus der Angehörigen absetzte.

Ich wartete, bis er sich von Faustina und Grau verabschiedet hatte und ausstieg. Er wirkte etwas verloren. Mit hängenden Schultern blieb er neben mir am offenen Wagenfenster stehen, als erwarte er noch einen guten Rat, bevor er sich mit den Fetischpriestern und ihren Geistern anlegte.

»Was soll die Polizei da schon tun …?« Er setzte seine Schirmmütze auf.

»Vielleicht sollte sie ein Opfer an den Donnergott in Erwägung ziehen und dann weiter vermitteln«, schlug ich vor.

Er nickte nachdenklich und schüttelte mir die Hand. »Danke fürs Mitnehmen.«

»Keine Ursache.«

Die ersten Familienmitglieder standen schon in der Tür. Ich wusste nicht, ob die Fetischpriester schon im Haus warteten oder noch im Anmarsch waren. Und ich wollte es auch gar nicht wissen.

Wäre in diesem Moment ein Mammy Lorry vorbeigefahren, hätte bestimmt ein Slogan wie OH FATHER FORGIVE THEM daraufgestanden.

»Das war die seltsamste Radarfalle, in die ich je geraten bin.« Ich lächelte meinen Mitreisenden kurz zu. »Sie hätten sich sicher zu Wort gemeldet, wenn das Ganze etwas mit Ihrem Großvater zu tun gehabt hätte, Faustina.«

Ihr war nicht nach Lachen zumute. »So berühmt wie der Schrein in Nogokpo ist der Fetisch meines Großvaters bei weitem nicht.«

»Na, Gott sei Dank«, meldete sich Grau zu Wort.

»Welchen meinen Sie«, fragte ich, »den Donnergott oder den, der für die Erscheinungen in Heroldsbach zuständig ist?«

Er schwieg pikiert.

Die Geschichte war uns allen an die Nieren gegangen, und so ließen wir das unselige Afiadenyigba schweigend hinter uns und widmeten uns dem Lunchpaket, das Grau im Hotel geordert hatte. Ich stellte das Autoradio an, schob eine Kassette von Koo Nimo in den Recorder, und bald darauf erklang *Ohia Ye Ya*. Am Straßenrand bot eine junge Frau *Bushmeat* an.

»Was war das?«, fragte Grau und blickte noch einmal zurück.

»Geräuchertes Wildfleisch. Manchmal handelt es sich um kleine Antilopen. Das da sah aber ganz nach Grasscutter aus. Auch Grasnager oder Rohrratte genannt, obwohl das Tier nicht mit den Ratten verwandt ist. Mit Fell sieht es eher wie ein Biber aus.« Und was das Gebiss anging, hatte es sogar eine gewisse Ähnlichkeit mit meinem Klienten.

Eine knappe Stunde später bogen wir von der Asphaltstraße auf einen ausgefahrenen Feldweg ab, der uns tiefer in die Buschsavanne führte. Am Himmel hatte sich inzwischen eine graue Wolkendecke zusammengeschoben, und es sah ganz so aus, als würde es später wieder regnen. Je tiefer wir vorstießen, desto unwegsamer wurde der Pfad, den ich mir mit dem Geländewagen suchen musste. Löcher, so groß wie Bombentrichter, in denen noch das Wasser vom letzten Wolkenbruch stand, zwangen mich zu ständiger Berg- und Talfahrt bei Schrittgeschwindigkeit. Grau wurde auf dem Rücksitz durchgerüttelt wie ein Rodeoreiter.

So ging es eine halbe Stunde, bis wir einige Felder mit schlanken Baumstämmen in verschiedenen Wachstumsstadien erreichten, die ein Wäldchen bildeten. Zudem waren die ersten Hütten eines kleinen Dorfes zu erkennen, das wie ausgestorben in der Mittagshitze lag.

Vorsichtig fuhr ich in die Siedlung. Richtige Straßen und abgegrenzte Grundstücke gab es nicht, nur freie Räume und kleine Plätze zwischen den einzelnen Hütten. Dem Lehmboden hatte der erste Regen nach der langen Trockenheit nicht viel anhaben können. Er war hart wie Ziegelstein und sauber gefegt. Hier und da hockten Erwachsene und Kinder im Schatten und winkten uns träge zu. Nur Hühner und Ziegen liefen herum, und ich achtete darauf, keines der Tiere zu überfahren. Auf dem zentralen Dorfplatz warnte mich Faustina vor einem Erdhaufen, der wie ein kleiner Termitenhügel aussah und voller Glasscherben, Blechfetzen und Holzstücken steckte. Ich hatte den Fetisch bereits erkannt und machte einen großen Bogen um ihn. Wir durchquerten das Dorf und hielten vor einer Hütte am Ende der Siedlung. Faustina stieg aus und verschwand in der Hütte. Grau und ich dösten im Wagen vor uns hin.

Fünf Minuten später bat Faustina Grau hinein. Er trank noch mal gierig aus der Wasserflasche und folgte ihr. Da Grau sein Geheimnis nicht weiter mit mir teilen wollte, stieg ich aus und vertrat mir die Beine. Ein magerer Hund trottete auf mich zu und beschnüffelte mich misstrauisch. Dann zog er sich in den Schatten eines Vordachs zurück, legte sich hin und hechelte in der Hitze. Ich holte die Wasserflasche aus dem Wagen und hockte mich auf eine einfache Bank neben ihm. Der Hund nahm meine Nähe ohne jede Reaktion hin.

Der Anblick des sauber gekehrten Dorfes erinnerte mich an einen alten Brauch der Ewe. Jeden November feiern sie Hogbetsotso, ihr wichtigstes Fest. Hogbetsotso bedeutet Exodus und erinnert an die Flucht der Ewe aus ihrer alten togoischen Heimat Notsie. Dort waren sie sesshaft geworden, nachdem sie den Sudan verlassen hatten. In Notsie litten sie lange Zeit unter dem gefürchteten Herrscher Agokoli, der sie brutal unterdrückte. Der Despot verfügte über magische Kräfte, und so konnten seine Untertanen sich nur von ihm entfernen, indem sie rückwärts liefen. Die alljährlichen Feierlichkeiten beginnen mit Reinigungsritualen, bei denen nach und nach jedes Dorf der Region, von der Mündung des Volta bis tief ins Land hinein, sauber gefegt wird. Doch wie ich sehen konnte, gehörte sorgfältiges Kehren auch vier Monate danach noch zum Alltag in den Dörfern.

27

Faustina kam aus der Hütte und setzte sich zu mir.

»Müssen Sie nicht übersetzen?«, fragte ich.

»Die beiden wollen unter sich sein. Sie kommen schon allein zurecht. Großvaters Englisch besteht zwar fast nur aus ghanaischem Akzent, aber sie verstehen sich trotzdem.«

Ich reichte ihr die Wasserflasche.

Sie trank, wischte sich den Mund ab und fragte: »Hätten Sie meinen Bruder auch *umgebracht*?«

Es dauerte einige Sekunden, bevor ich antwortete.

»Nur wenn er versucht hätte, *mich* umzubringen.«

Damit schien das Thema für sie erledigt zu sein. Sie gab mir die Flasche zurück.

»Was ist mit ihm los?«, wollte ich wissen.

»Sie meinen, wieso er so aggressiv ist?«

Ich nickte.

»William ist frustriert und verkehrt mit den falschen Leuten.

Das geht schon ein paar Jahre so. Er hatte sich mal Hoffnung auf einen Job in der Politik gemacht. Obwohl er davon wenig Ahnung hat. Rawlings war sein Held – bis er der Weltbank in den Arsch gekrochen ist.«

Ihre drastischen Worte verblüfften mich.

»So drückt es mein Bruder jedenfalls aus.«

»Jay Jay hätte doch sicher eine passende Arbeit für ihn gefunden. Er hat zwar gern selbst aufgeräumt, aber auch aufräumen lassen …«

»Mein Bruder ist kein Killer – wenn Sie das meinen.«

»Jemand, der ein Kampfmesser mit sich rumträgt und es jemandem an den Hals setzt, hat gute Anlagen dazu.«

Sie seufzte. »Das sind nur die Drogen.«

»Politik ist auch eine.«

»Ist wohl so.« Sie fischte nach dem kleinen Goldkreuz in ihrem Ausschnitt und spielte damit herum.

»Und für alle gilt: Die Dosis macht das Gift.«

Sie wich meinem Blick nicht aus. Ihre langen Wimpern berührten die Brauen über den schräg stehenden Augen. Die Iris war so dunkel, dass die Pupillen kaum zu erkennen waren. Die Narbe an Stirn und Schläfe nahm ich gar nicht wahr.

Ich beugte mich zu dem Hund hinunter und streichelte ihn. Er knurrte. Ich deutete auf die Brandmale an Faustinas Unterarm.

»War das auch Ihr Bruder?«

»Nein.« Sie kratzte sich und schaute mit leerem Blick in das flirrende Licht zwischen den Hütten. »Das war ich selbst.«

Was für eine Familie.

Sie musterte mich. »Großmutter hat einen Fluch über den Grasscutter ausgesprochen.«

Einen treffenderen Spitznamen für Grau hätte auch ich mir nicht ausdenken können.

»Sie traut dem Mann nicht.«

»Weil ihm ihr Exmann wichtiger ist als sie selbst?«

»Das hat sie nur beleidigt. Aber sie meint, der Grasscutter hat Big Ben auf dem Gewissen.«

»Und warum ist sie so sicher, dass Ben tot ist?«

»Sie hat ihn am heiligen Berg in Heroldsbach gesehen.«

Das war verblüffend. Big Ben musste Madame sehr genau übersetzt haben, was in der Broschüre stand.

»Er war in der Prozession.«

Ich lächelte Faustina müde an. »Wenn er in Deutschland rumpilgert, ist er doch noch am Leben.«

Faustina blieb ernst. »Big Ben war nicht unter den gewöhnlichen Pilgern. Er schwebte über ihnen.«

Ich brauchte ein paar Sekunden, bis mir klar wurde, was sie meinte.

Wenn die Pilger eine Prozession abhielten, kam es vor, dass die Heilige Dreifaltigkeit an der Spitze des Umzuges über ihnen schwebte – ebenso wie die Gottesmutter, die Heiligen Erzengel und andere Engel und Heilige. So formierte sich über der irdischen eine himmlische Prozession ...

Bedächtig schüttelte ich den Kopf, um Zeit für eine passende Antwort zu gewinnen. Wenn Big Ben unter den Heiligen weilte, war er tatsächlich tot. Es war heiß. Ich schwitzte. Und doch kroch mir ein Schauer über den Rücken. Der Hund zu meinen Füßen war eingeschlafen und zuckte im Traum mit den Pfoten.

»Wenn Ihre Großmutter Grau tatsächlich verhext hat, lebt er gefährlich. Ich nehme an, er wird zur Salzsäule erstarren und dann vom Blitz getroffen.«

»Machen Sie keine Witze.«

Ich trank einen Schluck lauwarmes Wasser und warf einen Blick auf die Uhr. Über was mochten die beiden Männer in der

Hütte reden? Das ganze Dorf schien sich ehrfürchtig zurückzuhalten, während der Priester konsultiert wurde.

»Haben Sie eine Ahnung, was Grau hier sucht, Faustina?«

»Nicht wirklich. Es muss was mit Kete Krachi zu tun haben. Als junger Mann war Großvater eine Zeit lang *okyeame* des Dente.«

Sprecher eines berühmten Orakels. Was hatte er Grau aus alten Zeiten zu berichten?

»Und was treibt dieser Big Ben in Deutschland?«

»Er hat eine deutsche Ehefrau, lebt mit ihr in Hamburg und ist ein wichtiger Versorger für uns alle. Obwohl Großmutter natürlich das meiste davon hat.«

Nachdem ich mich über ihre Familie erkundigt hatte, drehte Faustina den Spieß um.

»Sie sind im Forstprojekt so was wie eine Legende. Jeder kennt Sie.«

»Ich? Eine Legende?«

»Ihre Geschichte mit dem Politiker wird oft erzählt.«

28

Schuld daran ist ein junger Ewe vom Forstbüro in Ho, den mir meine Auftraggeber zur Seite gestellt haben.

Wir sollen Herrn Richtlang, einen Bundestagsabgeordneten, der in Berlin in irgendeinem wichtigen Arbeitskreis sitzt, die Forest Reserve in den Abutia Hills zeigen. Der Politiker hat die Delegation, mit der er in der Voltaregion unterwegs ist, schon am ersten Tag derart genervt, dass der Botschafter und die Projektleiter diverser Hilfsorganisationen beschlossen haben, ihn *mir* anzuvertrauen. Irgendwo gibt es immer einen Reptilienfonds, aus dem mein Honorar finanziert werden kann. Und da Herr Richtlang oder *Wichtigmann*, wie er hinter seinem Rücken genannt wird, erklärt hat, er wolle mal ein richtiges Abenteuer erleben, verkauft man ihm den Abstecher als Vorzugsbehandlung, der ihm sechs Stunden drögen Konferenzbetrieb im Chances Hotel in Ho ersparen soll.

Der Politiker beißt freudig an, und ich mache aus einem mittelmäßigen Projektausflug eine Expedition à la Camel Trophy. Ich peitsche den Geländewagen durch jedes ausgewaschene Flussbett und kurve über Felsbrocken weit abseits der bequemeren Route. Der junge Ewe vom Forstbüro zeigt dem Abgeordneten eine Menge Käfige mit Grasscuttern in Dörfern, von deren Existenz selbst ich nichts weiß. In jeder Siedlung schütteln freundliche Einheimische unserem Politiker so lange die Hand, bis er sich im Wahlkampf wähnt. Die Show macht richtig Spaß, und der Ewe geht sogar so weit, dem Bleichgesicht intakte Regenwaldgebiete als besonders nachhaltige Nutzholzwäldchen zu verkaufen, für die dringend zusätzliche Finanzmittel aus Berlin benötigt würden.

Auf dem Rückweg zum Abendessen im Restaurant Gold Finger kritzelt der Abgeordnete eifrig seine Erkenntnisse in ein abwaschbares Notizbuch. In dem rustikalen Restaurant, das sich bei den Einheimischen großer Beliebtheit erfreut, trinkt er während des Essens und danach viel Bier. Dann baggert er laut lallend eine unbescholtene Ghanaerin an, als handle es sich um eine Prostituierte. Bevor der Ehemann der Frau vom Klo zurückkommt, ziehe ich Herrn Wichtigmann mit einem Faustschlag aus dem Verkehr, zahle die Rechnung und trage ihn in den Wagen.

Das ist eigentlich alles. Doch mein junger Begleiter und andere einheimische Gäste haben alles genau mitbekommen, sind schwer beeindruckt und applaudieren laut. »Genau das braucht es manchmal, um Zucht und Ordnung aufrechtzuerhalten«, stellt der Ewe auf der Rückfahrt zum Hotel begeistert fest. Mit dieser Meinung steht er nicht allein. Nicht wenige seines Stammes neigen zu recht verklärten Erinnerungen an die deutsche Kolonialzeit.

Der Abgeordnete kann sich am nächsten Morgen nicht mehr an den Vorfall erinnern und ist voll des Dankes für den Tagesausflug, doch als sich die Sache nach seiner Abreise weiter herumspricht und dabei immer mehr verklärt wird, bedauere ich, dem jungen Ewe nicht erzählt zu haben, dass ich Disziplin und Schlagkraft nicht von meinen deutschen Landsleuten gelernt habe, sondern bei den Franzosen.

29

Seit Grau die Hütte des Alten verlassen hatte, machte er einen bekümmerten Eindruck.

Ich hatte den geheimnisvollen Fetischpriester gar nicht zu Gesicht gekommen. Faustina war noch einmal in die Hütte gegangen, um sich von ihrem Großvater zu verabschieden, und danach waren wir nach Sogakofe aufgebrochen, um dort zu übernachten. Die Kleinstadt lag an der oberen Voltamündung, direkt an der Hauptstraße, die Lomé mit Accra verband. Insgeheim hatte ich erwartet, dass Grau zum abgelegenen Kete Krachi wollte, das hoch im Norden am Voltastausee lag. Doch Grau zog es nach Accra zurück, und Faustina wollte am folgenden Tag mit einer Kollegin von der Forstverwaltung in Sogakofe zurück nach Ho fahren. Grau hatte darauf bestanden, dass sie ein Zimmer in unserem Hotel nahm und sich von ihm zum Abendessen einladen ließ.

Und so saßen wir am Ufer des Volta und ließen uns Süßwasserbarsch und Bier schmecken. Die weitläufige Anlage des Hotels Villa Cisneros lag etwas außerhalb der Stadt unmittelbar am Fluss. Am späten Nachmittag hatte es geregnet, die Luft war klar und frisch, die Moskitos hielten sich zurück, und wir genossen die leichte Brise, die über den Fluss wehte.

Albin Grau wirkte keineswegs deprimiert, aber er schien ernüchtert zu sein, so als gestalte sich die Angelegenheit, in der er unterwegs war, weit schwieriger, als er erwartet hatte. Vermutlich sah er sich deshalb genötigt, Faustina noch einmal zu konsultieren. Er holte ein Foto aus der Brusttasche seines Fantasieanzugs und reichte es ihr.

»Haben Sie diesen Gegenstand schon mal gesehen?«

Sie schaute sich das Foto genau an. »Solche Töpfe habe ich schon häufig gesehen. Aber den hier …?«

»Er hat vermutlich einen Durchmesser von etwa einem halben Meter und ist etwa ebenso hoch.«

Sie schüttelte den Kopf. »Nein.«

»Darf ich?« Ich schaute Grau an.

»Bitte.«

Ich griff nach dem Farbbild, auf dem zwei Bleistiftzeichnungen zu sehen waren: Seitenansicht und Draufsicht eines Zeremonienbehälters aus gebrannter Erde. Wenn Graus Angaben stimmten, war dieser hier größer als üblich. Ich hatte schon etliche Gefäße dieser Art gesehen. Das auf dem Foto hatte einen Griff auf dem kegelförmigen Deckel, der wie eine weibliche Figur geformt war. Auf der Draufsicht konnte man die einzelnen Symbole erkennen, mit denen der Deckel verziert war. Es waren die üblichen, wie Eidechse, Schlange, Frosch, Krokodil, Fisch und Sprossenleiter. Zwei der Symbole fielen mir besonders auf: eine männliche Figur mit einem gekrümmten Zeremonienschwert und zwei über Kreuz liegende Krokodile mit drei Köpfen, acht Beinen und einem Schwanz.

»So etwas wird häufig in Schreinen zur Aufbewahrung des heiligen Wassers verwendet.« Ich gab Grau das Foto zurück.

Er holte ein weiteres Bild aus der Brusttasche und legte es Faustina hin. Diesmal handelte es sich um eine angegilbte Schwarzweißaufnahme.

Sie legte ihr Besteck beiseite, sah sich das Foto an und sagte: »Drei Personen auf einem Bild. Das bringt Unglück!«

Grau schaute mich an, als erwarte er einen Kommentar.

»Hab ich auch schon mal gehört.« Ich trank einen großen Schluck Bier, um den Flächenbrand zu löschen, den eine Pfefferschote in meinem Mund verursacht hatte, und atmete ein paar Mal ein und aus.

»Ich kenne das Bild«, sagte Faustina.

Graus Augenwinkel zuckten nervös.

»Es steht auf der Kommode meiner Großmutter.«

Grau schluckte. »Bei Ihrer Großmutter in Ho?«

»Ja.«

Grau wandte sich von ihr ab und herrschte mich an: »Wieso haben Sie mich nicht darauf aufmerksam gemacht?«

Ich nahm das Foto und sah es mir an. Faustina hatte recht. Das Bild hatte, vergrößert und gerahmt, auf dem Hausaltar der Matrone gestanden.

»Woher zum Teufel soll ich wissen, was das mit Ihnen zu tun hat?«, versetzte ich.

»Entschuldigen Sie.« Er gab sich zerknirscht.

»Soweit ich mich entsinne, haben wir uns mit Jay Jay beschäftigt – nachdem ich Sie vor einem Messer gerettet hatte.«

Er legte sein Besteck hin und hob beschwichtigend die Hände. Dann kaute er eine Weile auf seinem Barsch herum, um schließlich wieder auf das Foto zurückzukommen.

»Kennen Sie eine … oder auch mehrere … der Personen?«, fragte er Faustina.

Sie schüttelte den Kopf. »Wer sind die Männer?«

Grau schluckte seine Enttäuschung runter. »Der Mann in der Mitte ist Friedrich Wilhelm Murnau.« Er schaute mich an, als müsste ich wissen, wer das war.

Ich zuckte die Achseln.

»Rechts von Murnau«, fuhr Grau fort, »ist der Herzog zu Mecklenburg.«

Wieder schaute er mich an.

»Der ehemalige Gouverneur von Deutsch-Togo.«

»Richtig«, sagte Grau.

»Und der dritte Mann … wer ist das?«, fragte Faustina.

Wieder der bekümmerte Gesichtsausdruck. »Genau darum geht es, meine liebe Faustina …«

»Sie wissen es nicht?« Sie aß weiter.

Grau tupfte sich den Mund mit der Serviette ab und schob den Teller weg. »So ist es. Haben Sie eine Ahnung, warum Ihre Großmutter das Bild in Ehren hält?«

»Wenn tatsächlich der deutsche Gouverneur drauf ist, dann seinetwegen. Pure Nostalgie. Die guten alten Zeiten. Mich interessiert so was nicht mehr. Großmutter würde mich nicht mal darauf ansprechen, denn sie hält mich für eine Radikale.«

»Oh …« Grau lächelte. »Ich dachte, diese Rolle hätte Ihr Bruder William schon besetzt.«

»Der spinnt nur.«

»Vielleicht kann *ich* Ihnen helfen«, sagte ich zu Grau und nahm das Foto wieder in die Hand. »Der dritte Mann ist Klemens Dürrengatter.«

Grau sperrte den Mund auf und zeigte sein Grasscutter-Gebiss.

»Dürrengatter …?«

»Ein Schweizer.«

»Ein Schweizer … das ist ja interessant.« Grau stieß einen leisen Pfiff aus.

»Und warum?«, fragte ich.

»Nun, weil dieses Foto kurz vor Ende des Ersten Weltkriegs in Luzern aufgenommen wurde.«

»Aha …«

»Murnau war damals dort interniert.«

Dass ich auch darauf keine erkennbare Reaktion zeigte, reizte Grau über die Maßen. Er unterdrückte seine Neugier bezüglich des dritten Mannes und machte stattdessen Faustina und mich mit Herrn Murnau bekannt.

30

Künstlernamen sind beim Militär nicht viel wert.

Im Oktober 1914 wird Friedrich Wilhelm Murnau unter seinem Familiennamen Plumpe eingezogen. Mit seinen ein Meter neunzig wird er dem »1. Garderegiment zu Fuß« in Potsdam zugeteilt und nimmt am Krieg teil. Zunächst dient er an der Ostfront und wird im August 1915 zum Leutnant befördert. Als Kompanieführer zieht er sich vor Riga ein Nierenleiden zu, das ihm ein Leben lang zu schaffen macht und wegen dem er weder rauchen noch Alkohol trinken darf.

Von April bis Juli 1917 absolviert er auf eigenen Wunsch eine Ausbildung zum Fliegerfunker. Segelboote und Flugzeuge faszinieren ihn zeit seines Lebens. Im Herbst desselben Jahres wird er zur Fliegerabteilung A 281 in der Nähe von Nancy versetzt. Von hier aus werden Aufklärungsflüge durchführt, an denen Murnau als Beobachter teilnimmt. Mit dem Luftraum erschließt sich ihm eine neue Dimension. Er sieht die Dinge im wahrsten Sinne des Wortes anders.

Trotz des Militäralltags hat der junge Leutnant auf dem neuen Posten ausreichend Gelegenheit, seinen künstlerischen Neigungen nachzugehen. Er fotografiert gern mit seiner »Reisekamera«, mit der er keine Glasnegative, sondern bereits Rollfilm belichtet. Und beim abendlichen Zusammensein am Kamin des Offizierskasinos – die Fliegerabteilung hat in einem Schloss Quartier bezogen – muss er immer wieder den *Todesspieler* und andere Balladen rezitieren.

Den Kameraden bleibt Murnau als ein hagerer, hochaufgeschossener, aber leicht gebeugter Mann mit lebhaften braunen Augen in Erinnerung. Halb Bohemien, halb Kavalier. Stets elegant, aber lässig gekleidet. In den Händen einen Stock mit pilzförmigem Knauf, gefertigt aus einem zerschossenen Propeller. Jemand nennt Murnau später *einen seriösen Abenteurer*. Als einen Mann mit einem natürlich wirkenden vornehmen Wesen, als einen geborenen Gentleman, so bezeichnen ihn auch die meisten Menschen, die ihn im Laufe seines Lebens kennenlernen. Doch auch beim harten Militärhandwerk beweist der Mann Zuverlässigkeit.

Anfang Dezember 1917 kommt der Dreißigjährige angeblich mit seinem Piloten bei einem Aufklärungsflug im Nebel vom Kurs ab. Die *Aviatik C1* landet schließlich auf dem Flughafen Basel. Ob das ein Zufall, göttliche Fügung oder Fahnenflucht ist, bleibt unklar. Einmal in der Schweiz, wird er von Basel nach Andermatt gebracht, wo er von Januar bis April 1918 interniert ist. Nächste Station ist die Pension Felsberg in Luzern, in der, wie in vielen anderen Hotels der neutralen Schweiz, internierte Soldaten aller am Krieg beteiligten Nationen einquartiert werden.

In Luzern kann Murnau endlich wieder am Theater arbeiten, und zwar nicht nur als Darsteller. Zusammen mit dem Intendanten des Stadttheaters inszeniert er mit Internierten das eidgenössische Singspiel *Marignano*. Es wird ein Erfolg, und Murnau nimmt das nächste Stück in Angriff. Aufgrund eines Angebots des »Kleinen Theaters« trägt er sich sogar eine Zeit lang mit dem Gedanken, als Theaterregisseur in der Schweiz zu bleiben, und sucht Fürsprecher für einen weiteren Aufenthalt im Land.

Eine andere Beschäftigungsmöglichkeit bietet sich über die deutsche Gesandtschaft in Bern an. Der Kulturattaché Harry Graf Kessler soll in der Schweiz ein Kulturangebot aufbauen, um das Bild, das sich die Welt in diesen Kriegstagen von Deutschland macht, möglichst positiv zu beeinflussen. Dazu gehören neben der Kooperation mit Künstlern jedweder Couleur (auch der Avantgarde) Theateraufführungen, Konzerte, Kunstausstellungen und sogar Varietéveranstaltungen. Der zuständige Staatssekretär im Auswärtigen Amt bezeichnet die Finanzierung von Graf Kesslers Propagandaoffensive amüsiert als »Fond zur Entsittlichung der Schweiz«.

Neben den schönen Künsten, die Graf Kessler vor allem am Herzen liegen, ist die stärkere Nutzung des Films von großer Bedeutung, um die überlegene Kinopropaganda der Alliierten kontern zu können. Die Reichsregierung hat zu diesem Zweck schon 1916 die Deutsche Lichtspiel-Gesellschaft gegründet, in deren Leitungsgremien einflussreiche Politiker und Industrielle wie Alfred Hugenberg, Hjalmar Schacht und Gustav Stresemann sitzen. Hugenberg wird nach dem Krieg die Ufa führen, die den Filmmarkt der Weimarer Republik dominiert. Dass Max Reinhardts Deutsches Theater bereits im Januar und Juni 1917 Graf Kesslers Ruf gefolgt ist und Gastspiele in der Schweiz gegeben hat, ist für Murnau wohl eher eine Ermunterung, sich ebenfalls für eine Zusammenarbeit zu entscheiden. Konkrete Projekte gibt es allerdings nicht.

Und noch eine andere verlockende Perspektive ergibt sich während Murnaus Aufenthalt in der Schweiz: Er soll für drei Jahre an einer ozeanografischen Expedition zu den Kanarischen Inseln teilnehmen und dabei einen Dokumentarfilm drehen. Finanzier ist Adolf Friedrich Herzog zu Mecklenburg, der als Gouverneur von Togo bereits mehrere Filme über Afrika realisiert hat. Doch das Vorhaben zerschlägt sich.

Trotzdem beschäftigt sich Murnau in Luzern zum ersten Mal ernsthaft mit dem neuen Medium Film. Auf Briefpapier der Pension Feldberg hält er die Idee für einen Film mit dem Titel *Teufelsmädel* fest.

Dann ist der Krieg zu Ende.

Im Februar 1919 verlässt Murnau mit den letzten Internierten die Schweiz und kehrt wieder nach Berlin zurück.

31

Faustina unterdrückte ein Gähnen.

»Damit hätten wir schon drei Fliegerasse.« Ich prostete Grau zu.

»Murnau hat wahrscheinlich nie ein Flugzeug gesteuert«, erwiderte er, »aber als Stummfilmregisseur war er ein Genie. Ich kann gar nicht glauben, dass er Ihnen kein Begriff ist.«

»Ich interessiere mich nicht so sehr fürs Filmemachen.«

Grau wirkte einen Moment lang gereizt. Anscheinend glaubte er mir nicht recht.

»Vielleicht verraten Sie mir noch, wer dieser Dürrengatter ist«, sagte er.

»Eins der zahlreichen Bindeglieder zwischen Ghana und der Schweiz. Alle reden über die Engländer und die Deutschen … aber die Schweizer hatten seit jeher eine enge Beziehung zu Ghana. Gold und Kakao. Eine alte Tradition, die bis heute andauert. Von Kakao und der Basler Mission habe ich Ihnen ja schon erzählt. Klemens Dürrengatter war jedenfalls ein sagenumwobener Missionar, der im Busch hauste. Muss ein knorriger Typ gewesen sein.

Ich kenne seinen Namen nur aus Anekdoten, die man sich in Accra noch heute über ihn erzählt.«

»Und wieso erkennen Sie ihn auf dem Bild wieder?«

»Zum einen gibt es so etwas wie historische Gedenkblättchen, die in der deutschsprachigen Gemeinde zirkulieren. Der markante Vollbart und die Trotzkibrille sind ja nicht zu übersehen. Außerdem habe ich mal ein ausgesprochen schönes Porträt von ihm gesehen. Eine Art Kupferstich. Angeblich ein Entwurf für eine Schokoladenbanderole. So weit ging der Kult um seine Person. *Monsieur* hat sie mir mal gezeigt.«

»Monsieur ...?«

»Ein regelmäßiger Gast in der Abafun Lodge. Kommt aus Genf und macht in Marmelade und Fruchtsaft. Pfeifenraucher. Um die sechzig. Müsste Ihnen eigentlich aufgefallen sein.«

»Ich erinnere mich, ihn beim Frühstück gesehen zu haben, als wir abfuhren.«

»Genau der. Sie sollten mit ihm reden, bevor er abreist. Ich habe nie richtig zugehört, wenn die alten Märchen erzählt wurden, deshalb kann ich Ihnen auch nicht viel mehr über diesen Dürrengatter sagen.«

»Immerhin wissen wir nun, wer der dritte Mann auf dem Foto ist.«

Graus Stimmung hatte sich etwas gebessert. Dafür zeigte Faustina deutliche Ermüdungserscheinungen. Sie entschuldigte sich und spazierte zu ihrem Bungalow zurück. Wir sahen ihr nach, als sie am Pool vorbeiging und zwischen den Bäumen in der Dunkelheit verschwand.

Der Kellner räumte das Geschirr weg und brachte Grau einen Gin Tonic und mir eine große Flasche *Star*. Der Mond stand inzwischen dick und rund über dem Volta und spiegelte sich im Wasser.

»Und Sie wissen tatsächlich nicht, wer Murnau ist?«, hakte Grau nach.

»Ich kenne nur einen Ort in Oberbayern, der so heißt.«

Grau verzog belustigt den Mund.

»Aber nach dem, was Sie erzählt haben, vermute ich, es handelt sich um den Stummfilmer, der *Nosferatu* gedreht hat.«

»Nicht nur den. Sein letzter Film hieß übrigens *Tabu*. Friedrich Wilhelm Murnau ist zwar in Deutschland nicht mehr so bekannt wie ein Fritz Lang oder Georg Wilhelm Pabst, war aber ohne jeden Zweifel einer der ganz Großen. Ich dachte, Sie wüssten das.«

»Wieso?«

»War Ihr Vater nicht Filmproduzent?«

Allmählich beschlich mich ein ungutes Gefühl. Der Mann wusste auffällig viel über mich und ich so gut wie nichts über ihn. Normalerweise interessierte mich der Hintergrund meiner Kunden nicht besonders. Aber wer auch immer Grau zu mir geschickt haben mochte, er hatte ihn gut gebrieft.

Billys Worte fielen mir wieder ein.

Seien Sie vorsichtig, Sir.

»Kannten Sie meinen Vater?« Ich goss mir etwas Bier nach.

»Nicht persönlich.«

»Und was ist *Ihr* Beruf, Herr Grau?«

»Auf meiner Visitenkarte steht Filmkaufmann.«

»Deshalb also.«

»Aber es gibt Leute, die behaupten, ich wäre nichts anderes als ein Schatzjäger.«

»Und – ist da was dran?«

Er trank seinen Gin. »Ich sehe mich eher als Sammler.«

Hinter welchen Schätzen mochte der Filmkaufmann Albin Grau her sein? Westafrikanischen Keramiktöpfen?

»Und das ist auch für mich mehr als ein Hobby, Herr Voss.«

Er fuchtelte wild mit dem Armen herum, um den Kellner auf sich aufmerksam zu machen und den nächsten Gin Tonic zu ordern.

»Apropos Tabus, Verbote und ihre Übertretung …«, wandte er sich wieder an mich. »Schon deswegen sollten Sie sich mal eingehender mit Murnau beschäftigen.«

»Was Sie nicht sagen.«

»Da würden sich ganz neue Welten für Sie auftun. Er hat *Tabu* unter teilweise mysteriösen Umständen in der Südsee gedreht. Und so manches, was ich hier über Juju höre, unterscheidet sich kaum von Murnaus Erlebnissen in Polynesien.«

Der Alkohol konnte noch nicht für den Glanz in Graus Augen sorgen. Es war die pure Begeisterung.

32

Auf Bora Bora dreht Murnau drei Monate lang auf der Geheimnisinsel Motu Tapu, einem kleinen Eiland des Atolls.

Hierfür wird eigens ein Dorf errichtet, das sowohl als Filmkulisse wie auch als Camp für das Filmteam dienen soll. Als die Eingeborenen davon erfahren, warnen sie den Regisseur. Auf der Insel dürfe man nicht wohnen, da es sich um einen heiligen Ort der Vorväter handelt. In den alten Zeiten haben die Krieger Bora Boras von Motu Tapu aus die anderen Inselgruppen erobert. Hier wurden von den Häuptlingen die Kriegspläne geschmiedet. Jedes Wort, das auf der Insel gesprochen wurde, musste geheim gehalten werden. Hätte jemand etwas verraten, wäre er mit Sicherheit gestorben oder durch Feuer umgekommen, da es der Feuergeist ist, der das Geheimnis von Motu Tapu hütet. Keiner, erst recht kein Fremder, darf hier übernachten oder gar wohnen. Jeder Verstoß gegen dieses Gebot wird bestraft.

Murnau kann darüber nur lachen.

Daraufhin erzählen die Alten ihm eine Geschichte, die erst vor kurzem passiert ist: Drei Brüder wollten auf dem Riff fischen. Um früh vor Ort zu sein, übernachteten sie auf der Insel. Einer der Brüder wurde durch ein Feuer getötet, das niemand zuvor dort gesehen hatte.

Murnau verlangt, die beiden Überlebenden zu sehen. Außerdem macht er klar: Alle angeheuerten Einheimischen müssen sich beim Filmteam in der neu errichteten Siedlung aufhalten.

Daraufhin gibt es laute Einwände und Warnungen. Das Übel, so prophezeit man Murnau, werde nur noch größer, wenn er auf seinem Standpunkt beharre.

Trotzdem zieht der Deutsche an verbotener Stätte ein, und die Einheimischen, die als Diener stets beim Filmteam sind, verköstigt werden und Grammophon spielen sowie die Kamera und andere Wunderdinge bestaunen dürfen, wähnen sich nun vom Unheil geschlagen. Sie schlafen nicht.

Durch die Bambusstöcke, die seine Hütte umgrenzen, bemerkt Murnau die großen Feuer, an denen sie ihre Lieder anstimmen, um die Geister zu bannen.

Auf diese Weise singen die Polynesier den Fremden schließlich in den Schlaf.

Als Murnau am Morgen aufwacht, stehen einige der Einheimischen in seiner Tür, um nachzusehen, ob er noch lebt. Er findet das eher lustig. Doch wenig später taucht einer der Weisen von der Hauptinsel auf und verkündet, der Geist Tupaupau werde den Ketzern eines Tages großen Schaden zufügen.

Wenig später bricht ein Unwetter aus, und das Filmteam muss wochenlang im endlosen Regen warten. Als dies endlich überstanden ist, will Murnau nur noch eine Sequenz drehen, ehe das Team die Insel am nächsten Morgen verlässt.

Es ist eine Szene, in der es im Dorf eines Nachts zu einem plötzlichen Aufruhr kommt, da die geheiligte Dorfkönigin von ihrem Liebhaber entführt wurde. Die Szene soll in der schnell einbrechenden tropischen Dunkelheit gedreht werden. Die Eingeborenen müssen mit Fackeln zu ihren Booten rennen und auf das Meer hinausrudern. Da die traditionellen Fackeln aus Kokoswedeln nicht genügend Licht spenden, will Murnau einige Magnesiumfackeln einsetzen, die der Kamera verborgen bleiben sollen. Es ist Nachmittag. Bis Einbruch der Dunkelheit stehen noch mehrere Stunden zur Verfügung, in denen diese letzte Aktion mehrmals geprobt werden kann.

Murnau zündet eine Magnesiumfackel an. Die Einheimischen sind begeistert von diesem unbekannten Licht. Der Regisseur lässt sie damit herumlaufen und zeigt ihnen, wie sie damit umgehen sollen. Diverse Signale mit einer Seemuschel werden für den Einsatz zum Fackellauf geprobt. Bislang geht alles glatt.

Die kleine Insel ist voller Menschen. Für den späten Abend ist ein kleines Abschiedsfest mit traditionellen Gesängen geplant, da Murnau und sein Team Bora Bora für vier, fünf Wochen verlassen werden. Es dämmert bereits. Murnau verfolgt, wie das Tageslicht immer schwächer wird, um den richtigen Moment für die Aufnahme abzupassen. Der Kameramann fängt an zu kurbeln, und die ersten Signale werden gegeben.

Doch irgendwer am anderen Ende der Insel muss das Zeichen missverstanden haben. Er steckt seine Fackel zu früh an, und alle anderen tun es ihm gleich. Qualm steigt auf, und das just in dem Moment, als Murnau klare Sicht braucht. Wenn die Fackeln nicht schnell gelöscht werden und der Rauch sich verzieht, geht der ganze Drehtag verloren, und Murnau kann die Aufnahme erst Wochen später wiederholen.

Die Kamera wird gestoppt.

Polynesier, Halbweiße und ein englischer Junge, der Murnau assistiert, eilen zu den verschiedenen Standorten, um die Flammen zu ersticken. Besorgt zählen Murnau und sein Team die Sekunden. Schließlich ist wieder alles bereit. Die Flammen sind gelöscht, und ein leichter Wind trägt den Rauch davon – als plötzlich eine furchtbare Explosion zu hören ist, und angsterfüllte Rufe über die Insel gellen.

Tupaupau! Tupaupau!

Gleichzeitig springt Pal, Murnaus deutscher Schäferhund, der stets etwas abseits der Kamera gehalten wird, seinem Herrn auf den Rücken, klammert sich mit den Vorderpfoten an dessen Schulter fest und gräbt die Klauen tief ins Fleisch.

Murnau erstarrt vor Furcht.

Dann rennt er los, in Richtung der Explosion. Der Hund hängt noch immer an seinem Rücken. Er versucht, ihn abzuschütteln, läuft etwa hundert Meter weit ins gleißende Licht, wo der Hund endlich loslässt und davonjagt. Murnau erreicht den Unfallort, bleibt stehen und bemerkt neben seinen Füßen einen Schatten. Es ist sein englischer Assistent. Der Junge winkt ihm zu und fleht: »Drehen Sie weiter … drehen Sie weiter!«

Murnau weiß nicht, was das bedeuten soll. Dann bückt er sich, um nachzusehen, was passiert ist. Als er den Jungen berührt, hat Murnau das Gefühl, er fasse etwas Grausiges an, etwas Hartes und Sprödes. Der Junge starrt ihn mit schreckensweiten Augen an. Die Magnesiumflammen haben ihm fast die ganze rechte Körperhälfte verbrannt.

Man trägt den Verletzten zu einer nahen Hütte. Fast zwei Stunden dauert es, bis der Junge so weit versorgt ist, dass er an Bord getragen werden kann. Das Boot bringt ihn auf die Insel Raiatea, wo ein französischer Arzt sich seiner annimmt. Von dort aus wird er nach Papeete ins Krankenhaus gebracht. Eine Woche lang schwebt er zwischen Leben und Tod. Dann erholt er sich und wird langsam wieder gesund.

Kaum hat man den schwer verletzten jungen Engländer von der Insel evakuiert, verlassen auch alle Polynesier den verfluchten Ort und suchen auf der Hauptinsel des Atolls Zuflucht. Als Murnau und seine engsten Mitarbeiter dort eintreffen, um die Schiffspapiere abzuholen und die üblichen Abschiedsformalitäten zu erledigen, werden sie von den Einheimischen geschnitten. Diejenigen, die ihm schon vor Beginn der Dreharbeiten die Geschichte vom Inselgeist erzählt haben, fühlen sich bestätigt. Murnau habe sich über ihren Glauben lustig gemacht, sagen sie, aber jetzt müsse er endlich einsehen, dass der Geist bis zuletzt gewartet habe, um dann Rache zu nehmen – genauso wie bei den drei Brüdern.

Murnau hat dem nichts entgegenzusetzen.

33

Ich musterte den vom Mond beschienenen Volta.

Es gibt Gläubige, die sich die Welt der Menschen als eine auf dem Wasser schwimmende Insel vorstellen. Für sie ist jedes Gewässer ein Zugang zur Geisterwelt in der Tiefe, zu ihren Göttern und Ahnen. Was mochten die Flussgeister des Volta von der Südseegeschichte halten? Waren sie mit Tupaupau, dem Feuergott verwandt?

Grau und ich waren mittlerweile eine Flasche Bier und drei Gin Tonic weiter. Der Alkohol trieb dem Filmkaufmann und Schatzjäger den Schweiß aus allen Poren. Er war angetrunken und gestikulierte wild. Hätte uns jemand zugesehen, hätte er vermutlich gemeint, wir stritten uns. Doch in Wirklichkeit kamen wir einander langsam näher.

Der Kellner hatte sich bereits vor geraumer Zeit verabschiedet und uns genügend Reserven zurücklassen. Grau trank inzwischen wesentlich mehr Gin als Tonic. Ich hatte mir das Bier eingeteilt, um am nächsten Morgen ohne Kopfschmerzen aufzuwachen.

»Sie sollten mehr Tonic trinken«, sagte ich. »Chinin ist immer gut bei Fiebergefahr.«

»Ich glaube nicht, dass heutzutage noch welches drin ist.« Grau goss sich einen doppelten Gin ein, zerdrückte ein wenig Limone und beließ es bei ein paar Tropfen des Gegengifts. »Dass Sie sich so für Juju interessieren, Victor, hat das etwas mit den afrikanischen Vorfahren Ihres Vaters zu tun?«

»Woher wollen Sie wissen, dass *er* das schwarze Schaf der Familie ist?«

Grau grinste nur vielsagend.

»Okay, Sie haben recht. Mein Vater war der *dunkle* Teil meiner Eltern.«

»Was war er für ein Typ?«

Was ging ihn das an?

»Was meinen Sie mit Typ?«

»Na ja, wie sah er aus?«

»Wie Mulatten aussehen. Nicht richtig schwarz, nicht richtig weiß.«

Grau nahm einen Schluck Gin und schwieg.

»Fand ich übrigens interessant, dass Sie bei Ihrer Südseestory den Ausdruck *Halbweiße* benutzt haben. Das habe ich bislang noch nicht gehört.«

»Muss ich bei Murnau aufgeschnappt haben.«

»Gar nicht so falsch. Unter Afroamerikanern herrscht zwar die Ansicht vor, dass einen bereits ein Tropfen schwarzen Blutes zum *Schwarzen* macht …«

Ich brach ab, denn das Thema, das er selbst angeschnitten hatte, wurde Grau sichtlich unangenehm. Doch dann setzte ich nach.

»Mein Vater war ein Besatzungskind – wenn auch nicht ganz so bekannt wie Erwin Kostedde und Jimmy Hartwig.«

»Und wer sind die beiden Herren, wenn ich fragen darf?«

»Das wissen Sie nicht …?« Ich tat so, als wäre das eine ebenso große Bildungslücke wie meine Ignoranz in Sachen Murnau.

Er schüttelte den Kopf.

»Die beiden waren Fußballer. Erwin Kostedde ist durch die Offenbacher Kickers groß rausgekommen. Er war der erste farbige Nationalspieler. Jimmy Hartwig wurde mit dem Hamburger SV dreimal Deutscher Meister und Europapokalsieger. Er war ebenfalls Nationalspieler. Jedenfalls gehörten die beiden zu den ersten Dunkelhäutigen im deutschen Fußball, lange bevor Brasilianer und Afrikaner eingekauft wurden.«

»Tatsächlich?« Gelangweilt musterte er seine Fingernägel.

»Können Sie überall nachlesen. Die Biografien beginnen wie die meines Vaters: *Der Sohn eines afroamerikanischen GIs und einer Deutschen …*«

»Ich interessiere mich nicht besonders für Fußball.«

Grau trug sein Tuch schon lange nicht mehr um den Hals, sondern nutzte es ausschließlich zum Schweißabwischen.

»Darum geht es auch nicht. Ist Ihnen wenigstens Günther Kaufmann ein Begriff …?«

»Ist das nicht ein Schauspieler?«

»Bingo! Dasselbe Strickmuster.«

»Der hat doch in Fassbinders *Die Ehe der Maria Braun* mitgespielt?«

»So ist es. Wenn Sie so wollen, hat das Besatzungskind Kaufmann in dem Streifen einen Typ wie meinen Großvater väterlicherseits gespielt: einen amerikanischen Besatzungssoldaten. Mein Opa kam aus New Orleans.«

»Schon wieder Voodoo.«

»Das wäre ein bisschen zu weit hergeholt.«

Ein Schrei gellte über das Hotelgelände, klagend, wie das Jammern eines Kindes.

Grau zuckte zusammen. »Was ist das?«

»Die Pfauen, die Sie bewundern konnten, als wir angekommen sind. Sie laufen frei auf dem Grundstück herum.«

Wieder ein Schrei.

»Na, das kann ja heiter werden heute Nacht.« Grau prostete mir zu und nahm einen kräftigen Schluck, als wolle er sich betäuben, damit er schlafen konnte.

»Wenn die Klimaanlage läuft, hören Sie nicht mehr viel davon.«

»Hoffentlich.« Er musterte mich über sein Glas hinweg. »Bei Ihnen sieht man übrigens kaum etwas davon …«

Je mehr Grau soff, desto offener gab er sich.

»Wovon?«, fragte ich ihn.

Er räusperte sich. »Na ja, sagen wir mal: negroide Nase, Afrofrisur und so weiter. Sieht zwar nicht so aus, als ob Sie sich Ihre Bräune am Pool geholt hätten, aber die grauen Augen und die glatten Haare …«

Ich lächelte.

»Jedenfalls merkt man es Ihnen kaum an.«

Er redete darüber, als ginge es um die Nachwirkung eines starken alkoholischen Getränkes.

»Soll ich Ihnen mal was über Aberglauben, Hautfarbe und Diskriminierung erzählen, Grau?«

»Bitte.«

»Ich bin in einem kleinen Dorf aufgewachsen, eine Stunde von Frankfurt am Main entfernt. Die Bevölkerung war zu einhundertzehn Prozent römisch-katholisch. Ich war evangelisch getauft, wie meine Mutter. Nicht, dass wir besonders religiös waren. Aber meine Mutter war eine kluge Frau. Kurz bevor ich eingeschult wurde, beschloss sie, sich mit mir umtaufen zu lassen, damit ich in der Dorfschule eine Chance hatte. Sie ging mit mir zum Bibelunterricht – bis wir reingewaschen waren und zur richtigen Truppe gehörten. Danach hatten wir Ruhe. Als ich erwachsen war, bin ich wieder ausgetreten.«

Grau nickte bedächtig und schien sogar das erneute Jammern der Pfauen zu überhören.

»Es war die falsche Religion, die mich damals zum Neger gemacht hat, Grau. Ich habe das nicht vergessen.«

»Damit rennen Sie offene Türen bei mir ein, Victor. Ich bin Atheist.«

»*Ich* nicht.«

»Was dann?«

»Solange ich mir nicht alles zusammenreimen kann, glaube ich an ein höheres Wesen.«

»Das tun Freimaurer auch.« Grau lächelte vielsagend.

»Mag sein. Bin ich aber nicht. Ich zeige angesichts meines beschränkten Wissens nur etwas Demut.«

»Demut – ein großes Wort …«

»Ich war schon mal drüben.«

Er verstand mich nicht.

»Im Jenseits. Sie haben mich zurückgeholt, aber ich war schon mal dort.«

»Sie waren tödlich verletzt? Als Soldat?«

»Genau.«

»Und wie muss ich mir das vorstellen …« Er beugte sich vor. »… da drüben?«

»Es war, als hätte ich meinen Körper bereits verlassen. Ich nahm an allem teil und habe es zugleich beobachtet.«

»Sind Sie operiert worden?«

Ich nickte.

Er lehnte sich wieder zurück.

»Ich will Ihnen ja nicht zu nahe treten, Victor. Aber das kann auch an der Narkose gelegen haben.«

»Das Chloroform-Phänomen. Ich weiß. Das hat man mir auch erzählt. Es war mehr, dessen bin ich mir sicher. Aber lassen wir das.«

Wir widmeten uns dem Alkohol. Über uns raschelte es in den Bäumen. Es war eine Eule. Ich konnte ihren Schattenriss vor dem Vollmond erkennen. Der Vogel wurde oft als Vorbote finsterer Kräfte betrachtet. Ein Räuber, der nachts aktiv ist und seine Beute lautlos angreift. In Afrika gab es angeblich mächtige Männer, die sich in eine Eule verwandeln konnten.

»Wenn ich mich recht erinnere, Victor, hat Ihr Vater als Produzent unter dem Namen Bernhard *Scholz* und nicht unter *Voss* firmiert.«

»Stimmt. Ich trage den Mädchennamen meiner Mutter. Er hat mich nie anerkannt. Alte Familientradition. Sein Alter hat ihn auch nicht ehrlich gemacht. Sonst hätte er nämlich unter *Freeman* firmiert. Vielleicht wäre er damit im Filmgeschäft auf Dauer erfolgreicher gewesen.«

»Na, na, Erfolg hatte er doch wohl.«

Ich schwieg.

»Zumindest ökonomisch gesehen«, fügte er hinzu, ohne seinen Sarkasmus zu verbergen, und warf den letzten Eiswürfel in sein Glas.

Er ließ das Thema auf sich beruhen. Mir war das recht. Er kramte nach seiner Brieftasche und holte ein Foto heraus.

»Meine Tochter.«

Er strahlte übers ganze Gesicht und reichte mir das Bild. Wahrscheinlich kam jetzt die »*Meine-Frau-mein-Haus-mein-Auto*«-

Nummer. Als Gegenleistung für meine Familiengeschichte. Ich sah mir die junge Frau an. Es handelte sich um eine professionelle Porträtaufnahme in Farbe. Graus Tochter sah gut aus. Ich schätzte sie auf Mitte zwanzig bis Anfang dreißig. Weder die langen schwarzen Haare noch die ebenmäßigen Zähne erinnerten an ihren Vater.

»Sie spielt am Theater«, sagte Grau voller Stolz.

»Eine schöne Frau.« Ich gab ihm das Bild zurück.

»Das ist sie.« Er warf einen Blick auf das Bild, bevor er es wieder einsteckte. »Und sie hat einen guten Charakter.«

34

Um Mitternacht hatte Grau genug Gin getrunken, um erschöpft zu seinem Bungalow zu torkeln.

Ich begleitete ihn noch ein Stück, bis er auf sicherem Kurs war, und suchte meine eigene Bleibe auf. Ich schloss ab, legte die Sicherheitskette vor und ignorierte den Lichtschalter. Im Mondschein überprüfte ich die Fliegengitter und öffnete das Fenster. Die Pfauen hatten schon lange nicht mehr geschrien. Nur ab und zu waren Eulenrufe zu hören, dazu das entfernte Brummen der Klimaanlagen. Ich duschte im Halbdunkel, und als ich mich wenig später aufs Bett legte, begann es draußen schlagartig zu regnen. Die kleine Regenzeit ging in die Vollen, ohne Blitz und Donner. Nur das schwere Rauschen des anhaltenden Wolkenbruchs schläferte mich ein.

Als ich wieder erwachte, wusste ich zunächst nicht, warum. Dann hörte ich das Klopfen an der Tür. Ich warf einen Blick auf das Leuchtzifferblatt meiner Uhr. Ein Uhr zwanzig. Es regnete nicht mehr. Nur das tropfende Geräusch des Wassers, das immer noch von Bäumen und Dächern rann, war zu hören.

Ich stand auf und ging zur Tür.

»Wer ist da?«

»Faustina.«

Ich öffnete bis zum Kettenanschlag und sah sie alleine vor der Tür stehen. Sie trug Jeans und Polohemd und war barfuß. Ich hängte die Kette aus, ließ Faustina rein und knipste die Nachttischlampe an.

»Ich habe Angst«, sagte sie.

»Warum?«

»Irgendetwas geht hier vor. Ich habe Stimmen gehört.«

»Stimmen?«

Sie nickte heftig und setzte sich aufs Bett.

Ich zog mir was über. »Ich sehe mal nach. Schließen Sie hinter mir ab. Und vergessen Sie die Sicherheitskette nicht.« Ich steckte den Wagenschlüssel ein.

Draußen sah und hörte ich mich aufmerksam um. Nichts. Ich ging zum Parkplatz und schaute mich noch einmal um, bevor ich die Hecktür meines Wagens öffnete. Unter der Bodenabdeckung des Laderaums fand ich an vertrauter Stelle die brasilianische Taurus, die ich stets mit mir führte, wenn ich im Land unterwegs war. Es war eine Neunmillimeter vom Typ PT92 mit fünfzehn Schuss. Ich hielt sie in bestem Zustand, wie es unter Artikel 5 im Ehrenkodex der Fremdenlegion stand:

Deine Waffe pflegst Du, als wäre sie ein Stück von Dir.

Ich wickelte die Pistole aus dem Tuch, überprüfte sie und steckte sie in den Hosenbund, bevor ich den Wagen abschloss und meinen Erkundungsgang antrat.

Zunächst nahm ich mir das Gelände um Faustinas Bungalow vor, konnte dabei aber nichts Besonderes feststellen. Auch Graus Behausung lag friedlich im Mondschein. Trotz der Klimaanlage war ein lautes Schnarchen zu vernehmen. Ich ging zum Pool und dann hinunter zum Fluss, bemerkte aber auch dort nichts Verdächtiges. Faustina musste sich geirrt haben. Im Traum hört man manchmal Stimmen.

Ich kehrte zurück, klopfte, meldete mich und hörte, wie sie die Tür aufschloss und die Kette aushängte.

Als meine Augen sich wieder ans Licht der Nachttischlampe gewöhnt hatten, sah ich Faustina in meinem Bett liegen. Sie war nicht zugedeckt und trug nur noch die dünne Halskette mit dem kleinen Kreuz.

So viel zu nächtlichen Gefahren.

Sie lächelte und hielt ein in blaue Folie eingepacktes Kondom hoch. Es stammte aus meinem Toilettenbeutel. Manchmal war in Afrika alles sehr einfach und trotzdem durchdacht. Ich legte die gesicherte Waffe neben das Bett und schlüpfte aus den Kleidern.

Wir kamen ohne Worte aus.

Bis sie mir mit heiserer Stimme befahl: »Sag meinen Namen!«

Ich rang um Atem.

»Sag meinen Namen!«

»Faustina«, stieß ich keuchend aus.

»Nicht den, den Jesus mir gegeben hat!« Sie kratzte mir den Rücken wund. »Sag meinen richtigen Namen. Sag: *Mammy Wata!*«

Ich vögelte mit der Wassergöttin.

Zunächst wollte ich es nicht aussprechen. Geisterbeschwörung war nicht meine Sache. Ich brachte es einfach nicht fertig. Doch dann kam ich ihrem Wunsch nach, und sie fing an zu stöhnen und ließ es mich immer wieder sagen, bis wir beide kamen.

In Schweiß gebadet lagen wir nebeneinander. Dann erkannte ich an Faustinas ruhigen Atemzügen, dass sie schlief. Ich selbst fand keine Ruhe. Lange genug hatte ich mich mit den Legenden um die Wassergöttin beschäftigt. In der Theorie. Jetzt hielt ihr Geist mich wach. Mir selbst war Mammy Wata nie in meinen Träumen erschienen. Aber hier, am Ufer des Volta, hatte ich sie leibhaftig erlebt. Ich war der Wassergöttin im wirklichen Leben begegnet, in der sichtbaren Welt.

Was, bei Gott oder Teufel, brachte Faustina dazu, sich für Mammy Wata zu halten?

Womöglich hatte ich sogar ein Tabu gebrochen.

Oder hatte mir Albin Grau mit seinen Murnaumärchen das Gehirn weichgekocht?

35

An der Küste Westafrikas hält sich seit den Zeiten des Sklavenhandels ein Glaube.

Es heißt, ein Wassergeist namens Mammy Wata sei Garant für außergewöhnlichen Reichtum. Meist wird er als schöne und sehr erotische Frau geschildert. Oft wird sogar behauptet, diese Wassergöttin sei auffallend hellhäutig, vielleicht sogar halb europäisch. Normalerweise erscheint sie Männern im Traum als Meerjungfrau und verführt sie, mit ihr zu leben.

Wenn ein Mann von Mammy Wata träumt, bildet er sich ein, er habe Kontakt mit einem lebenden Geist aufgenommen. Schon bald erliegt er der Versuchung, eine ihr nachgesagte Fähigkeit für sich zu nutzen. Demnach ist Mammy Wata in der Lage, ihren menschlichen Geliebten viel Geld zu bescheren. Doch da sie keine Kinder bekommen kann, verlangt sie als Gegenleistung das Leben eines Kindes.

Das Liebesverhältnis mit der Wassergöttin gleicht dem zwischen Frau und Mann – nur lebt Mammy Wata in der Unterwasserwelt und ist, außer in Träumen, unsichtbar. Und es gibt noch einen Unterschied: Während die Braut in der sichtbaren Welt Afrikas traditionsgemäß für materielle Güter erworben wird und dafür Kinder schenkt, verhält es sich bei einer Beziehung mit der Wassergöttin umgekehrt.

Der Verehrer opfert der Geisterwelt ein Kind und erhält dafür Geld von der Wassergöttin.

36

»Der Grasscutter ist ein seltsamer Mann«, sagte Faustina beim Frühstück.

Wir saßen allein auf der Veranda und sahen den Pfauen zu, die würdevoll und majestätisch schweigend über das Hotelgelände stolzierten. Es war noch sehr früh, aber Faustina wollte startklar sein, wenn die Kollegin von der Forstverwaltung sie abholte. Speisen, Getränke und Geschirr hatten wir uns mangels Bedienung selbst in der Küche zusammengesucht, wo der Koch gerade erst angetreten war und noch wie im Halbschlaf agierte.

»Herr Grau entspricht sicher nicht ganz dem Durchschnittstyp«, gab ich zu.

»Er macht mir Angst.«

»Warum?«

»Als wir gestern ankamen und du noch mal beim Auto warst, stand ich mit ihm am Pool, und wir haben über die Gegend hier geredet.«

»Und was war daran so beängstigend?« Ich versuchte es noch mal mit einem Schluck Kaffee, aber die Brühe war kaum genießbar.

»Das Wasser im Pool war ruhig und glatt.«

»Und?«

»Und trotzdem hat sich der Grasscutter nicht darin gespiegelt.« Faustina blickte einen Moment ins Leere, dann widmete sie sich wieder ihrem Frühstück.

Das wäre ganz nach Billys Geschmack gewesen. Ich persönlich hätte lieber gewusst, ob wenigstens Faustinas Spiegelbild zu sehen war.

»Vielleicht wirkt der Fluch deiner Großmutter ja schon.«

»Mach dich bitte nicht darüber lustig.«

»Ich werde mich hüten.« Um das Thema zu wechseln, berührte ich sacht die Zigarettenmale an ihrem Unterarm und fragte: »Warum hast du das gemacht?«

Zunächst wich sie meinem Blick aus und aß weiter. Dann schaute sie mir in die Augen.

»Das war mein Vater.«

»Das auch?« Ich strich ihr über Stirn und Schläfe.

»Ja, aber ich habe ihn trotzdem nicht rangelassen.«

Sie aß weiter, und ich bedauerte bereits, überhaupt gefragt zu haben, als sie mich anlächelte und gut gelaunt feststellte: »Und wir beide haben auch nicht miteinander geschlafen. Damit das klar ist. Die Leute reden.« Sie legte das Besteck beiseite, nahm meine Hand und drückte sie.

Ich streichelte die Narben an ihrem Arm.

»Du bist auch so schon bekannt genug in Ho.« Mit einer flüchtigen Geste strich sie mir über die Wange.

Ich grinste. »Diesmal gibt es keine Zeugen.«

»Trotzdem.«

Ich hob die Hand zum Schwur. »Nichts läge mir ferner, als öffentlich zu behaupten, ich hätte mich mit der Wassergöttin eingelassen.«

Sie lachte und kratzte sich im kurzgeschorenen Haar.

Wir frühstückten schweigend zu Ende.

Zum Abschied küsste sie mich. »Ich gehe jetzt und warte in der Lobby. Es ist besser, wenn sie uns nicht zusammen sieht.«

»Wie du willst.«

Faustina griff nach meiner Hand, und noch bevor ich sie zurückziehen konnte, tat sie das, was ich ihrer Großmutter verweigert hatte: Sie drehte die Innenfläche nach oben und las die Linien.

Ich ließ sie gewähren.

»Jemand aus deiner Familie ist in Gefahr«, sagte sie leise und sah mich besorgt an. »Pass auf dich auf.«

Ich schaute ihr hinterher, als sie ging. Was auch immer ihre Warnung bedeuten mochte – ich hatte kein Kind, und deshalb konnte ich der Wassergöttin auch keins opfern. Ich warf einen Blick auf die Uhr. Grau konnte meinetwegen noch eine Stunde schlafen. Wir lagen gut in der Zeit. Ich spazierte gemächlich zu meinem Bungalow zurück, um in aller Ruhe meine Sachen zu packen.

Eine Stunde später war Grau immer noch nicht zum Frühstück erschienen. Ich ging zu seinem Bungalow und klopfte gegen das Brummen der Klimaanlage an. Ohne Erfolg.

»Herr Grau …?«, rief ich.

Keine Reaktion.

Vorsichtig drehte ich am Türknopf. Weder abgeschlossen noch die Sicherheitskette vorgelegt. Ich öffnete die Tür einen Spaltbreit und rief noch mal seinen Namen. Vielleicht stand er unter der Dusche.

Als wieder keine Antwort kam, betrat ich das Zimmer. Die Sonne warf nur einen schmalen Lichtstrahl durch die nachlässig zugezogenen Gardinen, und es dauerte einen Augenblick, bis meine Augen sich an das Halbdunkel gewöhnt hatten.

Dann sah ich ihn. Er lag friedlich auf dem Rücken neben dem Bett. So, als habe er es im Suff nicht mehr auf die Matratze geschafft.

»Herr Grau …?«

Er regte sich nicht.

Ich ging zum Fenster und schob die Gardine beiseite.

Im hellen Sonnenlicht war alles in brutaler Klarheit zu erkennen. Grau lag in seinem eigenen Blut. Vorsichtig ging ich neben ihm in die Hocke und fühlte seinen Puls.

Nichts.

Albin Grau war tot.

Er hatte die Zähne gebleckt wie eine Ratte in Tollwutstarre. Sein Zahnfleisch war grauweiß wie Schimmel. Das Loch in seinem Hals stammte mit Sicherheit nicht von einem Fledermausbiss. Jemand hatte ihm in die Halsschlagader gestochen und ihn verbluten lassen. So sah es jedenfalls aus. Die Wunde war dreizackig wie ein Mercedesstern. Sie hätte von einem jener tückischen Bajonette stammen können, die laut Genfer Konvention verboten waren. Ein solches Dreikantbajonett hatte eine T-förmige Klinge, die entweder auf der Stelle töten oder eine scheußliche Wunde hinterlassen sollte.

Auf Heilung konnte der Grasscutter jedenfalls nicht mehr hoffen. So viel stand fest.

NO MAN IS WITHOUT ENEMY.

Graus Tod ließ mich nicht kalt – auch wenn er nicht zu meiner Familie gehörte. So viel zu Faustinas Hellsicht. Was den Fluch der Matrone anging, lagen die Dinge nicht so einfach. Nicht wenige Afrikaner glaubten immer noch, der Teufel sei weiß. Weiß war hierzulande die Farbe des Todes und der Unsterblichkeit. Deshalb galt es früher als tabu, einen Weißen zu töten, denn Weiße waren ohnehin schon halb tot. Aber die Zeiten hatten sich geändert. Und wer wusste schon, ob es nicht ein Weißer war, der Grau umgebracht hatte?

Ich versuchte einen klaren Gedanken zu fassen und achtete darauf, nichts anzufassen. Dann hielt ich mich an die Regeln und versetzte das Hotelmanagement in Panik, das wiederum einen Arzt und die Polizei rief.

Bevor die Dinge ihren Lauf nahmen, ließ ich mich noch per Festnetz mit Accra verbinden und holte Dax aus dem Tiefschlaf. Zunächst grunzte er nur mürrisch, bis er endlich begriff, wovon ich redete.

»Meine Fresse«, sagte er. »Dann tu ich mal so, als hätte ich Bereitschaft am Krisentelefon, und informiere den Botschafter.«

»Danke«, sagte ich, gab wegen der mangelhaften Mobilfunkabdeckung noch die Festnetznummer meines Hotels durch und legte auf.

37

Am späten Nachmittag war ich wieder in Accra.

Obwohl die wichtigste Verbindungsachse zwischen Togo und Ghana eine Dauerbaustelle war, schaffte ich die grausame Piste zwischen Sogakofe und Accra in zwei Stunden. Unterwegs hatte ich genug Zeit, um Graus unverhofftes Ableben noch einmal zu überdenken. Dass die Hotelrechnung mit allen Nebenkosten an mir hängengeblieben war, gehörte zu den verschmerzbaren Fakten. Das galt auch für die zweite Hälfte meines Honorars, die ich nun abschreiben konnte.

Aber was steckte hinter dem Mord?

Wer hatte es getan?

Und warum?

Zu keinem Zeitpunkt unserer Reise hatte es auch nur den geringsten Anhaltspunkt gegeben, dass jemand hinter Grau her war. Die einzige Bedrohung waren Williams Messerattacke und der Fluch gewesen, den seine Großmutter angeblich über den Grasscutter verhängt hatte. War die Matrone etwa auf Nummer sicher gegangen und hatte, statt auf die Macht der Geister zu vertrauen, auf den Tatendrang ihres Enkels gesetzt? Nach ihrer Reaktion auf

Williams Angriff zu schließen, war das eher unwahrscheinlich. Blieb also nur die Verwünschung.

Ich wusste, dass in diesem Teil Afrikas ein Schwur oder ein Fluch nicht nur ein Statement war, sondern im Verständnis der Einheimischen Konsequenzen nach sich zog. Und trotzdem kam es mir abwegig vor. Auch Faustina konnte die Tat nicht begangen haben, denn nachdem sie mich in der Nacht aufgesucht hatte, war Grau noch sehr lebendig gewesen. Man schnarcht nicht, wenn man tot ist. Und dennoch: Hatte Faustina nur eine Ahnung bewogen, mich aufzusuchen, oder hatte sie tatsächlich etwas gehört?

Anzeichen für einen Diebstahl gab es nicht. Auf Bitte der Polizei hatte ich die Sachen meines Klienten durchgesehen. Selbst der Schnappschuss mit den drei Männern in der Schweiz und die Aufnahme des Zeremonienbehälters waren nicht entwendet worden. Grau hatte zum Zeitpunkt seines Todes noch nichts gefunden, was einem Schatz gleichgekommen wäre. War die bloße Suche danach schon Grund genug, ihn umzubringen?

Fragen, zu denen mir jede Antwort fehlte. Wäre jemand Zeuge meines nächtlichen Erkundungsganges auf dem Hotelgelände gewesen, hätte ich selbst einen ganz brauchbaren Tatverdächtigen abgegeben. Zu derartigen Spekulationen hatte sich die Polizei in Sogakofe allerdings gar nicht erst hinreißen lassen. Da der Botschafter das Krisenmanagement um den Mord an einem deutschen Staatsbürger sofort an sich gezogen hatte, sahen sie nach einer ersten Vernehmung keinen Grund, mich länger festzuhalten.

Kaum hatte ich meine Wohnung im Andoh House betreten, begrüßte mich auch schon das schrille Klingeln des alten Telefons, und ich hatte den Botschafter persönlich am Apparat.

»Sie leben wohl noch in der Steinzeit, mein lieber Voss«, setzte er an.

»Sie wissen doch, wie es mit der Netzabdeckung außerhalb der

Großstädte aussieht. Die Globalisierung hat im Busch ihre Grenzen, Herr Botschafter.«

»*Im Busch?* Jetzt tun Sie mal nicht so, als ob wir hier im Okavango-Delta sind.«

»In Botswana funktioniert es vermutlich sogar.«

»Halten Sie mir keinen Vortrag, Voss. Die Leier muss ich mir jeden Tag von den Entwicklungshilfefritzen anhören. Wenn Sie meinen, die Hochglanzpropaganda der Weltbank und des Internationalen Währungsfonds wäre mein Credo, sind Sie schief gewickelt. Ich weiß, wo Ghana steht. Ich habe heute nicht nur ein Telefonat mit Sogakofe geführt. Das Festnetz ist auch nicht gerade eine Offenbarung. Aber spätestens kurz vor Tema hätten Sie Ihr Handy einschalten können. Ich weiß, dass Sie eins besitzen. Die Nummer steht in unserer Krisendatei.«

Eine Auskunft meinerseits, die ich inzwischen bereute.

»Wie dem auch sei. Solche Katastrophen scheinen grundsätzlich kurz vor oder am Wochenende zu passieren. Aber ich kenne das.«

Damit war er beim Thema. Der Mann wusste, wovon er redete. Vor seinem jetzigen Posten war er Leiter des Krisenstabes im Auswärtigen Amt in Berlin gewesen.

»Kommen wir zum Ernst der Lage. Heute um neunzehn Uhr kleine informelle Krisenrunde bei mir in der Residenz. Wäre Ihnen dankbar, wenn Sie rüberkommen.«

Rüber hieß direkt um die Ecke. Er war mein Nachbar und für mich zu Fuß erreichbar. »Wird gemacht.«

»Bis dann.« Er unterbrach die Verbindung.

Als ich aufgelegt hatte, hörte ich Kinderlachen, ging zum Fenster und warf einen Blick in den Hinterhof. Der Sohn des Hausmeisters spielte mit dem Sohn der Inder, die über mir wohnten, Cowboy und Indianer. Der kleine Inder war mit einem Spielzeuggewehr bewaffnet und scheuchte ein Huhn vor sich her, das hysterisch gackernd zwischen die Maisstauden floh. Der kleine Nosferatu trug Federschmuck, fuchtelte mit einem gelben Plastikschwert herum und spaltete beim zweiten Versuch eine überreife Papayafrucht.

Little Nosferatu.

Ich musste daran denken, was Grau gesagt hatte, als wir vor zwei Tagen bei Atimpoku den Volta überquert hatten – den Fluss, über den er nun im Leichenwagen zurückkehren würde.

Als erst einmal die Brücke hinter ihm lag, schickten die Geister sich an, ihn in Empfang zu nehmen.

Schon eigenartig, dass Albin Grau gestern Abend, auf der anderen Seite des Volta, nicht nur von Friedrich Wilhelm Murnaus Tabubrüchen, sondern auch von den Folgen berichtet hatte.

38

Im Frühjahr 1931 bahnt sich Murnaus größter Erfolg an.

Diejenigen, die noch zwei Jahre zuvor die Finanzierung des Projekts verweigerten, die sich bis kurz vor Schluss auf Knien bitten ließen, sich die fertigen Kopien von *Tabu* anzuschauen, müssen vor Murnaus großem Wurf klein beigeben. Aber ein Manko muss noch behoben werden. Der Tonfilm ist auf dem Vormarsch. Um die Chancen für Murnaus Stummfilm in den nordamerikanischen Kinos zu verbessern, einigt man sich darauf, die Bilder mit traditioneller Musik zu unterlegen. Die ursprüngliche Stummfilmversion wird nie gezeigt werden.

Paramount und Murnau wollen einen Zehnjahresvertrag abschließen – für Tonfilme. Die Premiere von *Tabu* soll am 18. März 1931 in New York stattfinden. Danach will Murnau nach Deutschland zurückkehren und seine Mutter besuchen, da seine Aufenthaltsgenehmigung in den Vereinigten Staaten ausläuft. Er bucht eine Kabine auf der *Europa*, die am 31. März in New York ablegen soll.

Tabu wird tatsächlich mit großem Erfolg in den Kinos laufen, und Floyd Crosby wird für seine Kameraarbeit einen Oscar erhalten. In ganz Nordamerika strömen die Zuschauer in Scharen in den Film. Nur Friedrich Wilhelm Murnau bleibt der Triumph versagt. Eine Woche vor der Premiere kommt er bei einem Autounfall in der Nähe von Santa Barbara in Kalifornien ums Leben. Er ist zu diesem Zeitpunkt erst zweiundvierzig Jahre alt. Damit endet allzu früh die Karriere eines Regisseurs, der den Stummfilm wie nur wenige andere geprägt hat.

Wie konnte es zu diesem tragischen Unfall kommen?

In der fernen Südsee besteht darüber kein Zweifel. Zieht man die mysteriösen Vorkommnisse in Betracht, die Murnaus dortiges Schaffen überschatteten, so muss sich jeder einzelne Vorfall im Nachhinein wie ein mahnender Fingerzeig höherer Mächte ausnehmen. Die Einheimischen auf Tahiti und Bora Bora deuten den Unfall des Filmemachers denn auch als Rache der Götter. Ihrer Ansicht nach hatte *Toerau*, der Todesvogel, jene Fahrt über den kalifornischen Highway begleitet, auf der das Ungeheuer *Orama-tua-hiaro-roroa* deren Todesurteil vollstreckt hatte.

Doch was geschah tatsächlich an jenem 10. März 1931, dem letzten Tag im Leben des Friedrich Wilhelm Murnau?

Die Firma Tanner Motors Livery Inc. in Los Angeles hat dem Regisseur für einen Ausflug in den Norden, zum sechs Fahrstunden entfernten Monterey, einen Wagen samt Chauffeur vermietet. Der Mann am Steuer der Packard-Limousine heißt John Freeland. Murnau wird von einem jungen Mann namens García Stevenson begleitet. Er hat vor, den schlanken Filipino, an dem er Gefallen gefunden hat, als Butler und künftigen Chauffeur anzustellen und mit nach Berlin zu nehmen. Murnaus Schäferhund Pal ist ebenfalls dabei.

Der Regisseur will in Carmel del Monte den Autor William

Morris besuchen. Morris soll auf der Basis des Films *Tabu* einen Fortsetzungsroman schreiben. Außerdem will man neue Projekte besprechen. Vor der Abfahrt in Beverly Hills schaut Murnau im Hause seiner Freunde Salka und Berthold Viertel vorbei. Während sich der Filipino um den Schäferhund kümmert, macht Jessie, die Köchin der Viertels, für Murnau und seinen Mitreisenden noch ein paar Sandwiches. Salka Viertel ist einkaufen gegangen, und Murnau lässt ihr über Jessie ausrichten, sie brauche sich nicht mehr nach einem Butler umzusehen. Ihm sei ein junger Mann empfohlen worden, den er auf der Fahrt nach Monterey testen wolle. Einen zuvor von Salka vorgeschlagenen Bewerber hatte Murnau mit der Begründung abgelehnt, er sei ihm zu hässlich.

An einer Tankstelle kurz vor Santa Barbara lässt John Freeland den Wagen auftanken und den Reifendruck überprüfen. Als der Chauffeur von der Kasse zurückkommt, sitzt der Filipino am Steuer. Der junge Mann möchte das Lenkrad für eine Weile übernehmen, um Murnau zu beweisen, wie gut er fahren kann. Freeland verweist darauf, dass er als Chauffeur für den Mietwagen und die Mitfahrer verantwortlich sei. Murnau versichert, er übernehme persönlich die Haftung, worauf Freeland einlenkt. Der Filipino will Murnau auf dem Highway 101 beeindrucken und fährt trotz Freelands Ermahnungen zu schnell.

Gegen halb sieben abends – sie sind kaum dreißig Kilometer gefahren – taucht vor ihnen ein entgegenkommender Lastwagen aus einer Kurve auf. Der Filipino versucht auszuweichen, reißt das Steuer nach rechts und verliert dabei die Kontrolle über die Limousine. Der Packard stürzt eine zehn Meter tiefe Böschung hinunter. Der Junge, Freeland und der Schäferhund überstehen den Unfall so gut wie unbeschadet. Murnau hingegen wird mit dem Hinterkopf gegen einen Leitungsmast geschleudert und erleidet schwere innere Verletzungen.

Am gleichen Abend sitzen Salka und Berthold Viertel daheim in Los Angeles vor dem Kamin und trinken Kaffee. Das Telefon klingelt. Ein Reporter der *Santa Barbara Morning Post* ist am Apparat. Murnau, so teilt er mit, habe einen Autounfall gehabt und liege in Santa Barbara im Krankenhaus. Sein Diener habe ihn gebeten, sie zu informieren.

Es ist bereits nach Mitternacht, als die Viertels im Krankenhaus eintreffen. Der verstörte Filipino berichtet ihnen von dem Unfall. Während Berthold Viertel am Telefon versucht, in Los Angeles einen Facharzt für Gehirnverletzungen zu erreichen, betritt seine Frau das Krankenzimmer.

Das Zimmer ist hell erleuchtet. Am Fußende des Bettes steht Murnaus Sekretärin Mrs. Kearin. Sie weint. Murnau liegt auf dem Rücken. Sein Kopf ist verbunden, die Augen sind geschlossen. Aus der Nase sickert Blut. Salka Viertel beugt sich über ihn und flüstert: »Murr – hörst du mich, Murr?«

Daraufhin schluchzt Mrs. Kearin laut auf und sagt: »Er ist tot. Sehen Sie denn nicht? Er ist soeben gestorben.«

Salka kann es nicht glauben. Seine Hände sind warm. Das Gesicht hat den abwesenden Ausdruck, den es immer annahm, wenn er Fremden begegnete oder traurig war.

Doch Murnau ist tot.

Wie lautet der Text am Anfang eines seiner berühmtesten und düstersten Filme?

Nosferatu. Tönt dies Wort Dich nicht an wie der mitternächtige Ruf eines Totenvogels?

39

Die Residenz von Leopold Ammer, Botschafter der Bundesrepublik Deutschland in der Republik Ghana, war nagelneu.

Der moderne Bau fügte sich elegant, funktionell und ohne jeden Pomp in die Airport Residential Area ein. Ammer war erst vor kurzem eingezogen. Er war Mitte fünfzig, recht unkonventionell, für alles offen und immer ansprechbar. Trotzdem gab es keinen Zweifel, wer das Kommando auf dem Flaggschiff des deutschen Konvois hatte.

»Ich habe die anderen eine halbe Stunde später einbestellt, damit Sie mich erst mal ins Bild setzen können, lieber Voss. Ihre Sicht der Dinge interessiert mich in diesem Fall natürlich ganz besonders.« Er stellte für mich ein Glas und eine Flasche *Pilsner Urquell* auf seine Hausbar.

Ich bedankte mich und goss mir ein, während Ammer in kurzärmeligem Hemd und mit Krawatte in seiner Lieblingspose hinter der Bar verharrte: stehend und mit aufgestützten Armen, ganz der joviale Wirt in einer gut geführten Gaststube.

»Also, was hat es mit Herrn Blau und seinem Tod auf sich?«, erkundigte sich der Botschafter, nachdem ich den ersten Durst gelöscht hatte.

»*Grau*«, korrigierte ich ihn und stellte das Glas ab. »Albin Grau.«

»Mag sein, dass er sich so genannt hat. In der Abafun Lodge hat er sich wohl auch unter diesem Namen eingetragen. Aber tatsächlich handelt es sich um Richard Blau. Unter diesem Namen ist er eingereist. Das wird Ihnen auch Herr Dachs bestätigen, den ich ebenfalls zu unserer Runde gebeten habe.«

Ich war sprachlos.

Bei der Vernehmung in Sogakofe hatte ich stets von Mister Grau gesprochen. Warum hatte mir keiner gesagt, dass etwas anderes in seinem Pass stand? Allerdings war der Vorname Albin nicht gefallen. Das könnte erklären, weshalb der Polizeibeamte nicht stutzig geworden war. Wenn einer wie ich *Grau* sagte, klang das für einen Ewe vermutlich wie *Blau*. Aber warum hatte sich der Grasscutter überhaupt als Albin Grau ausgegeben? Die Sache wurde immer mysteriöser.

In kurzen Zügen unterrichtete ich den Botschafter über die Vorkommnisse im Cisneros Hotel und versuchte dabei, mich an den Nachnamen Blau zu gewöhnen. »Wie Sie sehen, habe ich keine Ahnung, was es mit dem Mord auf sich hat«, schloss ich.

»Das Wort Mord sollten wir noch nicht in den Mund nehmen«, wandte Ammer ein.

Was wollte er damit sagen? Dass der Grasscutter sich selbst in den Hals gebissen hatte?

»Solange die Fakten nicht zweifelsfrei feststehen, führen Spekulationen nur zu Unruhe in der deutschen Gemeinde.«

Damit verließ mich der Botschafter und begab sich nach draußen, um die anderen Gäste zu begrüßen, deren Ankunft sich durch das Schlagen von Wagentüren ankündigte.

Wenig später tauchte Dax am Tresen auf, schlug mir zur Begrüßung auf die Schulter und flüsterte mir zu: »Hast wohl wieder mal mit entsicherter Waffe rumgefuchtelt, Legionär.«

Ich kannte seine Art von Humor zur Genüge.

Die Botschaftsärztin und ein Beamter der Konsularabteilung vervollständigten die kleine Runde, die sich am Wohnzimmertisch versammelte. Jeder trug seinen Teil zur aktuellen Informationslage bei, und abschließend bat Ammer noch um umfassende Kooperation mit den ghanaischen Dienststellen.

»Grau …« Ich räusperte mich. »*Blau* hat mir erzählt, dass er eine Tochter hat. Vielleicht sollte …«

»Nur keine Sorge«, unterbrach mich der Botschafter. »Alles geht seinen ordnungsgemäßen Gang. Angehörige werden in einem solchen Fall von eigens geschulten Vertretern des Bundeskriminalamtes aufgesucht, informiert und psychologisch betreut.«

Nachdem die Botschaftsärztin und der Konsularbeamte gegangen waren, tranken Dax und ich noch ein Bier mit Ammer.

»Wofür genau hat Herr Blau Sie eigentlich engagiert, Voss?«, erkundigte sich der Botschafter.

»Er hat sich für die Voltaregion interessiert. Könnte was mit der deutschen Kolonialzeit zu tun haben. Er war auf der Suche nach einem alten Mann, einem Fetischpriester. Das wenige, das ich mir zusammenreimen kann, deutet darauf hin, dass Blau so etwas wie eine Antiquität gesucht hat.« Ich beschrieb den Zeremonienbehälter. »Vermutlich ein Sammlerstück. Er hat sich als *Schatzsucher* bezeichnet.«

»Sagten Sie nicht, er sei Filmkaufmann?«

»Er hat sich auch recht ausführlich über Hanna Reitsch ausgelassen«, sagte ich.

Ammer wurde hellhörig. »In welchem Zusammenhang?«

»Als wir durch Afienya fuhren, hat er mich auf einen Segelflugplatz aufmerksam gemacht. Der Mann muss sich eingehend mit der Geschichte beschäftigt haben.«

»Das gefällt mir ganz und gar nicht«, stellte Ammer fest.

»Wieso?«

»Diese alten Nazikamellen.«

»Blau war ja wohl kein Journalist«, sagte Dax.

»Trotzdem.« Ammers Laune hatte sich merklich verschlechtert. »Wir können froh sein, dass Gras über die Sache gewachsen ist. Diese eher dubiose Ära deutscher Außenpolitik sollte nicht wieder aufgewärmt werden. Und ich bin davon überzeugt, dass sich auch die Ghanaer nicht mehr mit gewissen Glanzleistungen Nkruhmas befassen wollen.«

»Wen soll das denn heute noch aufregen?«, fragte ich.

»Wenn es nur die Segelfliegerin gewesen wäre …«, stellte Ammer vieldeutig fest und goss sich ein neues Bier ein.

40

Auf Vermittlung von Hanna Reitsch stellt Kwame Nkrumah auch einen ehemaligen Nazi-Funktionär als persönlichen Berater ein.

Hartmann Lauterbacher war einst Stellvertreter des Reichsjugendführers Baldur von Schirach und später Gauleiter von Süd-Hannover-Braunschweig. Nun soll er den Osagyefo beim Aufbau der Jugendorganisation *Young Pioneers* beraten und seine Erfahrung als ehemaliger Stabsführer der Hitlerjugend einbringen. Der erste Präsident des unabhängigen Ghana, die Ikone der antikolonialen Unabhängigkeitsbewegung und des Panafrikanismus, der Führer der Blockfreien, mischt damit schmutziges Braun in sein Image als Sozialist. Überhaupt wird Nkrumah, der trotz seiner Kolonialismuskritik keinen Hehl aus seiner Verehrung für die britische Königin Elisabeth II. macht, bei der Auswahl seiner engsten Berater nicht gerade von ideologischem Purismus geleitet. Immer wieder neigt er zu eigenwilligen und nicht immer klugen Entscheidungen.

Lauterbachers Wirken schlägt sich in den radikalen Aktionen der Jungen Pioniere nieder, die damit ihren Beitrag zur zunehmend autoritäreren Herrschaft Nkrumahs leisten. Der von seinen alten Weggefährten enttäuschte Osagyefo setzt immer stärker auf die Jungen. Er ist mittlerweile Führer einer Einheitspartei, und auch der Wandlungsprozess der *Young Pioneers* ist beachtlich.

Der Vorwurf, die Jugendlichen würden dazu benutzt, ihre Familien auszuspionieren und Regimekritiker zu denunzieren, hält sich hartnäckig. Mit den *Young Pioneers* ein Abbild der Hitlerjugend zu schaffen, gelingt Hartmann Lauterbacher jedoch nicht. Dafür ist er – nach eigener Einschätzung – zu sehr »Mädchen für alles«. Er verschleißt sich in unzähligen Komitees und muss resigniert feststellen, dass viele seiner Pläne zwar die Wände von Nkrumahs Arbeitszimmer zieren, aber nicht verwirklicht werden.

Aufgrund ihres persönlichen Zugangs zu Nkrumah stehen sowohl Hanna Reitsch als auch Hartmann Lauterbacher bei den Botschaften der Vereinigten Staaten und der Bundesrepublik Deutschland als wertvolle Informanten in hohem Ansehen. Zudem verfügen beide über einen nicht zu unterschätzenden Einfluss auf den Osagyefo. Ob Lauterbacher bereits mit einem geheimdienstlichen Auftrag nach Ghana gereist ist, bleibt unklar. Vielleicht ist dies formell auch gar nicht nötig, denn das Auswärtige Amt greift in diesen Jahren immer noch gern auf Ribbentrops Diplomaten zurück. Auch der seinerzeit amtierende deutsche Botschafter in Accra bezeichnet die Residenz des ghanaischen Präsidenten, das *Flagstaff House*, in seinen Berichten als *afrikanische Wolfsschanze*. Hartmann Lauterbacher bevorzugt in seinen Memoiren den Ausdruck *Reichskanzlei*.

Im Gegensatz zu Hanna Reitsch ist Lauterbacher schon vor der Entmachtung Nkrumahs im Februar 1966 über den geplanten Putsch informiert und verlässt rechtzeitig das Land. Er kommt in Reitschs Erinnerungen über ihre Zeit in Ghana gar nicht vor. Der ehemalige Gauleiter hingegen unterschlägt die Segelfliegerin in seiner pompösen Selbstdarstellung *Erlebt und mitgestaltet* keinesfalls.

41

In der Nacht auf Samstag schlief ich schlecht und träumte schwer.

Ich glitt zwischen unruhigem Schlaf und benommenem Wachzustand dahin, sah Bilder und hörte Geräusche, von denen ich irgendwann nicht mehr wusste, ob sie der Erinnerung entsprangen, Visionen einer unbekannten Zukunft waren oder lediglich das übliche nächtliche Treiben in Accra widerspiegelten.

Zu inbrünstigen Gesängen und lautem Trommelschlag zog eine Prozession aus weiß bemalten und gekleideten Gestalten durch die Dunkelheit. Auf einer Trage schleppten sie einen riesigen Holz-käfig, in dem der Grasscutter gefangen war. Bis auf das rote Hals-band war er nackt. Sein hagerer Körper war ungesund blass und troff vor Schweiß, denn immer wieder versuchte er, sich in wilder Panik durch die Gitterstäbe zu nagen. Die Weißgekleideten trugen den Käfig zu einer offenen Hütte. Sie war groß wie ein Tempel, aus Holz gebaut und mit Palmwedeln gedeckt. Einem Götzen gleich, bahrte man den Grasscutter dort auf. Dann wurden zu ekstati-schem Getrommel und rituellen Tänzen Magnesiumfackeln ent-zündet, mit denen man die Kultstätte in Brand steckte. Wie ein rasender Dämon tobte der Grasscutter in den Flammen, bis er mit-samt Käfig und Hütte verglühte.

War ich bislang nur Beobachter des Geschehens gewesen, so kam ich mir plötzlich selbst wie ein gehetztes Tier vor. Ich floh durch Busch und Savanne, überquerte Flüsse und Hügel. Dann hatten sie mich. War es nur der Lärm der allnächtlichen Wachab-lösung drunten im Hof? Oder kniete ich tatsächlich auf dem Mi-litärschießplatz von Teshie und hörte, wie das Erschießungskom-mando die Gewehre durchlud? Man hatte mir die Hände auf dem Rücken gefesselt, und bevor man mir auch die Augen verband, sah ich die schwarze Tafel mit der weißen 6 am Ende der Bahn und die rote Flagge, die zur Warnung im Atlantikwind flatterte.

Danger!
Keep off when red flags are flying!

Schüsse peitschten über den Schießstand, und kurz darauf emp-fing mich die Wassergöttin im tiefsten Jenseits. Mammy Wata war nackt und hellhäutig. Ihre langen schwarzen Haare umfingen mich wie Seetang, während sie auf mir hockte und mich vom Tod zurück ins Leben fickte.

Als es mir kam, wachte ich auf.

Instinktiv betastete ich meinen Hals. Alles in Ordnung – soweit man das in Anbetracht meiner Albträume so bezeichnen konnte. Aber es wurde Zeit, dass ich die Erinnerungen an meinen verblichenen Kunden bannte. Was ging mich Blau alias Grau überhaupt an? Ich war nicht verantwortlich für seinen Tod, auch wenn ich ihn bedauerte.

Allerdings hätte ich ganz gern gewusst, wer dem Mann, der als Albin Grau aufgetreten war, meine Dienste empfohlen hatte. Es musste sich um jemanden handeln, der mich gut kannte. Wieso hatte er mir dann vorab keinen Wink gegeben? Und warum hatte sich auch der Grasscutter darüber ausgeschwiegen? War er etwa schon in Deutschland auf mich aufmerksam gemacht worden? Ich beließ es vorerst bei diesen Spekulationen und stellte mich dem neuen Tag.

Gegen Mittag fuhr ich zur Abafun Lodge, um das Kuvert mit der Hälfte meines Honorars abzuholen. Dax, so teilte Gerda mir mit, habe am Flughafen zu tun, und obwohl er sie über das Ableben ihres Gastes informiert hatte, musste ich ihr natürlich noch meine Version der Geschichte berichten. Ich machte es kurz, um nicht wieder unnötig ins Grübeln zu kommen. Aber Gerda war eine gute Seele und erzählte mir noch von ihren Begegnungen mit dem Mann, der sich als Albin Grau ins Gästebuch eingetragen hatte. Es war ihre Art der Trauerarbeit.

»Als er hier wohnte, hat er viel Zeit bei den Graupapageien verbracht«, sagte sie. »Vielleicht, weil die Vögel seinen Namen tragen.«

»Den er sich zugelegt hatte.«

Sie nickte. »Er hatte ja auch was von einem großen Vogel an sich.«

Ich erinnerte mich, dass ich ihn zunächst ebenfalls als eine Art Geier wahrgenommen hatte. Aus Respekt vor dem Toten verzichtete ich darauf, die Ähnlichkeit mit einem Nager zu erwähnen. *Grasscutter* hieß er nur für Faustina und mich.

»Besonders mit dem Sprachkünstler hat er sich beschäftigt.«
Gerda lächelte versonnen. »Er hat versucht, Zille was beizubringen, hat dabei auch auf Englisch mit ihm geredet und war ganz frustriert, als nichts zurückkam. Ich hab ihm gesagt, dass der Vogel nur Deutsch annimmt.«

»Quatschkopf!«, schrie Zille.

»Ist *Monsieur* noch im Lande?«, fragte ich Gerda.

»Der ist ein paar Tage mit seinem Lieferanten unterwegs. Immer auf der Suche nach frischen Früchten. Brauchst du was von ihm?«

»Nein«, erwiderte ich. »Ist nicht so wichtig.«

»Er hat übrigens Nachschub aus der Schweiz mitgebracht, falls du was brauchst.«

Monsieur war unser Drogenbeauftragter. Er versorgte uns mit Plasmotrim. In Ghana waren allerlei gefälschte Medikamente im Umlauf. Malaria mit Backpulver zu bekämpfen war nicht witzig.

»Komm doch morgen einfach vorbei«, sagte sie. »Da ist Ruhetag. Als du noch hier gewohnt hast, haben dir die Sonntage am Pool doch immer gefallen.« Sie rümpfte die Nase. »Bevor wir dir nicht mehr gut genug waren und du Mitglied bei *Smash and Splash* geworden bist.«

»Du weißt doch, dass ich wegen des Fitnessraums hingehe.«

»Ich hätte dir auch ein paar Hanteln besorgt.«

»Das reicht nicht, um in dem Klima gesund zu bleiben.«

»Hier hast du jedenfalls deine Ruhe. Ich kenne die Geschichte aus Sogakofe ja schon. Aber im Labadi Beach Hotel werden dich alle Deutschen, die am Pool rumlungern, wegen des Mordfalls löchern. Die Sache hat sich schon rumgesprochen.«

Gerda hatte recht. Und da ich sonntags nicht zum Gottesdienst ging … warum nicht ein bisschen Zeit mit Dax und ihr verbringen? »Nähst du wieder Vorhänge?«

Sie grinste. »Könnte durchaus sein, mein Lieber.«

»Gibt es Kaffee und Kuchen?«

»Kaffee auf jeden Fall. Wenn meine Freundin vorbeischaut, auch Kuchen.«

42

Am Montag wollte ich zuallererst Captain Kuma aufsuchen.

Ich musste wissen, wie es in Sachen Minisarg stand. Mir blieben nur noch wenige Tage, um ein Ersatzgeschenk zu besorgen. Der Sonntag am Pool mit Dax, Gerda, ihrer Freundin und dem versprochenen Kuchen hatte mir gut getan. Das Leben ging weiter. Auch das Abendessen im Riviera Beach hatte ich schon vorbestellt. Diesmal gab es Hühnchen. Vera war bereits seit dem Morgengrauen mit ihrem Drehbuch beschäftigt und wie immer am Telefon kurz angebunden gewesen. Vom jähen Ende meines Ausflugs schien sie noch nichts mitbekommen zu haben. So wie sie sich in ihrer Herberge abschottete, wäre es auch ein Wunder gewesen. Mir war es nur recht, wenn ich das Thema bis zum abendlichen Bier aufschieben konnte.

Doch es kam anders.

Schneller als erwartet holte mich der Tod des Grasscutters wieder ein. Kurz bevor ich den Captain aufsuchen konnte, kamen zwei höfliche Polizeibeamte in Zivil ins Andoh House und überreichten mir ihre Visitenkarten mit den rot-gold-grünen Nationalfarben, dem Polizeiwappen und den Lettern *GHANA POLICE SERVICE*. Auf der des Wortführers stand:

AGYEMAN MENSAH
Superintendent
Homicide Unit / CID

Die Mordkommission also. Die Lettern *CID* waren in Ghana weithin als *Criminal Investigation Department* bekannt. Auf der Karte seines Begleiters las ich:

RAY DADSON
Assistant Lieut. of Police
Homicide Unit / CID

Ich bat die beiden herein und bot ihnen, da die Sonne auf den Balkon knallte, einen Platz im Wohnzimmer an. Chefermittler Agyeman Mensah war ein stattlicher Mann im besten Alter, muskulös und dennoch gutmütig und schwerfällig wirkend, wie ein Hippo, auch wenn die bei Bedarf schnell und gefährlich sein können. Er war der klassische Aschanti-Typ, der immer einen guten Häuptling abgab. Außerdem hatte er ein Schwiegermuttergesicht, das fast hübsch war. Jedenfalls vertrauenerweckend.

Lieutenant Ray Dadson von der Mordkommission gehörte zum Stamm der Fante. Er hatte eine halbmondförmige Narbe auf der Wange. Was mich wunderte, denn man hatte mir erzählt, schon unter dem Osagyefo seien Bewerber, die Stammeszeichen trugen, nicht für den öffentlichen Dienst berücksichtigt worden, um Animositäten zwischen den Ethnien von vornherein zu unterbinden. Im neuen Ghana gab es nur Ghanaer. Vielleicht hatte sich die Vorsichtsmaßnahme inzwischen erledigt und die Jüngeren besannen sich wieder auf ihre Wurzeln, ohne sich dabei den Schädel einzuschlagen. Auch Dadson war nicht gerade ein Zwerg. Doch im Gegensatz zu Mensah war er ein eher drahtiger Typ. Nicht besonders attraktiv, aber zäh wie ein ausgehungerter Kampfhund. Wenn der sich erst mal in einen Fall verbissen hatte, ließ er nicht mehr los, dessen war ich mir sicher.

Beide Männer trugen so etwas wie die tropische Variante des

Anzugs von der Stange, dazu Krawatten auf Halbmast und kurzärmlige Hemden, wie ich feststellen konnte, als sie im Hinsetzen ihre Jacken auszogen.

Ich bot ihnen etwas zu trinken an.

Sie lehnten höflich ab.

»Eine schöne Wohnung haben Sie, Herr Voss.« Superintendent Mensah brachte die Anrede verbindlich lächelnd auf Deutsch vor.

»Ich bin zufrieden.«

»Es gibt Ghanaer, für die es eine Ehre wäre, im Andoh House zu wohnen, denn sie haben den Ahnherrn, Sir Arku Korsah, und dessen Verdienste nicht vergessen.«

Ob er selbst zu diesen Ghanaern gehörte, ließ Agyeman Mensah offen. Wahrscheinlich sah er sich als Polizeibeamter zur politischen Neutralität verpflichtet. Immerhin sprach er von Verdiensten. Das deutete darauf hin, dass er etwas für den altehrwürdigen Korsah übrig hatte.

Lieutenant Ray Dadson ließ die höfliche Einleitung seines Partners mit einem gelangweilten Rundblick durch die Wohnung über sich ergehen.

Mensah schien das nicht zu gefallen. »Du weißt, wer Sir Korsah ist, Ray …?« Er schaute Dadson an, als erwartete er darauf mehr als eine gute Antwort.

Dadson kratzte sich am Ohrläppchen, grinste erst mich, dann seinen Kollegen an und sagte: »Da muss ich in der Schule gefehlt haben.«

»Schande über dich«, versetzte Mensah. »Der Mann war ein halbes Jahr *Acting Governor General*, als die Briten die Macht an uns übergaben.«

Dadson nickte desinteressiert.

»Später war er *Chief Justice*. Bis Doktor Nkrumah ihn abgesetzt hat«, sagte Mensah zu mir.

Ich nickte nur und tat so, als ob ich was dazugelernt hätte. Zudem fiel mir auf, dass er *Dr. Nkrumah* gesagt hatte und nicht *Osagyefo*.

Mensah wandte sich erneut an Dadson. »Dass der Mann mal oberster Richter war, sollte jemand, der im Polizeidienst ist, schon wissen. Aber vermutlich weißt du nicht mal, wer Kwame Nkrumah ist, Ray.«

»Jetzt übertreib aber nicht«, gab Dadson scharf zurück.

Mensah tat, als zucke er vor Schreck zusammen. Dann schlug er sich auf die Oberschenkel, stieß ein brüllendes Lachen aus und sagte prustend zu mir: »Mein Partner liebt mich!«

Dadson grinste mich verlegen an und sagte: »Ist unsere Quiz-Show. Wir machen das den ganzen Tag.«

Mensah nickte zufrieden, blickte an die Decke und versuchte sich zu konzentrieren. »Also, warum sind wir hier …?«

Dadson und ich warteten geduldig.

»Ein deutscher Staatsbürger ist ums Leben gekommen.« Mensah schaute Dadson an. »Richtig?«

»Richtig.«

Allmählich hatte ich den Eindruck, die beiden führten eine besonders ausgefeilte Nummer des klassischen Ermittlerduos vor. Mir war nur noch nicht klar, wer der Gute und wer der Böse sein sollte.

»Und das finden wir überhaupt nicht lustig.« Mensah wandte sich wieder an mich – mit Totengräberstimme und Trauermiene.

Ich verkniff mir, den tief betroffenen Landsmann des Opfers zu spielen.

»Ich weiß, dass die Kollegen in Sogakofe mit Ihnen gesprochen haben. Aber wir haben auch noch ein paar Fragen.«

»Haben die Jungs in Sogakofe was vergessen?« Die Bemerkung war nicht sonderlich klug von mir. Aber ich wollte ausprobieren, wie weit Mensahs Humor reichte.

Mensah zeigte mir seine gesunden Zähne.

Ich wertete es als freundliches Lächeln.

Dadson ergriff das Wort. »Voltaregion …«, stellte er blasiert fest, als erkläre das alles.

Als Aschanti und Fante gehörten Mensah und Dadson den Akan an, die fünfzig Prozent der Bevölkerung von Ghana ausmachten. Bei fünfundsiebzig Ethnien im Land war das ein gewichtiger Anteil. Die Ewe stellten zwar immerhin zwölf Prozent, galten aber als halbe Togoer. So gesehen war es geradezu großzügig, dass Dadson die Ermittlungsergebnisse aus Sogakofe überhaupt anerkannte.

Ich machte das Spiel mit und beantwortete alle Fragen, die mir gestellt wurden. Den nächtlichen Erkundungsgang mit entsicherter Pistole und den Sex mit Faustina ließ ich aus, nicht aber den Vorfall in Ho. Dafür gab es Zeugen. Was das Motiv für Graus Reise anging, konnte ich den beiden nicht weiterhelfen. Im Grunde genommen war die ganze Vernehmung reine Routine und sehr von Diplomatie geprägt. Ghanas Innenministerium und Deutschlands Botschaft hatten in diesem Fall ein gewichtiges Wörtchen mitzureden, Polizeiarbeit hin oder her.

»Keine Tatwaffe, kein Täter, kein Motiv«, sagte Superintendent Mensah, als er mir im Treppenhaus die Hand schüttelte. »Nur Verdächtige.« Er machte eine ernste Miene und deutete auf mich. »Und Sie gehören dazu.«

Noch bevor ich darauf reagieren konnte, grinste er breit und lachte schallend. Dann winkte er Lieutenant Dadson zu und lief die Stufen hinunter.

43

Der Wind war stark und böig.

Tosend rollte die Brandung an den Strand. Die Wolken hingen noch tief über der Stadt. Am späten Nachmittag war Regen gefallen, echter Tropenregen, ein unermesslicher Wasserguss. Sogar am Fuß des Schwimmbeckens stand eine Handbreit Brühe, und der klobige Kasten des Riviera Beach Hotel wirkte wie ein nasser Hund, der sich nicht schütteln konnte. Doch der Regen hatte die Einwohner Accras weder erfrischt, noch konnte der Wind sie beleben. Nur die Stechmücken waren für eine Weile in der Defensive.

»Komm, lass uns reingehen«, sagte Vera.

Ich folgte ihr ins Restaurant. Kurz bevor wir ihren Lieblingstisch erreichten, drehte sie sich plötzlich um. Um ein Haar hätte ich sie über den Haufen gerannt. Sie fasste mir in den Schritt, drückte zu und schaute mir in die Augen.

»Na, hat's der böse Junge wieder mit einer Schwarzen getrieben?«

Die Frage entsprang nicht etwa hellseherischen Fähigkeiten. Sie war Routine. Ich stand ständig unter Verdacht. Manchmal war er berechtigt, manchmal nicht. Vera erwartete weder eine Bestätigung noch ein Dementi. Für sie war der Fall sowieso klar. Daher versuchte ich es mit einem Kompliment.

»Immer wenn du das sagst, siehst du aus wie Jane Fonda.«

»Die ist dunkelblond und ein paar Jahre älter als ich.«

»Sieht aber auch noch ziemlich gut aus.«

»Noch …«

»Du wirst gerade mal sechzig.«

»Schmier mir keinen Honig ums Maul.«

Wir setzten uns, und Luther brachte eine große und eine kleine Flasche Bier.

»Wie war's in Ho?«, fragte Vera.

»Die Tour ist nicht gut ausgegangen.«

In ihre graublauen Augen schlich sich eine Spur Anthrazit. »Inwiefern?«

»Der Mann, den ich begleitet habe, wurde umgebracht.«

Vera starrte mich an, als könne sie nicht glauben, was ich da gerade von mir gegeben hatte. Ihre Betroffenheit verwunderte mich. Ich lebte ja noch.

Mit einem nervösen Räuspern goss sie sich Bier ein. »Wie ist es passiert?« Ihre Hände zitterten.

Was, zum Teufel, war mit ihr los? So kannte ich sie nicht. Vera war alles andere als zart besaitet. In groben Zügen berichtete ich von den Ereignissen am Volta. Als ich fertig war, blickte sie wie abwesend in die aufkommende Dunkelheit.

»Was geht hier vor, Vera?«

Ich bemühte mich um eine normale Tonlage, drang jedoch nicht zu ihr durch. Auch als sie mich endlich ansah, schien sie mich nicht richtig wahrzunehmen.

»Ich habe den Mann gekannt«, sagte sie leise.

Schon als Vera so seltsam auf die Todesnachricht reagiert hatte, war mir ein Verdacht gekommen, der sich nun bestätigte. »*Du* hast ihn zu mir geschickt.«

Sie nickte und schaute ins Leere.

»Und warum diese Geheimnistuerei? Als ich letzten Montag erwähnt habe, dass ich einen Auftrag habe, hast du nicht mit der Wimper gezuckt.«

»Ich hätte es dir schon irgendwann erzählt.« Mit der Fingerspitze zog sie die Umrisse eines Ahornblatts auf der Plastiktischdecke nach.

»Irgendwann …?«

»Wenn ich mehr Gewissheit gehabt hätte.«

»Worüber?«

»Dass er findet, was er sucht.«

»Und was ist das?« Ich suchte Blickkontakt mit ihr.

Sie schüttelte abwehrend den Kopf. »Nicht jetzt … ich muss darüber nachdenken. Lass mir etwas Zeit, Victor.«

Ich schwieg verärgert.

»Lass uns damit bis zu meinem Geburtstag warten. Okay?«

Was blieb mir anderes übrig? »In Ordnung«, sagte ich.

Vera versuchte es mit einem Lächeln. »Sechzig zu werden ist vielleicht gar kein so schlechter Anlass, um ein bisschen in seinem Leben aufzuräumen.« Sie kippte ihr Bier hinunter, als gelte es, ihren mutigen Entschluss zu begießen.

»Von den Geheimnissen einmal abgesehen, die du noch nicht lüften willst ...«, sagte ich, »... hast du eine Ahnung, warum er sich Albin Grau nannte?«

»Das war sein Künstlername. Beziehungsweise sein Pseudonym unter Insidern und Profis.«

»Damit meinst du Schatzjäger.«

»Sagen wir: Spürnasen, Hehler, Sammler. Als Schatzjäger hat er sich gern selbst bezeichnet.«

»Wenn du mir was verheimlichen wolltest, warum hast du mich dann mit ihm losgeschickt?«

»Hilflosigkeit ... nehme ich an. Es ging alles so schnell. Er kam plötzlich auf mich zu, hatte eine heiße Spur, wie er sich ausdrückte. Mir fiel in der Eile keine bessere Lösung ein. Und er fand sie gut. *Dann bleibt die Angelegenheit wenigstens unter Vertrauten*, hat er gesagt. Die Suche war von Anfang an nicht ungefährlich.«

Ich schnaubte ungehalten. »Wenn ihr beide gewusst habt, dass er in Gefahr war, hätte mir ja jemand Bescheid sagen können. Dann hätte ich besser auf ihn aufgepasst.«

»Hinterher ist man immer schlauer.«

Das war ebenso banal wie wahr. »Lass uns essen.«

»Mir ist der Appetit vergangen.« Sie tätschelte meine Hand. »Bist du böse, wenn ich mich zurückziehe?«

»Kein Problem.«

Sie stand auf, beugte sich herab und küsste mich auf die Wange.

»Bis Donnerstag«, sagte sie. »Komm ruhig schon gegen fünf. Wir gehen zum Strand und nehmen was zu trinken mit. Später tafeln wir hier. Keine Vorbestellung. Ich lasse was kochen. Überraschung.«

»Kommt Godson auch?«

»Keine Ahnung. Er hat sich mal wieder nach Prampram zurückgezogen und ist kaum ansprechbar. Du weißt ja, er ist manchmal eine Diva. Bis dann …«

Ich schaute ihr hinterher. Elegant und selbstbewusst schritt sie durch das Lokal. Sie schien ihre Sicherheit zurückgewonnen zu haben.

Luther kam auf mich zu.

Bevor er fragen konnte, sagte ich: »Nur das Hühnchen für mich. Vera fühlt sich nicht wohl.«

»Das tut mir leid. Noch ein großes *Star*?«

»Ein *ganz* großes!«

Er lachte und ging zu Bouncy an der Durchreiche.

Da saß ich nun. Eingedeckt mit reichlich Stoff für Spekulationen. Ich nahm mir vor, bis Donnerstag einfach abzuschalten, statt mir den Kopf zu zermartern. Erst jetzt nahm ich die Musik und die Gäste wahr. Den Ton lieferte wie üblich Atlantis Radio. Und wie so oft war etwa die Hälfte der Tische von den vertrauten Stammgästen besetzt, die sich mit ihren Büchern, Zeitungen und Notebooks beschäftigten. Luther brachte mir mein Hühnchen und das Bier. Der böige Wind war inzwischen in die stete Brise übergegangen, die wie gewohnt durchs Gebäude fächelte.

Allem Anschein nach musste ich mich nach einem neuen Geschenk für Vera umsehen. Captain Kuma hatte mir am Nachmittag mitgeteilt, dass sich in Sachen Minisarg noch nichts getan habe, aber natürlich bestünde noch immer Hoffnung.

GOD WILL PROVIDE.

Mein Blick fiel auf das Buch, das Vera vergessen hatte. Vielleicht ließ sie es auch der Bequemlichkeit halber auf ihrem Stammtisch liegen. Ich trank einen Schluck kühles Bier und griff nach dem Roman. Mein Blick fiel auf den Klappentext. Ein Auszug aus einem Interview mit Marguerite Duras.

Ich habe es aus mir herausgeholt. Für euch. Ich gebe ihn euch. Und in dieser Nacht werdet ihr vor Liebe zu ihm nicht schlafen. Sogar die entscheidenden Zweideutigkeiten werdet ihr erkennen, ihr werdet es wissen.

Bis Donnerstag würde ich warten, aber dann wollte ich wissen, was Vera mir verheimlicht hatte. Mit Zweideutigkeiten würde ich mich allerdings nicht abspeisen lassen.

44

Die beiden Fernseher und die Klimaanlage waren für die ghanaischen Klubmitglieder die mit Abstand wichtigsten Geräte im Fitnessraum bei Smash & Splash.

Sie funktionierten immer und liefen stets auf voller Leistung, selbst wenn keiner trainierte. So auch am frühen Dienstagmorgen, als ich als Erster antrat, um mich ein bisschen zu quälen. Auch das getreu Artikel 5, Ehrenkodex der Legion.

Du bist ein Elitesoldat. Du hältst Dich durch unerlässliches und konsequentes Training in Form.

Mit Elite war es allerdings schon eine ganze Weile bei mir vorbei. Ich drehte das Klimagerät runter, schaltete den einen Fernseher aus, den anderen leiser und auf *CNN* und überprüfte die für mich wichtigen Geräte. Diesmal musste ich mich lediglich um ein Zugseil kümmern, das von der Rolle gesprungen war. Anschließend schwang ich mich in den Sattel, strampelte meine Kilometer runter und sah mir dabei die Nachrichten aus dem Imperium an.

Nachdem ich alle Geräte durch hatte, begab ich mich zum verwaisten Pool und zog meine Bahnen auf der längstmöglichen Direttissima, die das kurvige Becken hergab. Als ich mich danach unter einem Sonnenschirm auf der Liege ausstreckte und den Zeitungen widmete, erschien Emily, eine Flugbegleiterin der British Airways, und leistete mir Gesellschaft. Ich kannte inzwischen fast das gesamte Flugpersonal, das im Labadi Beach abstieg. Emily hatte dunkelgrüne Augen und Sommersprossen. Sie war rothaarig und wunderbare fünfunddreißig Jahre alt. Wie immer trug sie einen geblümten Sarong, den sie über den Brüsten zusammengeknotet hatte. Sie beugte sich zu mir herab, küsste mich auf den Mund und stellte ihre Badetasche auf der Liege neben mir ab.

»Rate mal, was ich Neues habe, Darling«, sagte sie mit einem koketten Lächeln.

Ich wusste, was kam. Es war ein Spielchen, das wir seit langem spielten. Jedes Mal war ich gespannt. Immer präsentierte sie eine Überraschung. Noch nie hatte sie mich enttäuscht. Sie knotete den Sarong auf und zeigte sie mir. Es war eine Unverschämtheit von Minimalbikini. Die zitronengelbe Winzigkeit verdeckte gerade mal ihre Nippel und den schmal rasierten Streifen der Schamhaare. Wie immer hatte ich Mühe, meine Begierde im Zaum zu halten, und fing mir dafür eine von Emilys schnoddrigen Bemerkungen ein.

»Jetzt hol dir bitte keinen runter«, sagte sie, breitete das Handtuch aus und ließ sich lasziv auf der Liege nieder.

Mit mir konnte sie es machen. Schon mein allererster Annäherungsversuch war eiskalt abgewehrt worden. »Da musst du dich schon umoperieren lassen, Darling«, hatte sie mir erklärt. »Ich mach es nur mit Frauen.« Ich hatte ziemlich lange daran zu knabbern, dann hatte ich mir vorgenommen, Emily als eine Art Schwester zu akzeptieren.

Wochentags ging es im Hotel meist beschaulich zu. Der Seewind ließ die Fächer der Kokospalmen rascheln, und das stete Rauschen des nahen Meeres mischte sich mit dem Plätschern des künstlichen Wasserfalls über dem Pool.

Als ich eine Stunde später frisch geduscht aufbrach, rundete ich mein kleines Erholungsprogramm mit einem Akt zwanghafter Routine ab. Ich suchte die kleine Fotogalerie im Seitentrakt der Lobby auf. Hier hingen einige vergrößerte Farbaufnahmen von Elisabeth II. und Jerry John Rawlings, die beim Staatsbesuch der Queen in Ghana aufgenommen worden waren.

Die Königin hatte bereits mit Kwame Nkrumah zu tun gehabt. Und wenn man bedachte, dass es sich auf den Fotos um den späten J.J. handelte, der sich bereits am Ende seiner Laufbahn als Staatslenker befand, konnte man die Zählebigkeit der britischen Dame durchaus bewundern. Aber auch J.J. machte eine gute Figur. Das war nicht mehr der rebellische Schlaks in der Uniform eines Fliegerleutnants, sondern ein ganz in der Tradition des Osagyefo in Kente-Stoffe gewandeter Mann um die fünfzig mit grauen Stellen in Haupt- und Barthaar.

Einer seiner Weggefährten hatte es so formuliert: »Der Mann verfügt nicht nur über den sechsten Sinn, sondern hat auch einen besonderen Riecher fürs Überleben.«

Darauf war J.J. auch angewiesen. Er hatte sich nicht nur Freunde gemacht. Beim »Hausputz« nach der Machtübernahme ein paar verhasste Diktatoren und ihre Handlanger zu liquidieren war eine Sache. Aber als er später regelmäßig Kritiker aus dem Weg räumen ließ, machte er sich selbst Leute zu Gegnern, die die Menschenrechte eher salopp auslegten.

In den revolutionären Jahren hatten seine Leute eine wahre Hexenjagd veranstaltet und besonders die Mittelschicht systematisch terrorisiert. Selbst frühe Anhänger fielen nach einiger Zeit von ihm ab. Einer von ihnen drückte seine Erkenntnis folgendermaßen aus: »Er war wie ein Komet, zu dem wir alle aufschauten, um erleuchtet zu werden. Stattdessen wurden wir von Dunkelheit verschlungen.«

In den späteren Jahren, als demokratischer Präsident, dessen Wahlergebnisse von internationalen Beobachtern als korrekt eingestuft wurden, war aus dem Saulus endgültig ein Paulus geworden, der Ghana in eine Phase des Friedens und wirtschaftlichen Aufstiegs steuerte, die immer noch anhielt.

Verglichen mit anderen afrikanischen Despoten, die sich als Massenschlächter und durch Selbstbereicherung profilierten, galt J.J. in Teilen der Bevölkerung trotz aller Verfehlungen immer noch als eine ehrliche Haut und ein asketischer Führer, der die Staatskasse nicht als persönliches Eigentum betrachtet hatte.

45

»Ich wusste gar nicht, dass du ein Fan der Queen bist.«

Emily riss mich aus meinen Gedanken.

Sie war neben mir stehen geblieben, spielte mit ihrem Schlüssel und sah sich die Fotos an, als nehme sie die Bilder zum ersten Mal wahr. Sie trug ihren Sarong, aber das nützte nicht viel. Jeder Ghanaer in Sichtweite starrte sie an, als gelte es, unverzüglich Kinder mit ihr zu zeugen.

»Mich interessiert der Mann auf den Fotos eigentlich mehr«, antwortete ich.

»Rawlings?«

»So ist es.«

»Hat der nicht Menschenleben auf dem Gewissen?«

»Hat er.«

»Ich habe gelesen, dass man ihn vor eine Kommission zitiert. Soll angeblich der Wahrheitsfindung dienen.«

»Und der Versöhnung«, ergänzte ich.

»Meinst du, dabei kommt was raus?«

»Warum nicht?«

»Und er ...?«

»Da muss er durch!«

»Und was fasziniert dich so an ihm?«

»Wir haben einiges gemeinsam ...«

»Und was ist das?«

Ich bemerkte, dass Emily mich skeptisch musterte, und lächelte sie an. »Keine Angst. Ich habe keine Leichen im Keller. Aber wir sind beide Bastarde. Von den Vätern verleugnet, und nur dank der Mütter das geworden, was wir heute sind.«

46

Den rebellischen Hitzkopf gibt J.J. schon in der Schule.

Später macht er die Strenge seiner alleinerziehenden Mutter dafür verantwortlich. Am 22. Juni 1947 in Accra geboren, ist er Frucht der sechs Jahre andauernden Liebe zwischen dem Apotheker James Ramsay John und Victoria Agbotui, die im State House fürs Catering zuständig ist.

Mr. John ist bereits 1935 in Begleitung seiner Frau Mary aus Schottland an die Goldküste gekommen, um für die United Africa Company zu arbeiten. Sechs Jahre nach seiner Ankunft beginnt er die heimliche Affäre mit Victoria. Sie endet mit der Geburt des Sohnes. Mit Rücksicht auf seine Ehefrau Mary weigert sich der Vater bis ans Lebensende, ihn anzuerkennen.

Zur Erinnerung an seine schottische Abstammung nennt die Mutter ihr Kind Jeremiah Rawlings John. Aufgrund eines urkundlichen Fehlers wird daraus später Jerry John Rawlings. Die Mutter arbeitet hart, um ihrem Sohn eine gute Ausbildung zu ermöglichen. Dazu schult sie ihn in der angesehenen Achimota School ein.

Doch der Junge bringt sich mit disziplinarischen Schwierigkeiten um den Abschluss und meldet sich 1967 freiwillig als angehender Flugkadett bei der Ghana Air Force.

Im Zuge seiner Ausbildung wird er Anfang der siebziger Jahre für einige Zeit zur Royal Air Force nach England versetzt. Bei diesem Aufenthalt versucht der Sohn seinen leiblichen Vater aufzuspüren, der inzwischen mit seiner Ehefrau Mary nach Schottland zurückgekehrt ist. Während eines Kurzurlaubs sucht J.J. eine Apotheke in Dalbeattie auf. Ihm ist zu Ohren gekommen, sein Vater arbeite dort.

Im Laden fragt er einen alten Mann, der hinter dem Ladentisch steht, nach Mr. John. Der Alte teilt ihm mit, Mr. John sei schon vor langer Zeit weggezogen.

Erst auf der Rückfahrt nach London kommt dem Sohn der Verdacht, er habe in jenem Laden mit seinem Vater gesprochen.

47

Über den offenen Abwasserkanälen von Osu mischte sich der beißende Geruch der Autoabgase mit dem strengen Gestank nach verrottetem Fisch und dem süßlichen Duft angefaulter Früchte zu einem schwindelerregenden Parfüm.

Der Name des Stadtteils ging auf eine Einheimischensiedlung zurück, in der die Festung Christiansborg zu Zeiten der dänischen Kolonialherren eine kleine europäische Enklave gebildet hatte. Die Dänen durften schon damals mit Afrikanerinnen zusammenleben. Diese Frauen konnten aus solchen Verhältnissen bescheidene Rechte ableiten. Dadurch entstand allmählich eine Schicht einflussreicher Mischlinge. Vielleicht war das ein gutes Omen gewesen, denn Osu war eines der ursprünglichsten und lebendigsten Viertel von Accra. Es stand für eine der Stärken des Landes: ein buntes, entspanntes und friedliches Alltagsleben ohne Aggressionen, in dem Einheimische und Fremde miteinander auskamen.

Ich ergatterte einen der wenigen Parkplätze vor dem African Market, einem mehrstöckigen Altbau, der von zeitgenössischer Folklore bis zur Antiquität so gut wie alles beherbergte, was es in Westafrika in Sachen Kunst und Handwerk gab. Das verwitterte Gebäude bot edle Patina und marodes Ambiente und war in seiner eigenwilligen Mischung aus europäischem Trödelladen und orientalischem Basar einzigartig. Über die ausgetretenen Stufen der schmalen Treppe stieg ich nach oben und suchte die einzelnen Stockwerke geduldig nach einem Ersatzgeschenk für Vera ab. Von Zeit zu Zeit fächelte ein Hauch Meeresluft durch die Fensterluken und drückte die abgestandene Hitze aus dem Gemäuer.

Erst im Dachgeschoss wurde ich fündig.

Der Gegenstand war so groß wie eine Kokosnuss, aus Tropenholz geschnitzt und dunkelrot angemalt. Die Proportionen stimmten nicht ganz, doch schon beim ersten Blick war klar: Es war ein Herz. Das Wichtigste aber war, dass es aus zwei Hälften bestand und innen einen Hohlraum hatte, in dem ich mein eigentliches Präsent unterbringen konnte.

Obwohl sich das Haus Afrikamarkt nannte, war der Spielraum für das übliche Feilschen begrenzt, und so wurde ich mit der Verkäuferin schnell einig. Erleichtert über den Fund, trug ich die Beute in das kleine Café, das sich ebenfalls im obersten Stockwerk befand. Ich schien der einzige Besucher zu sein, der eine Erfrischung nötig hatte. Bevor ich auf den schmalen Balkon hinaustrat, genoss ich den Ausblick über Osu und den nahe liegenden Atlantik. Nur vereinzelt ragten Palmen vor blauem Himmel und smaragdgrünem Meer auf. Der Balkon lag im Schatten. Der Wind war hier draußen angenehm frisch, und als ich mich nach einem Sitzplatz umsah, bemerkte ich Monsieur.

Der Schweizer war in eine Tageszeitung vertieft und wurde erst auf mich aufmerksam, als ich ihn ansprach. Freudig überrascht bot er mir an, mich zu ihm zu setzen. Ich zeigte ihm das Herz, woraufhin er es sorgfältig in Augenschein nahm und mich zu meinem Kauf beglückwünschte.

Die junge Frau, die sich um das kleine Lokal kümmerte, kam wie in Trance angeschlurft und nahm meine Bestellung mit halb geschlossenen Augen entgegen.

»Ich habe gehört, was passiert ist«, sagte der Mann aus Genf. »Was für ein Unglück! Ich bin jedes Mal froh, wenn ich heil von meinen Reisen ins Landesinnere zurückkehre.«

Das klang so, als wäre jeder Ausflug aus der Hauptstadt eine Expedition ins Herz der Finsternis. Ein Hauch Herrenparfüm wehte mir in die Nase. Nicht unangenehm. Dezent, wie alles an Monsieur. Sein zierlicher Körper war in einen leichten, weit geschnittenen Baumwollanzug gehüllt. Hellgrau. Die kurzärmelige Jacke mit Stehkragen. Auch diesmal hatte er eine Pfeife im Mund und paffte mechanisch gegen Mittagshitze und Wind an. Trotz seiner notorischen Raucherei hatte er für einen Mann um die sechzig eine erstaunlich glatte und frische Gesichtshaut und ein tadelloses Gebiss. Dafür waren seine Augen meist gerötet. Eine Reizung der Bindehaut durch den Pfeifenqualm, wie er uns bei einer seiner Saftproben anvertraut hatte.

Er spürte, dass ich keine große Lust auf das *Unfallthema* hatte, und lächelte verbindlich, bevor er sagte: »Und für wen ist das Herz?«

»Eine gute Freundin hat Geburtstag.«

»Das muss aber eine *sehr* gute Freundin sein«, merkte Monsieur mit einem Zwinkern an.

Ich ging nicht darauf ein. »Erinnern Sie sich noch an unser Gespräch über Klemens Dürrengatter?«

»Aber sicher.« Die Erwähnung des sagenumwobenen Missionars ließ Monsieur sichtlich aufleben. Es war eines seiner Lieblingsthemen. Er nahm sogar die Pfeife aus dem Mund. »Sein Konterfei auf der Schokoladenverpackung konnte ich aber leider nicht durchsetzen. Eine Schande. Der Mann ist eine Schweizer Legende. Koloniales Urgestein!«

»Daran zweifle ich nicht. Nach allem, was man hört …«

Monsieur paffte wie eine Dampflok und nickte zustimmend.

»Ich habe zwar einiges über Dürrengatter gehört und gelesen«, fuhr ich fort, »aber Genaueres weiß ich nicht.« In Wahrheit hatte mich der Mann nie groß interessiert, bis der Grasscutter das alte Foto aus Luzern ins Spiel gebracht hatte. »Angeblich soll er irgendwo hoch im Norden im Busch gehaust haben. Wo genau war das eigentlich?«

»*Busch* ist etwas übertrieben und *hoch im Norden* relativ. Er hat in der Nähe von Kete Krachi gelebt.«

Der Ort schien von einer geradezu magischen Bedeutung zu sein. Ich selbst war nur einmal kurz dort gewesen und hatte ihn eher langweilig gefunden. »Wahrscheinlich hat Dürrengatter noch in der versunkenen Stadt gelebt«, sagte ich.

»Seine Missionsstation lag zwischen dem alten und dem neuen Kete Krachi. Er musste damals nicht umsiedeln. Doch wie das Schicksal es wollte, starb er kurz nach Fertigstellung des Stausees. Man sagt, die Überflutung der geliebten Landschaft habe ihm das Herz gebrochen.«

Monsieur schien das ebenfalls mitzunehmen. Ich stellte fest, dass ihm die Pfeife ausgegangen war.

»Andere munkeln, er hätte ein Tabu gebrochen und sei deshalb mit einem Fluch belegt worden, der ihn schließlich das Leben kostete. Aber das ist natürlich Unsinn. Wer glaubt schon an diesen Juju-Zauber?«

Ich enthielt mich der Antwort.

Monsieur holte eine Streichholzschachtel aus der Jackentasche, schaute mich mit roten Augen an und sagte: »Klemens Dürrengatter war eine durch und durch imposante Persönlichkeit. Um ein Haar wäre er hundert Jahre alt geworden.« Er brachte seine Pfeife wieder in Gang und steckte die Streichhölzer weg.

»Was muss ich mir unter der Missionsstation vorstellen?«, fragte ich.

»Eigentlich war es eine Gesundheitsstation. Er war ja Arzt. Alles sehr bescheiden. Er behandelte vor allem einfache Leute. Von den Wohlhabenden nahm er Geld. Die Armen versorgte er umsonst. Er verfügte über Spenden aus der Heimat.«

»Der Albert Schweitzer vom Volta also.«

»Der war Elsässer und evangelisch. Dürrengatter war aus Basel, sagte sich später vom Protestantismus los und bekannte sich zum katholischen Glauben.«

Was mir nur zu vertraut war.

»Ich versuche immer noch, Geld für ein Buch über ihn aufzutreiben«, fuhr Monsieur fort, »aber die Menschen vergessen so schnell. Und von Missionaren und Kolonialzeit wollen viele nichts mehr wissen.« Er schüttelte den Kopf.

Die Schlafwandlerin überraschte mich mit dem Fruchtsaft, und Monsieur nutzte die Gelegenheit und bestellte sich noch ein Fläschchen Sodawasser.

»Und was für ein Tabu soll Ihr Landsmann gebrochen haben?«, fragte ich.

»Er war nun mal Christ und hat versucht, ein paar schwarze Schäfchen zu retten und ihnen den ganzen Hokuspokus mit dem Geisterglauben auszutreiben. Damit hat er sich Feinde gemacht. Für die Fetischpriester war er ein weißer Teufel.«

»Er hat sich tatsächlich mit dem Dente angelegt …?«

Wenn dem so war, hatte Dürrengatter hoch gepokert. Man kann sich leichtere Gegner aussuchen. Das Orakel war mir nicht nur wegen Faustinas ominösem Großvater ein Begriff. Die Geschichte des Kults gehörte zum bislang unbewältigten Recherchematerial für mein Opus magnum.

Monsieur nickte. »Die Priester behaupteten, er habe bereits die Deutschen überredet, sie und den Geist auszulöschen. Von diesem Verdacht konnte er sich nie ganz reinwaschen. Außerdem hat er Jahrzehnte später Schwierigkeiten bei der Evakuierung des Fetischs gemacht.«

»Was hat er getan?«

»Nun, die Gemeinde war schon evakuiert und auf höher gelegenes Land umgesiedelt worden. So sollte es auch mit dem Orakel geschehen. Die Fetischpriester packten ihre Sachen und machten sich ans Werk. Da jede Art von Licht zu den Tabus des Dente gehörte, wurde das Ganze in tiefster Nacht durchgeführt. Sie müssen sich eine Prozession aus Chiefs, Priestern, Gläubigen und Trägern vorstellen, die durch die Dunkelheit zieht. Alle tragen weiße Trauerkleidung oder sind weiß bemalt. Der höher gelegene Ort, an dem der neue Tempel stehen soll, ist etwa drei Kilometer entfernt.«

Monsieur sog gierig an seiner Pfeife.

»Unterwegs gab es allerdings ein Problem …«

48

Ein hell erleuchtetes Gebäude, das direkt am Weg liegt, den der Fetisch nehmen muss.

Die Missionsstation.

Klemens Dürrengatter richtet in seinem Wohnhaus eine Feier für Besucher aus Accra und der Schweiz aus. Man hat gegessen und widmet sich schon seit einer Weile den alkoholischen Getränken.

Dürrengatter sitzt am Klavier und spielt. Wahrscheinlich etwas von Bach, denn der, so erzählt es der Schweizer jedem, der es hören will, sei der einzige Protestant, vor dem er Respekt habe.

Die Prozession verharrt unterdessen weitab im Dunkeln, während man einen Boten vorausschickt, der das Anliegen vortragen soll. Dürrengatter weigert sich jedoch, die Lichter zu löschen, bis der Fetisch vorbeigezogen ist.

Kurz darauf wird ein weiterer Abgesandter vorstellig, der nachdrücklich Rücksicht auf den alten Brauch verlangt. Der Juju-Verächter Dürrengatter ist angetrunken und reagiert gereizt. Er droht dem Bittsteller sogar eine Tracht Prügel mit der Peitsche an.

Einigen seiner Gäste geht das zu weit. Sie wollen vermitteln, doch der Hausherr gibt nicht nach. Auch der Vertreter des Fetischs wird nun ärgerlich und droht: Sollten die Lichter nicht gelöscht werden und der Dente deshalb in seine Höhle zurückkehren müssen, sei für nichts mehr zu garantieren.

Dürrengatter ignoriert die Warnung und empfiehlt dem Priester, den Rückmarsch anzutreten. Er persönlich sei bereit, den Umzug des Fetischs morgen am hellen Tag über die Bühne zu bringen. Den Gästen reicht es jetzt. Sie bringen den Schweizer zur Besinnung, der schließlich nachgibt.

Die Lichter werden gelöscht, und die Prozession zieht lautlos im Dunkeln vorbei.

49

Was hatte es mit Kete Krachi, Klemens Dürrengatter und dem Fetischpriester, den ich mit Albin Grau aufgesucht hatte, auf sich?

War Faustinas Großvater etwa einer der religiösen Gegenspieler des Schweizer Missionars gewesen? Hatte der abgelichtete Zeremonienbehälter etwas damit zu tun? All das hätte mich nicht weiter beschäftigt, wenn Vera nicht gestanden hätte, dass sie den Schatzjäger zu mir geschickt hatte.

Noch bevor ich mich weiter in Mutmaßungen verlieren konnte, holte mich der Mordfall erneut ein. Superintendent Agyeman Mensah vom *Criminal Investigation Department* hatte noch am späten Dienstagnachmittag im Andoh House angerufen und mich gebeten, am Mittwoch gegen elf Uhr in seinem Büro vorbeizuschauen. Er wolle einige neue Entwicklungen mit mir besprechen. Ich war gespannt, mit was er aufwarten würde, als ich auf das Polizeigelände an der Ring Road East fuhr und mir einen Parkplatz in der Nähe des CID-Hauptquartiers suchte.

Das Gebäude, in dem die Kriminalpolizei residierte, erinnerte mich an eine heruntergekommene Sekundarschule. Auf mehreren Stockwerken lagen die Büros wie Klassenräume an langen, zum Hof hin offenen Fluren. Im Treppenhaus und auf den Gängen warteten Frauen und Männer jedweden Alters. Mangels Stühlen und Bänken hockten sie auf den Stufen oder lehnten an den Wänden. Die meisten wirkten bedrückt und apathisch. Nichts von der in Ghana üblichen Alltagsfreude war zu spüren. Es roch eher nach Verbrechen als nach Gerechtigkeit.

Agyeman Mensah kam mir auf der Treppe entgegen und fing mich ab, bevor ich mich in seiner Dienststelle verlaufen konnte.

»Nun will uns auch noch der Deputy Director sehen«, begrüßte er mich mürrisch. Offenbar hatte er nicht viel für seinen Vorgesetzten übrig.

Mensah führte mich einen der Flure entlang, klopfte an einer der Türen und hielt inne. Mir fiel auf, dass hier kein Mensch zu sehen war. Publikumsverkehr schien nicht zu den Aufgaben des stellvertretenden Direktors zu gehören. Nach einem angemessenen Moment des Wartens öffnete Mensah die Tür und führte mich in das eiskalte Büro.

Schlagartig wurde mir klar, wie der Arbeitsalltag der Führungsebene aussah. Der Fernseher übertönte die ächzende Klimaanlage und den quäkenden Polizeifunk. Der Deputy ruhte auf einem zurückgekippten Managersessel hinter einem Schreibtisch, der in tadelloser Leere glänzte und deshalb noch größer wirkte, als er ohnehin war. Ohne den Blick von der Mattscheibe zu wenden, deutete er mit einer müden Handbewegung auf die durchgesessene Polstergarnitur.

Da ich mich gegen die Geräuschkulisse nicht durchsetzen konnte, begrüßte ich Assistent Lieutenant Ray Dadson lediglich mit einem Nicken. Er saß auf einem Stuhl neben dem Schreibtisch und umklammerte eine Aktenmappe. Im Gegensatz zu seinem Chef nahm er mich wenigstens mit einem breiten Grinsen zur Kenntnis, um sich dann wieder der Sendung zu widmen.

Bevor ich mich aufs Sofa setzte, warf ich einen kurzen Blick auf den Bildschirm. Es war eine Soap, die den stellvertretenden Leiter der Kriminalpolizei in ihren Bann schlug. Nachdem ich Platz genommen hatte, war ich vom Programm ausgeschlossen, denn der Fernseher hing an einem Metallgestell über mir an der Wand.

Immerhin verweigerte sich Superintendent Mensah der Mattscheibe und setzte sich zu mir. Er wirkte ziemlich genervt.

Bevor die Situation noch peinlicher werden konnte, ertönte über mir eine Art Abspannmusik, gefolgt von einem lauten Werbespot. Der Deputy griff zur Fernbedienung und schaltete die Kiste aus.

»Willkommen!«, rief er mir zu und suchte nach dem Hebel, mit dem er sich in eine angemessene Sitzposition katapultieren konnte.

Ich wartete, bis er in wieder in der Senkrechten war, dann sagte ich: »Freut mich, Sie kennenzulernen.«

Erst jetzt fiel mir der schmale Oberlippenbart auf. Ich war mir sicher, dass weder Charlie Chaplin noch Adolf Hitler das Vorbild waren. Die afrikanische Variante ging auf das Konto von Robert Mugabe. Der Diktator aus Simbabwe war beliebter, als wir Europäer dachten.

»Ganz meinerseits«, nuschelte der stellvertretende Direktor und warf dem Lieutenant einen scharfen Blick zu.

Dadson beeilte sich, seinem Chef die Akte auszuhändigen.

Während der Deputy fahrig durch die Protokolle blätterte, inspizierte Agyeman Mensah seine Fingernägel und tat so, als habe er mit dieser jämmerlichen Vorstellung des Departments nicht das Geringste zu tun.

Nach wenigen Sekunden legte der Deputy die Akte beiseite und wandte sich an mich.

»Ich wollte Sie eigentlich nur wissen lassen, dass wir am Ball sind. Wenn es um ein Verbrechen an einem ausländischen Gast geht, sind wir sogar um sehr enge Ballführung bemüht. So wie unsere ghanaischen Jungs in der Bundesliga.«

Er lachte leise.

»Hier wird keiner von euch ungestraft umgebracht. Das wollte ich Ihnen persönlich versichern.«

Wie kam ich zu der Ehre? Verwechselte er mich mit dem Botschafter? Mit dem Ermordeten war ich auch nicht verwandt.

Er erhob sich und schaute auf die Uhr. »Ich habe leider noch einen dringenden Termin und muss mich entschuldigen.« Eilig kam er hinter dem Schreibtisch hervor und steuerte die Sitzgarnitur an.

Ich raffte mich auf. Und auch Mensah erhob sich widerwillig, um seinen ranghöheren Akanbruder nicht bloßzustellen.

Was der Deputy zur Begrüßung versäumt hatte, tat er mir zum Abschied an: Er gab mir die Hand. Sie fühlte sich matt und weich an.

Wie war der Mann in diese Position gelangt? Wahrscheinlich durch Vetternwirtschaft. Der ganze Typ war teigig und gefiel sich im Habitus einer ererbten Schlaffheit, die schon jenen Häuptlingen zu eigen gewesen war, die ihr eigenes Volk als Sklaven verkauft hatten, um sich selbst zu bereichern.

Der Deputy Director wandte sich an den Superintendent. »Machen Sie weiter.« Er ließ seinem Untergebenen ein gönnerhaftes Lächeln zukommen. »Sie können mein Büro benutzen.«

Mensah sah seinen Chef an, als wolle er ihn erwürgen.

»*Sie* kommen mit«, befahl der Deputy dem Lieutenant.

Schicksalsergeben händigte Dadson Mensah die Akte aus und folgte seinem Chef.

50

»Wahrscheinlich muss Ray wieder mit zum Libanesen, um dem Chef beim Einladen der Whiskykisten zu helfen.«

Mit diesen Worten warf Mensah die Akte auf den Tisch und stellte die Klimaanlage ab. Dann drehte er das Funkgerät leiser, setzte sich in den Managersessel, lehnte sich zurück und legte die Füße auf den Schreibtisch seines Vorgesetzten.

Ich nahm wieder auf dem Sofa Platz.

»Sorry für den Auftritt.« Mensah lächelte mir zu. »Machen Sie sich keine Gedanken. Der Mann ist immer so. Für gewöhnlich kommen wir ohne ihn aus. Jedenfalls bei den Ermittlungen.«

»Was gibt es Neues?«

Mensah musterte mich eine Weile, dann warf er einen kurzen Blick auf die Handakte, ohne sie anzurühren.

Der Mann hatte die Fakten im Kopf.

»Meine Kollegen aus dem Herzen der Juju-Region sind inzwischen der Meinung, es handle sich um einen Ritualmord.«

Mensahs Gesichtsausdruck ließ keinerlei Rückschluss darauf zu, was er davon hielt. Deshalb fragte ich: »Wieso?«

»Sie haben sich die Familie in Ho vorgenommen, die Sie mit dem späteren Opfer besucht haben. Großmutter, Enkel und Enkelin.«

Ich ahnte, was kam.

»Die alte Dame hat keinen Hehl aus ihrer Abneigung gemacht. Sie brüstete sich damit, sie habe *Herrn* Blau mit einem Fluch belegt, weil ihr Bruder in Deutschland verschwunden sei und vermutlich umgebracht wurde.«

»Gibt es dafür Beweise?«

»Bislang nicht. Aber egal, ob die alte Dame damit recht hat oder nicht, sie hat auf jeden Fall den Fluch ausgesprochen. Im Juju ist das so viel wie eine Fatwa. Für die Kollegen ist der Fall klar: Die Großmutter hielt Blau für einen Hexer, der sich in einen weißen Mann verwandelt hat. Sie hatte Angst, er könne sich in einen Vogel verwandeln und ungestraft entkommen.«

»Und wer soll die Tat nach Meinung Ihrer Kollegen vom Volta begangen haben?«

»Entweder der Enkel William im Namen des Donnergottes oder die Enkelin Faustina für die Wassergöttin.«

»Und was halten Sie davon?«

»Schwachsinn«, sagte Mensah lauter als nötig und bekreuzigte sich flüchtig. »Aber Schwachsinn, den man hierzulande durchaus ernst nehmen muss, wie Sie sicher wissen. Nicht dass unser Rechtssystem darauf beruhen würde, aber …« Mit einer fahrigen Handbewegung zog er die Akte zu sich, schlug sie kurz auf, dann wieder zu und schob sie weit von sich weg. »Da die beiden Tatverdächtigen kein überzeugendes Alibi haben, sitzen sie vorerst in Ho ein.«

Williams Alibi interessierte mich nicht. Bei Faustina war das anders – auch wenn sie sich offenbar entschieden hatte, den Mund zu halten. Ich schaute Agyeman Mensah in die Augen und sagte: »Faustina hat eines.«

Er zuckte nicht mit der Wimper. Dass er nicht anzüglich grinste, sprach für ihn.

»Ab wann war sie bei Ihnen?«

»Blau und ich sind um Mitternacht zu Bett gegangen. Faustina schon vorher. Gegen ein Uhr hat sie an meine Tür geklopft, und ich habe sie reingebeten, weil sie sich gefürchtet hat.«

»Wovor?«

»Sie hat gesagt, draußen gehe etwas Seltsames vor, das ihr unheimlich sei.«

»Und? War dem so?«

»Bei einem Rundgang übers Hotelgelände konnte ich nichts Verdächtiges feststellen.«

»Und danach ist sie bei Ihnen geblieben?«

Ich nickte.

»Bis sie sich am frühen Morgen auf den Weg gemacht hat?«

»So ist es.«

Er schwieg eine Weile und dachte offenbar nach. Dann sagte er: »Also ich sehe das so: Da wir den genauen Zeitpunkt des Todes leider nicht wissen, könnte sie ihn auch kurz bevor sie bei Ihnen aufgetaucht ist umgebracht haben.«

»Nein.«

»Warum?«

»Als ich meinen Rundgang gemacht habe, hat er noch gelebt.«

»Woher wollen Sie das wissen?«

»Ich stand vor seinem Bungalow und konnte ihn schnarchen hören.«

Mensah nickte versonnen. »Sie waren also nicht in seinem Bungalow?«

»Nein.«

»Haben Sie dafür Zeugen?«

»Nein.«

Er lächelte. »Sie haben auch kein Alibi.«

Ich schwieg.

»Richtig?«

»Wenn man's genau nimmt.«

»Wir nehmen es genau.« Er stand auf. »Sie könnten es auch zusammen mit der Frau getan haben. Fragen Sie mich nicht, warum, aber theoretisch …« Er setzte sich wieder und seufzte. »Die Tatwaffe haben wir auch nicht. Na ja, dann steht jetzt erst mal der Enkel ganz oben auf der Liste. Nach allem, was man über den Jungen so hört, passt das ganz gut.«

Meine Vergangenheit in der Legion und die Taurus verschwieg ich tunlichst. Sonst wäre ich wieder an die Spitze der Hitparade gerückt.

Mensah grinste mich an. »Für einen Juju-Killer haben Sie nicht genug zu bieten, Mann. Und wir arbeiten immer noch nach dem Ausschlussverfahren. Hauptverdächtige haben Vortritt. Wenn wir den Jungen allerdings nicht überführen können, könnten wir auf Sie zurückkommen, *Herr* Voss.«

»Sind Sie sicher, dass Ihre Kollegen aus Juju-Land nicht einknicken?«

»Was meinen Sie damit?«

»Wenn die Herren an den ganzen Zauber glauben und ihn so ernst nehmen, dass sie einen Ritualmord für möglich halten, müssten sie doch selber Angst vor der alten Lady haben.«

»Sehen Sie, das ist eben der Fortschritt. Sie glauben noch an die alten Sachen, wenn es einer bequemen Beweisführung dient, sind aber mutig genug, die Geister zu ignorieren, wenn es ein schnelles Ergreifen des Täters erleichtert. Es geht aufwärts mit Ghana … auch in der Voltaregion.«

Hörte ich da etwa Zynismus heraus?

»Mir ist außerdem zu Ohren gekommen, die Großmutter wäre gar nicht begeistert von ihrem Enkel.«

Das konnte ich bestätigen.

»Gerechtigkeit ist ein moralisches Konzept, das Rechtssystem ein bürokratisches«, dozierte Mensah. »So habe ich es jedenfalls gelernt. Das vorkoloniale Afrika wurde von einem moralischen Recht regiert. Und wenn man heutzutage in weiten Teilen des Kontinents eine wirksame Gesetzgebung vermisst, dann liegt das eher an einer nicht funktionierenden Bürokratie als an fehlender Moral.«

So viel zu vermeintlichen Kurzschlüssen pragmatischer Gesetzeshüter der Voltaregion und den Arbeitsbedingungen in dieser Dienststelle. Agyeman Mensah war nicht nur ein gut aussehender Aschanti, er war auch ein tiefes Wasser. Und dort wohnten bedeutende Geister.

Er quittierte mein Schweigen mit einem vergnügten Lachen. »Wir in Ghana stehen vergleichsweise gut da, aber manches in unseren Köpfen ist trotzdem immer noch vorkolonial … vielleicht nicht mal das Schlechteste.«

Damit entließ mich der Superintendent.

51

Als ich nach Hause kam, hatte Billy die Hausarbeit bereits erledigt und war schon wieder verschwunden.

Die frisch gebügelten Hemden hingen auf ordentlich ausgerichteten Bügeln an der Kleiderstange, die Schranktüren standen zum Lüften weit offen. Auf diese Weise erinnerte mich mein guter Hausgeist daran, dass die Trockenzeit mit ihrem lästigen Staub vorüber war und es nunmehr galt, Feuchtigkeit und Schimmel entgegenzuwirken.

Am Schreibtisch warf ich einen Blick auf den Ordner mit dem Manuskript. Seit meiner Rückkehr aus der Voltaregion hatte ich das Schreiben immer wieder vertagt. Ich spürte, wie mir das Projekt langsam entglitt. Zu viel Ablenkung. Oder war es die zu große Nähe zum Thema, die mich blockierte? Alles, was in den letzten Tagen passiert war, kam mir wie die gelebte Praxis zu meinem Text vor. Im Gegensatz zu Agyeman Mensah, der es nicht nötig hatte, seine Ermittlungsakte zu konsultieren, klappte ich die schwarze Mappe auf und suchte nach Erkenntnissen. Zum Beispiel zu Klemens Dürrengatter und Richard Blau, die man beide zu weißen Teufeln erklärt hatte.

Beim Blättern stellte ich fest, das ich es durchaus mit Mensah aufnehmen konnte. Auch ich hatte meine Erkenntnisse mehr oder weniger im Kopf. Die Personifizierung des Bösen durch einen Namen war ja keine Erfindung aus dem Regenwald. Selbst Winston Churchill wusste sich nicht anders zu helfen, als die Depression, die ihn von Zeit zu Zeit befiel, »Black Dog« zu nennen. Und auch im Westen wurden unsichtbare oder nicht greifbare Gewalten in der Tradition von Geistersprachen mit Namen belegt, wie beispielsweise Klimaphänomene mit »El Niño« oder Wirbelstürme, die »Joan« hießen.

Die Frage war nur, wie weit ich mit diesen Einsichten in Afrika kam. Wir im Westen waren darauf spezialisiert zu erklären, *wie* Dinge passieren. Weniger erfolgreich waren wir beim *Warum*. Dadurch kam es gerade in Gesellschaften mit einem hohen Wissensstand zu weit verbreiteten Verschwörungstheorien, beispielsweise bei politischen Morden oder im Hinblick auf die Landung Außerirdischer. Wenn keine rationalen Erklärungen möglich waren, feierten auch in Europa und Nordamerika unsichtbare Kräfte Auferstehung.

Was war an diesem hysterischen Umweg auf der Suche nach

der Wahrheit so viel besser, als gleich die bekannten Hausgeister für das Böse verantwortlich zu machen?

Das Telefon klingelte.

Mein Verbindungsmann im La Palm Royal Hotel fragte an, ob ich kurzfristig verfügbar wäre, um einer neureichen Afroamerikanerin aus Detroit am Donnerstag und Freitag einige Sklavenforts zu zeigen. Offensichtlich hatte sich noch nicht herumgesprochen, dass mir seit kurzem die Kunden wegstarben. Trotzdem lehnte ich mit Rücksicht auf Veras Geburtstag und ihre angekündigten Enthüllungen ab. Außerdem tat ich mich mit schwarzen US-Amerikanern schwer, die auf der Suche nach ihren Wurzeln waren.

Kaum hatte ich aufgelegt, klingelte es erneut, und ich hatte Botschafter Ammer am Apparat.

»Wie ich höre, läuft Ihre Kooperation mit der hiesigen Kripo ausgezeichnet.«

Der Mann behielt seine Landsleute im Auge. »Da die Herrschaften mich so höflich behandeln, scheint das auch für Ihre begleitende Zusammenarbeit mit dem Innenminister zu gelten.«

Ammer lachte. »Und …?«

Er erwartete einen mündlichen Bericht, und ich lieferte ihm eine kurze Zusammenfassung meines Gesprächs mit Mensah. Dabei unterschlug ich mein Alibi für Faustina, ließ die Sache vorerst an William hängen und enthielt mich jeder weiteren Bewertung.

»Dann hoffen wir mal auf gute Fortschritte.«

Aus der Zufriedenheit, mit der er den Verdacht des *CID* zur Kenntnis nahm, schloss ich, dass man an höherer Stelle noch nicht so weit ins Detail gegangen war, was Tatverdächtige anging.

»Halten Sie mich bitte auf dem Laufenden, Voss«, sagte er abschließend.

Nachdem ich aufgelegt hatte, starrte ich durchs Fenster auf den Hof. Da ich keinen klaren Gedanken fassen konnte, sah ich Paul zu, der seiner Frau half, die Wäsche auf die Leinen vor dem Dienstbotentrakt zu hängen. Er war nicht nur ein ausgezeichneter Hausmeister, sondern auch ein guter Hausmann. Für einen Ga war das eher die Ausnahme. Bei ihnen lebten Mann und Frau normalerweise getrennt und bei ihren jeweiligen Angehörigen, und die Kinder, Töchter wie Söhne, blieben bei der Mutter. Mit etwa dreizehn Jahren zogen die Söhne dann zu ihren Vätern, um bei ihnen aufzuwachsen. Und was ich dem Grasscutter über die mütterliche Tradition im Lande erzählt hatte, galt zwar für die Akan, nicht aber für die Ga. Sie orientierten sich an der väterlichen Linie.

Es klingelte erneut. Sah ganz nach einem Großkampftag am Telefon aus. Ich meldete mich.

»Sie sprechen mit Captain Kojo Kuma, dem Chief Security Officer des Golden Tulip Hotel.«

Zunächst glaubte ich, eine Bandansage zu hören. Aber der Captain war selbst am Apparat.

»Ich habe eine gute Nachricht für Sie, Mister Voss.«

Der Mann klang, als verkünde er die frohe Botschaft.

GOD IS GOOD NEWS!

»Wäre es Ihnen möglich, zu mir zu kommen?« Er räusperte sich. »Sie wohnen doch direkt um die Ecke.«

Ich schaute auf die Uhr. Kurz vor drei. »Kein Problem. Geben Sie mir eine Viertelstunde.«

Ich brauchte nur zehn Minuten.

Als ich ihm in seiner tiefgekühlten Abstellkammer gegenübersaß, stellte ich erneut fest, dass der Captain penibel gekleidet und tadellos frisiert war. Er griff in einen offenen Karton und hielt mit spitzen Fingern meine leere Sporttasche hoch, als handle es sich um den Büstenhalter einer Hotelprostituierten.

Er lächelte triumphierend und sagte: »Wir haben den Motorradfahrer gefunden!«

Insgeheim hatte ich auf den Babysarg gehofft. Trotzdem nickte ich anerkennend. Der Mann war stolz auf seinen Erfolg. Das Militär hatte eine weitere erfolgreiche Schlacht geschlagen.

Ich wollte gar nicht wissen, wie viele loyale Kräfte dafür im Einsatz gewesen waren und was sie mit dem Täter angestellt hatten.

Er legte die Tasche beiseite und strich meine Verlustliste glatt, bevor er den nächsten Gegenstand aus dem Karton zauberte und auf seinem Minischreibtisch platzierte. Meine Badeshorts. Danach kamen die Toilettensachen, die Turnschuhe und das blaue T-Shirt. Sogar Druckbleistift, Wirtschaftsmagazin und Taschenbuch waren wieder da.

»Gutes Buch, sagten Sie?« Er hielt den Roman hoch.

»So ist es. Ich leihe es Ihnen gern.«

Er lächelte. »Ich werde es mir besorgen.«

Er warf einen Blick auf die Mitgliedskarte für den Sportklub des Labadi Beach Hotel und musterte mich streng. »Sie sollten sich noch mal überlegen, ob Sie Ihre Freizeit nicht lieber bei uns genießen wollen.«

Hatte der Mann noch einen Teilzeitjob in der Öffentlichkeitsarbeit?

Ohne meine Antwort abzuwarten, sagte er: »Die dreihunderttausend Cedis sind leider weg.«

Was nicht verwunderlich war. Entweder hatte der Dieb sie bereits ausgegeben, oder die Helfer des Captains hatten sich bedient. Er persönlich war über so etwas erhaben. Dessen war ich mir sicher.

»Ich muss Ihnen sowieso das Geld zurückzahlen, das Sie mir als Entschädigung gegeben haben.«

»Nicht mir.« Wieder gab er den Korrekten. »Dem Hotel. Aber warten Sie damit, bis wir diesen …« – er räusperte sich, als müsse er den Namen des Leibhaftigen in den Mund nehmen – »... *Sarg* gefunden haben.«

Damit waren wir bei dem für mich wichtigsten Objekt. »Besteht denn noch Hoffnung?«

»Aber sicher«, erwiderte der Captain, als sei er felsenfest davon überzeugt.

THERE IS ALWAYS HOPE!

»Glücklicherweise wurde die fragliche Videokassette nicht gelöscht, sondern nur ausgetauscht.«

»Und?«

»Man hat sie uns zurückgebracht.«

Man?

»Wir konnten darauf sehen, wie jemand etwas aus dem Laderaum ihres Geländewagens nimmt. Der Gegenstand war in eine Decke gewickelt, mit einer Kordel verschnürt und entsprach in etwa der von Ihnen angegebenen Größe.«

Jemand?

»Die Uhrzeit auf dem Band bestätigt, dass sich der Vorfall nach dem Diebstahl des Motorradfahrers und vor Ihrer Rückkehr zum Parkplatz zutrug.«

»Kann ich das Band sehen?«

Captain Kojo Kuma zog eine betrübte Miene. »Das ist leider nicht möglich.« Eine Begründung blieb er mir schuldig.

»Aber Sie wissen, wer es getan hat?«

»So ist es. Leider hat der Täter im Auftrag gehandelt. Wir stehen aber mit seinem Auftraggeber in Verhandlungen und hoffen auf ein positives Ergebnis.«

Ein Auftraggeber für das Klauen eines Minisargs? Verhandlungen? Sehr geheimnisvoll. Und mit einem positiven Ergebnis konnte ich mit Sicherheit nicht vor morgen Nachmittag rechnen. Ärgerlich genug, aber ich hatte ja mein rotes Herz.

»Ich weiß, Sie haben mir eine Woche Zeit gegeben, und die war gestern um«, sagte der Captain. »Aber es kann nicht mehr lange dauern, bis wir Erfolg haben.«

Ich nickte. Der Mann war echt. Für einen wie ihn stand seine Berufsehre auf dem Spiel. Was blieb mir schon anderes übrig als abzuwarten? Also: das Herz als Aufwärmer, den Sarg dann später als Zugabe. Hauptsache, ich hatte etwas in der Hand, wenn ich morgen zu Veras Geburtstag ging.

Der Captain wechselte das Thema. »Wie ich höre, hatten Sie einen Toten zu beklagen.«

Es hätte mich nicht gewundert, wenn die Information von seinen am Volta stationierten Waffenbrüdern stammte. »Schlimme Sache. Ungefähr so schlecht für meinen Job wie Parkplatzdiebstähle für Ihren.«

Wieder das väterliche Lächeln. »Passen Sie auf sich auf.«

»Ich tue, was ich kann.«

»Und seien Sie vorsichtig mit Freunden bei der Polizei.«

So wie der ehemalige Offizier das Wort *police* ausspie, klang es, als wäre ich ein Überläufer und hätte ins falsche Lager gewechselt.

52

Der Donnerstag stand ganz im Zeichen des Regens.

Schon am frühen Morgen schüttete es wie aus Kübeln. Ich blieb länger als gewöhnlich im Bett und sah den Geckos zu, die über Decke und Wände flitzten. Ob man Faustina schon freigelassen hatte? Ich hätte im Büro des Forstprojekts in Ho anrufen können, um mich nach ihr zu erkundigen, ließ es aber sein. Faustina hatte sich entschieden, den Mund zu halten und dafür in die Zelle zu wandern. Und mir stand es nicht zu, ihre Haltung mit unnötigem Geplapper zu hintertreiben.

Gegen Mittag ging der Regen in ein stetes Nieseln über, das den ganzen Nachmittag über anhielt. Veras Geburtstag schien im wahrsten Sinne des Wortes ins Wasser zu fallen – zumindest, was die geplanten Aperitifs am Strand anging. Trotzdem hielt ich mich an den von ihr vorgeschlagenen Zeitplan und parkte kurz vor fünf vor dem Riviera Beach Hotel. Ich war gespannt, was es zum Abendessen geben würde und welches Ersatzprogramm Vera bis dahin im Sinn hatte. Sie war immer für eine Überraschung gut. Ihr zur Ehre hatte ich mich in ein geblümtes Hawaiihemd geworfen, das sie besonders mochte.

Im Kern des dunkelroten Herzens aus Tropenholz schlummerte ein schlichter Silberring mit einem pechschwarzen Halbedelstein. Vera mochte keine protzigen Sachen. Der Ring hatte sogar die richtige Größe. Was mir auf den rechten kleinen Finger passte, konnte Vera über den linken Ringfinger streifen. Das Holzherz selbst war in einen lachsfarbenen Kente-Stoff gewickelt und mit einer weinroten Schleife versehen. Ich ließ das Geschenk in der Plastiktüte, damit es nicht nass wurde, und eilte in die Lobby.

Die Rezeption war nicht besetzt, und so winkte ich zur Begrüßung den Zebras an der Wand zu. Uhrzeit und Wetterlage sorgten für ein leeres Restaurant. Auch Vera war noch nicht zu sehen. Von ihrem alten Freund Godson Boateng ebenfalls keine Spur. Was mich nicht weiter wunderte. Ob überhaupt mit ihm zu rechnen war, stand nicht fest. Zudem trat ein Ghanaer nicht pünktlich an. Ich begab mich zu Veras Lieblingstisch, legte die Tüte mit dem Geschenk ab und nahm Platz.

Nicht einmal das Radio lief. Nur das Rauschen der Brandung und das Gluckern und Plätschern des Regenwassers in den Abflussrinnen waren zu hören – und noch etwas anderes.

Fetzen von Sprechfunkverkehr.

Ich blickte durch den Nieselregen zum Pool und sah ein paar

Gestalten, die am Rand des Schwimmbeckens standen, einige mit Regenschirm. Mir fiel ein, dass auch auf dem Parkplatz ungewöhnlich viele Fahrzeuge gestanden hatten. Was für eine Überraschung hatte sich Vera ausgedacht?

Bevor ich mir einen Reim darauf machen konnte, erkannte ich Adyeman Mensah. Der Superintendent trug eine dünne Regenjacke über seinem Anzug. Er hatte dem Pool den Rücken zugekehrt und kam ins Restaurant, streifte sich die Kapuze ab und war schon auf dem Weg zur Treppe ins obere Stockwerk, als er mich bemerkte. Überrascht blieb er stehen und sah mich an.

»Was machen Sie denn hier?« Seine Stimme dröhnte durch den leeren Raum, als er zu meinem Tisch kam.

Ich stand auf. »Dasselbe könnte ich Sie fragen. Ich bin zu einem Geburtstag eingeladen. Und Sie?«

Mensah ließ sich schwer auf den Stuhl fallen. »Ich mache meinen Job.«

Ich setzte mich wieder. »Was ist passiert?«

»Eine Leiche. Da draußen im Schwimmbecken. Und ertrunken ist sie in dem leeren Loch bestimmt nicht.« Er wischte sich Schweiß und Regen von der Stirn.

»Das wundert mich nicht. War nur eine Frage der Zeit, bis sich jemand in der Grube das Genick bricht.«

»Es war kein Unfall. Sieht ganz danach aus, als hätten wir im Moment das große Ausländersterben.«

»Ein Hotelgast …?«

»Eine Frau. Ich bin gerade auf dem Weg zu ihrem Zimmer.« Mensah hielt den Schlüssel hoch.

Ich konnte die Nummer auf dem Anhänger erkennen. Die Dreizehn. Vera hatte stets behauptet, die Zahl bringe ihr Glück.

Jemand aus deiner Familie ist in Gefahr.

Es war ein kaum hörbares Flüstern. Hart knetete ich mit der linken Hand die rechte, aus der die Wassergöttin das Schicksal gelesen hatte. Ich wollte aufstehen – aber ich kam nicht hoch. Es war, als hätte mir Mensah einen Faustschlag in den Solarplexus verpasst: Schmerz, Atemnot, Schwindel. Ich hatte Angst, vom Stuhl zu kippen, hielt mich an der Tischkante fest und zog mich vorsichtig hoch.

Mensah sprang auf und stützte mich. »Was ist los, Mann?«

Ich wankte nach draußen.

»Wo wollen Sie hin?«

Ich spürte den Regen auf meinem Gesicht, riss mich los und rannte zum Beckenrand. Mensah ließ mich gewähren, wich aber nicht von meiner Seite. Undeutlich nahm ich bekannte Gesichter wahr. Ray Dadson, Luther, Bouncy, jemand vom Hotelmanagement. Schwankend blieb ich stehen und blickte in den Abgrund. Die türkisen Mosaiksteine des Beckenbodens glänzten feucht.

Vera lag an der tiefsten Stelle unter dem Sprungturm. Sie schien unendlich weit weg zu sein, und doch erkannte ich sie sofort – schon an ihrer vertrauten Kleidung. Neben ihr stand einer von Mensahs Männern und machte mit einer Digitalkamera Aufnahmen. Der Blitz zuckte in kurzen Abständen durch den Regenschleier. Ein zweiter Mann ging neben Vera in die Hocke und betrachtete sie eingehend. Er trug Gummihandschuhe. Mir fiel auf, dass über der Stelle, an der sie lag, der Startblock mit der Nummer 6 am Beckenrand aufragte.

DANGER!

KEEP OFF WHEN RED FLAGS ARE FLYING!

Ich musterte das marode Skelett des Zehnmeterturms – aber da flatterte kein warnendes Rot. Dann wanderte mein Blick zu einer der Stahlleitern, die ins Becken führten. Die Männer vom *CID* hatten das untere Ende mit einer Holzleiter verlängert, um auf den Boden zu gelangen.

»Kennen Sie die Frau?«, hörte ich Mensah fragen.

Ich nickte mechanisch und ging zur Leiter. Lieutenant Dadson wollte sich mir in den Weg stellen, aber Mensah hielt ihn zurück, ließ mich weiterlaufen und war lediglich darauf bedacht, die Leiter vor mir zu erreichen.

»Immer mit der Ruhe«, befahl er, bevor er sich wieder die Kapuze über den Kopf zog und als Erster nach unten kletterte.

Ich folgte ihm. Mit jeder Leitersprosse wurde das Rauschen des Meeres etwas leiser.

Unten angekommen, packte er mich am Arm und schaute mir in die Augen. »Sie weichen nicht von meiner Seite und fassen auf keinen Fall irgendetwas an.«

»Okay …« Ich schüttelte den Kopf wie ein angeschlagener Boxer, der zur letzten Runde antritt.

Mensah ging voran, und ich folgte ihm über den rutschigen Boden. Vorsichtig stiegen wir zum Sprungbecken hinunter. Die Männer von der Spurensicherung machten ihre Arbeit. Der Superintendent hatte den Tatort wahrscheinlich bereits in Augenschein genommen und kam nur meinetwegen noch mal mit.

Aus der Nähe sah Vera wie eine zerbrochene Puppe aus. Sie lag auf dem Bauch, den Kopf zur Seite gedreht. Ein Arm und ein Bein standen in absurdem Winkel ab, und unter dem ausgewaschenen Jeansanzug zeichnete sich der zerschmetterte Körper ab. Sie trug nur noch einen ihrer ausgetretenen Mokassins. Die Haare waren mit trockenem Blut verklebt, aber die bleiche Gesichtshälfte, die zu sehen war, schien unversehrt zu sein. Auch am Hals war getrocknetes Blut. Um die Stelle besser erkennen zu können, ging ich in die Hocke, hielt aber genügend Abstand, um Mensah nicht zu beunruhigen.

Es war die gleiche Wunde, die ich schon am Hals des Grasscutters gesehen hatte. Nach drei Seiten hin ausgefranst, wie von einer T-förmigen Klinge.

»Die Verletzung muss Ihnen bekannt vorkommen«, sagte Mensah.

Ich nickte. Der Regen hatte mein Hawaiihemd durchnässt. Ich fröstelte. Aber nicht nur deswegen.

»Wie es aussieht, hat man sie erst erstochen und verbluten lassen und dann hier abgeladen«, fuhr er fort. »Ob man ihr die Knochen vorher gebrochen hat oder ob das eine Folge des Sturzes ist, steht noch nicht fest. Wir können auch noch nicht sagen, wie lange sie schon hier liegt und wann sie umgebracht wurde. Ist aber auf jeden Fall eine Weile her. Wenn es nicht den ganzen Tag geregnet hätte, hätte man sie sicher schon früher entdeckt. Aber bei dem Wetter läuft niemand draußen rum.«

»Und wer hat sie gefunden?«

»Eine Frau, die in der Hotelküche arbeitet und jeden Tag zu Fuß vom Strand hier hochkommt.«

Mensahs Worte verhallten, und ich bemerkte, dass Veras tote Augen ins Leere starrten. Da sie auf der Seite lag, musste ich sie nicht anschauen. Mir war, als hörte ich ihre Stimme.

»Eines Tages, ich war schon alt, kam in der Halle eines öffentlichen Gebäudes ein Mann auf mich zu. Er stellte sich vor und sagte …«

Ich musste ihr antworten. Regenwasser rann mir in die Augen und vermischte sich mit meinen Tränen, als ich das Duras-Zitat für sie zu Ende brachte.

»Ich kenne Sie seit jeher. Alle sagen, Sie seien schön gewesen, als Sie jung waren, ich bin gekommen, Ihnen zu sagen, dass ich Sie heute schöner finde als in Ihrer Jugend, ich mochte Ihr junges Gesicht weniger als das von heute, das verwüstete.«

Fast konnte ich Veras wehmütiges Lächeln sehen.

Agyeman Mensah mochte das Ganze seltsam vorkommen, doch er fragte nicht nach. Ich wich seinem Blick aus, war kurz vor

dem Zusammenbruch. Tote hatte ich in meinem Leben genug gesehen. Feinde, Gegner und Kameraden, auch unbeteiligte Opfer,
Zivilisten. Aber nie hatte mir jemand so nahe gestanden.

Ich fühlte mich wie ausgelaugt und zitterte. Mir fehlte die
Kraft, weiter in der Hocke zu bleiben, und so setzte ich mich einfach auf den Boden und weinte.

»Wer ist die Frau?«, fragte Mensah.

»Meine Mutter …«

Nitronegativ

Accra / Berlin
Ende April – Anfang Mai 2004

Nkontompo na ema nokore boo ye den.
Falschheit macht die Wahrheit teuer.

Ghanaische Weisheit

53

Das stete Rauschen der Brandung war das vorherrschende Geräusch in Veras Hotelzimmer.

Ich stand am Fenster und blickte auf den grünblauen Atlantik. Der Wind bauschte die dünnen Vorhänge neben mir, doch meine Trauer konnte er nicht wegblasen. Seit Tagen saß mir der Schmerz wie Malaria in den Knochen. Meine Grübeleien bewegten sich endlos im Kreis und führten zu keinem Ziel. Aber das war immer noch besser, als sich dem Selbstmitleid hinzugeben.

Vermutungen gab es genug, aber keine ernst zu nehmende Spur.

Ich hatte nicht den Eindruck, dass Mensah etwas vor mir verbarg. Er wusste im Moment einfach nicht weiter. Außerdem hatte ich mich nicht nur auf seine Ermittlungen verlassen, sondern selbst alle Personen befragt, die mir hätten weiterhelfen können. Hatte Vera jemanden getroffen? Wenn ja, dann jedenfalls nicht hier im Hotel. Sie war am frühen Morgen zum Strand hinuntergegangen. Mit Regenschirm. Das war nicht ungewöhnlich. Sie liebte es, ohne Rücksicht auf das Wetter spazieren zu gehen oder am Meer entlangzulaufen, wenn sie etwas auf dem Makola-Markt besorgen wollte. War sie überrascht worden? Wenn ja, wo und von wem? Oder hatte sie jemanden aufgesucht, der ihr zum Verhängnis wurde?

Wenn es auch nur den Hauch eines konkreten Verdachts gegeben hätte, hätte ich alles versucht, um den Mörder vor Mensah in die Hände zu bekommen. Doch es sah nicht nach einem befreienden Kurzeinsatz als Söldner aus, sondern eher nach langwieriger Kopfarbeit. Im Augenblick musste ich Mensah recht geben, wenn er sagte: »Erst wenn wir das Motiv kennen, sind wir einen Schritt weiter.« Der unberechenbare William hatte in Ho eingesessen, als Vera zu Tode gekommen war. Und dass Faustinas Bruder den Mord in Sogakofe begangen hatte, wurde immer unwahrscheinlicher, auch wenn er immer noch als Hauptverdächtiger galt. Immerhin war Faustina frei.

Seit einer Woche lag Vera zusammen mit Grau im Leichenschauraum des Polizeihospitals. Wenn es nach dem Superintendent und dem Pathologen ging, sah es nicht nach einer baldigen Freigabe der beiden Toten aus. Das hatte Botschafter Ammer auch der Tochter des Grasscutters erklärt, die in Berlin auf die Überführung wartete. Er hatte mit ihr telefoniert, und sie hatte dabei den Wunsch geäußert, mit mir zu sprechen, um aus erster Hand mehr über die letzten Stunden ihres Vaters zu erfahren. Im Moment interessierten mich jedoch ausschließlich die letzten Stunden meiner Mutter.

Dass ich Veras Sohn war, hatte bei den Deutschen, die uns in Accra kannten, für große Überraschung gesorgt. Entsprechende Reaktionen von Seiten des Botschafters sowie von Dax und Gerda waren mir nicht verborgen geblieben. Das Geheimnis bewahrt zu haben hatte nicht dazu beigetragen, Klatsch und Tratsch vorzubeugen. Man sah ja, was dabei herauskam, wenn man solche Dinge absichtlich im Dunkeln ließ … und die Absicht hatte sicher auch etwas mit den Folgen zu tun.

Nur der treue Godson Boateng hatte über unser Familienverhältnis Bescheid gewusst. Aber der war noch in Togo, wie Nachfragen beim *NAFTI* ergeben hatten. Mit dem *National Film & Television Institute* verbanden Godson enge Arbeitskontakte. Angeblich war er spontan zu Verhandlungen nach Lomé und zur Motivsuche im Nachbarland aufgebrochen, um ein eigenes Filmprojekt zu realisieren. Deshalb hatte er wohl auch Veras Geburts- und Todestag verpasst.

Die Helligkeit über dem Ozean stach mir in die Augen.

Ich wandte mich ab und musterte das Zimmer. Alles war noch so, wie ich es vor einer Woche mit Mensah vorgefunden hatte. Das Bett mit dem Moskitonetz. Die Frisierkommode, die als Schreibtisch diente. Notebook, Reisedrucker, EDV-Zubehör, Bücher und Dokumente. Arbeitsgeräte und Unterlagen, die alle in Veras Alu-Aktenkoffer gehörten. Der Einbauschrank. Darin Kleidung, Schuhwerk und sonstige persönliche Sachen. Dinge, die in den Alu-Reisekoffer passten.

Vera war stets mit dem Nötigsten ausgekommen. »Mein kleines Kampfgepäck« hatte sie es in spöttischer Anspielung auf meine militärische Vergangenheit genannt.

Artikel 4 des Ehrenkodex.

Dein Platz in der Kaserne ist immer anstandslos sauber und aufgeräumt.

Zur Grundausstattung gehörten auch die beiden gerahmten Fotos, die auf dem Nachttisch standen. Auf der einen war Godson Boateng zu sehen, flankiert von Werner Herzog und Klaus Kinski. Eine Aufnahme, die während der Dreharbeiten zu *Cobra Verde* in Elmina Castle entstanden war. Der Regisseur und die beiden Schauspieler lächelten. Kinski wirkte dabei wie so oft manisch entrückt. Das andere Foto zeigte mich auf Korsika. Ich trug die Uniform der Fremdenlegion und machte eine ernste Miene.

Der einzige Gegenstand, der nicht zu Veras Grundausstattung gehörte, stand noch genauso vor dem Fußende des Bettes auf dem Boden wie vor einer Woche, als Mensah den Raum zum ersten Mal mit mir betreten hatte. Nur die dunklen Puderspuren, die eine erfolglose Suche nach Fingerabdrücken hinterlassen hatte, waren hinzugekommen. Ansonsten war King Kofis perfekter Nachbau des Kugelschreibers unversehrt. Wer immer sich die Mühe gemacht hatte, den sechsfachen Minisarg in Veras Zimmer zu platzieren, hatte es wegen des Zettels getan, den er im Innern des

kleinsten Sarges hinterlassen hatte. Auf der linierten Schulheft-
seite stand in Blockbuchstaben und fehlerhaftem Deutsch:

MANSCHES BLEIBT BESSER
FUER STEHTS BEGRABEN!!!

Die Warnung konnte nur mir gelten – auch wenn ich bislang keinen
Schimmer davon hatte, was ich nicht ausgraben sollte. Und natür-
lich hatte es nicht lange gedauert, bis Mensah die Ermittlungser-
gebnisse des Captains eingefordert hatte. Mit dem Erfolg, dass der
Mann, der den Sarg aus meinem Wagen geklaut hatte, nun in einer
Zelle saß und sich beharrlich über seine Auftraggeber ausschwieg.

Nichts als Sackgassen.

Den Minisarg und alles andere musste ich jetzt einpacken und
ins Andoh House bringen, denn Agyeman Mensah hatte mir inzwischen die Räumung des Zimmers gestattet. Da die Unterkunft
im Voraus bezahlt war, hatte die Sache keine Eile. Mensah und
seine Leute waren mehrmals hier gewesen, hatten alles unter die
Lupe genommen und Spuren gesichert. Auf Bitte des Superintendent hatte ich bei der Deutung deutscher Texte geholfen. Auch
dabei war nicht viel herausgekommen. Gleiches galt für die Über-
prüfung von Veras Mobiltelefon.

Etwas kam mir aber äußerst seltsam vor: Kein ausgedrucktes
Blatt Papier, kein kürzlich abgespeicherter Text deutete auf die
Arbeit an einem Drehbuch hin – auch nicht auf entsprechende
Vorarbeiten wie ein Exposé oder Treatment. Trotzdem hatte Vera
vorgegeben, an ihrer Serie zu arbeiten, und sich über »diese Fern-
sehfritzen« echauffiert. Seltsam, denn der einzige Text, an dem
sie bis wenige Stunden vor ihrem Tod gearbeitet hatte, war ein
Manuskript, das auf Seite 112 abbrach. Das Titelblatt war tief in
mein Gedächtnis eingraviert.

BILDER SAGEN MEHR ALS WORTE
(Arbeitstitel)
Versuch einer Biografie
über Friedrich Wilhelm Murnau
von
Alma Bureau

Unter diesem Pseudonym war Vera auch als Drehbuchautorin bekannt. Mensah hatte mir den Text schon beim ersten Besuch des Hotelzimmers ausgehändigt und mich gebeten, ihn auf eventuelle Hinweise zu dem Mordfall durchzusehen. Akribisch, wie sie nun einmal gewesen war, hatte die Autorin ihrem unvollendeten Werk bereits einen provisorischen Anhang beigefügt. Er bestand aus einer Quellenliste der von ihr konsultierten Bücher und aus einem Register, in dem sowohl Personen als auch Orte und Sachbegriffe in alphabetischer Reihenfolge aufgeführt waren. Die meisten der Bücher waren hier im Zimmer. Ich nahm einige zur Hand und sah sie mir noch mal an, als hoffte ich auf ein geheimes Zeichen, eine verborgene Botschaft.

Von einem Einband, der so rot war wie das Herz, das ich für Vera erstanden hatte, leuchtete mir in weißen Lettern entgegen: *Lotte H. Eisner – MURNAU – Der Klassiker des deutschen Films.*

Ein für Flugreisen eindeutig zu schwerer Band aus dem Bertz Verlag hieß *FRIEDRICH WILHELM MURNAU – Ein Melancholiker des Films.*

Der Titel eines etwas dünneren Bandes, den die Friedrich-Wilhelm-Murnau-Stiftung herausgegeben hatte, lautete *Friedrich Wilhelm Murnau – SÜDSEEBILDER – Texte, Fotos und der Film Tabu.*

Als ich die Bücher beiseite legte, musste ich an den Grasscutter denken. Ich sah ihn vor mir sitzen, bei Vollmond am Volta, ein Glas Gin Tonic vor sich.

Was das Register anging, so hatte ich es schon aus reiner Bequemlichkeit überflogen, bevor ich im Manuskript las. Dabei war ich an einem Namen hängengeblieben.

Grau, Albin

(s.u. *Nosferatu*, 50 ff)

54

Vom Juli bis zum Oktober 1921 dreht Murnau *Nosferatu* mit dem überragenden Max Schreck in der Titelrolle.

Diese »Symphonie des Grauens« gehört zu seinen bekanntesten Filmen. Die Anlehnung an den Roman *Dracula* von Bram Stoker zieht später Urheberrechtsprobleme nach sich, auch wenn es erhebliche Unterschiede zwischen Roman und Film gibt. Hauptschauplatz ist nicht mehr England, sondern ein fiktives »Wisborg« an der deutschen Ostseeküste. Noch gravierender ist: Bei Murnau gibt es keinen Vampirjäger namens Van Helsing. Stokers Graf Dracula wird nach Transsylvanien verfolgt und dort gepfählt. Murnaus Graf Orlok endet hingegen durch Ellens Entschluss, sich dem Vampir hinzugeben, sich also zu opfern, damit der Blutsauger den ersten Hahnenschrei überhört und dem Tageslicht anheimfällt. Das Motiv der erlösenden Liebe ist Murnaus Idee und das Herzstück des Films.

Zudem hat Murnaus Vampir nicht die kräftigen Eckzähne eines Werwolfs, sondern spitze Schneidezähnchen. Mit seinen Fledermausohren ähnelt er einer witternden Ratte. Seine Klauen erinnern an einen Greifvogel. Was Murnau mit *Nosferatu* anlegt, wird in späteren Remakes und anderen Vampirfilmen aufgegriffen werden.

Auch in Werner Herzogs Neuverfilmung *Nosferatu – Phantom der Nacht* orientiert sich Klaus Kinski bei seiner Darstellung des dämonischen Grafen eng an Murnaus Vorgabe. Und selbst Johnny Depp erinnert in Tim Burtons *Edward mit den Scherenhänden* an Max Schreck.

Die Idee zu *Nosferatu* hat Albin Grau, der Produzent der Prana Film, eingebracht. Die Story ist ihm eingefallen, als er eine Spinne beobachtet hat, die ihrem Opfer die Lebenssäfte aussaugt. Auch Grau hat im Ersten Weltkrieg an der Ostfront gedient. Wieder zurück in der Metropole, wird er in die esoterischen Kreise der Berliner Gesellschaft eingeführt und bringt es zum Großmeister der Loge der »Licht suchenden Brüder«. Nach seinem Studium an der Dresdner Kunstakademie hat Albin Grau seit Anfang der zwanziger Jahre zahlreiche Filmplakate gestaltet, auch für Murnaus *Der Gang in die Nacht*.

Bei *Nosferatu* ist Grau nicht nur Produzent, sondern auch für Bauten, Kostüme und Masken verantwortlich. Er ist sich mit Drehbuchautor und Regisseur darin einig, einen *okkulten* Film machen zu wollen. Um sein Credo »Im Kino ist Schatten wichtiger als Licht!« zu verwirklichen, zeichnet Grau für alle Szenen Bilder, die das Design des Films vorgeben. Spielarten der magischen Kryptografie, einer Geheimsprache, der sich seit jeher okkulte Vereinigungen bedienen, prägen die im Film in Szene gesetzten Schriftstücke, die Graf Orlok und der Makler Knock austauschen. Viele dieser Zeichen und Symbole gehen auf den 1541 gestorbenen Arzt und Alchemisten Paracelsus zurück. Die Texte in *Nosferatu* enthalten verschlüsselte Zeichen aus Schriften der Rosenkreuzer zum ägyptischen Todesritual.

Das Drehbuch zu *Nosferatu* hat man Henrik Galeen vom Orden der Rosenkreuzer anvertraut. Es bestehen Verbindungen zur englischen Loge *Golden Dawn*, der auch Robert Louis Stevenson und Bram Stoker angehört haben sollen. Vermutlich ist man deshalb in Berlin auch so naiv, sich bei der Adaption des Stoffes im

Vorspann offen auf den Roman *Dracula* zu beziehen, ohne zuvor die Meinung der Witwe Stoker einzuholen.

Albin Graus Vorliebe fürs Übersinnliche zeigt sich auch im Namen seiner Produktionsfirma. Das Wort *Prana* steht für die klassische indische Idee der Lebensenergie. Das kreisrunde Firmenlogo zeigt das Symbol für Yin & Yang, das weibliche und männliche Prinzip der chinesischen Philosophie. Man kann das Firmenzeichen auch einfach im alchemistischen Sinne als Symbol der sexuellen Vereinigung interpretieren, als Anspielung auf die von Legenden umwobenen Rituale sexueller Magie der Geheimlogen. Jedenfalls prägt die theosophische Bewegung den Film in jeder Hinsicht.

Mystische Lehren von Gott und der Welt, gewonnen durch visionäre Offenbarung, sind nach dem Ersten Weltkrieg in Deutschland in Mode. Dieser unselige, verlorene Krieg hat – einem Vampir gleich – Millionen von Opfern das Blut ausgesaugt. Im selben Jahr, in dem *Nosferatu* entsteht, stimmt der Reichstag widerwillig den enormen Reparationszahlungen zu, die der Vertrag von Versailles dem Verlierer aufgebürdet hat. Jeder ahnt, dass die Zahlungen kaum zu leisten sein werden, obwohl das gemeine Volk dafür schuftet und darbt. Der Stachel der Demütigung sitzt tief im Fleisch aller Bevölkerungsschichten.

Krise und Unsicherheit führen zur Suche nach neuen Heilsbringern. Und viele Intellektuelle, die sich fragen, wie das lebenswerte Heil denn aussehen könne, liebäugeln mit den Logen. Es gibt ein breites Angebot: Templer, Rosenkreuzer, Illuminaten, Gnostiker, Theosophen, Anthroposophen und viele andere. Freie Fantasie und starke Kultur sind gefragt. Gegen Materialismus und Realismus. Aber auch die Lösung der sozialen Probleme spielt bei einigen Anführern eine nicht unerhebliche Rolle.

Nosferatu spiegelt viel von diesem okkulten Gedankengebäude wider. Vor allem die mystischen und dunklen Seiten von Dingen, die es zu überwinden gilt. Ratten und Pest stehen für finstere Kräfte und das Grauen. Und auch der schwarze Todesvogel spielt in der Mythologie jener Bruderschaften eine Rolle.

Doch was treibt Murnau in die Nähe magischer Logen, die in der öffentlichen Meinung umstritten sind? Einerseits sind viele dieser Gesellschaften für ihre auch bei Nichtmitgliedern akzeptierten Ideale bekannt. Andererseits kommen gewisse Logen immer wieder als Satanistenvereine mit fraglichen sexualmagischen Praktiken ins Gerede. Hier positive Bestrebungen und Beiträge zur Entwicklung von Individuum und Gesellschaft. Dort Mittelalter, Blut und Sperma. Von Überschneidungen und Grauzonen, die wiederum dubiose Mitglieder anziehen, ganz zu schweigen.

Warum sich also in diesen Dunstkreis begeben?

Geht es Murnau lediglich darum, einen thematisch glaubwürdigen Film zu machen, oder doch ums Übersinnliche an sich? Im Tarot, einem Kartenspiel, das zu spekulativen Deutungen verwendet wird, heißt die Karte, die Murnaus Geburtstag, dem 28. Dezember, zugeordnet ist, *Der Magier*. Sie steht für Intellekt, Kommunikation, Information und Magie.

Die »Goldenen zwanziger Jahre« sind eine Zeit des Umbruchs. Das bringt neben Verunsicherung auch Perspektiven mit sich. Freud und Jung haben inzwischen die herausragende Bedeutung der Sexualität in bahnbrechender Weise thematisiert. Für einen Mann wie Murnau ist all das zweifellos hochspannend. Der Regisseur mag den ausgeprägten Hang seines Produzenten zum Okkultismus nicht in vergleichbarem Maße teilen und praktizieren, aber er hat durchaus Geschmack am Esoterischen. Der Film als Medium erlaubt ihm, dem Irrealen Leben einzuhauchen. Schon bei seinem früheren Film *Der Januskopf* hieß es im Untertitel »Eine Tragödie am Rande der Wirklichkeit«. Und auch sein letzter deutscher Film, *Faust*, weist verwandte Elemente auf – obwohl Albin Grau damit nichts mehr zu tun haben wird.

Es gibt noch andere Einflüsse.

Schon die Opern von Richard Wagner verbreiteten mystisch-magische Ideen. Nietzsche nicht zu vergessen. Aber egal, ob Murnau oder Grau: Die Anerkennung der Sexualität als dominanter Faktor in der Psychologie muss im Jahr 1921 jeden, der sich ein wenig mit östlichen tantrischen Lehren auskennt und wenigstens gedanklich einen Zugang zu den Mysterien westlicher Sexualmagie hat, geradezu beflügeln – vor allem, wenn er sich ein Projekt wie *Nosferatu* aufgeladen hat.

Alles in allem ist es ein Wunder, dass *Nosferatu* überhaupt erhalten bleibt, denn schon 1922 verklagt Bram Strokers Witwe die *Prana Film GmbH* wegen Verletzung des Urheberrechtes. Zwei Jahre darauf ordnet ein Berliner Gericht die Vernichtung des gesamten Filmmaterials an. Glücklicherweise befinden sich zu diesem Zeitpunkt bereits Kopien außer Landes.

Die Firma *Prana* jedoch bleibt bei dem Rechtsstreit auf der Strecke. Nach einigen Projekten mit einer neu gegründeten Produktion zieht sich Albin Grau aus dem Filmgeschäft zurück. Er widmet sich nun ganz dem Okkultismus. Auslöser dazu ist ein Dokumentarfilm, den er 1925 über den englischen Magier und Okkultisten Aleister Crowley gedreht hat.

Grau verfasst jetzt esoterische Artikel für den Pansophia Verlag und ist 1926 Mitbegründer der Berliner Loge »Fraternitas Saturni«. In der Zeitschrift *Saturn Gnosis* veröffentlicht er unter seinem Pseudonym und Logennamen *Fra. Pacitius* neben Texten auch anspruchsvolle Grafiken, die als »Tore für die Meditation« dienen sollen.

Wann und unter welchen Umständen Grau stirbt, ist unklar. Bekannt ist, dass er aufgrund seiner Logenmitgliedschaft von den

Nationalsozialisten verfolgt wird. Über das Danach scheiden sich die Geister. Eine Version lautet: Er wird in Berlin festgenommen und stirbt 1942 im Konzentrationslager Buchenwald. Einer anderen zufolge gelingt ihm 1938 mit seiner Tochter die Flucht in die Schweiz. Nach dem Krieg kehrt er nach Deutschland zurück, wo er am 27. März 1971 stirbt.

Albin Graus tatsächliches Schicksal bleibt vorerst im Dunkeln.

55

Noch ein Untoter.

Was hatte den Filmkaufmann Richard Blau dazu bewogen, sich den Namen des Künstlers, Filmproduzenten und bekennenden Okkultisten Albin Grau zuzulegen? War die Vorliebe für Murnau und dessen *Nosferatu* ausschlaggebend gewesen? Oder war der Grasscutter selbst Mitglied eines Geheimbundes gewesen? Und warum war er nicht in die Karpaten oder die Südsee gereist, sondern nach Ghana? Wegen des Zeremonienbehälters? Der alte Fetischpriester und die magische Bedeutung des Ortes Kete Krachi legten diesen Schluss nahe.

Für mich bestand die einzige Verbindung zwischen Murnau und Westafrika in einem Foto aus dem Jahr 1918, auf dem der Filmemacher mit einem Schweizer Missionar und dem ehemaligen Gouverneur von Deutsch-Togo zu sehen war. Wie ich es auch drehte und wendete, ich wusste einfach nicht genug über diesen Friedrich Wilhelm Murnau.

Zwar hatte ich Veras Manuskript schnell auf neue Hinweise überflogen, aber außer dem Querverweis auf Albin Grau hatte ich nichts entdecken können, das mir weiterhalf. Und die Passagen über Murnaus Aufenthalt in der Schweiz und seine Tabubrüche auf den Südseeinseln unterschieden sich nicht von dem, was mir

Richard Blau bereits am Ufer des Volta erzählt hatte. Was hatte Vera dazu bewogen, eine Biografie über diesen Mann zu schreiben, von der einige Passagen auch in meinen Text über Geisterglaube und Macht gepasst hätten?

Fragen gab es genug.

Der Schlüssel zu den Antworten musste irgendwo im Leben und Schaffen des legendären Stummfilmregisseurs liegen.

»Vera war geradezu besessen von Murnau«, stellte Godson Boateng fest.

Wir saßen auf der Veranda seines weißen Holzhauses in Prampram und tranken *Star* aus großen Flaschen. Es war halb fünf am Nachmittag, doch wir sahen bereits jetzt dem Sonnenuntergang entgegen. Das kleine Haus lag etwas außerhalb des Fischerortes. Anfangs war es nur ein Wochenenddomizil gewesen, in dem Godson und Vera einige Jahre lang viel Zeit verbrachten. Doch mittlerweile hatte Godson sich allein hierher zurückgezogen, um Accra zu entgehen und stattdessen die Ruhe mit Sandstrand, Kokospalmen, Fischernetzen und Holzbooten zu genießen. Prampram war eher etwas für Individualisten.

Godson war einer.

Er war »um die sechzig«, wie er zu sagen pflegte, denn genau war sein Alter aufgrund seiner ländlichen Abstammung nicht mehr rekonstruierbar. Sicher war, dass er zum stolzen Volk der Aschanti gehörte, obwohl er deren Hauptstadt Kumasi und ihrem Umland keine allzu große Liebe mehr entgegenbrachte. Zwar hatte er noch Kontakt zu seinem dortigen Klan, doch für einen Afrikaner hielt er sich seine Familie ganz gut vom Hals. Godson war kein Entwurzelter, aber das Filmgeschäft hatte ihn mit anderen Ländern in Afrika und Europa in Kontakt gebracht und seinen Horizont erweitert. Er war mittelgroß, hielt sich gerade und hatte kein Gramm Fett auf seinem immer noch muskulösen Körper. Nur die Falten im Gesicht und die grauen Stellen in seinem Vollbart verrieten sein Alter. Godson Boateng war ein Künstler, dem man auch den Bauarbeiter, Fischer oder Lastwagenfahrer abgenommen hätte.

»Aber was hat Murnau mit Ghana zu tun?« Ich trank einen Schluck. »Aus dem, was Vera aufgeschrieben hat, ergibt sich nichts ... oder ich erkenne es nicht.«

»Ich weiß es auch nicht.«

»Ich habe gedacht, Vera wäre hier gelandet, weil sie eine Reportage über die Dreharbeiten zu *Cobra Verde* im Sinn hatte.« Wenn es nach mir gegangen wäre, hätte sie ruhig beim Journalismus bleiben können, statt Drehbücher zu schreiben.

Godsons Blick verlor sich in den Palmwedeln, die über uns im Wind raschelten. »So war es ja auch. Sonst hätte ich sie niemals kennengelernt.« Er schaute mich an. »Und das ist die einzige, wenn auch weit hergeholte Verbindung zu Murnau, die mir einfällt.«

»*Cobra Verde* ...?«

»Werner Herzog hat immerhin mal ein Remake von *Nosferatu* gemacht. Irgendwann wollte Vera hier in Ghana etwas ganz Bestimmtes finden. Was es ist, weiß ich bis heute nicht.«

»Ich dachte immer, sie ist wegen dir zurückgekommen.«

»Anfangs war es auch so. Aber später gab es wohl noch andere Gründe.« Godson prostete mir zu. »Aber das hat mir nichts ausgemacht. Es war auch so schön mit ihr ...« Er verstummte und wischte sich über die Augen.

Die Trauer holte uns wieder ein. Wir schwiegen und tranken.

So bald Godson nach Prampram zurückgekehrt war, hatte er sich telefonisch beim Filminstitut in Accra gemeldet. Man hatte mir Bescheid gesagt, und ich war sofort aufgebrochen, um ihm die schlechte Nachricht zu überbringen. Unterwegs war ich einem Mammy Lorry begegnet, dessen Slogan zur Situation passte.

DEATH OF MOTHER IS THE END OF FAMILY.

Um nicht in Trübsinn zu versinken, fragte ich: »Was genau hast du eigentlich in Togo gemacht? Die Jungs im Institut haben was von einem neuen Filmprojekt erzählt.«

Godson lachte bitter und nahm einen großen Schluck aus der Flasche. »Projekte für neue Filme habe ich immer. Die Frage ist nur, wie ich sie auf die Beine bekomme.«

»Und dann gerade in Togo? Ist das im Moment nicht ein wenig riskant?«

»Dafür ist es billig. Man muss sich entscheiden. Entweder Beschwerden der rustikalen Art an einem Drehort, den man sich leisten kann, oder Beschwerden künstlerischer Art mit Geldgebern, die einem reinreden. Wenn man welche findet.« Er grinste mich an. »So wie Murnau seinen Albin Grau.«

Damit waren wir wieder beim Thema. »Was Herrn Murnau angeht, kennst du dich erstaunlich gut aus.«

»Na hör mal – das ist Filmgeschichte.« Er setzte die Flasche an und trank sie aus. Dann griff er in die Kühlbox, öffnete zwei *Star* und reichte mir eines. »Was den deutschen Stummfilm angeht, will ich nicht übertreiben. Ich hatte auch nicht viel Ahnung davon. Aber ich habe nun mal einige Jahre mit einer Frau verbracht, die Spezialistin in Sachen Murnau …«, er hielt inne und räusperte sich, »… war.«

Ich musste aufpassen. Wenn Godson einmal anfing, kam für gewöhnlich einiges Leergut zusammen. Aber womöglich war ein anständiges Besäufnis in Prampram die angemessene Form der Erinnerung. Vera hatte den Ort sehr geliebt.

»Auch wenn du das nicht gerne hörst«, fuhr Godson fort, »Veras Murnaumanie muss etwas mit deinem Vater zu tun gehabt haben.«

»Der und Murnau? Absurd! Der hat Pornofilme gemacht.«

»Wie dem auch sei … Vera hat ihn jedenfalls mir gegenüber mal als *ein degeneriertes und pervertiertes Stück Scheiße* bezeichnet. Und ich bin ziemlich sicher, dass sich das nicht auf seine herkömmliche Filmproduktion bezog. Davon wusste sie doch seit langem.«

Es war zwar nicht die Ausdrucksweise, die ich von Vera kannte, aber ansonsten teilte ich ihre Einschätzung. »Und was soll das mit ihr und Murnau zu tun haben?«

»Sie hat damals gesagt: *Ich werde so lange suchen, bis ich ihm auch noch Jahre nach seinem Tod das Handwerk endgültig gelegt habe.*«

»Du weißt natürlich nicht, was sie damit gemeint hat.«

»Sie hat gesagt, damit wolle sie mich nicht belasten. Es gäbe Dinge, die müsse jeder mit sich allein abmachen.«

Das passte zu Vera. »Hat sie dir gegenüber auch mal diesen Richard Blau oder Albin Grau, wie er sich nannte, erwähnt?«

»Nein. Der Mann ist mir nie untergekommen.« Er schnaubte. »Du hättest ihm spätestens in Sogakofe den Kopf abschneiden und seinen Mund mit Knoblauch ausstopfen sollen, um Schlimmeres zu vermeiden.«

»Vielleicht. Es gibt Leute, die behaupten, er hätte keinen Schatten geworfen und sei im Spiegel nicht zu sehen gewesen.«

»Siehst du. Ich bin mir sicher, dass er noch andere Decknamen hatte … *Ordog* … *Stegoica* … oder *Pokol*. Immer derselbe Vampir.«

»Sagt dir der Name Klemens Dürrengatter was?«

Er schüttelte den Kopf. »Wer ist das?«

»Ein Schweizer Missionar, der schon zur Kolonialzeit hier gelebt hat. Ein alter Pionier, der auch heutzutage noch ziemlich bekannt ist.«

»Ist er das? Wahrscheinlich unter euch Europäern. Ich kenne ihn jedenfalls nicht.«

Eine Frau aus dem Dorf kam gemächlich näher. Sie trug eine große Aluminium-Schüssel auf dem Kopf und lächelte uns schon von weitem entgegen.

»Unser Abendessen!« Godson sprang auf.

Er ging der Frau ein paar Schritte entgegen und verschwand mit ihr in der Küche. Es sollte Fisch geben, daher kümmerte ich mich um den Grill. Die Holzkohle war im Schuppen hinter dem Haus. Ich ging rüber und schob die Tür weit auf, um genug Licht zu haben. Ein schwacher Wind wehte mir den Geruch von Salz und Algen in die Nase, während die Sonnenstrahlen auf den Sarg fielen.

Er lagerte unverändert auf den beiden Böcken – wie ein Boot. Es war das Original, das King Kofi als Vorlage für die Miniversion gedient hatte. Aber in diesem Sarg befanden sich keine fünf weiteren. Er war für eine ganz normale Leiche gedacht.

Mir war klar, was ich zu tun hatte. Ich kannte Veras letzten Willen. Sie wollte in Berlin begraben werden. Ihre Eigentumswohnung lag in Friedenau. Auf dem Friedhof, auf den sie gehörte, lag auch Marlene Dietrich.

Ich schnappte mir den Sack mit der Holzkohle, schloss die Tür des Schuppens und ließ den Sarg vorerst im Dunkeln zurück.

56

Am 19. März 1931 nimmt die Traumfabrik Abschied von Friedrich Wilhelm Murnau.

Er ist eine der herausragenden Persönlichkeiten in Hollywood gewesen und doch nicht richtig heimisch geworden. Er galt als Schatten, den man nicht greifen konnte. Auch die Polynesier sahen ihn als einen Mann, der nie über sich selbst sprach – als wolle er ein Geheimnis wahren. Murnau ist im Laufe seiner Karriere immer weltläufiger und gleichzeitig einsamer geworden. In einem der späteren Nachrufe heißt es: »Auf der Welt hatte er zehn Bekannte und vielleicht drei Freunde.« Einer wie Murnau war immer auf sein Werk konzentriert. Privates war da fast nebensächlich. Murnau verfolgte seine Sache kompromisslos. Auch wenn er charmant sein konnte, war er doch elitär und in sich gekehrt.

So erscheinen auch nur ganze elf Personen zur Trauerfeier in der Lutheran Church von Hollywood. Darunter das Ehepaar Viertel, George O'Brien und Greta Garbo. Die Göttliche hat zwar nie in einem seiner Filme mitgespielt, aber sie weiß, was es bedeutet, Einzelgänger im Filmgeschäft zu sein. Noch lange nach dem Tod Murnaus wird die Garbo einen Abguss seiner Totenmaske bei sich zu Hause hüten.

Natürlich ist die Distanz, mit der Murnau der Branche stets begegnet ist, nicht der einzige Grund für das Fernbleiben so vieler Personen, mit denen er zusammengearbeitet hat.

Wie schon in der Weimarer Republik der zwanziger Jahre ist es auch in den Vereinigten Staaten der dreißiger Jahre nicht gerade hilfreich, wenn ausgerechnet der junge »exotische« Freund des berühmten Regisseurs den Tod seines Gönners verschuldet hat. Angesichts von allerlei Gerede hält man sich lieber fern und rettet sich in Heuchelei. Sich mit Genuss einen Film im Kino anzusehen, in dem wilde Insulaner in fernen Welten ein Tabu brechen, ist das eine. Aber in der eigenen Zivilisation an einem Tabu zu rühren, das ist dann doch etwas anderes. Man hat nicht den Mut, die Dinge so klar zu sehen und zu benennen, wie es Lotte H. Eisner später in ihrer Biografie ausdrücken wird: *Murnaus homosexuelle Anlagen sind ebenso bestimmend für die Subtilität seiner Kunst wie für sein frühzeitiges Ende gewesen.*

Am 31. März 1931 lässt die *Europa* New York hinter sich. An Bord befindet sich der Sarg mit dem Leichnam Murnaus. Zwei Wochen später, am 5. April 1931, treffen die sterblichen Überreste in Hamburg ein. Dies ist über die Fakten hinaus von Bedeutung, denn als Murnau die Reise zu seiner Mutter plante, ließ er sich die Hand lesen. Dabei wurde ihm vorausgesagt, er werde am 5. April mit dem Schiff in Deutschland ankommen und zu seiner Mutter gelangen – allerdings auf andere Weise, als er denke. Eine Weissagung, die sich nun auf geradezu makabre Weise erfüllt.

Murnaus Leichnam wird nach Berlin überführt und in der Grunewaldvilla an der Douglasstraße 22 aufgebahrt. Neben zahlreichen anderen Trauerbekundungen erscheint in der ersten Nummer des Jahrgangs 1931 der Zeitschrift *Der Eigene* eine Anzeige zu Murnaus Tod.

Am 13. April 1931 wird Friedrich Wilhelm Murnau auf dem Stahnsdorfer Waldfriedhof bestattet. Anders als in Hollywood haben sich in der Friedhofskapelle alle eingefunden, die in der deutschen Filmszene etwas gelten, darunter der Schauspieler Emil Jannings, der Produzent Erich Pommer und die Regisseure Fritz Lang und Georg Wilhelm Pabst. Sogar Robert Flaherty, Murnaus Produktionspartner bei *Tabu*, der zufällig in Berlin zu tun hat, ist anwesend, und Winfield Sheehan repräsentiert die Fox.

Ein Chor singt Beethovens *Die Himmel rühmen*, und der Geistliche schwingt sich zu einer nicht enden wollenden Grabrede auf, in der er hartnäckig versucht, die Frömmigkeit des Verstorbenen zu beschwören, bis sich Unruhe unter den Trauergästen breitmacht. Schließlich fasst sich Murnaus treuer Drehbuchautor Carl Meyer ein Herz, tritt an den Sarg, legt Rosen nieder und spricht einen Abschiedsgruß. Auch Fritz Lang, der sich selbst als »alten Gegner« Murnaus bezeichnet, findet würdige Worte für einen ehrlich gemeinten Nachruf.

Lang bezeichnet Murnau als einen Pionier, dem der Film die eigentliche Basis verdanke – sowohl in künstlerischer wie in technischer Beziehung. In Wahrheit handle es sich bei Murnaus Werken immer um in Bildform vorgetragene Balladen. Der rasche und steile Aufstieg Murnaus sei umso erstaunlicher, weil er sich nie um kommerziellen Erfolg, Breitenwirkung oder Rücksicht auf reale Mittel bemüht habe. Auf Popularität schielende Produktionen seien nicht sein Ding gewesen.

Lang beendet seine Rede mit einem Südseegruß.

Alo ha'Oe Murnau!

Dann wird der Sarg zur Gruft getragen.

57

»Weißt du schon, wann die Überführung stattfinden soll?«, fragte Godson und half mir, die Glut auf dem Grill zu entfachen.

»Nein. Zunächst muss ihr Leichnam freigegeben werden. Dazu ist der Pathologe offenbar noch nicht bereit. Irgendwas mit den Obduktionsergebnissen zieht sich hin.«

Trotz Meeresbrise und Holzkohlenfeuer machten sich Stechmücken bemerkbar. Godson erledigte eine mit einem Schlag auf seinen Unterarm und fragte: »Hast du schon eine Firma, die das für dich übernimmt?«

»Die Botschaft hat mir *Ridge Cremation and Funeral Services* empfohlen. Die kümmern sich um die Logistik und den ganzen Papierkram wie *Airway Bill* und *Export Permission*. Ein Bestattungsinstitut in Berlin ist auch schon vorgewarnt. Aber noch fehlen der Abschlussbericht des Pathologen und die Sterbeurkunde. Und den Termin kann ich erst festlegen, wenn der Mann grünes Licht gibt. An die Behördengänge und Erledigungen, die in Berlin auf mich warten, will ich gar nicht denken. Ihr Notar, ihre Agentin, die Bank, die Wohnung …«

»Ist ganz gut, wenn du eine Weile weg bist. Du bist hier nicht mehr sicher. Auch wenn wir nicht wissen, warum.«

Ich dachte an den Zettel im Minisarg. Zweifellos eine Drohung. Wie ernst sie zu nehmen war, konnte ich schwer abschätzen. Doch aus zwei Toten konnten schnell drei werden. Vor allem, wenn man nicht wusste, über welches Minenfeld man tanzte.

»Du solltest sicherheitshalber mehrere Flugreservierungen tätigen. Und zwar bei allen Linien, die in Frage kommen. Du weißt ja, wie schwer es sein kann, kurzfristig einen Platz in einer Maschine nach Europa zu bekommen.«

»Das ist kein Problem. Ich habe ganz gute Kontakte.« Im Notfall würde mich Dax irgendwie an Bord bringen. »Notfalls fliege ich auch Business oder First.«

»Ach ja …« Godson grinste anzüglich. »Du erbst ja jetzt alles.«

Damit lag er richtig. Vera hatte Ordnung in ihrem Leben gehalten, und ich wusste schon seit Jahren, was in ihrem Testament stand. Auch der Grasscutter hatte recht gehabt, als er in Sogakofe anmerkte, mein Vater sei nicht finanziell bankrott gewesen, sondern habe lediglich seinen Namen ruiniert. Ich konnte Bernhard Scholz nachsagen, was ich wollte, aber er hatte Vera nicht etwa Schulden hinterlassen, sondern genug Vermögen, um die Härten des Lebens etwas abzupuffern. Vera hatte davon nie mehr angerührt als nötig, und bei Bedarf hatte sie mich und auch Godson großzügig unterstützt.

Jetzt war ich der Letzte meines Stammes und damit ging auch das Privileg der Hilfeleistung auf mich über. Und Godson wäre kein waschechter Ghanaer gewesen, wenn er nicht gleich zur Sache gekommen wäre.

»Da kannst du mir doch meinen Film finanzieren.« Er lachte und fächelte Luft in die Glut.

»Das würde dir so passen.«

»Solltest du wider Erwarten doch noch mal in die Fußstapfen deines Vaters treten, dann denk bitte an mich.«

»Mach ich, Godson. Aber einer wie du sollte wissen, dass ein Produzent möglichst kein eigenes Geld einsetzt.«

Erneut lachte er und schlug mir auf die Schulter. »Ich hole den Fisch.«

Als Godson mit der Schüssel frisch ausgenommener und gewürzter Zackenbarsche zurückkam und die ersten auf den Grill warf, nahm ich die Brandung wahr. Das monotone Geräusch der auslaufenden Wellen, das vom Strand herüberklang, war eng mit dem Alltag in Prampram verwoben. Eine Selbstverständlichkeit, die man meist gar nicht mehr wahrnahm. Erst der Anblick der toten Fische brachte mir den nahen Ozean wieder voll ins Bewusstsein.

Das Rauschen schien anzuschwellen, und mir stand wieder ein Bild vor Augen, das sich tief in mein Gedächtnis eingeprägt hatte. Es war der geniale Ausklang des Films *Cobra Verde*, in dem sich Klaus Kinski in einem schier unmenschlichen Kraftakt bemüht, ein großes Holzboot ins Wasser zu ziehen. Immer wieder versucht er es, manisch getrieben, bis zur völligen Erschöpfung, als kanalisiere er einen seiner legendären Tobsuchtsanfälle in einen einzigen kreativen Akt. Und während Kinski sich abschuftet, hüpft ein verkrüppelter Afrikaner auf allen vieren, einem leichtfüßigen Insekt gleich, in den auslaufenden Wellen auf und ab und beobachtet den Sklavenhändler Cobra Verde bei seiner Sisyphusarbeit.

Um die ganze Erbärmlichkeit des Drecks zu ermessen, den mein Vater produziert hatte, genügte es, sich diese einzigartige Szene anzuschauen, die Werner Herzog an der Küste bei Elmina gelungen war. Ich hörte, wie Godson am Grill hantierte, roch den gebratenen Fisch, lauschte der Brandung und sah immer noch Kinski, der vergeblich das Unmögliche versuchte. Und je länger ich dieses Bild vor Augen hatte, desto mehr wurde das Boot zu einem Sarg, der sich der letzten Reise verweigerte.

»Alles in Ordnung?«

Godsons Stimme holte mich zurück. »Ja. Mir ist nur gerade euer Film durch den Kopf gegangen.«

»Das ist jetzt siebzehn Jahre her.« Er stocherte wie abwesend in der Glut herum.

Die Tonlage verriet das ganze Ausmaß an Nostalgie, mit der er der Erinnerung an jene Tage nachhing. Immerhin hatte er nicht nur eine beachtliche Rolle in dem Film gespielt, er war dabei auch Vera über den Weg gelaufen. Ich selbst war damals noch auf Korsika stationiert gewesen. Aber Vera und Godson hatten mir später oft genug von den Dreharbeiten erzählt. Dass Kinski erst einen halben Tag vor Drehbeginn in Ghana angekommen war und am Set nicht immer die beste Stimmung geherrscht hatte. Klaus Kinski gab in Ghana noch einmal den hemmungslosen Berserker, während Werner Herzog und sein Team sich in den gut sechs Wochen Drehzeit beharrlich gegen alle Widrigkeiten stemmten.

In Anbetracht schwieriger Produktionsbedingungen war das Ergebnis umso erstaunlicher. Ich hatte den Film nicht nur einmal gesehen. Er gefiel mir und sprach mich an – nicht nur, weil es sich um ein Sklavendrama handelte. Schon die Buchvorlage Der *Vizekönig von Ouidah* von Bruce Chatwin hatte es mir wegen der plastischen Darstellung des Vodun, der Urform des Voodoo, angetan. Chatwins Erzählung strotzt vor scharlachroten Requisiten in den Tempeln des Donnergottes, vor Fetischpriestern, die ihren Zauber aus Fledermauskrallen, zerquetschten Spinnen und blutbefleckten Federn zusammen mit Affenschädeln an heilige Baobas nageln. Dazu rasseln verrostete Sklavenketten, weiß getünchte Hexer schwingen den Rosenkranz und Wahrsager lesen aus Eidottern die Zukunft. Zudem unterliegt der König von Dahomey einem Tabu. Er darf das Meer nicht sehen.

Godson stieß mich in die Rippen, deutete mit dem Schürhaken zum Meer und sagte: »Von da kam er her.«

Der Sonnenuntergang spiegelte sich blutrot in den dunklen Fluten des Atlantiks. Auf der anderen Seite des Ozeans lag Brasilien. Vom südamerikanischen Banditen zum Vizekönig in Westafrika, das war die Geschichte des brutalen Sklavenhändlers Francisco da Silva, genannt Cobra Verde. Es war aber auch die Geschichte afrikanischer Despoten, deren unheilvolles Wirken auf Kosten ihrer Völker sich auf das Übelste mit dem organisierten Menschenhandel europäischer und arabischer Händler verband.

»Manchmal denke ich, der Fluch, der über der Karibik liegt, ist die Rache für den Sklavenhandel«, stellte Godson fest und prüfte, ob der Fisch schon gar war.

»Was meinst du damit?«

»Die Hurrikans, die dort drüben Jahr für Jahr alles verwüsten. Sie entstehen aus Tiefdruckgebieten vor unserer Küste. Sieht aus, als räche sich Afrika, indem es die Wirbelstürme rüberschickt.«

Auch eine Art von Juju.

Godson servierte die erste Runde Barsch. Wir aßen den Fisch mit Genuss und badeten ihn in Bier. Auch nachdem die Sonne versunken war, hatten wir im Freien noch genügend Licht und verzichteten darauf, den Generator anzuwerfen. *Cobra Verde* ging uns nicht mehr aus dem Sinn. Godson kam immer wieder auf das Thema zurück – und heute war es eine ganz besondere Art, sich an Vera zu erinnern und ihr auf diese Weise nahe zu sein.

Später stellte er ein paar Kerzen auf und holte die Box mit den Standfotos und Schnappschüssen. Im Schein der flackernden Flammen hockten wir bierselig beisammen, betrachteten die Bilder und gaben unsere Kommentare ab.

Vera mit ihrer Spiegelreflexkamera. Godson in den Fängen der Maskenbildnerin. Herzog mit stoppeligen Wangen, Schnurrbart und Strohhut. Kinski mit blonder Mähne, im weißen T-Shirt und mit einer Haarbürste in der Hand, umringt von jungen Mädchen.

»Was hatten wir damals für ein fantastisches Amazonenheer …« Godson seufzte und reichte mir einige Fotos.

Schwarze Frauen. Alle jung und halb nackt. Die meisten begehrenswert. Doch was mich noch stärker gefangen nahm als ihre schönen Brüste, war das fröhliche und völlig entwaffnende Lächeln, das auf allen Gesichtern lag. Natürlich hatte dies nichts mit der Wirklichkeit zu tun. Das echte Heer war ein Haufen wüster Weiber gewesen. Sehnig. Krummbeinig. Vernarbt. Schon die Hässlichkeit der Kriegerinnen hatte den Gegner in die Flucht geschlagen. Aber im Kino ging es nun einmal um Illusionen.

»Als *schmutziges Stück Männerfantasie* hat einer dieser verklemmten germanischen Großkritiker den Film bezeichnet«, knurrte Godson. »Als Afrikaner frage ich mich natürlich, ob er das auch beim Anblick weißer Titten und Ärsche geschrieben hätte … aber bei Negerinnen muss man natürlich politisch korrekt bleiben. Und Kinski haben sie gleich als *Blondzombie* abqualifiziert. Unter Weißen soll mir das egal sein, aber wenn so ein blutarmer Sesselfurzer uns Afrikaner beschützen will, werde ich allergisch.«

»Afrikaner*innen*, mein Freund. Er wollte die Ehre der Frauen retten. Aber ich weiß schon, was du meinst.«

Godson gab einen Schnalzlaut von sich. »Kritiker.« Er öffnete zwei Flaschen Bier und reichte mir eine.

Stumm widmeten wir uns weiteren Fotografien und sentimentalen Erinnerungen – bis ich ein Bild in die Finger bekam, das mich stutzen ließ. Möglicherweise hatte ich es schon einmal gesehen. Wenn ja, war mir die Frau auf dem Bild damals unbekannt.

Jetzt war das anders.

»Wer ist das?« Ich zeigte Godson das Foto.

Er hielt es näher ans Kerzenlicht. »Ich glaube, sie hieß Lucille. Eine Ewe. Soweit ich mich erinnere, kam sie aus Ho. War eine der

Betreuerinnen der Mädchen. Wäre auch ganz gerne als Amazone aufgetreten, aber sie ging damals schon auf die fünfzig zu.«

Kein Zweifel. Es handelte sich um die Matrone. Vor siebzehn Jahren hatte sie eine gewisse Ähnlichkeit mit Faustina gehabt.

»Warum fragst du?«

»Das ist die Alte, die ich in Ho mit Blau alias Grau aufgesucht habe.«

Godson sah sich das Foto noch mal an. »Vera ist damals gut mit dieser Ewe ausgekommen.«

»Sonst nichts …?«

»Sie hat die Frau nie mehr erwähnt. Und ich habe sie auch nie mehr mit ihr gesehen.«

»Das muss nichts heißen …«

Godson hatte bereits zu viel Bier getrunken, um sich weiter mit Lucille zu beschäftigen. Er war in der Stimmung, in der er gern über die Kunst philosophierte – vor allem über die des Filmemachens. »Weißt du, Victor, was ich mich schon immer gefragt habe?«

Ich schüttelte den Kopf.

»Wenn Herzog schon ein Remake eines Murnaufilms machen wollte, warum dann ausgerechnet *Nosferatu* und nicht so was wie *Tabu*? Schau dir doch seine Themen an: *Aguirre, der Zorn Gottes* in den Anden, *Fitzcarraldo* am Amazonas, *Cobra Verde* in Westafrika. Warum dann nicht die Südsee?«

»Vielleicht haben ihm Vampire weniger Angst gemacht als Kannibalen.«

58

Ich übernachtete in Veras Zimmer.

Gegen Mitternacht hatte Godson nur noch gelallt und war fast im Sitzen eingeschlafen.

Wir hatten Vernunft bewiesen und waren ins Bett gegangen. Doch trotz der Alkoholschwere konnte ich nicht einschlafen. Ich lauschte dem Rauschen der Brandung und dachte an das Foto der Matrone. Lucille hieß sie also. Ich musste noch mal nach Ho. Das stand fest.

Durch das Geräusch der Brandung hindurch meinte ich, das Schlagen einer Autotür zu hören. Ich spitzte die Ohren, doch kein weiterer Laut war zu vernehmen. Nur ein Hund bellte weit entfernt. Im Mondlicht konnte ich die Inneneinrichtung schemenhaft erkennen. Es gab nicht mehr viel, das an Vera erinnerte. Seit sie sich von Godson getrennt hatte, war der Raum immer mehr zum Gästezimmer geworden – auch für sie.

Wieder ein Geräusch. Diesmal näher. Ich stand auf, ging zum offenen Fenster und warf einen Blick durchs Fliegengitter. Außer den Palmwedeln, die sich im Wind wiegten, regte sich nichts. Ich schlüpfte in Jeans, Hemd und Slipper, nahm die Taurus, entsicherte sie und öffnete vorsichtig die Tür. Seit Veras Tod hatte ich die Waffe stets griffbereit.

Auf der Veranda blieb ich einen Augenblick stehen, um meine Augen an das Wechselspiel zwischen ruhigem Mondlicht und den wogenden Schatten der Palmkronen zu gewöhnen. Nebenan schnarchte Godson lautstark. Dann verschluckte er sich, hustete – aber Sekunden später schnarchte er weiter. Ich sicherte die Pistole, steckte sie in den Hosenbund und begab mich auf einen Rundgang ums Haus. Auf den Stufen, die von der Veranda führten, spürte ich den Alkohol in meinen Knochen. Ich geriet ins Stolpern, fing mich aber wieder.

Der Wind blies feinen Sand über den festen Lehmboden. Von einer der entfernten Hütten, die bereits zum Dorf gehörten, kam mir der Hund entgegengelaufen, den ich gehört hatte. Ich kannte das Tier. Es war eine stattliche Promenadenmischung, halb Dobermann, halb Ridgeback. Alle fünfzig Meter hielt er sichernd inne, dann trabte er weiter auf mich zu.

Dann ein scharfes Rascheln und unmittelbar darauf ein dumpfer Aufschlag.

Noch in der Drehung zog ich die Waffe, hatte dann aber nur einen vertrockneten Palmwedel im Visier, der zu Boden gefallen war. Ich entspannte mich, steckte die Pistole weg, und blickte dem Hund hinterher, der mit eingezogenem Schwanz das Weite suchte.

Auf dem Weg zum Schuppen checkte ich meinen Nissan Patrol und Godsons VW Käfer. Alles in Ordnung. Ich zog die Schuppentür einen Spaltbreit auf und warf einen Blick auf den aufgebockten Sarg. Nichts Verdächtiges zu sehen.

Erst als ich zur Veranda zurückging, fiel mir das fremde Fahrzeug auf, das ein Stück entfernt auf dem Zufahrtsweg parkte. Das Haus hatte es verdeckt. Ein kleiner Laster mit Plane über der Ladefläche. Soweit ich das im Mondlicht erkennen konnte, war er olivgrün und sah aus wie ein Mannschaftswagen der Armee. Was hatte er da zu suchen? Unser Haus war das einzige weit und breit.

Ein scharfes, metallisches Schnappen hinter meinem Rücken gab mir die Antwort. Das Geräusch war mir vertraut. Jemand hatte eine Pumpgun durchgeladen. Ich ließ meine Pistole stecken und drehte mich vorsichtig um.

Die Mündung der Schrotflinte war auf meinen Bauch gerichtet, und der junge Afrikaner, der die Waffe im Anschlag hatte, wirkte sehr entschlossen. Er trug keine Uniform, sondern Räuberzivil. Schwere Schnürstiefel ohne Socken. Safarishorts mit ausgebeulten Seitentaschen. Schwarzes T-Shirt. Das Schweißband am Handgelenk über dem Abzugfinger war gelb, das Stirnband um den rasierten Schädel giftgrün. Die verspiegelte Sonnenbrille gab mir etwas Hoffnung, was sein Zielvermögen anging. Doch zunächst winkte er mir nur kurz mit dem Lauf zu.

Ich hob die Hände, und während er mich in Schach hielt, bewegte sich hinter mir jemand. Er machte sich nicht einmal die Mühe, mich zu entwaffnen, bevor er mich mit einem Schlag auf den Hinterkopf ausknockte.

Abblende.

59

Auf der Reise von Kalifornien in die Südsee macht Murnau in Mexiko Zwischenstation.

An einem Sonntagmorgen im Mai 1929 erreicht er mit der *Bali* die Hafenstadt Mazatlán. Der Cummings-Dieselmotor der *Bali* hat bereits in den letzten vierundzwanzig Stunden gestottert und gerußt. Einer der Zylinder macht Probleme. Zudem gibt der kleine Generator für die Licht- und Eismaschine seinen Geist auf, nachdem er Salzwasser geschluckt hat. Ohne den Generator kann man die Batterien nicht laden und somit die Schiffsmaschine nicht starten. Alle Reparaturversuche schlagen fehl. Schließlich muss Ersatz eingebaut werden. Mögen dies nur unliebsame Verzögerungen sein, so führt das folgende Vorkommnis beinahe zum vorzeitigen Ende der Reise:

Eines Morgens, während der Steuermann zum Biertrinken an Land ist, während die Mannschaft schläft, bricht unter einem plötzlich einfallenden Windstoß die Ankerkette, bricht aber fast lautlos und ohne sehr merkbaren Stoß oder Ruck, anscheinend an einer schlecht geschweißten Stelle. Ich bin in meiner Kabine unter Deck, ich fühle wohl eine etwas heftigere Bewegung des Bootes, höre vielleicht auch die Kette gegen die Bordwand schlagen, messe dem aber keine Bedeutung bei, hunderterlei Geräusche sind immer um das Boot, besonders in der starken Dünung, die dieser Hafen auch bei ruhigem Wetter hat.

Eher zufällig kommt Murnau an Deck. Gerade rechtzeitig, um zu sehen, wie das Bugspriet der *Bali* um Haaresbreite eine kleine Pinasse verfehlt. Erschrocken stellt er fest, dass seine Jacht bereits weit in den Hafen getrieben ist und jeden Augenblick auf Grund zu laufen oder ein anderes Boot zu rammen droht. Da die Maschine der *Bali* nicht gestartet werden kann, ist die Jacht manövrierunfähig und ihrem Schicksal ausgeliefert. Zum Segelsetzen bleibt keine Zeit. Das Ruder reagiert nicht. Die *Bali* scheint verloren.

Zum Glück flaut der Wind etwas ab. Zwei Besatzungsmitgliedern gelingt es, einen anderen Schoner mit Bootshaken auf Distanz zu halten. Dann frischt der Wind wieder auf und treibt sie erbarmungslos weiter. In letzter Sekunde taucht die Hafenpinasse auf. Taue werden geworfen und festgemacht. Für bange Minuten scheint die Pinasse zu schwach zu sein, bis es schließlich gelingt, die *Bali* abzuschleppen. Eine zweite Pinasse kommt hinzu. Es ist überstanden.

Und noch etwas Seltsames tut sich beim Aufenthalt in der mexikanischen Hafenstadt, wie Murnau in einem Brief an Salka Viertel berichtet:

Hören Sie Salka, ich weiß nicht, ob Sie abergläubisch sind, aber ich werde etwas nachdenklich, wenn das Folgende passiert: Mazatlán hat etwa drei kleine Kinos, selten sitzt jemand darin, Kinos sind unpopulär bei der Masse und nicht gesellschaftsfähig bei den Wohlhabenden, armselig sind sie und vorsintflutlich. Wir bummeln abends durch die Stadt, es ist schon spät, kaum ein Mensch auf der Straße, nur im Café de Paris ist noch Betrieb, eine Jazzband spielt, ein paar kleine Huren stehen in der Tür, sie lachen, sie sind jung, amüsant und unbegreiflich billig – ein Kino, ein paar Häuser entfernt, hat noch Licht, ein, zwei billige Tom-Mix-Plakate, eine Vorankündigung eines Dolores-Del-Rio-Films, wir gehen hinein, man will doch gesehen haben, wie spanisch-mexikanisches Tem-

perament auf amerikanisch Wildwest reagiert. Es endet gerade eine Fox-Wochenschau; Schneeaufnahmen aus Alaska, ein Hundeschlittenrennen – eine ganz leise Sehnsucht nach Sonnenschein in Schneekühle wird in mir wach, es war wirklich sehr heiß gewesen am Tage – aber schon ist das Newsreel zu Ende, ein paar Leute gehen hinaus – etwa fünfzehn sind noch mit uns im Theater, ein neuer Film beginnt – ein Ufa-Film – es kommt der Titel: »Schwester Felicitas« oder »Beatrix« oder so etwas, Regie: F. W. Murnau. – Ich kann es nicht glauben, aber schon vorbei – der Film läuft. Um Gottes willen, was kann das sein? – nichts ist es – ein Schmarren, mir unbekannte Schauspieler in einer unbekannten Geschichte, ein Verkaufstrick wahrscheinlich der Ufa, zu dumm. Aber ist das Zusammentreffen nicht seltsam, in dem Theater laufen Filme nur einen Tag, an diesem einen Tag gehen wir zufällig für einen Augenblick hinein, und kaum darin, erscheint mein Name auf der Leinwand, ich weiß nicht, ob Sie sich das Geisterhafte, Gruselhafte meines Erschreckens vorstellen können.

Trotz aller Vorzeichen geht die Reise am 30. Mai 1929 weiter, dem Paradies entgegen. In der ersten Nacht nach dem Auslaufen passieren sie kurz hintereinander drei große Passagierdampfer, alle hell erleuchtet. Dann nichts mehr. Die *Bali* segelt auf einer Route, die nur selten befahren wird.

Für Tausende von Meilen haben Murnau und seine Leute den Ozean für sich allein.

60

Als ich wieder ganz bei Sinnen war, rutschte ich hilflos auf den Knien herum.

Sie hatten mir die Hände auf den Rücken gefesselt und die Augen verbunden. Die letzten Meter war ich aus eigener Kraft vorangetorkelt. Vorher mussten sie mich über den Boden geschleift oder getragen haben. Jetzt, nachdem sie mich auf die Knie gezwungen hatten, hörte ich auch ihre Stimmen, aber ich war noch zu benommen, um etwas zu verstehen.

Wo war ich? Ich hörte die Brandung, befand mich also im Freien. Und da sie mich nicht geknebelt hatten, musste es ein abgelegener Ort sein. Am Meer. Der Boden unter mir war nicht zementiert und auch nicht aus Stein. Eher Erde und Gras. Ein Sandstrand konnte es nicht sein. Dafür war die Brandung zu weit entfernt. Auch das Rascheln der Palmen fehlte.

»Nimm ihm die Binde ab!«

Dem Kommando nach zu schließen standen sie hinter mir. Jemand versuchte, den Stoffknoten an meinem Hinterkopf zu lösen. Er nahm keine Rücksicht auf die Verletzung. Der Schmerz im Schädel brachte mir meine Lage vollends zu Bewusstsein. Sie war ziemlich aussichtslos. Man hatte mich kalt erwischt.

Ohne die Augenbinde wurde mir klar, warum die Palmen nicht raschelten. Die windgebeugten Stämme ragten ohne Krone in den Nachthimmel. Im Mondschein wirkten sie wie silbrig glänzende Spargelstangen. Ich befand mich auf dem Militärschießplatz von Teshie, war nicht mehr als ein weiteres Opfer irgendeiner Säuberungsaktion. Rechts von mir war der Ozean. Ich konnte die Gischtkämme auf den dunklen Wellen sehen. Am Horizont war bereits ein heller Schimmer zu erkennen. Es musste kurz vor Morgengrauen sein. Links lag die Küstenstraße. Die Scheinwerfer eines Autos, das einsam und allein vorbeizog, leuchteten kurz im Dunkeln auf. Um diese Stunde war kaum ein Mensch unterwegs.

Vor mir, am Ende der Bahn, auf der ich kniete, ragte der Erdwall auf. Von der schwarzen Tafel leuchtete mir eine weiße Ziffer entgegen. Eine 4. Das machte mir Hoffnung. Ein Symbol, ein Strohhalm, an den ich mich klammern konnte.

Danger! Keep off when red flags are flying!

Weit und breit flatterte nichts Rotes im Seewind, um eine Gefahr anzukündigen. Doch was redete ich mir ein? Alles nur Hirngespinste. Wahrscheinlich war es das Fieber. Schließlich hatte auch Vera ohne Flaggen dran glauben müssen. Wie zur Bestätigung wurden hinter mir mehrere Waffen durchgeladen.

Jemand packte mich an den Haaren, riss meinen Kopf nach hinten und drückte mir eine Mündung auf die Stirn. Kein Wort. Nur der Stahl auf meiner Haut. So fühlte es sich also an, wenn es so weit war.

Letzte Gebete?

Ich hatte keine parat, und es war vermutlich auch zu spät. Nur ein einziger Gedanke ging mir durch den Kopf.

Warum …?

Sekunde um Sekunde verstrich.

Dann ließ der Druck an meiner Stirn nach. Die Waffe wurde weggezogen, und die Hand, die an meinen Haaren gezerrt hatte, stieß meinen Schädel so hart nach vorn, dass mir das Kinn auf die Brust schlug.

Vorsichtig hob ich den Kopf und atmete tief durch. Doch kaum hatte ich Luft geholt, wiederholte sich das Ganze. Der Nächste riss meinen Schädel nach hinten, setzte mir die Mündung an die Schläfe und strich damit über die Haut. Immer wieder. Von der Augenbraue bis zum Kiefer. Wieder keine Fragen, keine Forderungen. Nur die lautlose Drohung.

Der Dritte drückte mir das Kinn auf die Brust und tat so, als wollte er mir einen Genickschuss verpassen. Das Ganze wurde zum Ritual. Sie spielten Hinrichtung mit mir. Sie drohten, wollten aber nichts wissen, verlangten keine Auskunft. Womöglich wollten sie mich tatsächlich nur von irgendetwas abhalten.

Aber wovon …?

Als der Vierte an der Reihe war, hatte ich mich schon an den Tanz gewöhnt. Der Mann war recht fantasielos und bohrte einfach die Mündung in die Wunde an meinem Hinterkopf. Der Schmerz trieb mir Tränen in die Augen und Adrenalin in die Blutbahn. Wie viele waren es? Ein halbes Dutzend? Jeder Versuch, mich umzudrehen, war mit einem Schubser oder Schlag bestraft worden. Wenn ich vorsichtig zur Seite blickte, nahm ich nie mehr als zwei oder drei von ihnen wahr. Würde der mit der Pumpgun der Letzte sein, der sich meiner annahm?

Bevor der Fünfte in Aktion treten konnte, hallte ein Befehl über den Schießstand.

»Das reicht jetzt!«

Es war eine Stimme, die keinen Widerspruch duldete. Ich kannte das nur zu gut. Und auch die Stimme kam mir bekannt vor. Noch konnte ich sie nicht zuordnen, doch sie machte mir Hoffnung. Ein Gottesgeschenk. Alles passte. Die Morgendämmerung setzte ein, und es wurde einen Hauch heller.

NO TIME TO DIE!

Ein älterer Mann kam energischen Schrittes in mein Blickfeld. Er trug einen Trainingsanzug, Turnschuhe und eine Golfkappe. Es sah so aus, als wäre ein pflichtbewusster Bürger beim frühmorgendlichen Jogging Zeuge einer Ordnungswidrigkeit geworden und versuche einzuschreiten. Doch die vier Männer, die hinter ihm hermarschierten, trugen schwarze Kampfanzüge ohne Rangabzeichen, dazu passende Barette und waren mit Schnellfeuergewehren bewaffnet.

Der Trupp kam von der Landseite, wo ein Jeep und ein Pick-up am Straßenrand parkten. Meine Entführer leisteten keinerlei Gegenwehr. Der Jogger blieb stehen, steckte die Hände in die Taschen seiner Trainingshose, wippte auf den Fersen, musterte die Gestalten hinter mir streng und befahl: »Waffen auf den Boden.«

Dann senkte er den Blick, schaute mich väterlich an und sagte: »Aufstehen!«

Man konnte über Captain Kojo Kuma denken, was man wollte, aber als Sicherheitschef war er nicht zu unterschätzen. Wenn es darauf ankam, war er zur Stelle.

Ich rappelte mich auf und stand schwankend da. Einer der Retter zerschnitt meine Fesseln. Die anderen dirigierten die Kidnapper von den Waffen weg, die sie widerspruchslos abgelegt hatten. Zum ersten Mal konnte ich sämtliche Mitglieder der Bande sehen. Es waren sechs. Alle jung und in ähnlichem Outfit wie der mit der Pumpgun. Neben der Schrotflinte lagen sechs Pistolen diverser Fabrikate am Boden. Eine davon war meine Taurus.

»Auf die Knie geht man nur, wenn man beten will«, sagte der Captain.

»Genau danach war mir die ganze Zeit.«

Er musste lächeln. Dann befahl er den Festgenommenen, die Hände hinter dem Kopf zu verschränken.

Die Jungs machten nicht den Eindruck, als hätten sie Angst. Sie hatten sich auffällig schnell ergeben und schienen die Niederlage sportlich zu nehmen. Wie gelangweilte Gettokids schlenderten sie davon, als zwei der Retter sie mit vorgehaltenen Schnellfeuergewehren zu den Geländewagen trieben. Der Dritte hob die Waffen auf.

Ich forderte meine Brasilianerin zurück.

Der Captain nickte.

»Danke.« Ich steckte die Pistole in den Hosenbund, rieb mir die Handgelenke und blickte dem Mann mit der Waffensammlung hinterher, der den anderen zur Straße folgte.

»Gern geschehen«, sagte der Captain. »Meinen Sie im Ernst, die Armee würde sich hier einen toten Ausländer vor die Haustür legen lassen?«

Er machte eine Armbewegung, die den Schießplatz und den Militärkomplex auf der anderen Straßenseite einbezog.

»Kommen Sie …« Er ging in Richtung Straße. »Ich nehme Sie mit in die Stadt.«

Ich begleitete ihn und sah, wie seine Männer die Bande auf die Ladefläche des Wagens verfrachteten. Zwei Bewaffnete hockten sich als Aufpasser zu den Gefangenen, zwei stiegen ins Führerhaus. Der Fahrer wendete und wartete, bis wir am Straßenrand waren.

»Ich muss noch was mit dem Anführer klären«, sagte ich zum Captain und ging auf den Pick-up zu.

Er hielt mich am Ellenbogen fest. »Worum geht es?«

Dass ich die Täter selbst befragen wollte, schien meinem Retter nicht zu passen. »Ich will wissen, was sie mit meinem Gastgeber in Prampram gemacht haben.«

Der Captain nickte und lächelte, als wisse er die Antwort bereits. Trotzdem begab er sich zum Anführer der Bande und wechselte ein paar Worte mit ihm.

Für mich hörte es sich wie Getuschel unter Verschwörern an.

Der Captain kam zurück und nickte mir beruhigend zu. »Alles in Ordnung. Der Hausherr wurde nicht behelligt. Da Sie sowieso rausgekommen sind, mussten sie das Haus nicht überfallen. Alles ging ruhig über die Bühne. Ich nehme an, Ihr Freund schnarcht noch.« Er grinste. »Das haben die Jungs nämlich gehört.«

Die *Jungs!*

Langsam gewann ich den Eindruck, Captain Kojo Kuma habe nicht nur alles unter Kontrolle, sondern auch alles arrangiert. Wenn dem so war, musste ich mir wenigstens keine Sorgen um Godson machen. Mein Wagen war mir im Moment egal.

»Okay«, brummte ich.

Mit einem Winken gab der Captain dem Fahrer grünes Licht, und der Pick-up fuhr in Richtung Accra davon.

61

»Das sind nur Handlanger«, sagte der Captain, als wir in seinem Jeep stadteinwärts fuhren.

»Von wem?«

»Ich denke, die Libanesen stecken dahinter.«

Mein Gott. Die Libanesen. Wenn in Ghana ein Sündenbock gesucht wurde, war es mit Sicherheit ein Libanese. Emsige Beschaffer und Geschäftemacher, die für Geld immer was zustande brachten und sich trotzdem nicht beliebt machten.

»Warum nicht gleich die Nigerianer?«

Der Captain schüttelte den Kopf und schaltete einen Gang zurück, um sich für ein paar Schlaglöcher zu wappnen, die im Zwielicht zu erkennen waren. »Die gehen nicht so subtil vor.«

Subtil? Behutsam tastete ich meinen Hinterkopf ab. »Wenn Sie so genau Bescheid wissen, warum haben Sie dann nicht die Polizei verständigt?«

Der Captain schnaubte und manövrierte den Jeep durch die Schlaglochserie. »Diese Amateure sollen ruhig noch ein bisschen suchen.« Er gab Gas und schaltete wieder hoch. »Irgendwann werden sie auch noch drauf kommen.« Er warf mir einen Blick zu. »Oder Sie geben den Tipp an Ihre Freunde bei der Mordkommission weiter.«

Ich hatte keine Lust, mich zu seinen Lagertheorien zu äußern.

»Ich bin nur der Sache mit Ihrem Kindersarg nachgegangen. Das war meine Pflicht als Sicherheitschef des Hotels. Aber was sonst noch dahinterstecken mag, weiß ich nicht. Und ehrlich gesagt, interessiert es mich auch nicht.«

Da war ich mir nicht so sicher. Hatte der Captain nur edle Absichten? Er könnte die Nummer auf dem Schießplatz auch selbst inszeniert haben. Erst toben sich die bösen Jungs ein bisschen aus.

Dann sein Auftritt als Schutzengel. Je länger ich darüber nachdachte, desto besser gefiel mir der Gedanke. Sie hatten mir mit
ihren Kanonen gedroht, aber keine Klinge an den Hals gesetzt,
geschweige denn zugestochen.

Wir fuhren auf die Brücke zu, die über die Lagune von Kpeshie
führte. »Halten Sie bitte hinter der Brücke und lassen Sie mich
raus«, sagte ich.

Er zog eine Augenbraue hoch.

»Ich brauche ein bisschen frische Luft. Ich nehme mir am Labadi Beach Hotel ein Taxi.«

»Wie Sie wollen. Dann können Sie auch gleich Ihr Sportpro-
gramm absolvieren.«

Wenn dem Captain irgendetwas nicht passte, kam er immer
wieder darauf zurück. Trotzdem gab ich mich jovial.

»Wenn überhaupt, dann frühstücke ich.«

Wir überquerten die Brücke, und er ließ den Wagen am Rand-
streifen ausrollen. Ein Bus fuhr vorbei. Alles in allem herrschte
immer noch wenig Verkehr. Der Captain holte einen der unent-
behrlichen schwarzen Plastikbeutel aus dem Handschuhfach und
reichte ihn mir. »Stecken Sie die Pistole da rein. Dann fällt sie
nicht so auf.«

Der Mann dachte an alles. Ich folgte seinem Rat und fragte:
»Lassen Sie die Typen laufen?«

»Das wird sich zeigen.«

Ich nahm sein höfliches Lächeln zur Kenntnis.

»Vielleicht waren die Jungs mal in der Armee. Und ehemalige
Kameraden liefert man nicht so einfach der Polizei aus.«

Damit waren wir wieder bei seinem Lieblingsgegner.

»Ich rate Ihnen, für eine Weile nach Deutschland zu gehen.«

Alle Welt empfahl mir, Urlaub außer Landes zu machen.

»Muss Ihre Mutter nicht beerdigt werden?«

»Noch liegt sie im Leichenschauhaus.«

»Und warum dauert es Ihrer Meinung nach so lange?«

Ich antwortete mit einem Schulterzucken.

»Weil sie nicht durchblicken.«

Ich stellte mir Superintendent Mensah und Captain Kuma bei einem geselligen Bier vor. Es wäre nur eine Frage der Zeit, bis sie sich zur Klärung der nationalen Grundsatzfrage die Flaschen über den Schädel ziehen würden.

»Wie auch immer … danke noch mal.«

Ich stieg aus.

»Passen Sie auf sich auf«, sagte der Captain. Dann fügte er in einem Anflug priesterlicher Milde hinzu: »Vertrauen Sie auf Jesus Christus. Nur er hat Ihr Schicksal in der Hand. Nur er weist uns den Weg.«

JESUS SAVES!

Der Captain gab Gas und fuhr davon.

So bald es die Lagune und die Mangroven zuließen, schlug ich mich seitlich ins Gelände. Es waren nur wenige hundert Meter bis zu den Dünen. Ich genoss die frische Luft und lief über den feuchten Strand stadteinwärts. Am Horizont setzte sich die Morgenröte gegen eine graue Wolkenbank durch. Die Hotelanlage war weit genug entfernt. Die Brandung rauschte, und die Schreie der Seevögel gellten. Die Kronen der Palmen raschelten im Seewind. Hier und da lag Strandgut im Sand.

Vor mir ragte der Rumpf eines schweren Holzbootes in den Dünen auf. Wie ein gestrandetes Fossil. Einige Spanten waren gebrochen, die Bilge löchrig. Ich hätte mich nicht gewundert, wenn Cobra Verde plötzlich aufgetaucht wäre, um es ins Wasser zu schleppen. Stattdessen erwartete mich eine andere Überraschung. Eine Wassergöttin entstieg den Wellen und strebte dem Strand zu. Eine weißhäutige Amazone, rothaarig und nackt.

Emily beim morgendlichen Bad.

Zwei junge Ghanaer, die auf dem Weg zum Hotel waren, bedachten den Auftritt mit lauten Rufen. Einer bedeutete mir mit einer beidhändigen Geste, welche Prachttitten er da sah, bevor er sich abwandte und davonging.

Emily erkannte mich, winkte und lief auf mich zu. Nach all den Todesvisionen der letzten Stunden war ihr Anblick wie das pralle Leben.

Der Captain hatte doch recht.

Jesus schickte mir Maria Magdalena.

62

»Victor … Darling, was machst du denn hier?«, rief Emily mir entgegen.

Gute Frage.

Schwer atmend blieb sie vor mir stehen. »Und so früh am Tag.« Sie gab mir einen nassen Kuss auf den Mund und musterte mich mit ihren dunkelgrünen Augen. »Du siehst mitgenommen aus, mein Lieber. Was ist passiert?« Sie wischte sich das Wasser von den Brüsten, schüttelte es von den Händen und verschwand hinter dem Bootsrumpf. Wenig später kam sie mit einem Badetuch zurück und frottierte sich.

Ich sah ihr schweigend zu.

Sie wrang ihre Haare aus. »Mein Gott. Was ist mit dir los? Du siehst aus wie ein Geist!«

»So fühle ich mich auch.« Ich merkte, dass ich zitterte. Mir war kalt. Nur Emilys Anwesenheit wärmte mich. Oder war es ihr Anblick?

Die ganze Anspannung der letzten Stunden fiel von mir ab, der Restalkohol verdunstete, und der Kater setzte ein.

»Komm.«

Sie nahm meine Hand und führte mich hinter den Bootsrumpf, wo ihre Sachen lagen. Dort griff sie nach ihrem Sarong, machte sich jedoch nicht die Mühe, ihn umzubinden. Sie breitete ihn am Boden aus, setzte sich und zog mich zu sich. Ich legte den schwarzen Plastikbeutel unauffällig beiseite.

Sie nahm mich in den Arm. »Du musst mir nichts erklären.«

Emily war eine liebevolle Schwester, die Trost spendete. Sie bot mir Wärme, Nähe und Zuflucht. Alles, was ich im Augenblick dringend brauchte. Deshalb fühlte ich mich auch verpflichtet, ihr eine Begründung zu liefern, die halbwegs nachvollziehbar war.

»Jemand, der mir sehr nahestand, ist gestorben.«

»Das tut mir leid.«

Eine Weile blickten wir stumm aufs Meer hinaus.

Emilys Fürsorge hatte etwas Mütterliches. Doch ihr Körper war eine andere Sache. Ich konnte ihn nicht ausblenden. So saßen wir eng umschlungen da und sahen zu, wie die Sonne aufging. Ich fühlte mich sehr viel besser.

Nur meine Erektion war mir unangenehm. Meine mühsam gezügelte Begierde kam mir wie Undankbarkeit vor, wie ein Vertrauensbruch – bis Emily die Initiative ergriff und mir die Hose aufknöpfte.

Ich war sprachlos.

Sie lachte rau, massierte und küsste mich.

Man muss nur an Wunder glauben.

»Solange du mich nicht fickst, geht alles«, flüsterte sie mir ins Ohr.

Das war eine klare Ansage.

Zunächst kümmerte ich mich um Emilys Brüste, bis die Nippel hart waren. Dann konzentrierte ich mich auf die verbotene Zone, bis Maria Magdalena leise stöhnte. Bevor sie die Beherrschung verlor, schob sie meinen Kopf zur Seite und richtete sich auf. Sie beugte sich über mich, nahm meinen Schwanz in den Mund und revanchierte sich.

Kurz bevor ich kam, machte sie es sich mit dem Finger, bis sie stöhnend nach Luft schnappte, sich auf den Rücken warf und keuchte: »Spritz mich ruhig voll. Ich bin nicht aus Zucker.«

Als ich zögerte, packte sie meinen Schwanz, zog mich über sich und brachte mich zum Höhepunkt.

Kaum war ich wieder bei Atem, fragte sie: »Und? Geht's dir jetzt besser?«

Ich lachte leise. »Mein Gott, Emily, was ist nur in dich gefahren?«

»Nur ein Akt der Nächstenliebe. Aber lass trotzdem den lieben Gott aus dem Spiel. Sonst muss ich noch beichten gehen. Ich bin nämlich katholisch.«

»Vielleicht bist du bisexuell.«

»Ich glaube, das war nur eine Übergangsphase in meinem früheren Leben. Mach dir keine falschen Hoffnungen.« Sie sprang auf und rannte in die auslaufenden Wellen.

Ich folgte ihr, um mich ebenfalls im Wasser zu erfrischen. Und als wir kurz darauf wieder auf dem Sarong saßen, fühlte ich mich wie neu geboren.

»Hast du's schon mal mit einem Mann versucht, Darling?«

»Nein.«

»Nie …?« Emily schien tief enttäuscht zu sein. »Aber du hast doch nichts gegen Homosexuelle …?«

»Also so, wie das mit *dir* läuft, nicht.«

»Ich meine *Männer*.«

»Was soll ich gegen sie haben? Zurzeit beschäftigt mich sogar das Leben eines berühmten Mannes, der es vermutlich mehr mit Männern hatte.«

63

1907 ist das Jahr, in dem Friedrich Wilhelm Plumpe sein Abitur macht und von Kassel nach Berlin zieht, um Philologie und später auch Sprachen, Geschichte und deutsche Literaturgeschichte zu studieren.

Die Befreiung vom strengen Vater und das Leben in der Metropole lassen ihn endgültig nach künstlerischer Selbstverwirklichung streben. Er findet neue Freunde und Bekannte in der blühenden Kunstszene, schaut nach vorne, orientiert sich an Neuem und Anregendem.

In Hans Ehrenbaum-Degele findet er einen besonders engen Freund. Dieser ist der einzige Sohn des Bankiers Fritz Ehrenbaum und seiner Gattin Mary, Tochter des berühmten Opernsängers Degele. Friedrich Wilhelm und Hans verbindet vor allem das gemeinsame Interesse an der Literatur. Es ist vermutlich die engste Beziehung, die der Mann, der sich wenig später Murnau nennen wird, in seinem Leben eingeht, und sicher eine prägende für seinen weiteren Lebensweg. Er ist ein häufiger und gern gesehener Gast im großbürgerlichen und sehr liberalen Haus der Ehrenbaums in Grunewald. Vater Ehrenbaum ist weltmännisch offen und tolerant und fördert seinen Sohn und dessen Freund großzügig. Dem jungen Mann aus der Provinz öffnen sich die Türen zur Berliner Gesellschaft.

So gibt sich Friedrich Wilhelm auch keineswegs mit einer kargen Studentenbude zufrieden, sondern residiert in einem extravagant ausgestatteten Zimmer einer Etagenwohnung in der Krummen Straße in Charlottenburg. Ökonomisch ist er noch abhängig vom Senior, der angesichts allzu offensichtlicher Extravaganzen – Schulden bei der Vermieterin, unbeglichene Schneiderkosten und angezahlte Bilder moderner Maler – persönlich nach

Berlin reist und dem aufblühenden Dandy den Geldhahn abzu-
drehen droht. Als sich wenig später in Kassel auch noch herumspricht, der Sohn der Familie Plumpe stehe in Berlin auf der Bühne, platzt dem Vater endgültig der Kragen.

Brotlose Kunst statt Lehramt – das ist zu viel. Es wird keinen
Monatswechsel mehr geben. Dem so Abgestraften gelingt es jedoch,
mit Hilfe der Mutter den Großvater zu weiteren Überweisungen
zu bewegen. In der Folge lässt Friedrich Wilhelm alte Freundschaf-
ten und Kontakte zu seiner Verwandtschaft nach und nach einschlafen. Nur mit seiner Mutter Ottilie und ab und zu mit seinen
Brüdern korrespondiert er noch.

Im Jahr 1910 studiert er gemeinsam mit seinem Freund Hans
Kunstgeschichte und Literatur in Heidelberg. Und spätestens im
Dezember dieses Jahres legt Friedrich Wilhelm den Familiennamen Plumpe endgültig ab. Er passt nicht zu ihm, dem hochge-
wachsenen und feinsinnigen jungen Mann. Er ist kein Tölpel. Er
legt sich den Künstlernamen »Murnau« zu und schreibt ihn kurz
vor seinem zweiundzwanzigsten Geburtstag zum ersten Mal in
Bücher, die er als Weihnachtsgeschenk bekommen hat.

Dass er den Namen eines am bayerischen Alpenrand gelegenen
Ortes wählt, geht wohl auf einen Besuch im Sommer 1910 und dort
Erlebtes zurück. Der südlich von München gelegene Markt Murnau am Staffelsee erlebt gerade eine Blütezeit des Fremdenver-
kehrs. Man nennt dieses Murnau auch »Klein-Innsbruck«. Neben
den Sommerfrischlern, die zu Kur und Erholung kommen, haben
sich hier vermögende Bürger niedergelassen, die in Landhäusern
und luxuriösen Anwesen residieren. Der Ort genießt ein hohes Ansehen als Hort zeitgenössischer Kunstschaffender, darunter die Ex-
pressionistengruppe um den russischen Maler Wassily Kandinsky.

Am 28. August 1910 findet in Murnau eine Freilichtauffüh-
rung von *Ein Sommernachtstraum* am Naturtheater im »Gelobten

Land« statt – in einer Inszenierung von Max Reinhard. Friedrich Wilhelm hat im gerade abgeschlossenen Sommersemester in Heidelberg an einer Übung zu Shakespeare teilgenommen. Die spektakuläre Aufführung des renommierten Theaterregisseurs aus Berlin mag also der Anlass für den Abstecher an den Staffelsee sein, bei dem ihn Hans begleitet. Vermutlich ist in Murnau für die beiden Freunde aus ihrer geistigen auch eine körperliche Liebesbeziehung geworden.

In Heidelberg ist Friedrich Wilhelm Murnau neben seinen Studien am Studententheater aktiv. Bei einer Aufführung am 3. März 1911, die in Anwesenheit des Großherzogs von Baden stattfindet, ist Max Reinhardt erneut zugegen. Dabei wird er auf Murnaus darstellerisches Talent aufmerksam und schlägt ihm vor, sich kostenlos in seiner neu gegründeten Schauspielschule in Berlin ausbilden zu lassen. Bedingung: Das junge Talent muss sich für sechs Jahre an Reinhardts Haus binden. Ein Angebot, das Murnau nicht ablehnen kann.

Wer Großes will, muss seine Träume leben.

Nach dem Sommersemester 1911 bricht Murnau sein Universitätsstudium ab und wendet sich der Schauspielerei zu, während Hans weiterstudiert und 1912 seine ersten Gedichte in *Der Sturm – Wochenschrift für Kultur und die Künste* veröffentlicht. Ab 1912 gehört Murnau zum Ensemble des Deutschen Theaters. Bei Max Reinhardt wird er in diversen Inszenierungen eingesetzt. Doch schon während der Ausbildung zum Schauspieler wird er zu Regiearbeiten herangezogen. Er findet daran zunehmend größeren Geschmack, als auf der Bühne zu stehen. Zumal er aufgrund seiner Körpergröße von einem Meter neunzig als Darsteller nur begrenzt einsetzbar ist.

Ab Juni 1913 gibt Hans Ehrenbaum-Degele mit Gleichgesinnten die Zeitschrift *Das neue Pathos* heraus, die sich dem Expressionismus verschrieben hat. Über Hans hat Murnau inzwischen große Teile der Berliner Bohème kennengelernt, darunter auch die Dichterin Else Lasker-Schüler, mit der er sich nach und nach anfreundet. Zuvor hat diese allerdings ihrer Bewunderung für Hans freien Lauf gelassen, den sie *Tristan* nennt und für den sie leidenschaftliche Liebesgedichte veröffentlicht hat. Damit gerät sie zunächst mit Murnau in Konflikt. Doch nachdem sie das Liebespaar erkannt und ihre Empörung publizistisch ausgetobt hat, lässt sie es nicht zum Bruch mit den beiden Männern kommen. Noch später, in Kriegszeiten, wird sie Murnau liebevolle Briefe schreiben, die sie mit dem Pseudonym *Prinz Jussuf von Theben* unterzeichnet und in denen sie ihn mit *Ritter Ulrich von Hutten* anredet.

1914 zieht Hans Ehrenbaum-Degele wie so viele Künstler seiner Zeit als Freiwilliger in den Ersten Weltkrieg. Von der Front schickt er einen Band Gedichte und korrespondiert regelmäßig mit Murnau.

64

Über Mittag holte ich Schlaf nach, während Billy fleißig bügelte.

Er weckte mich, als Godson meinen Wagen vorbeibrachte. Ein Junge aus Prampram war ihm mit dem alten Käfer gefolgt, und er hatte es eilig, ins Filminstitut zu kommen. Das Wichtigste über meinen nächtlichen Ausflug hatte ich ihm bereits am Telefon berichtet.

Als sich wenig später auch Billy anschickte zu gehen, wurde mir klar, dass ich den Tag abschreiben konnte. Ich fühlte mich nicht gut. Die Hinrichtungsspiele waren nicht spurlos an mir vorübergegangen. Vielleicht hätte ich mich noch eine Weile von Emily pflegen lassen sollen, bevor ich mich wieder dem Alltag stellte. Zwar musste ich dringend Kontakt mit Agyeman Mensah aufnehmen, um ihm ein paar Fragen zu stellen, doch im Moment fühlte ich mich nicht in der Verfassung dazu. Nicht heute. Ehe ich völlig trübsinnig wurde, rettete mich mein getreuer Majordomus mit einem seiner wichtigen Beschaffungsaufträge.

»Wir brauchen ein paar Flaschen *Sparkling Floor*, Sir«, rief er mir aus der Küche zu.

Ich ging zu ihm und nahm Notizblock und Stift aus der Schublade der Anrichte.

»Ich will mir morgen den Fußboden vornehmen«, sagte Billy. »Und bringen Sie bitte nicht wieder dieses *Brilliant Marble* mit. Das Zeug taugt nichts.«

»Sonst noch was?«

Er nutzte die Gelegenheit und diktierte mir eine stattliche Liste. Vom Vollwaschmittel über Fensterreiniger bis zu neuen Putzlappen. Billy hatte gerne Reserven in seinem Besenschrank. »Und etwas gegen die Kakerlaken.« Er öffnete den Küchenschrank und zeigte mir die Kotkrümel zwischen dem Geschirr.

»Sind das nicht die Geckos?« Küchenschaben umzubringen war in Ordnung. Aber kleine Echsen wollte ich keinesfalls vernichten.

»Keine Sorge, Sir.« Billy nahm seine Brille ab, putzte sie mit dem Hemdzipfel und sah mich wie ein kurzsichtiger Volksschullehrer an. »Trockene Geckoscheiße sieht anders aus.«

Ich notierte *Kakerlakenkiller*.

»Wie geht's Ihrer Mutter, Sir?«, erkundigte sich Billy auf dem Weg zur Dienstbotentreppe.

Es klang durchaus mitfühlend und war seine Art, sich nach dem Stand der hierzulande äußerst wichtigen Beerdigungsvorbereitungen zu erkundigen.

»Sie liegt immer noch im Leichenschauhaus.«

»Das tut mir leid, Sir.«

Er stieg die Wendeltreppe hinunter. Ich blieb in der Küchentür stehen und blickte ihm hinterher. Nach ein paar Stufen hielt er inne und schaute noch mal zu mir hoch.

»Ich habe Ihnen gesagt, dass der Mann Unglück bringt.«

»Ich weiß, Billy ...«

Er nickte und ging hinunter.

Es roch nach feuchtem Heu. Der Himmel war bleigrau, und erste Regentropfen fielen. Bevor ich der Versuchung nachgab, mich wieder ins Bett zu legen, riss ich den Einkaufszettel vom Spiralblock und machte mich auf den Weg zum Koala Shopping Centre in Osu.

Das Einkaufszentrum lag an der Oxford Street. Nichts machte die sprichwörtliche Provinzialität Accras deutlicher als diese wichtige Einkaufsmeile. Überall brummte der Konsum. Aber der Autoverkehr bewegte sich kaum vom Fleck. Und auf den Gehsteigen brach man sich entweder den Knöchel oder stürzte in einen der offenen Abwasserkanäle.

Auf dem Parkplatz steigerte die Wetterlage das allgemeine Chaos in ungeahnte Ausmaße. Obwohl die wenigen Regentropfen nicht einmal den Einsatz der Scheibenwischer erforderten, irrten wohlhabende Kunden wie panische Hühner über den Hof. Dabei wurden sie von Dienstboten eskortiert, die ihre Regenschirme vor allem als Scheuklappen nutzten, um den Autoverkehr auszublenden. Wie durch ein Wunder gelang es mir, niemanden über den Haufen zu fahren.

An der Eingangstür studierte ich diverse Privatanzeigen zum Verkauf gebrauchter Fahrzeuge, Waschmaschinen, Kühlschränke, Tiefkühltruhen und sonstiger Haushaltsgegenstände, die gut dotierte Experten und Diplomaten zu Vorzugsbedingungen ins Land gebracht hatten und nun zu stolzen Preisen verhökerten, um der drohenden Verarmung im Heimatland vorzubeugen. Besonders geschmacklose Möbel, die afrikanische Handwerker getreu den Vorgaben neureicher Auftraggeber gefertigt hatten, waren ebenso im Angebot wie Wachhunde aller Rassen.

Der strenge Geruch aus den Abwasserkanälen und ein Platzregen trieben mich ins Gebäude. Das Erdgeschoss gehörte dem Lebensmittelsupermarkt. Ich steuerte die Treppe zum ersten Stock an. In der oberen Etage gab es allerlei Hausrat, vom Geschirr bis zum Fernsehgerät, aber auch einige luxuriöse Glasvitrinen mit teuren Uhren und kostbarem Schreibgerät. Mich zog es eher ins hauseigene Café. Dort bekam man passablen Kaffee und guten Schokoladenkuchen. Die Einkäufe mussten noch warten.

Ich gab meine Bestellung an der Theke in Auftrag. Dann suchte ich mir einen freien Tisch und widmete mich den neuesten Ausgaben von *Newsweek* und *Time*, die ich im Erdgeschoss aus dem Regal gefischt hatte. Wenn genug Lesenswertes drinstand, zahlte ich die Magazine beim Rausgehen an der Kasse. Wenn es sich nicht lohnte, legte ich sie wieder ins Regal.

Nach dem ersten Bissen Kuchen entdeckte ich Agyeman Mensah. Er musste dienstfrei haben, denn er trug weder Schlips noch Anzug, hatte einen Einkaufskorb in der Hand und ließ sich Zeit bei der Wahl zwischen diversen Messern. Ich konnte die Abteilung mit dem Küchenzubehör gut einsehen, und so war es nur eine Frage der Zeit, bis er mich ebenfalls entdeckte. Nach einer Schrecksekunde winkte er mir mit einem großen Fleischermesser zu und setzte sich damit in Bewegung, als wolle er es an mir ausprobieren.

Kurz bevor er mich begrüßte, legte Mensah das Messer in den Einkaufskorb. Ich bot ihm einen Platz an. Er setzte sich zu mir und stellte den Korb neben sich ab. Offenbar ergänzte der Superintendent die Grundausstattung der heimischen Kochstätte. Neben dem Messer lagen noch eine Fleischgabel, eine Suppenkelle und ein Kartoffelstampfer.

Er musste zu Hause ähnlich präzise Aufträge bekommen haben wie ich.

65

»Sie sind den Libanesen wohl überall auf der Spur.«

Es rutschte mir eine Spur bitterer raus als beabsichtigt, und Mensah kapierte sofort, dass es mir nicht nur um die Eigentümer dieses Einkaufszentrums ging. Doch bevor er sich äußern konnte, war die Bedienung zur Stelle. Er bestellte einen Eistee.

»Den Floh hat Ihnen wohl Captain Kuma ins Ohr gesetzt.«

Ich nickte.

»War ja auch nicht anders zu erwarten.«

»Und … ist da was dran?«

»Er hat uns seine Version bereits erzählt, als wir ihn wegen des kleinen Sargs befragten.«

»Und warum haben Sie es mir verheimlicht? Ich weiß bislang nur, dass der Mann, der das gute Stück angeblich gestohlen hat, einsitzt und nicht über seine Auftraggeber reden will.«

Mensah schnaufte. »Ich musste das überprüfen. Im Gegensatz zu gewissen Militärveteranen suchen wir erst mal nach Beweisen für eine Anklage.«

Das überzeugte mich nicht.

Er quittierte meinen Trotz mit einem Lächeln. »War das nicht ein kluger Europäer, der gesagt hat: *Bevor man in den Krieg zieht, sollte man wissen, welchen Frieden man will?*«

»Keine Ahnung. Die besten Weisheiten zur Kriegsführung stammen meines Wissens von Chinesen. Und im Westen ist seit Vietnam und Irak nicht mehr viel Kluges zu dem Thema in Umlauf gebracht worden.«

Der Eistee kam, und der Superintendent trank einen Schluck.

»Sie haben den Hinweis des Captains also überprüft?«, hakte ich nach.

»So ist es.«

»Und?«

Er beugte sich näher zu mir und senkte die Stimme. »Es gab vor ein paar Jahren eine Mordserie. Vergleichbares Muster. Zumindest, was die Todesart anging. Stichwunden im Hals. Im Volksmund hieß der unbekannte Täter *Der Dreieckzahn*. Die Leute dachten nämlich, es handle sich um den Biss eines Reißzahns. Natürlich von einem mythischen Wesen, das die Opfer im Auftrag höherer Mächte bestraft. Damals waren insgesamt sechs Tote zu verzeichnen. Zwei in Ghana, vier in Togo. Alle im Norden. Der Mörder hat mit einer speziellen Stichwaffe gearbeitet, der abgesägten Klinge eines Seitengewehrs, an die ein Griff geschweißt war. Eine Art Bajonett, das …«

»Ich kenne die Dinger.«

Er nickte. »Die Tatwaffe wurde später sichergestellt. Die hiesigen Kollegen waren sich mit denen in Togo einig, dass es sich in allen Fällen um gezielte Auftragsmorde handelte, die zur Verschleierung mythologisch verbrämt waren. Alle Opfer waren Kommunalpolitiker und Geschäftsleute.«

»Und wer waren die oder der Auftraggeber?«

»Angeblich Libanesen aus Benin. Darauf beruht natürlich die Vermutung des Captains. Sie hat nur einen Haken …« Mensah verstummte bedeutungsvoll.

Ich tat ihm nicht den Gefallen nachzufragen.

»Der Killer sitzt.«

»Und wo?«

»In Lomé.«

»Sind Sie sicher?«

»Absolut.«

»Wer sagt das? Interpol?«

Mensah lehnte sich zurück. »Hören Sie. Ihre Skepsis in allen Ehren, aber ab und zu funktioniert auch was in Afrika.«

»Und was lernen wir daraus?«

»Jemand hat ein Muster kopiert, um eine falsche Fährte zu legen. Und ich bezweifle, dass es ausgerechnet Libanesen waren, die noch mal mit dem Finger auf sich zeigen wollten.«

Nachvollziehbar.

»Darf ich fragen, wann Captain Kuma Ihnen seine Theorie nahegebracht hat?«

»Gestern Nacht. Auf dem Militärschießplatz von Teshie.«

Er zog die Stirn in Falten. »Was ist passiert?«

Ich erzählte es ihm.

Als ich fertig war, starrte Mensah sekundenlang in sein leeres Teeglas. Wenn er die richtigen Schlüsse aus meinem Bericht zog, musste ihm der drohende Konflikt zwischen Militär und Polizei klar sein.

»Das gefällt mir gar nicht«, sagte er schließlich.

»Wissen Sie, was ich denke?«

Er sah mich auffordernd an.

»Er hat die Bande selbst auf mich angesetzt und sie dann zurückgepfiffen.«

Mensah atmete tief durch. »Möglich … aber schwer zu beweisen.«

»Arbeiten Sie dran.«

Er grinste mich müde an. »Danke für den Auftrag. Ich fürchte allerdings, das mindert die Gefahr für Sie nicht sonderlich. Haben Sie schon mal daran gedacht, für eine Weile von hier zu verschwinden?«

Schon wieder Reisetipps.

»Wenn ich unseren Pathologen richtig verstehe, kann es sich

255

nur noch um einige Tage handeln, bis er zu einem abschließenden Urteil kommt. Das kann jetzt schnell gehen.«

Auf einmal.

»Sie haben gesagt, die Beerdigung Ihrer Mutter soll in Berlin stattfinden …«

Ich nickte.

»Haben Sie Verwandte, die Ihnen helfen?«

Ich schüttelte den Kopf.

»Sie sollten heiraten.« Er lächelte mich aufmunternd an. »Heiraten und Kinder kriegen!«

Machte er jetzt auf Familienberatung?

»Auf Dauer Junggeselle zu bleiben ist ungesund. Glauben Sie mir.«

Er war eben ein hundertzehnprozentiger Ghanaer. Ich kannte das Lied. Es wurde mir oft vorgesungen. Die Lieblingsstrophe lautete: Lieber mehrere Frauen, als unverheiratet bleiben. Einer hatte mir sogar mal anvertraut: Wenn du dich nur selbst genug liebst, kannst du mit *jeder* Frau zusammenleben.

»Eine richtige Familie hält alles zusammen«, legte Agyeman Mensah nach.

Meine war ziemlich im Eimer. Um nicht zu sagen: erledigt. In Ghana war man ohne Familie nicht viel wert. Ich deutete auf den Einkaufskorb. »Und wer kocht bei Ihnen?«

»Meine Frau.« Er lächelte versonnen. »Weder ich noch unsere Hilfe dürfen am Herd Hand anlegen. Elise ist eine wunderbare Köchin.«

Elise also. Ich war sicher, dass sie ebenso gut aussah wie ihr Agyeman.

Er zog einen Zettel aus der Brusttasche und hielt ihn hoch. »Sie schreibt mir immer alles auf.«

Ich konterte, indem ich meine Merkliste zückte.

Er lachte. »Von Ihrem Hausmädchen?«

»Von meinem Boy.« Ich hatte keine Lust, Mensah zu erklären, was ein Majordomus war.

»Boy …? Als alleinstehender Mann sollten Sie besser eine Frau anstellen. *So* macht das keinen guten Eindruck.«

Ich war ja nicht Murnau. Und dennoch … allmählich konnte ich mich in dessen Situation einfühlen. Zwar hatte ich weder die Absicht, mit Billy zu flirten, noch ihn ans Steuer meines Wagens zu lassen, aber die Bedingungen für homosexuelle Männer waren im Berlin oder Hollywood der Goldenen Zwanziger vermutlich keinen Deut besser gewesen als im heutigen Ghana. Lesben brachte man hier immerhin einen Hauch von Nachsicht entgegen. Aber für Männer, die es mit Männern trieben, gab es null Toleranz. Auch nicht von Mitbürgern wie Agyeman Mensah. Ich wusste genau, was der Superintendent meinte. Trotzdem gab ich mich naiv, um ihn aus der Reserve zu locken.

»Was wollen Sie damit sagen?«

Er suchte nach einer Formulierung, die mich nicht beleidigte. »Sie mögen doch Frauen …?«

»Sehr sogar.«

Er schnaubte erleichtert. »Das ist gut.«

Um die diplomatischen Beziehungen zwischen uns nicht weiter zu belasten, hielt ich einfach den Mund.

Wir sahen einer Libanesenfamilie zu, die sich vor einer Glasvitrine versammelt hatte und einer der Töchter eine Uhr kaufte. Das Mädchen legte verschiedene Modelle an, und alle Mitglieder der Sippe mussten das Ergebnis begutachten. Wenn mein Vorurteil stimmte, ging es dabei ausschließlich ums Aussehen. Ob der Wecker die richtige Zeit anzeigte, war eher nebensächlich. In den reichen Industriestaaten war der Glaube an Gott zunehmend durch den Glauben an den Kredit ersetzt worden. Die Auswirkungen waren hier vor unseren Augen zu betrachten und würden Agyeman Mensah noch stärker beschäftigen, als ihm lieb sein konnte – sowohl in Sachen Verbrechensbekämpfung als auch bei der Bewahrung seines christlichen Glaubens.

Ich war davon überzeugt, dass er wie die meisten Ghanaer einfach halbe-halbe machte, dass er tief in seinem Inneren davon überzeugt war, man benötige im harten afrikanischen Alltag *alle* Götter, die man auf seine Seite ziehen konnte. Deshalb gab es auch keinen Grund, den dreifachen Gott der Weißen abzulehnen. Und wenn es fortschrittlich war, an ihn zu glauben, konnte es auch nichts schaden, ihn ein bisschen stärker ins Rampenlicht zu rücken und für ihn einzutreten. Deswegen musste man ja die Götter der Ahnen nicht aufgeben.

66

In einem seiner Briefe schreibt Murnau:

Sogar in Papeete auf Tahiti, dem großen und gottlosen Paris der Südsee, der Stadt, in der Autos und Omnibusse das Ufer entlangrasen, deren Straßen die ganze Nacht hindurch elektrisch beleuchtet sind, wo es Kinos gibt, wo es Tanzlokale gibt, wo Kabaretts und chinesische Restaurants ihr Licht und ihre Grammophonmusik in die Straßen werfen, wo die Eingeborenen am meisten danach streben, dem Weißen Mann auf der Kinoleinwand zu ähneln – sogar dort fürchten alle sich vor der Dunkelheit – wie kleine Kinder –, sehen sie in jedem Winkel, wohin kein Licht fällt, Geister. Auf dem Land, einige Meilen von der Stadt entfernt, wo es kein künstliches Licht gibt, sind Furcht und Aberglaube noch hundert Mal ärger. Meint einer in der Dunkelheit etwas sich bewegen zu sehen und hat keine Niau-Fackel, dient ihm der trockene Zweig eines Kokosnussbaums dazu, den Weg zu beleuchten und die Geister zu ver-

treiben. Die Inseln stecken voller Geschichten von den Taten der Geister: wie sie die Leute warnten, wie sie den Leuten halfen oder sie verletzten oder töteten. Es sind nicht Geschichten der Väter oder Vorväter, gewöhnlich gibt es für jede Geschichte einen Zeugen – einen, der sie selbst gesehen oder gefühlt hat.

Aberglaube hin oder her. Die bösen Vorzeichen häufen sich. Unheil folgt auf Unheil. Nicht nur beim Bau seines Anwesens, auch was Drehorte angeht, nimmt der *popaa*, der Weiße, wenig Rücksicht auf den Nimbus religiöser Stätten.

Als Murnau auf einem ebenfalls mit einem uralten Fluch belegten Korallenriff von Bora Bora eine Kamera aufstellen lässt, endet das Unterfangen im Desaster. Wie aus dem Nichts baut sich eine riesige Welle auf. Zwei der Kanus werden gegen die Klippen geworfen und schlagen leck. Zwei Kameras und viele Meter des bereits gedrehten Films versinken in den Fluten. Dann erkranken die ersten Komparsen. Wenig später verletzen sich die beiden Hauptdarsteller Reri und Matahi an Korallen. Und schließlich ertrinkt der chinesische Koch, der das Filmteam bei den Dreharbeiten verpflegt, unter mysteriösen Umständen.

Alles geht schief. Weiteres Filmmaterial geht verloren. Verbindungsschiffe verspäten sich. Und dann wird Reri auch noch schwanger.

67

Noch eine halbe Stunde bis Ho.

Dax wachte mit einem Stöhnen auf, streckte sich und sagte: »Halt mal kurz an, Alter. Ich muss pinkeln.«

Ich hatte ihn gebeten, mich zu begleiten. So wie die Dinge lagen, konnte jemand, der mir im Notfall den Rücken deckte, nicht schaden. Ich hatte keine Lust, noch mal gefesselt auf den Knien zu enden. Dax hatte dienstfrei. Da ich ihn kurz nach der Nacht-schicht aufgegabelt hatte, war er wortlos auf den Rücksitz gekro-chen, um dort etwas Schlaf nachzuholen.

Kaum war der Wagen am Straßenrand zum Stehen gekom-men, schlug Dax sich halbwegs dezent in die Büsche und erleich-terte sich, während ein Lastwagen mit Yamswurzeln vorbeidon-nerte. Der Laster war völlig überladen, viel zu schnell und driftete gefährlich schwankend auf die rechte Fahrspur zurück, nachdem er mich passiert hatte. Eine der braunen Knollen fiel von der La-defläche und flog wie ein Geschoss in die Landschaft. Die Dinger wurden bis zu zwanzig Kilo schwer, und ich konnte froh sein, dass sie mir nicht die Karosserie verbeult hatte.

»Ich habe mich übrigens kundig gemacht, was die Einreise von Richard Blau betrifft«, sagte Dax, als er sich auf den Beifahrersitz sinken ließ.

»Und?« Ich ließ einen Pick-up vorbeiziehen, der fast völlig un-ter seiner Ladung verschwand, und fuhr wieder los.

»Wie schon gesagt, kam er aus Lagos.«

»Was ist daran so besonders?« Es handelte sich um eine durch-aus übliche Zwischenlandung auf dem Weg von Europa nach Gha-na.

»Er ist mit Lufthansa geflogen, aber erst in Lagos zugestiegen.«

»Das ist nicht verboten.«

»Wer weiß, was er dort gemacht hat …«

Wenn ich die Tonlage richtig deutete, fuhr Dax mal wieder in Gedanken mit seiner gepanzerten Limousine durch die nigeriani-sche Metropole, um unter Lebensgefahr seine Pflicht zu erfüllen.

»Ist das denn legal«, sagte ich, »dem Mann so einfach nachzu-schnüffeln?«

Dax begegnete meinem Lächeln mit einem Grinsen. »Jeman-dem, der sich ohne ersichtlichen Grund eines anderen Namens bedient, muss man schon auf die Finger sehen. Immerhin hat er sich drei Tage in Lagos aufgehalten, bevor er nach Accra weiterflog.«

»Du hast ihn aber nicht zufällig schon damals von deinen Leuten in Nigeria beschatten lassen?«, hakte ich betont beiläufig nach. Auf seine weltweiten Kontakte – zumindest an den Airports, an denen er mal gedient hatte – bildete sich Dax einiges ein.

»Ich kenne meine Grenzen. Außerdem bin ich kein Hellseher. Wie sollte ich ahnen, was dem Typ passiert?« Er bot mir einen Kaugummi an.

Ich lehnte mit einem Kopfschütteln ab.

»Hab mich auch mal über Hartmann Lauterbacher informiert. Du weißt schon, dieser Gauleiter, den der Botschafter erwähnte.«

»Du bist ja richtig fleißig gewesen.«

»Wenn mich der Wissensdurst packt.«

»Ich höre.«

»Interessante Karriere. Und immer geradeaus, der Typ, um nicht zu sagen: große Schnauze. Hat schon früh rausposaunt, er stamme aus einer *antisemitischen* Familie. Das mit dem stellvertretenden Reichsjugendführer und Gauleiter wissen wir ja schon. Aber auch nach dem Zweiten Weltkrieg hat er Kurs gehalten. Nicht nur bei seinem kurzen Gastspiel in Ghana. Bei Kriegsende, im April fünfundvierzig, hat er sich erst mal in den Harz abgesetzt. Hatte jede Menge beschlagnahmten Alkohol und Zigaretten dabei. Dann taucht er in der *Alpenfestung* auf und trifft dort Gehlen, den Großmufti von Jerusalem, und andere Leute, deren Netzwerke ihm später noch nützlich sein werden. Zwischendurch muss er sich noch den letzten Segen vom Führer geholt haben. Wahrscheinlich wollte er aber nur nachsehen, ob in Berlin noch was geht. Da dort aber das Ende der Fahnenstange erreicht ist, kriegen ihn die Alliierten. Denen hat er nichts Aufregendes zu bieten. Keine Raketen wie ein Wernher von Braun oder etwa die Geheimdienstkenntnisse eines Gehlen. Wundersamerweise wird Lauterbacher in keinem Nachkriegsprozess verurteilt. Zwei Militärgerichte sprechen ihn sogar frei. Aber als die Staatsanwaltschaft Hannover wegen seiner Rolle als Gauleiter und Judenverfolger aktiv wird, setzt er sich mit Hilfe von SS-Seilschaften aus dem Internierungslager erst nach Süddeutschland und dann über die berühmt-berüchtigte Rattenlinie nach Italien ab. Dort geht es ihm im Schutz der katholischen Anima-Stiftung recht gut. Dann eine überraschende Entscheidung ...«

Da Dax offensichtlich die Spannung steigern wollte, fragte ich brav: »Inwiefern?«

»Er macht nicht das Naheliegende und geht nach Südamerika.«

»Sondern?«

»Er will nicht so weit von seiner Familie weg und lässt es sich deshalb in Italien, Spanien und Portugal gut gehen. Hat überall beste Kontakte. Er arbeitet für eine Firma, die sein Bruder in München gegründet hat und die er nach dessen Tod Mitte der fünfziger Jahre selbst übernimmt. Eine Exportagentur namens *Labora*. Gehandelt wird mit allem, hauptsächlich wohl mit Waffen und Kriegsgerät. Der *Spiegel* hat das mal berichtet. Lauterbacher saß wie die Made im Speck. Beste Verbindungen zu alten Freunden in Italien, Spanien, Syrien und Tunesien. Die alten Kämpfer bei den deutschen Behörden nicht zu vergessen.«

»Und was sagt uns das über seine Aktivitäten in Ghana?«

Dax lachte. »Wenn hier tatsächlich was im Gange war, tippe ich auf ein paar Kisten mit waffentechnischen Nachkriegsprodukten der BRD.«

»Die hat doch nicht mal genug Segelflugzeuge geliefert.«

Dax fühlte sich nicht genügend gewürdigt. Er schwieg beleidigt, bis wir Ho erreichten. Ich umfuhr den Stadtkern, so gut es ging, und steuerte das Neubaugebiet an, in dem die Matrone residierte. Die skurrilen Bauten, die im Brachland standen, brachten Dax zum Staunen.

»Sieht aus, als hätte jemand Disneyland im Busch errichten wollen und dabei pleite gemacht.«

Damit beschrieb er den Anblick ziemlich treffend. Wir fuhren langsam vorbei an frei weidenden Ziegen und verwilderten Feldern, bis ich das zweistöckige Chalet mit den Türmchen und Erkern erreichte. Die Mauer und das Tor waren immer noch nicht fertig. Der Rasen hatte sich allerdings nach den letzten Regenfällen etwas erholt und sah nicht mehr ganz so abgestorben aus.

Wir stiegen aus, und ich klingelte.

Als auch nach dem dritten Läuten keine Reaktion erfolgte, gingen wir ums Haus und sahen uns um. Auf der Rückseite des Gebäudes ragte eine Veranda in den unbefestigten Hof. Die Flügeltür, die ins Haus führte, stand offen, und die Matrone saß in einer Hollywoodschaukel im Freien.

Lucille.

Der Sonnenschirm, der aus dem Campingtisch aufragte, spendete ihr zusätzlichen Schatten. Die drei Plastiksessel waren leer. Auf dem Tisch stand eine Karaffe mit Saft und einem einzelnen Glas. Die Dame des Hauses schien allein zu sein.

Als wir uns näherten, bemerkte ich, dass sie eingenickt war. Ihr Kopf hing leicht zur Seite, und sie röchelte beim Atmen. Schweiß stand ihr auf der Stirn. Ihr stattlicher Leib füllte fast die gesamte Sitzbank aus. Er wirkte noch massiger, als ich ihn in Erinnerung hatte. Diesmal verhüllte ihn kein weites Gewand. Er war in einen zu engen Trainingsanzug gezwängt, der ihn wie eine Wurstpelle umspannte. Mit einer Hand umklammerte sie ein Frotteehandtuch. Die nackten Füße waren erstaunlich zierlich und steckten in bequemen Badelatschen. Die Zehennägel waren rosa lackiert. Auch das Freizeitoutfit wurde mit einer Menge Schmuck und der Sonnenbrille mit strassbesetzten Schmetterlingsflügeln abgerundet. Statt des Turbans trug sie allerdings eine weinrote Baseballkappe, unter der etwas hervorlugte, das wie eine Kurzhaarperücke mit lila Strähnchen aussah.

Dax flüsterte: »Wohin setzt sich ein hundert Pfund schwerer Gorilla?«

»Wohin er will.«

»Da kann man ja Angst kriegen. Was machen wir, wenn sie aufwacht?«

Ich registrierte die Musik, die gedämpft zu uns herüberklang. Es hörte sich nach Hip-Hop an und kam aus einem Flachbau neben der Garage. Mit einer Kopfbewegung forderte ich Dax auf, mir zu folgen. Wir ließen die Schlafende ungestört zurück und sahen nach, wer noch zu Hause war. Ein Blick durchs Fenster genügte mir. William lag mit dem Rücken auf einer Trainingsbank und drückte Gewichte. Neben ihm stand der Ghettoblaster, aus dem die Musik dröhnte. In dem Raum befanden sich noch vier weitere Kraftmaschinen, die alle nagelneu aussahen. Großmutter hatte ihrem Enkel offenbar ein Fitnessstudio spendiert. Ohne anzuklopfen gingen wir hinein, um ein bisschen mitzutrainieren.

Der ganze angestaute Frust über Veras Tod und meine Unfähigkeit, der Sache auf den Grund zu kommen, wollte sich entladen. Ich hatte vor, William auseinanderzunehmen, Stück für Stück zu zerlegen, so schmerzhaft wie möglich. Seine Ausgangsposition war nicht die günstigste. Trotzdem hatte er das Gewicht blitzartig abgesetzt und war schnell auf den Beinen. Doch bevor ich Hand an ihn legen konnte, ging Dax in die Vollen. Er ging vor wie ein Rottweiler, nahm einen kurzen Anlauf, fällte den Gegner mit einem Bodycheck, war sofort über ihm und packte ihn an der Kehle. Wieder sah William nicht gut aus.

Dann nahmen wir ihn in die Mangel. Zu meinem Leidwesen

brachten wir wenig Neues aus ihm heraus. Immer nur dieselbe Leier. Völlig unschuldig. Zu Unrecht im Knast. Und der Teufel solle uns holen.

Als wir mit William fertig waren, empfahlen wir ihm, weiter Musik zu hören. Massiert hatten wir ihn ja schon. Dann schlossen wir ihn mit all seinen schönen Fitnessmaschinen ein, bevor wir die Matrone weckten.

Lucille verströmte den Duft reifer Mangos und bewies Grazie. Obwohl wir sie aus sanften Träumen schüttelten, gab sie sich beeindruckend heiter und gelassen. Sie lächelte freundlich, hob das Frotteehandtuch und wischte sich in aller Ruhe den Schweiß von der Stirn, bevor sie uns mit einem kurzen Winken die Campingsessel zuwies.

Wir nahmen Platz.

Dann rückte sie ihre Brille zurecht und sagte zu mir: »Haben Sie es sich endlich überlegt?«

Ich schwieg irritiert.

»Den Job, den ich Ihnen angeboten habe.«

Ich erinnerte mich wieder. Großmutter hatte recht. Auch der zweite Auftritt ihres Enkels hatte ihn als Aufpasser disqualifiziert. Höflich erklärte ich ihr, dass ich nicht deshalb gekommen war, und stellte meinen Begleiter vor.

Lucille hielt Dax huldvoll eine Hand hin, und er drückte sie behutsam.

68

»Und sie war tatsächlich Ihre Mutter?«

»So ist es.«

Lucille gab mir das Foto zurück, das Vera und mich zeigte. »Warum haben Sie mir das nicht gleich gesagt?«

Ich steckte das Bild wieder in die Brusttasche. »Da wusste ich noch nichts von Ihrer Bekanntschaft mit Vera.«

»Hat sie Ihnen denn nie von mir erzählt?«

Großmutter schmollte. Wer konnte auch nur auf die Idee kommen, eine Persönlichkeit wie sie zu unterschlagen? Ich lächelte und bemühte mich um Schadensbegrenzung.

»Vielleicht hatten Sie und meine Mutter ein Geheimnis, von dem ich nichts wissen durfte …«

»Geheimnis? Vera und ich hatten keine Geheimnisse. Wir verstanden uns einfach gut und hatten eine sehr schöne Zeit in Elmina. Es gab immer viel zu lachen.«

Als wolle sie an die gute Laune vergangener Tage anknüpfen, stieß Lucille sich ab und brachte die Hollywoodschaukel ein bisschen in Bewegung.

»Später haben wir uns leider aus den Augen verloren. Und dass sie auf diese scheußliche Art ermordet wurde … ich kann es gar nicht glauben.«

Sie seufzte, wischte sich mit dem Handtuch über die Stirn und brachte dabei fast die Kappe mitsamt Perücke zu Fall. »Nur gut, dass diese Idioten von der Polizei William nicht auch noch ins Gefängnis gesteckt haben.« Sie deutete zum Flachbau hinüber. »Er trainiert gerade. Sie sollten ihm nachher Hallo sagen.«

»Aber gern.«

Ich warf Dax einen ernsten Blick zu, den er stoisch erwiderte.

»Ach, ich habe Ihnen nichts zu trinken angeboten.« Lucille hielt sich wie ein verschämtes Schulmädchen die Hand vor den Mund.

»Kein Problem.«

Sie stellte beide Füße auf den Boden, um die Schaukel zu stoppen, beugte sich vor und gab Dax einen Klaps aufs Knie. »Gehen Sie doch bitte in die Küche. Im Eisschrank ist Bier.«

Dax setzte sich gehorsam in Bewegung.

»Für mich auch eine Flasche!«, rief sie ihm nach. Und zu mir sagte sie: »Natürlich habe ich eine Haushaltshilfe. Aber die ist auf dem Markt. Schon seit *drei* Stunden.«

Ich nutzte Großmutters Mitteilsamkeit und fragte: »Wie geht es Ihrer Enkelin?«

»Faustina? Die besucht wieder mal eins dieser Seminare, die in ihrem Projekt dauernd stattfinden. Diesmal in Tamale. Oder in Kumasi? Ich weiß es nicht mehr. Jedenfalls eine ganze Woche lang. Ich frage mich, wann die überhaupt arbeiten. Na ja, ich sollte zufrieden sein, dass sie überhaupt eine so gute Stelle hat und ihr Ruf nicht geschädigt wurde. Man hat sie nämlich auch verhaftet. Allerdings nur kurz. Das arme Kind. Als ob Faustina jemandem was zuleide tun könnte.«

Ich schüttelte den Kopf, um Anteilnahme zu zeigen.

»Und das alles nur wegen dieses klapprigen Gestells mit den langen Zähnen. Ich habe gleich gespürt, dass der Mann Unglück mit sich bringt. Ein weißer Teufel eben.«

»Haben Sie …« Ich räusperte mich. »Haben Sie ihn deshalb mit einem Fluch belegt?«

Sie nahm die Sonnenbrille ab und sah mich eine ganze Weile mit gelbfieberverdächtigen Augen an. »Wollen Sie *mich* jetzt auch noch ins Gefängnis bringen?«

»Um Gottes willen.« Ich hob die Hände.

Sie grinste und setzte die Brille wieder auf. »Sie haben recht. Ich bin mächtig. Das Böse sollte sich vor mir hüten.«

Wenn das ein Geständnis sein sollte, war es außerhalb von Juju-Land nicht viel wert.

»Haben Sie diesen *weißen Teufel* und das, was er gesucht hat, schon früher mit meiner Mutter in Verbindung gebracht?«

»Wie meinen Sie das?«

»Nun, soweit ich weiß, hat sie Informationen gesammelt.«

»Sie hat doch damals für eine Zeitung über die Filmarbeiten berichtet.«

»Sonst nichts?«

»Nicht dass ich wüsste.« Lucille lächelte stolz. »Natürlich hat sie mich immer wegen der hiesigen Religionen befragt. Sie wollte alles wissen. Über Geister, Schreine und Orakel. Sie wusste genau, welche Fähigkeiten ich habe.«

»Und?«

»Und was? Was sollte daran so Besonderes sein? Der ganze Film handelte doch von nichts anderem.«

Das war nicht von der Hand zu weisen. Ich biss mir die Zähne an der Alten aus. Sie log. Eine wie sie hatte mit Sicherheit PEOPLE AND PLACES gelesen. Das Boulevardblatt war auf Sensationen abonniert und hatte sowohl über den Mordfall in Sogakofe als auch über Veras Tod berichtet. Ganz in dem Stil, den P&P schon im Titel für sich in Anspruch nahm:

WE REPORT NOTHING BUT THE TRUTH.

Für tausend Cedi war man dabei. Vom Grasscutter hatten sie sogar Fotos gebracht. Vera war nur im Text abgehandelt worden. Aber ihren Namen hatten sie richtig geschrieben, und Lucille hätte von Veras Tod wissen müssen. Dass ihr das alles entgangen war, hielt ich für unwahrscheinlich. Trotzdem hatte sie es wie eine Neuigkeit aufgenommen.

Warum?

Als wolle sie mir rasch eine Antwort darauf geben, beugte Lucille sich etwas zu hastig vor und hatte Mühe, die Schaukel wieder unter Kontrolle zu bringen. Dann flüsterte sie mir zu: »Wissen Sie, was man sich erzählt?«

»Nein.«

»Die Leute sagen, der *Dreieckzahn* wäre nach all den Jahren wieder aufgetaucht und hätte ein Exempel statuiert.«

Eine Wiederauferstehung, von der ich Agyeman Mensah berichten musste.

»Sie kennen die Geschichte?«

»Ich habe davon gehört.«

Eine kleine Ziege kam angetrabt. Ihre Hörner waren weiß angemalt. Um den Hals trug sie eine Strasskette.

»Jenny …«, lockte Lucille und klopfte auf das Sitzpolster.

Doch das Tier meckerte nur und verschwand zwischen Papayastauden und Oleanderbüschen. Dafür wagten sich zwei Hühner auf die Veranda, die Lucille aber nicht zu interessieren schienen.

Auch Dax tauchte wieder auf. Ich hatte ihn schon für verschollen gehalten. Er trug ein Tablett, auf dem er drei kleine Flaschen Bier, drei Gläser und einen Öffner brachte.

Die Hühner suchten gackernd das Weite. Eines der Tiere kam Dax in die Quere. Er stolperte, fing sich aber wieder und stellte die Getränke unversehrt auf dem Tisch ab.

Dax trieb es auf die Spitze. Er gab den perfekten Oberkellner, schenkte uns Bier ein und reichte Lucille und mir die Gläser, bevor er sich wieder setzte. Wir prosteten uns zu und tranken.

»Haben Sie inzwischen etwas von Ihrem Bruder gehört?«, fragte ich Lucille.

Sie verschluckte sich fast. »Big Ben?«

Ich hatte sie auf dem falschen Fuß erwischt.

»Nein«, erwiderte sie nachdrücklich.

Sie log wieder.

»Aber ich bin inzwischen ganz zuversichtlich, dass er doch noch lebt.« Sie hatte sich wieder im Griff und lächelte boshaft. »Jetzt, nach dem Tod des weißen Teufels …«

»Wenn Sie wollen, kann ich mich in Deutschland nach ihm erkundigen«, sagte ich.

»Sie fahren nach Hause?«

»Ich muss meine Mutter beerdigen.«

»Natürlich.« Sie trank einen Schluck Bier. »Bevor Sie gehen, gebe ich Ihnen seine Adresse und Telefonnummer in Hamburg.«

Ich war fest entschlossen, sie daran zu erinnern, falls sie es vergessen sollte.

»Er hat Vera übrigens auch gekannt«, sagte sie wie beiläufig.

»Big Ben kannte Vera?« Endlich mal etwas Neues.

»Ja. Ihre Mutter hat sich sogar länger mit ihm unterhalten.«

»Worüber?«

»Ach … das ist lange her. Ich kann mich nicht mehr richtig daran erinnern.«

Sie ruderte wieder zurück. Wahrscheinlich bereute sie schon, den Kontakt zwischen den beiden überhaupt erwähnt zu haben.

»Vielleicht ist er in Lourdes«, merkte sie an.

»In Lourdes?«

»Oder in Fatima. Er besucht doch regelmäßig Wallfahrtsstätten.«

»Big Ben ist anscheinend ein sehr gläubiger Mann.«

»Das ist er.« Sie nickte wie in Trance. »Er ist ein guter Mensch. Wissen Sie, wie ihn die Leute hier nennen?«

»Nein.«

»Sie nennen ihn voller Hochachtung den *Hamburger*. Und diejenigen, die genauer Bescheid wissen, nennen ihn sogar *Sankt Pauli*. Das ist seine Mannschaft.«

Der heilige Pauli. Donnerwetter. Auch Dax war entgeistert.

»Er war immer auf der Seite der Verlierer«, fuhr Lucille fort.

»Verlierer kann man die Jungs nun wirklich nicht nennen«, schaltete sich Dax ein.

Lucille sperrte ungläubig den Mund auf und wartete auf eine Erklärung.

»Die gewinnen immer, wenn's richtig zur Sache geht«, sagte

er. »Absolute Killer. Vor allem im Pokal. Underdogs ja, aber keine Verlierer.«

Ich bezweifelte, dass Ben und seine Schwester so ins Detail gegangen waren, was die Feinheiten des deutschen Fußballs betraf. Doch Lucille nickte heftig. Und trotzdem schien sie Dax nicht mehr richtig zu folgen, denn versonnen murmelte sie: »Irgendeiner bringt immer ein Opfer.«

69

»Die Alte spinnt doch komplett«, sagte Dax.

»Dafür warst du aber sehr nett zu ihr.«

Wir saßen beim Abendessen an der Bar der Abafun Lodge. Ich aß Wurstsalat. Dax hatte sich für Rouladen entschieden. Billy hielt die Stellung hinter dem Tresen, und Gerda saß an einem der Tische und las Zeitung. Das hieß, sie löste ein Kreuzworträtsel. Noch war nicht viel los.

Neben meinem Teller lag ein Bild des Heiligen aus Sankt Pauli. Seine Schwester hatte nicht nur anstandslos die Hamburger Kontaktdaten herausgerückt, sondern mir auch noch das Foto spendiert. Von William hatten wir uns allerdings nicht verabschiedet, da seine Großmutter nicht mehr darauf zurückgekommen war. Lucille war beim Abschied auffallend freundlich gewesen. Als wäre sie erleichtert, uns endlich loszuwerden – vor allem mich, der ins ferne Deutschland reisen wollte. Ich hatte allmählich den Eindruck, dass sie mir das Foto als Köder überlassen hatte, damit ich anderweitig beschäftigt war.

Wenn ich genau hinsah, hatte Big Ben eine gewisse Ähnlichkeit mit Agyeman Mensah, obwohl er rund dreißig Jahre älter als der Superintendent sein mochte. Auch dem Hamburger stand der Chief ins Gesicht geschrieben.

»Ich kann das Foto morgen einscannen und alles überprüfen.«
Dax spülte seine Roulade mit Bier hinunter. »Und frag mich bitte
nicht noch mal, ob das legal ist.«

Ich steckte ihm das Bild in die Hemdtasche.

»Um noch mal auf die Alte zurückzukommen«, sagte Dax. »Ich
hab mich mal unverbindlich in ihrer Hütte umgesehen.«

Deshalb hatte er so lange für den Bierservice gebraucht.

»Mosaikarbeiten wie im Petersdom.«

»Die haben so was an der Decke.«

»Das sind Malereien.«

»Okay. Einigen wir uns auf Pompeji.«

»Einverstanden.«

»Und erwähne bitte keine Wandspiegel. Sonst fragt uns Billy,
ob wir Lucille drin sehen konnten.«

Billy lächelte nachsichtig.

»Hast du irgendeine Ahnung, wer der Typ mit dem Bart sein
soll, den sie sich im Fußboden hat einlegen lassen?«, fragte mich
Dax.

»Rawlings.«

»Jay Jay alias Juju der Sturzkampfbomber? War aber kaum zu
erkennen.«

»Du weißt doch, was dabei rauskommt, wenn die Heiligenverehrung erst mal einsetzt.«

»Sankt Pauli.«

»Eben.«

Für eine Weile widmeten wir uns Essen und Getränken. Billy
ging seiner Lieblingsbeschäftigung nach und polierte mit Inbrunst
Gläser.

Gerda legte die Zeitung beiseite und setzte sich zu uns. »Diese
Lucille muss ja eine Art Luxushexe sein. Woanders hätte man sie
schon totgeschlagen.«

»Da könntest du recht haben«, sagte ich. »Die Frau ist Täterin, nicht Opfer. Sie geht das mit dem Teufelszeug aktiv an.«

»Die sollte man mal als Beraterin in den hohen Norden schicken«, versetzte Gerda.

Es war kein Geheimnis, dass auf dem Land immer wieder unschuldige Frauen als Hexen verfemt und nicht wenige davon gelyncht wurden. Meist waren sie alt, und oft hatten sie sich nichts zuschulden kommen lassen. Häufig genügte es schon, wenn Oma schlafwandelte oder geistesabwesend vor sich hinbrabbelte, um sie auch im engsten Familienverband zu verdächtigen und zu ächten. Wenn gleichzeitig der Brunnen austrocknete und das Kofferradio kaputt ging, hatte die alte Frau schlechte Karten. Dafür wurde eine vermeintliche Hexe schon mal erwürgt. Ging die Ernte verloren oder die Nutztiere verreckten, ertränkte man so eine im Fluss. Vor allem im Norden Ghanas war dies gang und gäbe. Es gab bereits Hilfsprojekte, um derart bedrohte Frauen zu retten. Gerda hatte gewusst, wovon sie redete – sie hatte eines unterstützt.

»Ich glaube ja nicht an den ganzen Hokuspokus.« Dax war mit seiner Roulade fertig und schob den Teller weg.

»Da wäre ich aber vorsichtig, mein Lieber.« Ich winkte Billy und bestellte eine neue Runde Bier.

Dax wischte sich den Mund ab. »Jetzt komm mir nicht wieder mit deinem philosophischen Überbau.«

»Was meinst du denn damit?«

»Dein bescheuertes Gekritzel über Juju und Realpolitik, oder was du da schreibst. Du bist weder Theologe noch Soziologe. Sieh das endlich ein. Das Ganze macht dich nur irre im Kopf.«

»Ich weiß, dass ich kein Gelehrter bin.«

»Dann tu auch nicht so.«

»Muss man denn promoviert haben, um über den Heiligen Geist, Wassergötter und Diktatoren zu schreiben?«

»Nein. Aber sich so reinzugraben ist nicht gesund. Das sag ich dir in aller Freundschaft. Sieh's doch ein: Du bist ein Söldner, und wenn du mal nicht Soldat spielst, machst du auf Begleitschutz für Reisende. Schau *mich* an. Ich schreib auch nicht gleich ein Buch über Aus- und Einwanderungsprobleme.«

»Wäre aber ein verdienstvolles Unterfangen. Willkürliche Grenzziehungen westlicher Besatzer sind einer der Gründe für den Schlamassel in Afrika.«

Gerda tätschelte Dax die Hand. »Hast du schon mal dran gedacht, dass Victors Künstlereltern der Grund dafür sein könnten, dass er nebenbei schreibt?«

Die schlaue Wirtin kam der Sache schon näher. Aber *Künstlereltern* war dann doch etwas dick aufgetragen.

Dax ließ sich nicht beirren. »Wenn ich das wenige, was ich weiß, richtig verstanden habe, dann ist unser Freund damals Legionär geworden, weil ihm das ganze Umfeld von Mama und Papa nicht mehr gefallen hat.« Er musterte mich streng. »Ist doch so?«

Er war nahe dran, aber ich hielt den Mund.

Dax wandte sich wieder an Gerda. »Wenn er den ganzen Ballast schon mal über Bord geschmissen hat … warum quält er sich dann jetzt wieder mit dieser Bildungsbürgerscheiße ab?«

»Oh … da könnte man psychologisch sicher einiges reindeuten.« Gerda steckte sich eine Zigarette an.

»Aber nicht mehr heute Abend.« Dax konzentrierte sich ganz auf sein Bier.

Ich nutzte die Chance und wechselte das Thema. »Wie ich höre, soll der Grenzschutz demnächst in *Bundespolizei* umbenannt werden.«

»Was auf der Flasche draufsteht, interessiert mich nicht.« Dax unterdrückte einen Rülpser. »Wichtig ist, was drin ist.«

Ich gönnte uns eine Pause, rutschte vom Hocker, nahm mein

Bier und ging in den Innenhof, um den Papageien einen Besuch abzustatten. Nicht dass sie nachtaktiv waren, aber die Beleuchtung hielt die Vögel wach. Zille, der Sprachkünstler, krächzte mir sofort etwas aus seinem Repertoire entgegen.

»Quatschkopf!«

Ich klopfte an seinen Käfig.

»Fick dich ins Knie!«

Ich trank einen Schluck und sah zu, wie er seine roten Schwanzfedern durch den Schnabel zog. Dann sagte er etwas, das ich nicht verstand. Es klang wie »Rohr de Wills«. Er sagte es mehrmals, und ich versuchte mir einen Reim darauf zu machen.

Vor dem Filz …?

Ford de Viels …?

Meine Deutungsversuche scheiterten. Dann dämmerte mir, dass es kein Deutsch war. Es hörte sich eher wie Englisch an. Was hatte Gerda über Albin Grau erzählt?

Er hat versucht, Zille was beizubringen, hat dabei auch auf Englisch mit ihm geredet und war ganz frustriert, als nichts zurückkam. Ich hab ihm gesagt, dass der Vogel nur Deutsch annimmt.

Vielleicht nahm der Vogel doch Englisch an.

Floor levels …?

Fort de Villes …?

For the bills …?

Fast hatte ich es, da stellte Zille seine Mitteilungen ein. Jetzt wollte ich es wissen. Ich ging vor dem Käfig in die Hocke, stellte mir vor, ich wäre Albin Grau und wollte dem Vogel etwas beibringen, und wiederholte meine verstümmelten Versionen. Ohne Erfolg.

Zille bockte.

Resigniert richtete ich mich auf, sagte »Quatschkopf!« und rechnete mit einem »Fick dich ins Knie!«.

Nichts.

Ich hatte mich schon umgedreht, als die Antwort endlich kam. Und diesmal verstand ich, was der Graupapagei sagte.

»*Four Devils.*«

Das konnte ihm tatsächlich nur der Grasscutter beigebracht haben. Mir war der Filmtitel in Veras Aufzeichnungen untergekommen. Dort stand er als Sachbegriff im Register.

Vier Teufel

(s.u. *Four Devils*, 65 ff)

70

Innerhalb eines Jahrzehnts hat Friedrich Wilhelm Murnau ein beachtliches Werk mit einundzwanzig Filmen vorgelegt.

Neun davon gelten heute als verschollen.

Als diese Filme hergestellt wurden, gab es noch keine Archive, die Spielfilme für die Nachwelt aufbewahrten. Ein verschollener Film muss auch nicht für immer verloren sein. Er mag als ungesichtetes Material oder mit falschem Titel irgendwo in einem Lager oder einer Sammlung liegen. Die Geschichte der Filmarchive ist reich an Wiederentdeckungen durch zufälliges Öffnen unbekannter Filmbüchsen.

Im Filmbunker des staatlichen Filmarchivs der DDR wurden Negative von *Der Gang in die Nacht* entdeckt. Im Moskauer Filmarchiv wurde *Phantom* wiedergefunden. Ein italienischer Wanderschausteller führte jahrzehntelang in psychiatrischen Anstalten Stummfilme vor, weil sie eine bessere therapeutische Wirkung auf die Kranken hatten als Tonfilme. Als der Mann im Alter sein Gewerbe aufgab, vermachte er seine Sammlung der »Cineteca Italiana« in Mailand. Darunter war auch eine Kopie von *Der brennende Acker*.

Zu Murnaus Zeiten wurde oft mit zwei nebeneinander postierten Kameras gedreht, um eine zweite Exportkopie zu haben. Ab 1922 begann er, mit doppelten Negativen zu arbeiten. Ab *Der letzte Mann* wurde ein drittes Negativ speziell für den amerikanischen Markt hergestellt. Viele deutsche Filme aus jener Zeit sind nur in Kopien bekannt, die im Ausland aufbewahrt wurden und auf das Exportnegativ zurückgehen. Da das vom Originalnegativ stammende Material nicht existiert, kann man heute nur einen »Schatten« der ursprünglichen Filmfassung sehen.

Von den drei Filmen, die Murnau in den Vereinigten Staaten für die Fox drehte, sind alle Originalnegative entweder verloren oder vernichtet. Von *Sunrise* und *City Girl* sind nur restaurierte Kopien erhalten. *Four Devils* ist nirgendwo auf der Welt erhalten geblieben. Für private Sammler und Filmarchive gilt der verschollene Film seit langem als »Heiliger Gral«. Um seine Existenz ranken sich Legenden und Gerüchte.

Das Originalnegativ wurde bei einem Brand vernichtet. Doch auch danach dachte man bei der Fox nicht daran, das unversehrte Material zu konservieren und Kopien davon anzufertigen. Hollywood ging überhaupt sehr fahrlässig mit seinem Filmerbe um. So vernichteten die Universal Studios 1947 alle Stummfilme in ihrem Archiv, um Lagerkosten zu sparen. Die letzte 35-mm-Kopie von *Four Devils* wurde von der 20th Century Fox im Jahr 1948 an die Schauspielerin Mary Duncan weitergegeben. Sie hatte in dem Film die Rolle »Die Dame« gespielt und wollte den Film Freunden in Florida vorführen. Während der Vorführung fing das leicht entflammbare Nitromaterial an zu brennen, und die Duncan warf es in der Meinung, es gäbe noch andere Kopien, einfach ins Meer.

Kopien oder Fragmente im Besitz privater Sammler oder internationaler Archive sind bislang nicht nachweisbar. In den siebziger

Jahren vermutete man eine Kopie im Besitz eines australischen Privatsammlers.

Während mit jedem Jahr die Hoffnung schwindet, dass wenigstens Teile des Films auftauchen könnten, geht die Jagd nach jeder Spur von *Four Devils* weiter.

71

Passte eine Filmdose aus der Stummfilmzeit in einen westafrikanischen Zeremonienbehälter?

War eine Dose überhaupt ausreichend, um das Filmmaterial aufzubewahren? Unter welchen Lagerbedingungen hielt sich eine solche Kopie – vor allem in den Tropen? Warum sollte sie sich ausgerechnet in Ghana befinden? Und was hatte Vera mit alldem zu tun?

Auf keine dieser Fragen hatte ich eine Antwort. Sicher war nur, dass ein verschollener Film ein lohnenswertes Objekt für einen Schatzsucher gewesen wäre. Zudem handelte es sich um ein Werk von Friedrich Wilhelm Murnau, einem Regisseur, mit dem sich der Grasscutter auf unserer gemeinsamen Reise eingehend befasst hatte und über den Vera eine Biografie schreiben wollte. Hinzu kam ein Foto von Murnau, auf dem er mit zwei Männern zu sehen war, die etwas mit Ghana zu tun hatten: der letzte Gouverneur von Deutsch-Togo und ein Schweizer Missionar.

Doch wie wertvoll war ein solcher Fund? Und wurden deshalb gleich Morde begangen? Vor allem, wenn der Inhalt des Films bekannt war. Es gab ein Drehbuch, es gab Besprechungen zu den ersten Vorführungen. Vera selbst war zwar in ihrem Rohmanuskript nicht näher auf *Four Devils* eingegangen, doch ich hatte ihre Referenzbücher gelesen. So verheißungsvoll der Titel auch klang – immerhin ging es darin um mehrere Teufel –, so überraschend war das tatsächliche Thema des Films. Er handelte von Artisten im Zirkusmilieu. Ich hatte die Inhaltsangabe gelesen, war dabei aber auf keinen Hinweis gestoßen, weshalb gerade diese Story brisant sein sollte. Es konnte also nur um den kulturellen Wert des cineastischen Kleinods gehen.

Wenn es denn überhaupt um diesen Teufelsfilm ging.

Vielleicht hatte der Grasscutter dem Graupapagei nur den Titel irgendeines Murnaufilms eingetrichtert, der ihm gerade in den Sinn kam, als er dem Vogel etwas beibringen wollte. Aber das glaubte ich nicht. Mein Instinkt sagte mir, dass sich aus dem wenigen, das ich bislang wusste, ein Muster ergab. Noch konnte ich es nicht erkennen. Wie hieß es so schön? Wenn die Legenden erst einmal die Dokumente überwuchern, ist es vorbei mit der Wahrheit. Es ging also darum, die Fakten zusammenzutragen. Was Ghana betraf, so hatte die Geschichte wahrscheinlich etwas mit dem evakuierten Schrein von Kete Krachi zu tun. Trotzdem musste der Schlüssel zu dem Drama in Deutschland zu finden sein. Und dorthin war ich unterwegs.

TRAVEL AND SEE!

Nachtflug. KLM über Amsterdam nach Tegel.

Dax hatte mir vor dem Start jedes Schlangestehen erspart. Accras Airport war schließlich sein Revier. Ticket, Pass und Koffer hatte er bereits vor seinem Dienstantritt bei mir zu Hause abgeholt. Mich selbst gabelte er erst auf den letzten Drücker auf und schleuste mich mit wehendem Spezialausweis im Eiltempo durch alle Kontrollen und als letzten Passagier auf die wartende Maschine. Vermutlich tat er das sonst nur für den Botschafter. Umso erstaunter waren die Passagiere, dass sich die wichtige Persönlichkeit, die eine Sonderbehandlung erfuhr, brav ins Heck verkroch und weder First noch Business Class, sondern Holzklasse flog. Nur hier war noch ein Sitz für mich frei gewesen.

Veras Leichnam lagerte unter mir im Frachtraum.

Nicht dass ich es zur Bedingung gemacht hätte, aber *Ridge Cremation and Funeral Services* hatten vermutlich von KLM das günstigste Angebot bekommen. Von Amsterdam nach Berlin flogen Vera und ich jedenfalls nicht mehr mit derselben Maschine.

Außer ihrem Metallsarg befand sich auch der Holzsarg aus dem Schuppen in Prampram im Flugzeug. Ich hatte das Beerdigungsinstitut in Schöneberg vorsorglich auf das Meisterstück vorbereitet, damit man dort nicht auf die Idee kam, ich wolle Karneval feiern. Bei der Firma war man völlig gelassen geblieben. Da hatte man schon ganz andere Modelle unter die Erde gebracht. Auch in Berlin gab es Künstler, die ihren Sarg selbst entwarfen und bauten. Er musste lediglich den üblichen Abmessungen entsprechen. Das traf auf das Meisterstück zu. Auch die fürs Tragen und Abgurten notwendigen Griffe mussten vorhanden sein. Die fehlten, konnten aber in Berlin angebracht werden.

Ich war heilfroh, dass nicht auch noch der Grasscutter an Bord war. Sein Leichnam war ebenfalls zur Überführung freigegeben, wie mir Botschafter Ammer mitgeteilt hatte. Dabei war er erneut mit der Bitte an mich herangetreten, ich möge doch in Berlin Blaus Tochter kontaktieren, sie wolle mit mir reden. Auch ich hatte inzwischen den dringenden Wunsch, mit ihr zu sprechen. Sie hieß Anna Lore Wolf. Da sie nicht Blau hieß, war sie vermutlich verheiratet.

Im Schein der Leselampe warf ich einen Blick auf Big Bens Fotografie. »Bislang keine besonderen Erkenntnisse«, hatte Dax mir lapidar mitgeteilt, als er mir das Foto am Fuß der Gangway zurückgegeben hatte.

Ich steckte das Bild in die Brusttasche und griff zu Veras Manuskript. Um mich herrschte Ruhe. Das Abendessen lag schon eine Weile zurück, und die meisten Passagiere schliefen. Einige sahen sich den Film an, der gezeigt wurde. Er interessierte mich nicht. Meine Gedanken kreisten um Murnau.

Auch er hatte sich immer wieder nach Berlin begeben.

72

1919 ist nicht nur das Jahr, in dem Friedrich Wilhelm Murnau nach Berlin zurückkehrt.

Bei den Wahlen der Nationalversammlung entscheidet sich Deutschland für die Demokratie. Und zwar mit den Stimmen der Frauen, die zum ersten Mal Wahlrecht haben. Im selben Jahr erscheint postum der Gedichtband *Das Tausendste Regiment* von Hans Ehrenbaum-Degele. Murnau, den der Autor zum Erben seines literarischen Nachlasses bestimmt hat, setzte sich bereits 1916 in einem Brief an den Insel Verlag für die Veröffentlichung ein. Da der Band jedoch auch kriegskritische Lyrik enthält, verhinderte die Militärzensur eine frühere Publikation.

Seit er wieder in der Metropole ist, widmet Murnau sein ganzes Talent den neuen Möglichkeiten des Films. Mit Kollegen vom Deutschen Theater gründet er 1919 die Murnau-Veidt-Filmgesellschaft. Conrad »Connie« Veidt ist ein enger Freund von Murnau und spielt in fünf seiner frühen Filme mit. Viel später, im Exil in Hollywood, wird Conrad Veidt einen letzten großen Auftritt als Major Strasser in *Casablanca* haben. Neben Veidt und Ernst Hofmann werden noch einige andere Freunde aus der gemeinsamen Theaterzeit mit Max Reinhardt in Murnaus Filmen mitspielen.

Es gilt, künstlerisches Neuland zu erschließen. Um die Jahrhundertwende ist Kino noch eine technische Sensation, die man allenfalls mit Rummelplätzen und Varietés in Verbindung bringt. Kino gilt als verrucht. Es ist also ein Risiko für jeden, der sich ernsthaft darauf einlässt. Das Jahr 1909 stellt einen Wendepunkt dar, denn Alfred Döblin benutzt zum ersten Mal den Begriff »Theater der kleinen Leute«. Und ab 1910 gewinnt der Film an Prestige. Mit der Verbesserung der Aufnahme- und Projektionstechnik und der Vorführsäle gewinnt das Kino als Wirtschaftsfaktor an Reiz. Auch die Vorbehalte der Intellektuellen und des Kunstbetriebs lassen nach. 1913 propagiert das Fachmagazin *Kinematograph* das Ende der künstlerischen Isolation.

Dass das Kino derart in Mode kommt, hat natürlich auch mit den Alltagsbedingungen zu tun. In diesen Jahren geht es noch vergleichsweise gemächlich zu. Fußgänger, Radfahrer und Straßenbahnen prägen das Stadtbild. Automobile können sich nur wenige Privilegierte leisten. Der Rundfunk steckt noch in der Entwicklungsphase, und das Radio ist noch nicht verbreitet. Das gilt auch für das Telefon. Das Fernsehen ist noch nicht erfunden. Die Menschen informieren sich durch Zeitungen und gehen zu Versammlungen. Aber plötzlich können sie in Lichtspielhäusern die Wochenschau sehen, und ein neues Tor zur großen weiten Welt öffnet sich.

Murnaus Neuorientierung vom Theater zum Film mag auch damit zu tun haben, dass das Kino mehr Distanz und Anonymität bietet. Es gibt beim Schaffensprozess keine direkte Begegnung zwischen Schauspieler und Zuschauer. Auch wenn ihr Werk betrachtet wird, sind die Schaffenden nicht unmittelbar von Reaktionen des Publikums betroffen – die Premieren einmal ausgenommen.

Und es fällt auf, wie oft Murnau bei den Uraufführungen seiner Filme nicht anwesend ist.

73

Als die erste Schaufel Erde auf den Sarg niederprasselte, ging Veras Beerdigung dem Ende zu.

Die Erde verdeckte einige Lettern auf der goldfarbenen Bauchbinde des Meisterstücks und sprenkelte den hellbraunen Mittelteil
mit dunklen Flecken. Einen Moment lang musste ich an King Kofi
denken. Sein Kunstwerk hatte für einiges Aufsehen gesorgt, auch
wenn allzu offenkundige Reaktionen dezent unterdrückt wurden.
Aber selbst in der Metropole wurde man nicht alle Tage in einem
Kugelschreiber beigesetzt.

Der Geistliche reichte mir die Schaufel, und auch ich schickte
als allerletzten Gruß etwas Erde in die Tiefe. Ich weiß nicht, warum ich ausgerechnet in diesem Moment feuchte Augen bekam.
Vermutlich wurde mir erst jetzt richtig bewusst, dass ich Vera für
immer verloren hatte.

Und noch etwas wurde mir schmerzlich klar.

Zwar hatte ich es aufgeschrieben, hatte *darüber* geschrieben,
war dabei aber stets von den Afrikanern und ihrer oft an Besess-
senheit grenzenden Verstrickung mit den Ahnen ausgegangen. Nie
war mir der Gedanke gekommen, es könnte auch für mich von
tieferer Bedeutung sein, dass die Kinder der Toten das Bindeglied
zur nächsten Generation sind. Selbstgefällig hatte ich mich immer
als den letzten Mohikaner betrachtet. Mit mir endete die Zukunft.
Ende der Dynastie.

Doch was ich den Afrikanern in meiner vermeintlichen Weltläufigkeit großmütig als tolerierbaren Glauben zugestanden hatte,
lastete am Grab meiner Mutter schwer auf meinen Schultern. Erst
wenn ein Ereignis Folgen für uns hat, beginnen wir darüber nachzudenken. Tote und Ungeborene waren Verbündete. Deshalb fühlten sich die Lebenden den Verstorbenen gegenüber verantwortlich
und fürchteten den Fluch der Ahnen, wenn sie keine Nachkommen
in die Welt setzten und sich damit schuldig machten am Erbe.

Auf uns allein gestellt, waren wir alle Bastarde.

Im Moment war für mich nur eines sicher: Ich war dabei, Vera zu begraben, aber ich hatte nicht vor, sie dem Vergessen anheimfallen zu lassen. Sie war ermordet worden. Folglich musste ich am Leben bleiben.

NO TIME TO DIE!

Ich trat vom offenen Grab zurück und machte Platz für die Handvoll Trauergäste. Das Ganze erinnerte ein bisschen an jene schlecht besuchte Trauerfeier in Hollywood, bei der die Traumfabrik Abschied von Murnau genommen hatte. Veras schlichte Beisetzung auf dem Künstlerfriedhof in Friedenau entsprach ihrem Lebensstil. Sie war nie ein geselliger Typ gewesen, und für mich bestand keine Veranlassung, eine Großveranstaltung zu organisieren. Die übliche Formulierung »im engsten Familienkreis« traf in diesem Fall auf den Sohn als Einzelkämpfer zu. Trotzdem war ich darauf vorbereitet, in einem nahe gelegenen Lokal den üblichen Leichenschmaus abzuhalten. Doch wie ich schon geahnt hatte, entsprach ein solches Beisammensein nicht den Bedürfnissen der wenigen Anwesenden. Sie machten sich schnell davon.

Es war ein sonniger Maitag. Die Frühlingsluft war angenehm trocken und frisch. Nachdem ich mich auch vom Geistlichen und dem Vertreter des Bestattungsinstituts verabschiedet hatte, ging ich noch zum Grab der Legende, das Vera so gern besucht hatte. Der in den rötlichen Stein eingravierte Text lautete:

Hier steh ich an den Marken meiner Tage.
Marlene
1901–1992

Die Diva hatte sich ein Soldatengrab mit Efeuhügel erbeten. Zahlreiche Blumensträuße zierten die Ruhestätte. Einige waren verwelkt, die meisten jedoch frisch. Anhänger und Verehrer hielten dem Filmstar die Treue.

Langsam spazierte ich zurück zum Haupttor.

Vera hatte mir einmal erzählt, gegenüber, an der Stubenrauch-straße 47, sei im Jahr 1927 in einer Mansarde die berühmte Gesangsgruppe der *Comedian Harmonists* gegründet worden. Friedenau war in den letzten beiden Jahrzehnten die deutsche Heimat meiner Mutter gewesen, ihr *Basislager*, wie sie es genannt hatte. Deshalb hatte sie auch einiges über diesen Friedhof und vor allem über die Künstler, die hier lagen, gewusst. Zum Beispiel über den Schriftsteller Paul Zech, der Rimbaud und Villon kongenial adaptiert hatte. Sein *Ich bin so wild nach deinem Erdbeermund* war für immer mit Klaus Kinski verbunden. In seinen Lesungen hatte der Schauspieler die Worte mit seiner Sprachgewalt tief ins Gedächtnis der Zuhörer eingebrannt und zum Titel seiner Autobiografie gemacht.

Wie mir vom Vertreter der Bestattungsfirma anvertraut worden war, sollte kommenden Monat auch der Kultfotograf Helmut Newton seine letzte Ruhe auf dem Künstlerfriedhof finden, nur vier Gräber von Marlene entfernt. Das hätte Vera gefallen. Zudem hatte ich erfahren, dass Newton vor drei Monaten bei einem Autounfall in Los Angeles ums Leben gekommen war. Natürlich war ich sofort auf die verblüffende Parallele zu Murnaus Tod in Kalifornien zu sprechen gekommen – nur um zu erfahren, dass in einem der Ehrengräber die sterblichen Überreste des Filmarchitekten Heinrich Richter-Berlin lägen, der die Kulissen für Murnaus Filme *Der Gang in die Nacht* und *Der Januskopf* entworfen hatte.

Damit war ich fürs Erste bedient, was seltsame Zufälle anging. *FLY YE POWERS OF DARKNESS.*

Vor dem Überqueren des Südwestkorsos bemerkte ich die Mustergrabsteine, die im Vorgarten einer Steinbildhauerei ausgestellt waren. Ein Grund mehr, mir bald darüber klar zu werden, wie Veras Grabmal aussehen und was darauf stehen sollte. Aber verglichen mit Marlene Dietrich würde Vera Voss alias Alma Bureau nahezu exklusive Anonymität genießen. Damit sie wenigstens ab und zu Blumen bekam, durfte ich nicht vergessen, auch die Grabpflege zu organisieren.

Bevor ich über die Fahrbahn lief, konzentrierte ich mich auf den Verkehr. Ich war Deutschland nicht mehr gewöhnt. Kein Mensch hupte hier ohne Not. Die Gefahren, die lauerten, waren schnell und leise, so wie die Fahrradfahrer, die fast geräuschlos aus dem Nichts auftauchten. Mein Blick fiel auf ein rechteckiges weißes Schild mit der Warnung »Gehwegschäden«, das an einem Laternenmast hing. Nur ein paar Gehsteigplatten waren abgesackt, und einige Pflastersteine hatten sich gelöst. Leuten, denen eine solche Lappalie ein Warnschild wert war, konnte ich nur raten, für eine Weile Accras Oxford Street entlangzugehen.

Deutschland war nicht mehr meine Heimat. Zu dieser Erkenntnis hatten mir wenige Tage gereicht. Die Menschen waren angespannt. Niemand lächelte oder grüßte, wenn er nicht dafür bezahlt wurde. Und auch dann war es ohne Gewähr. Alle wirkten gehetzt. Alles musste schnell gehen. Es gab ein Übermaß von allem, und niemand schien mit dieser Flut richtig fertig zu werden. Trotzdem riefen alle nach mehr. Ich kam mir vor wie auf Abenteuerurlaub, wie auf einem fremden Stern mit einer morbiden und debilen Gesellschaft, die in Selbstauflösung begriffen war.

Diese globalisierten Europäer waren nichts anderes als Griechen im Römischen Reich. Ich hingegen lebte in einer entlegenen und sehr exotischen Provinz des westlichen Imperiums unter einfachen, aber entspannten Barbaren. Womöglich war ich inzwischen selber einer.

Und vermutlich hatte sich Friedrich Wilhelm Murnau nicht viel anders gefühlt, als er aus der Südsee nach Hollywood zurückkehrte.

74

Im Herbst 1930 bringt Murnau nach achtzehn abenteuerlichen Monaten die Dreharbeiten zu *Tabu* auf Tahiti zu einem erfolgreichen Ende.

Er schneidet den Film allein. Es ist sein erstes Werk, das man Autorenfilm nennen kann. Am 11. Oktober verkauft ihm sein desillusionierter Produktionspartner Robert Flaherty für fünfundzwanzigtausend Dollar seine Rechte an dem Film. Am 8. November treffen Murnau und Flaherty wieder in den Vereinigten Staaten ein. Murnau ist so gut wie mittellos. Nicht einmal der mit Flaherty vereinbarten Ratenzahlung kann er nachkommen. Für die Endbearbeitung des Films muss er sich verschulden. Sein Freund Berthold Viertel borgt ihm fünfzehntausend Dollar.

In diesem November freundet sich Murnau mit Greta Garbo an, einer engen Freundin von Salka und Berthold Viertel. Neben einer Art Seelenverwandtschaft als Einzelgänger haben die Schauspielerin und der Regisseur auch andere Gemeinsamkeiten. Wie Murnau hat auch die Garbo einen neuen Nachnamen angenommen. Greta heißt eigentlich Gustafsson. Und die Vorfahren von Murnaus Vater kamen aus Schweden.

Die ersten Reaktionen auf den Südseefilm sind wenig ermutigend. Interne Vorführungen des noch nicht völlig fertiggestellten Werkes stoßen in Hollywood auf reservierte Reaktionen. Dies mag auch daran liegen, dass *Tabu* Murnaus erster und einziger Film ist, in dem er homoerotische Anklänge nicht mehr kaschiert. Zwar gibt es in seinen vorherigen Filmen Anspielungen (wie in *Citygirl*, in dem die von Murnau wohl eher gering geschätzte Ehe zwischen Mann und Frau im Vergleich zu einer Szene zwischen Ehemann und Vorarbeiter erotisch eindeutig schlechter wegkommt), doch in *Tabu* hält er sich mit homoerotischer Ästhetik nicht mehr zurück. In dem Film geht es vor allem um die körperliche Schönheit der Polynesier, Frauen wie Männer. Doch speziell die jungen Männer der Südsee mit ihrer Bronzehaut und den athletischen Körpern inszeniert Murnau wie griechische Krieger oder Figuren eines Michelangelo. Die Kamera schwelgt förmlich in Jünglingsleibern.

Erst als Murnau sich an Agenten wendet und diese im Februar 1931 Adolph Zukors Paramount davon überzeugen können, *Tabu* in den Verleih zu nehmen, scheint der Bann gebrochen.

75

Veras Eigentumswohnung lag an der Eschenstraße.

Ich hatte mich für die Dauer meines Aufenthalts dort eingerichtet. Das ausgebaute Dachgeschoss hatte rund hundert Quadratmeter, lag in einem gepflegten Altbau mit Aufzug und einem zuverlässigen Hausmeister – und es gehörte nun mir.

Auf der Fußmatte vor der Wohnungstür stand:

Welcome Stranger!

Viele Jahre waren vergangen, seit ich Vera hier besucht hatte, und doch waren mir die Räumlichkeiten und die Einrichtung noch vertraut. Alles war wie früher.

Nur Vera fehlte.

Seit meiner Ankunft hatte ich mich zunächst um die dringendsten Formalien gekümmert. Nun hatte ich den Kopf einigermaßen frei für mein wichtigstes Anliegen: den Gründen für diesen Tod nachzuspüren.

Persönliche Mitteilungen von Vera hatte ich auch in Berlin nicht vorgefunden. Das wunderte mich nicht. Sie hatte stets alle familiären Angelegenheiten mit mir besprochen und abgestimmt. Testament. Konten. Schlüssel. PIN-Codes. Passwörter. Alles, was mich als Sohn und Erbe betreffen konnte, war geregelt worden. Was das anging, hatte Vera keine Geheimnisse vor mir gehabt.

Nur die Sache mit Murnau hatte sie verschwiegen. Aber auch diesbezüglich hatte ich in der Wohnung bislang keine Anhaltspunkte gefunden, die mir weiterhalfen.

Der Anrufbeantworter des Festnetzanschlusses war wie das Faxgerät abgeschaltet, als ich eintraf. Ich hatte beide Apparate wieder in Betrieb genommen – wie ein Angler, der zusätzliche Köder auswirft, um auch unverhoffte Beute an Land zu ziehen.

Da ich die Passwörter zu Veras Laptop und ihrem E-Mail-Zugang kannte, hatte ich ihre Nachrichten bereits in Accra durchgesehen, wann immer ich es dort ins Internet geschafft hatte. Zunächst war dies gemeinsam mit Agyeman Mensah geschehen. Doch nachdem er die Hoffnung, auf diese Weise eine Spur zu finden, aufgegeben hatte und der Computer damit als Beweismittel für ihn ausgereizt war, hatte er mir das Gerät ausgehändigt. Allerdings hatte er mich gebeten, den E-Mail-Eingang noch für eine Weile zu beobachten. Vielleicht ergäbe sich in Deutschland etwas. Ich sollte ihn dann verständigen.

Auf eine offizielle Bitte um Amtshilfe durch das Bundeskriminalamt war der Superintendent nicht scharf. Er ging davon aus, dass das CID den Fall allein lösen konnte. Auch Botschafter Ammer hatte sich zurückgehalten, denn solange keine offizielle Anfrage der Ghanaer vorlag, wäre ein diesbezügliches Angebot fast einer Beleidigung gleichgekommen. Die Einzigen, die in einer solchen Sache hätten Druck machen können, waren die direkten Angehörigen.

Das war ich.

Aber auch mir war vorerst daran gelegen, den Kreis derer, die mir in die Karten schauen konnten, möglichst klein zu halten. Solange ich nicht genau wusste, in welche Angelegenheit Vera sich verstrickt hatte, konnte auch ich kein Interesse an zu großer Öffentlichkeit haben. Womöglich stand sogar ihr guter Ruf auf dem Spiel.

Der Internetzugang in der Berliner Wohnung machte es mir leicht, sowohl Mensahs Bitte um Routinechecks zu erfüllen als auch meine eigene Neugier zu befriedigen. Westliches Turbozeitalter. Ehrlich gesagt, war mir auch das ein bisschen zu schnell. Mir fehlte die Übung. Online ging es mir in Deutschland wie im Straßenverkehr. Man hatte das Gefühl, jeden Moment überfahren zu werden, ohne dass jemand gehupt hätte.

Bislang waren keine interessanten Nachrichten zu verzeichnen. Auch in der spärlichen Post, die der Hausmeister während Veras Abwesenheiten absprachegemäß ihrem Briefkasten entnahm, war nichts Außergewöhnliches – bis auf die monatlichen Kontoauszüge ihrer Bank.

Bei deren Durchsicht war mir eine regelmäßige Überweisung aufgefallen. Sie belief sich auf dreitausend Euro pro Monat, stammte von CORMORAN CONSULT und bezog sich auf MURNAU. Ich hatte die Bank, das Telefonbuch und diverse Suchmaschinen konsultiert, um der Beratungsfirma auf die Spur zu kommen. Ohne Erfolg.

Das Einzige neben den Überweisungen, das auf Murnau hinwies, waren weitere Bücher, die auf Veras Schreibtisch lagen. Vermutlich hatten sie ihr ebenfalls als Quellenmaterial gedient.

Ein gebundenes Buch aus der DDR mit dem schlichten Titel *Friedrich Wilhelm Murnau* von Fred Gehler und Ullrich Kasten.

Ein Katalog zum Thema *MURNAU (Friedrich Wilhelm) IN MURNAU (Oberbayern)*, der anlässlich einer Ausstellung des Schlossmuseums in Murnau erschienen war.

Ein Hardcover aus dem Verlag des Niederösterreichischen Pressehauses, dessen Schutzumschlag ein Motiv von Caspar David

Friedrich zierte. Autor: Dietmar Grieser. Titel: *Im Dämmerlicht – Ungewöhnliche Todesfälle.*

Drei Molden-Taschenbücher, *Das gab's nur einmal – Die große Zeit des deutschen Films* von Curt Riese, Band 1–3.

Ein schmaler blauer Band mit der Nummer 43 aus der *Reihe Film* des Carl Hanser Verlags, der sich mit Murnau befasste.

Hinzu kam *Das unbelehrbare Herz – Ein Leben mit Stars und Dichtern des 20. Jahrhunderts* von Salka Viertel, ein Taschenbuch aus dem Rowohlt Verlag.

Besonders auffallend war ein DIN-A4-großer Doppelband im Schuber. Es handelte sich um die Bände 7 und 8 der Filmoteca Española, die unter dem Titel *Los proverbios chinos de F. W. Murnau* von einem Autor namens Luciano Berriatúa verfasst worden waren. Band 7 bezog sich auf Murnaus deutsche Phase, Band 8 auf die amerikanische. Das aufwendig gestaltete Werk war mit beeindruckendem Bildmaterial ausgestattet, das allein schon Veras Interesse geweckt haben musste. Die Markierungen im Text waren mit einem weichen Bleistift vorgenommen worden. Vera hatte alles sorgfältig durchgearbeitet. Ihr Spanisch war ganz passabel gewesen. Nicht umsonst hatte sie den Vornamen Alma, der für Seele stand, als Pseudonym gewählt.

Neben den Büchern war mir noch eine Videokassette mit einem TV-Mitschnitt aufgefallen. Der Aufkleber lautete *Tabu – Die letzte Reise*, Dokumentarfilm von Yves de Peretti, 1996.

Darüber hinaus war ein kleiner Stapel DVDs vorhanden.

Nosferatu in einer *Hollywood Classics Collection*-Ausgabe des Originals von Murnau. *Starring Max Schreck.*

Nosferatu – Phantom der Nacht. Werner Herzogs Hommage an den Stummfilmklassiker, mit Klaus Kinski, Isabelle Adjani und Bruno Ganz.

Shadow Of The Vampire von E. Elias Merhige mit John Malkovich als Murnau, Willem Dafoe als Vampir und Udo Kier als Albin Grau.

Sowie *Sunrise – A Song of Two Humans,* Murnaus erste Arbeit für William Fox.

Ich hatte mir alles angesehen. Das umfangreiche Filmangebot hatte mir jedoch lediglich Albträume beschert und mich in der Meinung bestärkt, dass unsere Psyche mit den Jahren zu einem Friedhof bedrückender Urbilder, traumatischer Eindrücke und unterdrückter Begierden wird. Genau genommen war die cinematografische Überdosis nur zu zwei Erkenntnissen gut gewesen: Udo Kier hatte in der Rolle des Albin Grau keinerlei Ähnlichkeit mit Richard Blau, und weder Treatment noch Drehbuch zu *Four Devils* (beides PDF-Texte, die zum Bonusmaterial von *Sunrise* gehörten) lieferten Informationen, die bei meiner Sache weiterhalfen.

Und doch ermutigte mich die bloße Tatsache, erneut auf die vier Teufel zu stoßen. Ich hatte Begriffe wie *Stummfilm* und *Filmrestauration* gegoogelt und war dabei auf diversen Websites zu ersten Informationen gekommen. Demnach lagen die Frühwerke der Filmkunst im Normalfall in dunklen und gut gekühlten Lagerräumen diverser Archive. Abgesehen von seiner bedingten Haltbarkeit war das Nitrofilmmaterial auch ein Sicherheitsrisiko. Es war nicht nur durch Fremdeinwirkung leicht entflammbar, sondern hatte auch einen Hang zur Selbstentzündung. Angeblich ab vierzig Grad Celsius. Früher war vermutlich die Vorführung der Streifen mit größter Gefahr verbunden gewesen. Bei den damaligen Filmprojektoren liefen die Filmspulen deshalb in geschlossenen Trommeln, und die Vorführräume verfügten über Feuerschutzschieber, Stahltüren und Metallschränke, in denen die Kopien aufbewahrt wurden. Brände waren nicht selten gewesen.

Es wunderte mich nicht, dass Mary Duncan bei jener denkwürdigen Privatvorführung in Florida auf Nummer sicher gegangen war und die angeblich letzte Kopie ins Wasser geworfen hatte. Alles, was ich in Erfahrung brachte, sprach nicht gerade dafür, sich ausgerechnet das tropische Afrika als Lagerstätte für einen solchen Film auszusuchen. Wie auch immer, ich musste noch mehr zu diesem Thema herausfinden.

Das Kartenhandy, das ich mir gleich nach Ankunft in Berlin gekauft hatte, meldete sich mit dem dezentesten Klingelton, den ich im Menü gefunden hatte.

Die Tochter des Grasscutters.

Ich hatte ihr eine Nachricht hinterlassen, und sie rief zurück, um ein Treffen zu vereinbaren.

Sie hatte eine angenehm rauchige Stimme.

76

»Da, wo das Entenpaar rumpaddelt, trieb die Leiche im Wasser«, sagte Anna Lore Wolf.

Die Stelle lag am Rande des Schilfs und war etwa hundert Meter vom Steg entfernt.

»Zunächst habe ich gedacht, es wäre ein verendetes Tier, denn wir hatten schon mal einen Eber, der bei der Jagd angeschossen und später hier angeschwemmt wurde. Aber diesmal war es kein Schwarzwild, sondern ein nackter Afrikaner.«

»Ertrunken?«

»Nein.«

»Und wie ist er zu Tode gekommen?«

»Er hatte ein Loch im Kopf.«

»Im Schädel oder am Hals?«

»Ein Schuss in den Hinterkopf. Die Frau von der Mordkommission hat gemeint, er sei regelrecht hingerichtet worden.« Die Tochter des Grasscutters verschränkte die Arme, als sei ihr kalt.

Damit hatte sich meine kühne *Dreieckzahn-Variante* erledigt. Der Gedanke, bei dem Toten handle es sich um Big Ben, lag jedoch nahe. Schließlich hatte Lucille behauptet, ihr Bruder habe den Grasscutter aufgesucht. Zur Sicherheit holte ich das Foto aus meiner Jackentasche.

»Haben Sie die Leiche zu Gesicht bekommen?«

Anna Lore Wolf nickte.

»War es dieser Mann?«

Sie betrachtete das Foto und antwortete mit einem sehr bestimmten »Nein«.

»Sind Sie sicher? Wir reden über eine Wasserleiche mit Kopfschuss. Ich weiß ja nicht, in welchem Zustand sie war, aber …«

»Er war viel jünger und sehr schmal. Sie haben gesagt, er sei Anfang zwanzig. Ein Nigerianer. Man hat mir auch sein Fahndungsfoto gezeigt.«

Lagos. Das hätte Dax gefallen.

»Angeblich wurde er nicht nur in Deutschland gesucht. Drogen, Glücksspiel, was weiß ich … vermutlich eine interne Abrechnung.«

Was zum Teufel hatte die Nigerianermafia ausgerechnet in der brandenburgischen Provinz zu suchen? Bordelle in schummrigen Dorfkneipen? Verbotene Spielsalons in ehemaligen Stasibunkern? Drogen an Neonazis? Absurd. Aber vielleicht mischten die Jungs aus Lagos von hier aus gerade Polen auf.

Ich folgte Anna Lore Wolf zu einer mächtigen Erle, unter der eine Holzbank stand. Wir nahmen Platz und schwiegen eine Weile. Draußen im See waren Bojen verankert, an denen ein Boot vorbeizog. Das Entenpaar patrouillierte inzwischen unmittelbar vor dem Steg und schnatterte geschäftig. Eine dicke Hummel brummte über Weidenkätzchen. Und über dem Wasser taumelten lautlos Libellen.

Die Gegend um den Streganzer See war ein schönes Fleckchen

Erde. Bereits am frühen Morgen hatte ich mir den Nylonrucksack über die Schulter geworfen, war am Berliner Bundesplatz in die Linie 46 der S-Bahn gestiegen und vierzig Minuten bis zur Endstation in Königs Wusterhausen gefahren. Dort war Anna Lore Wolf wie verabredet mit ihrem Renault Kangoo vorgefahren, und zwanzig Minuten später hatten wir das Seegrundstück bei Prieros erreicht. Auch hier stand ein kleines Holzhaus. Nicht Godsons weiß gestrichenes Tropenidyll, sondern eines mit Kamin, das mit seinem grünen Anstrich und den roten Fensterrahmen eher einer Finnenhütte glich. Nicht nur wegen des Holzhauses erinnerte die einstündige Reise von Berlin nach Prieros an einen Ausflug von Accra nach Prampram. Es war die gleiche Flucht aus der geschäftigen Großstadt an einen stillen Ort am Wasser. Doch was Natur, Landschaft und Klima betraf, hätte der Unterschied nicht größer sein können. Brandenburg stand für endlose Nadelwälder, großflächige Felder, weite Auen und ein dichtes Netz von Wasserläufen und Seen. Der Frühling bot frisches Hellgrün, aufbrechende Blütenknospen und munteres Gezwitscher. Die Luft war angenehm frisch. Die Sonne schien, war aber noch schwach. Und trotzdem hatte ich unterwegs Einheimische bemerkt, die sich bereits die ersten Kleidungsstücke vom Leib rissen. Ich hingegen brauchte Pullover und Jacke, um nicht an Unterkühlung zu sterben.

Schon im Auto hatte ich begonnen, über meinen Ausflug mit dem Grasscutter Bericht zu erstatten. Natürlich hatte ich ihn nicht so genannt, sondern mich an den Namen Richard Blau gehalten. Fragen zu Albin Grau hob ich mir noch auf. Die Tochter hatte aufmerksam zugehört und bislang nur gelegentlich Fragen gestellt. Einiges wusste sie schon aus den Telefonaten mit Botschafter Ammer und den offiziellen Protokollen und Vermerken, die man ihr zugänglich gemacht hatte. Auch vom Tod meiner Mutter hatte ich ihr erzählt. Er schien sie ebenso zu interessieren wie der ihres Vaters. Nicht nur wegen der offensichtlichen Verbindung zwischen den beiden Morden, deren Beweggründe noch im Dunkeln lagen. Immerhin hatten uns die Vorkommnisse zu einer Art Schicksalsgemeinschaft gemacht, obwohl wir uns gar nicht kannten. Auch Anna Lore Wolf war einzige Hinterbliebene und hatte nur wenige Tage zuvor eine Beerdigung hinter sich gebracht.

»Angeblich hat Ihr Vater sich vor seinem Aufenthalt in Ghana mit dem Mann getroffen.« Ich hielt der Tochter erneut das Foto hin.

Sie warf wieder einen Blick darauf und schüttelte den Kopf. »Ich habe ihn noch nie gesehen, aber es könnte sein, dass Vater sich mit ihm getroffen hat.« Sie deutete zum gegenüberliegenden Ufer. »Kurz bevor er nach Afrika gereist ist, hatte er da drüben im Hotel eine Besprechung. Soweit ich von der ermittelnden Beamtin weiß, wurde dort noch ein anderer Afrikaner gesehen, bei dem es sich nicht um den Toten im See handelte. Man vermutet, dass es ein weiterer Nigerianer war, der als Täter in Frage kommt.«

Auch ihr Vater hätte der Täter sein können.

Ich behielt es für mich. Der Grasscutter war mir nicht wie ein Killer vorgekommen, der sein Opfer per Kopfschuss erledigt. Aber möglich war alles.

»Als die Beamten vom Tod meines Vaters erfuhren, sind sie noch mal vorbeigekommen und der Sache mit dem Schwarzen im Hotel erneut nachgegangen.«

»Und?«

»Ich habe nichts mehr gehört. Aber wir könnten dem Hotelpersonal das Foto zeigen. Dann wissen wir, ob es sich um diesen zweiten Afrikaner handelt.« Sie lächelte mich an.

»Keine schlechte Idee …«

Entschlossen sprang sie auf, zeigte auf das Ruderboot, das im Wasser lag, und rief: »Also Leinen los!« Ihre Stimme klang dabei noch eine Spur rauer.

Ich blickte zu ihr auf, erwiderte ihr Lächeln und nickte. Die Frau war von der zupackenden Art. Sie musste um die dreißig sein. Sie hatte schulterlange schwarze Haare, und ihre graugrünen Augen glänzten wie Gletschereis. Die Tochter hatte kaum Ähnlichkeit mit ihrem Vater. Nicht nur wegen der ebenmäßigen Zähne. Das Einzige, was sie von ihm geerbt hatte, war die Statur. Doch im Gegensatz zu ihrem Vater hielt sie sich gerade. Ich stand auf und folgte ihr – aber noch bevor wir ins Boot steigen konnten, geriet alles aus dem Lot.

Ein Schwindelgefühl kündigte den Anfall an.

Einen Moment lang wankte ich. Pflanzen, Wasser und Himmel verschwammen, und ich drohte die Orientierung zu verlieren. Kurz bevor ich umkippte, kam ich wieder halbwegs zu Sinnen. Trotzdem spürte ich das lauernde Pochen im Schädel. Ich stand kurz vor einem Blackout.

Der erste Fieberschub kündigte sich an.

Wie ich es auch drehte und wendete: Ich hatte Afrika in meinem Blut. Noch vor dem Abflug in Accra hatte mich der winzige Vampir Anopheles erwischt. Schon auf der Fahrt mit der S-Bahn hatte ich die vertrauten Symptome verspürt, aber das hätten auch erste Anzeichen einer Erkältung sein können. Kein abwegiger Gedanke, wenn man sich aus Afrika ins nachwinterliche Berlin begibt. Doch jetzt überkam mich zudem ein Brechreiz. Ich hatte schon alle Varianten, mit denen sich ein Malariaanfall ankündigt, am eigenen Leib erfahren, vom leichten Fieber mit Frösteln, das zum Schüttelfrost wird, über grippeähnliche Gliederschmerzen bis zu stechendem Kopfweh. Diesmal sah es ganz danach aus, als müsste ich mich zum Auftakt übergeben. Der Druck hinter meinen Augen wurde stärker, und ich ging auf dem Steg in die Knie, um wenigstens mit Stil ins Wasser zu kotzen.

»Ist Ihnen nicht gut?«

Wer immer das fragte, war unendlich weit weg. War es der Grasscutter, der aus dem Jenseits zu mir sprach? Oder war es seine Tochter? Trotz meines Zustands erinnerte ich mich an den Vortrag, den ich ihrem Vater bei unserer ersten Begegnung auf meinem Balkon im Andoh House gehalten hatte.

»*Aber irgendwo wird es Sie doch erwischen. Seien Sie ganz unbesorgt ...*«

Nun zwang mich das Tropenfieber in die Knie. Ich war froh, die Schachtel *Plasmotrim* im Rucksack zu wissen. Aber erst musste alles aus meinem Magen raus, damit ich die Tabletten überhaupt bei mir behalten konnte. In weitem Bogen spie ich die erste Ladung in den See.

Als ich meinen Oberkörper wieder aufrichtete, spürte ich die Hände, die nach meinen Schultern griffen. Doch noch bevor ich mich bemuttern lassen konnte, zwang mich der nächste Krampf wieder mit dem Gesicht übers Wasser. Der zweite Schwall folgte, und ich würgte weiter, bis nichts mehr kam.

Die Hände zogen meine Schultern sanft nach hinten. Erschöpft ließ ich mich auf den Rücken sinken und erkannte noch den Kondensstreifen eines Flugzeugs, der sich in großer Höhe über den fahlblauen Himmel zog und allmählich verblasste.

Kurz darauf schrumpfte mein Blickfeld zu einem Kreis, der sich rasend schnell zusammenzog, und ich versank in Dunkelheit.

77

Der Gang in die Nacht ist Murnaus siebter Stummfilm und der erste, der der Nachwelt erhalten bleiben wird.

Das Werk wird am 21. Januar 1921 uraufgeführt. Das darauf folgende zählt schon wieder zu den verschollenen. *Marizza, genannt die Schmugglermadonna* ist eine Abenteuergeschichte mit

Adele Sandrock, die am 20. Januar 1922 Premiere hat. Und bereits im Februar 1921 beginnen die Dreharbeiten zu *Schloss Vogelöd*. Bei diesem Film werden die Kritiker zum ersten Mal Murnaus außergewöhnliche Gabe würdigen, die Grenzen zwischen Wirklichkeit und Unwirklichkeit zu verwischen.

In jenen Jahren arbeitet der Regisseur häufig mit dem Stilmittel der Irisblende – als wolle er die Zuschauer mit diesem Kreis, der sich immer enger zusammenzieht, noch tiefer in das Geschehen auf der Leinwand saugen.

78

Als ich wieder zu mir kam, wusste ich nicht, wie lange ich ohnmächtig gewesen war und wo ich mich befand.

Ich lag unter bunten Decken in einem breiten Bett. Jemand hatte mich bis auf die Unterwäsche ausgezogen. Vor dem Fenster sah ich lediglich dichtes Geäst von Laub- und Nadelbäumen. Erst als die Tochter des Grasscutters den Raum betrat, wurde mir klar, wo ich war. Ich lag in der Finnenhütte und bemerkte nun auch den offenen Kamin.

Anna Lore Wolf stellte eine Flasche Mineralwasser und ein Glas neben dem Bett ab, goss mir ein und fragte besorgt: »Soll ich einen Arzt rufen?«

Wenn sie es bislang nicht getan hatte, konnte ich noch nicht allzu lange hier liegen. Vorsichtig schüttelte ich den Kopf und nahm das volle Glas entgegen und bemühte mich, nichts zu verschütten. »Nein. Das ist nicht nötig.«

»Sind Sie sicher?« Sie setzte sich neben mir aufs Bett.

»Ich weiß, was es ist, und kann damit umgehen.« Ich trank einen Schluck. Im Moment fühlte ich mich völlig klar. Aber das täuschte. Ich musste unbedingt meine Tabletten nehmen.

»Was ist es denn?«

»Ein Malariaanfall.«

»Mein Gott!«

»So schlimm ist es nun auch wieder nicht.« Ich rang mir ein Grinsen ab. »Wie zum Teufel haben Sie mich hierhergebracht?« Der Waldpfad zwischen See und Haus war ein paar hundert Meter lang, wenn ich mich recht erinnerte.

»Mit der Schubkarre.«

Mit dem selbstbewussten Lächeln, den eisgrün funkelnden Augen und dem dichten schwarzen Haar erinnerte sie mich an eine Eskimofrau, für die der Transport einer bewusstlosen Robbe kein Problem war. Erst jetzt bemerkte ich die winzigen Sommersprossen auf Wangen und Nase. Im hellen Tageslicht waren sie kaum zu erkennen gewesen.

Ich sah mich suchend um. »Können Sie mir bitte meinen Rucksack bringen?«

»Aber sicher.«

Sie verschwand nach draußen, und ich rappelte mich auf. Spätestens als ich auf der Bettkante saß, holte mich die Krankheit wieder ein. Der Schweiß strömte mir aus allen Poren, und meine Haut war kalt, spröde und klamm. Meine Augen lagen tief und schwer in den Höhlen, als wollten sie sich durch den Hinterkopf bohren. Das Stechen in meinen Schläfen hatte die Qualität einer Stricknadelfolter, und meine Beine zitterten, noch bevor ich sie belastet hatte. Das Programm für die nächsten achtundvierzig Stunden stand fest. Schüttelfrost und Fieberhitze. Wenn ich Glück hatte, ging es danach wieder aufwärts. Im Normalfall war ich nach fünf Tagen wieder der Alte.

Ich riss mich zusammen, setzte die Flasche an und trank Mineralwasser, bis es mich würgte. Der Versuch aufzuspringen scheiterte zunächst kläglich. Dann kam ich doch noch hoch, versuchte auf den Beinen zu bleiben und den Raum zu verlassen. Dabei kollidierte ich zunächst mit dem Türrahmen, schleppte mich dann aber durch die kleine Diele zur Haustür und ins Freie. Unterwegs nahm ich undeutlich die Eskimofrau wahr, die in der Tür zur Küche auftauchte, und hörte ein ungläubiges »Wohin wollen Sie …?«

Stur torkelte ich unter die nächsten Bäume, hielt schwankend inne und stützte mich mit beiden Händen auf den Knien ab. Ich beugte mich vornüber, soweit es das Schwindelgefühl zuließ, und würgte mir die Seele aus dem Leib. Außer Wasser und einem dünnen Speichelfaden kam nichts mehr. Ich steckte mir den Finger in den Hals. Auch das brachte nichts. Schließlich gab ich auf, spuckte ein letztes Mal aus und wankte an der Eskimofrau vorbei zurück ins Haus und zum Bett.

Wieder auf dem Rücken zu liegen war ein Segen.

»Das ist zwar nur unser Zweitwohnsitz, aber wir haben eine Toilette.« Sie hielt mir den Rucksack hin.

»Tut mir leid.« Fahrig fummelte ich die Schachtel *Plasmotrim* aus der Seitentasche und drückte zwei Tabletten aus der Folie. »Ich will nur sichergehen, dass ich die Medizin bei mir behalte. Der erste Gegenschlag muss sitzen.« Ich bemühte mich um ein Lächeln.

Wahrscheinlich hatte sie den Eindruck, ein Totenkopf grinse sie an, denn sie musterte mich nur mit ausdrucksloser Miene, goss dann das restliche Wasser ins Glas und reichte es mir. Ich brachte die Tabletten runter, blieb ruhig liegen und erklärte mit schwerer Zunge den üblichen Verlauf des Fiebers.

»In Westafrika ist das so normal wie in Europa eine Erkältung oder Grippe. Wenn ich mich auf den Rücksitz lege, können Sie mich nach Hause fahren, wenn es Ihnen nichts ausmacht. Ist Ihnen vielleicht lieber, als einen fremden Mann mit Tropenkoller zu beherbergen.«

»Blödsinn. Sie bleiben erst mal hier.«

Ich versuchte zu nicken. Ich war gekommen, um ihr einige Fragen zu stellen, und war damit noch nicht fertig.

»Das Zimmer meines Vaters steht sowieso leer.«

Ich sah mich um, ohne viel wahrzunehmen. Im Bett des Grasscutters zu liegen hatte etwas Unwirkliches.

»Sie nehmen Ihr Zeug. Und wenn es nicht bald hilft, fahre ich Sie nach Berlin ins Tropeninstitut.«

Matt winkte ich ab. »Das wird schon wieder.«

»Hoffen wir das Beste.« Sie deckte mich zu und legte mir die Hand auf die Stirn. »Sie glühen ja. Ich hole ein Fieberthermometer.«

»Haben Sie zufällig so was wie *Paracetamol* da? Das hilft ganz gut gegen Kopf- und Gliederschmerzen.« Das Sprechen fiel mir schwer, und ich konnte mich nicht richtig konzentrieren.

»Ich sehe mal nach.«

Als sie das Zimmer verließ, spürte ich, wie sich die Parasiten in meinem Blut zum nächsten Angriff formierten. Langsam versank ich in den mir wohlbekannten Sumpf aus dumpfer Bewusstlosigkeit, schläfriger Tagträumerei und Fieberwahn.

Es war wie immer.

Alles floss ineinander.

79

Schon die ersten sechs Werke, bei denen F. W. Murnau in den Jahren 1919 und 1920 Regie führt, gelten bis heute als verschollen.

Der erste Stummfilm, den er im Frühjahr 1919 inszeniert, heißt *Der Knabe in Blau*, eine Geschichte mit Anklängen an den Roman »Das Bildnis des Dorian Gray« von Oscar Wilde. Die Hauptrolle spielt Murnaus guter Freund Ernst Hofmann, der in diesen Jahren als einer der attraktivsten Darsteller gilt. Hofmann ist für den Film auch als Produzent verantwortlich. In den dreißiger Jahren und Anfang der Vierziger wird er als Ernst Hofmann von Schönholtz Unterhaltungs- und Kriminalromane veröffentlichen.

Es folgt *Satanas* mit Fritz Kortner als Pharao und Conrad Veidt als der Weise von Elu, dann *Sehnsucht*, danach *Der Bucklige und die Tänzerin*, schließlich *Der Januskopf* mit Béla Lugosi (eine Adaption von Robert Louis Stevensons Roman »Dr. Jekyll und Mr. Hide«) und *Abend – Nacht – Morgen*, den der inzwischen routinierte Murnau für eine Detektivfilmserie der Decla-Bioscop dreht.

Die Jahre 1919 und 1920 sind mit sechs Filmen eine Zeit der Vollbeschäftigung für das neue Regietalent. Die Arbeitsbedingungen sind damals nicht nur für Filmschaffende anders als heute und sie sind in allen Branchen hart. Der Arbeitstag hat zehn Stunden. Man kämpft für neun. Lohnfortzahlung bei Krankheit ist blanke Utopie. Der Sonntag ist der einzige arbeitsfreie Wochentag. Urlaub gibt es nur wenige Tage im Jahr. Weit und länger zu verreisen ist ein Luxus für wenige. Man ist froh, Arbeit zu haben, und deshalb meist anwesend und verfügbar.

Für Murnau geht es Schlag auf Schlag weiter.

Der Gang in die Nacht.

Marizza, genannt die Schmugglermadonna.

Schloss Vogelöd.

Nach dem Tod von Mary Ehrenbaum im Jahr 1921 zieht Murnau endgültig in die Villa. Hier genießt er Wohnrecht auf Lebenszeit. Er richtet sich über die Jahre bequem und geschmackvoll ein. Besucher, die sich vergeblich nach einem Stuhl umsehen, pflegt der Gastgeber mit einer beiläufigen Geste zu seinem türkischen Diwan aufzufordern: »Bitte, legen Sie sich hin.« Auch ein privates Fotolabor hat er sich eingerichtet, und im Turmzimmer hängt ein impressionistisches Bild, das die Gemeinde Murnau und ihre Voralpenlandschaft zeigt. Der Regisseur führt ein offenes Haus und baut seine künstlerischen und geschäftlichen Kontakte in Berlin zielstrebig aus.

Er lebt mit Walter Spies zusammen, der Malerei, Musik und Tanz studiert. Murnau unterstützt Spies auch finanziell und stellt dem geliebten Freund in der Villa ein Atelier zur Verfügung. Zum Dank entwirft Spies Wandmalereien mit persischen Jagdmotiven für Murnaus Räumlichkeiten.

Murnau trägt sich zum ersten Mal mit dem Gedanken, eine Jacht zu kaufen, und schmiedet mit seinem Lebensgefährten Aussteigerpläne. Vor allem Walter Spies schwärmt von einer Reise in die Südsee. Die Region wird in Europa nicht nur wegen Seefahrerromantik und Abenteuermythen verklärt, sondern gilt seit Anfang des zwanzigsten Jahrhunderts auch als Eldorado für homosexuelle Männer.

Dann *Nosferatu*. Spätestens jetzt gilt Friedrich Wilhelm Murnau als etablierter Regisseur. Es folgen *Der brennende Acker* und die Verfilmung des Romans *Phantom* von Gerhart Hauptmann, in der Lil Dagover mitspielt. *Phantom* ist der erste Film Murnaus mit hohem technischem Aufwand.

Im Februar 1923 beginnen die Dreharbeiten zu *Die Austreibung* nach dem Bühnenstück von Carl Hauptmann. Der Film gehört ebenfalls zu den später verschollenen Werken. Im Sommer desselben Jahres entsteht *Die Finanzen des Großherzogs*. Manche Kritiker fragen sich, wie Murnau, der ehemalige »Pflegesohn« der jüdischen Bankiersfamilie Ehrenbaum, einen antisemitischen Roman verfilmen kann. Murnaus einziger heiterer Film entsteht an der Adria, wohin ihn sein Freund Walter begleitet.

Zurück in Berlin, trennt sich Walter Spies von Murnau. Der Maler macht seinen lange gehegten Traum wahr und reist Richtung Südsee ab. Murnau will ihn nicht gehen lassen. Doch Spies kehrt Deutschland für immer den Rücken – wohl auch, um sich aus der besitzergreifenden Umarmung seines Gönners zu befreien. Er wird sich zunächst auf Java niederlassen und später auf Bali. Die beiden Männer wissen beim Abschied noch nicht, dass sie sich nie mehr wiedersehen werden.

Im Mai 1924 nimmt Murnau *Der letzte Mann* in Angriff. Es ist sein erstes Werk mit Emil Jannings, einem der berühmtesten Kinostars Deutschlands. Die Zusammenarbeit der beiden so unterschiedlichen Männer bringt einen Klassiker des deutschen Films hervor und beschert Murnau zum ersten Mal internationale Anerkennung. Daran haben vor allem Drehbuchautor Carl Mayer und Kameramann Karl Freund großen Anteil. Während der Dreharbeiten hält sich auch Alfred Hitchcock auf dem Ufa-Gelände auf, wo er als Regieassistent arbeitet.

Drei Tage vor der Premiere am 23. Dezember 1924 in Berlin wird *Der letzte Mann* in New York unter dem Titel *The Last Laugh* wichtigen Vertretern von Filmindustrie und Presse gezeigt. Eigentlich hatte Murnau nach Ende der Dreharbeiten eine Reise nach Java geplant, um Walter Spies zu besuchen, aber nun reist er nach New York. Hier trifft er zum ersten Mal William Fox. Und bereits im Januar 1925 kommt es zwischen Produzent und Regisseur zu einer ersten Vereinbarung, die Murnau im darauf folgenden Jahr für ein gemeinsames Filmprojekt in die Vereinigten Staaten führen soll.

Doch zunächst geht es in Babelsberg weiter. Im Frühjahr 1925 dreht das so erfolgreiche Team Murnau-Jannings-Mayer-Freund mit Lil Dagover und Werner Krauß *Tartüff*. Für einen Stummfilm eine große Herausforderung in Anbetracht der Wortfülle der Theaterkomödie von Molière.

Im März 1925 finden weitere Kontakte zwischen Murnau und Winfield Sheehan von der Fox statt, um die künftige Zusammenarbeit zu konkretisieren. Im April 1925 kommt es in Berlin zu einer gravierenden politischen Veränderung, die Deutschland weiter nach rechts rückt. Hindenburg wird Reichspräsident. Die Weichen für Hitlers Diktatur sind gestellt.

Im selben Jahr dreht Murnau *Faust,* seinen letzten deutschen Spielfilm. Bei der offiziellen Premiere im Ufa-Palast am Zoo, am 14. Oktober 1926, ist der Regisseur schon nicht mehr in Deutschland.

Friedrich Wilhelm Murnau arbeitet bereits an seinem ersten Hollywoodfilm.

80

Im Dämmerzustand hörte ich sie in der Küche hantieren.

Geschirr klirrte. Töpfe klapperten. Es roch lecker, doch ich hatte keinen Hunger. Der Duft wurde intensiver. Sie brachte mir eine Suppe.

»Marizza«, sagte ich zu der Eskimofrau, »wir fahren nach Amerika.«

»Marizza …?«

»Die Schmugglermadonna.«

»Verstehe«, sagte sie und flößte mir etwa Brühe ein. »Was schmuggeln wir denn?«

»Stummfilme.«

»Und wohin?«

»Nach New York.«

81

Im Juli 1926 begrüßt Filmmogul William Fox den Erfolgsregisseur F. W. Murnau erneut in New York.

Bei einem Bankett im Ritz Carlton stößt man auf gute Zusammenarbeit an. Der Umzug in die Vereinigten Staaten fällt Murnau leicht, weil die Filmindustrie in Deutschland stagniert. Mit der Abschaffung der wertlosen Mark, einer kurzfristigen Übergangslösung durch die Rentenmark und der darauf folgenden Einführung der Reichsmark im August 1924 gelingt es, die deutsche Währung zu sanieren. Dies trägt wesentlich zu einer wirtschaftlichen Krise auf dem Filmmarkt bei. Das bis dahin vom Dumping geprägte und nicht zuletzt dadurch so erfolgreiche Auslandsgeschäft bricht ein. Film-Aktiengesellschaften, die zu Zeiten der Inflation aufblühten, gehen aufgrund der zunehmenden Exportschwierigkeiten in Konkurs, und ausländische Konkurrenz, allen voran Hollywood, drängt massiv auf den deutschen Markt.

Für Murnau bedeutet der Wechsel nach Kalifornien höhere Gagen und die Zusicherung uneingeschränkter künstlerischer Freiheit. Er sagt später: »Ich folgte dem Angebot aus Hollywood, weil ich glaubte, dass man immer noch etwas lernen kann, und mir Amerika neue Wege bot, meine künstlerischen Pläne zu verfolgen.« Bei seinem ersten Hollywoodprojekt, *Sunrise*, hat er tatsächlich freie Hand. Er lässt auf dem Fox-Gelände eine ganze Stadt errichten. Der Aufwand für diesen Film übertrifft alles, was die Industrie bislang auf die Beine gestellt hat. Murnaus Autonomie grenzt ans Sagenhafte.

Die Meisterwerke *Der letzte Mann* und *Faust* haben William Fox dazu bewogen, in Murnau ein Genie zu sehen. Die bewährten Publikumsrenner haben die Kassen gefüllt, aber man giert nach künstlerischem Prestige. Diesbezüglich hat die Fox Film Corporation nach Tom-Mix-Western und vergleichbar trivialer Kost hohen Nachholbedarf. »Machen Sie mir einen großartigen Film, was immer es kosten mag«, sagt Fox zu Murnau und umarmt sein *German Genius*, das er Fred nennt. Er geht sogar so weit, andere bei seinem Studio unter Vertrag stehende Regisseure wie Raoul

Walsh und John Ford aufzufordern, sich die filmische Handschrift des Deutschen genau anzusehen und möglichst viel davon zu übernehmen. Für einige Jahre wird Murnau den Stil des amerikanischen Films nicht unerheblich beeinflussen.

Nach Ende der Dreharbeiten reist Murnau im Frühjahr 1927 nach Berlin, um einen alten Vertrag mit der Ufa zu erfüllen. William Fox verabschiedet Fred persönlich mit Blumenstrauß und Fruchtkorb am Pier. Murnau soll im Oktober zurückkehren und weiter für die Fox arbeiten.

Die Ufa ist nach wie vor in der Krise. Man einigt sich mit Murnau, das geplante Projekt *Zwischen 9 und 9* nicht weiterzuverfolgen. Das beschert ihm, neben den Werbeaktivitäten für die Fox in Paris, einige entspannte Sommertage an der Havel. Er segelt, macht mit seinen Freunden Picknick und fotografiert häufig. Er ist guter Dinge. Nur dass er den von Hollywood frustrierten Carl Mayer nicht zur weiteren Drehbucharbeit für die Fox überreden kann, stimmt ihn traurig. Als Murnau schließlich wieder nach New York reist, wo *Sunrise – A Song of Two Humans* am 23. September 1927 am Times Square Premiere hat, ahnt er nicht, dass er Deutschland zum letzten Mal gesehen hat.

Sunrise ist der erste Film der Fox, der über eine Tonspur mit eigener Filmmusik verfügt. Das alleine ist eine Sensation. Doch trotz begeisterter Kritiken und drei Oscars bleibt Murnaus Werk ein Kultfilm für Intellektuelle. An der Kasse können die enormen Kosten auch nicht annähernd eingespielt werden. Bei William Fox kommen Zweifel auf. Er steht unter Druck, ist dabei, aggressiv zu expandieren. Er investiert in Kinoketten und will dadurch den Absatz seiner Produktionen sichern. Gleichzeitig versucht er beinhart, in der Filmbranche sein neues Lichtton-Verfahren durchzusetzen. Fox wirbt bei Murnau für mehr Zugeständnisse an den Geschmack des breiten Publikums.

Und so kommt es bei *Four Devils,* der im Frühjahr 1928 gedreht wird, und *Our Daily Bread,* den er im August 1928 in Angriff nimmt (und der später unter dem Titel *City Girl* ins Kino kommt), bereits zu Einschränkungen der von Murnau beanspruchten Autonomie. William Fox hält seine schützende Hand nicht mehr ganz so gönnerhaft über sein deutsches Genie. Aufgrund seiner Expansions- und Fusionierungsbestrebungen ist er in New York gebunden und delegiert die Verantwortung fürs Filmische an seinen Mitarbeiter Winfield Sheehan. Immer häufiger kommt es zu Reibereien zwischen dem Regisseur und der Fox. Der Zwang zur kommerziellen Verwertbarkeit legt sich wie ein immer größer werdender Schatten über Murnaus Hollywoodprojekte. Die als reine Stummfilme gedrehten *Four Devils* und *Citygirl* werden nachträglich teilweise vertont.

Der Frust nagt inzwischen so stark an ihm, dass sich Resignation bei Murnau einschleicht. Der Studiobetrieb geht ihm auf die Nerven. Er hat es satt, sich von Produktionsleitern belehren zu lassen, und er ist es nicht gewöhnt, Rücksicht auf Verbände und Gewerkschaften zu nehmen, in denen die Mitarbeiter, auf die er angewiesen ist, organisiert sind. Friedrich Wilhelm Murnau versteht sich als Schöpfer seiner Filme. Das Kollektiv hat sich seiner Vision unterzuordnen. Er ist der innovative Urheber seiner Werke.

Trotz aller Ärgernisse lässt der Regisseur sich in seinen Ambitionen nicht einschränken. Ungebrochen widmet er sich seinem nächsten Projekt, einem Film über fremde Kulturen und ferne Welten. Murnau will schließlich aus dem Gefängnis Hollywood ausbrechen, ist enttäuscht über die zunehmende Manipulation, der er unterworfen ist. Er kauft dem befreundeten Schauspieler George O'Brien die Segeljacht *Pasqualito* ab und erwirbt ein Kapitänspatent. Die Jacht tauft er zur *Bali* um. Sein alter Freund Walter Spies ist inzwischen von Java nach Bali umgezogen und schreibt begeisterte Briefe. Er fordert Murnau auf, die Scheinwelt endlich hinter sich zu lassen und baldmöglichst ins Paradies nachzukommen. Das scheint nun machbar zu sein.

Doch noch bevor er dem Ruf folgen kann, kommt Murnau über David Flaherty in Kontakt mit dessen Bruder Robert. Murnau bewundert Robert Flaherty, der mit *Nanuk der Eskimo* und dem Südseefilm *Moana* bewiesen hat, dass er fernen Welten und fremden Kulturen wie kein anderer Filmemacher gerecht werden kann. David, der für seinen Bruder neue Projekte sondiert und verhandelt, ist kaum von einer Erkundungsreise nach Tahiti zurückgekehrt, da lädt Murnau ihn zu sich nach Hause ein.

Mit zunehmender Begeisterung lauscht er Davids Bericht. Hatte Murnau bislang Bali im Visier, so will er nun so bald wie möglich mit den beiden Brüdern nach Tahiti, um mit ihnen einen Film nach eigenem Geschmack und ohne den Einfluss der Studios zu realisieren. Robert Flaherty erzählt Murnau die Geschichte von einem Perlentaucher. Murnau ist fasziniert. Diese Idee mit dem Arbeitstitel *Turia* ist der Ausgangspunkt für den späteren Südseefilm *Tabu*.

Am 19. März 1929 gibt die Fox die Auflösung ihres Vertrages mit Murnau bekannt. Am selben Tag macht dieser seine neuen Pläne publik. Friedrich Wilhelm Murnau ist jetzt vierzig Jahre alt, Robert Flaherty vierundvierzig.

Der neue Film soll nur mit Laiendarstellern besetzt werden. Das heißt: keine Hollywoodstars. Wohl auch deshalb können sich Paramount und der Politiker und Banker Joseph Kennedy nicht für die Finanzierung des Vorhabens der neu gegründeten Flaherty-Murnau-Productions begeistern. Es kommt zu einem Vertrag mit der jungen Firma Colorart Synchratone Pictures. Der Film soll in einem neuartigen Technicolor-Verfahren und mit Ton hergestellt, über den Verleih erst später verhandelt werden. Am 30. März 1929 telegrafiert Murnau an Kurt Korff, den Chefredakteur der *Berliner Illustrirten Zeitung* in Berlin: *Fahre in etwa zehn Tagen in eigener Jacht nach Südsee Marquesas Inseln Society Cook und Tanmota – vielleicht Samoa. Haben Sie Interesse, wenn ja wofür Stop Wieviel Pincus zahlt Ullstein?*

Tatsächlich wird Murnau häufiger Texte und Fotos über die Reise und den Aufenthalt in Polynesien liefern. Nicht nur für die *Berliner Illustrirte Zeitung*, sondern auch für den *Querschnitt* und *Die Dame*. In Korff hat Murnau einen kongenialen Partner für seine Berichte gefunden, denn der Journalist setzt auf ein Konzept, das Geschichten nicht nur über Text, sondern verstärkt durch Bilder erzählen soll. Die Seefahrt, die Inseln der Seligen und die Träume und Abenteuer, die Schriftsteller wie Jack London und Robert Louis Stevenson gelebt und dokumentiert haben, beflügeln nicht nur Murnaus Fantasie, sondern auch die der Leser in kälteren Regionen.

Murnau tritt also eine Reise an – so wie die Helden seiner Filme es oft tun.

82

Ich versuchte, dieses gottverdammte Boot vom Strand ins Meer zu ziehen.

Wenn ich als Friedrich Wilhelm Murnau unterwegs war, ging es mir recht gut. Als Klaus Kinski war es die reinste Hölle. Der Ozean vor mir tobte. Der Sand unter meinen nackten Füßen gab nach und saugte an mir, als wolle er mich verschlingen. Das Boot wurde immer schwerer und verlangte mir unmenschliche Anstrengungen ab. Es bewegte sich keinen Millimeter. Immer wieder versuchte ich es aufs Neue, manisch getrieben, bis zur völligen Erschöpfung. Es musste gelingen! Ich musste Vera aus diesem fieberverseuchten Tropenland hinaus aufs offene Meer bringen, um sie zu retten. Wenn ich scheiterte, würde das Boot, in dem meine Mutter lag, zum Sarg. Laut schrie ich meine Verzweiflung in den Wind – bis mir die Stimme versagte.

Ich erwachte und bemerkte die Eskimofrau, die in der Tür erschien.

»Was ist passiert?«, rief sie.

Ich wusste nicht, was sie meinte, starrte sie nur an.

»Sie haben geheult wie ein Wolf.«

»Das Fieber«, flüsterte ich. »Es ist das Fieber.« Ich schmorte in meinem eigenen Saft.

Sie beugte sich über mich und sah mich prüfend an. »Gut, dass Sie aufgewacht sind. Sie müssen Ihre Tablette nehmen.«

War ich schon vierundzwanzig Stunden unterwegs?

»New York war wohl nicht sehr angenehm«, stellte sie beiläufig fest.

Ihr Lächeln beruhigte mich. Sie würde mich nicht im Stich lassen. Ich nahm meine Medizin und trank Wasser. Schwer sank ich in mein Kissen zurück, und der Schlaf raubte mir wieder die Sinne.

»Und was schmuggeln wir jetzt?«, hörte ich sie noch fragen.

»Träume«, murmelte ich kraftlos.

»Und wohin diesmal?«

»Zum Kreuz des Südens …«

83

Am 12. Mai 1929 legt die *Bali* mit ihrem Kapitän Murnau, David Flaherty und einem halben Dutzend Mann Besatzung in Los Angeles ab.

Robert Flaherty wird sich wenig später in San Francisco an Bord der SS *Tahiti* begeben. Salka Viertel verabschiedet Murnau am Kai von San Pedro mit zwei Pfund Molossolkaviar. Und noch bevor die Reise richtig beginnt, bricht sich der Steuermann das Bein. Er kann sich nur noch auf Krücken bewegen. Ein schlechtes Omen? Oder nur eine passende Reminiszenz an Stevensons *Long John Silver*?

Zunächst geht es nach San Diego. Von diesem südlichsten Hafen Kaliforniens aus sticht Murnau am 16. Mai 1929 gegen elf Uhr in See. Kurs: Südwest. Die erste Stunde tuckert der Dieselmotor. Dann dreht der Wind auf leichten Nordost, und die Segel werden gesetzt. Der Segelschoner *Bali* ist zwanzig Meter lang, fünf Meter breit und hat einen Tiefgang von zwei Metern sechzig. Der Zweimaster gehört zur Klasse *Gloucester Fisherman* und verfügt über einen Motor von fünfzig PS. Ein blutrotes Herz verziert das Heck.

An Bord befindet sich eine gut sortierte Auswahl von Büchern über die Südsee: Melville, Stevenson, Pierre Loti, Frederick O'Brien, Conrad, Hall und Nordhoff. *Werke die*, wie es Murnau später ausdrückt, *geeignet waren, unsere Sehnsucht nach den leuchtenden Inseln zu verstärken.* Alles in allem betrachtet Kapitän Murnau die *Bali* nicht als eine gewöhnliche Jacht, sondern als ein gut ausgerüstetes Expeditionsschiff. Auf den ersten sieben Tagen der Fahrt beschäftigt ihn vor allem die anhaltende Seekrankheit des Schiffskochs. Doch auch poetischere Eindrücke sind Murnau eine Aufzeichnung wert.

Immer ist mir das Sternbild »das südliche Kreuz« als das Symbol tropischer Üppigkeit, als märchenhaft an Strahlenglanz und Größe erschienen, das Wahrzeichen aller Südsee-, Abenteuer-, Entdecker- und Seeräubergeschichten – Wahrzeichen aller Melvilles, Stevensons und Conrads. Auftauchen sollte es – wie ich mir dachte – kurz vor dem Äquator, ein Zeichen, dass wir nun wirklich angelangt waren, irgendwo fern von allem Gekannten. Da stellt Euch

meinen wirklichen Schreck vor: Es ist nachts – wir kreuzen den Golf
von California, etwa achthundert Meilen südlich von Los Angeles
– das Grammophon spielt an Deck: »Red Lips, kiss my Blues
away!« – da sagt der Mann am Ruder: »Da geht das südliche Kreuz
auf!«

Das kann nicht wahr sein, das darf nicht wahr sein – aber er
zeigt in den südlichen Horizont und beschreibt die umliegenden
Sternbilder, Bücher werden zum Beweis geholt, und es muss doch
wohl wahr sein: Während der Himmel wirklich blitzt in der Klar-
heit all unserer nördlichen Sterne, ist verschwommen, kaum wahr-
nehmbar, über dem Horizont etwas, das vielleicht das Bild eines
Kreuzes ergibt, ein nebliges Etwas, stumpf, glanzlos, unromantisch.
Ein körperhafter Schmerz für den Augenblick – schmerzhaft wie
das Aufwachen aus einem zu schönen Traum.

Nun, wo ich dies schreibe und wir dem Kreuz um viele Hunderte
von Meilen näher sind, strahlt es schon, ist uns bereits ein Wahr-
zeichen! – denn immer geht unsere Fahrt darauf zu – bald, wenn
wir den Äquator hinter uns haben, wird es alle Bücher und Träume
überglänzen – wir fahren ja Büchern und Träumen nach.

84

Beim Landgang in Mexiko ging ich mit Kinski ins Kino.

Vorher bummelten wir noch durch die Stadt. Es war bereits
spät am Abend. Kaum ein Mensch war auf der Straße. Nur im Ca-
fé de Paris war noch Betrieb. Eine Jazzband spielte. Einige junge
Huren hingen herum und lachten fröhlich. Wir nahmen für einen
Drink Platz. Die Bedienung hieß Marizza und war schön wie eine
Madonna. Sie brachte mir einen doppelten Tequila und reichte
mir eine Tablette. Ohne zu zögern nahm ich meine vierte Ration
Plasmotrim und spülte sie mit dem Schnaps runter. Kinski war

auf Entzug und trank eine warme Cola gegen seinen Durchfall. Trotzdem entwickelte er genug Charme, um die jüngste der Huren zu bezaubern. Sie hockte verzückt auf seinem Schoß und flocht ihm Zöpfe in die blonde Mähne.

Eines der drei Kinos, die Mazatlán aufzuweisen hatte, lag nur ein paar Häuser entfernt. Es war erleuchtet. Wir zahlten unsere Zeche und gingen rüber. In den Schaukästen wartete eine Überraschung auf uns. Ein Plakat von *Cobra Verde*! Von einem der Standfotos lächelte mir Godson Boateng entgegen. Ich war sprachlos. Kinski hingegen lächelte nur zufrieden. Er schien es für eine Selbstverständlichkeit zu halten, dass Streifen, in denen er die Hauptrolle spielte, selbst am Ende der Welt gezeigt wurden.

Wir betraten den Kinosaal. Nur ein halbes Dutzend Zuschauer saßen auf den harten Klappstühlen. Die Werbung endete gerade, und nach einigen Voranzeigen für wilde Reißer und schwülstige Liebesdramen aus mexikanischer Produktion fing endlich der Hauptfilm an.

Erneut wurden wir überrascht.

Der Film spielte im Schnee. *Il Grande Silenzio* von Sergio Corbucci mit Klaus Kinski und Jean-Louis Trintignant. Wir sahen tatsächlich *Leichen pflastern seinen Weg* in der italienischen Fassung mit spanischen Untertiteln. Aber anstatt sich zu freuen, dass auch dieser seiner Filme in entlegensten Regionen gezeigt wurde, rastete Kinski völlig aus. Erregt sprang er auf und gestikulierte wie rasend, erst zur Leinwand, dann zum Vorführraum hin, und drohte lauthals an, die Vorführung eigenhändig zu unterbrechen, um dieser Unverschämtheit ein Ende zu machen. Wie kamen diese größenwahnsinnigen Mexikaner dazu, ihn in einem Werner-Herzog-Film anzukündigen und dann in einem Spaghettiwestern zu zeigen?

Als Unruhe im Publikum aufkam und man den Störenfried schließlich anpöbelte, stürmte Kinski wutentbrannt aus dem Saal.

Ich ließ ihn gewähren, blieb sitzen und genoss den Film. Vor allem genoss ich den Schnee. Utah im Winter 1896. Kinski als gnadenloser Kopfgeldjäger Loco auf der Jagd nach Outlaws. Trintignant als stummer Revolverheld Silenzio auf der Jagd nach Loco. Allein der Anblick der endlosen Schneelandschaft war in der Hitze Mexikos eine Wohltat.

Es war, als ob das Fieber, das einen quälte, langsam sank.

85

Nach dem Aufenthalt in Mazatlán geht Murnaus Reise am 30. Mai 1929 weiter – dem Paradies entgegen.

Nun sind es bereits über zwei Wochen Fahrt in ungemütlichem Wetter, stürmisch toll bewegt manchmal, mit einer Woche fast ununterbrochenen Regens, Regen, wie wir ihn uns kaum vorstellen – es ist wie ein See, der über einem ausgegossen wird, wie eingepackt in Wasser sind wir in unserem Boot, manchmal in sausendster Fahrt, manchmal völlig bekalmt, aber wie auch immer, es ist großartig und immer neu. Wir kriegen nicht viel Schlaf in diesen Tagen, auch nicht viel Pflege, und man sieht das: Grau sind unsere Gesichter und vollbärtig, tief umschattet die Augen, die Haut unserer Hände ist weiß und weich zerfaltet wie die der alter Waschfrauen, und unsere Füße vom endlosen Stehen in Regen und Seewasser scheinen grünlich weiß und gehören schon in die Klasse der Wasserleichen.

Ganz kurz vor dem Äquator, plötzlich über Nacht, ist alles verändert: Wir sind im Südostpassat, keine Wolke mehr am Himmel, nur ein zarter Kranz leichtester weißester Tupfen umrahmt ringsherum den Horizont, leichte Wellenhügel auf und hinab bläst uns der Wind über den Äquator, gleich schön sind die Tage – schöner, am schönsten die Nächte – Sonnenuntergänge in so zarten, pastellhaften Farben, dass man glücklich lacht über solche Traumer-

füllung, wie eine riesige Muschel schließt uns der Himmel ein, schimmernd in allen Farben des Perlmutts.

Traumerfüllung!

Da ist es wieder, das magische Wort.

Der Kurs führt die *Bali* stetig weiter nach Süden, und das Kreuz des Südens steigt am Himmel immer höher.

86

Träume jagen …

Träume konnten wahr werden. Sie einholen, gefangen nehmen und weiterschmuggeln – das war es! Welchem Wunsch- oder Albtraum war Vera auf der Spur gewesen?

Immer noch fühlte ich mich schwach, aber doch besser. Ich hörte Vogelzwitschern und schlug die Augen auf. Nach wie vor befand ich mich im Zimmer des Mannes, der sich Albin Grau genannt hatte. Von fern erklang Hundegebell. Irgendwo ganz nah ertönte leise Musik, dazu ab und zu Stimmen. Fernseher oder Radio. Wahrscheinlich die Eskimofrau, auch Marizza genannt alias Anna Lore Wolf, die Tochter des Grasscutters.

Zwar war mein Körper noch mürbe, aber im Kopf ging es bereits wieder geordneter zu. Ich dachte an die schwarze Leiche im See. Ein Nigerianer also. Kein Ghanaer. Nicht, dass ich Big Ben den Tod gewünscht hätte, ohne ihn näher kennengelernt zu haben. Aber die Bestätigung einer so naheliegenden Vermutung wäre schon motivierend gewesen. So, wie die Dinge lagen, kam es mir vor, als mische das Schicksal die Karten stets neu für mich, bevor ich auch nur eine einzige auszuspielen vermochte. Ich konnte schon dankbar sein, dass es sich bei dem Toten im See nicht um einen Libanesen handelte. Auch noch dem Captain bei seinem Pauschalverdacht recht geben zu müssen wäre geradezu demütigend gewesen.

Ich bemerkte die Malariatabletten, die neben Wasserflasche und Glas lagen und zählte die Löcher in der Folie. Es waren drei Tage vergangen. Das gab mir Hoffnung. Normaler Verlauf. Jetzt musste ich nur noch die restlichen Tabletten nehmen, um in zwei Tagen wieder voll einsatzfähig zu sein.

Ich schlug die Decke zurück, richtete mich vorsichtig auf und schwang die Beine über die Bettkante. Noch zögerte ich aufzustehen, musterte stattdessen den Raum, als könne er mir Aufschluss über den Grasscutter geben. Zwei Ledersessel vor dem Kamin. Ein alter Sekretär mit vielen kleinen Schubladen, der wohl als Schreibtisch diente. Davor ein einfacher Hocker. Ein Bauernschrank. Eine Kommode. Gefüllte Bücherregale. Alles in allem eher karg. Nichts, was explizit auf einen sammelwütigen Schatzjäger oder Stummfilmfan hingewiesen hätte.

Mein Blick fiel auf die untere Ablage des niedrigen Rattanregals, das als Nachttisch diente.

Saturn Gnosis.

So stand es auf den Heften, die dort lagen.

Mit einem leisen Ächzen beugte ich mich vor, nahm eines der Hefte, und sah es mir an. Es schien ein Original zu sein.

»Sie werden sich erkälten.«

Meine Krankenschwester stand in der Tür und musterte den Patienten besorgt. Ich legte das Heft zur Seite, holte Luft und sagte: »Nur keine Angst.«

Sie eilte herbei und legte mir die Decke über die Schultern.

»Ich möchte nur mal zur Probe ein paar Schritte machen.« Behutsam erhob ich mich.

Sie half mir. Als sie sicher war, dass ich nicht aufs Gesicht fiel, ließ sie mich los.

Ich ging langsam im Raum auf und ab und streckte mich ein wenig. »Sieht gut aus«, machte ich mir Mut.

»Mir wäre es lieber, Sie würden sich noch etwas schonen.«

Ich setzte mich wieder aufs Bett, bevor meine Beine schwach wurden.

»Die Tablette für heute habe ich Ihnen noch nicht gegeben«, sagte sie.

Ich schritt selbst zur Tat, drückte eine aus der Folie und spülte sie mit Wasser runter.

Meine Krankenschwester schüttelte ein Fieberthermometer und überprüfte die Quecksilbersäule, bevor sie es weitergab. »Sie hatten die ganze Zeit weit über neununddreißig.«

»Das ist vorbei«, sagte ich und klemmte mir das Thermometer unter die Achsel. Sie musste schon einiges mit mir angestellt haben, ohne dass ich es mitbekommen hatte. Ich konnte mich jedenfalls an nichts erinnern. Bis auf den doppelten Tequila mit Plasmotrim.

Sie nahm das Esoterikermagazin vom Bett und legte es wieder auf den kleinen Stapel.

Wahrscheinlich hatte sie Angst, ich würde mich aus Versehen drauflegen. So wertvoll, wie das gute Stück angeblich war … obwohl, so offen, wie die Exemplare hier rumlagen …

»Mein Vater hat so was gesammelt.«

»Hat er sich deshalb Albin Grau genannt?«

»Nicht nur deshalb.«

Ein leichtes Frösteln zwang mich wieder in die Kissen und unter die Decke. »Meine Mutter hat gesagt, es sei ein Pseudonym gewesen, unter dem man ihn in Insiderkreisen als Sammler kannte.«

»Mein Vater war kein Sammler.« Sie zog einen der Sessel näher zum Bett und setzte sich. »Er hat nie viel aufgehoben.«

»Und die Hefte da?« Ich deutete zum Rattanregal.

»Die hätte er früher oder später auch wieder verkauft. Er hat verheißungsvolle Objekte gesucht … bis er sie fand. Aber er hat sie nie sehr lange behalten, sondern an den Meistbietenden verkauft.«

»Und Sie? Waren Sie mit im Geschäft?«

»Nein!« Ein Kopfschütteln brachte die schwarze Mähne in Bewegung. »Mein Vater war immer bemüht, seine Aktivitäten geheimzuhalten. Aber ab und zu hat er mir dann doch voller Stolz von seinen Funden berichtet. Natürlich hinterher. Mir auf Dauer etwas zu verheimlichen hat nie zu seinen Stärken gehört. Anderen gegenüber schon. Aber nicht bei mir!«

Ganz im Gegensatz zu meiner Mutter.

»Einiges habe ich auch selbst herausgefunden. Ich musste nur Augen und Ohren aufsperren.«

Was ich nicht getan hatte. Allerdings hatte Vera mir auch keinen Anlass dazu gegeben.

»Er war meist in Europa unterwegs. Vor allem in Osteuropa, nach dem Fall der Mauer.«

Ob der Grasscutter auch in die Karpaten gereist war? Bevor ich mich in Bram Stokers Vampirgeschichte verlieren konnte, bemerkte ich die Hand, die sie mir entgegenstreckte, und war für einen Augenblick irritiert.

»Das Thermometer.«

Ich nahm es aus der Achselhöhle und reichte es ihr.

»Siebenunddreißig.«

»Also normal.« Das Fieber war weg. Ich hatte es bereits beim Aufwachen gespürt. Was derartige Anfälle und ihren Verlauf anging, war auf meine Intuition Verlass.

»Werden Sie jetzt bloß nicht übermütig. Heute bleiben Sie auf jeden Fall noch im Bett.« Sie legte das Thermometer neben einige antiquarische Bücher auf das Regalbrett über den Esoterikheften.

»Wieso dann auf einmal Afrika?«, hakte ich nach.

Sie schaute mich fragend an.

»Ihr Vater.«

»Ach so … stimmt, Afrika war eher ungewöhnlich für ihn.«

»Wissen Sie, worum es ging?«

»Leider nicht. Wie schon gesagt, bin ich ihm meist erst hinterher auf die Schliche gekommen, oder er hat mir davon erzählt.«

»War er bei seiner Suche auf Filme spezialisiert?«

»Das Geschäft mit Kinofilmen war sein Metier. Es ging aber nicht nur um die Filme selbst, sondern auch um Gegenstände, die direkt oder indirekt etwas damit zu tun hatten.«

»Zum Beispiel?«

»Drehbücher mit handschriftlichen Anmerkungen des Regisseurs oder berühmter Schauspieler, Ausstattungsstücke …«

»Ausstattungstücke?«

»Na ja, so was wie der Malteser Falke oder das römische Kurzschwert, das irgendein Heldendarsteller in einem Sandalenfilm benutzt hat.«

»Hat Ihr Vater mal was von einem Stummfilm mit dem Titel *Four Devils* oder *Vier Teufel* von Friedrich Wilhelm Murnau erwähnt?«

»Nicht im Zusammenhang mit seiner Afrikareise. Aber er war geradezu besessen von allem, was mit Murnau zu tun hatte.«

»Den Eindruck hatte ich auch.«

»Hat Vater den Film in Ghana erwähnt?«

»Nein.«

»Wie kommen Sie dann auf diesen Titel?«

Ich erzählte ihr von Grau und dem Papagei.

Sie grübelte eine Weile. Dann nickte sie. »Das ist nicht abwegig. Wenn es sich um einen verschollenen Film handelt, stand er bestimmt ganz oben auf der Liste meines Vaters.« Sie legte die Stirn in Falten. »Und wenn, dann hatte er auch einen Abnehmer, der bereit war, viel Geld dafür zu zahlen.«

»Weshalb sind Sie sich da so sicher?«

»Kleinere Objekte hat mein Vater auch schon mal auf eigene Faust erstanden. Aber bei dickeren Brocken ging er auf Nummer Sicher. Wenn er deswegen nach Westafrika reisen musste, hat er die Vorkosten vermutlich nicht allein getragen. Es gibt immer einen Mäzen, der scharf auf so ein Kleinod ist. Wenn es was Heikles ist, wird es manchmal in einer Privatsammlung unter Verschluss gehalten, eines Tages mit großem Pomp vorgezeigt und dann der Allgemeinheit überlassen.« Sie lachte bitter. »Natürlich gegen Steuergelder.«

Auch wenn die Tochter nicht an den Geschäften ihres Vaters beteiligt war, hatte sie eine ziemlich klare Vorstellung davon.

»Wenn es tatsächlich um einen alten Stummfilm geht, müsste jemand die Restaurierung finanzieren. Die Wiederherstellung kostet vor allem Zeit, aber das Kopieren kann richtig ins Geld gehen, wenn ich meinen Vater richtig verstanden habe.«

»Wie teuer ist so was?«

»In seltenen Fällen bis zu hundertfünfzigtausend Euro.«

»Haben Sie eine Ahnung, welcher *Mäzen* für so etwas in Frage käme?«

»Nein. Ich weiß auch gar nicht, ob so eine Restaurierung ohne öffentliche Stellen machbar wäre.«

»Wenn es bei Ölgemälden geht, dann sicher auch bei einem Film.« Ich grinste.

»Wahrscheinlich haben Sie recht.«

Mir fielen die Banküberweisungen an Vera ein. »Schon mal was von *Cormoran Consult* gehört?«

Sie schüttelte den Kopf. »Was ist das?«

»Das wüsste ich auch gerne.«

»Wie auch immer …« Sie erhob sich. »Ich habe eine Hühnersuppe für Sie gekocht. Mit einem richtigen Suppenhuhn.«

»Dann kann es ja nur noch aufwärts gehen.«

Sie blieb in der Tür stehen. »Dauert aber noch etwa eine halbe Stunde.«

»Kein Problem. Ich werde mir schon die Zeit vertreiben, ohne wieder ins Koma zu fallen.« Ich nahm das kleinste der alten Bücher aus dem Regal.

»Das war eines der Lieblingsbücher meines Vaters.«

Ich betrachtete den hellblauen Leineneinband, schlug das Buch auf und las die Titelseite.

Herman Melville. *Taipi*. Abenteuer in der Südsee. Ich kannte nur *Moby Dick*.

Sie kam einen Schritt näher. »Ich mag es auch. Melville hat das Leben auf den Inseln wunderbar beschrieben.«

Die Südsee. Murnaus Territorium.

»Wenn Sie wieder ganz gesund sind, sollten Sie es mal lesen. Es lohnt sich. Ich glaube allerdings, meinen Vater hat die Geschichte nur deshalb so fasziniert, weil darin eine Figur über die Inseln geistert, die unter den Einwohnern als tabu gilt. Sie heißt *Marnu*.«

»*Marnu* ...«, wiederholte ich leise.

»Vater war der Meinung, es müsse sich dabei um eine frühere Inkarnation Murnaus handeln«, sagte die Tochter des Grasscutters, bevor sie in die Küche ging. »Immerhin war Murnau rund neunzig Jahre nach Melville in der Südsee unterwegs.«

87

Am späten Nachmittag des 22. Juli 1929 erreicht die *Bali* den Hafen von Papeete.

Wir sind wirklich da – wir sind in Tahiti – in dem kleinen Boot mehr als fünftausend Meilen – und da stehen Leute und es ist nicht anders, als kämen wir mit einem der fahrplanmäßig verkehrenden

großen Dampfer. Dann folgt eine allgemeine Begrüßung am Kai,
es scheint ganz selbstverständlich, daß wir da sind. Gar nichts Be-
sonderes dabei! Auch wir empfinden keine Sensation, doch darf
man nicht vergessen, daß ein Moment da war, in dem Gefühl in
einem aufstieg: eine Welle – wie ein beglücktes Schluchzen. So ist
es mit jedem Abenteuer: im Moment da es überstanden, ist es
schon nichts mehr, nur noch ein Erzählbares – das ist alles, was
bleibt, so war es mit dem Krieg, so ist dies.

Seit der Abreise sind zehn Wochen vergangen. Robert Flaher-
ty ist schon vor einem Monat mit Mitgliedern des Filmteams per
Dampfer eingetroffen. Er erwartet Murnau mit einer schlechten
Nachricht. Colorart ist dem Bankrott nahe. Murnau steckt den
Rückschlag weg und schlägt vor, den Film selbst zu finanzieren.
Nicht dass er ein reicher Mann wäre. Aber er hat in Hollywood
gut verdient. Notfalls ist er bereit, auf Eigenmittel zurückzugrei-
fen, um seinen Traum am Leben zu erhalten.

Rund zwei Monate nach der Ankunft in Papeete muss Murnau
aus Geldmangel die amerikanische Besatzung seiner Jacht entlassen. Er ersetzt sie durch Einheimische. Ein Versuch der Colorart,
den Vertrag noch zu erfüllen, scheitert. Am 12. Oktober 1929 treffen zwar drei Mitarbeiter der Firma mit Kamera und Rohfilm ein,
doch die Technik für den Ton fehlt. Auch die vereinbarten Gelder
werden nicht überwiesen. Im November reist die Colorart-Crew
wieder ab. Nun steht endgültig fest, dass Murnau und Robert Flaherty das Vorhaben allein schultern müssen. Aufgrund der feh-
lenden Mittel für eine modernere Produktion wird es zwangsläufig ein Stummfilm in Schwarzweiß werden. Das Drehbuch, dessen
Rechte Colorart hält, muss umgeschrieben werden. Aus *Turia* wird
Tabu. Die veränderten Bedingungen werden in einem neuen Vertrag geregelt. Da Flaherty kein Geld beisteuern kann, kontrolliert
Murnau das Budget und damit auch das Honorar des Partners.

Unterdessen hat in New York ein alter Geschäftspartner ebenfalls mit akuten wirtschaftlichen Problemen zu kämpfen.

Der Börsenkrach Ende Oktober 1929 zwingt William Fox, den inzwischen mächtigsten Filmmogul Amerikas, in die Knie. So weit sind Murnau und Flaherty noch nicht. Der »Schwarze Freitag« hat eine Welt erschüttert, der sie gerade noch rechtzeitig den Rücken gekehrt haben. Hier, in der Südsee, bleibt ihnen noch Hoffnung.

Achtzehn Monate wird es dauern, bis *Tabu*, die Geschichte eines Paares, das gegen die Gesetze des Stammes verstößt und schließlich vom Fluch des Oberpriesters getroffen wird, abgedreht ist. Für Murnau wird Tahiti zum Hauptquartier. In Papetee hat Robert Flaherty bereits ein kleines Kopierwerk für Schwarzweißfilm angemietet, das MGM für *Moana*, eines seiner früheren Projekte, eingerichtet hatte. Einheimische Helfer werden ausgebildet. Murnau fährt von Insel zu Insel und sucht Mitarbeiter und Darsteller, um sie zu schulen.

Nach Monaten intensiver Filmarbeiten, die von Murnaus Tabubrüchen, damit verbundenem Unglück und tragischen Unfällen begleitet werden, ist die Stimmung zunehmend gereizt. Dass Murnau im Laufe der Dreharbeiten allmählich das Geld ausgeht, trägt nicht zur Entspannung bei. Schulden und ungeduldige Gläubiger nerven. Aber als am 29. April 1930 die *Pacific Entomological Survey of Papeete* Murnau anbietet, ihm seine Jacht abzukaufen, lehnt dieser ab.

Rückschläge und düstere Ahnungen können die kreative Energie und Freude nicht überschatten, die Polynesien in Murnaus Leben bringt. Im Sommer 1930 schreibt er in einem Brief: *Ich leide schon jetzt, wenn ich mir vorstelle, dass ich hier fort soll, alle Qualen des Abschieds. Ich bin wie verhext von diesem Lande. Über ein Jahr lebe ich nun hier, ich möchte nirgends anders mehr hin. Der*

Gedanke an Städte und viele Menschen ist mir widerlich. Ich möchte allein sein oder mit ganz wenigen. Wenn ich abends auf meiner Haustreppe sitze und auf das Meer sehe und nach Moorea herüber, wenn das Riff donnert, Brandung nach Brandung, wenn man dann so unendlich klein wird, dann ertappe ich mich, dass ich möchte: Ich wäre zu Hause! Aber nirgends bin ich zu Hause – das fühle ich, je älter ich werde – in keinem Lande und keinem Haus, in keinem Menschen.

Das Arbeitsverhältnis mit Robert Flaherty ist aufgrund latenter Konflikte zerrüttet. Über die Motive schweigen sich beide höflich aus, und die Meinungen der Beobachter gehen auseinander. Ist es der Umgang mit den Finanzen? Murnau gilt als sparsam. Er hat in Zusammenarbeit mit Produzenten gelernt, auch ökonomisch zu arbeiten. Flaherty gilt als Verschwender. Er hat sich nie darum geschert, wie viele Filmmeter er dreht, bevor er sie auswertet. Oder sind es kreative Gründe, die zu den Divergenzen führen? Vermutlich beides. Tatsache ist: Für zwei derart renommierte Filmemacher ist nicht genug Platz auf einem Regiestuhl.

Trotz allem kämpft Robert Flaherty verbissen darum, die Handschrift des Films wesentlich zu beeinflussen. Obwohl *Tabu* mit dem ursprünglichen *Turia* nicht mehr viel gemeinsam hat, setzt er nach wie vor auf eine reine Dokumentation mit ethnografischer Perspektive. Murnau hingegen will einen Spielfilm. Er mag die Wirklichkeit, aber nicht ohne Fantasie. Ihm geht es um Vorstellungen, nicht nur um Tatbestände.

In *Tabu* beschäftigt sich Murnau nach eigener Aussage damit, dass die Menschen sich selbst Tragödien schaffen müssen, wenn das Schicksal ihnen zu großmütig gesinnt ist. Er ist vom deutschen Expressionismus beeinflusst, setzt auf das Visuelle und theatralische Effekte. Und er kontrolliert das Budget.

Es gibt also genügend Gründe für Reibereien.

88

Alma Bureaus Aufzeichnungen über den Stummfilmregisseur begleiteten mich inzwischen durch jede Lebenslage und erinnerten mich stets an meine Mutter.

Fast hatte es den Anschein, als habe sie nur deshalb von Murnau erzählt, damit ich an sie dachte. Zweifellos hätte ich die Erinnerung an Vera auch ohne das Manuskript bewahrt. Aber da das Rätsel um ihren Tod offenbar eng mit Murnaus Schaffen verknüpft war, machte ich keine Anstalten, es auszublenden – immer in der Hoffnung, auf eine Erklärung oder wenigstens einen Hinweis zu stoßen. Auf diese Weise gab mir Vera Orientierung, rief jedoch auch immer wieder die Trauer in mir wach.

Totenkult und Ahnenbilder.

Ich begann Melvilles Buch durchzublättern und fand unterstrichene Sätze, die auch mir etwas sagten.

Wie wahr ist es doch, dass mit der Seltenheit der Wert einer Sache erstaunlich wächst.

Ob der Grasscutter dabei an *Vier Teufel* gedacht hatte?

Eine Stelle, die mich besonders in ihren Bann zog, lautete: … *bemerkte ich ein seltsam geschnitztes Holzgefäß von beträchtlichem Umfang, das in seiner Form einem kleinen Kanu ähnelte und mit einem Holzdeckel verschlossen war … und von einer unbezähmbaren Neugier getrieben, hob ich im Vorbeigehen das Ende des Deckels; im selben Augenblick riefen die Häuptlinge, die meine Absicht bemerkt hatten, laut: »Tabu, tabu!« Aber ein Blick hatte genügt! In dem Gefäß lagen die Teile eines menschlichen Skeletts wirr durcheinander, die Knochen waren frisch und feucht, und hier und da hingen noch Fleischteilchen daran.*

Natürlich ging es hier um Kannibalismus. Doch der Grasscutter hatte dabei wohl eher an den Zeremonienbehälter gedacht, dem er auf der Spur war. Mich hingegen erinnerte das kleine Kanu an den Minisarg, den King Kofi gefertigt hatte. Allein der doppelte Symbolgehalt hatte etwas Gespenstisches.

Je länger ich über Gefäße, Behälter und Särge nachdachte, desto mehr gewann auch eine markierte Textpassage im Nachwort der Übersetzerin an Bedeutung. Darin ging es um … *seltsame Abenteuer mit schönen Insulanerinnen oder auch mit Meerjungfrauen auf dem Grunde des Stillen Ozeans …*, also um Wassergöttinnen wie Mammy Wata. War der Minisarg nichts anderes als ein Babysarg mit einem Opfer für die Wassergöttin?

Nein. Ich war außer Gefahr. Mammy Wata hatte mich nicht reich gemacht. Ich musste ihr kein Kind opfern.

Die Tochter des Grasscutters kam ins Zimmer und erlöste mich von Gedanken, die ich den Nachwirkungen des Fiebers zuschrieb.

»In fünf Minuten wird serviert.«

»Ich würde gern am Tisch essen.« Langsam musste ich wieder in die Gänge kommen.

Ihr prüfender Blick lastete eine halbe Ewigkeit auf mir. Dann sagte sie: »Einverstanden. Aber ziehen Sie sich was über.« Sie ging zum Schrank, holte einen weinrot-beige gestreiften Bademantel heraus und warf ihn aufs Bett. »Ich hoffe, es stört Sie nicht, dass er meinem Vater gehört hat.«

So bald sie das Zimmer verlassen hatte, zog ich Hose und Hemd an und streifte den Bademantel über. Auf der linken Brusthälfte waren in Dunkelblau die ineinander verschränkten Initialen *R* und *B* gestickt. Ich band den Frotteegürtel zu und machte mich auf den Weg in die Küche.

Auf dem runden Tisch warteten bereits zwei Gedecke und ein dampfender Topf. Ich setzte mich und sah zu, wie meine Krankenschwester Suppe austeilte. Dann nahm auch sie Platz, und wir widmeten uns schweigend dem Essen. Die Hühnersuppe trieb mir erneut den Schweiß aus den Poren. Diesmal war es jedoch ein gesunder Schweiß. Mein Magen revoltierte nicht. Mein Kopf blieb klar. Ich lächelte und schwang mich zu einem Kompliment auf.

»Ganz hervorragend, was Sie aus dem Huhn gemacht haben.«

»Danke.« Sie blickte in den sonnenbeschienenen Garten.

»Muss schön sein, hier draußen zu wohnen.« Der Anblick der Natur hatte etwas Beruhigendes. »Gut für die Seele.«

»Anfangs war es nur als Wochenendhaus gedacht. Doch mit den Jahren ist es tatsächlich so etwas wie ein zweiter Wohnsitz geworden. Sowohl Vater als auch ich haben noch eine Stadtwohnung …«

Als sie verstummte, konnte ich zum ersten Mal ihre Trauer spüren. Das Grün ihrer Augen verschwamm zu einem fahlen Grau, und die winzigen Sommersprossen hoben sich dunkel von ihrem blass gewordenen Gesicht ab.

»Deshalb ist er auch nicht hier im Ort begraben.« Sie holte tief Luft. »Seine Berliner Wohnung muss ich auch noch auflösen.«

Als ihr die erste Träne über die Wange lief, legte ich meine Hand auf die ihre.

Anna Lore Wolf unterdrückte ein Schluchzen und bemühte sich um Ablenkung. »Es geht hier gerade so zu zweit. Die Küche ist gleichzeitig Wohnzimmer. Bei schönem Wetter sind wir sowieso meistens draußen.«

Es würde noch eine Weile dauern, bis sie das Wir, das sie mit ihrem Vater verband, endgültig aufgab. Ich ließ ihre Hand los und sah mich um. Die Wohnküche war einfach, aber komplett ausgestattet.

»Hier wird mehr im Freien gegrillt als im Ofen gebacken.« Sie versuchte es mit einem Lächeln, erhob sich und räumte den Tisch ab.

Ich wollte aufstehen, um ihr zu helfen, aber sie drückte mich wieder auf den Stuhl. »Lassen Sie es langsam angehen.«

Widerwillig blieb ich sitzen und sah ihr zu. »Ihr Vater heißt Blau, Sie Wolf. Sind Sie verheiratet?«

Sie lachte und stellte die Teller in die Spüle. »Erinnern Sie mich bitte nicht daran. Ja, ich war mal verheiratet. Eine Jugendsünde.« Sie ließ Wasser über das Geschirr laufen. »Aber das ist lange her und ohne Bedeutung.«

»Sorry.«

»Keine Ursache. Sie müssen auch nicht Frau Wolf zu mir sagen … oder Anna *Lore*. Alle nennen mich Anna.«

»Gut, dann Anna. Und für Sie Victor.«

Sie trocknete sich die Hände ab und setzte sich wieder zu mir. »Das Siezen können wir meinetwegen auch lassen.«

»Okay.« Ich erwiderte ihr Lächeln. Sie war jetzt nicht mehr ganz so blass. Die Sommersprossen waren kaum noch zu erkennen. »Das mit den Namen deines Vaters musst du mir aber noch genauer erklären. Warum hat Richard Blau ausgerechnet den Namen Albin Grau benutzt und Ausgaben von *Saturn Gnosis* gesammelt? Nur wegen seines Faibles für Murnau?«

Sie wich meinem Blick aus und schaute wieder aus dem Fenster. »Nicht nur deswegen …«

Ich wartete, bis ich wieder in die eisgrünen Augen sehen konnte.

»Mein Vater war mal Mitglied in einer Loge … wenigstens eine Zeit lang. Auch aus diesem Grund hat er sich wohl derart auf diesen Grau kapriziert. Außerdem mochte er die Ähnlichkeit der Nachnamen. Mir gegenüber hat er sich manchmal Blaugrau genannt. Es war eine Marotte von ihm.«

»Verstehe.«

Das Thema Loge schien ihr unangenehm zu sein, und ich verzichtete vorerst, näher darauf einzugehen, obwohl es mich brennend interessierte. Gute Antworten waren nicht nur von guten Fragen abhängig, sondern auch davon, wann man sie stellte.

»Wenn du möchtest, kannst du duschen.« Anna deutete in die Diele. »Gleich da draußen rechts. Handtücher liegen auf der Waschmaschine.«

Ein bisschen bemuttert fühlte ich mich schon.

Es war aber nicht unangenehm.

89

Nur weil sie am folgenden Tag einen Termin in Berlin hatte, den sie sonst hätte absagen müssen, entließ Anna mich aus meinem Holzhüttenspital und nahm mich mit in die Stadt.

Sie wollte mich erst nach Friedenau bringen, danach das Grab ihres Vaters besuchen und einige offene Fragen mit der Friedhofsverwaltung klären. Ich bat sie, mich mitzunehmen, damit ich dem Grasscutter meine Reverenz erweisen konnte. Sie war einverstanden. Dabei erfuhr ich, dass Annas Vater auf demselben Gottesacker lag wie Friedrich Wilhelm Murnau.

Der Waldfriedhof bei Stahnsdorf war ein großflächiges Terrain am Rande der Parforceheide zwischen Berlin und Potsdam. Anna parkte vor dem Haupteingang und sagte: »Bis zum Ende des Zweiten Weltkriegs konnte man noch mit der sogenannten Friedhofsbahn hier rausfahren.«

Bei ihren letzten Worten hatte mich etwas abgelenkt. Es war ein unauffälliger Wagen, der nicht weit entfernt parkte. Mittelklasse. Schwarz. Ich hätte nicht mal die Automarke erraten. Trotzdem kam er mir bekannt vor. Ich war mir sicher, dass ich ihn bereits kurz nach unserer Abfahrt in Prieros gesehen hatte.

YOU DON'T DRIVE ALONE!

Es war die Zahl sechs, die mir auffiel. Schon in Accra hatte sie mich über Schießstände und durch Schwimmbecken begleitet. Nun schien sie mich auch hier zu verfolgen, denn auf dem Nummernschild des mysteriösen Wagens kam sie gleich dreimal vor. 666.

Die Zahlenkombination hatte sich tief in mein Gedächtnis eingegraben. Und ich war mir sicher, dass ich sie nicht im Fieberwahn geträumt hatte. Am Steuer saß eine Gestalt. Sie trug einen Hut mit gerader Krempe. Mehr war nicht zu erkennen. Vermutlich handelte es sich um einen Mann.

I SEE THE MAN – BUT I DON'T KNOW THE PARTY.

Ich ließ mir nichts anmerken, als wir auf das Friedhofsgelände gingen. Während Anna im dunkelroten Klinkergebäude der Verwaltung verschwand, vertrieb ich mir die Zeit vor der Informationstafel im Eingangsbereich.

Ich befand mich auf der zweitgrößten Begräbnisanlage Deutschlands. Schon 1902 war der Platz auf den innerstädtischen Kirchhöfen knapp geworden, und man hatte 156 Hektar Waldland südlich des Teltowkanals angekauft. Auf dem Gelände lagen zudem Soldatenfriedhöfe für Engländer und Italiener sowie ein schwedischer Friedhof.

Aber auch was die Prominentengräber anging, wies der Lageplan Beeindruckendes aus: Ullstein, Langenscheidt, Siemens. Hinzu kamen die Namen vieler berühmter Künstler. Zum Beispiel Engelbert Humperdinck, der Komponist der Märchenoper *Hänsel und Gretel*, dazu Heinrich Zille, der in Bildern und Worten das Berliner *Milljöh* verewigt hatte, und natürlich Friedrich Wilhelm Murnau. Sein Grab wollte ich unbedingt sehen.

Wenig später kam Anna zurück, und wir spazierten tiefer in den Wald, vorbei an monumentalen Mahnmalen, klassischen Stelen und robusten Findlingen. Während die einen Verstorbenen in pompösen Mausoleen ruhten, mussten andere sich mit überwucherten Reihengräbern zufriedengeben. Die Ruhestätte des Grasscutters lag in einem gepflegten Abschnitt mit mehreren frischen Gräbern. Der Erdhügel war noch mit zahlreichen Kränzen und Gestecken bedeckt. Das schlichte Holzkreuz glänzte hell in der Frühlingssonne.

Ein paar Minuten blieb ich stumm vor dem Hügel stehen, dann überließ ich die Tochter dem Gedenken an ihren Vater, spazierte zu einer der älteren Grabstätten und setzte mich auf eine alte Steinbank. Aus der Ferne sah ich zu, wie Anna die eine oder andere Schleife auf den Kränzen zurechtzupfte und welke Blüten pflückte. Es roch nach moderndem Laub und Kiefernnadeln. Vögel tummelten sich in den Bäumen.

Bevor wir Prieros verlassen hatten, waren wir noch im Hotel Waldhaus gewesen, um mit Hilfe von Big Bens Foto Erkundigungen einzuholen. Er war eindeutig dort gewesen – mit einem Mietwagen von Sixt, einem grünen VW Golf. Übernachtet hatte der Mann aus Ghana zwar nicht, aber er hatte mehrere Stunden im Restaurant und auf dem Gelände verbracht. Er war nicht nur als Exot aufgefallen, sondern weil er von der Terrasse aus mit dem Fernglas das gegenüberliegende Ufer beobachtet hatte. Außerdem waren Big Ben und Richard Blau gemeinsam im Restaurant des Hotels gesehen worden. Die beiden hatten über eine Stunde lang zusammengesessen und sich angeregt unterhalten. Dabei hatte sich Blau immer wieder Notizen gemacht. Und erst nachdem der Deutsche gegangen war, hatte der ominöse Nigerianer seinen Auftritt gehabt. Er war in einem Luxusgeländewagen vorgefahren und hatte sich mit Big Ben gestritten. Zum letzten Mal waren die beiden Afrikaner gestikulierend auf der Terrasse gesichtet worden. Wie der Mann aus Lagos den Tod gefunden hatte, blieb ein Geheimnis.

Anna setzte sich zu mir.

Ich war zwar froh, Fieber und Kopfschmerzen losgeworden zu sein, aber das hinderte mich nicht daran, mir weiter das Hirn zu zermartern. »Wenn es so etwas wie einen Mäzen gibt, wie du es nennst, einen Abnehmer, Hehler oder was weiß ich, dann ist er das Bindeglied zwischen deinem Vater und meiner Mutter, der Grund, warum sich die beiden gekannt haben und in Sachen Murnau aktiv waren.«

»Schon möglich.«

»Hast du wirklich keine Ahnung, wer das sein könnte?«

»Nicht die geringste.«

Ihre Antworten überzeugten mich nicht. Entweder war sie in Gedanken noch bei dem Toten, oder sie wollte mir nicht folgen. »Was hat es mit dieser Loge auf sich, der dein Vater angehört hat?«

Sie schwieg eine Weile, dann sagte sie: »Nicht nur er.«

»Was meinst du damit?«

»Auch ich war Mitglied.«

»Und?«

»Und was?«

»Was war das für ein Orden, eine Bruderschaft, Geheimgesellschaft, oder wie immer es genannt wird?«

»Nichts Weltbewegendes. Eine Organisation, die sich von einer bekannten magischen Loge, die schon in der Weimarer Republik gegründet wurde, abgespalten hat. Angeblich geht sie zurück auf die Berliner Loge der Pansophia, der Albin Grau in den zwanziger Jahren als Meister Pacitius vorstand. Ich glaube, das war der eigentliche Grund, weshalb sich mein Vater für die Sache begeistert und auch mich mit reingezogen hat. Für Puristen der Bewegung ist die Loge illegal. Oder besser gesagt: irregulär. Aus der Sicht der reinen Lehre ist sie jedenfalls nicht legitimiert.«

»Weil sie Frauen aufnimmt?«

»Nein. Das ist nicht der Grund. Frauen wurden auch bei den Puristen von Anfang an aufgenommen. Im Gegensatz zu den Freimaurern, einem reinen Männerbund. *Gallina non est avis, uxor non est homo.*«

»Was heißt das?«

»Das Huhn ist kein Vogel, das Weib ist kein Mensch.«

»Klingt nach Steinzeit.«

»Die Freimaurer befürchten noch heute, dass ihre Brüder bei den Tempelarbeiten von Frauen *abgelenkt* werden.«

»Und … ist das so? Ich meine … bei der magischen Loge, der ihr angehört habt.«

Sie schwieg, und ihr Blick verlor sich zwischen Gräbern und Bäumen. Dann sagte sie: »Von Ablenkung kann nicht die Rede sein.« Sie sah mich an. »Ich würde es eher als bewusste Zusammenarbeit und Komplizenschaft bezeichnen.«

»Komplizen sind Mittäter. Das hört sich nach *Propaganda Due* an.«

»Das meine ich nicht. Es geht nicht um Kriminalität oder gar Terrorismus, sondern eher um Grenzüberschreitungen im persönlichen Bereich.« Ihr Blick streifte mich flüchtig, bevor sie wieder zum Grab ihres Vaters schaute. »Um kalkulierte Tabubrüche, wenn du so willst.«

Tabu …

Das Thema war offenbar nicht totzukriegen.

»Ein Satanistenbund?«

»Das wäre zu viel der Ehre, trotz aller Gerüchte und Legenden, die gemeinhin im Umlauf sind. Sagen wir es mal so: Die Loge hatte und hat einen sehr zweifelhaften Ruf, der natürlich auch Gestalten anzieht, die mehr an dieser dunklen Seite interessiert sind und weniger an unbefleckter Magie.«

Worauf wollte sie hinaus?

»Hast du schon mal ein Tabu gebrochen, Victor?«

Einen Augenblick lang dachte ich, das Fieber käme zurück. Annas eisgrüne Augen musterten mich eingehend. Ich fühlte mich unter Druck gesetzt. Entweder hielt ich mich an die Wahrheit, oder ich drohte ihr Vertrauen zu verlieren. Ich räusperte mich und sagte: »Kann sein …«

Sie wandte sich ab. »Möchtest du darüber reden?«

Ich war dankbar, ihren Blick nicht mehr aushalten zu müssen. »Eher nicht.«

»Würde es dir helfen, wenn ich damit anfange?«

Sachte zog mir die Tochter des Grasscutters die Daumenschrauben an. Trieb sie mich aus perfider Neugier in die Ecke, oder suchte sie einfach nur jemanden, mit dem sie ein Geheimnis teilen konnte? Ich war mir nicht darüber im Klaren, ob es klug war, auf ihr Angebot einzugehen. Doch was blieb mir schon anderes übrig? Jede Spur, die zur Aufklärung der Verbrechen an ihrem Vater und meiner Mutter führte, war es wert, verfolgt zu werden. Deshalb sagte ich: »Schon möglich …«

90

Fünf Gongschläge hallen in einem rot ausgekleideten Raum wider.

Vor dem schwarzen Altar flackern Flammen über einer dreibeinigen Feuerstelle. Auf dem Altar steht ein fünfarmiger Leuchter mit Kerzen, die ebenso rot sind wie die Masken, die der Meister vom Stuhl, der Zeremonienmeister und die Priester zu ihren Kapuzenmänteln tragen.

Kaum ist der letzte Gongschlag verklungen, wendet sich der Meister vom Stuhl an die Anwesenden: »*Jallah!* Seid gegrüßt, Brüder und Schwestern. Sind Sie bereit, das Ritual des fünffachen Alpha mit reinem Herzen und ohne Arg im Sinne zu zelebrieren?«

»Das sind wir!«

»Bruder Erster Aufseher, was ist Ihre Pflicht?«

»Zu prüfen, ob wir alle Meister im achtzehnten Grad sind. Ob wir das Zeichen tragen und den Griff kennen.«

»So walten Sie Ihres Amtes!«

Der Erste Aufseher begibt sich zu jedem Einzelnen, um sich das Kennwort ins Ohr flüstern zu lassen, und so bald er wieder an seinem Platz ist, ruft er: »Auf mich!«

Daraufhin führen alle das Meisterzeichen und das Zeichen des Magus Pentalphae aus, damit der Erste Aufseher dem Meister vom Stuhl melden kann: »Sehr ehrwürdiger Meister, die Anwesenden haben sich zweifach als Träger des achtzehnten Grades ausgewiesen. Es ist kein Profaner im Raum.«

Fünfmal erklingt der Gong und fünfmal die Silberglocke.

Nun lässt sich der Zweite Aufseher mit den Worten vernehmen: »In Ordnung, meine Brüder und Schwestern.«

»Erheben Sie sich, meine Brüder und Schwestern«, wendet sich der Meister vom Stuhl erneut an die Anwesenden, »und sprechen Sie das Gelöbnis!«

Alle stehen auf, heben die rechte Faust mit gestrecktem Daumen hoch und sagen unisono: »Wir schwören und geloben, nach den heiligen Gesetzen des fünffachen Alpha zu leben und zu handeln. Wir werden die Geheimnisse hüten und bewahren und sie keinem Profanen zugänglich machen. Auch nicht unseren Brüdern und Schwestern, die nicht den achtzehnten Grad innehaben. Tod und Verderben dem Verräter! Fluch seinem Ego! Gesegnet sei der wahre Kelch des Lichts, dessen Kraft uns vor der Versuchung bewahren möge.«

Nachdem alle wieder Platz genommen haben, tritt der Meister vor den Altar und ergreift wieder das Wort. »Ich rufe und beschwöre euch, ihr Kräfte des Elementes Feuer! Strömt ein in meine Hände, mein Herz und mein Hirn! Und gebt mir die Kraft, die Urschlange zu wecken.« Mit einer Handbewegung fordert er die Priesterin auf, sich von ihrem Platz zu erheben.

Ruhigen Schrittes tritt die Frau vor den Altar.

Der Meister vom Stuhl schlägt das Pentagramm über ihrem Haupt und spricht: »Die Kraft der Schlange, des uralten Drachens, erwache in dir, Tochter der Lilith. Sie steige empor aus dem Dunkel deines Schoßes und ströme in uns alle ein mit aller Macht und Kraft der Uridaphne!«

Die Priesterin kniet nieder und reicht dem Meister vom Stuhl einen Dolch. Er hebt ihn empor, küsst die Klinge, legt ihn auf den Altar, geht zum Feuer und wirft eine Handvoll Räucherwerk in die Flammen, die blutrot aufflackern und nach lautem Prasseln wieder zur Ruhe kommen. Sodann wendet er sich wieder der Knienden zu. Er legt ihr seine Hände aufs Haupt und sagt: »Erhebe dich, du blaulidrige Tochter der Dämmerung! Erkennst du mich?«

»Ich erkenne dich.«

»Schwester des fünfgeflammten Sternes, spürst du mich?«

»Bruder, ich spüre dich.«

Alle Anwesenden lassen sich mit den rituellen Worten »Om–Om–Rahalon!« vernehmen.

»Schwester, gib mir das Zeichen der Erkenntnis!«, fordert der Meister vom Stuhl die Priesterin auf.

Mit einem »Placet Magister!« streift die Frau ihre Kapuze ab, ohne dabei die Maske abzunehmen.

Auch der Meister streift die Kapuze ab und spricht: »Ich erkenne dich noch nicht.«

»Jallah!« Die Priesterin öffnet die oberen Knöpfe ihres Gewandes und entblößt ihre Brüste, ohne den Gürtel zu lösen.

Der Meister bekräftigt: »Ich erkenne dich noch nicht!« Auch er entkleidet sich bis zum Gürtel.

Mit einer Geste der Verzückung löst die Priesterin ihren Gürtel, wirft das Gewand ab und stellt sich mit gespreizten Beinen und vorgeschobenem Unterleib bereit. Dann streckt sie die Hände mit gestreckten Daumen hoch und ruft mit erregter Stimme: »*Jallah!* Sohn des Osiris – erkennst du mich nun?«

»*Kuf-ankh-hor!*«, antwortet der Meister vom Stuhl und wirft mit ekstatischem Gestus seine Robe ab. Er trägt nun nur noch die rote Maske und den fünfzackigen silbernen Stern auf der Brust.

»*Kuf-ankh-Herpokrat!*«

Mit diesen Worten lässt die Priesterin unvermittelt die Arme sinken und ergreift das erigierte Glied des Meisters vom Stuhl. Und während sie sich auf den Altar legt und der Meister in sie eindringt, erheben sich die Brüder und Schwestern, bilden eine Kette um den Altar und singen dabei rhythmisch:

»*Jiiyallah! Jiiyallah!*«

Nun tritt der Zeremonienmeister mit einem schwarzen Hahn in den Kreis. Das Tier flattert wild mit den Flügeln. Der Mann ergreift den Dolch, stellt sich zu den Häuptern des kopulierenden Paares auf und hält den sich sträubenden Hahn hoch. Mit einem einzigen Streich der Klinge schneidet er dem Tier den Hals durch und lässt das Blut über das Paar fließen, während die verzückten Gesänge der Brüder und Schwestern das Schauspiel immer lauter und schneller begleiten.

Kurz bevor er kommt, zieht der Meister sein Glied zurück. Die Priesterin nimmt es in die Hände und beschmiert es mit Blut. Dann legt sie ihre Linke auf den Steiß des Mannes und reibt seine Erektion immer schneller mit der Rechten, während er ihre Klitoris stimuliert. Bevor der Meister vom Stuhl endgültig zum Orgasmus kommt, stößt ihm die Priesterin mit einem ekstatischen Schrei den Finger in den Anus und erreicht gemeinsam mit ihm den Höhepunkt.

Unter den erregten Rufen der Anwesenden kommt der Akt zu einem Ende. Der Zeremonienmeister breitet ein weißes Seidentuch über die Priesterin aus, konzentriert einen Moment lang seine ganze Vorstellungskraft und imaginiert die passende Formel aus magischen Symbolen. Daraufhin hüllt er den Meister vom Stuhl in einen roten Umhang, worauf dieser sich wieder hinter den Altar begibt und wartet, bis die Brüder und Schwestern schweigend Platz genommen haben.

Nun greift der Zeremonienmeister zum Räucherfass und schwenkt es in alle vier Himmelsrichtungen, bevor der Meister vom Stuhl zu einer Litanei ansetzt, um den Geist der Loge anzurufen. So bald die Worte dieses Rituals verklungen sind, fordert er die Anwesenden auf, sich zu erheben und ihm nachzusprechen: »Wir geloben und schwören zu schweigen! Unsere Brüder und Schwestern sind Zeugen!«

»Empfangen Sie nun den Segen!«, kommt der Meister vom Stuhl zum Ende des Rituals. »Der Ewige und Eine segne euch! Er vermehre eure Kraft! Er vertiefe eure Weisheit und entzünde eure Liebe! Denn Liebe ist das Gesetz! Liebe unter Willen! Gehen Sie in Frieden, meine Brüder und Schwestern, und verschließen Sie den Mund und hüten Sie die Zunge!«

»Tod dem Verräter! *Aum!*«

Mit diesen Worten ziehen die Brüder und Schwestern aus dem Raum und lassen die Priesterin und den Meister vom Stuhl allein zurück.

91

»*In nomine demiurgi nosferati*«, schloss Anna.

Ich schwieg.

BEWARE OF FRIENDS!

Ich zweifelte nicht daran, dass die besagte Priesterin grüne Augen hatte. Die Tochter des Grasscutters hatte sich bei ihrem Bericht streng an die Fakten gehalten. So etwas wie Erotik war dabei nicht aufgekommen. Wahrscheinlich wirkte der Gruppenzwang immer noch.

»So viel zum magischen Chauvinismus und den Idealen: Brüderlichkeit, Nüchternheit und Effizienz.« Anna erhob sich von der Steinbank und sah auf mich herab. »Kritische Geister nennen so was Altmänner-Okkultismus aus den fünfziger Jahren.«

Ich musste an meinen Vater denken. Nur gut, dass er nie einer solchen Vereinigung angehört hatte. Wer weiß, was für Ideen ihm dabei für seine kleinen, schmutzigen Filme gekommen wären. Ich blickte Anna hinterher, die zum Grab ihres Vaters ging und wie abwesend davor stehen blieb. Egal, wie die geschilderten Erlebnisse den Grasscutter beeinflusst haben mochten – er musste sich nicht mehr damit auseinandersetzen. Ganz im Gegensatz zu seiner Tochter.

Anna kam zurück und sagte: »Lass uns gehen.«

»War es dein Vater, der es mit dir getrieben hat?«

Kaum hatte ich es ausgesprochen, rief sie: »Um Gottes willen, nein!« Die bloße Vorstellung schien sie zu entsetzen. »Was für ein absurder Gedanke.« Sie strafte mich mit einem kalten Blick, schüttelte den Kopf und wandte sich ab.

Absurd? Brachte sie deshalb aus Angst vor dem Teufel gleich den lieben Gott ins Spiel?

»Vater und ich haben die Loge später verlassen, weil wir uns einig waren, dass sich die Dinge in die falsche Richtung entwickelten.«

Ich nickte.

»Das war *meine* Geschichte …«

Damit erinnerte sie mich wieder an das Tauschgeschäft. Nicht dass ich etwas Konkretes erfahren hätte, das mir bei meiner Suche helfen konnte. Dennoch stand ich bei ihr in der Kreide. Ich suchte nach einer passenden Antwort.

»Du kneifst. Das ist nicht fair.«

»Nicht hier.« Ich stand auf und spürte dabei jeden Knochen. Noch war ich nicht über den Berg. Und zwar in vielerlei Hinsicht. »Lass uns gehen«, sagte ich müde. »Ich erzähl's dir später.«

»Versprochen?«

»Versprochen.«

Bevor wir den Friedhof verließen, gingen wir noch zu Murnaus Grab. Unterwegs kamen wir an einer beeindruckenden Holzkirche im skandinavischen Stil vorbei, die als Friedhofskapelle diente. Kurz darauf standen wir vor dem Grabmal mit der Nummer 22. Drei große Grabsteine ragten wie eine Front vor uns auf. Der mittlere war doppelt so hoch wie die beiden anderen und hatte im oberen Teil einen kleinen, balkonartigen Vorbau mit einer Büste des Filmemachers. Der Meister stand mit seinem Künstlernamen F. W. Murnau auf dem Grabstein. Seine Brüder Bernhard und Robert, die ihn flankierten, waren unter dem Familiennamen Plumpe verewigt.

Die Grabstätte wurde von Rhododendren eingerahmt und war mit Efeu und anderem Immergrün bewachsen. Auf der Rückseite der Grabsteine führten steile, aus Ziegelstein gemauerte Stufen zu einer braunen Flügeltür hinab, hinter der vermutlich die Gruft lag. Der Anblick hatte etwas Düsteres, und ich dachte unwillkürlich an Nosferatu.

Anna schien Ähnliches durch den Kopf zu gehen, denn sie sagte: »Angeblich sind im sechzehnten Jahrhundert in Recklinghausen zwei Frauen aus seiner Familie als Hexen verbrannt worden.«

»Da kommt ja einiges zusammen.«

Wir traten noch einmal vor die Front und blickten zu der Plastik mit Murnaus Konterfei auf. »Wollte dein Vater seinetwegen hier draußen beerdigt werden?«, fragte ich.

»Ich weiß es nicht. Vielleicht war es ein zusätzliches Motiv. Aber er hatte sich in dieser Sache schon vor geraumer Zeit festgelegt, weil er diesen Friedhof im Wald liebte. Auch dass man hier unabhängig von Wohnort und Konfession für zwanzig Jahre eine Grabstelle erwerben kann, gefiel ihm.«

Als wir Annas Wagen erreichten, hielt ich Ausschau nach dem Auto mit der 666 im Kennzeichen. Es war nicht mehr zu sehen.

Zahlenspiele …

Vor dem Einsteigen warf ich einen letzten Blick zum Waldfriedhof und fragte: »Merkst du dir auch lieber Geburtstage als Todestage?«

»Darüber habe ich noch nie nachgedacht.«

»Ich schon …«

»Und warum?«

»Mir ist es wichtiger, dass Personen, die uns etwas bedeuten, überhaupt auf die Welt gekommen sind.«

92

Am 28. Dezember 1888 wird Friedrich Wilhelm Plumpe im westfälischen Bielefeld geboren.

Menschen, die am achtundzwanzigsten Tag des Dezembers im Sternzeichen Steinbock das Licht der Welt erblicken, sagt man beim Anstreben ihrer Ziele große Kraft bei hoher Eleganz nach. Der Sohn aus wohlhabender Großbürgerfamilie wird dem im Laufe seines Lebens voll und ganz gerecht werden.

Der Junge kommt in einem Haus an der Bahnhofstraße 4 zur Welt. Ist es reiner Zufall, dass an gleicher Stelle viele Jahre später das Capitol Filmtheater eröffnet wird? Er zeigt jedenfalls schon früh Talente, die Vorboten seines späteren Schicksals sind. Auf dem Weg zum Kindergarten pflegt er Vertrauten beispeilsweise genau zu berichten, was er in der Nacht zuvor geträumt hat.

Im Jahr 1892 verkauft Vater Heinrich seine Tuchfirma in Bielefeld und erwirbt eine Villa in der Residenzstadt Kassel, ganz in der Nähe von Schloss Wilhelmshöhe. Das großzügige Anwesen ist ein wahres Paradies für Friedrich Wilhelm und seine Geschwister: den älteren Bruder Robert, den jüngeren Bernhard und die Halbschwestern Ida und Anna. Mutter der Jungen ist Ottilie Plumpe. Vater Heinrich ist mit der sechzehn Jahre jüngeren Frau in zweiter Ehe verheiratet. Die beiden Töchter stammen aus seiner ersten Ehe. Pferde, Jagd, Sport und Kunst bestimmen das Umfeld. Ida sitzt im Garten vor der Staffelei und malt. Die hochbegabte Sechzehnjährige organisiert zudem auf dem Dachboden der Villa eine private Theaterbühne. Auch der siebenjährige Friedrich Wilhelm wird ins Ensemble aus Geschwistern und Freundinnen eingereiht. Märchen und Dramen kommen zur Aufführung.

Als Ida ein Jahr darauf ins Pensionat kommt, übernimmt Friedrich Wilhelm ihre Aufgabe und beweist sich als Dramaturg eigener Ideen und fremder Werke. Schon während der Volksschulzeit ist der Junge ein leidenschaftlicher Leser. Bücher, Lesezirkelhefte, alles, was seine Fantasie anregt, verschlingt er geradezu. Bei seiner Mutter, einer ehemaligen Lehrerin, kann er dabei mit Unterstützung rechnen. Sie ist sehr musikalisch und schreibt Gedichte.

1898 zieht die Familie in eine städtische Gründerzeitwohnung im feinen Hohenzollernviertel in Kassel. Puppentheater sind gerade der neuste Schrei, und der Quartaner bekommt eine dieser Minibühnen zu Weihnachten geschenkt. Die Familie ist interessiertes Publikum bei solchen Aufführungen im Westentaschenformat. Aber erst als mit Hilfe der handwerklich viel geschickteren Brüder ein viermal so großes Miniaturtheater gefertigt wird, ist Friedrich

Wilhelm zufrieden. Das neue Modell verfügt über einen Schnür-
boden, Versenkung und Beleuchtung, und es können dafür Kulissen, Staffagen und Kostüme in Eigenproduktion erstellt werden.

Bereits jetzt übt der Junge die Grundzüge eines Handwerks
ein, das er viele Jahre später als Regisseur zu einem eigenen und
unverkennbaren Stil perfektionieren wird. Das Programm der Mi-
nibühne reicht von Hans Christian Andersen und den Gebrüdern
Grimm bis zu Friedrich Schiller. Nachmittags wird geprobt, und
jeden Sonntag ist Aufführung. Freunde und Bekannte der Familie
kommen und zahlen Eintritt. Vom Erlös werden Reclam-Hefte für
neue Projekte gekauft.

Als die Familie den ersten Fotoapparat erwirbt, erweitert das
junge Talent sein Rüstzeug für die spätere Laufbahn um eine ent-
scheidende Variante. Friedrich Wilhelm begnügt sich nicht wie
die anderen mit Schnappschüssen für das Familienalbum, sondern
holt aus der einfachen 4x4-Kamera alles heraus, was das Objektiv
hergibt. Er sucht sich ausgefallene Motive, spielt mit extravagan-
ten Aufnahmewinkeln und experimentiert mit der Belichtung. Im
Rahmen seiner Möglichkeiten und der begrenzten Technik des
Geräts praktiziert er bereits jetzt, was er später einmal als eigenes
Stilmittel einsetzen wird: *Die entfesselte Kamera*.

Im Stadtkern von Kassel hält es Vater Plumpe indes nicht lan-
ge. Im Herbst 1902 zieht die Familie wieder nach Wilhelmshöhe.
Das neue Domizil liegt neben dem Schloss, in nächster Nähe zum
Grand Hotel Wilhelmshöhe, und bietet einen prachtvollen Aus-
blick auf den Schlosspark und die Wälder, die sich beiderseits der
Löwenburg bis hoch zum Herkules erstrecken.

Friedrich Wilhelm ist jetzt vierzehn Jahre alt. Er findet keinen
besonderen Geschmack an ruppigen Spielen und Raufereien. Auch
körperlicher Arbeit geht er aus dem Weg. Zu Sensibilität, Extra-
vaganz und Geist fühlt er sich hingezogen. Wenn er sich für Mäd-

chen interessiert, dann mehr unter diesen Gesichtspunkten, denn es sind die Feinsinnigen und Grazilen, denen er gern nahe ist. Als Oberrealschüler ist er stets Klassenbester. Es fällt ihm leicht. Er ist kein Streber. Die Sommerferien verbringt er oft in der Nähe von Paris, wo ihn Lebensart und künstlerisches Flair begeistern. Im Kassler Hoftheater hat er die Klassiker der Sprache kennengelernt, in der Kassler Galerie die Meister der Malerei.

Friedrich Wilhelm weiß, was seine künstlerischen Interessen sind.

93

Die Besessenheit, mit der der junge Friedrich Wilhelm seinen ersten Fotoapparat auf alles richtete, was ihm in häuslicher Umgebung vors Objektiv geriet, rief verdrängte Erinnerungen an meinen Vater wach.

Auch Bernhard Scholz hatte die ihm Nahestehenden in anhaltender Fotografierwut abgelichtet. Anders als bei den Plumpes war bei uns der Junior jedoch nicht mehr als ein Motiv gewesen. Auch meine Mutter hatte stets als Modell herhalten müssen, denn was immer wir taten, mein Vater bannte es in Bilder. Ansonsten kümmerte er sich kaum um seine Familie und war häufig abwesend.

Weder Vera noch ich waren sonderlich scharf auf die Fotos gewesen, die sich über die Jahre in Alben, Schachteln und Kartons angesammelt hatten. Auch die gelungenen waren für immer mit dem Mann verbunden, der den Auslöser betätigt hatte. Vermutlich ging deshalb – in stillem Einverständnis zwischen Mutter und Sohn – bei jedem Umzug ein Teil des angehäuften Materials verloren. Selbst wenn man vom fragwürdigen Erinnerungswert der Bilder meines Vaters absah, auch sein durchaus vorhandenes Talent war im Laufe der Jahre nicht zur Genialität eines Friedrich

Wilhelm Murnau erblüht. Die Pornostreifen, für die Bernhard Scholz als Produzent verantwortlich war, gehörten nicht zu den Filmklassikern – auch nicht zu denen des Genres.

Erst als Anna und ich Friedenau erreichten und sie mich fragte, wo ich wohnte, tauchte ich wieder aus meinen Gedanken auf und lotste sie zur Eschenstraße. Vor dem Haus war ein Parkplatz frei. Anna stellte den Motor ab, blieb angeschnallt und schaute mich schweigend an.

»Wo ist eigentlich *deine* Wohnung?«, fragte ich.

»Nicht weit von hier. Direkt am Kreuzberg.«

Ich nickte und löste meinen Sicherheitsgurt.

»Du solltest dich noch ein bisschen schonen, Victor.«

»Ich weiß. Noch für zwei Tabletten. Damit ist morgen und übermorgen Schongang angesagt.«

»Und was stellst du dir unter *Schongang* vor?«

»Vielleicht ein kleiner Spaziergang im Grunewald, um mir Murnaus Villa anzuschauen.«

Sie lächelte. »Das ist erlaubt. Bei schlechtem Wetter käme auch das Filmmuseum in Frage. Die haben dort gutes Material über ihn.«

»Wo ist das?«

»Am Potsdamer Platz.«

»Warum nicht beides? Erst Museum, dann frische Luft.«

Sie lachte. »Hast du nicht von zwei Tagen gesprochen?«

»Hast du nicht erzählt, dass du ab übermorgen wieder Proben zu einem neuen Theaterstück hast?«

»Dein Gedächtnis funktioniert offenbar noch einwandfrei. Du möchtest also, dass ich dich begleite?«

»Das wäre schön. Schon für den Fall, dass ich einen Schwächeanfall bekomme.«

»Na gut. Dann hole ich dich morgen früh gegen zehn ab.« Sie ließ den Motor an.

Die Hand bereits an der Klinke der Wagentür, zögerte ich. Wusste der Teufel, was mich dazu bewog, nicht sofort auszusteigen. War es die Nähe zum Künstlerfriedhof, das Wissen um die Bedeutung des Sarges, in dem Vera lag? Ich wandte mich an Anna, blickte in das grüne Gletschereis und hörte mich sagen: »Es sei denn, du möchtest noch heute etwas über meinen Tabubruch erfahren.«

Ohne jede Regung erwiderte sie meinen Blick.

Mich fröstelte.

Dann griff sie zum Zündschlüssel und stellte den Motor ab.

94

Als Vera 1994 den großen Sarg bei King Kofi in Auftrag gibt, geht es nicht um ihre Beerdigung.

Sie hat etwas anderes im Sinn. Ihr fünfzigster Geburtstag steht an, und sie möchte ihn angemessen feiern. Ihre Beziehung zu Godson ist nach sieben Jahren zu Ende. Nicht, was die Freundschaft angeht. Aber sexuell haben sie sich auseinandergelebt. Dafür ist ihr Sohn endlich zurückgekommen.

Ich bin dreißig Jahre alt, als ich in Ghana eintreffe, um rückfällig zu werden. Den Sarg sehe ich zum ersten Mal, als ich nackt vor ihrem Bett stehe. Er ruht zwischen Bett und Wand am Boden und sieht aus wie ein offenes Boot, in dem Kissen transportiert werden. Der Deckel des »Meisterstücks« lehnt wie ein Totempfahl am Kopfende an der Wand. Noch bevor ich mich richtig wundern kann, bedeutet mir Vera mit einem lässigen Winken und einem einladenden Lächeln, dass ich mich in den Sarg legen soll. Sie selbst liegt in einen Seidenmantel gehüllt auf dem Bett.

Die Frau ist immer für eine Überraschung gut, und so lasse ich mich ohne Zögern rücklings auf den Kissen nieder. Wie ein Pharao im Sarkophag. Zwischen Vera und mir gibt es kein Zaudern, wenn es darum geht, gemeinsam die Dämonen zu vertreiben. Alles ist so wie früher. Sie steht auf und streift den Seidenmantel ab. Darunter trägt sie nur ein kurzes Seidenhemd mit schmalen Trägern, das ihre Brüste kaum bändigen kann.

Einen Moment lang bleibt Vera mit gespreizten Beinen über dem Sarg stehen und blickt auf mich herab. Dann hockt sie sich auf meine Oberschenkel, und ihr Mund sucht meine Lippen. Sie küsst mich mit einer Hemmungslosigkeit, die ansteckend auf mich wirkt. Heiß haucht sie mir ihre Gier ein. Sie nimmt meinen Schwanz in die Hand, und ich packe sie bei den Hüften, will in sie eindringen. Doch sie sperrt sich, rückt ein Stück zurück und begnügt sich damit, mich zu massieren.

Für kurze Zeit befürchte ich, dass sie mich nur zwischen ihren Fingern kommen lassen will. Doch dann gönnt sie mir eine kleine Pause, bevor sie den Kopf langsam auf ihr hartes Ziel zubewegt, es in den Mund nimmt und langsam aufsaugt. Sekundenlang spüre ich nur die feuchte Wärme, dann fahren ihre Lippen in immer weiter ausholenden Bewegungen am Schaft entlang. Ich bilde mir ein, stetig in ihr zu wachsen, und spüre ein erstes leises Zucken.

Auch ihr entgeht es nicht.

Sie hört auf zu saugen und gibt mich frei. So bald ihr Mund mich nicht mehr wärmt, streift ein kühler Hauch meine nasse Haut. Doch bevor die Glut erlischt, entfacht sie sie erneut mit Zunge und Fingern, bis es zur Qual für mich wird.

Vera hört mein Stöhnen, stößt mir spielerisch die Zungenspitze in den Nabel, findet den Weg zu meinem Mund und küsst mich, während sie auf mich steigt. Sie bewegt sich nicht, weiß, dass sie mir eine Chance geben muss, bis mein Puls weniger heftig in ihr pocht. Eine Weile hält nur das Spiel unserer Lippen und Zungen die Erregung aufrecht.

Schließlich richtet sie sich auf, streift ihr Hemdchen über den Kopf und befreit ihre Brüste. Prall und schwer pendeln sie vor ihrem Oberkörper. Sie führt sie mir noch einmal ausgiebig vor, ehe sie sich wieder über mich beugt und mir einen harten Nippel zwischen die Lippen drängt. Dann beginnt sie sich zu bewegen. Ihr Rhythmus wird immer fordernder. Ich agiere wie unter einer leichten örtlichen Betäubung, dem Gefühl, das einen heimsucht, wenn der erste Drang, einfach zu kommen, überwunden ist, und man keine Angst mehr vor dem vorzeitigen Ende hat.

Veras Keuchen geht allmählich in Stöhnen über, dann schreit sie auf. Ein Zucken schüttelt sie, bis sie langsam auf meine Brust sinkt und nach Atem ringt. Ich streichle ihre schweißnasse Haut, streiche ihr die feuchten Haare aus der Stirn, und sie küsst mich voller Begierde.

Irgendwie schaffen wir es, uns zur Seite zu rollen, bis Vera unter mir liegt. Ich stütze mich über ihren Schultern am Kopfende des Sarges ab und ficke sie. Sie spreizt ihre Oberschenkel, packt ihre Knie und zieht sie an die Brüste. Während ihr Atem zu einem heiseren Rhythmus wird, feuert sie mich mit kehligen Lauten an.

Ich halte durch – bis meine Arme einzuknicken drohen und mein Schwanz vor Schmerz brennt. Keuchend gebe ich Vera frei, richte mich auf und drücke das Kreuz erleichtert durch. Meine Arme hängen wie leblos an den Schultern.

Doch die Frau lässt nicht locker.

95

»Hör jetzt um Himmels willen nicht auf!«

Anna war auf allen vieren und hielt mir ihren Hintern hin.

Ich packte sie, drang erneut in sie ein und stieß mit aller Kraft zu, bis ich kam. Ausgelaugt sank ich neben ihr aufs Laken. Woher ich so kurz nach dem Tropenfieber die Energie genommen hatte, blieb mir schleierhaft. Anna schmiegte sich an mich, und wir kamen langsam wieder zu Atem. Ich weiß nicht, wie viele Minuten wir still im Bett meiner Mutter lagen, bis wir wieder Worte fanden.

»Wie lange hattet ihr nicht mehr miteinander geschlafen, als die Sache mit dem Sarg passiert ist?«, sagte Anna schließlich.

»Zwölf Jahre.«

»Und warum die lange Pause?«

»Als ich achtzehn wurde, dämmerte mir allmählich, dass es aufhören musste. Es war eine gefährliche Sucht. Ich habe noch das Abitur hinter mich gebracht und bin dann abgehauen.«

»Abgehauen …?«

»Zur Fremdenlegion.«

»Du, ein Söldner?« Anna richtete sich auf und musterte mich, als läge sie mit dem Terminator im Bett.

»Ich wollte einen Schlussstrich ziehen. Nicht nur wegen ihr. Die ganzen Lebensumstände sind mir auf die Nerven gegangen. So konnte es nicht weitergehen. Ich nehme an, bei dir war es nicht viel anders, als du dich aus der Loge verabschiedet hast.«

»Ich weiß nicht, ob man das vergleichen kann. Ich war immerhin eine erwachsene Frau, die sich in freier Entscheidung auf etwas eingelassen hat. Vielleicht habe ich mich damals benutzen lassen – aber du warst noch ein Junge und bist von ihr benutzt worden.«

»Mit achtzehn ist man kein Junge mehr.«

»Wann hat es angefangen?«

»Vermutlich beim ersten Stillen. Ich war immer verrückt nach ihren Brüsten.«

»Ich meine, dass du mit ihr …«

»Mit sechzehn.«

Da war wieder dieser salzige Geschmack in meinem Mund. War

er von Anna? Oder war er für immer mit den Erinnerungen an Vera verbunden?

»Benutzt habe ich mich nie gefühlt. Keine Sekunde. Gut, sie war aktiv, ich eher passiv. Sie war spontan und unternehmungslustig, und ich habe mitgemacht. Ich habe viel und gern von ihr gelernt. Doch irgendwann musste es aufhören.«

»Und trotzdem habt ihr zwölf Jahre später wieder damit angefangen.«

»Nur für ein halbes Jahr. Dann war das Feuer aus. Als sie zum ersten Mal nach Berlin gereist ist und ein paar Monate weg war, hat sich der Spuk verflüchtigt. Der Trieb ist eingeschlafen. Vor allem bei ihr. Und da sie immer die treibende Kraft war …«

Ich schwieg einen Moment lang, ohne dass Anna weitere Fragen stellte.

»Wahrscheinlich war es so das Beste. Ich glaube nicht mal, dass es was mit Veras Alter zu tun hatte. Ich weiß nicht, ob man über Tote so reden darf … aber ich bin noch heute ab und zu geil auf sie. Doch nach ihrer Rückkehr nach Accra waren wir nur noch sehr gute Freunde.«

»Nur Freunde? Sie war immerhin deine Mutter. Es gibt auch so was wie Mutterliebe … auch ohne …« Sie räusperte sich.

»Sag es ruhig.«

»Inzest«, flüsterte Anna.

»Ich bin mir nicht sicher, ob ich Vera je geliebt habe. Weder als Mutter, noch als Geliebte. Ich weiß nur, dass ich sie respektiert und gemocht habe. Sie war eine sehr begehrenswerte Frau. Andere Jungs brauchten Wichsvorlagen. Ich hatte göttlichen Sex mit einer Vertrauensperson. Außerdem hatte sie Geist und Stil.«

»Und warum glaubst du, dass du sie nicht geliebt hast?«

»Weil es sexuell so gut geklappt hat.«

»Was soll das denn bedeuten?«

»Distanz ist der Schlüssel zu gutem Sex.«

Anna rückte etwas von mir ab. »Dann müssen ja Meilen zwischen uns liegen.«

»Guter Sex hat auch was mit Ausbeutung zu tun und nicht nur mit Hingabe. Natürlich muss man sich respektieren, sich vertrauen, sich gern haben. Aber tief empfundene Gefühle, richtige Liebe … das macht eher impotent.«

»Glaubst du nicht, es gibt Paare, die beides hinkriegen?«

»Eigentlich nicht.« Ich stand auf, um uns etwas zu trinken zu holen, und blieb vor dem Bett stehen. »Doch wer bin ich schon, um darüber zu urteilen. Wenn es sie denn gibt, müssen diese Paare sehr glücklich sein.«

»Und du, bist du glücklich?«

»Zufrieden reicht mir. Willst du auch ein Bier? Oder lieber Wein?«

»Erst Sex … und jetzt auch noch Alkohol?« Sie lächelte. »Wir sollten langsam wieder an deine Genesung denken.«

»Keine Sorge. Die Behandlung bekommt mir gut.«

Sie blickte auf die Uhr. »Ein Glas Rotwein. Wenn du Roten hast. Dann fahre ich nach Hause.« Sie erhob sich und verschwand im Bad.

Ich ging in die Küche, goss für Anna ein Glas Merlot ein und nahm mir eine Flasche Bier aus dem Kühlschrank.

Als ich das Weinglas auf den Nachttisch stellte, kam Anna aus dem Badezimmer. Wie selbstverständlich hatte sie Veras Hausmantel übergezogen und küsste mich auf die Wange, bevor sie einen Schluck trank.

Wir machten es uns wieder auf dem Bett gemütlich.

»Erzähl mir was über deinen Vater«, bat Anna.

Ich brauchte nicht mehr als ein Dutzend vernichtender Sätze, um sie ins Bild zu setzen.

Sie fragte nach meiner Arbeit.

Ich erzählte ihr viel über mein ungeschriebenes Buch und wenig über meine Pfadfindertätigkeit.

Sie hakte bezüglich der Fremdenlegion nach.

Ich ersparte ihr nichts.

»Ich werde dich Hamlet nennen«, sagte sie.

»Nicht besonders fantasievoll für eine Frau vom Theater.«

»Aber naheliegend.«

»Und warum?«

»Weil er für das Weibliche im Mann steht.«

»Und das wäre in meinem Fall?«

»Intellektuelle Fähigkeiten und eine empfindsame Seele. Du bist sensibel genug, um dich mit Spirituellem auseinanderzusetzen.« Sie trank einen Schluck Wein. »Hoffentlich kannst du die Last der damit verbundenen Erkenntnisse auch schultern.«

»Was meinst du damit?«

»Die Stimmen aus dem Jenseits wahrnehmen und trotzdem im Diesseits überleben, darauf kommt es an. Dazu muss man ein Mann der Tat sein. Insofern stehen deine Chancen nicht schlecht.«

»Tatsächlich?«

»Wenn ich es richtig verstanden habe, hast du nicht Theologie studiert, sondern eine militärische Ausbildung genossen. Wenn du genug gefragt und gegrübelt hast, wirst du wohl zuschlagen … Hamlet.«

96

Die Deutsche Kinemathek nannte sich im Untertitel *Museum für Film und Fernsehen* und war Teil der futuristisch gemeinten Architektur am Potsdamer Platz.

Was kurz nach dem Fall der Mauer wagemutig und etwas übereilt als Ausrufezeichen einer neuen Zukunft zusammengeschraubt, -geschweißt und -betoniert worden war, wirkte auf mich wie eine Ansammlung behelfsmäßig verchromter Baugerüste mit Glasscheiben. Das Ganze gruppierte sich um ein kegelförmiges Dach, dessen Gestaltung entweder von einem Zirkuszelt oder dem in die Jahre gekommenen Olympiastadion in München inspiriert worden war. Insofern fügte sich die Kinemathek nicht schlecht ins Ambiente.

Filmkulisse.

Das Innendesign des Museums war weitaus überzeugender geraten als der mit Aufzügen ausgestattete Metallkäfig, in dem es untergebracht war. Beeindruckende Exponate sowie Bild- und Tondokumente waren, was Räumlichkeiten, Licht und Ton anging, in bester cineastischer Manier in Szene gesetzt. Allein was Murnau anging, kam ich voll auf meine Kosten.

Zunächst machte mich Anna auf eine Vitrine aufmerksam, deren Rückwand ein Foto des Offiziers Friedrich Wilhelm Plumpe aus dem Jahr 1915 zierte. Er saß an einem kleinen Tisch in einem Unterstand bei Bersemünde in Lettland und las Zeitung. Das wichtigste Stück aber war die Skizze für das Filmprojekt *Teufelsmädel*, die er 1917 in Luzern auf Briefpapier der Pension Feldberg festgehalten hatte. Seine vermutlich erste Idee für ein Filmprojekt. Die Geschichte vom Traum eines Mädchens aus einem märkischen Dorf, das durch einen Pakt mit dem Teufel ein mondänes Leben in Berlin führt. Ein Pakt, der allerdings den Haken hat, dass ihre Liebhaber an ihr zugrunde gehen. Nach dem Tod des dritten Geliebten verflucht das Mädchen den Pakt. Am Morgen erwacht sie aus ihrem Traum:

Sehnsucht nach Berlin geheilt.

»Als Filmemacher hat er sich stets mit Traumgeschichten, mit Teufeln, Verführern und verführerischen Frauen, die das Verderben der Männer sind, beschäftigt«, sagte ich zu Anna.

Sie antwortete nicht.

Ich widmete mich einem anderen Ausstellungsstück. Eine Feldpostkarte mit einem Foto des jungen Offiziers, die er am 8. November 1917 mit gestochen klarer Handschrift an seine Schwester Anna geschrieben hatte. *Alle herzlichsten Grüße, Wilhelm.* Seine Handschrift zu sehen war etwas Neues, etwas Sinnliches und Persönliches.

»Eine seiner Schwestern hieß wie du.«

»So heißen viele.«

Im nächsten Raum leuchteten mir die goldenen Knöpfe und Litzen und das rote Tuch der Uniform entgegen, die Emil Jannings in *Der letzte Mann* getragen hatte. In einem kleineren Schaukasten war neben einem Foto von Jannings, Murnau und dessen Kameramann Karl Freund aus dem Jahr 1924 ein Brief vom Sonntag, dem 9. Januar 1917, zu sehen, in dem sich Else Lasker-Schüler alias Prinz Jussuf von Theben in handschriftlichen Zeilen an Murnau alias Ulrich von Hutten wandte.

Mein lieber, lieber Hutten …

Des Weiteren eine Starpostkarte von Conrad Veidt und ein Brief in dessen ausladender, unkontrolliert anmutender Schrift, den er am 28. April 1920 auf Briefpapier des Hotels Atlantic in Hamburg verfasst hatte und den er mit einem Pseudonym Murnaus beginnt, das mir bis dahin noch nicht untergekommen war.

Hellmuth, Dank für Deinen Brief …

Eine Wendeltreppe führte ein Stockwerk tiefer. Dort erwartete uns ein Werbefoto aus Hollywood zum Thema »Murnau lernt Englisch« vom Juli 1926. Es zeigte den Regisseur mit seiner attraktiven Sprachlehrerin. Was mich jedoch am meisten faszinierte, war Murnaus persönliches Drehbuchexemplar zu *Four Devils*. Es stammte aus dem Jahr 1928. Die darin eingeklebten Bilder dokumentierten Entwürfe des Architekten Robert Herlth.

»Hast du das schon gesehen?« Anna winkte mich herbei.

Murnaus Totenmaske.

Marmorne Gesichtszüge. Eine Nase mit langem, schmalem Rücken. Geschlossene Lippen, leicht gespitzt, wie zu einem angedeuteten Kuss. Die Haare streng nach hinten gekämmt.

Anna überließ mich meinen Betrachtungen und spazierte weiter durch die Ausstellung, während ich einen kleinen Wandmonitor entdeckte, auf dem neben diversen Motiven aus *Sunrise* auch eine kurze Sequenz mit Werkaufnahmen von *Four Devils* zu sehen war: Murnau mit L. W. O'Conel auf dem Kamerawagen. Der Kameramann nimmt mit einer *Mitchell Bell and Howel* den später verschollenen Film auf. Murnau trägt eine Baskenmütze. Konzentriert folgt er dem Geschehen. Dann entspannen sich seine Züge, und er lächelt, unterhält sich gut gelaunt mit dem noch kurbelnden Kameramann.

Schnitt.

Zum ersten Mal hatte ich Murnau in lebendigen Bildern gesehen. Ich war beeindruckt, wie weich und sympathisch er wirkte. Keine Spur von Arroganz. Das war nicht der egozentrische *Preuße*. Ich wartete, bis die Sequenz erneut ablief, und schaute sie mir noch einmal an. Vor Murnaus Augen und der Kamera geschah etwas, das ich nur erahnen konnte. Welche Szene hatte er in diesem Moment gedreht?

Nachdenklich spazierte ich weiter.

Wie oft hatte Vera sich das wohl angeschaut? Allmählich musste ich aufpassen, dass ich Murnau nicht verfiel. Ich konnte mir nicht leisten, mein ganzes Interesse auf ihn zu lenken. Hamburg wartete. Und auch das Rätsel um *Cormoran Consult* schrie nach einer Lösung. Dass Murnau und sein Schaffen, speziell der Inhalt von *Four Devils*, etwas mit meinen Problemen zu tun hatte, war eher unwahrscheinlich. So wie es aussah, ging es um das schnöde

Objekt. Ein verschollener Film, der wertvoll war. Nicht mehr, nicht weniger.

Und dennoch: Drängten sich nicht ständig beängstigende Parallelen auf, die weit über das Materielle hinausgingen? Tabus, Religion, Geister, Sex und Gewalt. Den Tod nicht zu vergessen. Seit sich ein gewisser Albin Grau in mein Leben gestohlen hatte, spielte all dies eine Rolle, ob ich wollte oder nicht – wie bei Friedrich Wilhelm Murnau.

Bevor ich Anna ins Treppenhaus folgte, fiel mir eine letzte Vitrine auf. Thema und Inhalt nahmen sich wie ein makabres Ausrufezeichen am Ende unserer Exkursion aus.

Werner Herzogs *Nosferatu – Phantom der Nacht*.

Klaus Kinski als Vampir.

Die plastische Abbildung des Kopfes mit den spitzen Zähnchen und der Krallenhände mit den überlangen Fingernägeln.

Noch eine Totenmaske.

Im *Billy Wilder's* aßen wir einen Happen zu Mittag. Das Lokal im Erdgeschoss hätte auch gut nach Manhattan gepasst. Das klassische Bar-Ambiente hatte auf heimelige Art etwas von einer Oase in einer kalten Wüste aus Stahl und Glas.

»Hast du heute schon deine Tablette genommen?«, fragte meine Krankenschwester, als ich zahlte.

»Ja.« Ich trank den letzten Schluck Mineralwasser und stand auf.

»Und wie fühlst du dich?«

»Noch etwas mürbe, aber das ist normal.«

Auf dem Weg zu Annas Wagen überquerten wir den Platz unter dem Riesenzeltdach. Ich deutete hoch. »Sollte eines Tages jemand ein Remake von *Four Devils* in Berlin drehen, würden Luise, Aimee, Fritz und Adolf wahrscheinlich da oben rumturnen.«

»Sind das die Trapezkünstler?«

»So ist es.«

»Worum geht es eigentlich in dem Film? Ich weiß nur, dass er von Zirkusartisten handelt.«

97

Der zehn Jahre alte Fritz und sein neunjähriger Bruder Adolf stammen aus einer legendären Trapezkünstlerfamilie.

Die Eltern der Jungen sind einige Jahre zuvor beim »Todessprung« ums Leben gekommen. Seitdem befinden sich Fritz und Adolf in Obhut einer Pflegemutter. Eines Tages sieht sich die kranke und mittellose Frau gezwungen, die beiden Artistenkinder einem kleinen Wanderzirkus anzuvertrauen. Der Zirkusdirektor ist ein Alkoholiker und Spieler, der gern Kinder für die Arbeit in der Manege ausbeutet. Er übernimmt die beiden Jungen und macht sie mit zwei Waisenmädchen von acht und neun Jahren bekannt, die seiner Truppe bereits angehören. Aimee und Louise nehmen Fritz und Adolf liebevoll auf.

Über die vier Kinder hält ein älterer Clown seine schützende Hand, der selbst unter den Launen des Direktors zu leiden hat. Mit Beharrlichkeit und Geduld kümmert er sich um die vier. Der Alltag im Wanderzirkus ist hart. Doch Kinder und Clown bilden eine verschworene Gemeinschaft, die sich trotz aller Probleme ihre Freude am Leben bewahrt. Gleichzeitig bildet der Clown die vier zu Artisten aus, bis sie schließlich der Enge der kleinen Wandertruppe und dem Jähzorn des Direktors entkommen, um Jahre später bei einem angesehenen Zirkus zu großen Stars zu werden.

Als *Four Devils* feiern die Trapezkünstler nun berauschende Erfolge. Der Clown ist inzwischen nicht mehr der Jüngste, aber seinen Schützlingen nach wie vor als Mentor eng verbunden. So erlebt er mit Stolz, wie der »Todessprung« zu ihrer berühmten

Spezialnummer wird und weiter zum legendären Ruf des Quartetts beiträgt. Der Sturz mit waghalsigem Mehrfachsalto aus der Zirkuskuppel in die Tiefe, durch einen Ring aus Feuer und ans rettende Trapez ist Ausdruck höchster Präzision und anmutiger Könnerschaft und lässt dem begeisterten Publikum jedes Mal aufs Neue den Atem stocken. Zudem ist der Clown hoffnungsfroh, dass seine Zöglinge auch privat zusammenbleiben werden, denn Fritz ist inzwischen mit Aimee und Adolf mit Louise verlobt.

Während der renommierte Zirkus sich bei einem längeren Gastspiel in einer Großstadt aufhält, zählt eine glamouröse Dame zu den regelmäßigen Besuchern der Vorstellung. Abend für Abend sitzt die schöne reiche Frau in ihrer Loge und verfolgt gebannt den Auftritt der vier Teufel. Die Athletik und Verwegenheit, die Fritz dabei an den Tag legt, haben es der Dame besonders angetan. Mit dem ihr eigenen Charme und Pomp gelingt es der Schönen schließlich, die Aufmerksamkeit ihres Angebeteten zu erregen und ihn zu betören. Der bodenständige Fritz ist verlegen und geschmeichelt zugleich. Und so folgt er einer Einladung der Dame in das Luxushotel, in dem sie residiert. Dort ist alles vorbereitet, um ihn angemessen zu beeindrucken, betrunken zu machen und schließlich zu verführen.

Fritz kann sich den Reizen der mondänen Frau nicht entziehen und verfällt ihr immer mehr. Anfangs trifft er sich noch heimlich mit seiner neuen Geliebten. Doch schon bald scheut er nicht davor zurück, sich öffentlich mit ihr zu zeigen. Aimee leidet, und auch die anderen Gefährten sind erschrocken und bedrückt. Doch trotz aller Bitten und Beschwörungen lässt Fritz nicht von seiner Passion ab.

Der luxuriöse Lebenswandel fordert seinen Tribut. Fritz ist nicht mehr in der Form, die für einen so todesmutigen Artisten unerlässlich ist. Bei jeder Vorstellung muss der alte Clown aufs Neue zittern, wenn es zum Todessprung kommt. Aimee, die ihren Verlobten retten will, sucht verzweifelt nach einer Lösung. Sie stattet der Dame einen Besuch ab, um im Gespräch einen Ausweg zu finden, wird jedoch von ihr gedemütigt.

Zutiefst unglücklich und ohne jede Hoffnung flieht Aimee aus dem Hotel. Fritz, der kurz vorher noch Zeuge der Konfrontation geworden ist, folgt Aimee und beschwört sie, nichts Unüberlegtes zu tun. Er fleht sie an, ihm zu vertrauen, und verspricht, das Verhältnis mit der Dame zu beenden. Aimee sei diejenige, die er liebt.

Sie glaubt und vertraut ihm.

Das Gastspiel geht dem Ende zu, der Zirkus wird die Stadt bald verlassen. Die Abschiedsvorstellung steht an. Mit großem Werbeaufwand kündigt die Direktion an, dass der Todessprung diesmal ohne Netz stattfinden wird. Unterdessen hat Fritz bereits einen Abschiedsbrief an die Dame geschrieben, um den Bruch mit ihr zu besiegeln. Und doch begibt er sich am Abend der letzten Vorstellung erneut zu seiner verhängnisvollen Liebschaft.

Bei der Abschiedsvorstellung schwört Fritz Aimee unter der Zirkuskuppel zum wiederholten Mal, er habe sich endgültig von der Dame getrennt. Beklommen verfolgt das Publikum im Rund unter den Artisten das Geschehen. Sekunden später stürzt sich Fritz im dreifachen Salto in die Tiefe, durchquert den Feuerreif – und wird im letzten Moment von der herbeischwebenden Aimee an den Fußgelenken gepackt, die ihn mit sicherem Schwung zum rettenden Trapez bringt.

Das große Wagnis ist gelungen. Der Triumph scheint perfekt. Doch inzwischen hat die Dame wieder Platz in ihrer Loge genommen. Aimee bemerkt die Konkurrentin. Sie fühlt sich erneut erniedrigt und endgültig hintergangen. Ohne jede Hoffnung stürzt sie sich aus zwanzig Meter Höhe in die Tiefe.

Die Zuschauer, die bereits aufgesprungen sind, um zu applaudieren, verharren einen Moment. Sie sind erschüttert. Dann macht sich Panik unter ihnen breit. Auch die Dame sucht eilig das Weite.

Fritz ist gebrochen und macht sich schwere Vorwürfe. Eine Stunde später jedoch, nach bangem Warten und vielen Tränen, kann der treue Clown ihn beruhigen.

Die Ärzte versichern, dass Aimee überleben wird.

98

»Also noch eine Variante des altbekannten Themas. Das verführerische Weib wird dem guten Mann mal wieder zum Verhängnis«, resümierte Anna auf der Fahrt zu Murnaus Villa im Grunewald.

»So was soll vorkommen …«

»Und als wäre das nicht genug, muss diesmal auch noch eine andere Frau dafür büßen.« Anna schüttelte den Kopf.

»Im Treatment ist Fritz noch derjenige, der abstürzt.«

»Und warum erzählst du mir das dann anders?«

»Weil es dem fertigen Film wahrscheinlich näherkommt.« Ich berief mich auf eine Synopse der Fox, die ich in einem von Veras Büchern gelesen hatte.

»Geht er denn wenigstens im Treatment drauf?«

»Nein. Auch Fritz kommt nach seinem Unfall mit dem Leben davon. Trotzdem hat Murnau die erste Version des Films mit einem tragischen Ende gedreht. Das die Fox aber verworfen hat. Er musste dann etwas Hoffnungsvolleres nachdrehen.«

»Typisch Hollywood.«

Nach längerem Suchen fand Anna in der Nähe des S-Bahnhofs Grunewald einen Parkplatz, und wir machten uns zu Fuß auf den Weg zur Douglasstraße. Kurz darauf zeigte Anna auf eine Villa mit rotbraunem Holzfachwerk unter spitzen Giebeln. Hausnum-

mer 22. An dem Gebäude war eine weiße »Berliner Gedenktafel«
angebracht, auf der in blauen Buchstaben stand:

Hier lebte von 1919 bis 1926
FRIEDRICH WILHELM MURNAU
28.12.1888 – 11.3.1931
Schauspieler, Regisseur zahlreicher Stummfilme:
»Nosferatu« (1921), »Der letzte Mann« (1924),
erschloß dem Film neue Ausdrucksmöglichkeiten
durch »Entfesselung der Kamera«.
Seit 1926 in Hollywood, drehte dort unter anderem
»Sunrise« (1927)

Das Haus war schön anzusehen und und befand sich in bester
Wohnlage. Es roch nach Nadelbäumen und Frühlingsblüten. Die
Sonne schien, ein Eichhörnchen flitzte über eine Hecke. Und doch
war ich enttäuscht. Was hatte ich erwartet? Dass der Geist an dieser Kultstätte von mir Besitz ergriff und mir ein Zeichen gab?
Dass ein Firmenschild der *Cormoran Consult* neben der Hausnummer hing?

99

»Ich setze dich nur zu Hause ab …«, meldete sich Anna zu Wort,
als wir nach Friedenau fuhren.

Ich quittierte die Mitteilung mit Schweigen.

»Ich muss noch packen, bevor ich morgen losfahre.«

Bislang war ich davon ausgegangen, dass sie an einem Berliner
Theater spielte. »Wohin geht es?«

»Nach Thale. Das liegt im Harz. Ich arbeite dort am Bergtheater.«

»Du spielst auf einem Berg?«

»Ja, in der legendären Freilichtbühne am Hexentanzplatz.«

Hexentanz. Hörte sich nach germanischem Fetisch an. »Und für welches Stück probst du da?«

»*Die Nacht der Vampire.*«

»Ich fasse es nicht. Warum nicht gleich *Nosferatu*?«

»Keine Angst. Wir spielen auch *Ein Sommernachtstraum* oder *Romeo und Julia.*«

»Das beruhigt mich. Wie weit ist es bis zu den Hexen?«

»Mit dem Wagen zweieinhalb Stunden.«

»Und wie lange bist du weg?«

»Es wird wohl eine Woche dauern, bis ich wieder hier auftauche.«

Ich nickte, hatte allen Grund, mich auf meine eigenen Angelegenheiten zu besinnen. Das Sumpffieber taugte nicht mehr als Entschuldigung für meine Untätigkeit. Ich musste an Dax denken. *Ein Krieger wie du zieht los und nimmt Rache …*

Aber bei klarem Verstand – und in diesem Zustand wähnte ich mich – gab ich Agyeman Mensah recht. Nur die Kenntnis der Zusammenhänge eröffnete mir die Chance, den oder die Täter zu finden. Erst dann konnte ich mich mit dem Gedanken an Rache beschäftigen.

Überlegungen wie diese begleiteten mich auf dem Weg zu Veras Wohnung. Irgendwie gelang es mir, mich von Anna zu verabschieden. Wir versprachen uns, einander anzurufen und uns zu sehen, so bald dies möglich wäre. Dann war die Tochter des Grasscutters weg. Ich rief Billy an. Es klappte beim ersten Versuch. Die Verbindung war ausgezeichnet.

»Abafun Lodge«, meldete er sich.

Auch Gerda hätte den Hörer abnehmen können. Doch dass es sich um meinen Getreuen handelte, der sofort zur Stelle war, erfüllte mich mit Zuversicht, und so plauderte ich eine ganze Weile mit ihm.

Sowohl in der Lodge als auch im Andoh House war alles in Ordnung. Zwar hatte es einen Rohrbruch in der Küche über meiner Wohnung gegeben, aber Hausmeister Paul hatte sich darum gekümmert, und der Schaden hielt sich in Grenzen – nur ein Fleck an der Decke, nicht größer als ein Unterteller, wie Billy mir versicherte. Danach erkundigte er sich nach dem Verlauf der Beerdigung. Mit knappen Worten setzte ich ihn ins Bild und teilte ihm mit, dass mein Aufenthalt in Berlin noch eine Weile dauern könne.

Billy verabschiedete sich. Er übergab den Hörer an Dax, dessen Stimme ich bereits im Hintergrund vernommen hatte.

»Hallo Alter … alles paletti?«

»Keine besonderen Vorkommnisse.«

»Aber hier bei uns gibt's neue Erkenntnisse«, erwiderte Dax und gönnte sich dann eine angemessene Pause, um meine Neugier zu steigern.

»Und die wären?«

»Die Alte hat gelogen.«

»Lucille …?«

»Wer denn sonst? Ihr Bruder war vermutlich die ganze Zeit über hier im Lande. Er ist jedenfalls vor den beiden Morden nach Ghana eingereist.«

Um meine Überraschung zu überspielen, rettete ich mich in Sarkasmus. »Ich nehme an, über Lagos.«

»Verarsch mich nicht.«

»Sorry.«

»British Airways über London.«

»Und?«

»Kein Mensch weiß, wo er sich aufhält … zumindest niemand bei den offiziellen Stellen.«

»Auch beim *CID* nicht?«

»So viel ich weiß, *sind* das Offizielle«, knurrte Dax und legte nach: »Ich könnte mir aber mal die Alte in Ho vornehmen.«

Lucille und Dax im unkontrollierten Schlagabtausch hielt ich für keine gute Idee. »Lass das, bis ich zurück bin.«

»Wie du meinst.«

Ich hörte heraus, dass er sowieso nicht scharf auf einen Alleingang war. Er hatte es mir nur angeboten, um seine Loyalität zu zeigen.

»Hier ist Gerda für dich«, kündigte er an. »Wie du siehst, haben hier alle Sehnsucht nach dir. Uns ist nämlich inzwischen klar geworden, dass wir jetzt deine Restfamilie sind. Und pass auf dich auf.«

»Mach ich.«

Bei Gerda kam ich nicht mit der Kurzfassung von Veras Beisetzung durch. Sie wollte alles ganz genau wissen.

Als ich schließlich auflegte, spürte ich, dass mir das Gespräch mit dem, was Dax meine *Restfamilie* nannte, gut getan hatte.

Das Tabu der Teufel

Berlin / Accra
Ende Mai – Anfang Juni 2004

Es gibt keine Gifte, es kommt auf die Dosis an.

Philippus Theophrastus Bombastus
Aureolus von Hohenheim
alias Doctor Paracelus

100

Das weitaus wichtigere Telefonat fand am darauf folgenden Morgen kurz nach zehn Uhr statt.

Als der Apparat auf Veras Schreibtisch klingelte, schluckte ich gerade meine letzte Malariatablette und überlegte, wie sinnvoll es in Anbetracht der neuen Lage noch sein mochte, Big Bens Ehefrau in Hamburg aufzusuchen. Das Läuten hallte laut in der Wohnung wider und schreckte mich regelrecht auf, denn nach den gelegentlichen Rückrufen der Bestattungsfirma hatte das Telefon kein Lebenszeichen mehr von sich gegeben.

Ich meldete mich mit einem neutralen »Hallo?«

»Herr Voss …?«, fragte eine sonore Männerstimme.

»So ist es. Victor Voss am Apparat.«

»Das freut mich. Darf ich mich vorstellen? Mein Name ist Josef Maria von Wernherr.«

Josef Maria. Fast so ausgefallen wie *Albin.* »Was kann ich für Sie tun?«

»Ich kannte Ihre Frau Mutter, Herr Voss …« Ein Räuspern. »Und auch wenn es etwas spät ist, möchte ich Ihnen zunächst mein herzlichstes Beileid aussprechen.«

»Danke.«

»Ich hatte die Ehre und Freude, über viele Jahre mit Ihrer Mutter zusammenarbeiten zu dürfen.«

Noch bevor er sich zu weiteren Elogen aufschwingen konnte, sagte ich: »Dann sind Sie sicher Produzent oder Redakteur.«

»Nein. *Das* nun wirklich nicht, Herr Voss. Zwar hat Ihre Mutter an einem Buch für mich gearbeitet, aber beileibe nicht an einem Drehbuch.«

Ich versuchte es mit einem Schuss ins Blaue. »Sie meinen das Projekt für *Cormoran Consult*?«

Wieder das satte Lachen. »Ganz richtig, Herr Voss. Deshalb würde ich mich gerne einmal mit Ihnen unter vier Augen unterhalten.« Er legte eine Kunstpause ein. »Es wäre mir wichtig!«

Der Mann sprach mir zwar aus der Seele, doch ich zügelte meine Begeisterung. »Wenn Ihnen so sehr daran liegt, steht dem meinerseits nichts entgegen.«

»Das freut mich, Herr Voss. Wie sieht es denn mit Ihrer Zeit aus?«

»Machen Sie einen Vorschlag.«

»Ich weiß, es ist etwas kurzfristig, aber ich könnte Sie gegen Mittag abholen lassen, und wenn Sie nachmittags nichts anderes vorhaben …«

»In Ordnung.«

»Bestens. Mein Fahrer klingelt bei Ihnen. Punkt zwölf! Ich freue mich sehr, Sie persönlich kennenzulernen. Bis dann.«

Bevor ich noch etwas sagen konnte, hatte er aufgelegt.

Ganz ohne mein Zutun kam plötzlich Bewegung in die Sache. Das gefiel mir. Ich war gespannt. Als es zur vereinbarten Zeit klingelte, ging ich nach unten. Das Wetter war frühlingshaft mild. Der angekündigte Fahrer stand unmittelbar vor dem Haus am Gehsteig und lächelte mir entgegen. Er war jung, schmal und trug einen Hut mit gerader Krempe zu seinem leichten Sommeranzug. Neben ihm parkte ein schwarzer Mittelklassewagen, der mir bereits mehrmals unter die Augen gekommen war. Auch ohne die Nummernschilder zu sehen, war ich mir absolut sicher.

666.

Aus der Nähe erkannte ich zudem, dass es sich bei dem Wagen um einen Japaner handelte. Einen Moment lang war ich enttäuscht. Das Gefährt, das mir Josef Maria von Wernherr vorbeischickte, passte nicht recht zu dem pompösen Stil, den er am Telefon zelebriert hatte. Doch da ich nun Ross und Reiter kannte,

erwiderte ich das höfliche Lächeln des Fahrers mit einem freund-
lichen Grinsen.

NOW I KNOW THE PARTY!

Zu meiner Verblüffung machte der Schmale keinerlei Anstalten, mir die Wagentür zu öffnen. Stattdessen winkte er zu einer
Ausfahrt, die etwa zwanzig Meter weiter auf der gegenüberliegenden Straßenseite lag. Eine dunkelgrüne Limousine, die dort
mangels ausreichend großer Parklücken gewartet hatte, setzte sich
in Bewegung und rollte nahezu lautlos näher.

Dieser Wagen *war* standesgemäß – ein Bentley. Der Mann am
Steuer hatte einen kurz getrimmten Silberbart und trug eine dunk-
le Schirmmütze. Auch er lächelte mir freundlich zu, als er anhielt
und der Junge mit dem Hut die Tür zum Fond für mich aufriss.
Ich stieg ein. Die Limousine glitt zum Südwestkorso in Richtung
Bundesplatz und dann weiter über die Stadtautobahn nach Osten.
In Höhe der Oberlandstraße ging es auf städtischen Straßen weiter
durch Neukölln, und ich verlor die Orientierung, bis wir über die
Puschkinallee den Treptower Park durchquerten, am Sowjetischen
Ehrenmal vorbeifuhren und am Rande des Plänterwaldes den
Parkplatz nahe der Insel der Jugend ansteuerten.

Mein Chauffeur stellte den Wagen ab und führte mich wortkarg zum Spreeufer. Die Fußgängerbrücke, die sich in kühnem
Bogen übers Wasser erstreckte, ließ er links liegen – auch wenn
die burgartigen Gebäude auf der Insel sich sehr wohl als Kulisse
für ein Treffen mit einem Josef Maria von Wernherr geeignet hätten. Stattdessen hielt er geradewegs auf ein schwimmendes Restaurant namens Klipper zu. Es bestand aus alten Kähnen, die um
ein fest verankertes Floß lagen. Das zentrale Holzhaus mit seinem
Kamin und die im Freien gestapelten Brennholzscheite hatten etwas von einer Blockhüttenstation am Yukon.

»Willkommen an Bord!«, begrüßte uns ein Schild über dem

Tor. Wir nahmen die Einladung an und liefen unter Wimpeln, die im Frühlingswind flatterten, über den Steg auf die schwimmenden Einheiten. Mein Führer ignorierte sämtliche Luken und Türen, die zu den Gasträumen führten, und begab sich zielstrebig zur Rückseite des Holzhauses.

Erst jetzt nahm ich das knallrote Wasserflugzeug wahr, das im Schatten der Aufbauten an einem Steg lag. Der Eindruck, mich in Alaska zu befinden, verstärkte sich. Fehlte nur noch, dass die Lachse sprangen.

Das Flugzeug war eine Cessna 206 *Stationair*. In meiner Zeit als militanter Wasserfrosch hatte ich schon mal Bekanntschaft mit einer solchen Kiste gemacht. Die hier war vermutlich an die dreißig Jahre alt.

Der Flugkapitän stand auf dem Steg und erwartete uns. Auch er fügte sich mit seinem Abenteurer-Outfit perfekt ins Alaskabild ein. Mein Begleiter tippte kurz an den Schirm seiner Chauffeurmütze, nickte erst dem Piloten, dann mir zu und zog sich zurück. Schweigend hielt mir der Pilot eine Schwimmweste hin. Da Herr von Wernherr offenbar allen Beteiligten Sprechverbot auferlegt hatte, begab ich mich kommentarlos an Bord.

Der Pilot kletterte ins Cockpit, streifte sich die Kopfhörer über und nahm den Startcheck vor. Dann ließen wir mit dröhnendem Motor den Steg hinter uns und steuerten die Flussmitte an. Dort gab der Mann am Steuerknüppel den dreihundert Pferdestärken die Peitsche, und die Cessna preschte übers Wasser und schwang sich schließlich in die Lüfte.

Wir flogen in südöstlicher Richtung über die Altstadt von Köpenick. Für einige Minuten genoss ich den herrlichen Ausblick über die zahllosen Seen und weiten Wälder des Brandenburger Landes. Doch mit zunehmender Flugdauer und unter dem Einfluss des monoton dröhnenden Motors geriet ich bald ins Dösen und kam erst wieder zu mir, als die Cessna an Höhe verlor und in einer weiten Schleife zur Landung ansetzte. Beim Blick aus dem Fenster sah ich einen lang gezogenen See, an dessen Ufer eine Art Schloss mit einem hohen Turm stand.

Ich schaute auf die Uhr.

Der Flug hatte nicht mehr als zwanzig Minuten gedauert.

101

»Wir befinden uns hier am Großen Storkower See, auch Dolgensee genannt, Herr Voss.«

Mit der Geste eines Feldherrn deutete mein Gastgeber über die tennisplatzgroße Terrasse, mehrere hundert Meter Privatgrundstück und weitläufige öffentliche Gewässer zum gegenüberliegenden Ufer. »Dort drüben sehen Sie das Hotel Schloss Hubertushöhe.«

Das Ganze erinnerte mich ein bisschen an das Idyll mit der nigerianischen Wasserleiche. Nur fiel hier alles eine Nummer größer aus. Dafür fehlte dem hiesigen Anwesen jeder Charme. Das Gebäude war von kühler Strenge, die Natur steril kurz gehalten. Entsprechend wenig Grün und Blüten waren zu sehen. Man hatte fast den Eindruck, der Frühling sollte im Keim erstickt werden.

Wernherr passte perfekt zum selbst geschaffenen Ambiente. Er war der Typ Siebzigjähriger, der sich mit äußerster Selbstdisziplin und in harter Askese mindestens zehn Jahre jünger macht. Der Mann war mittelgroß und drahtig, hielt sich gerade und bewegte sich, als wäre er auf dem Exerzierplatz. Die dichten schlohweißen Haare waren militärisch kurz geschoren, und das Gesicht mit den glatt rasierten Wangen wirkte hager wie das einer Mumie.

Es gab aber auch einige Merkmale, die das herbe Gesamtbild milderten. Die braunen Augen, die freundlich und warm wirkten.

Dann die buschigen Augenbrauen, die kohlrabenschwarz waren und wild wucherten. Und nicht zuletzt die zierlichen Hände, an deren Fingern mehrere Ringe steckten. Zudem waren die Nägel auf Hochglanz poliert.

»Dank des Tourismus, der in dieser Gegend langsam in Schwung kommt und mich in meiner Privatsphäre Gott sei Dank nicht weiter behelligt, haben wir diese Flugverbindung.«

Das Lächeln, das Wernherr mir zukommen ließ, wirkte so angestrengt wie bei einem Fotomodell, das seine perfekten Zähne zur Schau stellt.

»Leider gehört die Maschine nicht mir. Ich chartere sie nur bei Bedarf. Nicht dass ich mir ein solches Spielzeug nicht leisten könnte, aber eine Landegenehmigung für ein Wasserflugzeug ist bei dem Naturschutzterror kaum zu bekommen. Die Herren, die die Erlaubnis ergattert haben, fliegen gut zahlende Gäste zum Lunch ins Hotelrestaurant. Champagner und Gourmet-Menü.« Er zog die Mundwinkel nach unten. »Dafür benötigt man schon mal eine Wasserflugstation. Nun, wenn es denn der wirtschaftlichen Entwicklung der Region dient …«

Der Mann war richtiggehend beleidigt. Wahrscheinlich hatte er sich sogar um eine Lizenz bemüht und war dabei an einem hartleibigen Verwaltungsfunktionär gescheitert. Wenn er mit seinen beiden Bodyguards bei der Behörde aufgetreten war, wunderte mich das nicht. Obwohl die Leibwächter unauffälliges Zivil trugen. Sie hatten mich nach der Landung der Cessna in einem offenen Boot mit Außenbordmotor abgeholt und ansonsten den Mund gehalten. Die Fahrt über den See hatte mich an die gute alte Zeit auf Korsika erinnert. Mein Instinkt meldete sich, wenn ich es mit Männern zu tun hatte, die einsatzbereit waren. Die beiden gehörten dazu.

Auch jetzt hielten sie sich dezent außer Hörweite, waren aber stets auf dem Sprung. Seit wir uns auf dem Privatgrundstück befanden, trugen die beiden ihre Halfter mit der Privatartillerie nur sehr dezent zur Schau. Ich vermisste meine Taurus.

»Gehen wir doch hinein«, sagte von Wernherr, deutete auf das große Frontfenster der Villa, das an die Terrasse angrenzte, und schritt voran.

Ich folgte ihm. Er ging geradewegs auf die massive Glasscheibe zu. Sie war doppelt mannshoch, erstreckte sich über eine Länge von gut zehn Metern und war weder von Fenster- noch von Türrahmen unterteilt. Ich fragte mich gerade, wo sich der Griff befand, mit dem man das Ding aufschieben konnte, als der sehnige der Bodyguards wie beiläufig auf eine Art Klingelknopf an der Hauswand drückte und die gesamte Glasfront mit kaum hörbarem Säuseln im Boden versank und den Weg auf den Marmor der Wohnhalle freigab.

Auch das Innere der Villa war streng und karg ausgestattet und glänzte allenfalls durch großzügige Abmessungen und klare Konturen. Eine Art Bauhausstil, der radikal von überflüssigen Details befreit worden war, bevor man ihn überdimensional aufgeblasen hatte. Das einzig wirklich Beeindruckende waren die beiden Werke von Lyonel Feininger, die nebeneinander an einer der Wände hingen. Ich hatte keinen Zweifel, dass sie echt waren. Dafür hatte der Kamin etwas von einer industriellen Abgasanlage. Unmittelbar vor der Feuerstelle lag ein Flokati, der sich mit seinen langen Wollfäden wie ein mit Grasbüscheln bewachsenes Inselchen im weiten Marmormeer ausnahm. Das Ding war so winzig, dass nicht einmal ein Händchen haltendes Pärchen darauf Platz gefunden hätte. Auch die beiden streckbankartigen Sofas und die Würfelsessel, deren Armlehnen breiter waren als die dazugehörige Sitzfläche, nährten den Verdacht, die Nutzung des Raumes beschränke sich ausschließlich auf Stehempfänge.

Josef Maria von Wernherr schien das ähnlich zu sehen, denn er durchquerte das frostige Ambiente mit hallenden Schritten und führte mich durch einen schmucklosen Gang zu einer Treppe, die ins Kellergeschoss führte. Der Sehnige folgte uns in angemessenem Abstand. Zu meiner Überraschung dirigierte Wernherr mich in ein Privatkino mit stattlicher Leinwand und zwei Dutzend bequemen Polstersesseln, deren drei Reihen in der Mitte von einem Gang getrennt wurden. Ganz im Gegensatz zur Oberwelt des Hauses ging es in der Unterwelt richtig heimelig zu. Wandbespannung und Sesselbezüge waren aus weinrotem Samt. Der kunstvoll geraffte Vorhang, der die Leinwand verdeckte, war violett und sah nach echter Seide aus. Der Teppichboden glänzte dunkelblau, und das Glas der Jugendstil-Wandleuchten war bestens auf die dominierenden Farben abgestimmt. Nach der kühlen Vorhölle im Parterre der Villa wurde mir im Keller richtig warm ums Herz.

»Nehmen Sie doch bitte Platz.«

Der Herr des Hauses bot mir einen der Sessel am Mittelgang in der letzten Reihe an. Er selbst setzte sich auf die andere Gangseite, während sein Bodyguard den Kellner gab. Der Sehnige rollte einen Serviertisch zwischen uns. Feinstes Porzellan und Kristallglas auf schneeweißem und steif gestärktem Damast. Tischdecke und Servietten zierten in Goldfäden gestickt die verschnörkelten Initialen J v W. Der Hummer leuchtete rosa. Die Flasche *Krug* schwitzte im Kühler.

»Wie Sie sehen, müssen Sie auf nichts verzichten, was üblicherweise zu einem Ausflug mit dem Wasserflugzeug gehört, mein lieber Voss. Auch nicht auf den Lunch. Das hier wurde frisch aus dem Hotel Schloss Hubertushöhe geliefert. Das sogenannte Champagner- und Gourmetmenü.«

Wie auf Kommando ließ sein Adlatus den Korken kommen und schenkte uns ein.

Mir entging nicht, dass mein Gastgeber sich das *Herr* schenkte und zum schnöden *Voss* überging. Wie lange mochte es noch dauern, bis er mich *Victor* nannte? Ich griff nach meiner Serviette, faltete sie auseinander und sagte: »Ich vermisse das M.«

Er zog eine Braue hoch. »Welches *Emmm …?*«

Ich deutete auf die Initialen. »Das für Maria.«

Er lächelte. »Es wird in einem Wort geschrieben. *Josefmaria!*«

Darauf musste man erst mal kommen. Ein lupenreiner Zwitter in der Heiligen Familie, von dessen Existenz ich bisher nichts geahnt hatte.

Wernherr prostete mir zu, und wir tranken einen Schluck, bevor sein Leibwächter mit einer Handbewegung über die Happen zur Selbstbedienung einlud. Es war etwas mühselig, in einem Kinosessel mit Blick zur Leinwand zu sitzen und über die Lehne Kontakt zu Speisen, Getränken und Gastgeber zu halten. Ich fragte mich, worin der Sinn dieser Übung bestand – als das Licht langsam verlosch und der Vorhang aufging.

Man wollte mir also etwas vorführen.

»Viel Spaß!«, hörte ich noch vom Hausherrn, dann setzten Bild und Ton ein.

Es war Kino vom Feinsten. Widescreen. Dolby Digital. Ein Film der 20th Century Fox mit dem Titel *Der schmale Grat*. Orgelmusik schwoll an. Ein Krokodil tauchte in giftgrünes Wasser. Es folgten atemberaubende Bilder aus der Südsee. Zwar handelte es sich mit Sicherheit nicht um einen Film von Murnau, aber ich ahnte, dass diese Vorführung etwas mit dem Meister des Stummfilms zu tun haben musste. War es die Geschichte des jungen Hauptdarstellers, der gleich zu Beginn vom Tod seiner Mutter sprach, während ein Papagei auf der Hand seines Freundes herumkletterte?

Zum Auftakt war lediglich der Titel des Films eingeblendet worden. Ich kannte bislang weder einen der Schauspieler, noch wusste ich, wer Regie geführt hatte. Nach einigen Minuten wurde mir klar, dass ich nicht nur einen Trailer, sondern den Film selbst sah. Wollte mir der Hausherr tatsächlich einen ganzen Spielfilm zeigen? Hatte er mich deshalb einfliegen lassen?

Oder wollte Wernherr mir nur eine bestimmte Stelle oder Passage am Anfang des Streifens präsentieren? Wenn dem so war, zog sich die Sache jedenfalls hin. Ich tröstete mich mit Champagner und Hummerhäppchen. Der erste Darsteller, den ich erkannte, war Sean Penn. Das war nach etwa zehn Minuten. Das malerische Inselidyll kam spätestens jetzt zu einem herben Ende. Alles deutete auf einen Kriegsfilm hin. Zweiter Weltkrieg im Pazifik. Amerikaner gegen Japaner. Unschuldige Insulaner zwischen den Fronten.

Was hatte Josefmaria von Wernherr mit mir vor? Völlig gebannt vom Geschehen auf der Leinwand war der Hausherr in seinem Sessel versunken. Mich schien er vergessen zu haben. Was sollte ich tun? Aufstehen? Rausgehen? Nach einer halben Stunde ergab ich mich in mein Schicksal. Es fiel mir auch gar nicht mehr schwer, da mich der Film zunehmend fesselte.

Und so schaute ich erst wieder auf die Uhr, als nach annähernd drei Stunden die Schlusstitel erschienen.

102

Ein Film von Terrence Malick.

Der Abspann lief, und die Jugendstilleuchten gingen wieder an. Der Bodyguard rollte den geplünderten Esstisch weg. Sein Chef strahlte mich an wie die aufgehende Sonne.

»Und …? Was sagen Sie dazu?«

Was zum Teufel wollte der Mann von mir? Ich war ratlos. Also sagte ich höflich: »Ein sehr guter Film. Jedenfalls kein Popcornkino.« Das war wenigstens ehrlich gemeint.

»Wenn Sie mich fragen, ein geradezu sensationelles Werk. Eine kreative Absage an jeden Mainstream.« Er musterte seine Fingernägel, als blicke er in die Glaskugel einer Wahrsagerin. »Ich wusste, dass es Ihnen gefallen würde, Victor.«

Damit war er endgültig beim Vornamen angelangt. Ich hingegen wartete weiter auf eine Erklärung für das schier endlose cineastische Vorspiel. Wozu wollte er mich mürbe machen?

»Man muss bis zu Murnaus *Tabu* zurückgehen, um etwas Vergleichbares zu finden«, sagte Wernherr. »Murnau hat seine Filme gerne als Songs oder Symphonien bezeichnet. Was Malick mit diesem Film geschaffen hat, ist eine solche Symphonie. Und er wird sicher noch Radikaleres abliefern. Was das angeht, ist der Mann so konsequent wie der Altmeister. Man munkelt, er bereite etwas über nordamerikanische Indianer vor.«

Dass Murnaus Name fiel, gab mir Hoffnung. Vielleicht kam Wernherr nun doch noch zur Sache.

»Film kann so visionär sein …«, schwärmte er weiter. »Schon in der ersten Kinofassung von *King Kong* zerschellen Flugzeuge an Hochhäusern in New York.«

Bei derart offen zur Schau getragener Anarchie wurde mir etwas mulmig.

Er stand auf und reckte sich. »Kommen Sie! Ein Kaffee und etwas frische Luft wird uns gut tun.«

Benommen folgte ich ihm nach draußen.

Kaffee, Törtchen und diverse Obstbrände wurden in einem Pavillon am Rand der Terrasse serviert. Die Bodyguards arbeiteten reibungslos Hand in Hand. Sie hatten alles im Blick, waren bei Bedarf zur Stelle und begaben sich unverzüglich außer Hörweite, wenn sie wieder zu Leibwächtern mutierten.

»Was wäre wohl aus einem wie Friedrich Wilhelm Murnau geworden, wenn er länger gelebt hätte … wenn er den Ton und den Farbfilm hätte nutzen können?«

Eine Frage, für die ich mich nicht zuständig fühlte.

»Ein Terrence Malick …?«, bohrte von Wernherr weiter. »Ein Stanley Kubrick …? Oder wäre er noch vorher den Verführungen jener Großprojekte erlegen, wie sie ein Hitler möglich machte und eine Riefenstahl ausführte?«

»So viel ich weiß, war Murnau homosexuell. Schon das hätte ihn vermutlich vor einer solchen Verführung bewahrt. Von seinen Überzeugungen mal ganz abgesehen.«

Er wischte meinen Einwand mit einer knappen Handbewegung weg. »Schwul war auch Ernst Röhm, und das hat die Nazis nicht weiter gestört, solange er sich konform gab.«

Ich schwieg – immer noch in der Hoffnung, er würde über seine ausufernden Betrachtungen zu Murnau allmählich zum eigentlichen Grund meines Besuches kommen: Vera Voss alias Alma Bureau.

»Ich wünschte mir, Murnau hätte sich mit seinem Purismus durchgesetzt. Nur Bilder, kaum erklärende Texte auf Bildtafeln und keine Dialoge.« Der Hausherr seufzte. »Aber wenn schon technischer Fortschritt, Ton und Farbe, dann bitte mehr Malick! Man muss Film nicht so inszenieren, wie es einem die Filmhochschulen und Fernsehsender einreden.« Sein Blick verlor sich irgendwo über dem See. »Utopie. Romantik. Schönheit. Naivität. Sehnsucht. *Das* sind die Orientierungsmarken für die Visionen eines Filmemachers, der Herzblut hat. Aber was bekommen wir stattdessen …?«

Er starrte mich an, als erwarte er eine Antwort von mir, gab sie sich jedoch selbst.

»Seelenlose Baukastenklempnerei als quotentaugliche TV-Mehrteiler, die vorher im Kino ausgewertet werden. Dazu Werbeunterbrechungen und Einblendungen.«

Bevor er sich endgültig im Thema verlor, zog ich die Notbremse. »Was hat es mit den monatlichen Überweisungen an meine Mutter auf sich?«

Er stutzte. Dann lächelte er. »Sie haben recht. Ich schweife ab.«

»Ich habe das Manuskript im Nachlass gefunden. In den Bankauszügen meiner Mutter laufen die Überweisungen der *Cormoran Consult* unter dem Stichwort Murnau. Hat sie in Ihrem Auftrag das Buch geschrieben?«

»Auftrag ist nicht ganz richtig, aber es war trotzdem verdienstvoll von ihr, diese Arbeit in Angriff zu nehmen. Über die Jahre sind wir wohl beide zu großen Verehrern Murnaus geworden. Ja, ich habe Ihre Mutter bezahlt. Aber im Grunde genommen für etwas anderes. Nur war Ihre Frau Mutter eine sehr korrekte Frau, Victor, und sie bestand von Anfang an darauf, die monatlichen Zahlungen einem konkreten Projekt zuzuordnen, zu dem man sich bekennen konnte, und nicht einer unregelmäßigen … sagen wir … *Recherche- und Beratertätigkeit* für eine eher vertrauliche und etwas abenteuerliche Angelegenheit.«

»Was war denn so vertraulich?«

»Oh, einiges …« Er nippte an seinem Kognak und sammelte sich einen Moment. »Am besten fange ich mit einer Person an, die ebenfalls auf tragische Weise in Ghana ums Leben kam und die Sie kennengelernt haben, Victor.«

»Richard Blau?«

»So ist es.«

Der Mann schien sowohl über den Mord an meiner Mutter als auch über Blaus Tod informiert zu sein. Aber von wem? Ich hob mir die Frage auf. Vielleicht lieferte er mir die Antwort noch.

»Alles fing in der Schweiz an. Ich hatte den Mann, der in der Szene gerne unter Albin Grau firmierte – ich nehme an, er hat sich auch Ihnen gegenüber so vorgestellt –, ich hatte ihn also gebeten, etwas ganz Bestimmtes für mich zu suchen.«

»*Four Devils.*«

Wernherr schüttelte den Kopf. »Nein, so war es nicht.« Er

schwieg demonstrativ, als wolle er mir nach meinem Schnellschuss eine Denkpause verordnen.

Ich bedauerte bereits, ihn unterbrochen zu haben, und befürchtete, er könnte die Lust an seiner Geschichte verlieren. Aber kurz darauf fuhr er fort.

»Ich war eigentlich hinter einem anderen wichtigen Objekt her. Aber Sie haben insofern recht, lieber Victor, als ich Albin Grau – wie wir ihn vielleicht aus Hochachtung und eingedenk seines Rufes als Spürhund und gewiefter Händler weiter nennen wollen – mit der Suche nach diesem Objekt beauftragt hatte. Im Zuge seiner Nachforschungen stieß er in der Schweiz auf die Spur des verschollenen Films von Murnau. Fortan versuchte er mich für das Stummfilm-Kleinod zu begeistern. Er war Profi. Dem fetten Brocken jagte er nicht für seine private Sammlung nach, sondern als Beute, die seinen Ruhm als Schatzjäger mehrte und die er teuer an jemanden verkaufen konnte, der genug Geld dafür hatte. Das war in diesem Falle ich. Selbstverständlich suchte der liebe Albin eine Vorfinanzierung der aufwendigen und unsicheren Mission. Er selbst hatte dafür nicht genug Mittel. Ich sage *aufwendig*, weil Graus Informant glaubhafte Anhaltspunkte dafür hatte, dass die vermutlich letzte Kopie des Films in Ghana zu finden sei. Leider waren diese Informationen nicht konkret genug, was den genauen Fundort anging, und es musste mit langwierigen Recherchen vor Ort gerechnet werden. Dafür war Albin Grau jedoch nicht der richtige Mann. Er hatte seine Meriten, aber von Afrika verstand er nun wirklich nichts, wie Sie vielleicht bemerkt haben. Er hatte geradezu Angst davor. Deshalb konnte er sich auch nicht für einen längeren Aufenthalt in den Tropen begeistern. Von den Kosten gar nicht zu sprechen. Und genau hier kam Ihre Frau Mutter ins Spiel, Victor …«

Josefmaria von Wernherr verstummte bedeutungsvoll.

Tat er es, um die Spannung zu erhöhen? Oder wollte er mir das Wort erteilen? Ich beschloss, vorerst auf Zwischenfragen zu verzichten. Es hatte lange genug gedauert, bis der Mann endlich zur Sache gekommen war. Ich war bereit, ihm so lange zuzuhören, bis ich halbwegs durchblickte.

103

Vera hat sich einen Namen als auslandserprobte Reporterin gemacht, die für ihre subtilen, aber hartnäckigen Recherchen bekannt ist.

Sie reist nach Accra und Elmina, um über die Dreharbeiten zu *Cobra Verde* zu berichten. Kurz darauf gibt sie den Journalismus auf, steigt auf Drehbücher um und hält sich regelmäßig und für längere Zeit in Ghana auf, um zu schreiben und mit Godson Boateng zusammen zu sein. Dass ihre Bekanntschaft mit Lucille noch einmal von Bedeutung sein wird, ahnt sie nicht.

Doch dann wird die Frau vom Stamm der Ewe zur Schlüsselfigur. Ihr Name wird Albin Grau in der Schweiz genannt, als er versucht, in Sachen *Four Devils* weiterzukommen. Dabei geht es nicht nur um die Kontaktaufnahme mit Lucille. Es geht um den behutsamen Aufbau von Vertrauen – um ein Verhältnis, das zu weiteren Ergebnissen bei der Nachforschung führen kann. Dafür ist Vera genau die Richtige. Orts- und Menschenkenntnis sowie Zeit und Geduld sind gefragt. Lucille hält sich zunächst bedeckt, doch nach geraumer Zeit gibt sie ihren Bruder Ben als Ansprechpartner an, der womöglich mehr über die Sache wissen könne.

Nach Veras erfolgreicher Vorarbeit kommt erneut Albin Grau ins Spiel. Er nimmt in Deutschland Verbindung mit Big Ben auf. Die beiden Männer treffen sich mehrmals. Langsam kommt man ins Geschäft. Doch erst als der Afrikaner nach langem Feilschen die Existenz des Fetischpriesters aus Kete Krachi preisgibt und dem Deutschen den Weg zu ihm ebnet, begibt sich Grau persönlich nach Westafrika, denn nun sind der Sachverstand und die Erfahrung des gewieften Trophäenjägers gefragt.

Für diese Etappe kommt Vera nicht mehr in Frage.

104

»Trotzdem war Ihre Mutter weiter von größter Bedeutung für uns«, betonte Wernherr.

»Und warum?«

»Weil wir schon damals Grund zu der Annahme hatten, eventuell noch auf *Sie*, Victor, angewiesen zu sein.«

»Auf mich? Da bin ich aber gespannt.«

»Für den Fall, dass die Bergung des besagten Objekts sich zu einer … sagen wir … amphibischen Operation auswachsen sollte.«

»Wie das?«

»Die Informationen, die Big Ben lieferte, bevor Albin Grau nach Accra aufbrach, besagten, dass das Gesuchte in einem Geisterhaus oder Tempel in der Nähe eines Ortes namens Kete Krachi versteckt war. Fragen Sie mich bitte nicht, warum. Jedenfalls muss dieser Tempel im Voltasee versunken sein.«

»Sie reden vom Schrein des Dente, einem berühmten Orakel.«

Er nickte. »Der Einzige, der noch um die Existenz des für uns so wertvollen Objekts weiß, soll ein Priester sein, der früher dort gewirkt hat. Ihn wollte Albin Grau aufsuchen.«

»Das hat er auch getan.«

»Und …?«

Der lauernde Unterton entging mir nicht. »Ich durfte leider nicht zuhören. Auch wenn man offenbar hinter meinem Rücken schon Pläne mit mir hatte.«

Wernherr blieb gelassen. »Angeblich kann nur dieser Priester sagen, ob das besagte Objekt im überfluteten Heiligtum zurückgelassen oder mit den anderen Gegenständen evakuiert wurde. Wir wissen nicht mal, ob es für die Ghanaer überhaupt einen erkennbaren Wert hatte.«

»Der Wert von Gegenständen, die zum Schrein gehören, ist meist von übernatürlicher Bedeutung.«

»Als Symbol?«

Ich nickte. »Ich hatte aber nach dem Besuch bei diesem ominösen Fetischpriester nicht den Eindruck, dass Albin Grau viel über den Verbleib des gesuchten Gegenstands erfahren hat. Ihr Schatzjäger war ziemlich deprimiert. Der alte Priester hatte wohl kein allzu gutes Erinnerungsvermögen mehr. Und Grau hatte nach dem Gespräch auch nicht vor, nach Kete Krachi weiterzufahren. Er wollte zurück nach Accra.«

»Vielleicht hat der Alte ihm erzählt, in Kete Krachi sei nichts mehr zu holen … weder im alten noch im neuen Tempel. Vielleicht wurde das Objekt woanders hingebracht.«

»Vielleicht. Aber selbst wenn es noch in der gefluteten Kultstätte liegen sollte, wäre für die Bergung kein großer Tauchgang nötig.«

Wernherr zog seine imposanten Augenbrauen hoch. »Wieso? Ich denke, es handelt sich um einen Stausee?«

»Das schon. Aber die Stelle, von der hier die Rede ist, liegt nicht tief unter Wasser. Das alte Kete Krachi ist zwar versunken, aber drei Gebäude aus der deutschen Kolonialzeit sind noch zu sehen. Und wenn der Volta wenig Wasser führt, ragen sogar noch viel größere Teile der alten Stadt aus den Fluten. Und da sich der alte Schrein im Hang über dem alten Flussufer befand …«

Josefmaria von Wernherr schmollte. »Hätte Ihre Mutter das nicht wissen müssen? Immerhin war sie es, die Ihre diesbezüglichen Fähigkeiten ins Spiel brachte.«

Auch Vera hatte sich also hinter meinem Rücken Gedanken über meine Verwendung als Froschmann gemacht.

»Von der Topografie in dieser Gegend hatte meine Mutter keine Ahnung. Meines Wissens war sie nie in Kete Krachi. Für Landeskunde war ich zuständig.«

Und für einheimische Religionen.

Deshalb konnte ich auch die nächste Frage beantworten.

»Was hat es eigentlich mit diesem Fetisch auf sich, Victor?«

105

Heutzutage verbinden die Ewe und alle anderen, die zu ihm pilgern, den Geist des Dente vor allem mit sozialen Werten.

Er fördert gute Nachbarschaft und Frieden und verbietet zu stehlen, gewalttätig zu sein und Blut zu vergießen oder gar zu töten. Den metaphysischen Kern des Kults bilden die Energien der Mutter Erde, die für das Gleichgewicht im Universum sorgen. Berggipfel, Grotten und Höhlen sind deshalb häufig heilige Stätten des Dente.

Das ist die politisch korrekte Version, die der Zeitgeist diktiert. Aber so war und ist es nicht immer.

Die Stadt Kete Krachi ist seit dem fünfzehnten Jahrhundert eines der wichtigsten Zentren für die religiösen Aktivitäten um den Dente, die sich Ende des achtzehnten Jahrhunderts über ganz Westafrika und mit dem Sklavenhandel bis nach Amerika und in die Karibik verbreiteten. Das heutige Kete Krachi, das jährlich Tausende besuchen, um zum Dente zu pilgern, ist eine Ortschaft von nicht einmal zehntausend Einwohnern. Doch in den alten Zeiten, lange vor der Flutung des Stausees, war es als Handelszentrum und Verkehrsknotenpunkt von so großer Bedeutung, dass es auch die »Goldene Stadt« genannt wurde.

Im ursprünglichen Kete endeten uralte Karawanenrouten aus Arabien und Ostafrika. In dem Ort wohnten viele Fremde aus anderen Gegenden des Kontinents, wie Haussa oder Araber, und auch eine der ersten islamischen Universitäten Westafrikas war hier beheimatet. Kete lag in einer Niederung, etwa zwanzig Minuten Fußweg vom Volta entfernt. Eine halbe Stunde weiter südlich lag unmittelbar am Flussufer Krachi, die Stadt der einheimischen Bevölkerung, Residenz des Königs Odukru und Heimat des Orakels Dente mit seinem obersten Fetischpriester Kwasi Gyantrubi.

Ein breit ausgetretener Pfad verband die beiden Ortschaften. Kam man von Kete, sah man schon von weitem den großen, heiligen Fetischhain, der Krachi etwas Malerisches verlieh und den rund vierhundert Hütten Schatten spendete. In diesem Hain lebten auch Paviane und andere Affen, die als heilig galten und gefüttert wurden. Der König hatte wenig Macht und unterlag ganz dem Einfluss des Fetischpriesters, des *Obosomfo*, und dessen Launen – die Darbringung von Menschenopfern eingeschlossen.

Bei Nacht durfte niemand den Ort, an dem der Fetisch herrschte, mit Licht passieren, damit der Geist, der in der Dunkelheit über allem schwebte, nicht in seiner Ruhe gestört wurde. Am Tag hauste der Dente in einer Felshöhle, die etwa zehn Meter über dem Flussufer lag. Ein sauber gefegter Pfad durch das lichte Wäldchen führte dorthin und mündete in eine kreisförmige Lichtung mit einem kegelförmigen Erdhügel. Das Symbol des Fetischs war zwei Meter hoch. Die Kegelspitze war schüsselförmig ausgehöhlt, um Opfergaben aufnehmen zu können.

Stieg man den felsigen Hang hoch, erreichte man die Öffnung eines roh errichteten grottenartigen Vorbaus, vor der Stoffbahnen hingen. Der eigentliche Eingang lag etwas höher und führte durch einen engen Gang in die Höhle. Es dauerte eine Weile, bevor unzählige Fledermäuse das Weite gesucht hatten und man weitergehen konnte. Der Boden der Höhle war knöcheltief mit feinem Staub aus Kot bedeckt. Ein weiterer Gang führte in eine andere Kammer, die sich zum Hain hin öffnete. An einer Wand waren Hunderte gespendeter Ginflaschen gestapelt.

Hier hockte der Fetischpriester und gab das unsichtbare Orakel für die Ratsuchenden im Hain, die ehrfürchtig darauf harrten, dass der Dente seine Stimme erhob. Auf diese Weise steuerte der Obosomfo mit seinen Helfern – allen voran sein Assistent und besonderer Vertrauter Okra, ein ehemaliger Sklave, der ins Amt des Exekutivbeamten des Fetischs aufgestiegen war – die wahrsagerischen Kräfte des Dente und erlangte dadurch furchterregende Macht in der ganzen Region und weit darüber hinaus. Im Jahr 1894 hatte der politische Einfluss des Fetischpriesters derartige Ausmaße angenommen, dass die deutschen Kolonialherren ihn liquidierten und die Kultstätte zerstörten. Doch schon bald darauf wirkte der Geist des Dente wieder an derselben Stelle.

Und auch der Überflutung im Jahr 1964 entging er, wie ganz Kete Krachi, indem er rechtzeitig umzog.

106

»Das hört sich wirklich nicht so an, als sei eine Unterwasserexpedition nötig, falls in der Höhle noch etwas sein sollte«, sagte Wernherr und fuhr sich mit seiner zierlichen Rechten über die schlohweißen Stoppeln.

»Aber nehmen wir mal an, es ist noch dort versteckt«, wandte ich ein, »dann stellt sich für mich als Laien doch die Frage: Wie kann das Filmmaterial so lange im Wasser überdauern? Denn da lag es dann wohl die meiste Zeit.«

»Das muss kein Problem sein, wenn es sachgerecht verpackt wurde. Man hat schon Dosen mit vierzig Jahre altem Material unter Wasser gefunden. Nicht selten hatten sich die Büchsen sogar völlig aufgelöst und waren nur noch als Sedimente vorhanden. Und trotzdem konnte der Film gerettet werden.«

»Aus welchem Material hat man die Dosen damals gemacht?«

»Aus verzinktem Blech. Wie bei einer Dachrinne.« Er lächelte. »Anfangs strahlend blank, fast wie verchromt, und mit zunehmendem Alter stumpf, matt und dunkelgrau. Aber egal. Wenn sie ordnungsgemäß verschlossen sind, wenn sie zudem am äußeren Deckelrand noch abgedichtet und in zusätzliches Isolationsmaterial verpackt wurden, dann ist alles möglich.«

»Und wenn das Filmmaterial an Land gelagert wurde? Wir reden über die Tropen. Hohe Luftfeuchtigkeit. Hohe Temperaturen. Das Zeug soll sich bei vierzig Grad selbst entzünden.«

»Wie gesagt, das ist eine Frage des sorgsamen Umgangs und der sachgemäßen Lagerung. Wie leicht Nitrozellulose entflammbar ist, hängt auch davon ab, zu welchem Zeitpunkt der Lagerung sie riskanten Bedingungen ausgesetzt wird. Früher oder später kann da einen großen Unterschied machen. Älteres Material ist tatsächlich bei etwa vierzig Grad entzündbar, neues hingegen erst bei um die hundertzehn. Man hat es mit Kampfer versetzt, um die Viskosität zu erhöhen und den Zündzeitpunkt zu reduzieren.«

»Und was ist mit der Luftfeuchtigkeit?«

»Natürlich fördern Feuchte und Sporen die Bildung von Schimmel. Starke Temperaturschwankungen sind übrigens auch nicht günstig. Lagerung bei konstant kühlen und trockenen Verhältnissen ist hingegen perfekt. Aber von idealen Bedingungen muss und kann man auch gar nicht ausgehen. Die Frage ist ja nicht, ob das Filmmaterial noch in perfektem Zustand ist, sondern vielmehr, ob und mit welchem Aufwand es noch restaurierbar ist.«

»Stimmt es, dass eine solche Restaurierung bis zu hundertfünfzigtausend Euro kosten kann?«, fragte ich.

»Wenn man es in schnöden Zahlen ausdrücken will. Man muss die Kosten für die Wiederherstellung eines derartigen Films im Verhältnis zu seinem Wert sehen. Nicht jeder alte Stummfilm, der spurlos verschwunden ist, ist ein Kunstwerk. Aber Sie haben recht, wenn die Restaurierung kompliziert wird, könnte es auf diese Summe hinauslaufen. Ansonsten eher auf weniger. Was das nötige Geld angeht, so reden wir natürlich über ein korrektes Vorgehen …«

»Was heißt das?«

»Die Friedrich-Wilhelm-Murnau-Stiftung ist Rechteinhaber und muss bei einer Vervielfältigung irgendwann beteiligt werden, wenn es legal zugeht.«

»Und wenn nicht?«

»Dann bekommen Sie in Kopierwerken andernorts in Europa beste Qualität zu einem niedrigeren Preis.«

»Und in welcher Summe beziffert sich der Wert eines solchen Films?«

Wernherr holte tief Luft und atmete hörbar aus. »Das möchte ich gar nicht beziffern. Was den rein kulturellen Wert angeht, hängt das weitestgehend davon ab, wie viel die Murnau-Stiftung mit anderen aufbringen will und kann. Aber ganz abgesehen davon gibt es selbstverständlich einen ideellen Sammlerwert, der im Dunkelbereich liegt.«

»Wenn es illegal zugeht.«

»Nicht nur dann, sondern auch, wenn ein finanzkräftiger Liebhaber das Objekt für hohe Eigenmittel erwirbt, um es dann als Gönner für das Übliche oder – falls er noch großzügiger ist – sogar umsonst an die Allgemeinheit weiterzugeben.«

Ich verkniff mir die Frage, welche Vorgehensweise ihm persönlich vorschwebte, sollte er das Gesuchte in die Hände bekommen. Noch hatte er es nicht. Darauf schien auch er sich zu besinnen, als er weitersprach.

»Müsste man es wider Erwarten doch aus größerer Tiefe bergen, könnte die Masse des Objekts ein Problem für einen allein arbeitenden Taucher werden«, sagte er. »Obwohl … ich weiß ja nicht, was einer wie Sie bewerkstelligen kann.«

Ich sah ihn fragend an.

»Wir reden von einem Objekt, das so viel wiegt wie das Freigepäck, das man auf einem Flug der Touristenklasse mitnehmen darf. Um die zwanzig Kilo, wenn der Film komplett ist.«

Das überraschte mich. Ich hatte die ganze Zeit an maximal drei Filmrollen gedacht – egal, wie groß oder schwer.

»Und wie kommt das zusammen?«

»Ein Stummfilm ist normalerweise in Akte unterteilt. Deshalb können Sie am Anfang einer Rolle auch immer lesen: Akt eins und so weiter. Eine Dose enthält etwa dreihundert Meter. Das entspricht rund zehn Minuten. Ich gehe davon aus, dass der komplette Film acht Akte umfasst. Er müsste demnach in acht Dosen stecken, von der jede etwa zweieinhalb Kilogramm wiegt. Macht rund zwanzig Kilo. Immer vorausgesetzt, die Dosen sind noch intakt und nicht zusätzlich verpackt.«

»Und wie groß muss ich mir eine dieser alten Büchsen vorstellen?«

»Ganz einfach. Das Filmmaterial hat fünfunddreißig Millimeter Breite. Die Dose ist zweiundvierzig bis fünfundvierzig Millimeter hoch und hat einen Durchmesser von zweiundvierzig Zentimetern.« Er deutete zu einem Baum, der die Hygienemaßnahmen auf dem Grundstück überlebt hatte. »Knapp ein halber Meter von diesem Stamm.«

Damit kam der Zeremonienbehälter, dessen Foto mir Albin Grau gezeigt hatte, nicht in Frage. Der Grasscutter hatte den Durchmesser des Gefäßes zwar auf einen halben Meter geschätzt, aber acht Filmdosen hätten keinesfalls reingepasst – abgesehen davon, dass ein Topf aus gebrannter Erde zur Aufbewahrung eines zwanzig Kilo schweren Metallzylinders nicht besonders taugte. Trotzdem hakte ich nach.

»Was hat es mit diesem afrikanischen Zeremoniengefäß auf sich, hinter dem Grau her war?«

Wernherr zog die Augenbrauen hoch und warf mir einen Blick zu, der sowohl verständnislos als auch erstaunt wirken sollte. Der Mann mochte eine ganze Menge vom Film verstehen, aber er war kein guter Schauspieler. Er wusste genau, wovon ich redete, und war auf der Hut.

»Albin Grau hat mir ein Farbfoto gezeigt. Darauf war ein Zeremonienbehälter zu sehen, wie man ihn in Ghana kennt.«

Wernherr beugte sich vor, als wolle er mehr darüber erfahren.

Ich beschrieb den Gegenstand.

Er nickte.

»Zwei der Symbole sind mir besonders aufgefallen«, sagte ich. »Eine männliche Figur mit einem gekrümmten Zeremonienschwert und zwei über Kreuz liegende Krokodile mit drei Köpfen, acht Beinen und einem Schwanz.«

»Hochinteressant.« Wernherr lehnte sich wieder zurück.

»Ein solches Gefäß wird in den Schreinen häufig zur Aufbewahrung des heiligen Wassers verwendet.«

Er ließ sich nicht aus der Reserve locken.

»Es hätte auch in der Höhle des Dente sein können …«

»Ich vermag noch keinen direkten Zusammenhang zu erkennen, Victor. Wenn das Objekt noch komplett ist, dürfte es da kaum reingepasst haben.«

»Das ist mir klar. Trotzdem muss ein Zusammenhang bestehen, denn Grau hat sich für diesen Zeremonienbehälter interessiert, der übrigens größer sein muss als die meisten, die ich in Ghana gesehen habe – aber nicht groß genug.«

Wernherrs Schulterzucken fiel etwas verkrampft aus.

»Außerdem hat er mir noch ein weiteres Foto gezeigt, eine alte Schwarzweißaufnahme aus Luzern …«

Er entspannte sich. »Die mit Murnau und dem Herzog zu Mecklenburg …?«

»Richtig, dem letzten Gouverneur von Deutsch-Togo.«

»Und mit dieser dritten Person mit Vollbart und Brille, die wir bislang nicht identifizieren konnten.« Er räusperte sich. »Den Gouverneur und Murnau kann man ja leider nicht mehr um Auskunft bitten.«

Ich hielt den Mund. Wenn ihm der Zeremonienbehälter nichts sagte, dann war mir ein gewisser Klemens Dürrengatter auch kein Begriff. Und dass das Foto bei Lucille auf der Kommode stand, behielt ich ebenfalls für mich.

Da Wernherr auch nach einer längeren Bedenkzeit nichts zu unserem Gespräch beitrug, ergriff ich das Wort.

»Wenn ich Grau richtig verstanden habe, wurde das Foto kurz vor Ende des Ersten Weltkriegs aufgenommen. Was hat es damit auf sich?«

»Sie haben das Manuskript Ihrer Mutter gelesen?«

»Richtig.«

»Dann ist Ihnen bekannt, dass Murnau damals in der Schweiz interniert war.«

»Und dass er den Ex-Gouverneur dort kennengelernt hat.«

Von Wernherr schwieg und ließ den Kognak im Schwenker kreisen.

»Das stellt zwar einen vagen Zusammenhang zwischen Murnau und Deutsch-Togoland her, den man bis zum alten Schrein des Dente in Kete Krachi verfolgen könnte – aber was hat das mit *Four Devils* zu tun? Den Film gab es damals doch noch gar nicht.«

»Ein berechtigter Einwand.« Josefmaria von Wernherr nahm einen kräftigen Schluck Kognak. »Murnau hatte damals in der Tat noch keinen einzigen Film gedreht, und *Vier Teufel* wurde erst zehn Jahre später produziert.«

»Also …?«

»Trotz allem kamen schon damals in der Schweiz wichtige Kontakte zustande. Kontakte, bei denen der dritte Mann auf dem Foto eine große Rolle spielt. Bei der Aufnahme des Fotos hatte der Herzog zu Mecklenburg Westafrika bereits seit vier Jahren verlassen. Die Kolonie Deutsch-Togo existierte nicht mehr. Aber im Gegensatz zum ehemaligen Gouverneur hielt sich dieser Dritte wohl noch sehr viel länger dort auf.«

Das konnte man mit Recht sagen, wenn er erst kurz nach der Flutung gestorben war.

»Warum hat Graus schweizer Kontakt nicht gesagt, wer dieser geheimnisvolle Mann ist?«

»Vielleicht wusste er es selbst nicht, Victor.«

»Oder er hat es für sich behalten.«

»Ich bin kein Hellseher. Das Foto kam erst kurz vor Graus Abreise ins Spiel.«

»Hat er es von Big Ben bekommen?«

»Möglich.«

»Darf man fragen, wer Graus Informant war?«

»Man darf, aber ich kann Ihnen leider keine Antwort darauf geben. Ich weiß nicht einmal, ob es ein Schweizer war. Grau hielt sich diesbezüglich bedeckt. Wahrscheinlich, um noch eine Karte im Ärmel zu haben. Er war clever. Wir kamen gut miteinander aus, waren aber nicht so eng befreundet, dass er mir alle Informationen gegeben hätte. Ich hätte ihn ja ausbooten können. Albin Grau verfügte über ein gesundes Misstrauen.«

»Woher kannten Sie meine Mutter?«

»Grau brachte sie ins Spiel. Er kannte Ihren Vater flüchtig. Geschäfte. Und er wusste, dass Ihre Frau Mutter sich einen hervorragenden Ruf in Sachen Recherche erworben hatte.« Er erhob sich. »Entschuldigen Sie mich bitte einen Moment.« Er grinste. »Ich muss mal für kleine Jungs.«

Aus seinem Mund klang das ein bisschen lächerlich. Ich schaute ihm hinterher, als er ins Haus ging. Warum hatte Vera sich auf diesen Deal eingelassen? Wegen des Geldes wohl kaum. Vera war nicht reich, aber auch nicht notleidend gewesen.

Ein Eichelhäher verirrte sich auf den manikürten Rasen, stolzierte mit hellblau leuchtenden Seitenstreifen auf und ab und beäugte den Tisch, als spekuliere er auf Kuchenreste. Zu meinem Erstaunen verscheuchten die Leibwächter den Vogel nicht. Ich hatte den Eindruck, Zeuge eines eingespielten Rituals zu werden. Vielleicht gab es doch so etwas wie einen direkten Kontakt zwischen Hausherr und Natur.

Wenig später bekam ich die Bestätigung.

Wernherr kehrte zurück, setze sich und kommentierte die Anwesenheit des Eichelhähers mit einem schmunzelnden: »Na, Ottokar … wieder Hunger?«

Der Vogel schien zu nicken.

Der Sehnige kam zum Tisch, ohne dass der Hausherr Blickkontakt mit ihm aufnehmen musste, zweigte ein Törtchen ab, stellte es auf den Rasen und und entfernte sich, damit der Vogel sein Mahl einnehmen konnte.

Von Wernherr beobachtete den Eichelhäher mit einem fast zärtlichen Gesichtsausdruck.

»Warum hat sich meine Mutter auf die Zusammenarbeit mit Ihnen eingelassen?«, fragte ich.

»*Eingelassen* … das klingt aber sehr schlüpfrig, mein Lieber.« Er riss sich von dem Vogel los und schaute mich an.

»Geld?«

»Geld ist nicht alles. Es gibt auch noch so etwas wie persönliche Motivation. Aus welchen Gründen auch immer …«

»Die Gründe würden mich interessieren.«

Er musterte mich eingehend. Die braunen Augen wirkten auf einmal nicht mehr freundlich.

»Wenn ich von wichtigen Kontakten sprach, die sich Ende des Ersten Weltkriegs in der Schweiz anbahnten, Victor, so schließt dies nicht nur die drei Männer auf dem Foto ein, sondern auch einen mir sehr nahestehenden Menschen.«

Familienbande. Ahnen. Tod. Das altvertraute Thema.

»Mein Vater, Hermann von Wernherr, war damals so alt wie Friedrich Wilhelm Murnau. Dreißig Jahre. Um Ihnen etwas Orientierung zu geben: Ich kam kurz nach Hitlers Machtergreifung zur Welt, bin also eine späte Frucht vom Baum meines Vaters. Er war bei meiner Geburt bereits sechsundvierzig Jahre alt.«

107

Neben dem berüchtigten preußischen Kommissgeist, monotoner Disziplin, stupidem Drill und martialischem Kommandoton herrschen im wilhelminischen Heer auch feinsinnigere Umgangsformen.

Es gibt Offizierskreise, die einen anderen Stil pflegen, die nicht vorrangig danach streben, den Willen ihrer Soldaten zu brechen, sondern um möglichst gute Beziehungen zu ihnen bemüht sind. Dazu gehört die Pflege eines geistigen Lebens, das politischen wie kulturellen Idealen Freiraum gewährt. Dieses Klima hat auch drei Männer geprägt, deren Lebenswege sich Ende des Ersten Weltkriegs in der Schweiz kreuzen – ohne dass dies zu einer tiefer gehenden persönlichen Bekanntschaft führt. Und doch stehen sie für eine Weltläufigkeit, die dieser Kommissgeist nicht unterdrücken konnte.

Da ist zunächst der Offizier Harry Graf Kessler. Auch bekannt als der »Rote Graf«. Kein Internierter. Deutsche Gesandtschaft in Bern. Kulturattaché. Ein Diplomat mit dem Auftrag, in der neutralen Schweiz eine wirkungsvolle Kulturpropaganda für das schwächelnde Kaiserreich aufzubauen.

Dann der Offizier Friedrich Wilhelm Murnau. Interniert. Noch Theatermann, bald Filmemacher.

Und schließlich der Offizier Hermann von Wernherr. Ein Internierter, der noch nicht weiß, dass er einmal ein steinreicher Geschäftsmann werden wird.

In den liberalen Biotopen des deutschen Militärs, die diese drei gut kennen, blühen nicht nur Lesezirkel auf, sie bieten auch anderen Neigungen Spielraum.

Die einen reden von harmlosen homoerotischen Gewohnheiten unter Vertrauten, wenn Männer in Uniform miteinander tanzen und betrunkene Kadetten im Offizierskasino einen Striptease hinlegen. Andere wiederum verdammen dies als weibische Vorstufe zu weit verabscheuungswürdigeren Praktiken. Für viele Offiziere, die damit in Berührung kommen, ist dies jedoch nur eine vorübergehende Begleiterscheinung. Sie führen den Rest ihres Lebens ein heterosexuelles Dasein, sei es als Junggeselle oder Familienvater.

Auch Leutnant Hermann von Wernherr heiratet schließlich und zeugt einen Sohn. Doch vorher lebt er seine Vorliebe für das eigene Geschlecht noch eine Weile aus. Mit der gebotenen Diskretion, die er sich als Erfolgsmensch schuldig ist, genießt er die Goldenen Zwanziger der Weimarer Republik.

Ein Mann, der seinen Sohn mit Bedacht auf den Vornamen Josefmaria tauft.

108

»Ihr verehrter Herr Vater hat also erst geheiratet, als die Nazis an die Macht kamen.«

Allmählich nahm ich den Tonfall des Gastgebers an.

»Reiner Opportunismus, dem ich wahrscheinlich mein Leben verdanke«, antwortete Wernherr. »Mein Vater war zu diesem Zeitpunkt bereits ein angesehener und erfolgreicher Geschäftsmann und wollte es nach dem Ende der Republik bleiben. Das ist ihm auch gelungen. Und ich habe davon profitiert und bin in seine Fußstapfen getreten.«

»Und was sind das für Geschäfte?«

»Import-Export«, antwortete er, ohne sich näher darüber auszulassen. »Schwerpunkt Maghreb. Der Westteil der arabisch-moslemischen Welt war schon damals der bevorzugte Markt meines Vaters. Und ich halte es noch heute so. Auch wenn ich nicht alle Kontakte, die mein Vater aufgebaut hatte, weitergepflegt habe …«

Er verstummte bedeutungsvoll, als wollte er mich zu einer Frage provozieren. Aber ich tat ihm den Gefallen nicht. Trotzdem klärte er mich auf.

»Zum Beispiel den zu Amin el-Husseini.«

Damit hatte er mich. Noch mal zu schweigen wäre kindisch gewesen, daher fragte ich: »Und wer ist das?«

»Besser bekannt als Großmufti von Jerusalem.«

Unter diesem Kriegsnamen war der Judenhasser sogar mir ein Begriff.

»Auch so ein Fetischpriester.«

Damit hatte ich den Spieß umgedreht, und Wernherr zog erneut die Brauen hoch.

»Wie meinen Sie das?«

»Der Mufti verstand es ebenfalls, durch Manipulation und Intrige zur religiösen und politischen Machtfigur aufzusteigen. Wie der Priester des Dente in Kete Krachi.«

»Aha. Mein Vater war jedenfalls maßgeblich daran beteiligt, dass er im November einundvierzig von Hitler empfangen wurde.«

»Soweit ich mich entsinne, hat der Mufti sogar eine Schlüsselrolle bei der Aufstellung einer SS-Division gespielt«, sagte ich.

Wernherr räusperte sich indigniert.

Der Mann hatte mir zwar die Tür zur Privatsphäre seines Alten geöffnet, aber so tief sollte ich dann doch nicht in dessen Vergangenheit vordringen – zumindest nicht in diese Abteilung.

»Sie haben recht, Victor. Die Einheit rekrutierte sich aus bosnischen Muslimen. Aber das war im Zweiten Weltkrieg. Kommen wir zurück zur Zeit nach dem Ersten Weltkrieg. Und damit zur Stereofotografie.«

109

In den zwanziger Jahren legt sich Friedrich Wilhelm Murnau eine stereoskopische Kamera und ein Betrachtungsgerät zu.

Die Stereofotografie ist bereits seit Jahrzehnten verbreitet. Dabei werden zwei fast identische Bilder aufgenommen – nur um den normalen Augenabstand versetzt. Im Betrachtungsgerat wird dadurch der Eindruck von räumlicher Tiefe erzeugt. Murnau fotografiert nach wie vor und sammelt an die zweihundert Glasnegative.

Was Murnau sich bei seinen Filmarbeiten nicht gestatten kann, lebt er als Privatmann aus. Neben Stadtlandschaften und Standfotos von den Dreharbeiten zeigen viele seiner Fotografien Aktaufnahmen von jungen Männern. Auch in den homosexuellen Kreisen Berlins zirkulieren stereoskopische Aktfotos. So verkauft zum Beispiel der Journalist und Schriftsteller Adolf Brand, Gründer der Zeitschrift *Der Eigene*, in den zwanziger Jahren zahlreiche selbst fotografierte Männerakte.

Der Eigene ist das Organ der »Gemeinschaft der Eigenen«, die Brand bereits 1903 zur Förderung der männlichen Kultur gegründet hat.

Murnau ist Mitglied.

110

»So mutig war mein Vater nicht«, betonte Josefmaria von Wernherr und bot mir eine Zigarre an.

Ich lehnte ab und sah zu, wie er eine Cohiba aus der Kiste nahm und zum Zigarrenschneider griff. Er bevorzugte einen Guillotine-Schnitt.

»Obwohl … bei der gesellschaftlichen Stellung, die mein Vater damals einnahm, verzichtete er vermutlich eher aus Vorsicht auf eine derartige Mitgliedschaft.«

So bald er die Zigarre anrauchte, roch ich den würzigen Duft des Tabaks.

»Leider ist mein Vater nicht immer so vorsichtig gewesen.« Er betrachtete die Cohiba und seufzte. »Aber jeder Mensch macht wohl irgendwann mal einen Fehler.«

»Welchen?«

»Er ließ sich dabei fotografieren.«

Der Blick, den er mir zuwarf, war nur schwer zu deuten.

»Von Murnau?«

Er quittierte meinen Sarkasmus mit einem nachsichtigen Lächeln. »Damit kann ich leider nicht dienen. Sie missverstehen mich, Victor. Dass die beiden zur selben Zeit in der Schweiz interniert waren, bedeutet nicht, dass sie sich gut kannten. Das gilt übrigens auch für Graf Kessler. Ich habe diese beiden Persönlichkeiten lediglich erwähnt, um Ihnen eine Vorstellung von der Bandbreite des damaligen Zeitgeistes zu vermitteln. Vergessen Sie bitte nicht: Anfang des zwanzigsten Jahrhunderts saßen in New York, London und Berlin noch Menschen in Nervenheilanstalten, die nichts anderes getan hatten, als zu masturbieren.«

Wernherr ging mit energischen Handbewegungen gegen den Tabakqualm in seinem Blickfeld vor.

»Im Übrigen, Victor, spricht schon die geschmacklose Ästhetik besagter Aufnahmen dagegen.«

»Ihr Vater hat Ihnen also welche gezeigt?«

»Nein. Aber er war zu durchaus drastischen Schilderungen fähig, wenn er ein Anliegen verfolgte.«

»Und welches Anliegen war das?«

»Kurz vor seinem Tod erhielt er einen Hinweis, dass einige der kompromittierenden Aufnahmen noch existierten. Da er selbst nicht mehr in der Lage war, der Sache nachzugehen, vertraute er mir alles an und nahm mir das Versprechen ab, sie zu finden und vom Markt zu nehmen.«

»Wann war das?«

»Neunzehnhundertsechsundsechzig. Mein Vater wurde achtundsiebzig Jahre alt.«

»Das war in der Bundesrepublik, nicht mehr zu Kaisers oder zu Nazizeiten.«

»Unterschätzen Sie bitte den Mief der sechziger Jahre nicht, Victor. Da gab es noch einen Paragrafen hundertfünfundsiebzig. Nicht nur der Ruf meines Vaters, auch unser guter Geschäftsname stand auf dem Spiel. Bei unseren hiesigen Partnern. Und bei unseren muslimischen erst recht.«

»Und der Tipp mit den Fotos kam auch aus der Schweiz?« Die Zusatzfrage, ob es sich dabei um dieselbe Quelle handelte, die er angeblich nicht kannte, schenkte ich mir.

»So ist es.«

»Dann ging es also ursprünglich um diese Fotos, als Albin Grau für Sie sondiert hat.«

»Ja.«

»Demnach scheinen Sie eine Menge Vertrauen in den Mann gehabt zu haben.«

»Ich war auf einen Profi angewiesen. Und selbst wenn Grau die Fotos eines Tages in die Hände gefallen wären, hätte er meinen Vater nicht zwangsläufig darauf erkannt. Auch bei der Jagd nach Filmen hatte ich nie das Gefühl, dass Albin Grau sich sonderlich für Inhalt und Motive interessierte. Ihm ging es um die Beute an sich. Ihren Wert. Deshalb ist Geld oft das beste Mittel, einen Mann seines Schlages auf Kurs zu halten.«

Ich fragte mich, wie Josefmaria von Wernherr mich auf Linie zu halten gedachte – bei all dem, was er mir anvertraute. Doch ich unterdrückte meine Neugier und sagte: »Der von Ihnen angeheuerte Schatzjäger Albin Grau stößt also bei der Suche nach ein paar anrüchigen Fotos auf die Spur eines verschollenen Stummfilms, der absolut jugendfrei ist.«

»Ich weiß, es hört sich merkwürdig an. Aber das eine ist wohl nicht vom anderen zu trennen.«

»Also doch Murnau.«

»Vergessen Sie es! Er hat damit nichts zu tun. Darauf hätte mein Vater mich zweifellos hingewiesen, denn das hätte unserem privaten Problem eine noch weit größere Brisanz verliehen. Nein, dass Murnau an diesen Aufnahmen beteiligt war, ist so abwegig wie die Annahme, er selbst hätte einen seiner Stummfilme in Westafrika verschwinden lassen.«

»Bleibt also ein manischer Sammler, den wir nicht kennen?«

»Das ist zumindest die naheliegendste Erklärung.«

»Demnach reden wir von einem Besessenen mit einem Heimkino in den Tropen. Als Vorprogramm schaut er sich gerne ein paar Fotos mit nackten Männern an. Im Hauptprogramm läuft dann ein Stummfilmklassiker. Nach den Vorstellungen tut er regelmäßig Buße und spendet dem Fetisch ein paar Flaschen Gin, bevor er dem Priester eines Tages in einem Akt der Selbstreinigung seine Foto- und Filmsammlung anvertraut.«

»Ziehen Sie es doch bitte nicht ins Lächerliche. Dafür ist die Sache zu ernst.«

»Weiß ich. Meine Mutter ist nämlich tot. Albin Grau nicht zu vergessen.«

»Pardon.« Er sog an seiner Zigarre.

Ich sah ihm schweigend zu.

»Was ist mit dem Herzog zu Mecklenburg?«, fragte ich nach einer Weile.

»Der war Ende des Ersten Weltkriegs schon nicht mehr Gouverneur der Kolonie. Gut, wir wissen, dass er Murnau in der Schweiz als Dokumentarfilmer für eine mehrjährige ozeanografische Expedition zu den Kanarischen Inseln gewinnen wollte. Allerdings ohne Erfolg. Adolf Friedrich zu Mecklenburg war als anerkannter Afrikaforscher und Vizepräsident der Deutschen Kolonialgesellschaft natürlich auch am Entstehen diverser Filme über den Kontinent beteiligt. Aber wenn er in unserer Geschichte eine Rolle spielt, dann nur deshalb, weil er den dritten Mann auf jenem Foto aus seiner Zeit in Togo kannte. Dieser Bärtige mit der Brille ist der Schlüssel, Victor. Wenn man wüsste, wer er ist oder war, käme man weiter.«

Ich wollte eher wissen, welche Rolle Vera gespielt hatte.

»Wie haben Sie eigentlich vom Tod meiner Mutter erfahren?«

»Von Graus Tochter.«

Daran hatte ich ein paar Sekunden zu kauen. Wieso hatte Anna mir nichts von einem *Mäzen* namens Josefmaria von Wernherr erzählt, als ich sie danach fragte?

»Immerhin stand sie in Kontakt mit der Botschaft und später auch mit Ihnen. Vielleicht haben Sie bemerkt, dass wir fast Nachbarn sind. Von Prieros nach Storkow ist es nur ein Katzensprung.«

Aufgrund meiner Orientierungslosigkeit im Flieger war mir das wohl entgangen.

»Obwohl seine Tochter und ich uns selten sehen«, fuhr Wernherr fort. »Beim Vater war das natürlich anders. Er hat mich übrigens auch schon kurz nach der Wiedervereinigung auf das Grundstück hier aufmerksam gemacht.« Er lachte herzhaft. »Albin Grau war ein richtiges Trüffelschwein.«

Ich schluckte meinen Ärger über Anna runter und nahm mir wieder mein Gegenüber vor. »Warum haben Sie mich nicht gleich nach meiner Ankunft in Berlin kontaktiert?«

»Beerdigungen und Trauernde verdienen Respekt. Wie alle privaten Angelegenheiten.« Er lächelte süffisant. »Dazu gehört auch die Affäre mit einer Dame. Deshalb hielt ich mich etwas zurück, bis der geeignete Zeitpunkt gekommen schien.«

Wie rücksichtsvoll. Und dabei durch seinen Beschatter mit der Kennzahl 666 stets bestens informiert – wenn nicht sogar durch die Tochter des Grasscutters.

»Bringen Sie Albin Graus Auftrag zu Ende, Victor.«

Es dauerte eine Weile, bis ich darauf antwortete. »Und warum sollte ich das tun?«

»Weil Sie dabei herausfinden werden, wer Ihre Mutter umgebracht hat.«

»Ich weiß ja nicht mal, was meine Mutter dazu bewegt hat, mit Ihnen zu kooperieren.«

»Ich dachte, das wäre hinreichend klar geworden, Victor.«

Er zog seine mächtigen Augenbrauen über der Nasenwurzel zusammen. Der Blick, mit dem er mich bedachte, war von nachdrücklicher Härte.

»Die Motive, die Sie, Herr von Wernherr, bei der Suchaktion treiben, kann ich nachvollziehen … vor allem die persönlichen. Auch die professionellen und finanziellen Beweggründe, die Albin Grau hatte, verstehe ich. Die Motivation meine Mutter aber ist mir nach wie vor schleierhaft.«

»Sie hatte vor allem Verständnis für den delikaten Teil meiner Schatzsuche.«

»Sie haben sie über die Geschichte mit Ihrem Vater ins Bild gesetzt?«

Er lachte leise. »*Ins Bild gesetzt* trifft den Nagel auf den Kopf.«

Der Mann, der mir gegenübersaß, gehörte mit Sicherheit nicht zu den vertrauensseligen Charakteren. Dass er einem Profi wie Albin Grau nicht alle heiklen Informationen vorenthalten konnte, war okay. Aber Vera ins Vertrauen zu ziehen …?

»Ging es doch um Geld?«

Erneut lachte er leise. »Schon wieder der schnöde Mammon. Gut, die finanzielle Lage Ihrer Frau Mutter mag, als sie eine erfolgreiche Reporterin und Drehbuchautorin war, etwas entspannter gewesen sein. Aber sie hatte, wie wir wissen, ein bisschen Vermögen. Trotzdem griff sie nicht ohne Not auf diese Rücklagen zurück. Ich nehme an, Vera wollte die Reserven für Sie erhalten, Victor.«

Mit einem subtilen Lächeln räumte er mir etwas Zeit ein, damit ich das Päckchen schultern konnte, das er mir gerade aufgebürdet hatte. Aber wenn er mich beeindrucken wollte, war es ihm durch etwas anderes gelungen. Bislang hatte er stets *Ihre Mutter* oder *Ihre Frau Mutter* gesagt. Jetzt hatte er sie zum ersten Mal beim Vornamen genannt. Bewusst oder unbewusst? Vielleicht wurden jetzt alle offenen Fragen geklärt.

»Deshalb haben wir uns auch darauf geeinigt, dass ich sie für die Arbeit an einer Murnaubiografie bezahle. Das schien uns beiden die eleganteste Lösung zu sein«, sagte er schließlich.

Weshalb Vera im Laufe von Reportagen auf Drehbücher umgestiegen war, hatte mir nie Rätsel aufgegeben. Schon wegen ihrer Beziehung mit Godson nicht. Aber wieso sie auch die Drehbucharbeit an den Nagel gehängt hatte, ohne mir etwas davon zu sagen, war mir immer noch nicht klar.

»Haben Sie eine Ahnung, warum meine Mutter die Arbeit fürs Fernsehen aufgegeben hat?«

»Sie hat sich ganz auf unsere Sache eingelassen.«

Unsere Sache ...

»Von einem gewissen Punkt an meinte sie, sich voll darauf konzentrieren zu müssen. Es war ihre freie Entscheidung. Niemand hat sie dazu gezwungen. Ich schon gar nicht. Diejenigen, die ums Goldene Fernsehkalb tanzen, waren ziemlich überrascht und verärgert. Die Herrschaften haben Vera dann auch recht schnell aus ihrer Wahrnehmung gestrichen. Oder haben Sie jemanden aus diesen Kreisen bei der Beerdigung gesehen? Ihre Agentin? Irgendeinen Producer einer Filmfirma oder eine Redakteurin vom Fernsehen?«

Er hatte recht.

»Wie gesagt, Vera hatte ein alles entscheidendes Motiv, das dem meinen sehr nahe kam und das mit Verlaub auch das Ihre werden könnte, Victor.«

Mit Verlaub das meine ... Was bei allen vier Teufeln und sechs Aktfotos meinte Josefmaria von Wernherr damit?

Er erhob sich. »Ich glaube, es ist an der Zeit, dass ich Sie über dieses Motiv in Kenntnis setze.«

111

Einen zweiten Film von rund drei Stunden würde ich nicht ertragen.

Nicht an einem Tag. Und doch saß ich schon wieder im Privatkino der Villa und harrte der Dinge, die die Leinwand bieten mochte. Diesmal war ich allein. Keine Speisen. Keine Getränke.

»Ich kann mir vorstellen, dass Sie sich das ungestört ansehen wollen.« Mit diesen Worten hatte sich Wernherr zurückgezogen, nachdem er mich in den Keller begleitet hatte und das Licht erloschen war.

Zunächst passierte gar nichts.

Die Leinwand war dunkel. Dann ein Flackern und völlig unvermittelt leicht verwackelte und unscharfe Farbbilder von einem kopulierenden Paar. Der Mann nahm die Frau von hinten. Das Bild wurde ruhiger und etwas schärfer – und ich konnte die beiden Akteure erkennen.

Veras Mund stand weit offen. Sie schien zu keuchen. Der Mann, der sie fickte, war ich. Ich tat es mit Inbrunst, die Lippen zusammengekniffen. Es folgte ein harter Schnitt, und nun lag Vera auf dem Rücken. Ihr nackter Körper war kaum zu sehen, und es sah aus, als mache ich über ihr Liegestütze. Erst jetzt nahm ich die Umgebung wahr, in der das Ganze stattfand, und mir dämmerte, wer die Aufnahmen gemacht hatte. Ich erinnerte mich genau an die Umstände. Angeblich war der Herr Produzent unterwegs gewesen, um neue Projekte aufzutun. Vera hatte die Gelegenheit genutzt, um mir die verwaiste Produktionshalle zu zeigen, in deren billigen Kulissen mein Vater für gewöhnlich drehen ließ. Wir hatten uns allein gewähnt, und sie hatte wie so oft die Initiative ergriffen.

»An einem Ort wie diesem sollte auch mal etwas Schönes stattfinden«, waren ihre Worte gewesen.

Ich wusste, dass es schön gewesen war. Aber es *so* sehen zu müssen, in diesen schmutzig anmutenden und leicht verwackelten Bildern, machte es hässlich.

Es folgte ein weiterer Schnitt, und Vera rollte den Gummi von meinem Schwanz, bevor sie mich in den Mund nahm. Da die Kamera heimlich lief, musste sich das Objektiv mit dem begnügen, was es aus seinem Versteck einfangen konnte. Nur deshalb blieb es mir erspart, direkt in mein lustverzerrtes Gesicht sehen zu müssen. Und auch das Sperma, das aus Veras Mundwinkeln troff, bevor sie es schluckte, war nur Teil meiner Erinnerung und blieb dem Objektiv verborgen.

Erst in diesem Moment wurde mir bewusst, dass ich einen Stummfilm sah. Kein Wort, kein Stöhnen, kein sonstiges Geräusch war zu hören. Nichts außer stiller Aktion.

Dann das abrupte Ende.

Ein letztes Flackern zuckte über die Leinwand, bevor völlige Dunkelheit herrschte. Niemand schaltete das Licht ein. Keiner sah nach mir. Als wolle man mir Deckung gewähren und eine Schonfrist geben, damit ich den Tiefschlag verdaute.

Mir standen Tränen in den Augen.

Aus Scham?

Nein.

Ich hatte mich nie dafür geschämt. Kein einziges Mal. Und auch diese Aufnahmen konnten daran nichts ändern. Es war Wut, die mir das Wasser in die Augen trieb. Zorn und kalte Wut. Ich wollte aufspringen und Dampf ablassen. Es drängte mich, Wernherr und seine Helfer zu zerlegen. Doch allmählich bekam ich meine Gefühle wieder in den Griff. Ich wurde ruhiger. Es ging jetzt nicht um Frust und Trotz. Ich musste abwarten und den Gegner stellen, wenn er sich auf der Lichtung zeigte. Noch befanden wir uns im Unterholz. Nichts war klar.

Ich betrat den hell erleuchteten Kellergang und blickte mich um. Kein Mensch war zu sehen. Als ich die Treppe hochstieg und durch die Wohnhalle ging, beruhigte ich mich.

Wernherr stand am äußersten Rand der Terrasse. Er wandte mir den Rücken zu und schien die Aussicht auf den See zu genießen. Auf halber Strecke zwischen uns hielt sich der Sehnige bereit und schaute mir entgegen. Er wartete breitbeinig, die Hände vor dem Bauch gefaltet. Als ich die Terrasse betrat, bemerkte ich auch den kahlköpfigen Bodyguard. Er hatte seinen Posten im Schatten der Hauswand bezogen. Die Jungs rechneten mit dem Schlimmsten. Aber ich gab mir keine Blöße und machte mich gemessenen Schrittes auf den Weg zum Hausherrn.

Erst als ich wenige Meter hinter ihm stehen blieb, riss sich Josefmaria von Wernherr vom Anblick des Sees los. Er lächelte mir zu und lud mich mit einer Geste ein, ihm zum Pavillon zu folgen. Es sah so aus, als sollte dieser denkwürdige Frühlingsnachmittag nicht enden. Wir nahmen Platz, und ich kam gleich zur Sache.

»Woher haben Sie diese Aufnahmen?«

»Von Albin Grau.«

»Und wie kam er dazu?«

»Er hat einen Teil des filmischen Nachlasses Ihres Vaters übernommen und an mich weiterverkauft.«

»Sie sammeln Pornofilme?«

»Sie meinen, ob ich so pervers bin, derartigen Schund zu horten, während ich mir Sorgen um ein paar kompromittierende Aufnahmen meines verstorbenen Vaters mache?«

»So kann man es ausdrücken.«

»Ich exportiere, Victor. Und nicht jedes Produkt, mit dem ich Geld verdiene, muss nach meinem Geschmack sein, geschweige denn, meinen persönlichen Veranlagungen entsprechen.«

»Aber angeschaut haben Sie sich das Zeug.«

»Ich würde es *sichten* nennen. Egal, was man vom jeweiligen Produkt hält … man sollte wissen, was man anbietet. Wie kann man sonst dem Wunsch des jeweiligen Kunden entsprechen?«

»Wusste Grau von unseren Familienaufnahmen?«

»Ich glaube nicht. Er hat ein Paket aufgekauft und es weiterverkauft. Und bei einer solchen Pauschaltransaktion geht es immer auch um Abfallprodukte, die beim Erwerb mit in Kauf genommen werden. Das galt für Grau wie für mich.«

Ich schluckte. *Abfallprodukt* schmeckte bitter, war aber treffend. Bislang hatte ich meinen Vater stets für eine vernachlässigbare Größe in meinem Leben gehalten. Nun hatte er mich wieder eingeholt. Und zwar auf brutalstmögliche Weise. Durch seine erbärmlichen Machenschaften.

»Es geht um Geschäfte, Victor. Nichts weiter.«

»Dann muss ich wohl dankbar sein, dass Sie unsere kleine Homestory nicht verscherbelt, sondern bei der *Sichtung* rechtzeitig als Müll aussortiert haben?«

»Es muss ja nicht gleich Dankbarkeit sein. Pragmatische Erkenntnis reicht vollauf.«

»Eine Hand wäscht die andere …?«

»Ihre Mutter hat meine Situation aufgrund ihrer eigenen Lage sehr gut begriffen. Und deshalb hat sie einen Pakt mit mir geschlossen. Das ist doch nachvollziehbar.«

Inzwischen verstand ich Veras Motiv nur zu gut.

»Ich bin bester Hoffnung, dass auch Sie begreifen werden.«

Am liebsten hätte ich ihn gewürgt. Um die Beherrschung nicht zu verlieren, biss ich die Zähne zusammen und umklammerte die Lehnen meines Gartenstuhls, bis mir die Gelenke wehtaten.

»Ich kann Ihnen helfen, Victor.«

»Wenn ich Ihnen vorher helfe.«

»So ist es. Eine nahezu klassische Win-win-Situation.«

»Ich würde es Erpressung nennen.«

Er warf mir einen stechenden Blick zu. Dann widmete er sich der Betrachtung seiner Fingernägel.

»Woher weiß ich, wie viele Kopien Sie von dem Machwerk haben?«

»Ich habe keine weiteren Kopien und beabsichtige auch keine zu fertigen«, versicherte er in ernstem Tonfall. »Wenn ich bekomme, was ich suche, händige ich Ihnen das Original aus. Vertrauen gegen Vertrauen. Unsere Privatangelegenheiten bleiben unter uns.«

Mir blieb kaum eine andere Wahl. Also widmete ich mich den offenen Problemen. »Was hat es mit dem toten Nigerianer auf sich?« Bei einer so guten Nachbarschaft zu Anna war ihm die Wasserleiche gewiss nicht entgangen.

»Das weiß ich nicht. Es hat wohl etwas mit diesem Ghanaer zu tun, mit dem sich Grau getroffen hat. Aber auch diesen Afrikaner habe ich nie zu Gesicht bekommen. Das war Graus Beritt. Hätte ich seinen afrikanischen Kontaktmann an der Hand, bräuchte ich Sie vielleicht gar nicht.«

Trotzdem zeigte ich ihm das Foto, das mir Lucille überlassen hatte.

Er warf einen Blick darauf, zunächst interessiert, dann ratlos. »Ist er das?«

Ich nickte und steckte das Bild wieder ein. Er schien den Mann tatsächlich nicht zu kennen.

»Sie werden einen guten Jäger abgeben.«

Er bekräftigte sein Lob mit einem etwas freundlicheren Blick. Fehlte nur noch, dass er mir auf die Schulter klopfte.

»Albin Grau war gut, Victor. Ihn gilt es zu übertreffen.«

Und dabei zu überleben, denn Grau war vor allem eines: tot.

»Der Gute war ein erstklassiger Spürhund. Aber für Afrika war er nun mal nicht gemacht.« Der Hausherr verlieh seiner Anteilnahme mit einem Seufzer Ausdruck. »Und auf Gewalt war er erst recht nicht vorbereitet.«

»Das sind die wenigsten.«

»Sie schon. Sagen Sie – wie landet einer wie Sie bei der *Légion étrangère*?«

»Sie versprechen einem, jeden Tag neue Abenteuer zu erleben.« Dass dabei schon um die dreißigtausend Mann ins Gras gebissen hatten, behielt ich für mich. Da die Legion bereits seit 1831 existierte, hielt sich die Anzahl der Gefallenen sogar im Rahmen. »Außerdem ist denen egal, welche Bildung, Hautfarbe oder Religion man hat.«

Wernherr dachte eine ganze Weile darüber nach, bevor er es akzeptierte. »Da sieht man es mal wieder. Im Grunde genommen sind wir doch alle Brüder und Schwestern und auf die eine oder andere Weise Teil einer großen Bruderschaft.«

Zur *Bruderschaft* hätte ich noch ein paar Fragen gehabt. Aber die hob ich mir für Anna auf.

Der Blick des Hausherrn schweifte ab und verlor sich irgendwo über dem See, während er mir sein Credo verkündete:

»Glaub, was du willst, sage ich immer. Aber mach keine Religion daraus.«

112

Nachdem ich Josefmaria von Wernherr und seiner Kinowelt entronnen war, begrüßte mich eine Hexe.

Das Weib war nackt, lebensgroß und aus Bronze. Tief gebückt quälte es sich mit einem Granitbrocken ab und streckte mir das Hinterteil entgegen. Die blank glänzenden Male auf seiner Bronzehaut verrieten, dass bereits ganze Heerscharen von Bewunderern den Reizen erlegen waren und zugepackt hatten.

Beim Versuch, den Stein zu rollen, bleckte die Hexe die Zähne und reckte ihre lange, spitze Nase hilfesuchend in die Höhe. Doch die beiden anderen Wesen, die Zeuge der Anstrengung waren, schien das nicht zu berühren. Auf dem höchsten der Felsblöcke, die den heidnischen Kreis bildeten, hockte der Teufel persönlich. Mit bösem Grinsen feuerte er das Weib an. Die dritte Bronzefigur war eine animalische Missgeburt, die einem Schwein nicht unähnlich sah.

Das Höllenensemble befand sich am Rand des Parkplatzes, auf dem ich meinen Mietwagen abgestellt hatte. Ich stand auf dem Hexentanzplatz. Die Fahrt hierher hatte nicht einmal drei Stunden gedauert. Kurz hinter Magdeburg war ich von der Autobahn abgefahren und über Quedlinburg nach Thale gelangt. Nach den dichten, nicht enden wollenden Wäldern Brandenburgs hatte die Landschaft einen zunehmend weiteren und offeneren Charakter angenommen, bis sich schließlich hinter grünen Feldern und blühenden Wiesen, die etwas Südländisches hatten, der dunkle Kamm des Mittelgebirges am Horizont erhob. Je näher man ihm kam, desto schroffer und abweisender ragte der Harz aus der Ebene. Hinter Thale ging es über steile und enge Serpentinen derart schnell aufwärts, dass einem die Ohren knackten.

Der Platz, auf dem die Hexen tanzten, lag mehr als vierhundert Meter hoch inmitten dicht bewaldeter Felsformationen. Ein herbes Stück Natur, vom rauen Wetter geprägt. Hier oben war es deutlich kühler als im Tal, und der Wind blies kräftig und frisch. Ich ging zum Wagen zurück und holte mir meinen Pullover.

Selbst mitten in der Woche waren viele Touristen unterwegs. Die meisten von ihnen schienen wandern zu wollen. Ich warf einen Blick auf die Tafel mit dem Lageplan, um mich besser orientieren zu können. Mir blieb noch eine gute Stunde, bis Anna Zeit für mich hatte. Proben für irgendein Stück. Sie hatte mir den Titel am Telefon genannt, aber er fiel mir nicht mehr ein. Anna war hörbar überrascht gewesen, als ich mich angekündigt hatte. Sie sei doch in ein paar Tagen wieder in Berlin, hatte sie zu bedenken gegeben, ohne mich umstimmen zu können. Ich musste dringend mit ihr reden. Dass es mich so schnell wie möglich nach Accra zurückzog, hatte ich für mich behalten. Nach meinem Besuch bei Wernherr hielt mich nichts mehr in Deutschland. Zumal auch Big Ben wieder in seiner Heimat war.

Zunächst spazierte ich die wenigen Meter zum Berghotel, das an der äußersten Kante über einer tief abfallenden Schlucht lag. Ich warf einen Blick über das Geländer und sah im Tal einige rote Dächer und einen Fluss, der sich durch sein enges Bett kämpfte. Mir gegenüber ragte schroff die Felswand der nächstliegenden Höhe auf, fast greifbar nahe und doch unerreichbar. Ideales Gelände für Selbstmörder.

Das rege Treiben auf der Hotelterrasse hielt mich von einem Snack ab. Stattdessen machte ich mich auf den Weg zur Walpurgishalle. Laut Lageplan befand sie sich in unmittelbarer Nähe des Theaters, und ich zog es vor, mir die restliche Zeit dort zu vertreiben, bis Anna ihre Arbeit beendet hatte. Über einen breiten, mit Gesteinsbrocken übersäten Pfad ging es einige Minuten durch den Wald bergab. Ich passierte die Bergstation einer Seilbahn und nahm den asphaltierten Weg, bis ich zu dem kleinen Platz vor dem Bergtheater gelangte. Von hier aus war die Freilichtbühne nicht einsehbar, hinter dem Eingangsgebäude hörte ich Geräusche, die nach Theaterprobe klangen. Jetzt fiel mir auch wieder das Stück ein, das Anna am Telefon erwähnt hatte. *Die Nacht der Vampire.*

Links lag unter lichten Bäumen die Walpurgishalle, ein geräumiges Holzhaus. Nicht nur in Kete Krachi gab es Kultstätten, die in einem Hain lagen. Ich ging zum Eingang und betrachtete die mit traditionellen Symbolen verzierte Front. Vom hohen Giebel blickte das Abbild einer Gottheit auf mich herab. Es war nicht der Dente, sondern Wotan, das Haupthaar unter dem mit großen Schwingen bewehrten Helm so lang und weiß wie der Bart. Der germanische Obergott besaß nur ein Auge, denn das andere hatte er eingelöst, um aus dem Brunnen der Weisheit zu trinken. War dem Oberpriester des Dente sein Vertrauter Okra ein wichtiger Ratgeber gewesen, so nahmen die Raben Hugin und Munin diese Rolle für Wotan ein. Erkenntnis und Gedächtnis. Sie flüsterten ihrem Herrn ein, was sie bei ihren Erkundungsflügen durch die Welt in Erfahrung brachten. Die Wölfe Meni und Freki flankierten Wotan, es sei denn, sie begleiteten ihn als heulende Vorhut, wenn er auf Sleipnir, seinem achtbeinigen Schimmel, durch die Lüfte ritt. Frigg, die Erde, war die Gemahlin Wotans, Donar sein Sohn, der im Frühjahr die Frostriesen mit dem Hammer angriff und besiegte.

Es gab keine Spielart des Geisterglaubens in Übersee, der wir Europäer nicht etwas Entsprechendes entgegensetzen konnten.

Stand vor der Grotte des Dente von Krachi ein zwei Meter hoher Opferkegel mit schalenförmiger Spitze, so lag im Eingang zur Walpurgishalle ein mächtiger Opferstein mit einer großen Mulde. Und wenn die Besucher des Dente vor Betreten der Grotte mit Scharen flüchtender Fledermäuse rechnen mussten, hatte ich es lediglich mit zwei Eichhörnchen zu tun, die sich übers Dach ins Geäst retteten, als ich die Schwelle zur Halle überschritt. Doch auch das konnte einen ins Grübeln bringen, denn immerhin waren Eichhörnchen und Füchse dem Feuergott Donar mit dem roten Bart geweiht. Und wenn ich es recht bedachte, wirkte Wotans stattliches Holzhaus wie die germanische Voodoo-Variante jener Stabholzkirche, die auf Murnaus Waldfriedhof stand.

Im Vorraum erwartete mich kein Fetischpriester, sondern eine freundliche Frau, die in einem Kassenhäuschen saß. Ich entrichtete meinen Obolus und ging hinein. Neben einer kleinen Ausstellung zur Entstehungsgeschichte waren vor allem Gemälde eines Malers namens Hermann Hendrich zu bewundern, auf dessen Initiative hin die Kultstätte im Jahr 1901 errichtet worden war. Ich sah mich in aller Ruhe um und begab mich schließlich zum Theater, wo Anna bereits wartete.

Nachdem wir uns begrüßt hatten, musterte sie mich mit ihren eisgrünen Augen. Da ich noch keine Erklärungen lieferte, führte sie mich in die Freilichtarena. Der Eingangsbereich lag hoch über Rängen, Bühne und Kulissen. Von hier oben bot sich ein atemberaubender Ausblick über die felsigen Waldhänge und die endlos weite Ebene. Sowohl das Amphitheater als auch die Landschaft hatten etwas Majestätisches.

Wir setzten uns in die oberste Bankreihe und gaben uns eine ganze Weile lang dem Panorama hin, während man unter uns eine neue Bühnendekoration aufbaute.

»Für welches Stück ist das da unten?«

»Das Dschungelbuch.«

»Du spielst doch nicht etwa Mogli?«

»Nein. Aber seine Mutter. Du solltest mal meinen Sari sehen.«

»Welche Farbe?«

»Safrangelb.«

Ich bemerkte die Wolkenwand, die sich am äußersten Ende der Ebene zusammenschob. »Muss schwer sein, sich aufs Stück zu konzentrieren – bei dem Ausblick.«

»Wenn es ihnen langweilig wird, sind die Zuschauer vielleicht sogar dankbar dafür.«

»Bei Nachtvorstellungen ist es sicher anders.«

»Unterschätz den Sternenhimmel nicht.«

Ich sah zu, wie sich die Gewitterfront in der Ferne langsam aufbaute.

»Und wie war es in unserer Thingstätte?«

»Es roch nach Ahnen, Göttern, Himmel und Hölle.«

»Der Harz war und ist eine Hochburg der Hexen und Teufel«, bekräftigte Anna.

Unter uns schleppten sie einen Käfig aufs Gelände. Ich nahm es als Zeichen, zur Sache zu kommen.

»Warum hast du mir nicht gesagt, dass es dein Vater war, der meine Mutter zu Josefmaria von Wernherr gebracht hat?«

Sie schwieg, ließ mich ihren Trotz spüren.

»Und warum hast du mir verschwiegen, dass du diesen Wernherr kennst? Ich hatte dich nach einem möglichen Mäzen gefragt.«

»Wernherr lügt.«

»Inwiefern?«

»Er kannte deine Mutter schon lange vor dem Afrikaprojekt. Sie wollte aber nichts mehr von ihm wissen. Jedenfalls musste mein Vater die beiden nicht miteinander bekannt machen.«

»Und woher hat meine Mutter den Mann gekannt?«

»Wir alle kannten uns schon vorher. Wernherr, mein Vater, deine Mutter und ich …« Sie verstummte.

»Ihr seid alle in dieser Loge gewesen.«

»So ist es.«

Ein weiteres Geheimnis, das Vera vor mir gehütet hatte.

Anna sprach leise weiter. »Wernherr war der Großmeister. Und sowohl deine Mutter als auch mein Vater und ich wollten von ihm loskommen.«

Obwohl wir uns vermutlich an einem abhörsicheren Ort befanden, ließ ich mich von ihrer Tonlage anstecken und blickte mich um, bevor ich die nächste Frage stellte. »Aber wenn ihr dem Meister und seiner Loge den Rücken zugekehrt habt, wieso hat dann dein Vater erst sich und dann meine Mutter ins Spiel gebracht, als es um Ghana ging?«

»Mein Vater hat den geschäftlichen Kontakt zu Wernherr immer aufrechterhalten. Er war ein potenzieller Kunde, der gut zahlte. Aber Vater hat deine Mutter keinesfalls wieder hineingezogen. Das war Wernherr selbst. Was ihre Person anging, hat es den Meister mehr als bei allen anderen gekränkt, dass sie nichts mehr von ihm wissen wollte.« Anna schüttelte den Kopf. »Ich weiß nicht, was er gegen deine Mutter in der Hand hatte, um sie wieder unter seinen Einfluss zu bekommen.«

Das wiederum wusste ich inzwischen genauer. Ich atmete tief durch, bevor ich nachhakte.

»Und warum war er so gekränkt? Nur weil sie die Loge verlassen hat?«

Sie zögerte eine Weile.

»Deine Mutter war die Priesterin, die ich erwähnt habe.«

Ich starrte Anna an, als müsse sie jeden Moment ihren Irrtum eingestehen.

Es *musste* ein Irrtum sein.

»Vera …?«

»Auch wenn ich den Eindruck erweckt habe – *ich* war es nicht, Victor. Tut mir leid.«

Ich spürte ihre Hand auf der meinen. Aber die Berührung spendete mir keinen Trost. Dumpf blickte ich auf den Käfig hinab. Hätte ich in Storkow meine Selbstbeherrschung bewahren können, wenn ich das erfahren hätte? Ich war mir nicht sicher. Aber wie ich es auch drehen und wenden mochte, ich musste mir meine Rache für später aufheben, musste erst etwas in der Hand haben, um den Privatfilm aus dem Heimkino meines Vaters zurückzubekommen. Wer hatte Josefmaria von Wernherr den kleinen schmutzigen Streifen verkauft? War es wirklich der Grasscutter gewesen? Ich wollte mit Anna nicht auch noch darüber sprechen.

»Du gehst zurück nach Afrika …?«

Sie stellte mir eine Frage, die sie sich bereits beantwortet hatte. Trotzdem nickte ich.

»Deine Mutter wird nicht mehr lebendig, wenn du weißt, wer sie umgebracht hat.«

Die Tochter des Grasscutters wirkte angeschlagen. Vermutlich hatte sie sich diese Einsicht auch in Bezug auf ihren Vater zu eigen gemacht. Mich konnte das nicht umstimmen.

»Ich glaube auch nicht an ihre Auferstehung. Aber ich muss weiterleben. Deshalb brauche ich Gewissheit«, sagte ich.

»Man muss die Toten ruhen lassen, Victor. Ich für mein Teil habe nicht vor, weiter in diesem Sumpf herumzustochern. Auf der ganzen Sache liegt ein Fluch. Alle, die mit der Loge in Berührung gekommen sind, scheinen Gezeichnete zu sein. Ich will von alldem nichts mehr wissen.«

»Das ist dein gutes Recht.«

»Wenn du unbedingt weitermachen willst, bin ich die Letzte, die dir dabei Knüppel zwischen die Beine wirft.«

Annas Worte waren voller Bitterkeit. Und erst jetzt begriff ich. Sie hatte gehofft, mich doch noch zur Aufgabe bewegen zu können.

»Geh zurück nach Afrika. Vielleicht gehörst du da hin.«

Im Moment, in dem sie es aussprach, fühlte ich mich tatsächlich wie ein Bastard, der in seiner weißen Heimat nichts mehr zu suchen hatte.

113

Es wurde ein frostiger Abgang.

Anna hatte eine Abendvorstellung in der Baumannshöhle im nahe gelegenen Rübeland. Zwar lud sie mich halbherzig dazu ein, aber ich schlug ihr Angebot mit der gebotenen Höflichkeit aus. Weder die Aussicht, in einer Tropfsteinhöhle Gedanken an den Dente nachzuhängen, noch der Titel des Stücks lockten mich.

Das kalte Herz.

Stattdessen gönnte ich mir im Berghotel am Hexentanzplatz ein gutes Abendessen.

Zu meinem Glück war auch noch ein Zimmer frei, und so bestellte ich mir noch eine Flasche Rotwein. Der Speisesaal mit seinem traditionellen Dekor hatte etwas von einer großen Jägerstube. Vielleicht gingen mir deshalb Gedanken an Bruderschaften, ihre Geschichte und ihre Rituale durch den Kopf.

Als ich endlich im Bett lag und das Licht ausknipste, sah ich erste Blitze in der Dunkelheit aufzucken. Das Gewitter war lange in der Ebene herummarodiert, bis es sich auf den Tanzplatz der Hexen konzentriert hatte. Noch war der Abstand zwischen Blitz und Donner nicht dramatisch kurz, und so verzichtete ich darauf, noch mal aufzustehen und die Vorhänge zu schließen. Ich war müde und schlief auch so schnell ein.

Dann fand ich mich in einem Hexenprozess wieder.

»Entsagst du dem Teufel? Und allem Teufelsopfer? Und allem Teufelswerk?«

Meinten die mich?

»Ich entsage allen Werken und Worten des Teufels, dem Donar, dem Wotan und dem Saxnot und allen Unholden, die ihre Genossen sind!«

War ich es, der diese Worte von sich gegeben hatte? Und waren Donar, Wotan und Saxnot nicht Götter? Wie kam ich dazu, sie mit dem Teufel gleichzusetzen? Dem Dente hätte das bestimmt nicht gefallen. Aber womöglich hatten sie mich schon auf die Streckbank gespannt und mir die Daumenschrauben angezogen. Bevor man mich weiter foltern konnte, ritt ich auf einem Schimmel durch heilige Haine, während Donar über mir in seinem Wagen über den Himmel zog, seinen Hammer warf und damit Blitze schlug.

Ich sprang aus dem Bett und kam gerade noch rechtzeitig ans Fenster, um zu sehen, wie der Abgrund, an dessen Rand das Hotel stand, sekundenlang gleißend hell erleuchtet wurde. Ich sah den Fluss tief unter mir, und für einen Moment meinte ich die Stromschnellen des Volta vor Augen zu haben. Der Gewittersturm bog die Äste der Eichen.

Dann wieder Dunkelheit.

Die reinste Walpurgisnacht. Den Weisheiten der Einheimischen zufolge hätte ich gut daran getan, beim Zimmerservice genügend Baldrian, Dill und Dost zu bestellen, um mich zu schützen. Auch ein paar Ebereschenzweige über der Tür oder eine Axt und ein Besen vor der Schwelle hätten geholfen.

Die Gewitterfront tobte sich aus, zog ab, und ich schlief im Rauschen schwerer Regenfälle wieder ein.

114

Der heilige Pauli schien die Treue zu seinem Hamburger Fußballverein nicht auf die Spitze treiben zu wollen, denn er und seine deutsche Ehefrau wohnten in St. Georg.

Nachdem ich in der Nähe des Hauptbahnhofs geparkt hatte, tauchte ich in den beschaulichen, aber sehr lebendigen Stadtteil hinter Hansa-Theater und Deutschem Schauspielhaus ein. Es hatte geregnet, doch die Sonne zeigte sich schon wieder und zauberte einen Glanz in das Viertel mit seinen meist kleinen, aber umso zahlreicheren Geschäften und Lokalen. Ich begab mich auf direktem Weg zu der Adresse, die mir Lucille gegeben hatte. Lange Reihe 84. Hausnummer 5. Die Wohnhäuser standen in einem ruhigen Garten mit alten Bäumen – wie in einem kleinen Park.

Ich hatte bewusst darauf verzichtet, die Ehefrau des Ghanaers vorher anzurufen. Ich wollte mich von der Dame nicht am Telefon abwimmeln lassen. Wenn ich Glück hatte, war sie zu Hause. Doch aus dem Überraschungsmoment wurde nichts. Am Eingang zu Haus Nummer fünf war kein Schild mit dem Namen Lehmann-Akpalu zu finden.

Ich überprüfte die Eingänge der anderen Häuser. Nichts. Ratlos ging ich zurück zu Nummer fünf. Als ich die Namensschilder noch mal durchging, kam eine junge Frau aus der Tür. Ich fragte sie nach dem Ehepaar. Sie kannte es nicht, obwohl sie schon vier Jahre im Haus wohnte. Auch Bens Foto half ihrem Gedächtnis nicht auf die Sprünge. Ich bedankte mich, und sie lächelte freundlich und ging weg.

Nachdenklich spazierte ich zum Gehsteig zurück. In einem nahe gelegenen Restaurant aß ich eine Kleinigkeit und warf einen Blick ins Telefonbuch. Kein Eintrag. Ich wählte die Nummer, die Lucille mir gegeben hatte. Kein Anschluss unter dieser Nummer.

Da ich schon mal in der Stadt war, begab ich mich nach St. Pauli, erntete aber sowohl auf dem Vereinsgelände des Fußballklubs als auch in diversen Lokalen der Reeperbahn nur Kopfschütteln, wenn ich Big Bens Foto herumzeigte.

Ich musste mich jetzt auf diesen Mann konzentrieren. Und zwar dort, wo er sich mit hoher Wahrscheinlichkeit aufhielt.

In Ghana.

115

»Willkommen im Tropensumpf!«

Mit diesen Worten nahm Dax mir Reisepass und Handgepäck ab und machte in altbewährter Manier Tempo. Er stürmte voraus und schien dabei die Passagiere der drei internationalen Flüge, die soeben eingetroffen waren, einfach zu ignorieren. Ich hatte größte Mühe, im Windschatten des Grenzschützers mitzuhalten, und schwitzte noch heftiger als beim Verlassen der Maschine und während der Busfahrt über das Flugfeld.

Während Dax sich durchs Getümmel pflügte, lieferte er mir den Rest des aktuellen Wetterberichts: »Hat sich regelrecht eingeregnet, während du außer Landes warst, Alter. Tagelang Grau in Grau. Geschlossene Wolkendecke, null Sonne. Die Frösche quaken ununterbrochen. Und dass wir drei schlappe Grad weniger haben, reißt die Karre auch nicht aus dem Dreck.«

Ob dreißig oder siebenundzwanzig Grad, machte im Moment keinen großen Unterschied für mich. Ich würde ein paar Tage brauchen, um mich wieder zu akklimatisieren.

»Apropos Karre …« Dax zwinkerte mir zu.

»Ist was mit meinem Patrol passiert?«

»Keine Sorge.« Er grinste. »Kleines Geheimnis, das ich bald lüfte.«

Der Spezialausweis, der an der Brust meines bundesdeutschen Schutzengels hin und her pendelte, hatte auf seine ghanaischen Kollegen in etwa die Wirkung einer Maschinenpistole. Sie hoben die Hände und winkten uns durch. An den Gepäckbändern tat sich noch nichts. Was das anging, war auch Dax machtlos.

»Und … was erfahren?«

»Wenn man so will.«

»Was heißt das?«

»Je weiter du zurückschauen kannst, desto weiter kannst du voraussehen.«

»Sag bloß, du bist schon wieder auf einem deiner philosophischen Trips.«

»Ist nicht von mir.«

»Und wer gibt solche Klugscheißersprüche von sich?«

»Winston Churchill.«

»Sehr witzig.« Er musterte die ersten Gepäckstücke, die auf dem Band erschienen. »Ich hoffe, du wirst beim Bier gesprächiger.«

Damit war das Abendprogramm klar. Abafun Lodge. Ich widersprach nicht. Es war kurz vor Sonnenuntergang, und gegen ein Abendessen mit ein, zwei Bier war nichts einzuwenden.

So bald mein Koffer kam, lief alles wie geschmiert. Dax schäkerte mit einer Zollbeamtin, die fast doppelt so groß war wie er. Ich war mir sicher, dass die Dame eher ihre Kurven für meinen Freund auspacken würde als meinen Koffer. Spätestens jetzt fühlte ich mich geborgen und wieder wie zu Hause.

Auf dem Parkplatz wurde ich vom Anblick eines überdimensionalen Geländewagens überrascht, den Dax für sich und seine Nachfolger als Dienstwagen importiert hatte. Das Auto sah wie neu aus, war aber auf sperrige und kantige Weise altmodisch. Es erinnerte mich an den Defender von Land Rover, mit dem ich viele Jahre zuvor in Deutschland einen Totalschaden hingelegt hatte. An die näheren Umstände des Unfalls wollte ich im Moment nicht denken.

»Ein echter Hanomag.« Dax platzte fast vor Stolz.

»Ich dachte, die haben nur Lastwagen und Trecker gebaut.«

»Der A-L 28 ist nichts anderes als ein kleiner, allradgetriebener LKW.«

»Und wo hast du den her? Die haben die Produktion doch schon seit Jahrzehnten eingestellt.«

»Gut gepflegter Oldtimer aus Bundesbeständen«, sagte Dax, öffnete die Hecktür und lud meinen Koffer ein.

Mit einer lässigen Handbewegung machte er mich auf die Pionierausstattung aufmerksam. Ich nahm nur den Klappspaten richtig wahr, mit dem man sich im Bedarfsfall aus der Not graben konnte.

Kaum waren wir eingestiegen, überflutete ein Wolkenbruch die Straßen. Dax ignorierte Wassermassen und mangelhaften Ausblick und gab Gas. Er fuhr Auto, wie er auch zu Fuß unterwegs war. Ganz der Brechertyp. Und wieder einmal hatte er Glück damit und brachte mich nach kurzem Zwischenstopp an sein Ziel: die Bar der Abafun Lodge.

Billy hatte die Wohnung während meiner Abwesenheit bestens

in Schuss gehalten, und ich sagte es ihm, als wir am Tresen Platz nahmen. Dax hatte mir nicht mehr Zeit zugestanden, als nötig war, um den Koffer im Andoh House abzustellen und zu pinkeln. Trotzdem war mir das Wirken meines guten Hausgeistes nicht entgangen. Er bedankte sich für das Kompliment und zapfte mir unverzüglich ein Bier. Gerda tat mit einem Wurstsalat nach Art des Hauses das Ihre dazu, und Dax widmete sich seinem ersten Mini-*Star*. Er war guter Laune. Sein Gastspiel in Ghana war wider Erwarten um sechs Monate verlängert worden. Keine ständigen Ablösungen. Kontinuität beim Personal. Das predigte er stets im Kampf gegen das Böse.

»Ab übermorgen mache ich erst mal zehn Tage Urlaub«, verkündete er lauthals. »Ich muss ja auch mal was vom Land sehen.«

Ich schlug ihm auf die Schulter. »Gute Gelegenheit, deinen neuen Spaten zu testen.«

»Verarsch mich nicht.«

»Wo fährst du hin, um abzuhängen?«

»Wer redet denn von Abhängen?«

»Du hast Urlaub gesagt.«

»So ist es. Aber deshalb kann man trotzdem in Bewegung bleiben. Ich will mir was anschauen.«

»Und wo?«

»Das wird sich rausstellen.« Er senkte die Stimme. »Vielleicht fahren wir zusammen … ich meine, wenn du Hilfe brauchst.«

»Hast du eine Ahnung, wo Mister Big stecken könnte?«

Dax schüttelte den Kopf. »Leider nicht. Aber vielleicht hast du ja in Deutschland was erfahren.«

»Nein.«

»Wie war es denn überhaupt im alten Germanien?«, erkundigte sich Dax sehr viel lauter und mit Blick in die Runde, um den Erwartungsdruck auf mich zu erhöhen.

Es wurde ein langer Abend im Kreise meiner *Restfamilie*. Ich bekam zig Fragen gestellt, gab viele Antworten und verschwieg das meiste.

116

Der alte Telefonapparat klingelte so lange und nervtötend, bis ich endlich aufwachte und mich in Bewegung setzte.

»Guten Morgen«, sagte Superintendent Agyeman Mensah.

Noch bevor ich darauf antworten konnte, reichte er noch den traditionellen Willkommensgruß nach.

»*Ghana se'w Akwaaba!*«

Ich bedankte mich und erkundigte mich nach seinem Wohlbefinden. Nachdem wir noch einige Nettigkeiten ausgetauscht hatten, kam er zum eigentlichen Anlass seines Anrufs. Er bat mich um ein Treffen. Nicht in seinem Büro. Wir einigten uns auf ein spätes Frühstück in der Cafeteria des Novotel in West Ridge, und als ich dort eintraf, wartete Mensah bereits.

Der Chefermittler trug Anzug und Schlips, war also im Dienst. Er gab sich so freundlich wie eh und je, machte aber trotzdem einen eher ernsten Eindruck.

Nachdem wir unsere Bestellung aufgegeben hatten, erkundigte er sich nach der Beerdigung meiner Mutter und brachte dabei noch einmal sein Mitgefühl zum Ausdruck. Mehr wollte er über meine Reise nicht wissen, was mir etwas seltsam vorkam. Und da mir der Superintendent auch den Grund für unser Treffen nicht mitteilte, ergriff ich die Initiative.

»Was haben Sie inzwischen in den beiden Mordfällen rausgefunden?«

Mensah hüllte sich in Schweigen.

»Irgendwelche Verdächtigen?«

Er seufzte und rettete sich in ein breites Grinsen.

»Also nichts.«

»Wir haben so viele ungelöste Fälle. Und Sie haben den Deputy Director doch kennengelernt. Er setzt seine eigenen Prioritäten, an denen wir Untergebenen nicht vorbeikommen.«

Was immer das bedeuten mochte, es war eine ziemlich lahme Entschuldigung. Meiner Meinung nach war Mensah nicht der Typ, der sich hinter unfähigen Vorgesetzten versteckte.

»Weiße Ausländer gehören für den Deputy nicht zu den dringenden Fällen. Erst recht nicht, wenn sie nicht prominent sind und die Angehörigen keinen Druck machen.«

»Dann ist es ja gut, dass ich wieder im Land bin.«

Er versuchte zu lachen.

»Haben *Sie* mir nicht empfohlen, ich sollte Ghana für eine Weile verlassen, um den Druck rauszunehmen?«

»Sie haben ja recht.«

Der Kellner servierte, und wir nutzten die Chance, um eine Weile vor uns hin zu schweigen. Ich verzichtete vorerst darauf, dem Mann vom *CID* Big Bens Foto zu zeigen und ihm die Gründe dafür darzulegen. Wenn sie im Zuge ihrer bisherigen Ermittlungen noch nicht auf den Mann gestoßen waren, hatten sie ihn wahrscheinlich gar nicht auf dem Bildschirm. Oder sie wollten ihn nicht finden. Beides half mir nicht weiter.

»Ich habe Sie um dieses Treffen gebeten, um Ihnen zwei Dinge mitzuteilen.« Mensah räusperte sich. »Zum einen wurde ich inzwischen beurlaubt …«

Das war eine Wendung, an der ich zu kauen hatte. »Man hat Sie vom Dienst suspendiert?«

»Nein. Das nicht. Man schickt mich für eine Weile nach London, zu Scotland Yard.«

»Ein Praktikum?«

»Ich würde die Funktion als Verbindungsoffizier bezeichnen.«

Scotland Yard ...

Der Einsatz stand ganz in der Tradition der schottischen Connection. Nicht zu fassen. Agyeman Mensah trat in die Fußstapfen von Jerry John Rawlings und begab sich auf die Insel. Doch noch bevor ich mich zu einer sarkastischen Bemerkung hinreißen ließ, ergriff Mensah wieder das Wort.

»Bei der anderen Sache geht es um Sie. Ich möchte Ihnen eine sehr persönliche Information geben, auf die ich im Zuge der Ermittlungen gestoßen bin.«

Er taxierte mich wie ein Arzt den Patienten, und ich lehnte mich vorsichtig zurück.

»Worum geht es?«

»Ihre Mutter hat hier in Accra ein Kind verloren.«

Das saß. Ich holte tief Luft und wiederholte seine Worte, ohne recht zu begreifen, wovon er eigentlich redete. »Ein Kind verloren ...?« Wie konnte Vera ein Kind verlieren?

»Eine Totgeburt.«

Allmählich begriff ich, schüttelte den Kopf und schaute Mensah an.

Er nickte mit ernster Miene.

»Sie hat mir nie davon erzählt ...« Wie viele Geheimnisse hatte Vera noch vor mir gehabt? »Sind Sie sicher?«

»Wir haben im Zuge der Ermittlungen Hinweise bekommen. Zunächst meldete sich die Hebamme. Sie dachte, es könnte etwas mit dem Mord zu tun haben, auch wenn die Sache länger zurückliegt. Dann meldeten sich auch der Arzt und der Geistliche.«

»Und wann soll das passiert sein?«

Er nannte mir das Jahr. Angeblich 1995. Ich brauchte ein paar Sekunden, dann gewann mein Misstrauen die Oberhand.

»Da war meine Mutter um die fünfzig Jahre alt.«

»Einundfünfzig.«

»Das ist doch absurd.«

»Die Medizinmänner sagen, eine Schwangerschaft sei in diesem Alter zwar selten, aber durchaus möglich.«

»Und wann genau soll sie das Kind verloren haben?«

»Am ersten Dezember. Der fiel damals auf den ersten Freitag im Monat. Also ein Feiertag.« Er lächelte mitfühlend. »Auch wenn es für ihre Mutter sicher keiner war.«

»*Farmer's Day* ...«, sagte ich mehr zu mir selbst.

»So ist es.«

Ich erinnerte mich.

Mein zweites Jahr in Ghana. Mein Job als Scout kommt langsam in die Gänge. Ich bin mit einem afroamerikanischen Ehepaar auf Tour. Die Küste entlang. Von einem Sklavenfort zum nächsten, immer in Richtung Elfenbeinküste. Bis zum Fort Apollonia. Unterdessen kommt Vera nach den üblichen sechs Monaten in Berlin nach Accra zurück. Mit Rücksicht auf die Kunden kann ich nicht in der Stadt sein, um sie zu begrüßen. Als ich sie schließlich treffe, wirkt sie mitgenommen und bedrückt. Angeblich hat sie kurz zuvor in Berlin eine Virusgrippe hinter sich gebracht.

Ich betrachtete mein Frühstücksgedeck und nickte mechanisch, um mir alles noch einmal vor Augen zu führen. Wenn ich mich recht erinnerte, hatte sich nach dieser *Erkrankung* auch die Lust verflüchtigt, die wieder zwischen uns aufgeflackert war. Mein Comeback als Liebhaber hatte nur ein knappes Jahr gedauert. Danach war mir derselbe Status wie Godson zuteil geworden: der eines sehr guten Freundes.

Godson.

Nur er kam als Vater in Frage. Ein letztes Andenken an seine Liebe zu Vera, das auch er mir verschwiegen hatte. »Das Kind muss von ihrem ghanaischen Lebensgefährten sein.«

»Nein.«

»Wieso?«

»Arzt und Hebamme sagen, das Kind sei weiß gewesen, ein Mädchen.«

»Wo ist das Grab?«

Mensah wich meinem Blick aus.

»Wo?«, insistierte ich eine Spur zu laut.

Er sagte es mir.

Ich brütete eine Weile vor mich hin. Es tat mir nicht gut. Eine große, weiße Fratze grinste mich aus dem Nichts an. Sie hatte die eingefallenen Züge einer Mumie und kurze schlohweiße Haare.

»Was ist das Schlimmste, das Ihnen je passiert ist?«, fragte ich Mensah unvermittelt.

Er dachte einen Augenblick nach. »Privat hatte ich immer Glück. Ich kann nicht sagen, dass sich Katastrophen abgespielt hätten. Aber im Dienst habe ich so manches erlebt. Ich glaube, das Schlimmste war dieser Irre … in Osu.«

»Was war mit ihm?«

»Er hat seine Frau erschossen und sich dann an ihr vergangen. Danach hat er sich einen Papierkorb aus Metall übergestülpt und einen Kopfschuss verpasst.«

Keine schlechte Methode, um auch das Haupt des Pharaos vom großen Stuhl zu sprengen. Er musste nicht einmal den Abzug betätigen. Das würde ich übernehmen.

»Der Irre war ein Obroni«, sagte Mensah.

»Macht es einen Unterschied, dass es ein Weißer war?«

Ein Kopfschütteln. »Nein, ich glaube, der Teufel nimmt die Hautfarbe an, die ihm gerade genehm ist.«

Da konnte er recht haben.

»Sie sollten sich einen anderen Schreibtisch besorgen«, sagte er.

»Wie kommen Sie denn darauf?«

»Er ist aus Odum.«

Die Holzsorte war korrekt. Ansonsten konnte ich Mensah nicht folgen. Ich schaute ihn fragend an.

»Das ist mir schon bei unserem ersten Besuch bei Ihnen aufgefallen.«

Er wirkte jetzt sehr besorgt.

»Sie schreiben doch Ihr Buch an dem Tisch.«

Hatte ich ihm von meinem Buch erzählt?

»Dieses Eisenholz ist kein gutes Material für einen Tisch, an dem man über traditionelle Religionen schreibt. Die Geister der Ahnen mögen es nicht, wenn heilige Bäume einer falschen Bestimmung zugeführt werden.«

Was sollte denn das bedeuten? Hatte er etwa während meiner Deutschlandtour meine Wohnung durchsucht und einen Blick in den schwarzen Ordner geworfen? Blödsinn. Er konnte kein Deutsch. Trotzdem seltsam. Warum – bei Gott oder Teufel – kümmerte sich ausgerechnet ein Agyeman Mensah plötzlich um Geisterglauben? Hatte er sich nicht abfällig über seine Kollegen aus dem Herzen der Juju-Region geäußert?

»Denken Sie bei Gelegenheit mal drüber nach«, sagte er.

Das tat ich bereits.

Mensah warf einen Blick auf die Uhr, bat den Kellner mit einem Wink um die Rechnung und sagte: »Und erwarten Sie bitte nicht zu viel von Assistent Lieutenant Dadson.«

»Ray Dadson beerbt Sie?«

»Er vertritt mich. Aber er wird dabei nicht viel Spielraum bekommen. Nicht dass ich viele Freiheiten gehabt hätte. Aber ich habe sie mir ab und zu genommen. Ray ist nicht der Typ. Er macht, was man ihm sagt.«

Letzteres galt wohl auch für Agyeman Mensah. Statt die Morde an meiner Mutter und dem Grasscutter aufzuklären, ließ er sich nach London abschieben. Trotzdem musste ich dem Mann dankbar sein.

Ohne ihn hätte ich vermutlich nie von dem Kind erfahren.

117

Den Friedhof und die Fahrt dorthin nahm ich gar nicht richtig wahr.

Der Himmel über Accra war wolkenverhangen, und ich bewegte mich wie auf Autopilot, bis ich endlich vor dem Grab stand. Selbst hier drang nur eines richtig zu mir durch: der helle Gedenkstein, der klein und verwittert vor mir aufragte. Er gab das Geheimnis preis, das mich an diesen Ort gezogen hatte. Spätestens beim Anblick der in Stein gemeißelten Wahrheit erledigte sich alles, was ich mir ausgedacht hatte.

Es blieb kein fremder Teufel mehr übrig, den ich verantwortlich machen konnte.

VICTORIA

∗ DECEMBER 1ST 1995 †

Leise buchstabierte ich den Namen vor mich hin. Er gab keinen Raum mehr für Illusionen. *Ich* war der böse Geist, über den ich Mutmaßungen angestellt hatte.

Victoria.

Diesen Namen hätte Vera an keinen anderen Liebhaber vergeudet. Und als sei dies das größte Problem von allen, stellte ich mir die Frage: War das nun meine Tochter oder meine Halbschwester?

Ein schwerer Tropenregen ging nieder und durchnässte mich bis auf die Knochen. Reinwaschen konnten die Fluten mich nicht.

Unter einem bleigrauen Himmel blieb ich wie angewurzelt vor dem Grab stehen. Der Geruch gelöschter Holzkohle hing schwer in der Luft, und ich meinte, feuchte Asche zu schmecken.

Victoria …

Als Weiße hatten die Ghanaer das Mädchen eingeordnet. Was kein Wunder war. Nur noch ein Achtel. Wir mussten das Kind im ersten Jahr unserer Wiederbegegnung in Afrika gezeugt haben. Unter einem dunklen Stern. So schwarz wie das fünfzackige Nationalsymbol Ghanas.

BLACK STAR RISING!

118

Dann kam das Fieber zurück.

Auch ohne Malaria hätte ich vermutlich eine unruhige Nacht verbracht. Wenn ich nicht wach lag und an die Decke starrte, träumte ich von weißen und schwarzen Babys, die der Fetischpriester dem Dente opferte. Alles in allem war es ein quälender Kampf in der Dunkelheit, den ich meinem Friedhofsbesuch zuschrieb. Doch als ich später ausgezehrt und nüchtern beim Frühstück saß und die vertrauten Symptome spürte, erkannte ich das Krankheitsmuster. Meine Verfassung war nicht mehr nur meiner Seelenlage zuzuschreiben. Es sah ganz danach aus, als habe die Behandlung in Berlin nicht alle Parasiten in meinem Blut ausgemerzt.

Solange ich noch handlungsfähig war, holte ich die Tabletten aus dem Kühlschrank, schluckte die erste Ration und hoffte auf einen milden Verlauf. Es war der denkbar ungünstigste Zeitpunkt für einen Rückfall. Wenn ich Big Ben jemals finden wollte, musste ich so bald wie möglich Lucille aufsuchen. Mein Wagen war startklar, die Pistole lag geladen und samt Reservemagazinen bereit, und Billy hatte meine Safarihemden für die Reise gebügelt.

Doch das Risiko, beim ersten Fieberschub in ein entgegenkommendes Auto zu rasen, war zu groß. Und wen wollte ich unter Druck setzen, wenn ich selbst auf dem Zahnfleisch ging? Ich gab mir zwei Tage Schonfrist. Wenn ich danach nicht im Koma lag, gab es keine Ausflüchte mehr.

Das Telefon klingelte.

Ich schleppte mich zum Apparat. Der Captain war dran.

Er bat mich, ihn umgehend aufzusuchen. In seinem Büro warte ein wichtiger Informant auf mich. Captain Kuma gab sich geheimnisvoll in der Sache, unterstrich jedoch deren Dringlichkeit. Mit anderen Worten: Er erwartete mich unverzüglich zum Appell. Und da es sich nicht um eine Tour nach Ho, sondern nur um einen kurzen Abstecher zu einem nahe gelegenen Hotel handelte, wäre es albern gewesen, auf meine Erkrankung zu verweisen. Wenn das Plasmotrim mich im Stich ließ, konnte ich immer noch ein Taxi nehmen.

Es gab also keinen Grund, die Hoffnung aufzugeben.

Sie trat in Gestalt eines jungen Ewe auf, der im Forstbüro in Ho arbeitete. Ich erinnerte mich nur allzu gut an ihn. Es handelte sich um meinen Begleiter und Zeugen im Fall des Bundestagsabgeordneten. Der Name des jungen Ewe wollte mir nicht mehr einfallen. Doch die Worte zu Zucht und Ordnung, mit denen er seine Ansichten über die deutsche Kolonialzeit kundgetan hatte, klangen mir noch im Ohr.

Dass er zu meiner Begrüßung Haltung annahm und die Hacken zusammenknallte, passte ins Bild.

Er hatte sich nicht verändert. Schlank. Sehr dunkle Haut. Große, helle Zähne. Wache Augen, in denen der Schalk saß. Alles in allem immer noch der biegsame und kecke Schlaumeier. Sein Atem roch nach den Salzpastillen, mit denen ihn die deutschen Kollegen im Forstprojekt regelmäßig versorgten.

Um nicht unhöflich zu erscheinen, wandte ich mich dem Gastgeber zu. Captain Kuma war wie immer penibel gekleidet, tadellos frisiert und grinste mich zufrieden an.

»Ich habe dem Jungen erzählt, dass Sie auch mal Soldat waren.« Er erhob sich kurz und schüttelte mir über seinem Minischreibtisch die Hand, bevor er mir mit einem Fingerzeig den bekannt harten Stuhl anbot und wieder in seinen Sessel sank. »Das hat unseren Samuel schwer beeindruckt.«

Samuel! »Das habe ich ihm aus gutem Grund verschwiegen.« Ich nahm Platz.

»Sie sind zu bescheiden.«

Der Captain wies Samuel einen mit Zeitschriften beladenen Hocker zu. Nach den nötigen Aufräumarbeiten gab sich der Junge mit der Sitzgelegenheit zufrieden. Es schien ihm nichts auszumachen. Der Captain war der Chef. Man konnte sich leicht zusammenzureimen, was die beiden verband: Samuels Wehrdienst.

»Samuel war vor kurzem schon mal Ihretwegen in Accra. Aber da waren Sie wohl noch in Berlin.« Der Captain musterte mich streng. »Ich muss zugeben, ich hätte es lieber gesehen, wenn Sie in Deutschland geblieben wären. Aber da Sie nun mal wieder hier sind …«

Fragte sich nur, wie er so schnell von meiner Rückkehr erfahren hatte.

»Ich nehme an«, fuhr der Captain fort, »Sie haben vor, da weiterzumachen, wo Sie klugerweise aufgehört haben.«

»So ist es.«

»Respekt«, sagte er lauter als nötig.

»Wofür?«

»Einen Auftrag zu Ende bringen zu wollen … auch wenn man dabei draufgehen kann.«

»In jener Nacht auf dem Schießstand wäre ich beinahe draufgegangen.«

»Niemals.«

»Weshalb sind Sie sich da so sicher?«

Er schmunzelte. »Ich war rechtzeitig zur Stelle.«

»Weil Sie das ganze Theater inszeniert hatten?«

Das war Captain Kuma dann doch zu viel. Seine gute Laune war wie weggeblasen, und die Antwort fiel schneidend aus. »Was für eine absurde Unterstellung!«

Samuel rutschte nervös auf seinem Hocker herum. Ich ignorierte ihn und legte nach.

»Die Jungs, die mir damals die Hölle heißgemacht haben, waren Ihnen gegenüber aber erstaunlich gehorsam, Captain.«

»Ich sagte Ihnen doch schon: In der Armee gibt es noch so etwas wie Zusammenhalt.« Er beugte sich vor. »Schauen Sie sich doch Samuel an. Es gibt ein Problem – und an wen wendet sich der Junge …?«

119

»Wenn Sie es genau wissen wollen – Benjamin Akpalu, auch als Big Ben bekannt, hat die Gabe, alle möglichen Leute in seine dubiosen Geschäfte hineinzuziehen«, erklärte mir Captain Kuma.

Ich war ganz Ohr.

»Darunter auch unbescholtene ehemalige und derzeitige Angehörige der Streitkräfte. Er hält sich dabei meist an die unteren Ränge. Die wissen nämlich nicht, dass er selber mal Offizier war und unehrenhaft entlassen wurde. Einige der Jungs bekommen Gewissensbisse und wenden sich an jemanden wie mich. Ich helfe ihnen dann aus der Patsche, wenn ich kann. Und wenn es noch nicht zu spät ist, pfeife ich sie einfach zurück. So wie bei Ihnen.« Er lehnte sich wieder zurück.

»In meinem Fall haben Sie aber ziemlich spät gepfiffen.«

»Ich habe mir gedacht, Sie bräuchten vielleicht einen kleinen Denkzettel. Damit Sie das Land verlassen. Immerhin waren bereits zwei Personen aus Ihrem Umfeld tot.«

»Wenn so viel gegen Big Ben spricht, warum zieht ihn dann keiner aus dem Verkehr?«

»Der Mann ist geschickt. Er hält sich bedeckt. Man kann ihm schwer etwas nachweisen. Keiner redet.«

Captain Kuma musterte mich eingehend, als erwarte er von mir einen Beitrag dazu.

Was sollte ich ihm erzählen? Die Lebensgeschichte Murnaus? Etwas über einen Stummfilm und alte Pornofotos, die angeblich in Ghana verschollen waren? Intime Einzelheiten aus meiner Familiengeschichte?

»Nicht zu vergessen«, fuhr er fort, »dass der Mann einflussreiche Freunde hatte und noch immer hat.«

»Und was ist mit den Libanesen und Nigerianern, die Sie ins Spiel gebracht haben?«

Er lächelte nachsichtig. »Die Boys aus Lagos haben *Sie* ins Spiel gebracht, wenn ich mich recht erinnere. Aber wie dem auch sei. Vielleicht gehören die einen wie die anderen zu seinen Freunden.«

Ich hatte dem Captain nichts Konkretes geboten. Warum sollte er es also tun? Trotzdem holte er zwei Fotos aus der Schublade und schob sie mir hin. Beide zeigten junge Afrikaner, die ich nicht kannte.

»Das sind Handlanger von Big Ben.« Er tippte mit der Fingerspitze auf eines der Fotos. »Der hier ist der Motorradfahrer, der Ihren Wagen aufgebrochen hat.« Er tippte auf das andere. »Und das ist der Wächter, den wir leider entlassen mussten. Er war für den Teil des Parkplatzes zuständig, auf dem der Diebstahl passierte, und hat kurz darauf den kleinen Sarg entwendet. Es war eine abgesprochene Aktion. Hätte sich ja schlecht gemacht, wenn jemand vom Hotelsicherheitsdienst das Auto aufgebrochen hätte und dabei erwischt worden wäre.«

»Und warum der ganze Aufwand?«

»Verkennen Sie bitte den symbolischen Wert dieses Minisargs nicht.«

Ich schaute ihn fragend an.

»Erst hat man Ihnen den Talisman geraubt. Dann hat man Ihre Mutter umgebracht. Und danach hat man Ihnen den Talisman zurückgegeben.«

Eine solche Erklärung ausgerechnet aus dem Munde des Captains zu hören war fast beängstigend. Aber was mich wirklich beunruhigte, war die Erkenntnis, dass ein gläubiger Mann wie er bislang noch nicht ein einziges Mal seinen Christengott ins Spiel gebracht hatte und sich stattdessen über den Wert des Sarges als Fetisch ausließ.

Ich räusperte mich. »Aber wie kamen diese Leute auf die absurde Idee, es könnte sich um meinen Talisman handeln?«

»Mit dem Wort *absurd* wäre ich vorsichtig. Womöglich hat man sich mit dem Hersteller des magischen Gegenstandes unterhalten und dabei in Erfahrung gebracht, welche Bedeutung er in kleiner und großer Ausführung für Sie hatte.«

King Kofi? Mein treuer Freitag?

»Wie ich höre, haben Sie die große Version sogar als Luftfracht nach Deutschland verschickt.«

Ich schwieg.

»Können wir jetzt zu Samuel kommen?«

Ich nickte.

»Dann leg mal los, mein Junge.«

Der Ewe platzte fast vor Stolz. Er schaute mir in die Augen. »Ich kann Sie zu Big Ben bringen.«

Ich gönnte uns einige Sekunden, um die Überraschung richtig auszukosten. Dann ging ich der Sache auf den Grund. »In seinem Auftrag?«

»Nein. Er weiß nichts davon.«

»Und woher weißt du, wo der Mann zu finden ist?«

»Ich habe es rausgekriegt.«

»Wie?«

»Ich habe Faustina gesucht.«

Der stolze Samuel wollte sich seine Informationen offenbar häppchenweise entlocken lassen. Ich zwang mich zur Geduld und fragte: »Und weshalb hast du Faustina gesucht?«

»Sie war plötzlich wie vom Erdboden verschwunden.«

Ich hielt zur Abwechslung einfach den Mund, um ihn vielleicht dadurch zum Weiterreden zu bewegen. Es funktionierte.

»Sie ist von einem Tag zum anderen nicht mehr zur Arbeit erschienen. Kurz darauf hab ich dann mitbekommen, dass ihre Angehörigen das Gerücht verbreiten, sie würde an einem Projektseminar in Kumasi oder Tamale teilnehmen.«

Das hatte mir Lucille auch erzählt.

»Das war gelogen. Später hat ihr Bruder dann auf einmal eine Krankmeldung nachgereicht. Alles sehr merkwürdig. Deshalb habe ich weitere Erkundigungen eingeholt.«

»Und?«

»Nichts.«

»Und wie geht's weiter?«

»Ich habe gesucht.«

»Wo?«

»Es gab da so ein paar Plätze.«

»Was für Plätze?«

»Na ja, Orte, die Faustina aus irgendwelchen Gründen mochte und an denen ich mal mit ihr war …«

Ich verzichtete darauf nachzuhaken, und er fuhr fort.

»Kleine Dörfer, alte Anlagen aus der Kolonialzeit, heilige Orte. Ich habe einen nach dem anderen abgeklappert, bis ich diesen Big Ben entdeckt habe.«

»Woher hast du gewusst, wer er war?«

»Er ist in der Region berüchtigt. Und wie der Captain schon gesagt hat, haben einige Kameraden aus der Militärzeit schlechte Erfahrungen mit ihm gemacht.«

»Du auch?«

»Nein.«

»Erzähl weiter.«

»Gott sei Dank hat er mich nicht bemerkt. Ich konnte ihn aber gut erkennen. Ich habe ihn nämlich aus sicherer Deckung beobachtet.«

Samuel lächelte mich selbstzufrieden an, bevor er dem Captain einen kurzen Blick zuwarf.

»Dann konnte ich auch Faustina sehen. Ich hatte den Eindruck, dass sie gefangen gehalten wird. Sie konnte sich zwar frei bewegen, durfte aber offenbar nicht weggehen. Da lungern auch noch andere Männer rum, die aufpassen.«

»Und wo genau soll dieser Ort sein?«

»Sie müssen schon mitkommen. Dann zeig ich's Ihnen.«

»Können wir es etwas eingrenzen? Ich nehme an, du warst in der Nähe von Ho unterwegs?«

»Nördliche Voltaregion. Mehr sag ich nicht.«

Diesmal hatte Samuels Lächeln etwas Trotziges an sich. Also doch erst mal Ho. Wie hätte er seine Erkundungen sonst mit seiner Arbeit verbinden können? Hilfesuchend sah ich den Captain an, als könne er mir einen ärztlichen Rat geben. Doch da er nichts von meinem Fieber wusste, beschäftigte ihn eher die Frage der Truppenstärke.

»Ich würde Sie ja gern unterstützen oder Ihnen auf die Finger sehen …«

Er lachte jovial.

»Aber ich habe hier zu tun.«

120

Also musste Dax ran.

Wenn er sich seinen Urlaub anders vorgestellt hatte, ließ er es sich nicht anmerken. Nur sein neues Pionierfahrzeug musste zum Einsatz kommen, darauf hatte er bestanden. Einfahren nannte er es. Er saß am Steuer, Samuel war Beifahrer, und ich lag auf einer Luftmatratze neben dem Klappspaten.

Die erste Nacht verbrachten wir in Ho. Dax und ich im Hotel, Samuel bei seiner Familie. Mein Fieber hielt sich dank der Tabletten in Grenzen. Ich träumte lediglich von Little Nosferatu. Irgendwann kam ich zu ein paar Stunden Schlaf, und bei Tagesanbruch fuhren wir weiter.

Wegen der Schmerzen in Knochen und Gelenken fühlte ich mich zwar wie ein von Arthritis geplagter Krüppel und mein Kopf brummte, ansonsten aber ging es mir ganz passabel. Samuel dirigierte uns durch die bergige und bewaldete Landschaft nach Norden, in Richtung Hohoe. Die Straßenverhältnisse waren durchwachsen. Gut asphaltierte Streckenabschnitte wechselten sich mit brutalen Kraterpisten ab, die Dax gelegentlich zusammenzucken und gequält aufstöhnen ließen. Ganz so hart hatte er sich das Einfahren seines neuen Wagens wohl doch nicht vorgestellt.

Ich war jedenfalls nicht böse, dass ich mein Auto schonen konnte. Schon oft genug hatte ich es mit Kunden an Bord durch diese Gegend gesteuert, die einige touristische Attraktionen bot. Hinter den Hügeln links der Straße war das Ufer des Voltasees nicht weit.

Auf der rechten Seite erhob sich die dunkle Bergkette an der Grenze zu Togo bis in Höhen zwischen sechshundert und neunhundert Meter. Hier lag das höchste Dorf Ghanas, und auch der höchste Gipfel ragte bis auf fast tausend Meter. Außerdem gab es in dieser Region einen der schönsten Wasserfälle und ein Affenreservat.

In der Provinzstadt Hohoe aßen wir eine Kleinigkeit, bevor uns der Weg weiter nach Norden bis zur nächsten größeren Ortschaft führte. In Jasikan stattete Samuel dem Regionalbüro seines Projekts eine halbstündige Stippvisite ab. Vermutlich, um seinen Abstecher in die abgelegene Gegend halbwegs zu begründen. Der Zeitpunkt war nicht schlecht gewählt, denn der sintflutartige Regen, der sich während unseres Aufenthalts mit Blitz und Donner entlud, hätte eine Weiterfahrt so gut wie unmöglich gemacht. Die Temperatur fiel um einige Grad, und ich spürte Anklänge von Schüttelfrost, obwohl das Fieber mich nicht attackierte. Vorsorglich kümmerte ich mich um meinen Flüssigkeitshaushalt und brühte mir in der Kochecke des Projektbüros frischen Tee für meine Thermoskanne.

Hinter Jasikan durchlief die Nordroute die engste Stelle des schmalen Landstreifens, der sich zwischen Stausee und Grenze dahinzog. Samuel hielt sich weiter bedeckt, was sein genaues Ziel anging, und so konnte ich nur Vermutungen anstellen. Mittlerweile war Kete Krachi zum Greifen nah. Die Fähre über den Voltasee schied allerdings aus, sonst hätten wir von Ho zur Anlegestelle in Kpandu fahren müssen. Aber es gab ja noch andere Möglichkeiten. Wo ein Ufer war, war auch ein Boot.

Doch dann bat Samuel Dax, nach rechts abzubiegen. Wir verließen die Hauptstraße und schlugen uns tiefer in Wald und Berge in Richtung Togo. Der Regen hatte die Wege aufgeweicht und teilweise überschwemmt. Meist kamen wir nur im Schritttempo voran. Zeitweise sah es sogar so aus, als käme der Klappspaten

früher zum Einsatz, als uns lieb war. Doch Dax bewies Nerven-
stärke und schaukelte sein Gefährt mit Geduld und einem guten
Blick fürs Gelände durch die urwaldartige Natur. So ging es immer
weiter und höher. Alle Bäche waren angeschwollen und schickten ihre Fluten in Wasserfällen in die Tiefe. Allmählich fragte ich
mich, ob wir uns noch auf ghanaischem Staatsgebiet oder bereits
in Togo befanden. Doch einem Ewe wie Samuel war das wahrscheinlich gar nicht so wichtig. Der Junge wusste genau, wo er
hinwollte.

Nach einer guten Stunde gaben die bewaldeten Höhen den Blick
auf ein weites Tal frei. Zunächst war nicht viel zu sehen. Dann tat
sich eine Lichtung auf, auf der zunächst nur eine mächtige alte
Fabrikhalle zu erkennen war. Als wir näher kamen, bemerkte ich
weitere barackenartige Gebäude. Es handelte sich vermutlich um
ehemalige Verwaltungsbüros. Das ganze Gelände wirkte verlassen.
Kein Mensch, kein Fahrzeug war zu sehen. Da sich nahe der Fabrik noch Halden gestapelter Baumstämme auftürmten, tippte ich
auf ein Sägewerk. Das gelagerte Holz war mit Moos bewachsen.
Von den Eisenketten, mit denen die Stämme gesichert waren, blätterte der Rost. Ich wunderte mich, dass sich noch niemand an diesem Schatz aus Tropenholz vergriffen hatte.

Samuel lotste Dax geradewegs zu der Fabrikhalle. Das Tor stand
weit genug offen, und wir fuhren ein Stück in das Gebäude hinein,
bevor wir anhielten und ausstiegen. Es handelte sich in der Tat um
ein altes Sägewerk. So ungefähr mussten Produktionsstätten in den
Urzeiten des Manchester-Kapitalismus ausgesehen haben.

»Sieht aus wie im Technischen Museum«, sagte Dax angesichts
der riesigen Schwungräder und Kolben, verrotteten Treibriemen
und in verkrustetem Fett erstarrten Laufketten. Sperrige Gatter
und von Rost befallene Sägeblätter und Zahnräder rundeten das
Ganze ab. Das Gemäuer sah nicht viel besser aus. Schwamm hatte

sich unter den Putz gefressen, und nicht wenige der Fensterscheiben in den Stahlrahmen waren zu Bruch gegangen. Nur das Dach schien noch dicht zu sein.

»Wir lassen den Wagen hier und laufen weiter«, sagte Samuel.

»Wie weit noch?«, fragte ich.

»Etwa zwanzig Minuten.« Er ging zum Wagen, holte einen Armeerevolver aus seiner Sporttasche und überprüfte die Trommel. Es war ein Webley mit Kipplauf.

Da der Captain seinen jungen Soldaten offenbar beigebracht hatte, sich auch im Privatleben nicht unnötig in Gefahr zu begeben, sah ich keinen Grund mehr, mit meiner Taurus hinter dem Berg zu halten.

Dax sah uns besorgt zu.

»Mach dir keinen Kopf«, sagte ich zu ihm. »Du musst nichts tun, was deine Beamtenkarriere gefährdet.«

»Du bist gut.« Er wandte sich ab und ging zum Wagen. »Wenn es darauf ankäme, hätte ich gleich zu Hause bleiben müssen.«

»Du bist nur der Fahrer. Und in der Not reicht Körpereinsatz. Das ist im Moment meine Schwachstelle.« Ich wischte mir den kalten Schweiß von der Stirn und sah zu, wie Dax seine Pionierausstattung inspizierte.

»Nimm einfach den Kreuzschlüssel, wenn du unbedingt eine Waffe brauchst«, sagte ich.

Er ignorierte mich und wog den Klappspaten in der Hand.

Ich hatte es geahnt.

Er behielt den Spaten, warf die Hecktür zu und grinste mich an. »Fahrer zu sein reicht mir nicht. Ich mach auch noch den Totengräber. Gratis.«

Samuel setzte sich in Bewegung, und ich stolperte hinter ihm her.

»Nimm lieber noch 'ne Tablette«, sagte Dax.

121

Wir mieden den Feldweg, der über die Lichtung führte, und marschierten an deren Rand entlang, um jederzeit Deckung im Unterholz suchen zu können.

Das gerodete Gelände war nicht ganz überschaubar, denn es zog sich wie ein Bumerang dahin. Erst als wir die Biegung erreichten, konnten wir auch die andere Hälfte der Lichtung einsehen. Der Anblick, der sich bot, versetzte einen in längst vergangene Kolonialzeiten. Im flachen Wiesengrund lag eine Siedlung, ein halbes Dutzend Holzhäuser im europäischen Stil. Sie standen auf Stelzen um einen Teich. Auch diese Gebäude wirkten verlassen, waren aber nicht so heruntergekommen wie das Sägewerk.

Hier hatte also das Management residiert. Eines der Häuser schien bewohnt zu sein. Vor der Tür parkten zwei verdreckte Geländewagen. Durch die Auen um das Gewässer stolzierte eine Schar schneeweißer Reiher und pickte nach Würmern. Am äußersten Ende der Lichtung, weit abgesetzt von den anderen Bauten, stand im Schatten alter Baumriesen ein sehr viel herrschaftlicheres Holzhaus im Villenstil. Es hatte eine Veranda, auf die eine breite Treppe führte, und einen seitlichen Erker, dessen großzügige Verglasung mich an einen Wintergarten erinnerte. Aus dem Kamin des Küchentrakts stieg Rauch auf, und unter dem Dach eines offenen Abstellplatzes stand ein frisch gewaschener Jeep der Luxusklasse.

Wir sahen uns das Ganze in aller Ruhe an, denn Samuel hatte uns rechtzeitig ins Unterholz geführt, damit wir nicht ins Blickfeld gerieten. Und doch schien man uns bereits entdeckt zu haben, denn ich hörte, wie nicht weit entfernt eine Waffe durchgeladen wurde, gefolgt von einem unterdrückten Fluch.

Während ich meine Automatik entsicherte, brachte Samuel seinen Revolver in Anschlag und zielte irgendwo ins Gelände. Nur

Dax war noch unschlüssig, was er mit seinem Grabwerkzeug anfangen sollte. Da wir nicht erkennen konnten, wer wo auf uns wartete, zogen wir uns so leise wie möglich weiter in den Wald zurück. Dann hielten wir inne und lauschten. Rascheln im Laub. Schnattern und Zwitschern im Geäst. Dax hatte seinen Spaten inzwischen einsatzbereit und hielt ihn mit beiden Händen wie ein Gladiator.

Sekunden später brach nicht weit entfernt ein Ast, und Samuel eröffnete voreilig das Feuer. Der Krach brachte den Urwald in Aufruhr. Affen und Vögel ergriffen lärmend die Flucht. Noch bevor ich den Ewe aufhalten konnte, hatte er drei Schüsse abgegeben, und wir mussten auf Tauchstation gehen, um nicht Opfer der gegnerischen Projektile zu werden, die uns als Antwort um die Ohren pfiffen.

Nach mehr als einem halben Dutzend Schüssen herrschte wieder Stille. Die feindliche Salve hatte nicht nach Schnellfeuerwaffen geklungen. Wenigstens das war tröstlich. Nur Samuel schien sich einzubilden, er hätte eine Vollautomatik. Ich warf ihm einen warnenden Blick zu. Doch er war mit sich beschäftigt und spähte ins Unterholz, als warte er auf den zweiten Versuch. Der Captain hatte seine Männer offenbar voll auf Offensive gedrillt.

Und so kam es, wie es kommen musste.

Der Gegner verriet sich erneut durch ein Geräusch, und Samuel schoss ins Blaue. Diesmal war er sparsamer. Nur ein Schuss. Sein Feuer wurde sofort erwidert, und er verbrauchte die restliche Munition, um seinen Rückzug tiefer in den Wald abzusichern.

Die ganze Aktion hatte nur ein Gutes: Ich hatte sofort gezielt ins Gegenfeuer gehalten und jemanden erwischt. Sowohl der gellende Schmerzensschrei als auch das anhaltende Wimmern waren der Beweis dafür. Irgendwo vor mir blutete jemand. Ich konnte es fast riechen. Ich hörte aber auch das immer leiser werdende Geräusch, mit dem sich Samuel seine Fluchtschneise brach. Es klang nicht so, als wollte er sich als Reserve im Hinterhalt bereithalten. Der Junge haute schlicht und einfach ab.

Ein paar Minuten verstrichen. Dax behielt die Ruhe. Wie ein Bergarbeiter kauerte er hinter den gewaltigen Brettwurzeln eines Kapokbaumes, sein Arbeitsgerät einsatzbereit. Adrenalin gehörte meines Wissens nicht zu den Mitteln, mit denen man Malaria bekämpfte. Aber in meinem Zustand half es durchaus und verlieh mir trotz der Schweißausbrüche die nötige Gelassenheit. Wer zuerst die Nerven verlor, war im Nachteil.

Nur wenige Minuten später knickte die Gegenpartei ein. »Gebt auf«, brüllte uns jemand zu. »Ihr habt keine Chance. Ergebt euch!«

Die heisere Stimme kam mir vertraut vor. Wenn das der Anführer war, bestand Hoffnung. Ich wollte mehr von seinen verätzten Stimmbändern hören, um Gewissheit zu haben. Daher rief ich: »Warum sollten wir?«

»Weil wir in der Überzahl sind und euch sonst abknallen wie Buschratten!«

»Du bist hier nicht beim Bodybuilding, William.«

Schweigen.

»Wie wäre's mit einem Messerkampf? Mann gegen Mann.«

»Fuck you!«

Das hörte sich gut an. Nervenkrieg gehörte nicht zu Williams Stärken.

»Hat dein Onkel dir etwa aufgetragen, uns umzulegen?«

Erst Schweigen, dann: »Er ist nicht mein Onkel!«

Auch interessant. »Wir reden von Big Ben.«

»Ich bin doch nicht blöd.«

»Ich glaube, er wäre ziemlich ärgerlich, wenn er nicht mehr mit mir reden könnte, William.«

»Mach dir nur keine Hoffnung, Mischling.«

Gut so. Je persönlicher er wurde, desto besser. Ich ließ die Vögel eine Weile zwitschern, dann rief ich: »Sieh es einfach mal so, William: Du bist der geborene Versager. Allein bringst du nicht viel zustande.«

»Ich bin nicht allein, du Schwanzlutscher.«

»Ist Großmutter etwa bei dir, um dir zu sagen, wo's langgeht?«

Ich hörte das Brechen im Unterholz, dann stand er sechs Meter vor mir zwischen den Stämmen und atmete schwer. Er hielt etwas, das nach einer Beretta Cougar aussah, in der rechten Hand und zeigte mir mit der linken den Stinkefinger. Er war so in Rage, dass er nicht mal die Pistole auf mich gerichtet hatte. Er glotzte mich wütend an, und ich rechnete damit, dass er jeden Moment seine Waffe wegschmiss, um mich mit beiden Händen zu würgen.

Hinter ihm tauchten zwei Gestalten auf. Junge Ghanaer. Sichtlich verunsichert und lediglich mit Buschmessern bewaffnet. William musste das ganze Feuerwerk allein veranstaltet haben. Immerhin hatte er fünfzehn Schuss im Magazin. Einer der Jungs hielt sich den Oberarm. Durch seine Finger sickerte Blut. Er würde meinen Treffer überleben.

William kam einen weiteren Schritt auf mich zu und hielt inne. Er zitterte vor Wut, konnte sich kaum beherrschen, wusste aber auch nicht, was er tun sollte. Es war genau der richtige Moment, um ihm mit einer versöhnlichen Geste entgegenzukommen, damit er Dampf ablassen konnte.

Stattdessen schritt Dax zur Tat. Ansatzlos knallte er dem Bodybuilder die Breitseite des Spatens gegen die Schläfe und streckte ihn nieder. Noch bevor Williams Gefährten auf dumme Ideen kommen konnten, richtete ich meine Waffe auf sie. Sie ließen ihre Buschmesser fallen.

»War das nötig?«, fragte ich Dax.

»Sicher ist sicher«, erwiderte er und vergewisserte sich, dass sein Gerät sauber geblieben war. »Wenn er wieder zu sich kommt, hat er nur eine dicke Backe.«

Damit war der Spaß vorbei, denn im Unterholz tauchte Verstärkung für die gegnerische Seite auf. Es waren drei weitere junge Ghanaer. Und auch den Anführer dieses Trupps kannte ich.

Er trug das gleiche Räuberzivil wie in Prampram. Sah ganz danach aus, als habe Captain Kuma ihm nicht dauerhaft ins Gewissen reden können. Es gab eben immer Typen, die schwer auf Linie zu halten waren. Der Mann, der mich auf den Schießstand verschleppt hatte, gehörte eindeutig dazu. Er hatte die Pumpgun dabei, und seine Kameraden waren mit einer Kalaschnikow und einen Armeekarabiner bewaffnet.

122

»Dieses Tal gilt als tabu«, sagte Big Ben.

Wir saßen in Korbsesseln auf der Veranda und sahen den Reihern zu, die über die Wiesen stolzierten. Benjamin Akpalu hatte nicht mit der Wimper gezuckt, als wir ihm vorgeführt wurden. Fast schien es, als habe er sich in dieser abgelegenen Gegend gelangweilt und sei dankbar für die Abwechslung. Wir wurden mit Essen und Getränken versorgt, bevor er Dax eines der Holzhäuser als Quartier zuwies. Natürlich mit bewaffnetem Hausmeister vor der Tür. Ich hingegen durfte vorerst im Domizil des Gastgebers verweilen, damit er sich in aller Ruhe und ohne Zeugen mit mir unterhalten konnte. Nur der Freak mit der Schrotflinte lungerte auf der Treppe herum und befummelte mein brasilianisches Fräulein, das mit mir in Gefangenschaft geraten war.

Gelegentlich spielte auch Big Ben mit einer kleinen Pistole herum, die er in der Außentasche seiner braunen Lederweste trug. Die Waffe war ein edles Stück: eine Walther TPH. Das Jubiläums-

modell. Griffschalen aus graviertem Walnussholz, Rahmen brü-
niert, Schlitten matt vernickelt und graviert. Das zierliche Ding
sah aus wie ein Modellfeuerzeug. Aber die sechs Patronen im Magazin taugten zu mehr. Doch auch ohne Waffe hätte mich der
Hausherr beeindruckt. Big Ben Akpalu mochte bereits sechzig Jahre
alt sein und eine Menge Übergewicht haben, aber seine Körpergröße und die Energie, die er ausstrahlte, machten ihn zu einer stattlichen Erscheinung und ließen ihn alles andere als alt aussehen.

»Und wegen dieses Tabus verirrt man sich nicht so einfach an
diesen Ort«, fuhr er fort. »In diesem Tal wurde der Fetisch eines
großen Geistes verehrt, bevor die Europäer ihre Fabrik auf seinem
Schrein errichteten. Die Leute, die hier beiderseits der Grenze leben, vergessen nicht, dass ich es war, der diese Fremden wieder
vertrieben und dem Geist seine Ruhe zurückgegeben hat.« Er verstummte.

»Darf man fragen, wie Sie das bewerkstelligt haben?«

»Indem ich die Europäer in den Bankrott getrieben habe.«

Er schaute mich an, als erwarte er Beifall. Deshalb nickte ich
anerkennend.

»Und nun verkörpere ich selbst den guten Geist.« Er lachte.
»Oder vielleicht auch nur seinen Oberpriester.«

»Und die Leute glauben Ihnen das?«

»Aber sicher. Sie haben auch allen Grund dazu. Einer meiner
Urahnen ist der berühmte Kwasi Gyantrubi.«

»Der Oberpriester des Krachi-Dente …?«

»Du kennst dich ja bestens aus.«

»Ich lerne jeden Tag dazu.« Und bemühte mich dabei, nicht
völlig den Verstand zu verlieren.

»An dem Sägewerk waren vor allem Europäer beteiligt. Deutsche, Engländer, Österreicher. Alle hatten ihr Geld reingesteckt,
bis die Firma offiziell bankrott gemacht hat.«

»Und inoffiziell?«

»Nennen wir es modernes Juju. Und ab und zu ein bisschen Kalabule und Dashing.«

»Nur Hokuspokus, Korruption und Schmiergeld?«

»Nun, hier und da auch eine Morddrohung. Wenn nötig, sogar eine wahr gemachte«, sagte er und nutzte die Gelegenheit, um einen Blick auf seine Walther zu werfen und sie ein bisschen zu streicheln. »Das hilft. Offiziell hat man es natürlich mit der wirtschaftlichen Situation begründet. Unerwünschte Folgen der Globalisierung und so weiter.« Er lachte wieder herzhaft.

»Aber dank Ihnen hat sich die Kraft des Geistes durchgesetzt.«

»So ist es. Ghana hat einige große Persönlichkeiten hervorgebracht. Nimm nur Kofi Annan und mich.«

Diesmal bekam ich kein Lachen zu hören.

»Aber warum erzähle ich dir das alles?«, sagte er mehr zu sich selbst.

»Weil Sie davon überzeugt sind, dass ich es niemandem weitersagen kann.«

Big Ben beugte sich zu mir und gab mir einen Klaps auf die Schulter. »Ich mag Realisten.«

Einen Moment lang befürchtete ich, sein mächtiger Körper könne den Korbsessel zum Kippen bringen und mich unter sich begraben. Doch dann warf er sich wieder behäbig gegen seine Rückenlehne und rief: »Ato … bring uns zwei Bier!«

Der Mann mit der Pumpgun kam die Treppe hoch und verschwand im Haus. Big Ben spielte mit seiner Pistole herum, um mir die richtigen Signale zu senden. Er ging auf Nummer Sicher. Obwohl ich Fußeisen trug. Die Kette zwischen meinen Knöcheln war sehr kurz. Um mich fortzubewegen, musste ich entweder hüpfen oder einen Fuß vor den anderen setzen. Nur die beiden Vorhängeschlösser glänzten wie neu. Kette und Eisenmanschetten hingegen waren völlig verrostet. Vermutlich stammten die Fesseln aus dem Museum eines Sklavenforts. Sie waren Dax und mir kurz nach der Begrüßung angelegt worden. Auch die Gastfreundschaft eines Big Ben hatte ihre Grenzen.

Er fragte mich: »Wie zum Teufel hast du eigentlich hergefunden?«

»Ich bin Scout.«

Er grinste und ließ die Sache auf sich beruhen.

Ich versuchte mich trotz des Fiebers zu konzentrieren, suchte nach einer geeigneten Überleitung zu den Fragen, an denen mir mehr lag als an der Geschichte des Sägewerks.

»Wie geht es Ihrer Nichte?«

»Welcher?«

»Faustina.«

»Ich bin nicht ihr Onkel. Sie ist meine Tochter.«

Noch eine Neuigkeit, was die Verwandtschaftsverhältnisse anging, nachdem William schon kein Neffe sein wollte.

»Und ich sage dir: Ich habe Kinder, die sind noch viel jünger als Faustina.«

Big Ben schlug sich mit den Händen auf die Oberschenkel. Es war die kraftvolle Gebärde eines Gorillas, der seine Virilität demonstriert.

»Tina hat da drüben ihr eigenes Häuschen.« Er deutete zu den Quartieren hinüber.

Es war das erste Mal, dass ich die Kurzform ihres Vornamens hörte. Aus dem Mund von Big Ben klang es nahezu obszön.

Ato servierte das Bier. Das Gebräu kam aus Togo. Ich wartete, bis er wieder Posten bezogen hatte, und sagte zu Ben: »Sie wird ihren Job verlieren.«

»Mach dir keine Sorgen. Im Forstprojekt haben nicht nur Deutsche das Sagen. Und zu einigen der Ghanaer pflege ich sehr gute

Beziehungen. Obwohl ich zugeben muss: Auch einige deiner Landsleute rechnen mir hoch an, dass ich die Abholzung hier oben unterbunden habe. Vor allem die Spinner, die immer von Nachhaltigkeit faseln.«

Er prostete mir zu und trank einen Schluck.

»Glaub mir. Ich weiß, wovon ich rede. Ich bin die fleischgewordene Nachhaltigkeit«, betonte er lauter als nötig.

»Was haben Sie mit Faustina vor?«

»Ich will die junge Dame nur zur Besinnung bringen. Sie wurde bockig. Ich glaube, sie sympathisiert mit dir.« Big Ben zwinkerte mir zu. »Möchte nur zu gerne wissen, was du mit ihr angestellt hast.« Er lachte und trank mehr Bier.

Was hatte sie mir über ihre Narben verraten?

Das war mein Vater. Aber ich habe ihn trotzdem nicht rangelassen.

Faustina und ihre Probleme hatte ich völlig aus dem Blickfeld verloren. Obwohl sie mir anfangs noch ein Alibi für Mensah wert gewesen war, hatte ich sie später – bewusst oder unbewusst – eher unter den Bösen eingereiht.

Ein Platzregen ging nieder. Das laute Rauschen unterband jedes Gespräch. Big Ben widmete sich dem Bier. Ich beließ es bei einem Nippen, um meiner täglichen Tablette nichts von ihrer heilenden Wirkung zu nehmen. Aus dem Haus drang ein leichter Brandgeruch auf die Veranda. Der Kamin schien seine liebe Mühe mit dem Wetter zu haben. Einige Minuten später klarte es noch einmal auf, aber der Tag ging trotzdem zur Neige. Noch hielten sich die Moskitos zurück. Vielleicht trieben sie es in diesem heiligen Tal auch nicht so schlimm.

Faustina verließ ihre Unterkunft und kam auf das Haupthaus zu. Wahrscheinlich, um ihren Küchendienst anzutreten. Sie sah genauso aus, wie sie mir der Grasscutter in Ho vorgestellt hatte.

Kurzgeschorene Haare. Weiße Bluse. Ausgewaschene Jeans. Turnschuhe. Nur die Sonnenbrille fehlte. Als sie die Treppe hochkam, bemerkte ich ihre etwas hager gewordenen Züge. Sie wich meinem Blick nicht aus. Ihre Miene hellte sich für einen Augenblick auf, als sie mich mit einem »Hallo« begrüßte und an mir vorbeiging. Noch bevor ich reagieren konnte, war sie im Haus verschwunden.

Big Ben hatte alles mit Argusaugen verfolgt und lächelte. Er schien mit dem Verhalten seiner Tochter zufrieden zu sein. Was zum Teufel hatte der Mann erwartet? Dass seine Tochter und ich uns schluchzend in die Arme fielen? Jetzt fehlte nur noch, dass auch die Matrone auftauchte. Deshalb blieb ich beim Thema Familie und zog weitere Erkundigungen beim großen Ben ein.

»Wie geht es Ihrer Schwester?«

»Welcher?«

»Lucille.«

»Du bringst aber wirklich alles durcheinander.« Bens Lachen fiel mehr wie ein Glucksen aus. »Sehe ich etwa aus wie ein Ewe? Ich bin Akan. Sie ist nicht meine Schwester.« Er trank seine Bierflasche aus.

»Sondern?«

»Lucille ist meine Schwiegermutter. Sie ist die Mutter der Frau, mit der ich William und Tina gezeugt habe«, betete er mir langsam vor, um mich vor weiterer Begriffsstutzigkeit zu bewahren. »Und da diese leider tot ist, halten sich die beiden Kinder an ihre Großmutter.«

»Warum hat sie dann behauptet, Sie wären ihr kleiner Bruder?«

»Hat sie das?« Er tat überrascht und orderte mit einem Wink mehr Bier.

»Ja, mir und meinem Kunden gegenüber, als wir sie Ende März in Ho aufgesucht haben.«

Er winkte ab. »Ich weiß, ich weiß, du brauchst mir weder den Kalender, noch die Schauplätze, noch die beteiligten Personen runterzubeten. Und an den krummen Dürren musst du mich schon gar nicht erinnern.«

Das brachte unsere Unterhaltung vorläufig zum Erliegen. Bis Ato Getränkenachschub gebracht und wieder seinen Posten bezogen hatte. Big Ben gönnte sich einen Schluck und beugte sich erneut zu mir hinüber.

»Damit du dich nicht weiter mit Spekulationen rumquälen musst, sag ich dir jetzt mal was ...« Er taxierte mich. Ganz der Obosomfo, der ein potenzielles Menschenopfer für seinen Gott in Augenschein nimmt. »Lucille ist meine engste Vertraute. Sie ist eine Priesterin. Und sie kann so wunderbar lügen. Ihre Fantasie ist für mich unbezahlbar. Ist ja allgemein bekannt, dass hierzulande hinter jedem Akan ein Ewe als Berater steht. Du kennst den Spruch doch sicher.«

Er ließ mir ein paar Sekunden Zeit, aber ich wusste nicht, worauf er hinauswollte.

»Der Akan kämpft, der Ewe lenkt.«

Das musste auch einem wie J.J. gefallen. Selbst wenn bei ihm die Hälfte der Ehre an die Schotten ging.

»Lucille fällt jedenfalls immer was ein.«

»Auch die deutsche Ehefrau in Hamburg?«

Er zwinkerte mir zu. »Gut, was?«

»In Sankt Pauli kannte sie kein Mensch.«

»Du warst wirklich da?« Wieder brach er in Gelächter aus. »Das muss ich Lucille erzählen.« Er trank, verschluckte sich und prustete.

Das letzte Tageslicht erlosch, und aus der Küche drangen erste Wohlgerüche auf die Veranda. Hinter dem Haus sprang ein Generator an, und wenig später flackerte hier und da eine Lampe auf.

»Wo wir gerade bei Hamburg sind. In jedem Gerücht steckt natürlich ein Kern Wahrheit.« Big Ben rappelte sich aus seinem Sessel auf und reckte sich. »Aber komm … wir essen drinnen.«

Er ging voraus, und ich stolperte hinter ihm her.

123

»Die Weiße unter meinen Frauen war in der Tat aus Hamburg«, sagte Big Ben und führte mich in den Erker.

Die Glaslamellen der Fenster waren angekippt und ließen einen angenehmen Luftzug ein, der durch die Fliegengitter in den Anbau strich. Der lange Tisch, der den Raum fast ausfüllte, war Speisetafel und Präsentationsfläche zugleich. An den Kopfenden befanden sich jeweils ein Stuhl und ein Gedeck. Dazwischen türmte sich ein Kunstwerk auf, das offenbar schon länger in Arbeit war. Es handelte sich um ein zerklüftetes Wachsgebirge, aus dem zig verkohlte Dochte ragten.

Der Hausherr wies mir meinen Platz zu, nahm eine Streichholzschachtel von einer Kommode und zündete ohne jede Eile Docht um Docht an, bis die größte Tropfkerze, die mir je zu Gesicht gekommen war, in vollem Glanz erstrahlte. Dann öffnete er die oberste Schublade der Kommode, holte eine Haushaltspackung Kerzen hervor und widmete sich der weiteren Gestaltung des Werkes. Nach reiflicher Abwägung setzte er Kerze für Kerze an die ihm passend erscheinende Stelle. Zwischendurch trat er immer wieder einen Schritt zurück, begutachtete die Wirkung wie ein Maler nach einem Pinselstrich und lächelte versonnen.

Benjamin Akpalu wirkte völlig entrückt. Mich schien er vergessen zu haben. Ab und zu flackerten die Flammen im Luftzug, und erste Rinnsale aus flüssigem Wachs suchten sich neue Wege durchs Gebirge. Kein Zweifel, in diesem Ritual spiegelte sich die Prägung wider, die der fromme Pilger beim Besuch der Wallfahrtsorte erfahren hatte. Lourdes, Fatima und – nicht zu vergessen – der heilige Berg in Heroldsbach. Vor meinen Augen hantierte ein Grenzgänger zwischen Juju-Land und Christentum. Die Fragen, die sich stellten, waren: Würde sich Dr. Jekyll oder Mr. Hyde durchsetzen? Und welche Glaubensrichtung gewann dabei die Oberhand? Beunruhigend war zudem die Manie, mit der Big Ben für jede neu zu entzündende Flamme ein frisches Streichholz benutzte. Trotz der Luft, die durch den Raum strich, stach mir Schwefelgestank in die Nase.

Endlich nahm auch der Gastgeber Platz und kehrte damit zu mir und der Realität zurück. Das heißt, so ganz real kam es mir nicht vor, denn ich konnte den Blickkontakt zu ihm nur durch das Flammenmeer aufrechterhalten, das ihm eine Art Heiligenschein verlieh. Ich tröstete mich mit dem Gedanken, dass auch er mich nicht ohne Aura wahrnehmen konnte.

»Wo sind wir stehen geblieben?«, fragte er.

»In Hamburg, bei der Weißen unter Ihren Frauen.«

»Richtig. Das ist lange her. Sie war aber in Ordnung. Ich habe drei Kinder mit ihr. Sie sind schon erwachsen und leben mit ihrer Mutter in Kanada. Dahin ist sie irgendwann ausgewandert, weil sie Deutschland satthatte. Nach Ghana wollte sie nicht mehr zurück. Ehrlich gesagt, war mir das ganz recht. Für die Kinder ist es in Nordamerika sowieso einfacher. Dort spielt es keine große Rolle, ob sie Obroni oder Afrikaner sind.« Er lächelte. »Als was würdest du dich übrigens einstufen?«

»Als wurzellosen Exoten.«

»Der schnellen Antwort nach zu schließen, hast du dir wohl eine Menge Gedanken darüber gemacht.«

»So ist es.«

»Wenn man es genau nimmt, sind Weiße ja eher grau oder rosa … je nachdem«, sinnierte er. »Und wir Afrikaner sind nur manchmal schwarz wie Kohle, meist aber eher braun. Das Ganze ist großer Blödsinn: Schwarze, Weiße, Gelbe … die Rothäute nicht zu vergessen. Alles nur ein Produkt eurer Heuchelei … *political correctness!*« Er spie das Wort förmlich aus.

Damit hatte Big Ben nicht unrecht. Auch wenn er mich kompromisslos zum weißen Lager zählte.

»Wenn wir tot sind und die Haut vermodert ist, bleiben sowieso bloß bleiche Knochen übrig.« Er grinste mich durch die Flammen an. »Was allerdings zu denken gibt.«

»Wieso?«

»Bleich ist ja eher weiß.«

»Die Farbe des Todes.«

»Für uns hier. Für euch ist die Trauer schwarz.«

»Hat vermutlich auf beiden Seiten seine guten Gründe, die letztlich alle falsch sind. Egal, wie man's dreht und wendet.«

»Wie meinst du das?« Er beugte sich vor und musterte mich.

Es sah aus, als wäre ihm der Heiligenschein verrutscht, und ich lächelte, als ich ihm die Antwort herunterbetete. »Egal, was jemand ist, welche Rasse, welches Geschlecht er hat, welcher Religion, welcher politischen Ideologie er anhängt, egal, welche sexuellen Veranlagungen oder Vorlieben er pflegt – er hat das Recht, ein Arschloch zu sein.«

Ein, zwei Sekunden lang starrte mich Benjamin Akpalu schweigend an. Dann warf er sich gegen die Rückenlehne seines Stuhls, lachte und rief: »Guter Spruch! Den muss ich mir merken.«

»Erzählen Sie es den Kindern Ihrer weißen Frau.«

Er nickte versonnen. »Ja, die Deutsche …« Er schüttelte den Kopf. »Sie war eine Zeit lang nützlich. Ich mochte sie immer. Aber ich glaube, sie mochte mich später nicht mehr so sehr …« Er verstummte, als grüble er immer noch über die Gründe nach.

Wenn er mit der Frau, die er nicht beim Vornamen nannte, so umgegangen war wie mit seiner Tina, wunderte mich das nicht. Ich beschloss, etwas Salz in seine Wunde zu streuen.

»Wozu war sie denn nützlich?«

»Ich hatte hier eine Zeit lang Probleme, aus politischen und geschäftlichen Gründen. Ich war wahrscheinlich zu erfolgreich. Und als junger Mann zu Zeiten Nkrumahs einer der *Söhne* von Hanna Reitsch gewesen zu sein, war nach dem Sturz des Osagyefo auch nicht sehr hilfreich.«

Regungslos hörte ich zu.

»Hanna Reitsch ist dir doch sicher ein Begriff.«

Mein Gegenüber stellte dies so beiläufig fest, als gehöre es zum Grundwissen jedes deutschen Staatsbürgers. Dank Albin Grau konnte ich nicken.

»Wie war es denn unter Nkrumah?«, fragte ich.

»Für diejenigen, die auf der Seite des Osagyefo standen, angenehm. Natürlich musste man das richtige Gesülze über den Präsidenten und Erlöser absondern.« Big Ben beugte sich erneut vor und suchte meinen Blick. »Ich habe aus alldem eins gelernt: Die neuen Männer werden wie die alten. Mehr ist nicht drin.«

Faustina kam herein und servierte uns das Essen. Es gab Fufu mit Ziegenfleischgulasch. Ato brachte dazu unaufgefordert mehr Bier. Er hatte seinen Wachposten inzwischen ins Haus verlegt, um bei Bedarf in der Nähe zu sein.

»Vergiss nicht, unserem anderen Deutschen auch was rüberzubringen«, wies der Vater seine Tochter an.

Sie nickte und verließ den Raum.

»Und Faustina?«

Er winkte ab. »Sie nimmt sich ihr Essen mit in ihr Haus. Außerdem muss sie William noch füttern.«

»Wie geht's ihm?«

»Der Junge hat ein zugeschwollenes Auge, eine dicke Backe und ein paar lockere Zähne. Aber solange der Kiefer nicht gebrochen ist …« Ein Schulterzucken kommentierte den Befund. »Er wird's überleben.«

»Ihr Sohn wird nicht gut auf Dax zu sprechen sein.«

»Kein Grund zur Sorge. William gibt nur den Kampfhund, wenn ich ihn von der Leine lasse.« Big Ben nahm sein Besteck. »Lass es dir schmecken.«

Faustinas Fufu schmeckte vorzüglich, aber ich hatte keinen Appetit. Eine Brühe wäre mir lieber gewesen. Trotzdem zwang ich mich, etwas von dem schweren Jamswurzel-Brei und der scharfen Fleischsoße zu essen, um einigermaßen bei Kräften zu bleiben. Big Ben haute rein wie ein Scheunendrescher, schmatzte dabei genüsslich und schüttete sich das Bier in den Schlund. Ein paar Minuten lang waren wir nur mit der Nahrungsaufnahme beschäftigt, dann ergriff ich wieder das Wort.

»Hat dieser Altar voller Opferkerzen etwas mit Ihren Pilgerreisen durch Europa zu tun?«

Er hörte auf zu kauen und antwortete mit vollem Mund. »*Opferaltar* ist gut.« Er schluckte und hustete. »Aber ich muss dich enttäuschen. Das Arrangement gefällt mir einfach. Das ist alles. Ich schau es mir gerne an.«

Er schob den leeren Teller zur Seite und unterdrückte ein Rülpsen.

»Außerdem bin nicht ich der Wallfahrer. Lucille ist die Pilgerin. Ich reise lediglich in ihrem Auftrag. Sie hat eine Art Manie für Wallfahrtsorte. Ich war nur wegen ihr auf dem heiligen Berg in Heroldsbach, in Lourdes, Fatima und was weiß ich wo. Sie wollte immer ganz genau wissen, wie es dort ist.«

»Hatte sie keine Lust, selbst hinzufahren?«

»Das ist es ja! Ich hätte ihr gerne eine Rundreise finanziert, damit sie alles abklappern kann. Aber Lucille setzt keinen Fuß außer Landes. Sie hat Angst, während ihrer Abwesenheit könnten sich die Togoer den Rest Eweland wieder unter den Nagel reißen und uns heimatlos machen. Sie liebt ihr Ghana. Lucille ist eine zutiefst religiöse Person. Nicht nur, was die hiesigen Gebräuche angeht. Da steht sie als Priesterin ganz in der Tradition der obersten Wahrsagerin Koko.«

Auch meine Familie hatte ihre Priesterin.

»Aber seit es Lucille mit dem Katholizismus hat, betet sie auch noch den Papst an.«

»Und wie halten Sie es mit dem lieben Gott?«, fragte ich.

»Auf mir lastet lediglich der Schatten meines Vorfahren, des Fetischpriesters.« Er lächelte. »Ich kann mich einfach nicht von ihm befreien.«

Bei diesen Worten schien sich sein Antlitz einen Moment lang im flackernden Flammenschein zu verflüchtigen. Doch bevor er in den Himmel auffahren konnte, sagte ich: »Wenn Sie nicht Lucilles Bruder sind, sondern ihr Schwiegersohn, dann frage ich mich, ob auch die Geschichte, die sie uns zu ihrem Ex-Gatten aufgetischt hat, nur eine Legende ist.«

»Was für eine Geschichte?«

»Ihr Ehemaliger sei ein Fetischpriester.«

Er lachte zufrieden. »Ja, auch das ist eine ihrer Erfindungen, die mir gut in den Kram gepasst hat.«

»Und Ihre Tochter hat ebenfalls fleißig zum Märchen um den Onkel aus Hamburg und den Fetischpriester in der Familie beigetragen.«

Big Ben setzte eine besorgte Miene auf. »So ist es. Bevor Tina mit dir in Kontakt gekommen ist, war sie ganz auf unserer Linie. Aber dann hat sie nachgelassen. Irgendwas muss mit ihr passiert sein.« Er musterte mich, als erwarte er eine Erklärung.

Nur zu gern hätte ich mich erkundigt, wie viele Zigarettenkippen er auf ihren Armen auszudrücken pflegte, um sie *auf Linie* zu halten. Stattdessen fragte ich: »Und mit wem hat sich Albin Grau dann in dem abgelegenen Dorf getroffen?«

»Mit mir«, sagte Big Ben. »Wie du inzwischen bemerkt haben dürftest, trete ich in diversen Inkarnationen auf.«

124

Ich bemühte mich um einen klaren Kopf und sortierte meine Prioritäten.

Erstens: Wer hatte Vera umgebracht? Den Grasscutter nicht zu vergessen. Zweitens: Wo waren die anzüglichen Altherrenfotos und der verschollene Stummfilm – die Objekte, die ich gegen das Machwerk meines Vaters eintauschen konnte? Wenn ich darauf Antworten bekommen wollte, musste ich Big Ben wenigstens mit meinem Mundwerk angreifen, bevor er oder das Fieber mich endgültig außer Gefecht setzten. Auch auf das Risiko hin, dass er es in den falschen Hals bekam und überreagierte.

»Haben *Sie* meine Mutter umgebracht?«

Sekundenlang glotzte er mich nur an. Seine Rechte stahl sich zur Westentasche und befingerte die Pistole. Dann setzte sich der Stolz über das Geleistete durch. »Nicht nur deine Mutter, auch den Dürren. Alles in Gestalt des Dreieckzahns.«

Normalerweise wäre ich ihm vermutlich an die Gurgel gegangen. Fußfesseln und Malaria bremsten meinen Elan jedoch. Daher beschränkte ich mich auf die Frage: »Und wer ist das?«

»Du wirst ihn noch früh genug kennenlernen.«

»Welche Motive hatten Sie beide?«

»Es reicht, wenn du dich auf mich konzentrierst«, erwiderte er. Durch die Kerzenflammen betrachtet, wirkte Big Ben zusehends wie eine Fata Morgana. Obwohl ich nur wenig von dem scharf gewürzten Fufu gegessen hatte, lief mir der Schweiß aus allen Poren.

»Der Dürre wurde zum Problem, weil er vor seiner Ankunft in Accra einen Zwischenstopp in Lagos eingelegt hatte. Er war plötzlich wie ausgewechselt und nicht mehr der Verhandlungspartner, den ich kannte.«

Big Ben war mit jedem Wort lauter geworden. Es hielt ihn nicht mehr auf seinem Stuhl. Unruhig ging er auf und ab.

»Grau hat meine finanziellen Bedingungen auf einmal in Frage gestellt und so getan, als wäre er nicht mehr auf mich angewiesen.«

»Also doch die Boys aus Lagos …«, sagte ich zu mir, als er voller Entrüstung schnaubte.

Er blieb stehen und schüttelte den Kopf. »Nicht, was du denkst. Dass die Gestalten, mit denen er hinter meinem Rücken verhandelt hat, nigerianische Pässe haben, ist zweitrangig. Wichtiger ist, dass sie Muslims sind.«

»Wieso?«

»Weil die Spur des Films, der uns alle so sehr beschäftigt, zu einem reichen Kaufmann führt, der zwar hellhäutig ist, aber ebenfalls Allah anbetet.«

»Ein hiesiger Libanese?«

»Nein. Keiner von denen und nicht hier.«

»Der Film ist also gar nicht in Ghana.«

»So ist es.«

»Aber er war hier?«

»Auch das ist richtig.«

»Und wo ist er jetzt?

»Weiter im Norden.«

Sehr nebulös. Doch mehr gedachte Big Ben mir offenkundig nicht zu verraten. Da nigerianische Muslims als Informanten im Spiel waren, sprach einiges dafür, dass er mit »weiter im Norden«

immer noch Afrika meinte. Auch wenn das alles Mögliche bedeuten konnte.

»Was hat es mit dem Nigerianer auf sich, den man kurz nach Ihrem Treffen mit Albin Grau in einem See in Brandenburg gefunden hat?«

»Ach …« Er lächelte. »Ist der Junge wieder aufgetaucht?«

»Sie hätten ihn mit einem Gewicht versenken sollen.« Ich rasselte mit meiner Fußkette.

Big Ben holte seinen Stuhl vom Tischende und setzte sich näher zu mir. »Das Großmaul wurde aufdringlich. Du weißt ja, wenn diese *Anagos* mal Lunte gerochen haben …«

Anago hieß so viel wie *mal hier, mal dort* und stand in der Sprache der Yoruba für jemanden, der immer unterwegs ist. Die Ghanaer nannten Nigerianer so, egal, von welchem Stamm sie waren. Deshalb fragte ich: »War der Junge ein Yoruba?«

»Was spielt es schon für eine Rolle, ob er Yoruba oder Ibo war.« Ben machte eine abfällige Handbewegung. »Die aus Lagos sind doch alle gleich.«

Schade, dass Dax das nicht hören konnte.

»Ich habe mir den Anago vorgenommen. Der Wald war tief genug. Das Wasser wohl nicht.« Ben seufzte und legte eine Gedenkminute für sein Opfer ein. »Jedenfalls hat er ausgepackt. Dadurch habe ich vom Doppelspiel des Dürren erfahren und war entsprechend vorbereitet, als er nach Ghana gekommen ist.«

So wie Benjamin Akpalu mich ansah und dabei die Schultern hochzog, hätte man fast Mitleid mit ihm haben können.

»All das wäre nicht nötig gewesen«, fuhr er fort. »Ich bin immer fair zu dem Dürren gewesen. Als ich mich mit ihm in dem Dorf getroffen habe, hatte ich als Kostprobe und Beweis meiner Zuverlässigkeit eines der alten Fotos dabei. Ich wollte von ihm wissen, wer es sich leisten konnte, die ganze Sammlung und auch noch den

Film zu erwerben. Ich wollte Klarheit über seinen Auftraggeber in Deutschland haben. Aber Herr Grau hielt sich bedeckt und wollte nicht damit rausrücken. Er hat sich wohl eingebildet, er könnte sich auch so mit mir über die Fotos einig werden und *Four Devils* ohne mich in die Finger kriegen. Aber ich habe ihn durchschaut.«

Ato brachte noch mal Bier. Und weil ich den Abend bislang recht abstinent verbracht hatte, gönnte ich mir den einen oder anderen Schluck, während ich Ben weiter zuhörte.

»Albin Grau wusste inzwischen, wer die vier Teufel besitzt und wo diese Person zu finden ist. Ich hingegen habe nur den Ort gekannt, an dem sich der Film befindet, nicht aber die Identität der fraglichen Person. Damit hatte der Dürre mich überholt, was die Informationen betraf. Und eins ist mir immer klar gewesen: In Wirklichkeit ging es ihm nur um den verschwundenen Stummfilm. Die Fotos waren für Grau bloß das Pflichtprogramm, das er für seinen Auftraggeber erledigen musste. Wenn ich also den ganz großen Deal mit Film und Fotos machen wollte, musste ich den Dürren als Vermittler ausschalten. Das habe ich endgültig kapiert, als wir uns in dem Dorf getroffen haben.«

Big Ben nickte energisch. Als verdiene der Durchblick, den er bewiesen hatte, besondere Anerkennung. Ich wartete, bis er sich mit einem kräftigen Schluck Bier belohnt hatte.

Dann fragte ich: »Und wie sind Sie vorgegangen?«

»Ich habe ihm gesagt, er soll nach Accra zurückfahren. Ich bringe ihm die komplette Fotosammlung. Noch in derselben Nacht habe ich ihn mir dann in Sogakofe vorgenommen. Bis er mir gestanden hat, wer der steinreiche Araber ist, der den Film hat, und wer der Auftraggeber mit dem ganzen Geld ist.«

»Und was hat er gesagt?«

Meine Neugier war dem großen Ben nur ein mitleidiges Lächeln wert. »Ich habe alle Infos, die ich brauche. Der Deutsche wohnt bei Berlin. Ich war schon mal ganz in seiner Nähe, bloß dass ich es damals nicht gewusst habe.«

Was Josefmaria von Wernherr anging, schien Benjamin Akpalu tatsächlich Bescheid zu wissen. Weitere Rückschlüsse auf den geheimnisvollen Reichen im Norden Afrikas waren – einmal abgesehen davon, dass es sich um einen Mann arabischer Abstammung handelte – für mich nicht möglich. Deshalb hakte ich nach.

»Wenn Sie erst durch Albin Grau erfahren haben, wer den Film hat – wie sind Sie denn zuvor ohne ihn und seine Informanten auf den geheimnisvollen Ort *im Norden* gekommen, an dem sich der Film befinden soll?«

»Als junger Segelflieger habe ich so manches mitgekriegt, was bei den Deutschen in und um Afienya gelaufen ist …«

Was wollte Benjamin Akpalu mir sagen? Dass unser Fliegeras *Four Devils* mit ihrem *Spatz* über die nördliche Landesgrenze ausgeflogen hatte?

»Sie meinen, Hanna Reitsch hatte was damit zu tun?«

»Nein.«

»Wer dann? Etwa Hartmann Lauterbacher?«

Er lachte. »Du kennst dich verdammt gut aus, was? Aber ich muss dich enttäuschen. Es gibt keine Beweise dafür, dass er es selber war. Könnte auch einer aus seiner näheren Umgebung gewesen sein. Sicher ist nur, dass der *Herr Gauleiter* sehr gute Kontakte in Nordafrika gepflegt hat und dass der Film endgültig aus Kete Krachi verschwunden ist, als sich gewisse Herrschaften rechtzeitig vor der Entmachtung des Osagyefo aus Ghana abgesetzt haben.«

Das hieß, im Februar 1966. Zudem waren zwei weitere Punkte geklärt. Der Film war tatsächlich in Kete Krachi gewesen. Und wenn seine »Evakuierung« etwas mit den Seilschaften um Lauterbacher zu tun hatte, konnte ich nur hoffen, dass er sich nicht in Syrien befand, sondern tatsächlich noch in Afrika.

»Und warum sind Sie nicht gleich nach Norden aufgebrochen, als Sie die nötigen Koordinaten für die Schatzsuche hatten?«, fragte ich.

»Wollte ich ja.« Er steckte die Pistole weg und machte wieder den Gorilla. Diesmal fiel der Schlag auf die Oberschenkel nicht ganz so brachial aus. »Aber so was will sorgfältig vorbereitet sein. Und als ich endlich so weit war, sind zwei weitere Anagos aufgetaucht und haben gemeint, sie könnten mich aus dem Geschäft drängen. Nicht mit mir. Sie haben mich zwar eine Weile beschäftigt. Aber dann war Schluss.«

»Inwiefern?«

»Ich glaube zwar nicht, dass die Jungs aus Lagos ausgerechnet zwischen Ghana und Togo unter die Erde kommen wollten …« Er deutete zum Fenster, um mir eine Idee von der ungefähren Lage ihrer Gräber zu geben. »Aber so ist es nun mal.«

»Vielleicht kommen noch mehr.«

»Das glaube ich nicht. Nach allem, was ich aus dem letzten Aufgebot rausgeholt habe, spricht nichts dafür.«

Ich schenkte es mir, weitere Spekulationen über seine Verhörmethoden anzustellen, und nickte.

»Und jetzt tauchst auch noch *du* hier auf«, sagte er. »Wie soll man da die Zeit finden? Aber übermorgen breche ich wirklich auf.«

Damit hatte Benjamin Akpalu seine Vorstellungen zu meiner maximalen Lebenserwartung ziemlich klar umrissen.

125

»Weshalb Albin Grau Ihrer Meinung nach sterben musste, haben Sie mir erklärt … aber wieso auch meine Mutter?«

Wir hatten wieder in den Sesseln auf der Veranda Platz genommen, und Big Ben war auf Whisky mit Eis umgestiegen. Ich teilte mir nach wie vor mein Bier ein und genoss nach der Kerzenheizung die frische Luft im Freien. Wie üblich war das Fieber in den Abendstunden gestiegen, hielt sich aber in erträglichen Grenzen. Ich fröstelte nicht einmal, obwohl es hier oben in den Bergen einige Grad kühler war als in Accra.

»Wie ich schon gesagt habe, war der Dürre auf den Stummfilm fixiert«, erwiderte Big Ben. »Bei deiner Mutter war das anders. Bei ihr hatte ich immer den Eindruck, die Fotos wären ihr wichtiger. Wie dem auch sei. Nachdem ich mit dem Dürren fertig war, habe ich sie ins Gebet genommen.« Er nippte an seinem Whisky.

Beten und beichten.

Vera hatte wie eine zerbrochene Puppe ausgesehen. Hätte es noch eines Beweises bedurft, dass ihre Knochen nicht durch den Sturz in ein leeres Schwimmbecken zerschmettert worden waren, dann hatte Big Ben ihn inzwischen geliefert. Verhör unter Folter war ein Ritual, das er nach eigenem Bekunden gern pflegte.

»Deine Mutter war eine Frau, die viel gewusst hat.«

Sollte mich das trösten?

»Leider wusste sie für meinen Geschmack etwas zu viel.« Er ließ die Eiswürfel in seinem Glas klirren. »Es hatte keinen Sinn, den Dürren auszuschalten und sie zu verschonen.«

So einfach war das. »Und warum die Quälerei?«

»Sie musste mir bestätigen, was ich aus dem Dürren rausgeholt hatte. Mich hat zwar noch nie jemand belogen, aber wenn so viel Geld auf dem Spiel steht …«

»Und? Hat sie es bestätigt?«

Er nickte und trank. »Doch, ja. Aber es hat eine Weile gedauert. Sie war zäh. Eine tapfere Frau.«

Big Ben suchte meinen Blick, als wäre dies der geeignete Zeitpunkt, mir seine Anteilnahme auszudrücken. Ich starrte ihn an, bis er wegschaute.

Völlig unvermittelt sprang er auf. »Ich hab was für dich.« Er verschwand im Haus.

Ich blickte zu den Quartieren. Bei Faustina brannte Licht, bei Dax auch. Big Bens Männer hockten auf den Treppenstufen vor ihrer Unterkunft, redeten und hörten Radio. Es klang nach einer Fußballübertragung.

Benjamin Akpalu kam zurück und warf mir auf dem Weg zu seinem Sessel einen kleinen Gegenstand in den Schoß.

Ich fischte nach dem Objekt und hielt den fetten Drehkugelschreiber in der Hand. Veras Lieblingsschreibgerät. Die Mutter aller Särge. Das Meisterstück von Montblanc mit dem Autogramm Hemingways.

Ich musste nicht fragen, wie Big Ben an den Stift gekommen war. Wahrscheinlich hatte er damit in Veras Hotelzimmer sogar noch die Warnung auf den Zettel gekritzelt, die er für mich im Minisarg hinterlassen hatte. Genug Erstklässlerdeutsch dürfte ihm seine weiße Frau beigebracht haben.

MANSCHES BLEIBT BESSER FUER STEHTS BEGRABEN!!!

Ich hatte die Warnung in den Wind geschlagen. Und ich bereute es nicht. Einen Totengräber wie Benjamin Akpalu konnte man nur mit beharrlichen Ausgrabungsarbeiten bekämpfen.

»Deine Mutter hat gesagt, die vier Teufel in dem Stummfilm sind alle weiß«, sagte Big Ben.

»Haben Sie das auch aus ihr rausgefoltert?«

»Nein. Das hat sie mir mal in besseren Zeiten erzählt. Vielleicht war die Hautfarbe der Teufel ja von vornherein kein gutes Omen für euch Obronis.«

Für Abergläubige war das sicher eine bedenkenswerte Deutung.

»Bei meiner letzten Unterhaltung mit deiner Mutter hat sie mir jedenfalls die Identität des deutschen Auftraggebers bestätigt.

Von der Extratour des Dürren wusste sie nichts. Er hatte alles für sich behalten. Wie der Mann mit dem Geld hat auch sie geglaubt, der Film wäre nach wie vor in Kete Krachi. Das war die Version, die ich Grau aufgetischt hatte.«

»Und warum mussten Sie den Leichnam meiner Mutter so spektakulär im leeren Pool versenken?«

»Wie auf einem Altar ... eh?« Er warf mir einen beifallheischenden Blick zu. »Ich habe gehofft, es würde ihren Sohn vielleicht abschrecken.«

»Und woher haben Sie gewusst, dass ich ihr Sohn bin?«

»In seiner Todesangst war der Dürre sehr gesprächig.« Big Ben schenkte sich Whisky nach. »Übrigens, um noch mal auf böse Omen zurückzukommen: Auch die Männer auf den Stereofotos sind alle weiß. Vielleicht stehen deine Chancen als Mischling ja gar nicht so schlecht.«

Da er selbst Mischlingskinder hatte, ließ ich die Anspielung auf sich beruhen.

»Du willst sie bestimmt sehen«, sagte er eher beiläufig.

»Wen?«

»Na, die Fotos.«

Damit hatte er mich überrumpelt. Ich konnte nur nicken.

Er stand auf. »Na dann ...« Mit einer Kopfbewegung forderte er Ato auf, uns zu folgen.

Hastig rappelte ich mich auf und dachte gerade noch rechtzeitig an meine Fußeisen.

»Langsam«, sagte Big Ben. »Fall nicht aufs Gesicht.«

126

Auch wenn ich den persönlichen Wert, den die Stereofotografien für jemanden hatten, der sie aus dem Verkehr ziehen wollte, außer

Betracht ließ, mussten sie zusammen mit dem antiken Betrachtungsgerät eine Verlockung für Privatsammler und Museen sein.

Dem Schuhkarton voller Fotos waren, wie Beipackzettel, zwei vergilbte Texte beigefügt. Den handschriftlichen behielt Big Ben für sich, den gedruckten reichte er mir. Wenn ich große Geheimnisse erwartet hatte, wurde ich enttäuscht. Es handelte sich um Allgemeines zur Stereofotografie. *Nur mit zwei gesunden Augen kann man die Welt plastisch wahrnehmen. Bedingt durch den Augenabstand, erhält das Gehirn über die Sehnerven zwei perspektivisch leicht unterschiedliche Bilder und vermittelt daraus einen räumlichen Eindruck …*

Ich legte den Zettel beiseite und sah mir die Fotografien an. Genau genommen bestand so ein Stereofoto aus einem grauen Stück Karton, das etwas schmaler als eine große Postkarte war. Darauf klebten eng nebeneinander zwei Papierabzüge, die mir identisch vorkamen.

Das eigentliche Schmuckstück aber war das altertümliche Betrachtungsgerät. Das Stereoskop war ein Guckkasten aus lackiertem Holz, rötlich wie Mahagoni. Für mich sah es aus, als habe man den Resonanzkörper eines Musikinstruments mit einem nautischen Messgerät gekreuzt. Vor allem die messinggefassten Linsenokulare erinnerten an ein altes Fernrohr. Die Größe des Gehäuses orientierte sich an den Fotokarten, die es aufnehmen musste. Sie wurden in einen Schlitz vor die lichtdurchlässige Glasfront geschoben, die den beiden Okularen gegenüberlag. Schaute man in die Okulare, dann wirkten die nebeneinander geklebten Positive wie ein plastisches Bild im Raum.

Die Motive selbst erstaunten mich nicht sonderlich. Die Männer auf den Fotos sahen alle aus wie Thomas Mann ohne Badeanzug. Wenn sie überhaupt etwas trugen, dann waren es gewichste Schnurrbärte und schwarze Socken, die in Kniehöhe an Strumpfhaltern befestigt waren. Oft posierten sie nur allein. Was etwas von angestaubten Pin-ups hatte und meist lächerlich wirkte. Wenn sie es miteinander trieben, waren die Stellungen zwar eindeutig, aber nicht selten absurde Verrenkungen. Ich fragte mich, wer von diesen nackten Männern Josefmaria von Wernherrs Vater war. Nach ein paar Kostproben hatte ich genug.

Big Ben schob die Schreibtischlampe, die das nötige Licht gespendet hatte, zur Seite und hielt den Zettel mit den handschriftlichen Notizen hoch. »Das eigentlich Brisante ist diese Liste. Auf ihr sind einige der Herrschaften namentlich erfasst. Neben ihren Namen ist ein Symbol, das man am Rand der Fotos wiederfindet.«

Ich nahm ein paar Karten und sah sie mir genauer an. Die Symbole orientierten sich in diversen Kombinationen am Grundmuster herkömmlicher Spielkarten. Kreuz, Herz, Karo, Pik, König, Bauer, Dame, As.

Big Ben legte die Liste beiseite. Er kannte sie offenbar auswendig. Zumindest den Namen, aus dem noch Profit zu schlagen war.

»Und welches Symbol steht für Herrn von Wernherr?«

Benjamin Akpalu starrte mich an, als hätte ich die letzte Chance aufs Weiterleben verwirkt, weil ich den Familiennamen kannte, der ihm als Geldquelle dienen sollte.

»Er steht doch auf der Liste …?«

Big Ben nickte. »Kreuz-As.«

Nicht einmal der Code war ohne religiöse Bedeutung.

Ich sah zu, wie der Hüter des Schatzes seine Beute wieder in dem Aluminiumköfferchen verstaute, aus dem er sie geholt hatte, und damit in der Kammer neben seinem Büro verschwand.

Ato stand in der Tür zum Gang und behielt mich im Auge. Ich war so auf die Fotos gespannt gewesen, dass ich das Arbeitszimmer erst jetzt richtig wahrnahm. Der Schreibtisch, vor dem ich saß, hatte feudale Ausmaße, und auch die übrige Kolonialausstattung kündete von dem Status, den der Leiter des Sägewerks einst gehabt hatte.

Big Ben kam zurück und ließ sich in den ledernen Ohrensessel sinken, der wie ein Thron hinter dem Schreibtisch stand.

»Bislang habe ich gedacht, die Fotosammlung wäre in einem alten Zeremonienbehälter«, sagte ich.

Er sah mich fragend an, und ich beschrieb ihm das Gefäß.

»Hat der Dürre dir das erzählt?«

»Er hat mir sogar ein Bild davon gezeigt.«

»Gut, dass ich ihn aus dem Verkehr gezogen habe. Wer weiß, was er sonst noch alles ausgeplaudert hätte.«

Er holte eine halbvolle Flasche Whisky und zwei kleine Gläser aus dem Schreibtisch und schenkte uns ein, ohne mich zu fragen. Eis schien er nicht zu vermissen. Der Alkohol, den er im Laufe des Abends bereits konsumiert hatte, zeigte bei Big Ben erstaunlich wenig Wirkung. Er schob mir mein Glas hin und prostete mir zu. Ich trank einen Schluck, um ihn bei Laune zu halten.

»Die Fotos waren tatsächlich mal in diesem Pott«, räumte er ein. »Aber weil ich mich mit dem ganzen Zeug als Handlungsreisender auf den Weg machen muss, habe ich mir eine etwas handlichere Verpackung zugelegt.«

»Woher haben Sie das « – ich räusperte mich – »… Zeug?

»Ich habe es jemandem abgenommen.«

So viel war mir auch klar.

»Um diese Schweinereien aus dem Verkehr zu ziehen«, fügte er hinzu.

»Soll das heißen, dass Sie das Gleiche wollen wie von Wernherr?«

»So abwegig ist das gar nicht.«

»Ich habe auf den Fotos keine Schwarzen gesehen.«

»Auf diesen Fotos nicht. Aber ich habe ja nicht nur diesen Dreck sichergestellt. Ich habe alles sichergestellt.«

»Alles …?«

»Diese auf einmal so wertvollen Aufnahmen waren nur Teil der ganzen perversen Sammlung. Ich hatte doch keine Ahnung, wie wertvoll diese Schnappschüsse sein könnten. Erst als sich alle Welt für die alten Bilder interessiert hat, ist mir ihr Wert klar geworden.« Er trank seinen Whisky aus und schenkte sich sofort nach.

»Und um welche Perversitäten ging es Ihnen ursprünglich?«

»Ich musste den bösen Geist austreiben.«

Der Alkohol war doch nicht ganz spurlos im großen Ben versickert. Seine Augen waren inzwischen glasig.

»Er hat meine Heimat mit seinem Unwesen heimgesucht und Zeugnis davon hinterlassen. Ich musste diese Spuren tilgen.«

»Wer war dieser böse Geist?«

»Jemand, der sich als Missionar ausgegeben hat.«

»Der Mann, der mit dem Regisseur und dem Gouverneur auf dem Foto zu sehen ist, das Lucille in Ehren hält?«

Er kniff die Augen zusammen. »Wie kommst du darauf?«

»Weil mir Albin Grau in Sogakofe das gleiche Bild in Klein gezeigt hat und wissen wollte, um wen es sich dabei handelt.«

Big Ben schüttelte den Kopf. »Dieser Dürre! Nicht zu fassen. Nur gut …«

»Dass Sie ihn umgebracht haben«, warf ich ein.

Einen Moment lang schien er darüber nachzudenken, ob das eine Unverschämtheit gewesen war. Dann lächelte er und trommelte kurz mit den Fingern auf die Tischplatte. »Lucille hält das Foto nur in Erinnerung an den Gouverneur in Ehren. Du weißt sicher, dass es auch heute noch den einen oder anderen Ewe gibt, der die Ansicht vertritt, unter den Deutschen wäre es ganz nett gewesen.«

Ich kannte sogar einen davon persönlich. Er hatte mich hierhergeführt und war dann abgehauen.

»Diesen Murnau, den Regisseur, kennt Lucille gar nicht. Ich habe ja auch nicht gewusst, wer das ist.«

»Hat der Herzog zu Mecklenburg ihr das Foto geschenkt? Oder war es Klemens Dürrengatter?«

Kaum hatte ich den Namen des Schweizers ausgesprochen, stöhnte Big Ben auf und griff zur Flasche. »Dieser Teufel! Er war es doch, der Lucille auf diesen katholischen Trip gebracht hat.«

Er brüllte mich an, als wäre ich dafür verantwortlich.

Aber sofort hob er beschwichtigend die Hände. »Erst hat er sich auf die Protestanten berufen, die Basler Mission, dann auf die Bremer, die ja auch in der Schweiz ausgebildet wurden. Später hat er dann den Wert der katholischen Lehre erkannt und ist unter der Flagge der Steyrer Mission gesegelt. Er hat sich als über allen Kirchen stehender Mann Gottes gesehen. Die Missionsgesellschaften hatten ihn jedoch schon lange als das erkannt, was er war: ein böser Mann, der die Lager wechselt, wie es ihm gerade passt. Nur wir Afrikaner waren so blöd, ihm zu glauben.«

Er zischte mehr, als dass er sprach.

»Und unsere korrupten Politiker haben ihm immer wieder goldene Brücken gebaut.« Er lachte bitter. »Oder soll ich sagen: Er hat ihnen goldene Betten verkauft?«

Big Bens Augen funkelten. Er war der Exorzist im Kampf gegen die Saat, die Klemens Dürrengatter im Reich des Dente gelegt hatte.

»Dieser weiße Teufel hat sich als Missionar ausgegeben«, fuhr er fort. »Er wollte, dass unsere Ahnen und wir nur noch seinen christlichen Gott anbeten. Er wollte uns von unseren einheimischen Göttern und Geistern loslösen. Welche Anmaßung! Wir haben seinen Gott angenommen, aber wir haben unsere Götter deswegen nicht aufgegeben.«

»Aber was war daran pervers?«

»Dürrengatter war nicht nur vom Leibhaftigen besessen, er hat sich auch an unseren Kindern vergangen. Mädchen wie Jungen. Er war regelrecht vernarrt in seine pornografische Sammlung. Seine Antiquitäten hat er nur ausgewählten Erwachsenen gezeigt. Aber seinen modernen Schund, schmutzige Hefte und was weiß ich, hat er Jugendlichen und Kindern gezeigt. Wir reden nicht über Playboy oder Penthouse. Wir reden über harte Pornografie. Danach hat er den Kleinen einiges mehr gezeigt – und was man damit machen kann. Er war ein Wahnsinniger. Er hat jede Obszönität gesammelt, die er auftreiben konnte, und war keiner Perversion abgeneigt.«

War das der Mann, dessen Andenken man in der deutschsprachigen Kolonie Accras pflegte und den Monsieur auf einer Schokoladenbanderole verewigen wollte?

Big Ben witterte meinen Zweifel. »Du glaubst mir nicht?«

»Was war ausgerechnet an *Four Devils* so pornografisch?«

»Hast du den Film gesehen?«

»Nein.«

»Na also.«

»Ich habe das Treatment gelesen.«

»Was ist das denn?«

»Eine schriftliche Inhaltsangabe dessen, was der Regisseur drehen wollte.«

»Und? Hat er es auch so gedreht?«

»Ich denke schon.«

»Warum?«

»Weil der Film uraufgeführt wurde. Das heißt, Leute haben ihn tatsächlich gesehen.«

»Obroni-Propaganda! Und wir Afrikaner sollen es mal wieder glauben.«

Ich verzichtete auf weitere Überzeugungsarbeit. »Wie ist Dürrengatter an die Fotos und den Stummfilm gekommen?«

»Ich weiß es nicht. Er war oft in Europa. Vielleicht haben ihm einige der Herrschaften auf den Bildern von den Stereofotos und ihren erotischen Seiten erzählt. Das soll damals groß in Mode gewesen sein. Und was Murnau angeht, der ist ihm ja zumindest vorgestellt worden, sonst gäbe es das Foto mit dem Gouverneur nicht. Was weiß ich … vielleicht hat Dürrengatter später mitbekommen, wie berühmt der Mann wurde, und sich den Film unter den Nagel gerissen, als sich die Chance bot. Er hat schließlich in Sammlerkreisen verkehrt.«

»So wie Albin Grau.«

»Genau.«

Der Grasscutter aber hatte nicht durch Dürrengatter Wind von den Schätzen bekommen. Sonst wäre er nicht mit einem Fahndungsfoto unterwegs gewesen, um herauszufinden, wer der dritte Mann war. Ganz abgesehen davon, dass Dürrengatter schon zwanzig Jahre unter der Erde lag, als Josefmaria von Wernherr seinen Schatzjäger auf die Fotos ansetzte. Wer war also der Schweizer Informant des Grasscutters?

»Und Sie haben wirklich nur mit Albin Grau gedealt?«

»Du weißt doch, dass ich den eigentlichen Auftraggeber nicht gekannt habe. Deine Mutter hat mich mit dem Dürren zusammengebracht. Das war alles.«

Log er oder log er nicht? Ich ließ es auf sich beruhen und versuchte etwas anderes. »Was hat es mit dem Schrein des Dente auf sich?«

»Ich habe dir doch erzählt, warum er so wichtig für mich ist.«

»Ich weiß. Dieser Fetischpriester ist Ihr Vorfahre. Aber welcher Zusammenhang besteht zwischen dem Schrein und den Schätzen?«

»Bevor alles überflutet wurde, hatte Dürrengatter einen Verbündeten unter den Priestern. Er hat den Schrein als Safe genutzt.

Die wertvolleren Stücke seiner Sammlung wurden für ihn in der Höhle aufbewahrt. Dort waren sie absolut sicher. Dafür hat schon der Geist gesorgt. Mit der Evakuierung des Schreins war das vorbei, auch weil es dabei zu einem Zerwürfnis zwischen den Priestern und Dürrengatter kam. Die haben neben anderen sakralen Gegenständen auch das heilige Gefäß mit den Fotos vor der Flut gerettet. Und er hat es in seinem Größenwahn beinahe verhindert. Aber das ist eine andere Geschichte …«

»Die Filmrollen können keinesfalls in den Zeremonienbehälter gepasst haben.«

»Mussten sie auch nicht. Die Dosen waren in einem mit Kautschuk ausgekleideten Metallfass, das der damalige Oberpriester als Hocker benutzt hat, wenn er im Halbdunkel das Orakel gab.« Big Ben grinste. »Kurz vor der Evakuierung des Schreins hatte Dürrengatter den Film aber schon verhökert. Irgendein Deutscher muss ihn in Accra oder Afienya aufbewahrt haben, bevor er ein Jahr später außer Landes gebracht wurde.«

Ich nippte an meinem Whisky und schenkte dem großen Ben weiter meine ganze Aufmerksamkeit.

»Dürrengatter hat später behauptet, der Film wäre in einem unbedachten Moment in Flammen aufgegangen.« Er schlug auf den Tisch. »Was für eine blödsinnige Lüge! Da hatte er wohl Visionen vom brennenden Dornbusch.«

127

»Kenner hätten ihm das Märchen vielleicht geglaubt«, sagte ich.

»Wieso?«

»Weil Nitrofilm sich unter bestimmten Bedingungen leicht entzünden kann.«

»Tatsächlich …?«

»Nur für den Fall, dass Sie den Streifen doch noch in die Finger bekommen.«

Er lachte lauthals. »Anfangs hab ich ja gar nichts von dem Film gewusst. Deine Mutter hat bei den Gesprächen mit Lucille und mir vor allem nach den Stereofotos gefragt. Erst bei meinen Begegnungen mit dem Dürren ist mir klar geworden, dass auch der Film wichtig war … zumindest für Grau. Als ich rausgefunden habe, wie wertvoll so ein alter Stummfilm sein kann, war ich entschlossen, ihn selbst zu suchen. Noch so ein Sammlerstück, mit dem man ein Vermögen machen kann.«

»Wenn man es hat.«

»Ich hole mir den Film schon. Der Mann, der ihn hat, soll sich übrigens mit derartigen Juwelen nicht öffentlich brüsten. Ihm geht's nur darum, solche Dinge zu besitzen. Die Allgemeinheit kann sich den Film gar nicht ansehen.«

Big Ben tat so, als wolle er sich cineastische Verdienste erwerben. Dabei ging es ihm schlicht und einfach um den Profit.

»Diejenigen, die den Film damals außer Landes geschafft haben, müssen eine Menge Geld damit gemacht haben«, sagte er. »Aber man kann ihn noch mal vergolden.« Seine Augen leuchteten. »Im Doppelpack mit den Stereofotos. Wir brauchen Geld.«

Ich ging davon aus, dass Big Ben mit *wir* sich selbst meinte. »Und wofür?«, fragte ich.

»Als Entschädigung. Dieser von Wernherr ist ein reicher Mann, ein sehr reicher *weißer* Mann. Und jemand muss zahlen. Wenn schon nicht als Entschädigung für die Versklavung meines Volkes, dann wenigstens für die Schweinereien, die ein Obroni wie Dürrengatter im Krachiland angestellt hat.«

Nur edle Motive. Was die Qualitäten als Prediger anging, stand Benjamin Akpalu dem Missionar, der ihm so verhasst war, vermutlich in nichts nach.

»Das reicht für heute.« Er gähnte. »Ato bringt dich in deine Unterkunft.«

Als Big Ben sich aus dem Sessel stemmte, schwankte er kurz. Das hielt ihn aber nicht davon ab, im Stehen den letzten Rest aus seinem Glas zu trinken. Ich dachte rechtzeitig an meine Fußfesseln und wollte vorsichtig aufstehen, doch er bedeutete mir mit einer Handbewegung, dass ich sitzen bleiben sollte. Er zog eine Schublade auf, entnahm ihr zwei Bücher und zwei mit Heftlaschen zusammengehaltene Dokumente und schob sie mir über die Tischplatte zu.

»Lektüre zu meinen Wurzeln. Darin kannst du nachlesen, wie berühmt mein Vorfahre war und wie er umgebracht wurde.«

Vor dem Haus ertönten Trommeln. Die Jungs fanden das Radioprogramm offenbar zu langweilig.

»Die Deutschen haben ihn ermordet.« Big Ben stierte mich mit glasigen Augen an. »Aber ich trage es dir nicht nach, Herr Voss.« Ein tückisches Funkeln hellte seinen trüben Blick auf. »Aber dass du mir bei meinen Geschäften in die Quere kommst, nehm ich dir übel.«

Ich klemmte mir die Bücher und die fotokopierten Papiere unter den Arm und erhob mich vorsichtig.

»Versteh doch bitte …«

Der Tonfall, mit dem er auf einmal an mich appellierte, klang fast weinerlich. Als wäre ich nicht sein Gefangener, sondern ein Richter, vor dem er sich rechtfertigen musste. Entweder war er wirklich besoffen, oder er zog kühl und kalkuliert alle Register auf der Psychopathenorgel.

»Es geht nicht bloß um einen Stummfilm oder uralte Fotos, auf denen sich weiße Männer in den Arsch ficken oder die Schwänze lutschen.« Er beugte sich vor, stützte sich mit den Händen ab und glotzte dumpf auf seinen Schreibtisch, während er nach Luft rang. »Es geht um ganz andere Geschäfte. Wir leben in einer global vernetzten Welt.«

Offenbar verlor er den Faden. Der Alkohol hatte ihm schwerer zugesetzt, als ich angenommen hatte. »Wenn das so ist, sollten Sie den FC St. Pauli aufkaufen und in die Champions League führen«, sagte ich.

Erst Stille.

Dann schallendes Gelächter.

»Das ist gut, Mann. Aber ich bin kein neureicher Russe. Da sieht man mal wieder, was Lucille mit ihren Märchen alles anrichten kann.« Er richtete sich wieder auf und machte ein ernstes Gesicht. »Beim nächsten Besuch in Deutschland werde ich nicht investieren, sondern doppelt abkassieren. Ich habe Geduld.«

Wieder schwankte er leicht.

»Ato«, befahl er. »Bring Mister Voss in sein Quartier.«

Ich nickte Benjamin Akpalu ein »Gute Nacht« zu und setzte mich behutsam in Bewegung.

»Den Generator lass ich heute Nacht für dich laufen«, rief er mir hinterher.

Mit einem Blick über die Schulter versuchte ich zu ergründen, was er damit meinte.

»Damit du Licht hast, um zu lesen.«

Big Ben meinte es ernst mit der Pflichtlektüre, die er mir auferlegt hatte. Mir hingegen stand der Sinn eher nach ein paar Stunden Schlaf, um für den nächsten Tag gewappnet zu sein – was immer der auch bringen mochte. Ich verabschiedete mich mit einem höflichen Lächeln und begab mich in Atos Hände. Der Mann mit der Flinte zeigte mit dem Lauf die Richtung an und überließ mir den Vortritt. Das Getrommel wurde mit jedem Schritt lauter. Ich hatte richtig getippt. Bens Truppe war für das monotone Konzert verantwortlich. Auf der Veranda bemerkte ich auch den Vollmond, der hell über dem Tal stand. Weder bei Dax noch bei Faustina brannte Licht.

Ato dirigierte mich zu dem kleinen Holzbungalow, in dem Dax untergebracht war. Es dauerte eine Weile, bis ich zum Eingang gehoppelt war. Der Posten, der Dax bewachte, stand von der Treppe auf. Er öffnete die Tür und schaltete das Licht in der Diele ein, bevor er hinter mir abschloss.

Ich sah mich um und versuchte mich zu orientieren. Das laute Schnarchen half mir, Dax zu orten. Seine Zimmertür stand offen. Er lag in voller Montur plus Fußeisen in einem Doppelbett. Die zusammengefaltete Wolldecke hatte er nicht angerührt. Auch das Moskitonetz hing ungenutzt neben der Matratze. Das Licht, das aus der Diele ins Zimmer fiel, ließ nicht viel mehr erkennen. Ein Stuhl diente als Nachttisch.

Am anderen Ende des Ganges fand ich ein Zimmer gleicher Größe, in dem ein Einzelbett stand. Auch hier eine Decke, ein Moskitonetz und ein Stuhl. Mein Quartier. Ich schaltete das Licht ein. Eine Glühbirne hing an der Decke. Bei dem Aufwand, den sich Big Ben mit dem Generator leistete, hätte ich schon eine Leselampe erwartet. Ich warf die Bücher auf die Matratze und setzte meine Erkundungstour fort.

Die Tür zwischen den Wohnräumen führte ins Badezimmer. Auch hier nur eine Glühbirne an der Decke. Am Sockel der Außenwand zog sich eine dünne Ameisenstraße durch den Raum. Immerhin war kein in Keramik gefasstes Loch mit Fußtritten im Fußboden, sondern eine europäische Toilette mit Brille. Nur der Deckel fehlte. Auch die Duschecke war ohne Vorhang. Dafür hing ein sauberes Handtuch auf der Stange. Und als ich den Hahn über dem Waschbecken aufdrehte, erklang von draußen das Wimmern einer Elektropumpe. Sekunden später kam ein halbwegs klarer Wasserstrahl. Der Generator hatte seine Vorteile.

Ich schaltete das Licht in der Diele aus, um Dax nicht zu wecken, und streifte mein Hemd ab. Noch während ich mich aufs Klo hockte, um Schuhe und Socken auszuziehen, wurde mir klar, dass ich ein Problem hatte. Wie sollte ich aus Hose und Unterhose kommen?

So bald ich barfuß war, starrte ich noch einige Sekunden lang auf meine Fesseln. Dann zog ich den Gürtel aus den Schlaufen, warf ihn beiseite und schob die Hose runter, bis sie Fußeisen und Kette bedeckten. Lieber nasse Wäsche zwischen den Knöcheln, als weiter im eigenen Saft zu gären. Vorsichtig hüpfte ich unter die Brause und wusch mir den Schweiß ab.

In Augenhöhe klebte ein grünweißer Handzettel auf den Kacheln. Ich wischte mir das Wasser aus den Augen und versuchte den Text zu entziffern.

RIYA'S BOOKSTORE ... NOW OPEN ... CURRENT BESTSELLERS ... FICTION / NON FICTION ... BOOKS OF ALL INTERESTS ... *18th Lane, Oxford Street, Osu, Next to TNT, after El Elyon Hotel & Haveli Restaurant* ...

Ich lachte leise. Unter den gegebenen Umständen auf eine Reklame meines Lieblingsbuchladens zu stoßen hatte etwas Bizarres. Lesen schien jedenfalls auch hier oben im Tal eine gewisse Popularität zu genießen. Kaum hatte ich den Wasserhahn zugedreht, bekam ich von dem Luftzug, der durch das Fliegengitter der kleinen Fensteröffnung strich, eine Gänsehaut. Hastig trocknete ich mich ab, wrang die Hose aus, so gut es ging, und wickelte sie notdürftig um die Kette. Als ich mich umdrehte, sah ich Dax in der Tür stehen. Er musste hergehoppelt sein, als ich unter der Dusche gewesen war.

Er grinste frech. »Schön, dass du noch unter den Lebenden weilst.«

»Gleichfalls.«

»Und …? Zu neuen Erkenntnissen gekommen?«

»Das kann man wohl sagen.«

»Auch zu unserer Lage?«

»Nur bedingt. Die Uhr läuft wohl spätestens übermorgen früh ab.« Ich rubbelte mir die Haare trocken.

»Wie kommst du darauf?«

»Dann reist der Chef ab. Und ich habe nicht den Eindruck, dass er uns mitnehmen will.«

Dax nickte. »Und was machen wir?«

»Schlafen und abwarten. Erst mal die Batterien aufladen, damit wir überhaupt eine Chance haben … sollte sich noch eine bieten.«

»Ich fürchte, du hast recht. Nur mit Fußeisen bewaffnet können wir gegen die Truppe nicht viel ausrichten.« Er zeigte auf die Wäsche zwischen meinen Knöcheln. »Aber wenn du die Kette nicht richtig abtrocknest, bricht sie womöglich noch rechtzeitig vor Rost auseinander.«

Ich wickelte mir das Handtuch um die Hüfte.

»Auf die Idee bin ich gar nicht gekommen.« Dax schüttelte den Kopf. »Vielleicht hätte ich dann auch geduscht.«

»Dreckschwein.«

Ohne hinzufallen, begaben wir uns in sein Zimmer. Er setzte sich aufs Bett. Ich blieb stehen. Die Müdigkeit steckte mir in den Knochen, und nur aus Höflichkeit zu meinem Freund verzog ich mich nicht sofort in meine Koje.

»Wie haben sie dich behandelt?«, fragte ich.

»Außer, dass es stinklangweilig war, kann ich nicht klagen. Hab sogar zwei Flaschen Bier zum Essen bekommen. Ich dachte, sie schicken mir den Bodybuilder vorbei, um mich ein bisschen in die Mangel zu nehmen … war aber nicht.«

»Werd bloß nicht übermütig.«

»Was macht das Fieber?«

»Geht so. Aber ich muss mich hinlegen, sonst kippe ich doch noch um.«

»Hau dich aufs Ohr.« Mit einer Handbewegung scheuchte er mich aus dem Zimmer.

Erst als ich im Dunkeln auf meinem Bett lag, drang das Trommeln wieder zu mir durch. Es hatte etwas von einem monotonen Wiegenlied. Und auch der Vollmond, der hell durchs Fenster schien, konnte mich nicht mehr wach halten.

Der Schlaf kam, aber mit ihm holten mich die bösen Geister ein, die Big Ben Akpalu beschworen hatte.

128

Mawu ist der große Gott der Ewe.

Bei der Schöpfung erschafft er auch die Menschen. Ein schwarzes und ein weißes Paar. Er rüstet sie mit zwei Körben aus, einem kleinen und einem großen. Das schwarze Paar bemächtigt sich sofort des großen Korbes, sodass für das weiße Paar nur der kleine übrig bleibt. In dem großen Korb sind Geräte für den Ackerbau. Eine Hacke, eine Axt und ein Buschmesser. In dem kleinen Korb liegt lediglich ein Buch. Das schwarze Paar nimmt seine Arbeit auf und bestellt den Acker. Das weiße Paar hingegen beginnt das Buch zu lesen und ist dem schwarzen Paar bald darauf an Schläue überlegen. Aus Ärger darüber bedroht das schwarze Paar das weiße, bis sich Mawu der Weißen erbarmen muss. Er lässt ein langes Seil vom Himmel herab und setzt das weiße Paar damit über das große Wasser.

Zurück bleiben die Ewe mit dem Glauben an Mawu, der über allen anderen Göttern steht. Diesem Glauben zufolge braucht Mawu nicht mehr zu arbeiten. Entsprechende Aufgaben hat er seinen Untergöttern übertragen. Deshalb kann Mawu den Menschen auch nichts Böses zufügen. Nur die untergebenen Gottheiten und die Geister der Verstorbenen sind dazu fähig. Aus diesem Grund werden den Untergöttern Opfer gebracht, wenn man etwas von ihnen will, sei es die Erlösung von einer Krankheit oder die Bitte um Regen. Da man von Mawu nichts fordern und er selbst den Menschen nichts zuleide tun kann, wird ihm auch nicht geopfert oder Dankbarkeit entgegengebracht.

Den Priestern kommt die Aufgabe zu, mit den Untergöttern oder Fetischen in Verbindung zu treten und die Kommunikation mit ihnen aufrechtzuerhalten. Sie sind die Vermittler zwischen Menschen und Fetisch.

Afa ist der Fetisch der Allwissenheit. Er weiß, wer oder was die Schuld an einem Übel trägt. Seine Fähigkeiten, das Übel abzustellen, halten sich jedoch in Grenzen. Dazu müssen meist andere Fetische angerufen werden. Alenka kann vor ansteckenden Krankheiten schützen. Über ähnliche Fähigkeiten verfügt Ananasi. Hewioso wird bei schweren Stürmen, Blitz und Donner angerufen, Kewu von schwangeren Frauen. Avsekete verfügt über die Macht, verirrte Menschen auf den richtigen Weg zurückzuführen sowie flüchtige Diebe im Busch aufzuspüren. Einer der gefürchtetsten Fetische ist Nanyo, der treulose Frauen durch den Priester mit dem Giftbecher bestraft.

Die Macht der Untergottheiten kann von den Fetischpriestern gutartig verwaltet oder auf das Bösartigste manipuliert werden. Oft haben die Priester größere Macht als die Häuptlinge. Das gesamte Leben der Menschen ist von der Furcht vor Fetischen und Geistern durchdrungen und macht sie zu Abhängigen, nicht nur im Eweland, sondern auch in der Region Krachi.

Dort gibt sich die Wahrsagerin Koko nicht mehr mit Hühnern, Schafen, Ziegen und Gin als Opfergaben zufrieden. Mit zunehmender Machtfülle schreckt sie nicht davor zurück, auch Menschenopfer für ihren Fetisch zu fordern. Dazu wird andernorts heimlich ein Sklavenjunge gekauft. Noch zögern die Leute, doch Koko setzt ihren grausamen Plan in die Tat um. Bei dunkler Nacht wird der junge Sklave an die Opferstätte gebracht. Dort wird er bäuchlings auf den Boden geworfen, und man legt ihm eine Stange über den Nacken. Während zwei Männer auf die Stange treten, biegen andere Kopf und Körper des Jungen so lange nach hinten, bis sein Genick bricht. Daraufhin wird der Leichnam aufrecht eingegraben. Nur der Kopf ragt noch aus der Erde. Darüber wird der Altarkegel errichtet.

So entsteht der Opferstein für den Götzen Konkom, der aus der Region Akwapim nach Krachi am Volta geflüchtet ist und hier als Dente fortleben wird.

129

Als sich die Fratze der Wahrsagerin Koko in Lucilles Gesicht verwandelte, schreckte ich aus dem Schlaf auf.

Sie trommelten immer noch – doch jetzt weiter entfernt, irgendwo im Wald. Es war nicht laut, hatte aber etwas Unheimliches an sich. Als lauere da draußen in den Tälern eine Macht, die mit ihren Signalen alles beherrschte. Das waren nicht mehr Big Bens Jungs. Es waren die Ahnen, auf die er sich berief. Allen voran der sagenumwobene Fetischpriester.

Das anhaltende Trommeln, das Brummen des Generators und das Sägen der Zikaden vermischten sich zu einer tropischen Filmmusik, die gut zu Murnaus *Tabu* gepasst hätte. Genau genommen bestand kein großer Unterschied zwischen der Südsee und Westafrika, was die Wurzeln traditioneller Religion anging. Bis hin zu Menschenopfern. Das Einzige, was ich aller Wahrscheinlichkeit nach nicht befürchten musste, war Kannibalismus. Ein schwacher

Trost in ernster Lage. Da das Fieber sich zurückhielt, war ich hellwach und konzentriert. Und weil ich den Schlaf nicht erzwingen konnte, schaltete ich das Licht ein und griff zum Lesestoff, den mir Benjamin Akpalu mitgegeben hatte.

Zunächst sah ich mir die fotokopierten Beiträge an. Der eine war in meiner Muttersprache abgefasst. TOGO UNTER DEUTSCHER FLAGGE. *Reisebilder und Betrachtungen* von Heinrich Klose. Berlin 1899. Der andere war in Englisch, neueren Datums und von D. J. E. Maier. *THE DENTE ORACLE, THE BRON CONFEDERATION, AND ASANTE: RELIGION AND POLITICS OF SECESSION.*

Dann die beiden Bücher: zum einen ein noch fast druckfrischer, schwarz kartonierter Band. Hans Gruner. *Vormarsch zum Niger.* Die Memoiren des Leiters der Togo-Hinterland-Expedition 1894/95. Herausgegeben von Peter Sebald. Zum anderen eine vergilbte Antiquität. Der Einband aus zimtfarbenem Leinen und Reispapier mit ockerfarbenen Batikmotiven. Das Werk sah wie ein Lyrikband aus, schien aber ein Bericht oder Roman des letzten deutschen Bezirksleiters der Station Kete Krachi zu sein. Werner von Rentzell. *Unvergessenes Land … Von glutvollen Tagen und silbernen Nächten in Togo.*

Der sachliche Bericht des Leiters der deutschen Togo-Hinterland-Expedition widmete sich in einem knappen Kapitel von fünfzehn Seiten unter der Überschrift »Aufbruch, Marsch nach Kratschi« den Vorgängen, die sich Ende des Jahres 1894 zugetragen hatten. Das Buch, für das von Rentzell verantwortlich war, fiel – wie schon der blumige Titel – viel pathetischer und ausufernder aus. Hier umfasste das entsprechende Kapitel stolze sechzig Seiten und hieß »Des großen Gottes Dente letzte Tage«. Zum Geleit hatte der Herzog zu Mecklenburg ein Vorwort beigesteuert, das den Tonfall vorgab.

Jede Zeile, die uns Tage versunkenen Glückes erneut vor Augen führt, soll uns zu flammendem Protest werden, zu Protest gegen schmachvollen, durch nichts zu rechtfertigenden Raub des deutschen Übersee.

Unter markige Worte wie diese hatte er in gestochener Handschrift seinen Namenszug gesetzt und darunter:

Letzter Gouverneur von Togo.

Mir wurde klar, dass ich Big Bens Sprachkenntnisse unterschätzt hatte. Egal, ob Englisch oder Deutsch, gebunden oder fotokopiert, in allen Texten hatte er sich mit einem blutroten Marker verewigt.

130

Am 8. November 1894 bricht der Leiter der Togo-Hinterland-Expedition, Dr. Hans Gruner, mit der Hälfte seiner Leute ins Gebiet der Krachi auf.

Er ist in Eile und wird nur von einem Weißen begleitet, einem Oberleutnant. Vierzehn einheimische Soldaten, siebzig Träger und sechs Bedienstete ziehen mit den beiden Deutschen los. Sie folgen einem Hilferuf aus der Handelshochburg Kete. Der dort ansässige Haussahäuptling hat um Unterstützung im Kampf gegen die ständige Bedrohung durch den Fetischpriester Kwasi Gyantrubi gebeten, der nicht nur in Krachi, sondern in der ganzen Region Angst und Schrecken verbreitet. Nachdem kurz zuvor eine erste Gesandtschaft der Deutschen Kete aufgesucht hat und dort freundlich empfangen wurde, sind die Leute des weithin verrufenen Obosomfo mit Stöcken und Buschmessern über die Bewohner von Kete hergefallen und haben diese schwer misshandelt. Dies alles unter dem Vorwurf der Konspiration mit den deutschen Kolonialisten. Fünf Leute wurden verwundet, eine Frau getötet. Zudem haben die Leute des Tyrannen gedroht wiederzukommen, und zwar mit Gewehren und in der Absicht, Kete niederzubrennen.

Am 16. November gegen drei Uhr früh trifft der deutsche Trupp bei hellem Mondlicht in Kete ein. Kein Mensch ist in den Gassen des großen Ortes unterwegs. Nur das entfernte Rauschen des Volta, der sich nahe Krachi in Stromschnellen seinen Weg über die Felsenklippen bahnt, ist zu vernehmen. Unbemerkt gelangen Gruner und seine Männer zum Anwesen des Haussahäuptlings, der um Hilfe gebeten hat. Dort erwartet sie schlechte Nachricht. Der Fetischpriester befindet sich nicht in Krachi, sondern in einem fünf Kilometer entfernten Dorf. Damit ist das Überraschungsmoment dahin, auf das die Deutschen gehofft haben. Immerhin ist Okra, seine rechte Hand, vor Ort und kann überwältigt und gefangen genommen werden.

Am nächsten Tag kehrt der Fetischpriester unter lautem Kriegsgeschrei und Getöse inmitten seiner Anhängerschar nach Krachi zurück. An der Spitze des Zuges marschieren die Trommler und Bläser. Dem Obosomfo werden die Fetischembleme vorausgetragen. Er selbst sitzt in einer mit roter Seide ausgeschlagenen Sänfte, die von seinen Sklaven getragen wird. Priester und Wahrsager begleiten ihn. Sie tragen Amulette aus Kaurimuscheln, Hühnerknochen und Leopardenzähnen. Eine beträchtliche Anzahl Sklaven mit langen Dänenflinten bilden den militärischen Tross.

Der alte Fetischpriester ist hager und wirkt gebrechlich. Doch das hoch erhobene Haupt mit den markanten Zügen und den listigen Augen verleiht ihm eine bedrohliche Präsenz. Neben seinem Schmuck trägt er eine grüne Hose und um die Schultern ein hellgelbes Lava-Lava – beides aus Seide.

Kaum ist Kwasi Gyantrubi erschienen, macht sich im Volk Unruhe breit. Es gibt sich unterwürfig, zeigt Ehrfurcht und Angst. Der Priester vermeidet es zunächst, sich offen mit den Deutschen anzulegen. Gruner verlangt vom weitgehend machtlosen König Odukru, der in Krachi residiert, er solle eine Gerichtsversammlung einberufen, damit die gegen den Fetischpriester erhobenen Vorwürfe verhandelt werden können. Der Aufforderung wird nachgekommen, doch der Angeklagte erscheint nicht. Daraufhin versuchen die Deutschen, den König und sein Volk einzuschüchtern, indem sie mitteilen, die andere Hälfte der Expedition sei bereits unterwegs und treffe in Kürze ein. Um der Drohung Gewicht zu verleihen, reiten sie hoch zu Ross in Krachi ein. Dies hat besondere Wirkung, denn zu den zahlreichen Tabus des Dente zählen auch Pferde. So hat der Priester jedermann verboten, beritten im Ort zu erscheinen. Die Unerschrockenheit der Deutschen beeindruckt König Odukru, und er verspricht, innerhalb von drei Tagen eine neue Versammlung einzuberufen. Diesmal in Kete.

Kurz darauf bemerkt man in Kete, dass unablässig Leute aus der gesamten Region nach Krachi strömen, von denen nicht wenige mit Vorderladern bewaffnet sind. Auch werden nachts am Sitz des Dente die Kriegstrommeln geschlagen, deren Ruf sich wie ein Lauffeuer verbreitet. Dazu erklingt lang gezogenes Geheul, und es wird wild in die Luft geschossen. Der ganze Fetischhain scheint zu brodeln. Die Luft vibriert, aufgescheucht flattern Flughunde durch die Nacht, und alles wird von den mächtigen Trommeln übertönt. Dann setzt vielstimmiger Gesang ein. Tanzklappern rasseln und geben den Takt für ekstatische Tänze vor, die zu einem wahren Taumel führen. Der Boden erzittert unter dem Stampfen der Füße. Erst lange nach Mitternacht verebbt der Lärm im Reich des Dente. Hier und da kläfft noch ein Hund. Dann legt sich Stille über Krachi. Der Spuk ist vorbei.

Angesichts der Lage beschließt der Anführer der Deutschen, nicht zu warten, bis der Obosomfo eine Übermacht um sich geschart hat, mit der er Kete angreifen kann. Bevor es dazu kommt, soll der Fetischpriester im Schutz der Dunkelheit überwältigt werden. Man weiß, wo sich seine Behausung befindet.

Heimlich macht sich der deutsche Trupp auf den Weg nach Krachi. Er gelangt unbemerkt in den Ort und überwältigt die Leibwache des Obosomfo. Doch der Fetischpriester ist nicht dort. Beim Kampf mit der Leibwache entsteht verräterischer Lärm, der die Einwohner alarmiert. Um die Menge abzuschrecken, wirft Gruner eine Dynamitstange in die Hütte des Fetischpriesters. Zwar erzielt die gewaltige Explosion ihren Zweck, aber der Tyrann entkommt erneut. Rechtzeitig setzt er sich zum Flussufer ab und wirft sich in ein Kanu. Mangels Paddel muss er sich mit Armen und Händen rudernd retten. Dies ist nicht ungefährlich, denn im Wasser lauern Krokodile. Doch der Flüchtige kommt unbeschadet davon. Den Deutschen bleibt nur eine verzierte Sandale, die er auf der Flucht verloren hat.

Nachdem der Obosomfo in Sicherheit ist, zerstreuen sich seine Anhänger wieder. Doch Gruner denkt nicht daran, Krachi unverrichteter Dinge zu verlassen. Die ungebrochene Macht des Fetischpriesters wäre eine stete Bedrohung der Nachschublinie und des Rückwegs der deutschen Expedition. Die beste Route ins Hinterland führt nun einmal durch Kete Krachi, den bedeutendsten Inlandsmarkt der Gegend. Ein erklärter Feind der Europäer, speziell der Deutschen, kann an dieser strategisch so wichtigen Stelle nicht geduldet werden. Deshalb droht Gruner dem König von Krachi mit Krieg. Nur wenn sich der schwache Herrscher auf die Seite der Deutschen schlägt und den Unterschlupf des Obosomfo preisgibt, kann er mit Frieden rechnen.

Der König beugt sich dem Druck, und eine Patrouille der Expedition macht sich auf den Weg zum Versteck. Um nicht unnötig aufzufallen, reist man als Händler verkleidet, denn auch diese sind für gewöhnlich bewaffnet. Und damit der König nicht wankelmütig wird und den Gesuchten doch noch warnt, nehmen die Deutschen seinen Sohn als Geisel mit auf den Weg.

Die Aktion gelingt.

In einem abgelegenen Dorf kann der Fetischpriester endlich gefangen genommen werden. Am Morgen danach kommt der König der Krachi mit all seinen Häuptlingen nach Kete, um dem Leiter der deutschen Expedition seine Aufwartung zu machen. Trommler und Bläser mit Instrumenten aus Elefantenstoßzähnen kündigen sein Kommen an. Alles Volk aus Kete und Krachi ist auf den Beinen. Hoch über den Köpfen der Menge schwebt der König in einem geflochtenen Tragekorb, den zwölf Diener auf den Schultern tragen. Er ruht auf Lederkissen und buntem Tuch und wird von zwei großen Seidenschirmen vor der Sonne geschützt. Er selbst ist in gelbe Seide gehüllt und trägt eine bunte Filzkappe mit Federbusch auf dem Haupt. In der Hand hält er ein aus Eisenholz geschnitztes Zepter mit Elfenbeinknauf. Seine Finger zieren schwere Silberringe. In seinem Gefolge sind Diener, die ihm Schemel, Sitzkissen, Pfeifen und kunstvoll verzierte Tabakdosen hinterhertragen. Danach kommen die Häuptlinge unter kleineren Sonnenschirmen, ebenfalls mit Dienern und den gleichen, wenn auch etwas bescheideneren Insignien und Gerätschaften, des Weiteren die männlichen Mitglieder der Königsfamilie und schließlich eine Gruppe eingeborener Händler aus der an der Mündung des Volta gelegenen Küstenstadt Ada, die sich im Einflussbereich der Engländer befindet.

Die Händler sind europäisch gekleidet, lassen sich auf mitgeführten europäischen Stühlen nieder und rauchen zum Zeichen ihrer Würde Zigarre. Schließlich haben sich König Odukru und sein gesamtes Gefolge auf einer Seite des Marktplatzes niedergelassen. Ihnen gegenüber wird Dr. Gruner von seinen Dolmetschern flankiert. Hinter ihm stehen seine Soldaten. Um die deutsche Delegation gruppieren sich die Großhändler aus Kete mit ihren Turbanen und in mohammedanische Gewänder gehüllt, deren Farben je nach Stamm variieren.

Nach der zeremoniellen Begrüßung sagt sich der König vom Fetischpriester los. Jetzt, da die Lage bereinigt ist, ist er erleichtert, dass der übermächtige Konkurrent endlich ausgeschaltet wurde.

Vier Tage später trifft auch der Rest der Togo-Hinterland-Expedition mit zwei weiteren deutschen Offiziellen in Kete Krachi ein. Da Gruner den Kriegszustand erklärt hat, bilden die vier Deutschen unter seinem Vorsitz ein Standgericht, zu dem sowohl der König von Krachi und seine Häuptlinge als auch die Würdenträger aus Kete geladen sind. Die Gerichtsverhandlung findet im Beisein einer großen Volksmenge auf dem Marktplatz von Kete statt.

Vom Alter zwar gebeugt, in der Sache jedoch uneinsichtig, tritt Kwasi Gyantrubi vor seine Ankläger. Der Fetischpriester und sein Helfer Okra, ein Mann von imposanter Statur, tragen eiserne Fesseln. Das Gericht handelt die zahlreichen Verbrechen ab, die beide Männer begangen haben, Raub- und Gewalttaten, darunter auch die Kindermorde zur Verehrung des Dente.

Schließlich werden die Angeklagten zum Tod verurteilt und sofort hingerichtet.

131

Die Trommeln schwiegen.

Zunächst hatte ich es nicht bemerkt. Doch dann vermisste ich das anhaltende Geräusch, das die Zikaden, den Dieselgenerator und das Schnarchen meines Mitstreiters übertönt hatte. Auch hier im Tal war der Spuk also fürs Erste vorbei.

Die Berichterstatter waren sich nicht einig über die Art und Weise, auf die man den Fetischpriester hingerichtet hatte. Der Leiter der Expedition sparte sich die Einzelheiten. Der Bezirksleiter dramatisierte einen Tod durch den Strang. Die beiden anderen Autoren legten sich auf ein Erschießungskommando fest. Ich hielt dies für die glaubwürdigere Variante. Aber weder die Hinrichtung noch die Zerstörung des Schreins hatte dem Kult um den Dente ein Ende bereiten können. Der Tempel existierte weiter. Und so, wie es Vorgänger des legendären Kwasi Gyantrubi gegeben hatte, gab es auch Nachfolger. Mit dieser Gewissheit fand ich doch noch einige Stunden Schlaf. Der Preis dafür waren Albträume.

Als ich aufwachte, erinnerte ich mich daran, einem Menschenopfer beigewohnt zu haben. Ich hatte den Sklavenjungen noch genau vor Augen.

Draußen brach der Tag an. Es regnete in Strömen. Nicht das ideale Wetter, um in feuchte Hosen zu steigen. Eine Weile blieb ich ruhig liegen und lauschte dem monotonen Rauschen. Wenig später brachte man uns ein ordentliches englisches Frühstück und je eine Thermoskanne mit Kaffee und Tee. Dax und ich vertrieben uns die Zeit mit Essen und Getränken. Ich schluckte meine Tablette und glaubte fest an meine Genesung und ans Überleben.

Gegen Mittag klarte es auf, und ich wurde dem Boss vorgeführt. Er lag eingeseift in einer Gummiwanne auf seiner Veranda und schrubbte sich die Haare mit einer Wurzelbürste. Ich wünschte ihm einen guten Tag und hockte mich auf den Stuhl, den Ato mir brachte.

»Und … alles gelesen …?«, fragte Big Ben.

Weil ich ein braver Junge war und meine Hausaufgaben gemacht hatte, nickte ich.

»Gut so.«

»Ihr Deutsch kann nicht so schlecht sein. Bei dem antiquarischen Werk hatte sogar ich Probleme mit der veralteten Schrifttype, in der es gedruckt war.«

Er ging nicht auf die Schmeichelei ein. Auch was ich über die Lektüre dachte, schien ihn nicht sonderlich zu interessieren. Er blieb bei seinem knarzigen Ghanaenglisch und erging sich in weiteren Belehrungen, während er seine Speckschwarte unermüdlich mit der Bürste bearbeitete.

»Der Mord an meinem Vorfahren Kwasi Gyantrubi war nur der Auftakt. Nicht dass sie uns danach abgeschlachtet hätten. Das kann man nicht sagen. Aber sie haben uns misshandelt und ausgebeutet. Sentimentale Erinnerungen sind da fehl am Platz, sage ich Lucille immer.«

Er legte eine kurze Pause ein, als warte er auf meinen Beifall, und ich nickte wieder.

»Schon ein Blick auf die deutschen Gebäude in dem Teil der Kolonie, der heute zu Ghana gehört, macht einem klar, wie es lief. Die Deutschen haben keine einzige Schule gebaut, aber vier Gefängnisse.«

Was konnte ich dazu sagen? Sollte ich den Herzog zu Mecklenburg zitieren?

Der große Ben seufzte. »Ich mache mir Sorgen um Tina.«

Der abrupte Themenwechsel machte mich vollends sprachlos.

»Sie wird immer dünner.« Er drückte einen Schwamm über dem Kopf aus, um sich die Haare zu spülen. Dann prustete er wie ein Walross und grinste breit. »Du weißt ja, wir Ghanaer lieben unsere Frauen eher üppig.«

Ich wollte gar nicht wissen, was ihm dabei durch den Kopf ging.

Viel mehr Gesprächsbedarf schien Big Ben nicht zu haben, denn ich wurde wieder abgeführt, nachdem er mich mit einer majestätischen Handbewegung aus der Audienz entlassen hatte. Der Rest des Tages zog sich zäh dahin. Am Nachmittag legte man uns Handschellen an, und Faustina schnitt uns Fuß- und Fingernägel.

Als ich an der Reihe war, spürte ich die Nähe und Wärme, die sie mit ritueller Andacht auf mich übertrug. Mir war, als wäre ich Faustina nie zuvor so nahe gewesen, als entstünden erst jetzt Intimität und Vertrauen zwischen uns. Nach den Nägeln kamen die Haare dran. Bei Dax war noch weniger Wolle zu holen als bei mir. Alle Hornschnipsel wurden in einem Einmachglas gesammelt.

Reliquien, so hatte ich mal einem katholischen Sermon entnommen, ermöglichten den Gläubigen *fühlbare und ehrfürchtige Nähe zum Jenseits*. Doch eine christliche Sicht der Dinge war in unserer Situation nicht angebracht. Wir befanden uns in Juju-Land.

Als man uns schließlich präpariert hatte und wieder in Ruhe ließ, blieb uns nichts anderes übrig, als geduldig der Dinge zu harren, die da kamen.

Dax fasste die Lage treffend zusammen.

»Sieht nicht gut aus, Alter.«

132

Die Ruinen hatte ich bislang noch nicht bemerkt.

Sie waren einen halben Kilometer von den Wohnhäusern entfernt, und erst wenn man zwischen ihnen stand, konnte man sie sehen.

»Das war mal das Klubgebäude«, sagte Big Ben. »Die Sägewerksleute hatten alles. Bar, Tanzsaal, Tennisplatz. Bis einer der Einheimischen Feuer gelegt hat und die ganze Anlage abgebrannt ist. Die Europäer haben sich von dem Anschlag nie erholt. Sie sind nicht mehr dazu gekommen, alles wieder neu aufzubauen.«

Im schnell schwindenden Tageslicht konnte ich nur noch ein paar Erdwälle, einen verkohlten Balken, der einsam in den Himmel ragte, und grün überwucherte Mauerreste erkennen. Es war beeindruckend, wie schnell sich der Urwald wieder zurückholte, was man ihm abgerungen hatte. Big Ben und seine Leute hatten Dax und mich auf einem alten Pritschenwagen hergefahren und uns unmittelbar zwischen den Ruinen abgeladen. Im Zentrum eines kreisrund gerodeten Platzes ragte ein aus Erde gefertigter Kegel auf. Er war mannshoch, mit weißer Farbe besprengt und mit getrocknetem Blut verschmiert, in dem weiße Hühnerfedern klebten. Am Fuß des Konus lagen Schädel von Opfertieren. Einige waren völlig ausgebleicht, an anderen hingen noch vertrocknete Gewebefetzen. Auf der abgestumpften Kegelspitze stand eine schwere Metallschale, die Patina angesetzt hatte.

»Die Weißen haben ihr Sägewerk ohne Rücksicht über dem alten Schrein errichtet. Aus Rache dafür haben wir den Dente auf ihrem Scheißklubgelände neu aufgebaut.«

Big Ben machte keinen Hehl aus seiner Zufriedenheit über die wiederhergestellte Ordnung im Tal, und ich fragte mich, über welchem Leichnam der Kegel stehen mochte.

»Das hier ist noch was Echtes«, fuhr er fort. »In Kete Krachi geht es inzwischen nur noch um Orakeltourismus. Von überall her kommen die Leute gepilgert. Genau wie bei euch in Lourdes oder Fatima. Angeblich, um zu beten. Dabei geht es ihnen nur um Souvenirs und einen Ausflug, mit dem sie zu Hause angeben können. Der wirkliche Kult um den Dente findet hier draußen im Busch statt und in einigen abgelegenen Dörfern.«

Big Ben beendete seine Predigt und schwieg. Seine Aufmachung stand im krassen Gegensatz zur Tradition, die er beschwor. Er trug einen goldfarbenen Trainingsanzug und nagelneue Bootsschuhe. Seine frisch gewaschenen Haare umkränzte ein olivgrünes Stirnband. Darüber hinaus trug er schwere Armbänder aus Aschanti-Gold und eine dazu passende Halskette, die über der Trainingsjacke auf seine Brust hing. Spätestens jetzt war mir klar, an welchem Vorbild sich Ato orientierte. So viel zu alten Traditionen im

Zeichen des Zeitgeistes. Keiner der Anwesenden war weiß angemalt oder trug Halsbänder aus Fledermausflügeln oder Flughundkrallen.

Die Männer luden ihre Trommeln und andere Gegenstände ab. Dazu gehörten auch einige Kanister, die nach Benzin stanken, und Pechfackeln, die rund um den Opferplatz in die Erde gesteckt und entzündet wurden, bevor die Dunkelheit hereinbrach. Im Schein der Fackeln verflüchtigte sich die Moderne allmählich, und ich bemerkte weitere Insignien des Fetischkults, die an die Baumstämme genagelt waren: Krallen von Vögeln und Fledermäusen und winzige Affenschädel.

William, der immer noch angeschlagen wirkte, brachte einen Karton Schnapsflaschen und stellte ihn in der Nähe des Fetischs ab. Big Ben gab sich nicht mit Einheimischem wie *akpeteshi* oder *okukuseku* zufrieden. Ghanaische Marken wie *Lawyer* oder *Yaa Asantewaa* waren ihm nicht gut genug. Nein, es musste teuer und importiert sein. Was immer er vorhatte, es schien ihm englischen Gin der Marke *Tanqueray* wert zu sein. Wenn das ein Omen war, dann ein schlechtes, denn diese Sorte hatte Albin Grau kurz vor seinem Tod getrunken. Außer dem teuren Schnaps gedachte der große Ben keine weiteren Opfergaben zum Ritual beizusteuern. Ich vermisste Tiere. Was das Bluten und Sterben betraf, lief demnach alles auf Dax und mich hinaus.

»Ist es nicht ein bisschen früh am Abend für so etwas?«, fragte ich Big Ben.

Er winkte ab. »Solange es dunkel ist. Wie du weißt, trete ich morgen eine wichtige Reise an. Ich muss früh raus.«

Wie auf Kommando begannen die Männer leise zu trommeln, und Faustina brachte ihrem Vater eine Handvoll Kaurimuscheln.

»Ihr kennt das …?« Er wog die Muscheln in der Rechten und sah zunächst Dax an.

Der schüttelte den Kopf.

Nun musterte Ben mich.

»Sie werden in die Luft geworfen«, antwortete ich. »Und an der Art und Weise, wie sie auf den Boden fallen, soll sich ablesen lassen, ob Leute wie wir in guter oder böser Absicht gekommen sind.«

»Stimmt.« Er wandte sich wieder an Dax. »Fällt die Mehrzahl der Muscheln mit der Narbe nach oben, so spricht dies für eine offene Brust. Man führt also nichts im Schilde. Fällt hingegen die Mehrzahl mit der Narbe nach unten auf den Boden, so spricht dies für eine verdeckte Brust. Die betreffende Person hat also Schlechtes im Sinn.«

Dax gab sich lässig wie bei einer Sportwette. »Ein Wurf für jeden von uns …?«

»Einer für euch beide«, blaffte Ben.

»Wäre doch ein netter Auftritt für Lucille gewesen«, sagte ich. »In ihrer Rolle als Wahrsagerin Koko.«

Big Ben klopfte mir auf die Schulter. »*Galgenhumor … was?*«

Er las also nicht nur Deutsch, er sprach es auch bei einem besonderen Anlass wie diesem. Seine Männer trommelten etwas lauter, und er warf die Muscheln. Kaum waren sie auf dem Boden gelandet, beugte er sich vor, um das Ergebnis abzulesen. Dax und ich ließen es in diesem Schicksalsmoment nicht auf einen Betrug ankommen und taten es ihm gleich. Das Urteil war eindeutig. Nur zwei der Kaurimuscheln lagen mit der Narbe nach oben. Und da es sich insgesamt um ein halbes Dutzend handelte, waren wir mit bösen Absichten gekommen.

»Scheiße«, sagte Dax.

Big Ben schaute erst ihn und dann mich voller Anteilnahme an. Er tat so, als habe er bis zuletzt für uns gehofft, müsse sich jetzt aber dem Schicksal beugen. Er winkte, worauf Faustina und William ein großes Gefäß brachten. Als es vor uns abgestellt wurde, erkannte ich den besagten Zeremonienbehälter. Er war aus geschwärztem Steingut, und sowohl Form als auch Größe stimmten. Die Verzierungen des Deckels waren ebenso eindeutig, vom Griff in Form einer weiblichen Figur bis zu den anderen Symbolen.

William nahm den Deckel ab, und Faustina streute unsere Haarbüschel und Nagelschnipsel in das Gefäß. Während sie verbrannt wurden, mischte sich der Horngestank mit dem beißenden Geruch der Pechfackeln, und Benjamin Akpalu schlüpfte vollends in die Rolle seines Urahnen Kwasi Gyantrubi.

Er ließ sich eine geöffnete Flasche Gin reichen und kippte zunächst einen Spritzer Schnaps auf die Erde. Dann löschte er die flambierten Hornreste mit reichlich Alkohol, bevor er auch Dax und mich ausgiebig besprengte. Zum anhaltenden Trommeln stellte Ato einen Holzschemel an den Fuß des Fetischkegels, und während Faustina und William ihrem Vater die Flaschen reichten, goss dieser den restlichen Gin in die Opferschale. Als er damit fertig war, blickte er in die Runde, und die Trommeln verstummten.

»*Asamando yenko yemma!*«, rief er in der Sprache der Akan in die Nacht.

Ich bemerkte den Blick, den mir Dax zuwarf, und sagte laut und deutlich: »Niemand betritt das Reich des Todes und kehrt zurück.«

»So ist es«, bestätigte der Herr des Rituals mit einem diabolischen Lächeln. »Jesus Christus natürlich ausgenommen.«

»*Asuo, Nyame ye adom a, akoko benom nsu*«, gab ich zurück.

»Mit Gottes Gnaden wird alles gut enden«, übersetzte er für Dax und sagte zu mir: »Das hört sich an, als würdest du bereits anfangen zu beten.«

Seine Trommler meldeten sich wieder, aber er brachte sie mit einer herrischen Armbewegung zum Verstummen. So, wie er da im Mondlicht stand, war er jetzt ganz der Obosomfo, der Hilfspriestern und Untertanen sagte, wo es langging.

»Warum haben Sie nicht gleich die Einheimischen zu dieser denkwürdigen Veranstaltung eingeladen?«, fragte ich.

»Das wäre dann doch zu gewagt«, erwiderte Big Ben. »Wir leben in modernen Zeiten. Ein Verräter, und ich bekomme Schwierigkeiten, die ich nicht brauchen kann. Die handverlesenen Teilnehmer reichen voll aus.« Er deutete auf seine Jungs. »So etwas spricht sich hier im Grenzgebiet schnell herum. Ist außerdem viel wirkungsvoller und hat was Geheimnisvolles. Ich schwöre auf Mundpropaganda.«

»*Radio trottoir* …«

Kaum hatte ich das gesagt, setzten leise die Trommeln ein. Es waren nicht unsere, sondern diejenigen, die ich bereits letzte Nacht gehört hatte. Irgendwo da draußen. In Ghana oder in Togo. Oder beiderseits der Grenze.

Big Ben schien die fernen Laute nicht wahrzunehmen. Er stellte sich breitbeinig hin, verschränkte die Arme und setzte zu einem längeren Monolog über Propaganda an.

Es war sein Auftritt als Orakel.

133

Ich hörte sehr aufmerksam zu, als der große Ben vor sich hin schwadronierte.

Es ging um Themen, mit denen ich mich schon lange beschäftigte. Während ich versuchte, meine Erkenntnisse aufzuschreiben, fasste Big Ben die seinen in Reden – wie es in Afrika Brauch war. Immerhin hatte die überwältigende Mehrheit der Afrikaner bis zum zwanzigsten Jahrhundert ohne Schreiben und Lesen gelebt. Das hatten erst Missionare und Kolonialherren eingeführt. Und auch heute noch war Afrika der Kontinent, auf dem am wenigsten aufgeschrieben wurde. Dafür herrschte eine hoch entwickelte und tief verwurzelte Tradition des gesprochenen Wortes. Ideen und Gedanken wurden per Mundpropaganda transportiert.

So bald Big Ben zum Ende kam, sah er mich beifallheischend an, und ich kam der Aufforderung gehorsam nach.

»Ich dachte immer, der Obosomfo, der das Orakel gibt, hockt hinter einem Vorhang, damit der Trick nicht auffliegt.«

Einen Moment lang war er irritiert. Dann brach er in schallendes Gelächter aus. Die Nummer war mir inzwischen vertraut. Und doch wusste ich immer noch nicht, ob er schauspielerte.

Dax schüttelte nur den Kopf. Bereits Minuten zuvor hatte er erschöpft die Stellung gewechselt. Trotz des Kettenklirrens, mit dem er die Offenbarungen des Orakels kurz gestört hatte, hatte man ihn ungestraft in die Hocke gehen lassen. Seitdem ließ er das Programm eher apathisch über sich ergehen.

Big Ben wurde seiner überbordenden Heiterkeit Herr und wischte sich die Tränen aus den Augen.

»War's das? Oder geht das Fortbildungsseminar weiter?« Dax richtete sich wieder auf und drückte den Rücken durch.

Ben strafte ihn mit einem finsteren Blick und knurrte: »Lebenslanges Lernen ist wichtig.«

»Dann kann's ja nicht mehr lange dauern, bis der Unterricht für uns vorbei ist.« Dax legte den Kopf in den Nacken und sah sich den Himmel an, als hätten Mond und Sterne ihm wesentlich mehr zu bieten als sein Gesprächspartner.

Benjamin Akpalu legte es als Aufmüpfigkeit aus. Mit einem Wink ließ er William von der Leine. Der war sofort zur Stelle. Mit Klappspaten. Der Schlag erwischte Dax an der Kniescheibe. William hatte einen Axthieb im Sinn gehabt. Doch zum Glück war der Bodybuilder nicht nur bösartig, sondern auch unbeholfen. Er traf nur mit der Breitseite. Dax brüllte vor Schmerz und sank auf das noch heile Knie.

Der Schrei war mein Angriffssignal. Ich stürzte mich auf Big Ben. Die Fußeisen brachten mich sofort in Schräglage. Doch noch im Fallen gelang es mir, dem großen Mann die Kette zwischen meinen Fäusten ums Genick zu schlingen und seinen Kopf vor meine Brust zu reißen. Laut würgend ging er mit mir zu Boden.

Meine Aktion war aus purer Verzweiflung geboren. Ich hatte keine Chance. Nur weil Ben auf mich fiel, kamen seine Männer nicht gleich an mich ran. Ich nutzte die Gelegenheit, ihn einen Hauch Todesangst spüren zu lassen und ihm dabei möglichst wehzutun. Ich strangulierte ihn mit der Kette und hoffte, wenigstens seinen Adamsapfel zu zerquetschen. Während er über mir röchelte, konnte ich seinen Angstschweiß riechen. Allein das war die Mühe wert. Sekunden später setzte mir Ato die Mündung der Pumpgun an die Schläfe, und ich lockerte die Kette.

Noch während Ben nach Luft rang und hustete, als müsse er kotzen, warf sich Faustina auf Ato und trat den Lauf seiner Schrotflinte zur Seite. Auch das war die reinste Kamikazeaktion. Wie gelähmt wartete ich auf den Schuss – der Gott sei Dank nicht abgefeuert wurde. Ato behielt die Nerven, und William befreite ihn von Faustina, während die anderen Jungs sich meiner annahmen.

Dax hatte gar keine Gelegenheit bekommen, sich einzumischen. Er saß auf dem Boden und massierte sein Knie. Big Ben lag immer noch auf dem Rücken, schnappte nach Luft und versuchte wieder zu Sinnen zu kommen. Mühsam rappelte er sich auf, klopfte sich etwas Erde und Gras vom Goldanzug und rückte sein Stirnband gerade. Dann überprüfte er seinen Schmuck und blickte finster in die Runde. Ich war auf eine sofortige Sanktion gefasst. Doch er würdigte mich keines Blickes. Schnurstracks schritt er auf Faustina zu. Sie wand sich in Williams Klammergriff, aber ihr Vater schlug so hart zu, dass Blut aus ihrer Nase schoss. Und da seine Tina nicht reumütig in Tränen ausbrach, geriet er vollends in Rage. Er schlug seine Tochter regelrecht zusammen. Immer ins Gesicht. Brutal und erbarmungslos. Bis William ein Einsehen hatte und seine Schwester zu Boden sinken ließ. Bücken mochte sich der große Ben dann doch nicht. Dafür trat er seiner Tochter noch einmal in den Unterleib.

Nachdem er seine Familienangelegenheiten erledigt hatte, trat er einen Schritt zur Seite und rieb sich mit beiden Händen den Hals. Abschließend rollte er noch einmal mit den Schultern. Dann wies er seine Trommler an, dem entfernten Getrommel etwas entgegenzusetzen. Die Männer legten lautstark los, und William brachte seinem Vater eine Holzschatulle, die aussah wie eine Zigarrenkiste.

Zunächst dachte ich, der Gegenstand, den Big Ben aus der Schatulle nahm, wäre das Kampfmesser, das ich William in Ho abgenommen hatte. Doch dann zeigte mir Big Ben die Waffe und stellte sie mir vor.

»Der Dreieckzahn.«

Es handelte sich tatsächlich um die abgesägte Klingenspitze eines Bajonetts. Sie war nicht länger als fünfzehn Zentimeter, wies aber das typische T-Profil auf. Die Klinge war blitzblank geschliffen und sah geradezu edel aus. Wäre nicht das plumpe Stahlrohr gewesen, das als Griff angeschweißt war, hätte der Dreieckzahn eine gefährliche und elegante Waffe abgegeben. So aber sah er nur aus wie ein primitives Schlachtwerkzeug: brutal und effizient.

Ich räusperte mich und sagte: »Damit verstoßen Sie gegen die Genfer Konvention.«

Das saß. Zum ersten Mal stand Benjamin Akpalu vor Sprachlosigkeit der Mund offen. Er hatte keinen Schimmer, was ich ihm sagen wollte. Ich legte nach.

»Nach der Genfer Konvention ist diese Form der Klinge international verboten.«

»Scheiß auf die Genfer Konfession!«, brach es aus ihm heraus.

»Konvention.«

Er glotzte mich an.

»Das ist keine Frage des Glaubens.«

Nachdem ich das gesagt hatte, wandte er sich von mir ab. Aber kaum dass er sich einige Schritte entfernt hatte, blieb er abrupt stehen, drehte sich um und starrte mich an.

Ich schwieg und blickte zur Ladefläche des Pritschenwagens, auf der sich Faustina schmerzverkrümmt zusammengekauert hatte.

Er deutete auf die Kanister, die unter den Bäumen standen, und zischte: »Weißt du, wofür die sind?«

Ich sah durch ihn hindurch.

Er seufzte und entspannte sich. Dann gab er mir einen Klaps auf die Schulter. »Ich dachte, wir lassen das Ritual buddhistisch ausklingen.«

»So unafrikanisch?«

»Einäscherung. Aber ohne Urne. Wir übergeben dich und deinen Freund der Natur.«

Da in Ghana eine Erdbestattung die ehrenvolle Regel war, kam die Einäscherung einer Beleidigung gleich. Aber vielleicht wollte Big Ben, ganz der sachkundige Exorzist, kein Risiko eingehen. Schließlich stammten die Legenden über Wiedergänger, die aus ihren Gräbern steigen und die Lebenden anfallen, vor allem aus Gesellschaften, in denen Erdbestattungen üblich sind. Der ruhelose Geist eines Toten gehörte sicher zu den Dingen, die auch dem großen Ben Unbehagen bereiten konnten.

Unverwandt sah er mich an, und ich erwiderte seinen Blick. Tief in seinen Augen glomm das Böse. Wie Lava in einem Vulkan, der jederzeit ausbrechen kann.

»Wir fangen mit deinem Freund an. Ihn überlasse ich William. Um dich kümmere ich mich selbst. Ich hoffe, du weißt die Ehre zu schätzen.« Damit gab er den Dreieckzahn an seinen Sohn weiter.

Ato hielt unterdessen die richtige Distanz für eine gut getimte Ladung Schrot, und zwei der Männer zerrten Dax vor den Fetisch-kegel und zwangen ihn auf die Knie.

134

Die Trommeln steigerten sich zum Stakkato, und die Klinge des Dreieckzahns blitzte im Schein der Fackeln auf, als William die Waffe mit rituellem Pathos hoch über dem Kopf des Opfers in die Luft streckte.

Es war bitter, dem Bodybuilder nicht ein zweites Mal in den Arm fallen zu können. Einen Fremden wie Albin Grau hatte ich noch vor ihm retten können, aber meinem Freund Dax konnte ich nicht mehr helfen. Jeder Blick zu Ato war ein Blick in die Mündung seiner Pumpgun.

Wieder funkelte der Dreieckzahn im Licht. Diesmal zielte William auf den Hals des Opfers. Einen Moment lang wirkte er wie erstarrt, und ich dachte, er zögere den Stich theatralisch hinaus. Doch irgendetwas stimmte nicht. Noch hatte ich William nicht zustechen sehen. Und dennoch drang bereits Blut aus der Hals-wunde.

Dann wurde mir klar, dass nicht Dax blutete. Es war William, der getroffen worden war und nun mitsamt des Dreieckzahns zu Boden ging.

Der Schuss, der den Bodybuilder niedergestreckt hatte, war im lauten Trommeln nicht zu hören gewesen. Erst als William neben Dax lag, reagierten die Zuschauer. Die Trommeln kamen ins Stottern und verstummten nach und nach. Big Ben rannte zu seinem Sohn und wurde unterwegs von einem Projektil an der rechten Schulter erwischt. Dieser Schuss war gut zu hören. Der Treffer riss Ben halb um die eigene Achse und brachte ihn zu Fall.

Ato feuerte die erste Garbe in die Dunkelheit und lud nach, als ich mich auf ihn warf. Er kam ins Straucheln und schoss in die Luft. Ich riss die Taurus aus seinem Hosenbund und schaltete ihn mit einem Schlag auf den rasierten Schädel aus.

Ich ließ mich neben ihm auf die Knie fallen, steckte die Pistole ein und riss die Flinte an mich. Die Kette zwischen meinen Handgelenken war kurz, aber nicht kurz genug. Ich pumpte eine frische Ladung Schrot ins Verschlussstück. Was um mich herum vorgegangen war, hatte ich nur unterbewusst mitbekommen. Ein, zwei Schüsse, dann eine befehlsgewohnte Stimme, die Kommandos bellte und vertraut klang. Dazu weit in der Ferne immer noch das monotone Trommeln. Als ich endlich dazu kam, mich umzusehen, waren die Machtverhältnisse bereits geklärt.

Ich hatte ein festes Abonnement auf Rettung.

Immer beim selben Schutzengel.

Diesmal erschien er mir nicht in Sportkleidung und Golfkappe. Er trug einen Kampfanzug, Fallschirmspringerstiefel und ein Barett. Alles schwarz. Keine Rangabzeichen. Das Halfter an seinem Koppelzeug war leer. Die Waffe hatte er in der rechten Hand. Die Mündung war auf Big Ben gerichtet, der neben Williams Leiche auf dem Hintern saß und sich die blutende Schulter hielt. Das Dunkelrot machte sich gut auf dem Goldanzug.

Captain Kojo Kuma blendete mich mit seinem schneeweißen Gebiss. War das ein freundliches Grinsen? Oder bleckte er verärgert die Zähne?

»Ich wiederhole mich nicht gern«, rief er mir zu, »aber auf die Knie geht man nur, wenn man beten will!«

Erleichtert bewegte ich mich auf ihn zu und geriet dabei etwas ins Torkeln. Ich war mir nicht sicher, ob es am Fieber oder an den Fußeisen lag.

Der Captain deutete es auf seine Weise und brüllte Big Ben wegen der Schlüssel an. Der spielte nicht den Helden, sondern zeigte auf die Sammlung, die an einem Karabinerhaken am Gürtel seines Sohnes hing. Dax und ich wurden das Sklavengeschirr los und rieben uns die Gelenke. Die Ketten reichten aus, um vier Handlanger Big Bens zu fesseln. Ihrem Boss wollte der Captain diese Demütigung offenbar ersparen. Oder er hielt den Verwundeten für ausreichend geschwächt. William brauchte keine Ketten mehr. Und dem bewusstlosen Ato hatte man vorsorglich die Hände auf dem Rücken zusammengebunden. Mit seinem eigenen Gürtel.

Der Captain hatte die Gebrüder Kalaschnikow dabei. Sie trugen die gleiche Montur wie ihr Chef und waren lediglich etwas schwerer bewaffnet.

Unter den Befreiern erkannte ich auch Samuel. Also war seine Flucht doch zu etwas gut gewesen. Mein Dank war angebracht. Aber er vermied jeden Blickkontakt und hielt sich im Hintergrund. Er drückte sich am Pritschenwagen herum, als bedürfe Faustina besonderer Bewachung, und wirkte dabei wie ein Hund, der Prügel erwartet. Kurz darauf wurde klar, warum.

»Samuel …!« Der Captain bat zum Rapport.

Der Junge schob den Lauf seines Schnellfeuergewehrs, das er am Schultergurt in Hüfthöhe trug, nach unten und machte sich schleppenden Schrittes auf den Weg. Mit hängendem Kopf nahm er vor dem Captain so etwas wie Haltung an.

»Wie lautete der Befehl …?«, brüllte der Chef in die Runde. Hier ging es nicht nur um Samuel. Es ging um Nachhilfe für alle Youngster. Nachdem er seine Männer mit strengem Blick gemustert hatte, widmete sich der Captain wieder dem jungen Ewe. »Ich höre immer noch nichts.«

»Feuer nur auf Befehl eröffnen«, sagte Samuel kaum hörbar.

Der Captain hielt eine Hand hinters Ohr und schob die Muschel nach vorn. »Wie war das?«

»Feuer nur auf Befehl!«, schrie Samuel.

»Und …?« Der Captain deutete mit dem Zeigefinger auf Big Bens verletzte Schulter.

Samuel presste die Lippen zusammen.

Fast tat er mir leid. Er hatte es also wieder getan. Egal, ob Trommelrevolver oder Automatikgewehr, der Junge war schießwütig.

Captain Kuma holte aus, verpasste Samuel eine schallende Ohrfeige und befahl: »Wegtreten!«

Erleichtert, dass es bei der Bestrafung eher wie im Klassenzimmer und nicht wie auf dem Kasernenhof zugegangen war, stapfte Samuel betont zackig außer Reichweite.

Kaum war dieses Problem erledigt, regte sich Ato. Stöhnend stützte er sich auf einen Ellbogen und versuchte sich ein Bild von der Lage zu machen. Er war sichtlich desorientiert – bis er den Captain erkannte. Vermutlich wäre er am liebsten wieder in Ohnmacht gefallen. Der kalte Blick des Captains machte ihm klar, was einem Abweichler blühte. Undisziplinierte Getreue wie Samuel waren eine Sache, zum Feind übergelaufene eine andere.

Doch ganz oben auf der Liste stand einer wie Ato dann doch nicht. Er musste warten.

Obiara bewu.

Früher oder später stirbt jeder.

135

Der Platz um den Fetischkegel schien Captain Kuma nicht ganz geheuer zu sein.

Wir zogen uns ins Sägewerk zurück. Selbst Williams Leiche wurde auf den Pritschenwagen verfrachtet. Da sich zudem Wolken vor Mond und Sterne geschoben hatten und der Tropenregen wieder einsetzte, war der Ortswechsel nicht schlecht. Dass die Fabrikhalle über dem ehemaligen Schrein für den Dente stand, behielt ich für mich. Vielleicht fand der Spuk ja ein Ende. Mit dem Regen waren auch die Trommeln in der Ferne nach und nach verstummt.

Die beiden Geländewagen unserer Retter standen vor dem Gebäude. Sein Pionierfahrzeug fand Dax unversehrt in der Halle vor, und den Pritschenwagen ließ der Captain vor dem halb geöffneten Tor parken, die Scheinwerfer in die Halle gerichtet. So standen wir nicht ganz im Dunkeln, während wir darauf warteten, dass der Wolkenbruch endete.

»Was haben Sie vor?«, fragte ich den Captain.

»Wir können uns keine feindlichen Zeugen leisten.«

Das hatte ich an diesem Abend schon mal gehört. Von Big Ben. Mundpropaganda.

»Oder haben Sie herausgefunden, dass er unschuldig ist?«

Ich schüttelte den Kopf.

»Na also.«

Der Captain hatte recht. Big Ben hatte gestanden, dass er Vera und den Grasscutter umgebracht hatte – auch wenn er seine beiden Opfer nicht allein auf dem Gewissen hatte. Was das anging, war auch der große Auftrag- und Geldgeber verantwortlich, mit dem er den Deal hatte abwickeln wollen.

»Wollen Sie sich ihn selber vornehmen? Oder sollen wir uns darum kümmern?«

Bevor es dazu kam, musste ich noch etwas in Erfahrung bringen. Wohin hatte der Todeskandidat reisen wollen? Die Fotos machten mir keine Sorgen. Sie waren in seinem Haus am anderen Ende der Lichtung. Aber den Ort, an dem sich der Film befand, kannte ich nicht.

»Ich muss noch etwas von ihm wissen«, sagte ich.

»Dann mal los.«

Nach dieser Ermunterung ließ der Captain Big Ben vorführen und zog sich mit seinen Männern auf eine Zigarette zurück. Auch Dax und Faustina ließen mich lieber allein mit meinem Gesprächspartner.

Inzwischen hatte man Benjamin Akpalu die Hände auf dem Rücken zusammengebunden. Angesichts des Blutverlustes und der Niederlage schien er zum Greis geworden zu sein. Sein zuvor stattlicher Körper wirkte wie ein Ballon, der eine Menge Luft verloren hatte. Sein Blick verlor sich im Nichts. Wahrscheinlich war er noch nie einem schwarzen Teufel mit der Effizienz des Captains begegnet.

Ich versuchte Ben zum Reden zu bringen, doch er war nicht ansprechbar. Ihm war alles egal. Meine Verhörmethoden stießen an Grenzen. Zorn und Wut halfen mir nicht weiter. Ich konnte ihm drohen, ihn schlagen und die Mündung der Taurus spüren lassen, aber ich war kein Folterexperte. Das hatte man mir in der Legion nicht beigebracht. Und doch – ob ich wollte oder nicht, ich musste noch etwas aus dem Mann herausbringen.

Eine Viertelstunde später baute sich der Captain neben mir auf und sagte: »Lassen Sie mich mal machen.«

»Okay …« Ich trat einen Schritt zurück.

»Augenblick noch.«

Der Captain verschwand in der Werkzeugbodega des Sägewerks und kramte dort herum. In der Zwischenzeit warf ich einen Blick zu den anderen. Sie standen im offenen Tor an der Stirnseite der Halle, rauchten, redeten und betrachteten den Regen. Im Licht der Scheinwerfer sahen sie aus wie Scherenschnitte. Die Gefangenen saßen hinter dem halb geschlossenen Tor auf dem Boden, und Dax beschäftigte sich im Halbdunkel mit seinem Hanomag, als wäre eine größere Inspektion fällig. Ich ließ den Blick weiter durch das Gebäude schweifen. Maschinen, Geräte und Träger warfen schräge Schatten und wirkten wie das Werk eines talentlosen Installationskünstlers.

Der Captain kam zurück. In der einen Hand hatte er einen leeren Blecheimer, in der anderen einen schweren Maulschlüssel.

In Big Bens Augen glomm nun doch noch so etwas wie Leben auf. Misstrauisch musterte er die Instrumente.

Der Captain schickte seine Jungs unter den Dachvorsprung vor dem Tor. »Und schiebt es ruhig noch ein Stück zu!«, rief er. »Es gibt Dinge, die müssen sie sich nicht abgucken«, sagte er zu mir. »Ihre Frage kennt er ja sicher«, stellte der Captain fest, ohne mich anzusehen. »Ich kümmere mich nur um die passende Antwort.« Und zu Big Ben: »Oder können wir uns das schenken?«

Ben presste die Lippen zusammen und versuchte uns zu ignorieren.

»Na gut. Dann auf die Knie!«, befahl der Captain.

Ben blieb stehen.

Der Captain fackelte nicht lange und drosch ihm den Maulschlüssel auf die verletzte Schulter.

Ben schrie auf und ging in die Knie, und ehe er sich versah, hatte der Captain ihm den Eimer über den Kopf gestülpt.

»Doch noch aussagebereit . ?« Der Captain lauschte, ob Ben sich unter seinem Helm meldete.

Stille.

Also holte der Captain mit dem Maulschlüssel aus und hämmerte gegen das Blech.

Ben brüllte wie ein Tier.

»Und …?« Der Captain horchte erneut.

Nichts.

Es brauchte drei Attacken auf Big Bens Trommelfelle, bis er kapitulierte und schreiend einlenkte. Der Captain zog ihm den Eimer vom Kopf, und wir warteten auf das, was uns der Delinquent zu sagen hatte.

Benjamin Akpalu rang nach Luft. Es dauerte ein paar Sekunden, bis er etwas herausbrachte.

»Tunis …«

Da weder der Captain noch ich eine Reaktion zeigten, bekam es Big Ben wieder mit der Angst zu tun. Er schaute mir in die Augen und sagte: »Der Mann, der den Film hat, lebt in Tunis.«

Der Captain griff zur Brusttasche seines Kampfanzugs, zückte Notizblock und Kugelschreiber und reichte sie mir. Big Ben betete Name und Adresse herunter und sagte, ich fände das alles auch bei seinem Pass und dem Ticket, die zusammen mit den Fotos im Fußbodensafe unter der Bastmatte im Raum hinter seinem Büro seien. Den Schlüssel dazu trage er an einem Kettchen um den Hals.

»Geht doch«, sagte der Captain und ging in die Hocke. Er zog den Reißverschluss der Trainingsjacke auf, riss den Schlüssel vom Goldkettchen und händigte ihn mir aus.

Nachdenklich schaute ich mir den breiten Doppelbart an und steckte den Schlüssel ein.

Big Ben Akpalu blickte zu mir auf. Seine unterwürfige Haltung rührte mich, ohne dass ich es wollte. Wider besseres Wissen machte sich der Mörder meiner Mutter Hoffnung aufs Überleben. Er appellierte an meinen weichen Kern. Deshalb war ich erleichtert, als ich die Worte des Captains vernahm.

»Es hat aufgehört zu regnen.«

Der Mann im schwarzen Kampfanzug hätte genauso gut sagen können: »*Zeit zum Sterben!*« oder »*Bringen wir's hinter uns!*« Selbst der gar nicht mehr so große Ben, der wahrscheinlich im Moment nur Lippen lesen konnte, verstand.

Der Hoffnungsschimmer in seinen Augen erlosch, und sein Kinn sank schwer auf die Brust.

136

Captain Kuma hielt sich an die im Land tief verwurzelte Tradition der standrechtlichen Erschießung.

Rote Warnflaggen erübrigten sich. Die Gefesselten standen aufgereiht vor der Fabrikhalle. Links Big Ben, daneben Ato, für den der Captain nicht den Hauch von Gnade zeigte, dann die anderen vier. Der Mond zeigte sich wieder am Himmel und versilberte die Szenerie. Der Captain ließ den Todgeweihten die Fesseln abnehmen. Er bot an, ihnen die Augen verbinden zu lassen, und ließ ihnen die Wahl, ob sie stehen oder knien wollten. Nachdem sich Big Ben dafür entschieden hatte, dem Ende aufrecht und offenen Auges entgegenzutreten, taten es ihm die anderen gleich.

Die Schützen formierten sich. Dem Captain wäre es zweifellos lieber gewesen, wenn auch ich mich beteiligt hätte. Doch es gab Dinge, die ich nicht mit ihm und Jay Jay gemeinsam haben wollte. Standrechtliche Erschießungen gehörten dazu. Egal, ob ich selber abdrückte oder den Befehl dazu gab. Nachdem der große Ben auf so demütigende Weise klein gemacht worden war und dabei ebenso gelitten hatte wie Vera, war meine Gier nach persönlicher Rache gestillt. Der Mann starb sowieso. Und ich hatte nicht vor, Captain Kojo Kuma mit einem Gnadengesuch in den Rücken zu fallen.

In Faustina hingegen arbeitete es noch. Bevor der letzte Akt beginnen konnte, schritt sie auf ihren Vater zu und blieb vor ihm stehen. Der Captain ließ sie gewähren. Ich bemerkte die glimmende Zigarette zwischen den Fingern ihrer Rechten. Als ich mich kurz zuvor für die mutige Attacke auf Ato bedankt hatte, war Faustina mir noch wie abwesend vorgekommen. Tränen waren ihr über das übel zugerichtete Gesicht gelaufen. Doch nun machte sie einen völlig gefassten Eindruck. Sie sagte etwas zu ihrem Vater. Es war ihm nur eine seiner Lachsalven wert.

Faustina wartete, bis das Gelächter verklungen war. Dann zog sie noch einmal an der Zigarette, bis die Spitze hellrot aufleuchtete, und drückte sie auf der Brust ihres Vaters aus. Direkt über dem Herz. Ich konnte nicht sehen, wie die Glut sich durch Stoff und Haut fraß. Aber dass Big Ben die Zähne bleckte, verriet mir, wie schmerzhaft es sein musste. Trotzdem ertrug er die Bestrafung ohne Gegenwehr.

Faustina warf die Kippe weg, trat ins Halbdunkel zurück, und der Captain übernahm erneut das Kommando. Da er kein Gemetzel beabsichtigte, befahl er, die Gewehre auf Einzelfeuer zu stellen. Die Jungs taten, was er sagte. Selbst Samuel hatte er die Chance zur Bewährung eingeräumt.

Der Captain ließ anlegen.

Eines musste man Big Ben lassen: Im letzten Moment bewies er noch einmal Haltung. Trotzig blickte er die Schützen an, als wolle er sie zum Fehlschuss zwingen. Dann brüllte er: »Lang lebe der große Kwasi Gyantrubi!«

Der Zauber wirkte.

Noch bevor der Captain das Feuer freigeben konnte, ertönte ein einzelner Schuss und löste Chaos aus. Die Kugel verfehlte Big Ben nur knapp und schlug in einen Baumstamm. Sofort erwachte der große Mann zu neuem Leben. Er nutzte die Chance und rannte davon. Samuel schickte ihm einen zweiten Schuss hinterher und verfehlte sein Ziel erneut.

Nun suchten auch die anderen Todeskandidaten ihr Heil in der Flucht. Doch inzwischen feuerten sämtliche Schützen, ohne den Befehl abzuwarten. So bald der Captain und ich unsere Waffen gezogen hatten, überließ er mir Big Ben. Er deutete kurz zu der Stelle, an der Ben in der Dunkelheit verschwunden war, und noch während ich mich in Bewegung setzte, versuchte er lautstark, seine Jungs wieder auf Linie zu bringen.

Kaum hatte ich die Lichtung verlassen, stolperte ich im Unterholz über einen Baumstamm und schlug der Länge nach hin.

Der Stamm war Big Ben.

Er lag leblos auf dem Rücken. Eine der Kugeln hatte ihn getroffen. Sie war an der Stelle eingeschlagen, die Faustina kurz zuvor mit der Glut ihrer Zigarette markiert hatte. Allem Anschein nach hatte sich der große Ben auf der Flucht zu seinem Ahnen, dem legendären Fetischpriester, noch einmal umgedreht und dabei den Tod gefunden.

Schüsse und Befehlsrufe verklangen. Der Spuk hatte ein Ende. *So* hatte sich der Captain den Ablauf der Aktion sicher nicht vorgestellt.

Als ich wieder vor ihm stand, beherrschte er seinen Unmut nur mühsam. Mit schmalen Lippen suchte er nach Worten. Bevor sich sein Zorn über Samuel entladen konnte, setzte ich mich für den Ewe ein.

»Der Junge hat ihn doch noch erwischt.«

»Wenn Sie es sagen«, knurrte der Captain.

Er ließ noch einige Sekunden verstreichen, bevor er die Sache als erledigt betrachtete, und befahl, Big Bens und Williams Leiche herzuschaffen. Dax war unverzüglich mit seinem Klappspaten zur Stelle, als wolle er wahr machen, womit er bereits bei unserer Ankunft gedroht hatte.

Fahrer zu sein reicht mir nicht. Ich mach auch noch den Totengräber. Gratis.

Der Captain warf einen müden Blick auf den Spaten. »Wir haben keine Zeit, Gruben auszuheben. Erst recht nicht mit einem solchen Campingbesteck.«

Dax tat beleidigt.

»Gefallene verdienen ein ordentliches Begräbnis«, sagte ich.

»Gefallene …?«, bellte der Captain. »Und das aus dem Mund

eines Soldaten? Das sind keine Gefallenen! Das hat nichts mit ehrenhaftem Tod zu tun. Das sind Kriminelle.«

Er hatte recht.

»Aber begraben werden sollen sie trotzdem«, lenkte er mürrisch ein und entfernte sich.

Wir sahen zu, wie der Captain die Halden hoch aufgetürmter Baumstämme abschritt und taxierte. Vor dem höchsten Stapel blieb er stehen und zerrte kurz an einer der verrosteten Eisenketten, mit denen die schweren Stämme zusammengehalten wurden. Als er zurückkam, schüttelte er den Kopf und sagte: »Mahagoni und Eisenholz, was für eine Verschwendung für diesen Abschaum.«

Captain Kuma wies seine Leute an, die Toten am Fuß der höchsten Halde abzulegen. Während sie seinem Befehl nachkamen, verschwand er in der Fabrikhalle und kam kurz darauf mit einem großen Seitenschneider zurück. Langsam dämmerte mir, was der Mann vorhatte. Der Stapel, den er sich ausgesucht hatte, hing in den Ketten schräg vornüber. Auf der Rückseite konnte man also gefahrlos arbeiten. Der Captain wollte die Ketten mit dem Werkzeug durchschneiden und die Toten unter der Welle davonrollender Stämme begraben.

Und genau das tat er.

Da die Ketten nicht gleichzeitig durchtrennt werden konnten, geriet die Halde schräg ins Rutschen. Doch unter den Stämmen, die sich unter lautem Ächzen und Poltern in Bewegung setzten, hätte man noch weit mehr Leichen verstecken können.

Ich suchte Blickkontakt mit Faustina, doch sie schaute gebannt zu, wie ihr Vater unter den Tropenhölzern verschwand. Für sie musste es das sinnvollste Forstprojekt sein, das sie je gesehen hatte.

Als Big Ben und seine Handlanger bestattet waren, schien der Mond teilnahmslos auf den frischen Grabhügel aus verwitterten Baumstämmen, und in der Ferne erklangen erneut die Trommeln.

VIERTER AKT
Belichtung

Tunis
Juni 2004

»Du hast nicht getan, was jedermann macht«,
sagte der Nackte, »und das ist in dieser Welt
ein Verbrechen. Das hast du immer gewusst.«

Ayi Kwei Armah
»Die Schönen sind noch nicht geboren«

137

Tunis empfing mich lichtdurchflutet, mit trocken-heißen Temperaturen und einem milden mediterranen Wind.

Verglichen mit Accra war die Stadt das reinste Kurbad. Alles in allem beste klimatische Bedingungen, wenn man sich gerade vom Sumpffieber erholte und einen klaren Kopf brauchte. Nachdem ich den Alukoffer mit Stereoskop und Fotos im Tresor des Carlton deponiert hatte, informierte ich mich zunächst über die Flugverbindungen nach Berlin. Von Accra nach Tunis zu gelangen war bereits umständlich genug gewesen. Sollte ich neben den Fotos auch den Film in die Hände bekommen, galt es, so schnell wie möglich meinen Tauschpartner aufzusuchen. Neben Flügen über Paris und Frankfurt gab es sogar eine Direktverbindung mit Tunis Air nach Schönefeld. Flugzeit zweieinhalb Stunden.

Nachdem das geklärt war, ging ich zu Fuß in Richtung Medina. Mein Hotel lag an der Avenue Habib Bourguiba. Der breite Boulevard mit seinem grünen Mittelstreifen und den breiten Gehwegen bot französisches Flair. Ich kam an Hotels vorbei, an Boutiquen, Straßencafés, Blumenhändlern und Zeitungskiosken. In den Bäumen tummelten sich Schwärme von Staren, deren Zwitschern sogar das Verkehrschaos übertönte.

Am Bab el-Bahr, dem Tor des Meeres, verlor sich das europäische Gesicht der Metropole. Das Stadttor war die Eintrittspforte ins Morgenland. Irgendwo hatte ich gelesen, hier in Tunesien, dem Land der Ruinen und Beduinen, wäre Karl Mays Alter Ego Kara Ben Nemsi zum ersten Mal zum Einsatz gekommen.

Kaum hatte ich die Altstadt betreten, wich das Sonnenlicht dämmrigem Halbschatten, und ich war vom geschäftigen Leben und den exotischen Gerüchen des Orients umgeben. Nur wenige Minuten zuvor hatte ich die neoromanische Kathedrale passiert, doch hier in der Medina herrschte nur einer: Allah. Das christliche Gotteshaus mochte mächtig wirken, war aber nicht mehr als eine geduldete Herberge für Jesus Christus.

Es dauerte eine Weile, bis ich mich orientiert hatte. Dann fand ich unter all den engen Gassen diejenige, die ich suchte. Hinter einigen Stufen führte ihr holpriges Pflaster zwischen weiß getünchten Gebäudefluchten leicht bergan. Immer wieder wurde sie von schmalen Bögen überspannt, um die hohen Hauswände abzustützen. Die Gegend hatte nichts Feudales. Doch in einer Medina verbargen sich Reichtum und Luxus von Palästen oft hinter unscheinbarem Gemäuer. So erwartete mich auch kein pompöses Eingangstor, als ich die gesuchte Adresse erreichte. Die hellblaue Haustür, vor der ich stehen blieb, war nicht viel mehr als eine Einstiegsluke.

Von außen war nicht zu erkennen, ob das Gebäude bewacht wurde. Man hielt sich bedeckt – wahrscheinlich jenseits der Tür und hinter den Zinnen über mir. Da alles so alltäglich aussah, griff ich zum Türklopfer und meldete mich. Auch hier nur ein einfacher Ring aus Eisen. Die beiden Schläge gegen das Holz verhallten. Stille. Dann entfernte Schritte. Mit einem Quietschen bewegte sich die Tür und gab den Blick auf einen hageren Alten frei. Er trug einen grauen Anzug über dem weißen Hemd und einen roten Fez auf dem Kopf. Er schaute mich fragend an. Ich hatte lange kein Französisch mehr gesprochen. Es knarzte etwas, als ich mich vorstellte. Außerdem überreichte ich ihm meine Visitenkarte und fragte höflich nach Babar Brahem, dem Herrn des Hauses.

Der Alte warf einen langen Blick auf die Karte und versuchte sich einen Reim darauf zu machen. Wahrscheinlich hielt er mich für einen Reiseleiter. Schließlich bat er mich mit einem Wink herein. Dass ich keinen Termin hatte, schien ihn nicht sonderlich zu interessieren. Alles in allem machte ich wohl einen ausreichend zivilen Eindruck auf ihn. Ich war entschlossen, mein Vorhaben erst einmal geschäftlich anzugehen. Zwar hatte ich mich nicht zu einer Krawatte durchringen können, doch immerhin trug ich einen leichten Sommeranzug mit erkennbaren Bügelfalten. Auch die Sonnenbrille hatte ich rechtzeitig abgenommen.

Der Schritt über die Schwelle war wie ein Eintauchen in Tausendundeine Nacht. Schon die Eingangshalle kündete von herrschaftlichen Verhältnissen. Kübelpflanzen, die dem Tropenhaus jedes botanischen Gartens zur Ehre gereicht hätten, flankierten einen riesigen Spiegel mit vergoldetem Rahmen. Durch eine bunt verglaste Deckenkuppel fiel so viel Tageslicht in die Halle, dass die Stehlampen neben dem Diwan vorerst entbehrlich waren.

Mit einem kurzen Winken forderte mich der Alte auf, Platz zu nehmen, und verschwand in einem Gang. Ich setzte mich. Auf dem niedrigen und mit Kissen überfrachteten Liegesofa kam man sich klein vor. So ähnlich musste es in der Grunewaldvilla zugegangen sein, wenn Murnau seine Besucher mit einer beiläufigen Geste zum türkischen Diwan hin aufgefordert hatte: »Bitte, legen Sie sich hin.«

Zwei Wachleute saßen an einem Tisch und widmeten sich einem Brettspiel. Sie hatten mich nur kurz gemustert und ihr Spiel wieder aufgenommen, nachdem ich den Anweisungen des Alten gefolgt war. Wenn man erst mal auf dem Diwan hockte, kam man nicht mehr so leicht hoch. Die Wachen trugen eine Fantasieuniform, die mich an die Askaris der Deutschen Schutztruppe erinnerte. Die Revolver passten dazu.

Bevor Langeweile aufkommen konnte, war der alte Mann zurück und bat mich, ihm zu folgen. Als ich mich aufrappelte, kam einer der Wachleute und klopfte mich auf Waffen ab. Dann folgte ich dem Alten durch den Gang, der etwa fünfzig Meter lang wie ein Schacht tiefer in das Gebäude führte. Keine Abzweigung, keine Türen, keine Dekoration. Nur helles Mauerwerk aus Sandstein. Der Gang mündete in den Schatten von Arkaden, die das weite

Quadrat eines Innenhofs säumten. Im nicht überdachten Zentrum des Hofes gluckste ein antiker Brunnen. Das Wasser floss aus bronzenen Wolfsköpfen in ein mosaikverziertes Becken, in dem blühende Wasserpflanzen schwammen. Der Alte wies mir eine Rattansitzgruppe im Halbschatten zu und zog sich zurück.

Ich setzte mich in einen Sessel, lauschte dem Plätschern und bewunderte die Architektur. Die Wände der Arkaden waren mit prächtigen Kacheln verziert. Der Anblick der ästhetischen Farben und symmetrischen Muster hatte etwas zutiefst Beruhigendes. Über den Arkaden zogen sich zwei Stockwerke hoch Galerien um den Hof. Ihr Holz war hellblau gestrichen und wies filigrane Schnitzereien auf. Leuchtend rote Bougainvilleen rankten über die Brüstungen.

Babar Brahem schien nicht nur ein steinreicher Mann zu sein, er besaß auch Geschmack. Und er hatte Zeit. Jede Menge Zeit. Er ließ mich gut zwanzig Minuten warten, bis ich über mir ein Geräusch vernahm. Hinter der Brüstung im ersten Stock bewegte sich jemand. Ich musste ins Sonnenlicht blicken und konnte fast nichts erkennen. Wenig später erklangen Schritte, und ein Mann kam auf mich zu.

Er trug einen weißen Kaftan, was bei mir den Eindruck verstärkte, eine Erscheinung zu haben. Ich kniff die Augen zusammen wie ein Kurzsichtiger ohne Brille.

Der Mann kam näher und lächelte.

Ich kannte ihn.

Aber nicht unter dem Namen Babar Brahem.

138

»Doch, doch, es gibt ihn tatsächlich«, versicherte mir Josefmaria von Wernherr.

»Mein alter Freund Babar ist ein *Beldi*. So nennt man die alt-eingesessenen Bürger von Tunis.« Mit einer ausholenden Arm-bewegung richtete er sich im Sessel auf. »Das hier gehört alles ihm. Aber da er ein großzügiger Mann ist, hat er mir einen Teil seines Hauses als Gästeflügel, als *Sraya*, überlassen. Schon seit einer Ewigkeit komme ich hierher, sooft ich kann.«

Wollte Wernherr mir auf die Schnelle die wichtigsten Begriffe der Landessprache eintrichtern? Seit er mich begrüßt hatte, plauderte er entspannt drauflos, als wäre ein Treffen an diesem Ort fest eingeplant gewesen. Mich hingegen hatte die überraschende Begegnung doch etwas aus dem Konzept gebracht. Ganz konnte ich es immer noch nicht glauben. So wie er dasaß, in seinem mantelartigen Überrock aus schneeweißem Tuch und den kunstvoll geflochtenen Ledersandalen an den nackten Füßen, hätte er als Lawrence von Arabien auftreten können. Zwar waren seine schloh-weißen Haare nicht unter einem Beduinentuch verborgen, trotz-dem veränderte die orientalische Aufmachung seine Erscheinung beträchtlich. Schon bei unserer ersten Begegnung hatte er jünger ausgesehen, als er war. Nun war sein Gesicht sonnengebräunt. Dadurch wirkten die Wangen nicht mehr so eingefallen. Überhaupt hatte er etwas Gewicht zugelegt und strotzte förmlich vor Energie und Gesundheit. Zudem schwächte das Gewand den sonst so za-ckigen Auftritt etwas ab und verlieh dem drahtigen Zinnsolda-tenkörper weiche Konturen. Mit den zierlichen Händen, den kost-baren Ringen und den auf Hochglanz polierten Fingernägeln hatte es fast etwas Weibliches.

Er klatschte in die Hände.

Der Alte mit dem roten Fez war augenblicklich zur Stelle und nahm die Bestellung von Tee und Gebäck entgegen.

»Leider hält sich der Herr des Hauses geschäftlich in Damaskus auf«, wandte sich Wernherr wieder an mich.

Wahrscheinlich basierte die Bekanntschaft zwischen ihm und Babar Brahem noch auf den Verbindungen seines Vaters mit dem Großmufti von Jerusalem und Konsorten.

»Sonst hätte ich Sie ihm vorgestellt«, fügte er hinzu. »So müssen Sie leider mit mir vorliebnehmen, Victor.«

Das herbe Lächeln und der kalte Blick machten mir klar, dass Josefmaria von Wernherr trotz freundlicher Worte und orientalischer Verkleidung keinesfalls zum Warmduscher geworden war.

»Ich muss zugeben«, sagte er, »dass ich etwas perplex bin, Sie zu sehen. Darf ich fragen, was Sie nach Tunis führt?«

»Die vier Teufel.«

»Sieh an, sieh an …« Er schüttelte den Kopf und lächelte. »Sie haben es also herausgefunden.«

»So ist es.«

»Ich wusste, dass Sie gut sind, Victor.«

Ich ignorierte seine Schmeichelei. »Und … ist der Film tatsächlich hier?«

»Warum sollte ich das noch leugnen, wenn Sie es bis hierher geschafft haben?«

»Ihnen ging es also nur um die Fotografien.«

Er beugte sich vor. »Haben Sie die Bilder?«

»Ja.«

»Das ist gut.« Er atmete tief durch und lehnte sich zurück.

»Das sehe ich auch so.«

»Wo sind die Fotos?«

»Im Tresor meines Hotels.«

Er hob die mächtigen Brauen.

»Ich war auf dem Weg nach Berlin, um Ihnen einen Besuch abzustatten, so bald ich alles beisammen gehabt hätte«, sagte ich. »Wie sollte ich ahnen, dass Sie mir bereits auf halber Strecke über den Weg laufen?«

»*Über den Weg laufen* ist wirklich reizend formuliert. Aber da es nun einmal so ist … wie soll es nun weitergehen?«

Er bedachte mich mit einem Lächeln, aber den lauernden Tonfall hatte er nicht ganz im Griff. Ich ließ mir Zeit mit der Antwort.

Dann sagte ich:»Sie schaffen Ihren Teil des Deals her. Ob per Expressluftkurier oder im Gepäck eines Ihrer Vertrauensmänner, ist mir egal. Das lässt sich telefonisch organisieren. Air Tunis fliegt morgen nonstop von Schönefeld hierher. Wenn Sie den Film meines Vaters hier haben, will ich ihn sehen. Dann zeige ich Ihnen die Stereofotos, und wir tauschen.«

Er nickte und nahm in aller Ruhe einen Schluck Tee.»So machen wir es, Victor. Ich werde alles veranlassen. Wie erreiche ich Sie?«

Ich sagte es ihm.

139

Am darauf folgenden Nachmittag war ich rechtzeitig am Flughafen Tunis-Carthage.

Wernherr hatte gestern in meinem Beisein mit Boris, einem seiner Männer in Storkow, telefoniert und ihm klare Anweisungen gegeben. Er sollte das besagte Objekt persönlich nach Tunis bringen und durfte erster Klasse fliegen. Aber ich wollte mich selbst davon überzeugen, ob der Bote auch eintraf, bevor ich die Sachen aus dem Tresor holte.

Die Maschine aus Berlin war pünktlich. Noch pünktlicher waren die beiden Männer, die Boris abholen und eskortieren sollten. Der eine war der Alte mit dem Fez, der andere einer der Wachleute, die ich am Tag zuvor gesehen hatte. Zwar trug der Bodyguard Zivil, aber zweifellos auch eine Waffe unter dem Sakko, denn Boris würde wie ich *nackt* einreisen müssen. In dem alten Legionärstreff, einem Café in der Medina, das ich am gestrigen Abend aufgesucht hatte, wäre es ein Leichtes gewesen, an eine Waffe und die dazu passende Munition zu kommen.

Artikel 2, Ehrenkodex der Legion:

Jeder Fremdenlegionär ist dein Waffenbruder, gleich welcher Staatsangehörigkeit, Religion oder Rasse er ist. Du fühlst dich ihm immer verbunden, wie es die Zusammengehörigkeit einer großen Familie erfordert.

Doch ich hielt es nicht für sinnvoll aufzurüsten, da ich mit Sicherheit gefilzt werden würde. Ich war gewillt, mich an die Abmachungen zu halten. Sollte Wernherr aus der Reihe tanzen, musste ich mir auf andere Weise helfen.

So zeitig die Maschine gelandet war, so lange zog sich der Weg der Passagiere durch Pass- und Zollkontrolle hin. Ich blieb gelassen. Ich fühlte mich wohl in Tunis. Das mediterrane Flair beflügelte mich. Es brachte mir angenehme Erinnerungen an Korsika zurück. Auch Französisch zu sprechen war eine willkommene Abwechslung.

Während ich so in angemessener Deckung meinen Gedanken nachhing, spazierte Boris, der Sehnige, endlich aus dem Ankunftsbereich. Er hatte seine übliche Portion Gel im Haar und – was viel wichtiger war – einen handlichen gelben Hartschalenkoffer dabei.

Ich sah mir noch an, wie das Trio in einen Mercedes mit Chauffeur stieg. Dann kehrte ich ins Hotel zurück.

140

Am späten Nachmittag kam der Anruf, und ich machte mich mit meinem Aluköfferchen auf den Weg in die Medina.

Wie erwartet, wurde ich erneut einer Leibesvisitation unterzogen. Schon in der Eingangshalle und auch in dem langen Gang zum Innenhof nahm ich flüchtig einen Geruch wahr, der mir vertraut vorkam, ohne dass ich ihn einordnen konnte.

Eine Spur Vanille?

Eine Prise Zimt?

Diesmal führte mich der Alte nicht nur unter die Arkaden. Wir durchquerten den Innenhof, und es ging weiter durch verzweigte Gänge und verschachtelte Räume bis zu einer Steintreppe, die zwei Stockwerke nach oben führte. Wo immer ich hinsah, bot sich mir dezenter Luxus. Wandbehänge, Möbel, Teppiche und Kissen waren farblich aufeinander abgestimmt. Der Grundton war ein Rostrot, das mal ins Dunkelbraune, mal in Rosa oder Honiggelb ausschlug. Ein steter Luftstrom durchzog Gänge, Räume und Treppenschächte und brachte angenehme Frische. Die Belüftung wirkte unsichtbar und nach einem ausgeklügelten System.

Die Stufen führten auf eine weitläufige Dachterrasse. Hinter der Brüstung erstreckte sich das leuchtende Weiß der endlos erscheinenden Medina mit niedrigen und hohen Flachdächern, kleinen und großen Kuppeln und schlanken Minaretts. Ein mildes Lüftchen wehte vom Golf von Tunis landeinwärts. Das Sonnenlicht glomm nur noch matt und tauchte alles in Pastelltöne. Schwalben kreuzten pfeilschnell über der Stadt, und der geschäftige Lärm in den Gassen drang kaum zu mir hinauf.

Was das Idyll etwas störte, waren die beiden Aufpasser, die sich im Hintergrund hielten. Der eine trug die Uniform der Haustruppen und war neben seinem Revolver mit einer Uzi bewaffnet. Die Waffe des sehnigen Boris blieb unter seiner Jacke verborgen. Immerhin deutete er mit gefletschten Zähnen ein Lächeln an, als mich der Alte mit dem Fez zu den Gartenmöbeln führte. Sie gruppierten sich um einen gemauerten Grill. Kühler mit Bier und Roséwein standen bereit. Ich lehnte den mir angebotenen Drink ab, und der Alte zog sich zurück. Nachdem ich den Alukoffer auf einem Stuhl abgestellt hatte, trat ich zur Brüstung und genoss den anstehenden Sonnenuntergang.

Als ich mich wieder umdrehte, betrat Josefmaria von Wernherr die Dachterrasse. Diesmal trat er nicht als Lawrence auf. Er trug einen Safarianzug und Slipper. Noch bevor er mich begrüßte, warf er einen kurzen, aber begehrlichen Blick auf den Koffer. Dann bot er mir einen Sundowner an.

»Bier …? Rosé …? Der hiesige Wein ist ausgezeichnet. Sie können auch gerne einen Roten haben.«

Ich nahm ein Glas Rosé.

Der Gastgeber bediente selbst und schenkte sich ebenfalls ein Glas Wein ein.

Es roch zunächst nach Smalltalk, deshalb sagte ich: »Das ist wirklich ein gepflegter Palast, den Ihr Freund Babar Brahem sein Eigen nennt.«

Wernherr prostete mir zu. »Die Zeiten, in denen das Land der Berber als barbarisch galt, sind lange vorbei.«

Wir tranken einen Schluck und blieben fürs Erste stehen.

»Was ich jedoch am meisten liebe«, sagte er und schaute dabei über die Dächer, »ist das Licht in dieser Stadt. Man begreift sofort, warum große Maler wie Paul Klee oder August Macke hier gearbeitet haben …«

Ich befürchtete schon, er würde sich zum Thema Malerei ähnlich auslassen, wie er es bei unserer ersten Begegnung in Deutschland zum Thema Film getan hatte. Doch seine Gier nach den Fotografien bewahrte mich davor.

Erneut warf er einen Blick auf den Koffer. »Das sind sie also.«

»Mitsamt Betrachtungsgerät.«

»Ich bin Ihnen zu Dank verpflichtet.«

Ich schwieg.

Er kippte seinen Wein runter, stellte das Glas ab und sah mich an. »Sie werden verstehen, dass ich mir die Aufnahmen gerne anschauen würde … allein.«

»Natürlich.«

Der Mann hatte mir erlaubt, meinen Familienporno in ungestörter Einsamkeit zu ertragen. Warum sollte ich ihm also verwehren, den seinen in vergleichbarer Privatsphäre zu genießen? Ich übergab ihm das Köfferchen mit dem Material. Nur die Liste mit den Namen und den dazugehörigen Symbolen hatte ich verbrannt. Damit war genug Unheil angerichtet worden. Er würde seinen Vater auch ohne *Kreuz-As* erkennen.

»Sie gestatten, dass ich mich einen Augenblick zurückziehe«, sagte er. »Ich habe jemanden, der Ihnen derweil Gesellschaft leisten wird.« Er lächelte. »Sie haben sich sicher eine Menge zu erzählen.«

Damit verschwand er im Haus und ließ mich rätselnd zurück – bis der Gesellschafter, den er so geheimnisvoll angekündigt hatte, auf die Terrasse trat.

So bald ich den Rauch bemerkte, der aus der Pfeife aufstieg, wusste ich, woher ich den Geruch nach Vanille und Zimt kannte, der mir beim Betreten des Gebäudes in die Nase gestiegen war. Hier oben im Freien verflüchtigte sich der Tabakgeruch. Aber in der Abafun Lodge hatte sich das Aroma unbewusst, aber tief in mein Gedächtnis geschlichen.

Monsieur kam gemütlichen Schrittes auf mich zu, reichte mir die Hand und kam sofort zur Sache.

»Ist er tot?«

»Wer?«

»Benjamin Akpalu. Wenn Sie die Fotos in Ihren Besitz gebracht haben und zudem wissen, wo sich Murnaus Film befindet, wird er Ihnen das alles nicht so einfach erzählt haben.«

Mürrnooh …

Das letzte Mal hatte ich diese Aussprache von einer Südseeinsulanerin gehört, die liebevoll vom *Preußen* erzählte – in dem Dokumentarfilm über *Tabu*, den ich mir in Veras Wohnung in Friedenau angesehen hatte.

Ich wusste nicht, worüber ich mich mehr wundern sollte: Über das plötzliche Auftauchen des Fruchtsaftexperten aus Genf, seine offensichtliche Nähe zu Josefmaria von Wernherr oder über die selbstverständliche Art und Weise, mit der er Friedrich Wilhelm Murnau erwähnte. Gott sei Dank sprach er Französisch und nicht das Gutturalenglisch, mit dem er in Accra aufzutreten pflegte. Wie immer waren Monsieurs Augen gerötet. Hier in Tunis fiel der rote Schimmer sogar noch eine Spur kräftiger aus. Vielleicht lag es am Licht, das die Maler so lobten.

»Big Ben ist tot«, sagte ich.

Monsieur atmete erleichtert auf und steckte sich die Pfeife zwischen die Zähne, um beide Hände frei zu haben. Dann nahm er meine Rechte, drückte sie und sagte sichtlich bewegt: »*Merci.*«

Nun konnte ich auch wieder sein dezentes Herrenparfüm riechen. Und was den Hang zum britischen Stil anging, so schien der zierliche Mann das Klima in Tunis für ausreichend kühl zu halten, um einen rostroten Dreiteiler aus Tweed zu einem altrosa Flanellhemd zu tragen. Dazu leistete er sich eine dunkelblaue Fliege. Es gehörte nicht viel Mut dazu, eine hohe Summe darauf zu wetten, dass der ominöse Schweizer Informant vor mir stand. Ein Mann, den angeblich keiner kannte, am wenigsten Josefmaria von Wernherr.

»Setzen wir uns doch«, sagte Monsieur.

Er nahm sich ein Glas Wein, und wir nahmen Platz, während von den Minaretten die ersten Gebetsrufe zu uns herüberschallten.

»Sind Sie hier in Tunesien auch in Sachen Fruchtsaft und Marmelade unterwegs?«, fragte ich.

Er nahm die Pfeife aus dem Mund und quittierte meinen Sarkasmus mit einem feinen Lächeln. »Ich bin nun mal Kaufmann. Außerdem ist der Honig hierzulande auch nicht zu verachten.«

»Ihre Passion für Klemens Dürrengatter war mir bekannt. Aber dass Ihnen auch Big Bens Schicksal nahegeht, überrascht mich.«

Er lächelte wieder, prostete mir zu und nippte am Glas. »Jetzt, wo alles so gut wie über die Bühne gegangen ist, können wir offen reden. Ohne meinen Landsmann wäre ich diesem grässlichen Ghanaer gar nicht ins Gehege gekommen. Mit Klemens Dürrengatter fing für mich alles an …«

Monsieur seufzte, paffte ein paar Rauchwölkchen in die aufkommende Dämmerung und sah zu, wie sie sich zum vielstimmigen Gesang der Muezzins in der Luft auflösten.

141

»Ich war ein junger Mann von fünfundzwanzig Jahren, als ich Dürrengatter kennenlernte.«

Monsieur sprach leise und bedächtig. Ich musste die Ohren spitzen, um alles mitzubekommen.

»Das war neunundsechzig in Kete Krachi, ein knappes Jahr vor seinem Tod. Für viele Leute war er damals schon ein Mythos. Auch ich hatte von ihm gehört, und abenteuerlustig, wie ich nun einmal war, suchte ich ihn bei meinem ersten Besuch in Ghana auf. Ihn zu treffen war wohl Fügung, denn es hat mir das Leben gerettet.«

Der Mann aus Genf suchte Blickkontakt mit mir, um sich meiner Aufmerksamkeit zu vergewissern. Es war unnötig. Er hatte mich bereits in seinen Bann gezogen.

»Als ich Dürrengatter damals aufgesucht habe, hatte ich bereits ohne mein Wissen das Fieber im Blut. Während ich mich in seiner Station aufhielt, brach es dann aus. Die Krankheit verlief schlimm, sehr schlimm. Aber er hat mich behandelt, langsam über den Berg gebracht und dann wieder ganz auf die Beine. Dafür bin ich ihm noch heute dankbar. Außerdem war ich von Anfang an von seiner Lebensgeschichte beeindruckt. Deshalb habe ich die Bewahrung seiner Legende zu meiner persönlichen Mission gemacht. Man könnte es auch Obsession nennen.« Monsieurs Lächeln hatte etwas Schuldbewusstes. »Ich nehme an, Benjamin Akpalu hat Ihnen seine Version der Dinge hinreichend vermittelt.«

»Das kann man wohl sagen.«

»Dann können Sie sich vorstellen, wie schwer es auf die Dauer für mich wurde, die Erinnerung an den Missionar rein zu halten. Je mehr ich über den Mann herausfand, desto deutlicher wurden auch seine Verfehlungen von Ghanaern und europäischen Weggefährten benannt. Doch ich war von Anfang an befangen. Für mich war er eine Art Heiliger. Und auch Heilige sind manchmal Sünder. Ich persönlich halte Dürrengatter nach wie vor für einen bedeutenden Mann. Er hat viel Gutes getan und einiges Böse. Seine dunkle Seite scheint mir nur eine Schwäche zu sein. Man kann sie als Gerücht zwar nicht ganz ausrotten, auf die Dauer jedoch erfolgreich unterdrücken.«

Was Monsieur wohl weitestgehend gelungen war. Auch wenn zu seinem Leidwesen bislang noch kein Buch zur Verherrlichung des Landsmanns existierte.

»Das mit den Stereofotografien müssen Sie mir trotzdem erklären«, sagte ich.

Er zog an seiner Pfeife. »Dieses unselige Vorhaben hat er noch selbst ausgeheckt. Ihm schwebte eine bescheidene Stiftung vor, die sein Andenken bewahren sollte.«

»Er wollte Geld erpressen, um sich damit ein Denkmal zu errichten?«

»Sagen wir es so: Dürrengatter hat einige der Leute gekannt, die auf den Fotos zu sehen sind, und war überzeugt, dass es zu einer Kooperation kommen würde.«

Unter Anleitung des Alten mit dem Fez hatte das unbewaffnete Hauspersonal inzwischen den Grill in Betrieb genommen und ein Büfett aufgebaut. Lammfleisch brutzelte auf dem Rost und verströmte einen appetitlichen Geruch. Gaslampen warfen mildes Licht. Fast schien es, als strahle das Weiß der Altstadt beharrlich gegen die Dunkelheit an.

Ich konzentrierte mich wieder auf Monsieur. »Und *Sie* haben die Bilder zum Rückkauf angeboten.«

»Das war gar nicht so einfach. Einige der Abgelichteten waren bereits verstorben, andere gar nicht auffindbar, wie auch die Angehörigen, an die ich das Problem hätte herantragen können. Dürrengatter hat jedenfalls nicht mehr erlebt, dass ich fündig wurde. Erst Jahre später haben sich meine Aktivitäten bis zum greisen Hermann von Wernherr herumgesprochen. Da hatte ich das Vorhaben eigentlich schon aufgegeben.« Er seufzte erneut. »Es war ja auch irgendwie ekelhaft.«

»Aber nachdem der alte Herr kurz vor seinem Tod den Sohn auf die Sache angesetzt hat und der wiederum einen gewissen Albin Grau Nachforschungen anstellen ließ, ist der Kontakt zu Ihnen entstanden«, sagte ich.

»Es war das erste Mal, dass jemand auf mich zugekommen ist und das verfängliche Material zurückhaben wollte.«

»Und bereit war, dafür zu zahlen.«

»Allerdings.«

»Und warum ist das Geschäft nicht zustande gekommen?«

»Weil ich inzwischen nicht mehr im Besitz der Fotos war.«

»Und wer hatte sie?«

»Benjamin Akpalu.«

»Wie das?«

»Er hat sie mir abgejagt.«

»Das müssen Sie mir erklären.«

»Das Gerücht, die wertvolleren Objekte seiner Sammlung würden sich im Besitz des Fetischs befinden, wurde von Dürrengatter gezielt ausgestreut, damit sich niemand rantraute. So waren die guten Stücke tabu. Sie lagerten in einem sehr sicheren Safe, einem Schrein. So weit, so gut. Aber so, wie ich selbst von Klemens Dürrengatter und seiner Historie besessen war und bin, so sehr hat Benjamin Akpalu das Erbe seines Vorfahren Kwasi Gyantrubi gefangen genommen. Dadurch ist er auch auf die Fährte der alten Fotos gekommen.«

»Aber die Bilder waren doch gar nicht mehr im Schrein.«

»Richtig. Dürrengatter hatte sie mir vermacht, um seine Stiftungsidee weiterzuverfolgen. Aber dieser Big Ben kam mir auf die Spur, ohne dass ich es wusste. Und ehe ich das Material in die Schweiz bringen konnte, war ich es wieder los.«

»Einfach so?«

»Ein Überfall. Seine Leute können sehr gewalttätig werden.«

Ich erhob keinen Widerspruch.

»Damals habe ich nicht gewusst, wer dahintersteckte. Aber einer der Männer, die mich fast umgebracht hätten, war William. Sie haben ihn sicher kennengelernt.«

Ich nickte.

»Ihm bin ich auf die Spur gekommen – und damit auch Lucille, die Ihnen zweifellos ebenfalls ein Begriff ist.«

»Das kann ich nicht bestreiten.«

»Doch damit war für mich das vorläufige Ende der Fährte erreicht. Wer wirklich hinter der ganzen Aktion steckte, blieb mir verborgen. Außerdem wäre es lebensgefährlich gewesen weiterzuforschen. Und ehrlich gesagt, war ich froh, den Raubüberfall heil überstanden zu haben. Ich hatte schlicht und einfach Angst. Hinzu kam: Dem Verkauf der Fotos an die Betroffenen war ich nach Dürrengatters Tod nur noch halbherzig nachgegangen. Ich habe mich um seriösere Quellen bemüht, um die Erinnerungsarbeit an ihn zu finanzieren. Allerdings ohne großen Erfolg.«

»Und dann trat Albin Grau an Sie heran.«

Monsieur beschäftigte sich mit seiner Pfeife.

»Sie haben ihm gesagt, Sie wüssten, dass die Fotos in Ghana sind, und haben Lucille als mögliche Informantin erwähnt.«

Er paffte vor sich hin.

Ich ließ meinem Zorn freien Lauf. »Und weil Sie nicht lebensmüde waren und auch Grau wenig Lust verspürt hat, in Afrika den todesmutigen Entdecker zu spielen, haben Sie meine Mutter ins Minenfeld geschickt. Bis sie schließlich über Lucille Kontakt zu Big Ben hergestellt hat.«

»Das war nicht meine Idee.«

Ich bemühte mich um Sachlichkeit. »Wieso hat Benjamin Akpalu keinerlei Anstalten gemacht, die Fotos selber zu verscherbeln, nachdem er dafür sogar einen Überfall auf Sie riskiert hatte?«

»Weil er die Bedeutung der Aufnahmen nicht erkannt hat. Mein Fehler war, die alten Fotos zusammen mit dem ganzen anderen Schund aus der Sammlung aufzubewahren. Ich hätte den Dreck gleich verbrennen sollen, nachdem Dürrengatter gestorben war. Dann wären die Dinge anders gelaufen, denn Benjamin Akpalu ging es lediglich um eine Säuberungsaktion. Er war geradezu versessen darauf, den *sündigen Schmutz* des ihm so verhassten Weißen aus dem Verkehr zu ziehen.«

Das konnte ich mir allerdings sehr gut vorstellen. Wie hatte Big Ben es noch gleich genannt? Die bösen Geister des weißen Teufels austreiben.

»Der Heuchler!« Um ein Haar hätte Monsieur seine Entrüstung herausgeschnaubt, ohne die Pfeife aus dem Mund zu nehmen. Er hustete.

»Big Ben ein Heuchler? Den Eindruck hatte ich eigentlich nicht.«

»Wenn ihm tatsächlich so etwas wie sauber machen am Herzen lag, wäre doch alles, was er sichergestellt hatte, sofort vernichtet worden. Stattdessen hat er sich womöglich heimlich an dem einen oder anderen Stück der Sammlung…« – er räusperte sich – »… geweidet.«

Ich trank einen Schluck und schwieg.

»Oder er hat es sogar zu Geld gemacht«, fuhr er fort. »Auch wenn diese altbackenen Bilder aus Deutschland zunächst wohl eher nicht zu den Dingen gehörten, die seine Fantasie anregten. Erst die Nachforschungen Ihrer Mutter und der Kontakt mit Grau haben den schlafenden Hund in ihm geweckt. Von da an hat er den Wert des Materials erahnt und ein Geschäft gewittert.«

Ich schenkte uns Wein nach, und wir sahen dem Personal bei der Arbeit zu. Der Duft der aufgetragenen Speisen wurde immer intensiver.

»Was war mit dem Stummfilm?«, fragte ich. »Er soll sich ebenfalls in Kete Krachi befunden haben.«

»Das stimmt. Auch Murnaus Film war Bestandteil der Sammlung Dürrengatter. Das hat er mir selbst noch erzählt, und dass er ihn verkauft hat. Aber das war zu dem Zeitpunkt bereits Vergangenheit und interessierte mich allenfalls als eine weitere Anekdote aus seinem Leben. Wie ich heute weiß, hat er das unrestaurierte Filmmaterial in Ghana an einen deutschen Mittelsmann verkauft, der wiederum Kontakt zu einem hiesigen Abnehmer hatte.«

»Und das war Babar Brahem…?«

»Dazu befragen Sie besser Herrn von Wernherr, denn das Geschäft ist bereits vier Jahre bevor ich Klemens Dürrengatter kennengelernt habe, über die Bühne gegangen. Ich habe damit nichts zu tun.«

»Nichts zu tun …? Wieso hat Albin Grau dann nach *Four Devils* gesucht, wenn der Film gar nicht mehr in Ghana war? Den Tipp hat er doch sicher auch von Ihnen bekommen.«

»Dass er den Hinweis von mir bekommen hat, war ebenfalls ein Einfall des Auftraggebers.«

»Um unseren Schatzjäger zusätzlich zu motivieren.«

»Richtig.«

»Und Sie wollen damals nichts vom tatsächlichen Verbleib von *Four Devils* gewusst haben?«

»Davon habe ich erst später vom Auftraggeber erfahren, als wir uns etwas besser kannten.«

»Wann haben Sie Josefmaria von Wernherr zum ersten Mal gesehen?«

»Kurz nach meinem ersten Kontakt mit Albin Grau. Nachdem Grau ihm von unserem Treffen in der Schweiz berichtet hatte, hat mich der Auftraggeber zu einer gemeinsamen Besprechung eingeladen.«

»Er, Sie und Grau?«

»Ja.«

»Und dann?«

Monsieur lachte leise. »Was die Fotos anging, hat sich Grau zunächst wie ein Hund verhalten, den man zum Jagen tragen muss. Deshalb bat mich Josefmaria kurz darauf unter vier Augen, den Mann über die Möglichkeit ins Bild zu setzen, dass sich Murnaus Meisterwerk noch in Ghana befinden könnte.«

Josefmaria. Der Mann, dem Graus Informant aus der Schweiz angeblich nie begegnet war. Spätestens seit ihn Monsieur so intim beim Vornamen genannt hatte, wurde mir das Ausmaß der Machenschaften klar, denen Vera und der Grasscutter zum Opfer gefallen waren. Ich konnte mir ausmalen, wie Albin Grau plötzlich Enthusiasmus entwickelte und versuchte, seinen Auftraggeber für die Stummfilmsuche und deren Finanzierung zu begeistern – nicht wissend, dass dieser selbst den Köder ausgelegt hatte. Aber selbst Grau war sein Talent als Lügner und Schauspieler nicht abzusprechen. Seelenruhig hatte er neben Monsieur in der Abafun Lodge residiert und Theater gespielt, um ihre Bekanntschaft zu verschleiern.

In dem Zusammenhang musste ich an Murnaus Internierung bei den Eidgenossen denken. Und so fragte ich den Mann aus Genf: »Wo genau haben eigentlich Ihre geheimnisvollen Treffen mit Albin Grau stattgefunden?«

142

»In Basel«, antwortete Monsieur, »da ich mich damals wegen Dürrengatters Erbe häufiger dort aufgehalten habe.«

»Die Basler Mission …«

»Nun ja. Die hatten ihn zwar schon lange verstoßen, aber die Wurzeln seiner Tätigkeit in Ghana lagen nun einmal dort. Auch wenn man im Stammhaus – mit einigem Recht, wie ich zugeben muss – immer der Auffassung war, er habe den Kernsatz der Instruktionen, die schon die ersten nach Westafrika entsandten Missionare erhielten, sträflich missachtet.«

»Und der lautet?«

»*Die beste Predigt eines Missionars ist sein Leben!* Nun war Dürrengatter beileibe nicht der erste und einzige Missionar, der dem strengen Verhaltenskodex auf Dauer nicht gerecht wurde. Manche wurden depressiv, andere konnten den weltlichen Versuchungen nicht widerstehen. In den Berichten der Stationsleiter an das Basler Hauptquartier stand häufiger mal, dass Bruder Soundso *charakterlich gefallen* war und deshalb aus der Gemeinschaft ausgeschlossen werden musste. Was Disziplin und öffentliche Ordnung anging, hatte die Mission die Latte sehr hoch gelegt. Sie kämpfte gegen den Handel mit Alkohol, Menschen und Waffen, gegen Sklavenhaltung und Polygamie. Ganz abgesehen davon, dass ihr auch die Ahnenverehrung der Einheimischen und die Besäufnisse der Kolonialherren ein steter Dorn im Auge waren. Deshalb wurden Fehltritte in den eigenen Reihen besonders drakonisch bestraft. Für Dürrengatter hatte die frühe offizielle Trennung von allem, was mit Basler und Bremer Mission zu tun hatte, allerdings auch ihr Gutes. Wohl nur deshalb, und weil er einige Zeit außer Landes war, hat er die Internierung und Deportation durch die britische Kolonialverwaltung überstanden. Ende des Ersten Weltkriegs wurden alle deutschen und schweizerischen Missionare des Landes verwiesen und die Vermögen der Kirchen sowie der Missions-Handelsgesellschaften konfisziert.«

»Die Schweiz war doch neutral.«

»Trotzdem. Schuld daran war die traditionelle Verflechtung der Mission mit Deutschland. Zu ihren Mitarbeitern gehörten nun mal viele Deutsche, vom Finanziellen ganz zu schweigen. Nicht umsonst hat man das ursprüngliche Missionshaus am Leonhardsgraben in Basel – also die Kaderschmiede, in der ganze Generationen von Missionaren ausgebildet wurden – im Volksmund *Schwabenkaserne* genannt.«

»Dürrengatter ist also der Internierung und Deportation entgangen und hat sich währenddessen mit dem ehemaligen deutschen Gouverneur von Togo und dem in der Schweiz internierten Murnau in Luzern fotografieren lassen.«

»Kurz darauf war er schon wieder in Kete Krachi. Übrigens wurden nur sieben Jahre nach Kriegsende auch offiziell wieder eidgenössische und deutsche Missionare entsandt.«

»Und Klemens Dürrengatter hat weiter als ungebundener Gotteskrieger nach eigenem Ermessen gewirkt.«

»Wohl wahr. Obwohl er für manch einen eher ein Krieger des Teufels war.«

»Was Sie nicht daran hindert, unverdrossen an seiner Rehabilitierung zu arbeiten.«

»Mir schwebt keine Rehabilitierung vor. Eine Verdammung halte ich jedoch auch nicht für angebracht. Dürrengatter war mehr als nur ein Gottesmann.«

»So ähnlich hat auch der große Ben über seinen Vorfahren, den Fetischpriester gedacht. Schade, dass Sie nie richtig mit ihm ins Gespräch gekommen sind. Hätte spannend und tiefgründig werden können.«

Monsieur rümpfte die Nase, klopfte seine Pfeife aus und steckte sie in die Jackentasche. Eine gute Minute lang sah er in die Glut des Grills, dann sagte er mehr zu sich selbst: »Wenn ich es recht bedenke, stand unsere Begegnung von Anfang an im Zeichen des Scheiterhaufens …«

Was zum Teufel meinte er damit?

Er schaute mich an. Einen Moment lang glommen seine Augen ebenso rot auf wie die Glut, die er eben noch angestarrt hatte.

»Ich rede von Albin Grau.« Er räusperte sich. »Als wir uns zum ersten Mal in Basel getroffen haben, war gerade Fasnacht.«

»Scheiterhaufen …? Ich dachte immer, die tragen dort Lampions durch die Stadt.«

»Dafür ist vor allem der Basler *Morgestraich* bekannt. Aber wir waren am Abend zuvor in Liestal und haben uns den *Chienbäse*-Umzug angesehen. Auch dabei machen die Cliquen der Trommler und Pfeifer mit erleuchteten Laternen den Anfang. Doch dann schleppt man hell auflodernde Kienbesen durch die verdunkelte Altstadt. Das sind gebündelte Föhrenholzscheite, die besengleich um kräftige Buchenstangen gebunden sind und brennend auf der Schulter getragen werden. Höhepunkt sind jedoch die eisernen Wagen, auf denen brennendes Holz durch die Gassen gezogen wird. Bevor die Wagen das Obertor passieren können, muss die Feuerwehr den Torbogen mit Wasser bespritzen. Natürlich tragen die Besenträger und die Leute, die die Wagen ziehen, Schutzkleidung. Auch die Feuerwehr ist in ständiger Bereitschaft. Und trotzdem ist es ein gefährliches Schauspiel. Man erwartet förmlich, dass Menschen oder Gebäude Feuer fangen. Überall stieben Funken auf und leuchten wie Glühwürmchen am Nachthimmel. Ich hatte Albin Grau Kleidung empfohlen, die ein paar Brandlöcher vertragen kann. Ich glaube, das Ganze war ihm nicht geheuer. Die Zuschauer drängen sich eng an den Häuserwänden der Rathausstraße, und wenn das lodernde Holz vorbeigetragen wird und die Flammen meterhoch in die Luft schlagen, kann es sehr heiß werden. Es ist ein urtümlicher und infernalischer Feuerbrauch …«

Monsieur verstummte und war einen Moment lang wie abwesend. Er schien erneut jene archaische Nacht zu durchleben. Schließlich sprach er weiter.

»Und dazu werden in ganz Basel und Umgebung unablässig Piccoloflöten geblasen und Trommeln geschlagen. Man kommt nicht zur Ruhe. Ich habe sonst nur in Afrika derartig ausdauerndes Getrommel gehört.«

Josefmaria von Wernherr betrat die Dachterrasse und kam zu uns. Er hatte eine Filmdose dabei und lächelte. Bevor er sich setzte, legte er mir die Blechbüchse in den Schoß und sagte: »Abgemacht ist abgemacht.«

Ich wog die Büchse in meinen Händen. Leer war sie jedenfalls nicht.

»Sie können sich den Film gerne noch mal ansehen«, bot Wernherr an, »wenn Sie sich von der Authentizität des Materials überzeugen möchten. Wir sind in diesem Haus bestens eingerichtet, was Kino angeht.«

Monsieur zog es vor, uns allein zu lassen, und inspizierte das Angebot am Büfett.

Ich nahm den Deckel ab und warf einen Blick auf die Spule mit Filmmaterial. Dann schloss ich die Dose wieder und legte sie neben meinem Stuhl auf den Boden.

»Das wird nicht nötig sein«, sagte ich.

»Vertrauen gegen Vertrauen. Das ist gut.« Wernherr war bester Laune. »Tut mir leid, aber es hat etwas länger gedauert. Nachdem ich mir die Fotos angeschaut hatte, brauchte ich eine kleine Auszeit. Es ist doch alles sehr persönlich.«

Wenigstens das verband uns.

»Ich bin übrigens froh, dass Sie meinen Vater nicht gekannt haben, Victor. Es wäre mir peinlich, wenn Sie ihn auf diesen Fotos hätten erkennen können.«

Ich verschonte ihn mit meinem Wissen um *Kreuz-As*. Auch wenn er offenbar nicht auf den Gedanken gekommen war, es könne mir vielleicht peinlich sein, dass er die Mitwirkenden in meinem Familienfilm erkannt hatte.

Er klatschte in die Hände, stand auf und bat mit großer Geste zum Büfett. Ich schloss mich an. Monsieur schien nur auf den Startschuss gelauert zu haben, denn er hatte bereits einen Teller in der Hand und ließ sich am Grill ein Stück Lamm aufladen.

Die Nacht war lau, das Essen hervorragend. Der Tausch war über die Bühne. Wir plauderten, als wäre es an diesem Abend nur um eine Verabredung zum Dinner gegangen. Und noch ehe ich mir darüber klar war, wie ich den Ausklang des Treffens gestalten wollte, sagte Josefmaria von Wernherr: »Zum Nachtisch habe ich noch einen ganz besonderen Leckerbissen für Sie, mein lieber Victor.«

143

Bit ras el dar, was laut Wernherrs Erklärung so viel wie Hauptraum bedeutet, war eine Kombination von luxuriösem Wohnzimmer und Lichtspielsaal.

Der Raum lag im ersten Stock des Altstadtgebäudes und hatte weder etwas mit der kargen Strenge der Wohnhalle in Storkow noch mit dem dortigen Privatkino gemein. Hier standen keine Sitzreihen, sondern je ein halbes Dutzend Sofas und Polstersessel, die unter zahllosen Kissen versanken. Wände und Decke waren mit mehrfarbigen Brokatstoffen drapiert. Nur die Leinwand leuchtete weiß. Die nackte Projektionsfläche wirkte wie ein Fremdkörper im opulent eingerichteten Raum, und auch der Filmprojektor passte nicht ganz ins Ambiente. Ich sah keine Fenster. Doch auch hier konnte ich den sanften Luftzug spüren, der durch die offenen Türbögen strich.

In einem der Durchgänge lehnte der sehnige Boris und behielt alles im Auge. Der Alte mit dem Fez servierte Kaffee und Brandy, und ich pflückte drei, vier Kissen aus einer Sofaecke, legte meine Blechdose ab und nahm Platz. Monsieur setzte sich in einen der Sessel. Wernherr spielte den Filmvorführer, hantierte mit den gestapelten Dosen herum und legte die erste Spule ein. Alles genau so, wie er es mir geschildert hatte, allerdings sahen die Blechbehälter nicht nach alter Zinkdachrinne aus, sondern glänzten nagelneu.

Ich fragte Wernherr nicht, wo der Film rekonstruiert und kopiert worden war und was es ihn letztlich gekostet hatte. Mein Enthusiasmus in Sachen Friedrich Wilhelm Murnau hatte sich vor allem aus Veras Passion genährt. Nun, da ich unseren eigenen kleinen, schmutzigen Film wiederhatte, musste ich das Machwerk meines Vaters nur noch zerstören, um den richtigen Schlusspunkt zu setzen.

Doch als das Licht erlosch und ich die ersten Bilder von *Four Devils* auf der Leinwand sah, nahm mich Murnaus Werk sofort gefangen. Fast stimmte es mich ein bisschen demütig, denn es war ein großes Privileg, die Verfilmung der Geschichte sehen zu dürfen, die ich nur als Treatment und in einer Synopse hatte lesen können. Nun sah ich die vier Teufel als arme Kinder mit einer schweren Jugend. Ich sah den bösen Zirkusdirektor und den guten Clown. Ich sah den erwachsenen vier Teufeln bei der Arbeit am Trapez zu, beim Todessalto. Gefährliche Arbeit. So gefährlich wie alles, was mit diesem Film zu tun hatte.

Und dann sah ich die Dame, die Teufel Fritz zum Verhängnis wurde.

Sie erinnerte mich an Vera.

Und wenn Vera die Dame war – war ich dann Fritz?

144

Der Film hatte kein Happy End.

»Es handelt sich um die ursprüngliche Version, mit der Murnau angeblich sehr zufrieden war«, sagte Josefmaria von Wernherr, als er das Licht wieder einschaltete. »Er hat sie seinem Freund Ramón Novarro privat vorgeführt. Das war noch bevor die Fox von dem tragischen Ende des Films Abstand nahm, um ihn dann später auch noch zu einer Art frühem Tonfilm zu verstümmeln.« Er strahlte. »Und diese kostbare Urfassung gehört nun mir. Unikat, Duplikat-Negativ und diese Kopie, alles in meinem Besitz.«

Der Mann platzte geradezu vor Stolz. Doch ich war noch zu benommen von dem, was ich gesehen hatte, um ihm Beachtung zu schenken. Mir ging der Gedanke durch den Kopf, mein eigenes Buchvorhaben aufzugeben und stattdessen Veras Biografie über Friedrich Wilhelm Murnau zu Ende zu schreiben. Und zwar unter dem Pseudonym Alma Bureau. Irgendwann während der Vorführung hatte ich das Gefühl gehabt, ich wäre wieder mit Kinski in jenem Kino in Mazatlán. Alles war so unwirklich. Doch was ich soeben erlebt hatte, war kein Fiebertraum. Ich hatte ein Kunstwerk gesehen.

Monsieur meldete sich zu Wort.

»Ein großartiger Film. Ich finde es gut, dass du auf jede musikalische Begleitung verzichtet hast, Josefmaria. Nur Stille ist einem solchen Meisterwerk angemessen.«

Wernherr nahm das Lob wie selbstverständlich hin.

»Haben Sie ihn auch zum ersten Mal gesehen?«, fragte ich den Mann aus Genf.

Monsieur lachte. »Das ist heute … glaube ich, wenigstens … das vierte Mal.«

Seine Augen kamen mir auf einmal seltsam blass vor, fast grau. Als hätte ihm der Anblick von Murnaus schwarzweißen Bildern jeden Hauch Rosa aus der Iris gesogen.

»Hast du immer noch das komplette Material hier im Haus?«, wandte sich Monsieur an Wernherr.

»Noch …«

Der Schweizer legte die Stirn in Falten.

»Kein Grund zur Sorge. Nächste Woche geht eine Kopie mit mir nach Deutschland.«

»Spät genug, dass du auf mich hörst.«

»Ich transportiere so etwas nicht gerne ohne Not und unversichert durch die Welt.«

»Ein Banktresor in Tunis hätte es ja auch getan.«

Wernherr winkte ab, schaltete den Projektor aus und kam zu uns. Die letzte Spule des Films hing noch auf dem Gerät, und einige andere lagen neben den offenen Dosen. Ich fragte mich, ob Wernherr selbst aufräumen würde oder ob Bedienstete Hand an das wertvolle Material legen durften. Mit diesem Gedanken griff ich nach meiner eigenen Blechbüchse. Ich hatte nicht vor, sie wieder aus der Hand zu geben.

»Ich schlage vor, wir nehmen auf dem Dach noch einen Drink«, sagte Wernherr.

Als wir uns, eskortiert von Boris, nach oben begaben, entschuldigte sich Monsieur und verschwand in der Gästetoilette. An der äußeren Brüstung der Dachterrasse stand nach wie vor der Uniformierte mit der Maschinenpistole. Er schaute auf die Altstadt, ohne uns Beachtung zu schenken. Auch die Getränke waren noch da. Alle anderen Spuren des Büfetts waren bereits beseitigt. Nur unter dem Rost des Grills glomm noch Glut in der weißen Asche.

Während sich Boris an die Balustrade zum Innenhof zurückzog und der Gastgeber sich persönlich um die Drinks kümmerte, griff ich zum Schürhaken.

Es dauerte nur den Bruchteil einer Sekunde, bis der Sehnige die Hand unter seiner Jacke hatte. Doch als ich lediglich den Rost beiseite schob, entspannte er sich wieder.

Ich öffnete die Blechdose und warf die Spule mit dem Film in die Glut. Es dauerte einen Moment, bis das Machwerk meines Vaters Feuer fing und die ersten Flammen aufzüngelten. Das Material brannte nicht so leicht, wie ich gedacht hatte. Es verschmorte eher und verströmte einen strengen Geruch. Jedenfalls war es mit Sicherheit nicht mehr restaurierbar.

»Das nenne ich eine konsequente Beseitigung des Beweismaterials«, hörte ich Wernherr sagen. »Danke, dass Sie den Rost nicht damit verklebt haben.«

Ich ging zur äußeren Brüstung, legte den Kopf in den Nacken und betrachtete den imposanten Sternenhimmel. Die Luft war klar, die Nacht seltsam hell. Es war etwas kühler geworden, aber immer noch angenehm. Alles in allem war die weite Terrasse hier oben über den Dächern, Türmen und Kuppeln der Altstadt eine wunderbare Oase. Trotzdem wollte bei mir keine Romantik aufkommen, solange Josefmaria von Wernherr, der Meister vom Stuhl, der meine Mutter auf seinem Altar gefickt hatte und für ihren Tod verantwortlich war, nicht die Rechnung dafür bezahlt hatte.

Wernherr brachte mir mein Glas und überraschte mich mit der Frage: »Können Sie sich noch an den allerersten Kinofilm erinnern, der Sie beeindruckt hat, Victor?«

Darüber musste ich nicht lange nachdenken.

»*Der letzte Zug von Gun Hill.*«

Er lächelte. »Ein Western, von John Sturges. Richtig?«

Ich nickte.

»Mit Kirk Douglas und Anthony Quinn.«

Ich nickte wieder.

»Wer war noch mal der Gute?«

»Kirk Douglas als Sheriff.«

»Dann war Anthony Quinn der Böse.«

»Wenn man's genau nimmt, ist sein Sohn der Übeltäter. Aber als Großrancher ist Quinn der Boss der Bösen und damit der eigentliche Gegner des Sheriffs.«

»Und was hat Sie an dem Film beeindruckt?«

»Die Geschichte.«

»An die kann ich mich gar nicht mehr richtig erinnern«, sagte Wernherr und trank einen Schluck.

»Der Sheriff ist mit einer Indianerin verheiratet …«

»Sie werden also Mischlinge zeugen«, unterbrach er mich.

Ich ignorierte die Anspielung und lieferte den Rest der Handlung. »Seine Frau wird vergewaltigt und ermordet, und er rächt sie.«

»Eingängige Geschichte.«

»Geradlinig, direkt und nicht ganz so hinterlistig angelegt wie die Story, für die Sie verantwortlich sind.«

Mein Tonfall konnte ihm nicht gefallen. Trotzdem behielt er die Beherrschung. »Was meinen Sie damit?«

»Erst musste Vera den Spürhund für Albin Grau spielen, weil der ungeeignet oder zu feige war. Dann durfte Grau doch noch den Kopf hinhalten und mit Big Ben verhandeln, weil Monsieur inzwischen Schiss vor dem großen schwarzen Mann bekommen hatte.«

»Wahrscheinlich hätte ich gleich auf Ihre Mutter setzen sollen.«

»Blödsinn. Sie haben sowohl meine Mutter als auch Grau benutzt und dabei billigend in Kauf genommen, dass den beiden etwas passiert.«

»Dann hätte ich vermutlich von Anfang an jemanden wie Sie anheuern müssen, Victor. Die Genannten waren ja wohl nicht durchsetzungsfähig genug.«

»Sparen Sie sich den Zynismus. Ihnen ist es doch einzig und allein um Ihre eigenen Interessen gegangen.«

»Um die meines Vaters, wenn ich bitten darf!«, rief er empört.

»Schon wieder ein Toter, der nicht mehr befragt werden kann.«

Er lächelte mit schmalen Augen und flüsterte: »Das reicht jetzt.«

Einen Moment lang starrten wir uns nur an.

Ich hatte keine Ahnung, worauf ich hinauswollte. Ich hätte ihn schon lange erledigen können. Es wäre ein Leichtes gewesen, Wernherr mit einem Messer oder einer Gabel vom Büfett an die Gurgel zu gehen. Dann wäre er wenigstens tot gewesen.

Und ich vermutlich auch.

Doch weil ich weder vorhatte zu sterben, noch hinter Gittern landen wollte, musste mir bald etwas einfallen.

Tat es aber nicht.

Und womöglich wurde mir deshalb hoch über der Medina von Tunis eine weitere Selbsterkenntnis zuteil: Ich war an klare Vorgaben gewöhnt. Ich war ein ausgebildeter Soldat. Und eben das war meine Beschränkung. Ich war ein Kämpfer, weil man mich dafür trainiert hatte. Aber nicht aus natürlicher Veranlagung. Egal, wie man es nannte, Soldat, Söldner oder Legionär, ich war ein Befehlsempfänger. Deshalb war ich auch nicht Chef einer Sicherheitsfirma geworden, sondern Scout. Ich fuhr Leute durch die Gegend, und der Jeep war dabei so ziemlich das einzig Militärische. Gut, ich hatte meist meine Taurus dabei. Aber das war nichts als Handwerkszeug. Ein Hammer für den Schmied. Ein Hackebeil für den Schlachter. Eine Pistole für den Söldner. Und ich hatte heute nicht mal eine dabei. Captain Kuma hatte mir vorgemacht, wie es ging. Aber ich war offenbar immer noch nicht in der Lage, mir selbst die richtige Order zu erteilen. Und noch etwas wurde mir klar: Meine Beziehung zu Vera hatte unter demselben Stern gestanden. Nicht dass sie mir jemals etwas befohlen hatte, aber …

Monsieur erschien an Deck. Sofort witterte er die angespannte Atmosphäre und widmete sich in sicherer Entfernung der Getränkeauswahl.

Wernherr bedachte mich mit einem maliziösen Lächeln.

»Haben Sie sich nie schuldig gemacht, Victor?«

»Was soll die Frage? Sie kennen die Moralvorstellungen, die in unserer sogenannten Zivilgesellschaft vorherrschen. Was Vera und ich getan haben, macht uns nicht zu Engeln.«

»Ich rede nicht von dem Verhältnis zu Ihrer Mutter. Ich meine etwas anderes.«

Josefmaria von Wernherr sah mich lauernd an.

War der Mann Hellseher?

Oder hatte Vera ihm etwa davon erzählt?

145

Ich hatte meinen Vater getötet und es wie einen Unfall aussehen lassen.

Es geschah an einem kalten Wintertag, und ich war völlig bei Sinnen und bewahrte kühles Blut. Ich hatte mich dazu entschlossen, den Wagen als Waffe zu benutzen. Ich fuhr damals einen fast schrottreifen Geländewagen, einen Defender von Land Rover, kantig bis scharfkantig, vor allem am Armaturenbrett. Als Angeber, der mein Vater war, pflegte er sich nie anzuschnallen. Ich hingegen legte großen Wert auf den Sicherheitsgurt. Ich hatte die Gurte nachträglich anbringen lassen. An so etwas wie einen Airbag war damals noch gar nicht zu denken.

Ich hatte mir ein ausgeklügeltes Fahrmanöver auf einer speziell dafür ausgewählten Strecke ausgedacht, das meinen Erzeuger den Kopf kosten sollte, ohne dass ich mir die Knochen brach. Kleinere Verletzungen nahm ich in Kauf. Das machte sich gut, wenn Fragen gestellt wurden. Den Wagen hatte ich gedanklich bereits als Totalschaden abgeschrieben.

Alles lief ab wie geplant. Mein Vater knallte voll gegen das Armaturenbrett und in die Windschutzscheibe. Er röchelte noch, und ich musste ein bisschen nachhelfen, bis sein Genick brach. In Anbetracht der Umstände kamen aber nie ernsthafte Zweifel über die Todesursache auf.

Ich war schuld an dem Unfall. Und damit indirekt auch am Unfalltod meines Vaters. Mehr war mir nicht nachzuweisen.

146

Nichts bleibt für immer verborgen.

Doch egal, ob Wernherr wusste, wie mein Vater ums Leben gekommen war, oder ob er lediglich im Trüben fischte – ich hatte nicht vor, einem wie ihm Klarheit zu verschaffen. Beim Gedanken an die Tat wurde mir eines bewusst: Wenn es darauf ankam, war ich durchaus fähig, mir den nötigen Befehl zu erteilen.

Wernherr hatte sich inzwischen von mir abgewandt und holte sich noch etwas zu trinken. Offenbar hatte er gar kein Interesse an meiner Antwort, sondern wollte nur etwas Salz in eine alte Wunde streuen.

Ich vermisste Monsieur. Wo war er? Schon wieder im Haus? Noch während ich mich das fragte, waren entfernte Rufe aus dem Gebäude zu vernehmen. Sie drangen durch den Innenhof zu uns herauf und wurden lauter, waren aber nicht zu verstehen. Ich konnte nur die Tonlage deuten. Es klang nach Warnschreien, Hilferufen und allgemeiner Panik.

Bereits beim ersten Lärm hatte Wernherr aufgehorcht und sich in Richtung Treppe in Bewegung gesetzt. Bevor er die ersten Stufen erreichte, tauchte der Alte mit dem Fez vor ihm auf und schrie: »Feuer! Es brennt!«

Damit drehte er sich auf dem Absatz herum und verschwand wieder nach unten.

Bevor Wernherr dem Alten folgte, rief er mir zu: »Warten Sie hier! Wahrscheinlich hat wieder irgendein Trottel in der Küche Mist gebaut und findet den Feuerlöscher nicht. Wäre nicht das erste Mal.«

Mit einem scharfen Blick wies er den Sehnigen an, ein Auge auf mich zu haben, und forderte den Uniformierten mit der Maschinenpistole heftig winkend auf, ihm nach unten zu folgen.

Kaum waren die beiden verschwunden, drang erster Brandgeruch aufs Dach. Der Sehnige hielt den Abstand zwischen uns für ausreichend und warf einen kurzen Blick in den Innenhof.

»Wie sieht's aus?«, fragte ich.

Mit einer Kopfbewegung lud er mich ein, mir selbst ein Bild von der Lage zu machen.

Ohne ihm zu dicht auf die Pelle zu rücken, kam ich näher. Ich beugte mich über die Balustrade und sah, was vor sich ging.

Ich konnte nur hoffen, dass sich mehr als ein Feuerlöscher im Haus befand, denn die Flammen loderten bereits aus einem Teil des Gebäudes weit in den Innenhof hinein. Das Feuer war nicht im Erdgeschoss ausgebrochen und folglich auch nicht in der Küche. Arkaden und Brunnen lagen unversehrt unter mir. Der Brandherd befand sich vielmehr im ersten Stock. Dort brannte die Galerie wie Zunder, und die Flammen fraßen sich schnell voran. Holz- und Korbmöbel, Wandbehänge, Teppiche und Kissen gaben im trocken-heißen Klima besten Zündstoff ab. Die Rauchentwicklung nahm stetig zu, und so konnte ich die einzelnen Gestalten, die in dem Inferno herumeilten, nicht genau erkennen. Das schwache Zischen eines Handfeuerlöschers, das zu uns heraufdrang, hörte sich kläglich an. Ich richtete mich auf und wandte mich an den Sehnigen.

»Sieht so aus, als könnten die da unten Hilfe gebrauchen.«

Der Sehnige erwiderte meinen Blick stoisch und schwieg.

Vor mir stand ein Befehlsempfänger im aktiven Dienst. Solange der Chef nicht nach ihm rief, hielt sich Boris an die letzte Vorgabe. Und die lautete: Behalte den Mann im Auge. Wenn ich mich vom Fleck bewegen wollte, konnte ich nicht auf seine Kooperation setzen. Ich musste ihn loswerden.

Ich beugte mich wieder über die Balustrade. Dabei gelang es mir, den Abstand zwischen uns um gut einen Meter zu verkürzen, ohne dass er darauf reagierte. Diesmal stützte ich mich mit den Unterarmen auf die Brüstung, tat so, als wollte ich das Chaos unter mir genauer in Augenschein nehmen, und versuchte meinen Bewacher abzulenken.

»Selbst wenn die hiesigen Feuerwehrleute Profis sind, kommen sie mit ihren Löschfahrzeugen nicht durch die engen Gassen«, sagte ich und zog Veras Meisterstück unbemerkt aus der Brusttasche.

Ich hörte nichts von Boris, war mir aber sicher, dass ich seinen Denkapparat ausreichend beschäftigt hatte.

»Aber vielleicht haben sie ja Löschhubschrauber.« Ich packte das Ende mit dem Clip mit Daumen, Zeige- und Mittelfinger der Rechten. Das verschaffte mir schätzungsweise sieben Zentimeter Klingenlänge. Wenn man es so nennen wollte. Spitz genug war der Kugelschreiber.

Ich riss den linken Arm hoch, deutete nach unten und rief: »Mein Gott, sehen Sie sich das an!«

Als sich der Sehnige zu einem irritierten Blick über die Schulter hinreißen ließ, fiel ich ihn an. Mit voller Wucht stieß ich ihm das Meisterstück zwischen Kehlkopf und Unterkiefer in den Hals. Trotz der Verletzung brachte er noch die Hand an die Pistole. Doch ich hatte schon seinen Kopf gepackt und riss ihn nach hinten, bis es knackte.

Kugelschreiber und Pistole fielen auf die Dachterrasse. Ich aber wäre fast mit meinem Gegner in den Innenhof gestürzt. Im letzten Moment gelang es mir, mich mit beiden Händen an die Balustrade zu klammern, während die sterblichen Überreste des Sehnigen sich von mir lösten und zum Sturzflug ins Jenseits ansetzten.

Auf einem der bronzenen Wolfsköpfe am Brunnen schlug er auf. Halb über dem Metall, halb im Wasser des Mosaikbeckens hing er da wie im feuerfreien Zentrum eines um ihn auflodernden Scheiterhaufens.

Instinktiv hob ich das Meisterstück auf, wischte es ab, steckte es in die Hemdtasche und nahm die Pistole an mich. Es war eine israelische Jericho.

Dann stürmte ich zur Treppe.

Schon nach wenigen Stufen musste ich husten und die Augen zusammenkneifen. Es war wie der Abstieg in den glühenden Maschinenraum eines Schiffes. Kein Mensch kümmerte sich um mich. Alle waren mit der Bekämpfung des Feuers beschäftigt. Selbst der Alte mit dem roten Fez schleppte Wassereimer durch die Gänge, und der Wachmann, der Wernherr gefolgt war, hatte seine Maschinenpistole gegen einen Feuerlöscher eingetauscht.

Bit ras el dar war inzwischen nur noch ein riesiger Backofen. Von den Sofas und Sesseln war nicht mehr viel zu erkennen. Das Gleiche galt für die Brokatstoffe an den Wänden. Der Projektor ragte wie ein versengter Roboter aus einer rot und gelb leuchtenden Hölle auf. Daneben rutschte Josefmaria von Wernherr auf den Knien herum und verbrannte sich die Hände an glühenden Blechdosen.

Diesmal waren die vier Teufel nicht mehr zu retten.

Und doch versuchte Wernherr hustend und mit fahrigen Bewegungen sein Bestes. Die Verbrennungen mussten fürchterlich wehtun, aber er zeigte keinerlei Anzeichen von Schmerz. Zunächst nahm er mich gar nicht wahr. Dann hielt er mit rasselndem Atem inne, drehte sich um und blickte zu mir auf. Er sah bemitleidenswert aus. Die weißen Haare und die buschigen Augenbrauen waren Opfer der Flammen geworden, Stirn, Unterarme und Hände versengt. Nur die braunen Augen glänzten wie im Fieber. Und doch schien er mich nicht richtig zu erkennen. Auch die Pistole in meiner Hand irritierte ihn nicht.

Er rutschte ein Stück näher und schrie: »Helfen Sie mir gefälligst!«

Wenn ich noch Sekunden zuvor eine Spur Mitgefühl verspürt hatte, so verflogen in diesem Moment auch die letzten Skrupel.

Ich kam seinem Befehl nach, hob die Jericho und schoss ihm in den Kopf.

147

Ich entkam über die Dächer der Medina.

Während unter mir in den Gassen laute Anzeichen des Alarms ertönten, sah ich mich noch einmal um. Der Privatpalast eines gewissen Babar Brahem, der sich so unscheinbar in die Altstadt eingefügt hatte, stand inzwischen in weithin sichtbaren Flammen. So ähnlich musste es ausgesehen haben, als Murnaus Tropenhaus auf Tahiti niederbrannte. Damals hatte der Feuergeist Rache genommen, um den heiligen Ort, dessen Tabu verletzt worden war, ein für alle Mal zu reinigen.

Auch ich empfand diesen Brand wie einen Akt der Reinigung, bevor ich mich auf die lange Rückreise nach Ghana begab, denn ich ging kein Risiko ein und nahm den Landweg. Ich folgte den alten Karawanenrouten und kehrte von Norden nach Accra zurück. Veteranen der Legion halfen mir, unbehelligt die tunesische Grenze zu überschreiten. Und auf dem Weg nach Hause beschäftigte mich vor allem die Frage, wer der Feuerteufel gewesen sein mochte.

Monsieur?

Hatte er den Brand gelegt oder legen lassen?

Sowohl sein Verbleib wie auch seine Motive blieben im Dunkeln. Wohin war er so plötzlich verschwunden? Ich hatte ihn in dem flammenden Inferno nicht mehr zu Gesicht bekommen. Warum hatte er sich überhaupt auf das Spiel mit dem Feuer eingelassen? Nur um das Geld für die Stiftung Dürrengatter zusammenzubringen?

Es war seltsam. Monsieur war vom ersten Tag an immer dabei, aber nie richtig aktiv gewesen. Und doch hatte es fast den Anschein, als habe er alles von langer Hand arrangiert und die Fäden seiner Marionetten jederzeit im Griff gehabt.

Vielleicht glaubte ich mittlerweile wirklich an Geister.

Oder das Fieber kehrte zurück.

ABBLENDE

Jeder stirbt,
aber keiner ist tot.

Byambasuren Davaa
»Die Höhle des gelben Hundes«

Sechs Monate später stand ich im Labadi Beach Hotel vor den Fotos, auf denen Jerry John Rawlings mit der Queen zu sehen war, als mir jemand von hinten auf die Schulter tippte und mit vertrauter Stimme sagte: »*Long time no see.*«

Noch bevor ich mich richtig umgedreht hatte, küsste Emily mich auf den Mund. Sie war auf dem Weg zum Pool. Ich konnte es an ihrem Outfit erkennen. Sie hatte ihren wild geblümten Sarong über den Brüsten zusammengeknotet. Die roten Haare waren auf Streichholzlänge gestutzt. Die dunkelgrünen Augen funkelten unternehmungslustig, und die Sommersprossen schienen auf Stirn und Nase zu tanzen.

»Wo um alles in der Welt hast du die ganze Zeit gesteckt?«, fragte sie.

»Ich war eine Weile unterwegs.«

»Kommst du mit schwimmen?«

»Heute nicht. Ich warte auf jemanden.«

Sie schmollte. »Schade. Kann ich trotzdem was mit dir besprechen? Es dauert nicht lange.«

»Okay.«

Wir setzten uns in die Lobby.

»Also«, kam Emily sofort zum Punkt. »Du warst doch schon immer scharf auf mich.«

Ich musste grinsen. »Keine Frage.«

»Dann ist das deine Chance.«

»Was meinst du damit?«

»Du weißt, ich steh auf Frauen …«

»Deshalb frage ich ja.«

»Ich habe seit einigen Jahren eine feste Freundin in London. Meine Lebensgefährtin. Wir wollen zusammenbleiben.«

»Das freut mich für dich.«

»Und wir wollen ein Kind.«

Mir dämmerte was.

»Natürlich könnten wir versuchen, eines zu adoptieren. Aber so ein Kind sollte wenigstens etwas mit einem von uns zu tun haben, finde ich. Eigene Gene und so. Tracy – das ist meine Partnerin – will keines austragen. Aber ich wäre dazu bereit. Samenbank finde ich nicht sexy. Also habe ich an dich gedacht.«

Ich schluckte.

»Daraus ergeben sich für dich keinerlei Verpflichtungen.« Sie lächelte. »Außer mit mir ins Bett zu gehen.«

Emily spulte ihr Anliegen so sachlich ab wie eine Frauenärztin. Nur der Blick, mit dem sie mich dabei musterte, war durchaus erotisch.

»Wir waren doch fast schon mal so weit«, sagte sie.

Ich räusperte mich.

Bevor ich antworten konnte, gab sie mir einen Klaps aufs Knie, stand auf und sagte geschäftsmäßig: »Überleg es dir in aller Ruhe. Ich bin nächsten Freitag wieder in der Stadt – für zwei Nächte.«

Sie bedachte mich erneut mit einem Lächeln und ging zum Pool.

Ich blieb noch einige Minuten wie benommen sitzen und wimmelte den Kellner ab, der mir die Getränkekarte vor die Nase hielt. Dann stand ich auf und schlenderte zur kleinen Ladenstraße hinter der Bar.

Noch bevor ich beim Beauty Salon war, kam mir Faustina entgegen.

»Sorry«, sagte sie. »Es hat doch etwas länger gedauert, als ich dachte.«

»Kein Problem.«

Wir verließen das Hotel durch den Seiteneingang und gingen zum Parkplatz. Der Nissan Patrol stand frisch gewaschen bereit. Ich half Faustina beim Einsteigen und setzte mich ans Steuer. Während sie sich anschnallte, streichelte sie demonstrativ ihren Bauch und lächelte mich an.

Man konnte es schon deutlich sehen.

Ich fädelte mich in den Verkehr auf der Labadi Road ein und fuhr in Richtung Teshie. Dabei warf ich einen Blick zum Strand. Das alte Holzboot, an dem mir Maria Magdalena erschienen war, lag immer noch in den Dünen. Seltsam, dass Emily gerade heute meinen Weg gekreuzt hatte.

»Hast du dir wieder mal die Fotos von Jay Jay angesehen?«, fragte Faustina.

Ich nickte. Ich hatte vor den Bildern gestanden und darüber nachgedacht, was mir die Zukunft bringen würde. Immerhin hatte ich den Mix in der Familie auf drei Viertel Schwarz aufgestockt. Die Entscheidung war gefallen. Und welcher weiße Teufel mir auch immer die Versuchung Emily geschickt hatte – sie war zu spät gekommen. Eine zweite Aufhellung auf ein Achtel war ausgeschlossen.

Victoria ruhe in Frieden.

She has come to see.

So sagte man früher hierzulande, wenn es dem Kind nicht gefallen hatte und es dorthin zurückgekehrt war, wo das Leben besser ist. Ich stellte mir vor, dass Victoria genau das getan hatte. Der Gedanke gefiel mir. Auch mich hatte niemand gefragt, ob ich auf diese Welt kommen wollte. Ich hatte keinen Antrag auf dieses Leben gestellt. Erst recht nicht mit Erbsünde. Ich war durchaus in der Lage, meine eigenen Sünden zu begehen und mich trotzdem durchzubeißen.

I HAD COME TO STAY!

Aus Respekt vor dem Tod und in Anbetracht der Risiken war es für ghanaische Familien einst üblich gewesen, die Geburt eines Kindes erst nach zehn Tagen öffentlich anzuzeigen. War es gesund, hieß das:

She has come to stay.

Und darauf hofften Faustina und ich für unsere Tochter. Wir waren auf dem Weg nach Prampram, um Godson Boateng einen Besuch abzustatten. Er hatte das Gästezimmer für uns hergerichtet, hielt kühles Bier bereit und stellte Zackenbarsch für den Grill in Aussicht.

Ich überquerte die Brücke über die Lagune von Kpeshie und ignorierte den Schießplatz, der zu meiner Rechten auftauchte. Keine roten Flaggen. Keine Gefahr. Nur Captain Kuma war mir einen positiven Gedanken wert, als ich die Militärgebäude zu meiner Linken passierte. Er widmete sich inzwischen wieder mit ganzer Hingabe den Sicherheitsproblemen im Golden Tulip Hotel.

Und wie konnte ich an den Captain denken und dabei den Superintendent vergessen? Agyeman Mensah hatte mir bereits drei Postkarten aus England geschickt. In einem Monat würde er wieder in Accra sein, und ich war fest entschlossen, ihn nicht mit weiteren Fragen zum Ermittlungsstand zu belästigen.

Eine Postkarte hatte Anna Lore Wolf mir nicht geschrieben, aber eine lange E-Mail. Seitdem standen wir wieder in freundschaftlichem Kontakt. Die Tochter des Grasscutters spielte inzwischen die Hauptrolle in einer Telenovela. Und da sie damit gutes Geld verdiente, wollte sie Veras Wohnung in Friedenau mieten. Eine gute Idee, die auch mir gelegen kam.

Der Verkehrsstau in Teshie hielt sich im Rahmen. Während ich ein- und auskuppelte, klingelte mein Handy. Es war der Botschafter. Seit ich ihn in Sachen Mordfälle in Ruhe ließ, hatte er wieder Vertrauen zu mir, und dass ich Faustina zuliebe nicht mehr ganz so rigide mit dem Mobilfunk umging, passte ihm gut in den Kram. Diesmal beschwerte Ammer sich über den neuen Grenzschützer. Seit Maximilian Dachs versetzt worden war, wussten alle, was sie an ihm gehabt hatten.

Nach dem Telefonat hing ich noch eine Weile den Gedanken an Dax nach. Fast schien es so, als sei mit seinem Weggang auch das Schicksal der Abafun Lodge besiegelt worden. Es gab sie nicht mehr. Wenigstens nicht so, wie alle Insider sie kannten. Die libanesische Eigentümerin hatte ihre Geschäftsführerin Gerda gefeuert und den Laden zu einem seelenlosen Betrieb umstrukturiert, dessen Namen ich verdrängt hatte. Eine Ära war zu Ende. Nur die beiden Graupapageien hatten ein Heim auf meinem Balkon im Andoh House gefunden. Obwohl mir nicht ganz geheuer war, dass der sprachmächtige Vogel gelegentlich etwas von sich gab, das nur ich als *Four Devils* erkannte.

Aber immer noch besser als *Nosferatu*. In der letzten deutschsprachigen Zeitung, die Dax mir vom Flughafen mitgebracht hatte, war ich auf einen Artikel über Draculas Erben gestoßen. In einem Dorf im Süden Rumäniens schien die Angst vor Vampiren auch heutzutage noch derart groß zu sein, dass sie zu seltsamen Ritualen führte. So hatten sechs Rumänen den Verdacht, ein alter Verwandter, der kurz zuvor verstorben war, hätte sich in einen Vampir verwandelt und käme nachts, um ihr Blut zu trinken. Sie fühlten sich geschwächt. Daraufhin gruben sie den Sarg des Verstorbenen nach wenigen Wochen wieder aus und öffneten ihn. Mit der Spitze einer Sense öffneten sie mittels eines kreuzförmigen Schnittes den Brustkorb der Leiche und rissen das Herz heraus. Sie verbrannten es, mischten die Asche mit Wasser und nahmen den Trank zu sich. Nach diesem Ritual – das sie später vor Gericht als altbekannt, in der Gegend üblich und sehr wirksam im Kampf gegen Untote bezeichneten – hatten sie sich angeblich deutlich besser gefühlt. Die sechs wurden zu sechs Monaten Haft wegen Grabschändung verurteilt.

So viel zum letzten Informationsbeitrag, den Dax mir hinterlassen hatte, bevor er aus der Abafun Lodge ausgezogen war.

Monsieur war nie mehr in der Lodge aufgetaucht. Das hatte Gerda nach einiger Zeit zu der Feststellung bewogen: »Ich weiß nicht, was mit ihm ist, er reserviert nicht mehr bei uns.« Sie nahm es dem Mann aus Genf übel. Ich hingegen vermisste ihn nicht – obwohl ich noch die eine oder andere Frage an ihn gehabt hätte. Aber womöglich war Monsieur selbst ein Opfer der Flammenhölle geworden. Eine Variante, die mir sehr viel besser gefiel als die Gerüchte, die mir aus der Voltaregion zu Ohren gekommen waren. Dort erzählte man sich, in der Nähe von Kete Krachi treibe ein weißer Teufel sein Unwesen. Er spreche Englisch mit französischem Akzent und sei vermutlich aus Togo zugewandert.

Ich war davon überzeugt, dass auch Lucille dieses neue Geisterwesen in ihre Märchensammlung aufgenommen hatte. Ganz in der oralen Tradition um den Dreieckzahn. Darüber hinaus hatte Faustinas Großmutter inzwischen allen erdenklichen Fetischen geopfert und jedes verfügbare Orakel befragt, um Schwiegersohn Ben und Enkel William auf die Spur zu kommen. Ohne Erfolg. Die beiden Männer galten nach wie vor als verschollen. Und mit der Hilfe ihrer Enkelin konnte Lucille in dieser Angelegenheit nicht rechnen.

Selbst wenn Faustina der Alten ansonsten die Treue hielt. Wie ich hörte, erwog Lucille mittlerweile sogar ernsthaft, sich auf eine längere Wallfahrt nach Lourdes, Fatima und zum heiligen Berg in Heroldsbach zu begeben, um endlich Klarheit in der Sache zu bekommen.

Ich selbst vergeudete nicht mehr allzu viele Gedanken an Fetische und Geister – obwohl sich Faustina immer noch gern Mammy Wata von mir nennen ließ.

Wenn man es genau nahm, hätte sie den Namen ablegen müssen, denn die Wassergöttin konnte nun einmal keine Kinder bekommen.

Den Minisarg hatte ich bereits kurz nach meiner Rückkehr aus Tunis verbrannt. Und Alpträume hatte ich auch keine mehr, seit ich im Traum geschafft hatte, was Kinski alias Cobra Verde verwehrt geblieben war. Es war mir gelungen, das große Boot vom Strand ins Meer zu ziehen. Es war leer gewesen. Kein Sarg, keine Vera ruhte in seinem Rumpf. Ich hatte das gottverdammte Gefährt mit eigener Anstrengung ins Wasser gebracht.

Zusammen mit Faustina war es mir gelungen, wieder an den friedlichen Alltag in Accra anzuknüpfen. Auch Billy war glücklich. Er arbeitete jetzt Vollzeit im Andoh House. Und selbst Hausmeister Paul hatte mich zu meiner neuen Liebe beglückwünscht und mir sogar vertraulich nahegelegt, es mit ihr unter einer Heizdecke zu treiben, dann würde das Baby ebenso schwarz wie Little Nosferatu. Als der freundliche Mann vom Stamm der Ga mir diesen Ratschlag gegeben hatte, war Mammy Wata allerdings schon schwanger gewesen.

Während ich langsam über die Hauptstraße von Teshie vorankam, schenkte ich dem weltberühmten Sargladen keine weitere Beachtung. Aber in Nungua erlaubte ich mir einen Schlenker zum Meer, um King Kofi aufzusuchen.

Der alte Freitag freute sich über unseren kurzen Besuch, auch wenn ich ihm keinen neuen Auftrag erteilte. Als wir uns eine halbe Stunde später von ihm verabschiedeten, schenkte ich ihm das Meisterstück. Erst wollte er es nicht annehmen. Doch dann akzeptierte er es als Erinnerung an Vera und mich und versprach mir, es nie wieder nachzubauen.

Apropos Vera: Ihre unvollendete Biografie über Friedrich Wilhelm Murnau hatte ich vorerst in der untersten Schublade meines Edelholzschreibtisches begraben. Dort lagerten bereits der schwarze Ordner mit meinem eigenen Stückwerk zu Religion und Politik und *Der Liebhaber* von Marguerite Duras. Ich hatte Veras Arbeit ebenfalls dort deponiert, nachdem ich mich noch einmal am unfertigen Ende ihres Manuskripts festgelesen hatte und dabei ins Grübeln gekommen war.

Es ging um Veras Anmerkungen zu Reri:

1933 besucht Reri, die Heldin aus *Tabu*, Murnaus Mutter in Berlin. Der Wunsch des Regisseurs, seine Hauptdarstellerin solle *ihr Leben als unbekümmertes Polynesiermädchen im Schoße ihrer Familie weiterleben und mit ihren kindlichen Liebhabern unschuldige Liebesgeschichten knüpfen*, hat sich nicht erfüllt. Die kleine Kannibalin, wie man sie nun gern nennt, wird nach dem Erfolg des Südseefilms von Florenz Ziegfeld in die Vereinigten Staaten eingeladen, um sich dessen »Follies« anzuschließen. In der Folge macht Reri als exotische Tänzerin und Sängerin auf sich aufmerksam. Nach zahlreichen Castings ergattert sie endlich eine Hauptrolle in dem polnischen Film *Czarna Perla*. 1937 spielt sie in John Fords *The Hurricane* eine Nebenrolle.

Der Alkohol nagt an ihr, und die bösen Geister lassen sie nicht mehr los. Reri ist abergläubisch. Sie mag keine Bilder, auf denen drei Personen zu sehen sind. Sie betrachtet eine derartige Konstellation als böses Vorzeichen, als Vorboten des Todes. Und doch bewahrt sie ein Foto auf, das sie mit Murnau und ihrem Filmpartner Matahi zeigt.

Matahi wird auch noch einmal auf der Leinwand zu sehen sein. Der gelernte Langustenfänger spielt in *Die Meuterei auf der Bounty* mit …

Warum hatte ich an Faustina denken müssen, als ich diese Textpassage las? Faustina war so wenig Mammy Wata, wie Reri eine Kannibalin gewesen war. Die Mutter meines Kindes hatte keine Alkoholprobleme, nur ein paar hässliche Narben, die mit dunklen Erinnerungen an ihren Vater verbunden waren. Was mich jedoch beunruhigte, war die Geschichte mit dem Foto. Mir wollte einfach nicht aus dem Kopf gehen, wie Faustina auf die angegilbte Schwarz-weißaufnahme reagiert hatte, die Albin Grau ihr in Sogakofe gezeigt hatte.

»Drei Personen auf einem Bild. Das bringt Unglück!«

Natürlich musste das nichts bedeuten. Die unheilvollen Parallelen und Verknüpfungen zwischen der Vergangenheit und dem Jetzt, zwischen Südsee und Westafrika hatten ein Ende. Trotzdem war ich entschlossen, aufzupassen und alle Fehler zu vermeiden, welche die einmal besänftigten Geister erneut wecken konnten. Deshalb achtete ich auch darauf, eines der herumtollenden Kinder mit aufs Bild zu nehmen, als King Kofi im letzten Moment noch einen seiner Nachbarn bat, vor seinem Schuppen ein Erinnerungsfoto von uns zu knipsen.

Vorsicht war geboten.

Als wir endlich durch die Siedlung zur Straße zurückspazierten, winkte uns Freitag hinterher. Eine Horde Kinder begleitete uns. Und auch die Kenkey-Frauen winkten uns zu, als wir den Innenhof mit ihrer Freiluftküche passierten. Der Nissan Patrol stand an derselben Stelle am Rand der Schlaglochpiste, an der ich neun Monate zuvor geparkt hatte, um King Kofi die letzte Rate für den Babysarg zu bringen.

Bevor wir einstiegen, hielt Faustina mir die offene Hand hin. Sie wollte den Wagenschlüssel haben. Sie fuhr gern mit meinem kantigen Trecker, der nun auch ihr gehörte.

Ich nahm den Ring wahr, den sie trug. Ein schlichter Silberreif mit einem pechschwarzen Halbedelstein. Das Geburtstagsgeschenk für meine Mutter, das ich guten Mutes in einem dunkelroten Herz aus Tropenholz zum Riviera Beach Hotel gebracht hatte – nicht wissend, dass Vera bereits tot war.

Ich zögerte kurz.

Dann gab ich Faustina den Schlüssel.

IN MEMORIAM

An einer Tankstelle kurz vor Santa Barbara lässt der Chauffeur des Wagens, den Friedrich Wilhelm Murnau gemietet hat, auftanken und den Reifendruck überprüfen.

Als er von der Kasse zurückkommt, stellt der Fahrer überrascht fest, dass Murnaus junger Freund auf dem Fahrersitz hockt. Der Junge möchte das Lenkrad für eine Weile übernehmen. Murnau zerstreut die Bedenken des Mietchauffeurs und übernimmt die Verantwortung für den Fahrerwechsel. Der Junge steuert den Wagen über den Highway 101 und fährt dabei zu schnell.

Gegen halb sieben Uhr abends, sie sind kaum dreißig Kilometer gefahren, taucht vor ihnen ein entgegenkommender Lastwagen aus einer Kurve auf. Der Junge versucht auszuweichen. Er reißt das Steuer nach rechts und verliert dabei die Kontrolle über die Limousine. Der Packard stürzt die zehn Meter tiefe Böschung hinunter. Der Junge, der Chauffeur und der Schäferhund des Regisseurs überstehen den Unfall.

Friedrich Wilhelm Murnau hingegen wird mit dem Hinterkopf gegen einen Leitungsmast geschleudert und erleidet schwere innere Verletzungen, die nur wenig später zu seinem Tod führen.

FADE TO BLACK

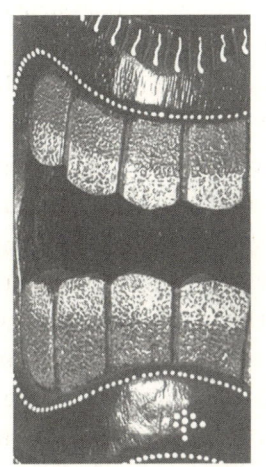

CREDITS

Mein Dank gilt allen, ohne deren Unterstützung ich diesen Roman nicht hätte schreiben können. Keiner von ihnen ist für dramaturgische Freiheiten verantwortlich, die ich mir genommen habe, oder für Sachfehler, sollten mir welche unterlaufen sein. Abgesehen von historischen Persönlichkeiten sind Ähnlichkeiten mit lebenden und verstorbenen Personen rein zufällig.

Ohne das Jahr, das ich in Ghana verbringen durfte, wäre es nicht zu dieser Geschichte gekommen. Dort verdanke ich vor allem Bea Schaich-Ampaw, King Ampaw und Klaus Bädekerl wichtige Informationen und Einsichten zu Personen und Schauplätzen. Wie sonst wäre ich auf die Dreharbeiten in Elmina Castle als Bindeglied zwischen Westafrika, Polynesien und Murnau gekommen und hätte Prampram oder das Riviera Beach Hotel entdeckt? Auch Silvia Mills-Janota ließ mich an ihrer profunden Erfahrung im Lande teilhaben und machte mich auf einige rare Bücher aufmerksam. Klaus Tschierge und Joachim Jassmeier waren mir zuverlässige Berater und Reisebegleiter, Annette Turmann, Kathrin Gärtner und Emmanuel Schütze stets anregende Gesprächspartner. Dank auch an Peter Linder, den deutschen Botschafter, den ich immer aufgeschlossen und hilfsbereit erlebte.

Kurt Ditz machte mich nicht nur mit den Geheimnissen der tropischen Nutzholzgewinnung und üppigen Tropfkerzeninstallationen bekannt. An weit abgelegenem Standort war er zudem ein zuvorkommender Gastgeber. Leider musste ich das von ihm geleitete Sägewerk stilllegen und von der nahen Elfenbeinküste an die togoische Grenze verlegen. Die Abafun Lodge hingegen ist in meiner Geschichte ein Jahr länger in Betrieb, als es Gisela Aryee, der guten Seele der legendären Herberge, und ihren Stammgästen vergönnt war. Ohne die Lodge hätte ich Alexander Priester und William Roe vermutlich nie kennengelernt. Beiden verdanke ich prägende Erlebnisse und tatkräftige Unterstützung im ghanaischen Alltag. Gleiches gilt für Karsten Kirchner. Ohne ihn wäre ich an der Nachrichtentechnik gescheitert und auch nicht auf das Andoh House gestoßen, das mir Karen A. Korsah und ihr Adlatus Peter Forson zu einer angenehmen Bleibe machten.

Major Alex Anim und Maurits de Graeff vom Golden Tulip Hotel in Accra standen mir bei einem Diebstahl professionell zur Seite. Dabei beflügelten sie meine Fantasie in einem Maße, für das sie nicht verantwortlich sind. Natürlich haben sich die Dinge in einem exzellenten Hotel wie diesem so nie abgespielt. Vergleichbares gilt für das Team des *Criminal Investigation Department* in Accra, das ich bei Ermittlungen in einem Mordfall kennenlernen durfte. Dank auch an Godson King Akpalu, den König der Spediteure, der militant für Jesus und gegen Juju predigte und mir hartnäckig nahelegte, baldmöglichst zu heiraten.

In Tunis genoss ich die Gastfreundschaft von Layla, Josua und Jürgen Gräbener, die mich nicht nur ins Herz der Medina führten.

Was Murnau und seine Stummfilme angeht, habe ich Friedemann Beyer zu danken. Als Geschäftsführer der Friedrich-Wilhelm-Murnau-Stiftung gab er mir wichtige Hinweise, bevor ich mich endgültig auf mein Vorhaben einließ. In Sachen Filmrestauration fand ich in Egbert Koppe vom Bundesarchiv in Hoppegarten einen Gesprächspartner, der sein Fachwissen kreativ zu vermitteln versteht.

Alle Bücher und Materialien, die mir in Sachen Murnau halfen, werden im Laufe meines Romans erwähnt. Persönliche Schilderungen Murnaus, die ich diesen Quellen verdanke, sind kursiv wiedergegeben, wenn sie im Original zitiert werden. Entsprechendes gilt für die Schilderung der Vorkommnisse am heiligen Berg in Heroldsbach und die Schriften von Hanna Reitsch und Hartmann Lauterbacher. Eine wertvolle Ergänzung zu deren subjektiver Selbstdarstellung war mir der Beitrag *Der Präsident, die Fliegerin und ein Gauleiter – Prominente Nazis als Entwicklungshelfer und politische Berater im postkolonialen Afrika* von Claus und Katja Füllberg-Stolberg. Hilfreich war auch *Frauenarbeit am Straßenrand – Kenkeyküchen in Ghana* von Barbara Rocksloh-Papendieck. Helmut Göser vom Wissenschaftlichen Dienst des Bundestags unterstützte mich bei der Recherche zu Deutsch-Togo, zum Dentekult und zur Hinterlandexpedition. Auch hier ist die wesentliche Literatur im Laufe der Erzählung erwähnt. Was die Geschichte der Basler Mission im kolonialen Ghana angeht, hat Peter A. Schweizer, ehemaliger Botschafter der Schweiz in Accra, mit *Mission an der Goldküste* ein Buch vorgelegt, dessen Texte und Fotos eine beeindruckende Fundgrube sind.

Vergleichbar anregend sind die Bücher *Worlds of Power – Religious Thought and Political Practice in Africa* von Stephen Ellis und Gerrie ter Haar und *Cosmopolitanism: ethics in a world of strangers* von Kwame Anthony Appiah. Zur Geschichte des Stausees verdanke ich *Volta – Man's Greatest Lake, The Story of Ghana's Akosombo Dam* von James Moxon wertvolle Informationen. Ebenso wichtig war *Ghana: Nkrumah to Rawlings* von Emmanuel Doe Ziorklui. Und last but not least: *No Time to Die* von Kojo Gyinaye Kyei und Hannah Schreckenbach. Ich hatte schon eine Menge Slogans auf Mammy Lorries gesehen, doch erst dieser wunderbare Band brachte mich auf die Idee, das Thema für meine Geschichte zu nutzen. Von den zahlreichen Werken über die Stammeskultur in Ghana, die mir in die Hände kamen, sei an dieser Stelle vor allem *Ashanti Fetish Houses* von Michael Swithenbank erwähnt, in dem ein ganz bestimmtes Zeremoniengefäß abgebildet ist.

Die Schilderung des Rituals *Gradus Penthalphae* lehnt sich an die allgemein bekannte und umstrittene Darstellung von Guido

Wolther alias Frater Daniel an, einem ehemaligen Großmeister der Fraternitas Saturni. Die Zitate aus *Der Liebhaber* von Marguerite Duras folgen der Übersetzung von Ilma Rakusa in der Ausgabe des Suhrkamp Verlags von 1985. Die Zitate aus *Taipi* von Herman Melville basieren auf der Übertragung und dem Nachwort von Ilse Hecht in der Ausgabe der Dieterich'schen Verlagsbuchhandlung aus dem Jahr 1953.

Auch diesmal konnte ich mich auf meine Vorkoster verlassen, die sich die Mühe machten, die erste Rohfassung zu lesen, und mir dadurch den einen oder anderen Schierlingsbecher ersparten. Dank an Sibylle Schmidt, Henner Papendieck, Thomas Wörtche, Diethard Küster, Cornelie Iseringhausen und Klaus Trusch. Letzterer stand mir zudem mit ärztlichem Sachverstand zur Seite, wenn es um die Interpretation medizinischer Fakten und Mythen ging.

Lutz-W. Wolff und Angela Tsakiris von DuMont gebührt ebenfalls Dank. Ihm dafür, dass er meine Geschichte für den Verlag entdeckte, ihr für die Hilfe beim Feinschliff des Manuskripts auf dem Weg in Satz und Druck.

Ganz besonders verpflichtet bin ich meinem Freund und Lektor Georg Schmidt für seine bewährte Hilfe, meinem Agenten Michael Meller für Treue und Beharrlichkeit in der Sache und meiner Frau Andrea, die genau weiß, warum.